D. B. JOHN

STERN DES NORDENS

★ THRILLER ★

Aus dem Englischen
von Karen Witthuhn
und Sabine Längsfeld

WUNDERLICH

W0015882

Die Originalausgabe erschien 2018
unter dem Titel «Star of the North»
bei Harville/Secker Penguin Random House, London.

1. Auflage Oktober 2018
Copyright © 2018 by Rowohlt Verlag GmbH,
Reinbek bei Hamburg
«Star of the North» Copyright © 2018 by D. B. John
Redaktion Susann Rehlein
Satz aus der Minion, InDesign,
bei Pinkuin Satz und Datentechnik, Berlin
Druck und Bindung CPI books GmbH, Leck, Germany
ISBN 978 3 8052 0032 5

In Erinnerung an Nick Walker
1970–2016

VORBEMERKUNG

Vieles an Nordkorea übersteigt unser Vorstellungsvermögen. Das Land wird von einer marxistischen Erbmonarchie geführt, die ihr Volk von der Außenwelt abriegelt. Den Menschen wird weisgemacht, sie würden in Wohlstand und Freiheit leben, aber gleichzeitig werden Kinder für die geistigen Verbrechen ihrer Eltern in Gulags verbannt, und das Regime setzt Hunger als politisches Kontrollinstrument ein. Nordkorea hat über die Jahre ein Verhalten gezeigt, das für Außenseiter nur schwer zu glauben, geschweige denn nachzuvollziehen ist. Daher fragen sich die Leser dieses Romans vielleicht, welche Teile des Romans auf Tatsachen beruhen.

Als Antwort darauf sind am Ende des Buches Anmerkungen des Autors angefügt. Da diese die Handlung zum Teil vorwegnehmen, wird empfohlen, sie erst ganz zum Schluss zu lesen.

PROLOG

Insel Baengnyeong
Südkorea
Juni 1998

Das Meer war ruhig an dem Tag, als Soo-min verschwand.

Sie sah dem Jungen zu, wie er aus Treibholz ein Lagerfeuer baute. Die einsetzende Flut brachte hoch aufgetürmte, aschrosa schimmernde Wolken mit sich. Sie hatten den ganzen Tag über kein Boot gesehen, der Strand war menschenleer. Die Welt gehörte ihnen.

Sie hob den Fotoapparat und wartete, bis er ihr das Gesicht zuwandte. «Jae-hoon …?» Auf dem Foto würde später ein muskulöser Neunzehnjähriger mit einem schüchternen Lächeln zu sehen sein. Für einen Koreaner war er dunkel, auf seinen Schultern lag eine Salzkruste wie bei einem Perlentaucher. Sie gab ihm die Kamera, er machte ein Foto von ihr. «Ich war noch nicht so weit», sagte sie lachend. Auf dem Foto schob sie sich gerade das lange Haar aus dem Gesicht. Ihre Augen waren geschlossen in purem Wohlbehagen.

Das Feuer brannte inzwischen, Holz knarzte und knackte. Jae-hoon stellte eine zerbeulte Pfanne auf drei Steinen über die Flammen und goss Öl hinein. Dann legte er sich neben sie in den weichen, warmen Sand oberhalb der Flutlinie, stützte sich auf einen Ellbogen und sah sie an. Er betrachtete ihre Halskette, die später mit so viel Trauer und Erinnerungen verbunden sein würde. Eine dünne Silberkette mit einem winzigen silbernen

9

Anhänger in Tigerform, das Symbol Koreas. Er berührte ihn mit der Fingerspitze. Soo-min drückte seine Hand an ihre Brust, sie küssten sich. Er roch nach Meer und grüner Minze und Tintenfisch und Marlboros. Sein dünner Bart kratzte an ihrem Kinn. All diese Details, jede kleine Einzelheit, würde sie ihrer Schwester in einem Luftpostbrief erzählen, den sie im Geiste bereits schrieb.

Das Öl spritzte in der Pfanne. Jae-hoon briet einen Tintenfisch, den sie mit Chilipaste und Reisbällchen aßen, während sie zusahen, wie die Sonne am Horizont versank. Die Wolken hatten sich in Flammen und Rauch verwandelt, und das Meer glich einer riesigen violetten Glasfläche. Nach dem Essen nahm er seine Gitarre und begann, mit leiser, klarer Stimme «Arirang» zu singen, seine Augen glänzten im Feuer. Das Lied nahm den Rhythmus der Brandung auf, und sie spürte, dass sie diesen Moment niemals vergessen würde.

Sein Gesang brach ab. Angespannt starrte er aufs Meer hinaus. Dann ließ er die Gitarre fallen und sprang auf.

Soo-min folgte seinem Blick. Im Licht des Feuers wirkte der Sand zerfurcht und aufgerissen wie eine Mondlandschaft. Sie konnte nichts erkennen. Nur die Wellen, die donnernd mit heller Gischt brachen und auf dem Strand ausliefen.

Dann sah sie es. Kurz hinter den Schaumkronen, knappe hundert Meter vom Strand entfernt, begann das Meer zu brodeln und zu kochen, das Wasser wurde zu blassem Schaum gerührt. Eine Fontäne wie von einem Wal stieg auf, im Dämmerlicht gerade noch erkennbar. Soo-min stand auf und griff nach Jae-hoons Hand.

Vor ihren Augen teilte sich das brodelnde Wasser, als würde das Meer aufgerissen, und enthüllte ein schwarzes, glänzendes Objekt.

Soo-min spürte, wie sich ihr Magen umdrehte. Sie war nicht abergläubisch, doch sie hatte das Gefühl, der Manifestation des Bösen beizuwohnen. Alles in ihr schrie nach Flucht.

Plötzlich wurde sie geblendet. Ein heller Lichtstrahl, umgeben von einem orangefarbenen Rand, richtete sich vom Meer aus auf sie.

Soo-min wandte sich um und zog Jae-hoon mit sich. Stolpernd hasteten sie durch den weichen, tiefen Sand, ihre Sachen ließen sie zurück. Doch schon nach wenigen Schritten blieben sie abrupt stehen.

Aus den Schatten der Dünen tauchten schwarz maskierte Gestalten auf und rannten mit Seilen in den Händen auf sie zu.

```
Datum: 22.Juni 1998, AZ: 734988/220598
PER FAX
BERICHT der Polizei von Jincheon auf Anfrage
der Bundespolizei, Seodaemun-gu, Seoul

Der Befehl lautete, herauszufinden, ob die
beiden vermissten Personen, die zuletzt am
17.Juni um 14:30 Uhr gesehen wurden, vor
ihrem Verschwinden die Insel Baengnyeong
verlassen haben. Mit ehrerbietigen Grüßen,
Inspektor Ko Eun-tek


1. Aufnahmen der am Fähranleger der Insel
   Baengnyeong installierten Sicherheits-
   kameras legen nahe, dass niemand, der
   den vermissten Personen ähnlich sähe,
   zur fraglichen Zeit eine der ablegenden
   Fähren bestiegen hat. Schlussfolgerung:
```

Die Vermissten haben die Insel nicht
per Fähre verlassen.

2. Die Küstenwache hat zur Zeit des Verschwindens der beiden vermissten Personen keine anderen Schiffe im Gebiet
registriert. Aufgrund der unmittelbaren
Nähe zu Nordkorea ist der Schiffsverkehr
hier stark eingeschränkt. Schlussfolgerung: Die Vermissten haben die Insel
nicht auf einem anderen Schiff oder
Boot verlassen.

3. Ein Inselbewohner entdeckte gestern
neben einem heruntergebrannten Lagerfeuer am Strand Condol eine Gitarre, Schuh-
werk, Kleidungsstücke, einen Fotoapparat
sowie 2 Portemonnaies mit Bargeld, Fähr-
fahrkarten, Ausweisen und Büchereikar-
ten, die den beiden Vermissten gehörten.
Die Ausweise entsprachen den von der
Universität Sangmyung übermittelten persönlichen Angaben. Sie gehörten:
   – Park, Jae-hoon; männlich, 19, wohnhaft
     im Doksan-Distrikt von Seoul, Mutter
     lebt auf der Insel Baengnyeong.
   – Williams, Soo-min; weiblich, 18,
     US-Bürgerin, seit März im Land und als
     Studentin eingeschrieben.

4. Ab 07:00 suchte die Küstenwache das
fragliche Seegebiet im Umkreis von 5 See-
meilen per Helikopter ab. Die vermissten
Personen wurden nicht gefunden. Schluss-

folgerung: Beide Personen sind bei einem Badeunfall ertrunken. Das Meer war ruhig, doch laut Küstenwache ist die Strömung ungewöhnlich stark gewesen. Die Leichen sind inzwischen vermutlich weit hinausgetrieben.

Mit Ihrem Einverständnis werden wir die Helikoptersuche einstellen und empfehlen höflich, die Familien der vermissten Personen zu informieren.

TEIL 1

Die Saat der Klassenfeinde,
wer auch immer sie sind,
muss bis in die dritte Generation
ausgerottet werden.

KIM IL-SUNG, 1970
im Jahr 58 des Juche-Kalenders

KAPITEL 1

Georgetown
Washington, D. C.
Oktober 2010

Jenna wachte davon auf, dass ihre Kehle einen Schrei herauspresste. Sie atmete keuchend, die Bilder des Albtraums verzerrten ihren Blick. In den wirren Sekunden zwischen Traum und Erwachen konnte sie keinen Muskel rühren. Erst allmählich nahmen die Dinge im dunklen Zimmer Gestalt an. In den Heizkörpern zischte leise der Dampf, in der Ferne schlug der Glockenturm die volle Stunde. Jenna seufzte und schloss wieder die Augen. Ihre Hand lag an ihrem Hals, auf der dünnen Silberkette mit dem winzigen silbernen Tiger, die sie Tag und Nacht trug. Sie schlug die Decke zurück, kühle Luft strich sanft über ihren verschwitzten Körper.

Geräuschlos dellte sich neben ihr die Matratze ein. Im Dämmerlicht blitzten gelbgrüne Augen auf. Cat, ihr Kater, war wie aus dem Nichts aufgetaucht, aus einer anderen Dimension, wie von den Glocken herbeigerufen. «Hallo, du», sagte sie und kraulte ihn am Kopf.

Der Radiowecker sprang an.

«... *Außenministerin bezeichnete den Raketenstart als höchst provokativen Akt, der die Sicherheit der Region gefährde ...*»

Die Küchenfliesen unter ihren nackten Füßen waren eiskalt. Jenna goss Milch für Cat ein, wärmte den kalten Kaffee aus der Kanne in der Mikrowelle auf und trank ihn, während sie sich für die auf ihrem Telefon angestauten Nachrichten wappnete. Dr. Levy hatte angerufen, um den Neun-Uhr-Termin zu bestätigen. Außerdem der Herausgeber von *East Asia Quartely*, der die Veröffentlichung ihres Beitrags besprechen wollte und sich mit unheilvoller Stimme erkundigte, ob sie heute Morgen schon Radio gehört hätte. Die älteren Nachrichten waren auf Koreanisch und stammten von ihrer Mutter. Sie drückte eine nach der anderen weg, bis sie die erreichte, die sie suchte – eine Einladung zum Mittagessen in Annandale am Sonntag. Die Stimme ihrer Mutter klang zugleich würdevoll und verletzt, und Jenna bekam sofort ein schlechtes Gewissen. Mit der Kaffeetasse in der Hand starrte sie in den düsteren Hinterhof hinaus, sah im Glas aber nur die Spiegelung der farbigen Kücheneinrichtung und musste sich wohl damit abfinden, dass die hohlwangige, magere Dreißigjährige, die ihr entgegenblickte, sie selbst war.

Aus dem Kleiderhaufen unter dem Klavierhocker zog sie ihre Laufschuhe und die Jogginghose hervor, band sich die Haare nach hinten und trat in die Kälte der O Street hinaus, wo der Postbote sie unfreundlich ansah. *Doch, doch, guter Mann, ich bin schwarz und wohne in dieser Gegend.* Sie joggte durch die grauen Schatten der Bäume in Richtung des Treidelpfads. Georgetown sah an diesem Morgen aus wie die Kulisse eines Gruselfilms. Ein kalter Nordostwind wirbelte Blätter in den stahlgrauen Himmel auf. An Fenstern und Türen lauerten Kürbisse. Ohne richtig aufgewärmt zu sein, setzte sie zum Sprint an, die Böen vom Kanal fegten ihr den bösen Traum aus dem Kopf.

Dr. Levy lächelte sie müde an. «Wenn Sie nicht mit mir reden, kommen wir nicht weiter.» Hinter der Ermunterung nahm Jenna Überdruss wahr. In das Notizbuch auf seinen Knien kritzelte er nur noch Bildchen. Sie konzentrierte sich auf einen Krümel, der am rechten Mundwinkel in seinem Bart hing. «Sie haben also immer den gleichen Albtraum?»

Sie atmete langsam aus. «Es gibt Variationen, aber im Grunde ist es der gleiche Traum. Wir haben schon so oft darüber geredet.» Instinktiv berührte sie die Kette an ihrem Hals.

«Solange wir ihn nicht entschlüsseln, wird der Traum immer wiederkommen.»

Ihr Kopf kippte auf die Sofalehne. Sie suchte die Decke nach Worten ab, fand aber keine.

Er rieb sich unter der Brille den Nasenrücken und sah sie mit einer Mischung aus Verzweiflung und Erleichterung an, als hätte er den Rand der Landkarte erreicht und könnte die Reise jetzt guten Gewissens abbrechen. Er schlug das Notizbuch zu.

«Ich frage mich, ob Sie bei einem Trauerberater nicht besser aufgehoben wären. Vielleicht liegt da das Problem? Sie haben den Verlust noch immer nicht verwunden. Ich weiß, es ist zwölf Jahre her, aber manche Wunden heilt die Zeit nur sehr langsam.»

«Danke, kein Interesse.»

«Was machen wir dann heute?»

«Mir ist das Prazosin ausgegangen.»

«Wir haben das besprochen», sagte er betont geduldig. «Prazosin löst nicht die eigentliche Traumatisierung, den Grund für Ihre …»

Jenna stand auf und nahm ihre Jacke. Sie trug ihre Arbeitskleidung, weißes Hemd und enge schwarze Hose. Das schwarze Haar war zu einem losen Knoten gebunden. «Tut mir leid, Mr. Levy, ich muss gleich unterrichten.»

Seufzend nahm er den Rezeptblock vom Tisch. «Alle meine Patienten nennen mich Don, Jenna», sagte er, während er schrieb.

Es war, als würde man aus einem Fenster im Universum auf die Erde schauen. China bestand aus Millionen von Lichtpunkten, die neuen Metropolen grelle Ballungen aus Halogen und Neon. Zahllose Städte und Dörfer glitzerten wie Diamanten auf Anthrazit. Rechts unten im Bild erhellten die Werften und Containerhäfen von Nagasaki und Yokohama den Nachthimmel mit glühendem Orange. Zwischen dem Japanischen Meer und dem Gelben Meer lag, von blinkenden Küstenadern gesäumt, Südkorea, die riesige Hauptstadt Seoul eine strahlende Chrysantheme. Die Bildmitte war dunkel. Doch dies war kein Meer, sondern ein Land, ein bergiges Land, lichtlos und voller Schatten, in dem nur die Hauptstadt leicht glimmte, wie Glut in der Asche.

Die Studierenden, die in halbkreisförmigen Reihen vor dem Vortragspult saßen, betrachteten schweigend das Satellitenbild.

«Wie Sie heute Morgen bestimmt gehört haben», sagte Jenna, «haben die Nordkoreaner gestern eine weitere Unha-3-Rakete abgeschossen. Sie behaupten, die Technik sei für friedliche Zwecke bestimmt und der *Kwangmyongsong*-Satellit wurde nur in den Orbit geschickt, um die Ernte zu kontrollieren. Jedenfalls ist dies der Anblick, den ihr Land ihnen bei Nacht bietet ...»

«*Kwangmyongsong*, heller Stern?»

Jenna knipste die Pultlampe an. Die Frage kam von einer Studentin, die Halbkoreanerin war. Der Name war wirklich pure Ironie. In der Lichtergalaxie auf der Leinwand bildete Nordkorea ein schwarzes Loch.

«Ja, leuchtender Stern oder Leitstern», sagte Jenna. «In Nordkorea ist das ein sehr symbolischer Name. Weiß jemand, wieso?»

«Der Kult der Kims», sagte ein Junge mit einer Red-Sox-Cap – ebenfalls Koreaner, ein Überläufer, den Jenna für ein Stipendium empfohlen hatte.

Sie drehte sich wieder zur Leinwand um und zappte durch Aufnahmen von leeren Straßen in Pjöngjang, von Triumphbögen und Massenveranstaltungen, bis sie das Bild fand, das sie suchte. Lachen war zu hören, doch die Studierenden blieben aufmerksam. Das Foto zeigte eine Menge grau gekleideter Menschen, die sich vor dem lebensgroßen Porträt eines dicklichen, lächelnden Mannes in einer stramm sitzenden beigen Freizeitjacke mit passender Hose verbeugten. Das Bild war von roten Begonien eingefasst, darunter stand in roter Schrift auf Koreanisch die Losung: KIM JONG-IL IST DER LEITSTERN DES 21. JAHRHUNDERTS!

«Gemäß der offiziellen Staatsmythologie», sagte Jenna, «wurde der Geliebte Führer 1942 in einer geheimen Guerilla-Festung geboren, als Korea von den Japanern besetzt war. Die Geburt wurde durch das Erscheinen eines neuen hellen Sterns über dem Berg Paektu angekündigt. Daher der Name Leitstern – *kwangmyongsong*.»

Hinten im Saal fragte jemand: «War seine Mutter Jungfrau?» Die anderen kicherten.

In dem Moment ging flackernd das Deckenlicht an, und der Dekan kam herein. Professor Runyon, Jennas Boss, war Mitte fünfzig, doch die gebeugten Schultern, die Krawatte und das Cordjackett ließen ihn eher wie siebzig wirken und die brüchige, kurzatmige Stimme wie achtzig.

«Habe ich einen Witz verpasst?», fragte er und blickte über die Brille hinweg in den Saal. Dann sagte er leise zu Jenna: «Ich unterbreche nur ungern, Dr. Williams. Aber würden Sie bitte mitkommen?»

«Jetzt?»

Draußen auf dem Gang sagte er: «Der Hochschulleiter hat mich gerade angerufen. Wir haben einen Besucher von … einer

Regierungsbehörde.» Er warf ihr ein verblüfftes Lächeln zu. «Er möchte *Sie* sehen. Können Sie sich das erklären?»

«Nein, Sir.»

Das gotische Gewölbe der Riggs Library mit ihren alten Büchern war menschenleer. Lediglich ein Mann im dunkelgrauen Anzug, der ihnen das Profil zuwandte und einen Kaffeebecher in der Hand hielt, stand am Fenster und sah einem spontanen Fußballspiel draußen auf dem Rasen zu.

Als Professor Runyon sich räusperte, drehte sich der Mann um, trat vor und schüttelte Jenna fest die Hand. «Charles Fisk», sagte er. «Vom Institute for Strategic Studies.» Er war groß, kräftig gebaut und Anfang sechzig. Seine Nase war leicht knollig und an der Spitze gefurcht, das Haar silbrig und kraus.

«Dr. Williams ist lediglich *Assistenz*professorin an der School of Foreign Service», setzte Runyon an. «Wir haben erfahrenere Mitarbeiter, die vielleicht von größerem …»

«Vielen Dank, Sir, das wäre alles», sagte der Mann und drückte ihm den Kaffeebecher in die Hand.

Runyon starrte den Becher einen Moment lang an, neigte dann leicht den Kopf, als hätte er ein Kompliment erhalten, und schlurfte rückwärts zur Tür wie ein chinesischer Höfling.

Jenna nahm an, dass sie wohl irgendwie in Schwierigkeiten steckte. Fisk betrachtete sie mit einem merkwürdig eindringlichen Blick. Alles an ihm – die Kavalleristenhaltung, der knochenbrechende Händedruck – deutete darauf hin, dass sie ein Mitglied des Militärs vor sich hatte.

«Entschuldigen Sie, dass ich Sie aus Ihrem Seminar geholt habe», sagte er mit tiefer und gleichmäßiger Stimme. «Darf ich Jenna sagen?»

«Darf ich fragen, worum es geht?»

Er lächelte und runzelte gleichzeitig die Stirn. «Sagt Ihnen mein Name nichts? Hat Ihr Vater mich nie erwähnt?»

Ihr Blick blieb neutral, ausdruckslos, doch sie spürte eine leichte Unruhe, wie immer, wenn jemand auch nur geringste Kenntnisse über ihre Familie an den Tag legte.

«Nein, ich erinnere mich nicht, dass mein Vater je einen Charles Fisk erwähnt hätte.»

«Ich habe mit ihm in der elektronischen Aufklärung gearbeitet. Eigth U.S. Army in Seoul. Das war … na ja … vor vielen Jahren, vor Ihrer Geburt. Er war der höchstrangige Afroamerikaner in der Garnison. Wussten Sie das?»

Sie sagte nichts, hielt seinem Blick stand. In ihrem Hinterkopf regte sich eine Erinnerung. An ihren Onkel Cedric, den Bruder ihres Vaters, wie er Erde auf den Sarg warf, der gerade in die Grube hinabgelassen worden war, wie sie selbst ihre laut weinende Mutter umschlungen hielt. Die Luft roch nach feuchtem Laub, und in respektvollem Abstand zur Trauergesellschaft standen Männer in langen Militärmänteln, die die Hüte abnahmen, als das Horn ertönte, und sie danach wieder tief in die Gesichter zogen. Fisk war unter ihnen gewesen, daran erinnerte sie sich jetzt.

Im Turm schlug die Glocke. Sie sah auf die Uhr.

«Sie haben bis drei keine weiteren Kurse», sagte er. «Ich habe den Hochschulleiter gebeten, Ihre Seminare zu verschieben.»

«Sie haben *was*?»

«Ich habe ihm gesagt, dass ich in einer Frage der nationalen Sicherheit Ihren Rat benötige.»

Jenna war zu überrascht, um sich zurückhalten zu können. «Blödsinn.»

Er bedachte sie mit einem gütigen Blick, ganz der weise Großonkel einer eigensinnigen Nichte. «Ich erkläre es Ihnen beim Mittagessen.»

Jenna folgte Fisks breitem Rücken, als der Kellner sie zu ihrem Tisch führte. Das Restaurant lag an der 26th Street und war mit Reiterantiquitäten und Limoges-Porzellan vollgestopft. Porträts der Gründerväter wachten über einen holzgetäfelten Speiseraum, in dem das Gemurmel vornehmlich männlicher Stimmen zu hören war. Jenna kam sich fehl am Platz vor und war sauer. Dieser Mann, der behauptete, ihren Vater gekannt zu haben, dieser völlig Fremde, hatte ihren Tag auf den Kopf gestellt und ihre Einwände mit einer Beiläufigkeit weggewischt, die klarmachte, dass er es gewohnt war, immer seinen Willen zu bekommen.

«Der Hummer aus Maine ist sehr gut», sagte er, schlug seine Serviette auf und lächelte sie an, als hätten sie etwas zu feiern.

«Ich habe eigentlich keinen Hunger ...»

«Fangen wir mit einem Dutzend Austern an.»

Der Kellner wurde zu den Vorzügen spezieller Saucen befragt, eine Flasche Saint-Émilion wurde bestellt, probiert und ausgeschenkt (und ihr Widerspruch wieder mit einem Lächeln abgetan). Jenna fragte sich, wie viel von dieser Show darauf abzielte, sie zu beeindrucken. Doch nachdem sie vorsichtig am Wein genippt hatte, musste sie sich eingestehen, dass es dumm wäre, solch überwältigende Großzügigkeit auszuschlagen, und allmählich wich ihre Verärgerung der Neugier.

«Mein Vater hat nie von Freunden oder Kameraden bei der Armee gesprochen. Ich habe immer angenommen ...»

«Er war ein sehr zurückhaltender Mann, wie Sie wissen», sagte Fisk.

War dies ein Trick, um ihr Vertrauen zu gewinnen?

«Wie gut kannten Sie ihn?»

«Gut genug, um sein Trauzeuge zu sein.»

Das war eine Überraschung. Vor ihrem inneren Auge tauchte

sofort das Bild der trostlosen protestantischen Backsteinkirche in Seoul auf, in der ihre Eltern geheiratet hatten. Sie hatte immer gedacht, nur ihre Eltern und der Pfarrer wären anwesend gewesen. Die Familie ihrer Mutter war nicht gekommen und hatte sich geweigert, eine zweite, koreanische, Hochzeit für sie auszurichten, wie es Sitte war, danach hatte es jahrelang keinen Kontakt gegeben.

«Als er mit Ihrer Mutter nach Virginia zog, bin ich mit ihm in Verbindung geblieben. Später haben wir wieder gemeinsam in Fort Belvoir gedient ...»

Er begann, in Erinnerungen zu schwelgen, erzählte ihr Geschichten und Anekdoten über ihren Vater aus der Zeit vor und ganz kurz nach ihrer Geburt. Einige waren ihr bekannt, andere hatte sie nie gehört, aber ganz offensichtlich wusste dieser Mann eine Menge. Sogar mit der neueren Familiengeschichte war er vertraut, er wusste von dem stetigen Abstieg – von der Alkoholsucht ihres Vaters und seiner Entlassung aus der Armee – und dass ihre Mutter ein kleines Unternehmen als Hochzeitsplanerin betrieb, um über die Runden zu kommen. All das erzählte er in dem mitfühlenden Ton eines alten Freundes der Familie und warf ihr gelegentlich einen Blick zu, während er eine Auster mit Weinessig und Zitronensaft beträufelte, bevor er sie an den Mund setzte und herunterschluckte. Als sie begriff, wohin das alles führte, stieg Panik in ihr auf. Er kam immer näher, bewegte sich in langsamen, enger werdenden Kreisen auf das Ereignis zu, von dem sie niemals sprach, auf den Abgrund, in den sie niemals schaute.

Er bemerkte ihre Unruhe, hielt mit der Gabel auf halbem Weg zum Mund inne, lehnte sich seufzend zurück und lächelte verlegen, als hätte es keinen Sinn mehr, sich zu verstellen. Sanft sagte er: «Sie haben Angst, dass ich Ihre Schwester erwähne.»

Die Worte polterten wie Felsbrocken aus seinem Mund. Jenna regte sich nicht. Das Gesprächsgemurmel und das Klackern von Silberbesteck auf Porzellan verklangen im Hintergrund. Sie hörte sich atmen.

Der nächste Gang kam, doch Jenna wandte den Blick nicht von Fisk ab.

«Wissen Sie», sagte er ruhig, «die wirklich wichtigen Dinge im Leben scheinen mir die zu sein, über die wir partout nicht reden wollen.»

Um einen neutralen Tonfall bemüht, fragte sie: «Wer sind Sie?»

Seine Miene wurde kühler, ernster. «Ich bin Spion, und ich habe Ihren Vater wirklich gekannt. Ich habe Sie schon seit langem im Blick. Schauen Sie nicht so überrascht.» Er brach ein Stück Brot ab und bestrich es mit Butter, ohne den Blick seiner steingrauen und beunruhigend eindringlichen Augen von ihr zu nehmen. «Sie sind Jahrgangsbeste, Ihre Studienergebnisse sind phänomenal. Sie sind National-Merit-Stipendiatin und haben den höchsten gemessenen IQ-Wert in ganz Virginia. Ihre Doktorarbeit war so herausragend, dass Ihnen zweifelsohne eine steile akademische Karriere bevorsteht. ‹Die Entwicklung der Arbeiterpartei als Machtinstrument der Kim-Dynastie von 1948 bis heute.› Ja, ich habe sie gelesen. Sie sind zweisprachig, in zwei Kulturen aufgewachsen. Letztes Jahr haben Sie drei Monate in der chinesischen Provinz Jilin verbracht, um sich den nordkoreanischen Dialekt anzueignen. Sie sind fit und sportlich, Sie joggen täglich. Sie waren Jugendmeisterin im Taekwondo. Sie leben zurückgezogen, Sie sind verschwiegen und äußerst selbständig. Eine solche Ansammlung von Fähigkeiten übersehen wir nicht.»

«Wer, wir?»

«Wir sind die Agency, Jenna. Die CIA.»

Jenna stöhnte. Sie hatte das Gefühl, reingelegt worden zu sein, und kam sich dumm vor, weil sie es nicht bemerkt hatte. Als ihr klarwurde, dass er die Erinnerungen an ihren Vater als Köder benutzt hatte, blitzte Wut in ihr auf.

«Sir …» Sie legte das Besteck neben ihrem fast unberührten Hauptgang ab. «Sie verschwenden sowohl Ihre Zeit als auch meine.» Sie tastete in der Tasche nach ihrem Handy und überlegte, ob sich die Änderungen in ihrem Seminarplan noch rückgängig machen ließen. «Ich muss zurück ins Institut.»

«Entspannen Sie sich», sagte er freundlich. «Wir unterhalten uns doch nur.»

Sie griff nach ihrer Handtasche und erhob sich. «Danke fürs Mittagessen.»

Obwohl er leise sprach, dröhnte sein Bass durch den gesamten Speiseraum. «Gestern um 06:00 Uhr koreanischer Zeit ist von der Raketenstartrampe Tonghae im Nordosten Nordkoreas eine *Kwangmyongsong*-Rakete gestartet, womit gleich eine ganze Reihe von Resolutionen des UN-Sicherheitsrates verletzt wurden. Die Rakete trug keinen Satelliten. Die Technik war allein für kriegerische Zwecke bestimmt.»

Jenna erstarrte.

«Wir haben den Abschuss verfolgt. Die dritte Stufe der Rakete fiel in die Philippinensee und wurde von der U.S. Seventh Fleet eingesammelt, bevor die Nordkoreaner sie holen konnten. Sie haben damit den Hitzeschild für eine Langstreckenwasserstoffbombe getestet, die sie sehr bald auf unsere Westküste richten werden. Ihr Essen wird kalt.» Er kaute und schluckte. «Gegrillter Wolfsbarsch in Champagnersauce …» Er schloss die Augen. «Perfektion.»

Jennas Hirn spielte verschiedene Szenarien durch. Sie bekam

kaum mit, dass sie sich wieder setzte. «Mein Gott», murmelte sie. Vor ihrem inneren Auge tauchte das Bild einer Sternschnuppe hoch über dem Pazifik auf. *Kwangmyongsong.* «Das heißt ...»

«Ich will, dass Sie für mich arbeiten.» Er sprach mit vollem Mund. «An einer Geheimoperation.»

Sie blinzelte zweimal. «Ich ... bin für die CIA nicht geeignet. Sie glauben, Sie wüssten alles über mich, aber Sie wissen nicht, dass ich jede Woche zu einem Psychiater gehe. Ich leide unter Albträumen und nehme Medikamente.» Als er grinste, begriff sie, dass er auch davon wusste.

«Ich rekrutiere seit Jahrzehnten neue Agenten. Man könnte sagen, dass ich eine gute Nase dafür habe. Sie, Dr. Williams, sind wahrscheinlich eine der vielversprechendsten Anwärterinnen, die mir je begegnet sind.» Er beugte sich vertraulich vor. «Sie sind nicht nur intelligent. Sie haben auch einen gewichtigen persönlichen Grund, Ihrem Land zu dienen.»

Sie sah ihn misstrauisch an.

«Sie wissen, wovon ich rede.» Wieder war seine Stimme mitfühlend. «Ich kann Ihnen keine Antworten geben. Vielleicht werden Sie nie erfahren, was damals am Strand mit Ihrer Schwester passiert ist. Aber ich biete Ihnen die Chance, dass sich vielleicht eines Tages eine Tür öffnet und Sie es herausfinden. Ihr Verschwinden lässt Ihnen keine Ruhe. Stimmt doch, oder? Kalt und einsam sind Sie deshalb geworden. Sie vertrauen nichts und niemandem, nur sich selbst.»

«Soo-min ist ertrunken», sagte sie leise. «Mehr gibt's da nicht zu wissen.»

Seine Stimme wurde zu einem Raunen. «Die Leiche wurde nie gefunden. Vielleicht ist sie ertrunken ...» Er betrachtete Jenna eindringlich. «Aber die andere Möglichkeit lässt sich nicht ausschließen ...»

Jenna schloss die Augen. Ihrem heiligsten Glaubensgrundsatz wurde widersprochen. «Sie ist ertrunken. Ich bin sicher.» Sie seufzte. «Wenn Sie wüssten, wie viele Jahre ich gebraucht habe, um diese Worte sagen zu können ...» Sie brach ab und schluckte, musste gegen die Tränen ankämpfen. Bevor Fisk sie aufhalten konnte, sprang sie vom Stuhl auf und floh aus dem Restaurant auf die Straße hinaus, atmete den Himmel in großen Zügen ein, rannte zum College zurück, während der Wind an ihren Haaren und ihrem Mantel zerrte und Blätter in Strudeln um sie herumwirbelte.

KAPITEL 2

Landkreis Paegam
Provinz Ryanggang
Nordkorea
In derselben Woche

Der Ballon kam herunter, als Frau Moon gerade nach Matsutake-Pilzen suchte. Sie sah ihn zwischen den Bäumen herabschweben und lautlos auf einem Fuchspfad landen. Das Licht schien durch das glänzende Material hindurch, aber sie wusste sofort, dass es kein Geist war. Vorsichtig ging sie näher heran und erkannte, dass es sich um einen aufgeblasenen Plastikschlauch von ungefähr zwei Meter Länge handelte, an dem ein kleiner Beutel festgebunden war. Seltsam, dachte sie, während sie sich mit Mühe hinkniete. Dabei hatte sie schon mit so etwas gerechnet. In den letzten drei Nächten hatte am Himmel im Westen ein Komet gestanden, doch ob er Gutes oder Schlechtes verhieß, wusste sie nicht recht.

Sie horchte, um sicherzugehen, dass sie allein war. Nichts. Nur das Knacken des Waldes und eine plötzlich aufflatternde Taube. Frau Moon schlitzte den Plastikbeutel mit dem Pilzmesser auf und befühlte den Inhalt. Zu ihrem Erstaunen brachte sie zwei Paar neuer, warmer Wollsocken zum Vorschein, dann eine kleine Taschenlampe mit Kurbel zum Aufziehen, dann ein Paket Plastikfeuerzeuge. Und noch etwas: eine rote Schachtel, auf deren Deckel ein Schokoladenkeks abgebildet war. Sie enthielt zwölf Kekse in glänzend rot-weißer Verpackung. Sie hielt einen ans Licht und kniff die Augen zusammen. *Choco Pie*, las sie, ihre Lippen bewegten sich dabei. *Hergestellt in Südkorea.* Frau Moon wandte sich in die Richtung, aus der der Ballon gekommen war. Hatte der Wind dieses Ding den ganzen Weg aus dem Süden hergetragen? Ein paar *ri* weiter, und es wäre in China gelandet!

Im Osten sickerte aus dem Himmel blutrotes Licht durch die Baumwipfel, doch sie konnte keinen weiteren Ballon sehen, nur einen Gänseschwarm in Formation, der zum Winter eintraf. Das war mal ein gutes Omen. Der Wald wisperte und seufzte und sagte ihr, dass es Zeit zu gehen war. Sie betrachtete den Schokoladenkeks und konnte nicht widerstehen, sie öffnete die Verpackung und nahm einen Bissen. Der Geschmack von Schokolade und Zuckerschaum schmolz auf ihrer Zunge.

Oh, bei meinen lieben Vorfahren.

Sie drückte den Keks an ihre Brust. Er war wertvoll.

Vor Aufregung zitternd, steckte sie die Gegenstände schnell in den Beutel zurück und verbarg ihn unter Feuerholz und Farnkraut in ihrem Korb. Dann humpelte sie auf dem Waldpfad zurück und leckte sich die Lippen sauber. Als sie den Weg am Rand der Felder erreichte, hörte sie Gebrüll.

Drei Männer rannten querfeldein auf den Wald zu – der Leiter der Kooperative persönlich, gefolgt von einem der Ochsentreiber und einem Soldaten mit geschultertem Gewehr.

Ziegenscheiße.

Sie hatten den Ballon herabsinken sehen.

Den ganzen Tag lang arbeitete sie schweigend auf dem Feld, gemeinsam mit den anderen Frauen in ihrer Brigade zog sie entlang der mit roten Fahnen markierten Furchen Maisstängel aus dem Boden. «Am frühen Morgen sind am Himmel feindliche Ballons gesehen worden», sagte eine der Frauen. «Die Armee hat sie abgeschossen, und im Radio wird davor gewarnt, sie zu berühren.»

Von den Bergen fegte ein beißender Wind heran. Die Fahnen knatterten. Frau Moon tat der Rücken weh, und ihre Knie brachten sie schier um. Sie behielt den Korb dicht bei sich und sagte nichts. Am Feldrand sah sie nur einen einzigen Wachmann, der rauchte und sich langweilte. Ob die anderen auf der Suche nach dem Ballon waren?

Als um achtzehn Uhr vom Wachturm die Sirene ertönte, eilte sie nach Hause. In der Ferne färbte sich die Spitze des Paektusan purpurrot, seine Felsen hoben sich schroff vor dem Abendhimmel ab, doch die Dorfhütten, die am Abhang im Tal lagen, waren in Schatten getaucht. Die Partei war allgegenwärtig – in den Buchstaben auf den Steintafeln, in einem Wandbild aus farbigen Glasstücken, das den Geliebten Führer in einem goldenen Weizenfeld stehend zeigte, auf dem hohen Obelisken, der vom ewigen Leben seines Vaters, des Großen Führers, kündete. Kohlenrauch stieg aus den Schornsteinen der sauberen, weiß getünchten Hütten mit den Ziegeldächern auf, hinter jeder lag ein kleines Gemüsebeet. Es war so still, dass sie auf der Kooperative den Ochsen brüllen hörte. Die Temperatur sank rapide. Ihre Knie waren geschwollen und schmerzten.

Sie stieß die Tür auf und fand Tae-hyon im Schneidersitz auf dem Boden vor, wie er eine Selbstgedrehte aus schwarzem Tabak rauchte. Unter der nackten Glühbirne wirkte sein Gesicht so zerfurcht und ausgelaugt wie ein abgeerntetes Feld.

Sie wusste, dass er den ganzen Tag lang nichts getan hatte. Aber da ihr Mann nicht das Gesicht verlieren sollte, lächelte sie und sagte: «Ich bin so froh, dass ich dich geheiratet habe.»

Tae-hyon senkte den Blick. «Zum Glück ist wenigstens eine von uns fröhlich.»

Sie stellte den Korb ab und zog die Gummistiefel aus. Da jeden Moment der Strom ausfallen konnte, zündete sie eine Petroleumlampe an und stellte sie auf den niedrigen Tisch. Der Betonboden war makellos sauber, die Schlafmatten zusammengerollt, neben dem Eisenherd standen in Reih und Glied ihre glasierten Kimchi-Töpfe, und die retuschierten Gesichter an der Wand, die Porträts der Führer, Vater und Sohn, waren mit dem besonderen Tuch abgewischt worden.

Tae-hyon beäugte den Korb. Frau Moon hatte im Wald nicht einen einzigen Pilz gefunden und konnte nur Farnkraut und Maisstängel in die Suppe geben, doch wenigstens an diesem Abend würde er nicht enttäuscht sein. Sie zog den Plastikbeutel aus dem Korb und zeigte ihn ihrem Mann. «An einem Ballon», sagte sie. «Aus dem *Dorf unten.*»

Tae-hyon bekam bei diesem Euphemismus für den Süden große Augen und ließ ihre Hand nicht aus dem Blick, während sie den Korb auspackte und alles vor ihm auf den Boden legte. Dann öffnete sie die Kekspackung und gab ihm die zweite Hälfte ihres Schokoladenkekses. Er kaute andächtig, genoss die Köstlichkeit, und als er ihre Hand ergriff, brach ihr schier das Herz.

Morgen würde sie den Berggeistern ein wenig Salz als Opfergabe hinstreuen, sagte sie, und dann nach Hyesan fahren, um die Kekse zu verkaufen. Mit dem Geld, das sie einnahm, könnte sie …

Es klopfte dreimal laut an die Tür.

Panik stieg in ihnen auf. Hastig schob Frau Moon die Gegenstände unter den niedrigen Tisch und öffnete. Vor ihr stand eine etwa fünfzigjährige Frau im Overall, in der Hand eine batteriebetriebene Lampe. Ihr Kopf war mit einem dreckigen Schal umwickelt, um den Oberarm trug sie eine rote Binde.

«Im Wald wurde ein feindlicher Ballon gefunden, der Inhalt fehlte», sagte sie. «Die *Bowibu* warnt uns davor, die Ballons zu berühren. Sie sind mit tödlichen Chemikalien gefüllt.»

Frau Moon verbeugte sich. «Wenn wir einen finden, Genossin Pak, werden wir es melden.»

Die harten Augen der Frau schwenkten von Frau Moon in den Raum und verengten sich verächtlich, als sie Tae-hyon auf dem Boden hocken sah. «Um acht Treffen für alle im Saal», sagte sie, während sie sich abwandte. Das Licht ihrer Lampe huschte über den Pfad. «Thema ist heute Abend die korrekte revolutionäre Einstellung am Arbeitsplatz ...»

Frau Moon schloss die Tür. «Tödliche Chemikalien, dass ich nicht lache», murmelte sie.

Sie entfachte Feuer im Herd, um das Abendessen zuzubereiten, während Tae-hyon jeden einzelnen Gegenstand aus dem Ballon ans Licht hielt und genau betrachtete. Er befühlte die Socken und drückte die Wolle an seine Wange, er drehte die Kurbel der Taschenlampe und richtete den Lichtstrahl an die Decke, er strich mit dem Finger über die Beschriftungen und Markennamen aus jener geheimnisvollen Parallelwelt, dem Süden. Dann fiel sein Blick auf den Plastikbeutel.

«Da ist noch was drin.» Er öffnete ihn.

In ihrer Hast, den Wald zu verlassen, hatte Frau Moon das Bündel loser Flugblätter ganz unten übersehen. Tae-hyon nahm eins zur Hand. «An unsere Brüder und Schwestern im Norden, von euren Verwandten im Süden! Wir schließen euch in unsere Gebete ein. Wir vermissen euch und leiden mit euch. Mit Freude erwarten wir den Tag, wenn Norden und Süden durch die Liebe Unseres Herrn Jesus Christus wiedervereinigt ...» Tae-hyon blinzelte. Große Vorsicht kroch in seine Stimme. «Treibt das Kommen dieses Tages voran. Erhebt euch gegen den Betrüger, der euch vormacht, ihr wäret wohlhabend und frei, während ihr in Wahrheit arm seid und in Ketten liegt. Brüder und Schwestern, Kim Jong-il ist ein Tyrann! Seine Grausamkeit und Machtgier kennen keine Grenzen. Während ihr hungert und friert, lebt er in Palästen, wie ein Kais…»

Bevor er weiterlesen konnte, wurde ihm der Zettel aus der Hand gerissen. Frau Moon keuchte. In einer einzigen Bewegung griff sie nach dem ganzen Bündel, durchquerte den Raum, öffnete die Herdklappe und stopfte die Flugblätter in die Flammen.

Mit offenem Mund blickte Tae-hyon auf zu den Porträts an der Wand, und in diesem Moment fiel der Strom aus. Im Flackern der Petroleumlampe schienen die Augen der Führer zu glühen, und Tae-hyons Miene wirkte wie die eines Verurteilten.

«Die Bowibu …», flüsterte er. Er fuhr sich mit den Fingern durch die Haare, eine Angewohnheit, die immer dann auftrat, wenn er sich in Not wähnte. «Sie werden es erfahren …» Seine Stimme war heiser. «Sie werden wissen, dass wir diese Worte gelesen haben. Sie werden es unseren Gesichtern ansehen. Sie werden uns zwingen zu gestehen …» Mit dem Blick eines gehetzten Tieres sah er seine Frau an. «Bring diese Dinge dahin zurück, wo du sie gefunden hast …»

Doch Frau Moon starrte in die Flammen hinter dem kleinen Glasfenster des Herds, wo die Flugblätter schwarz wurden und sich aufrollten.

Etwas in jenen Worten hatte sie auf eine Reise durch die Zeit geschickt. Eine Ewigkeit war vergangen, seit sie den Namen gehört hatte, mindestens fünfzig Jahre. *Unser Herr Jesus Christus* … ein Name, der aus der Geschichte gelöscht worden war. Plötzlich tat sich die Erinnerung auf wie eine geheime Schublade: ihre Mutter und eine Gruppe Erwachsener in einem Raum, Tür und Fenster geschlossen, ein Vers, der aus einem dicken Buch vorgelesen wird, eine Kerze brennt, und Stimmen erklingen. Leiser, sanfter Gesang.

Ein Lämmlein geht und trägt die Schuld
Der Welt und ihrer Kinder …

Aus langer Gewohnheit drängte sie die Erinnerung zurück ins Dunkel und verschloss sie dort mit vielen anderen. Sie wandte sich um zu ihrem Mann, der die Hände vors Gesicht geschlagen hatte.

«Niemand wird davon erfahren», sagte sie.

Sie öffnete die Haustür und trat hinaus in die Kälte. Sterne funkelten am Himmel, und dort, über den Bergen im Westen, glühte hell der Komet mit dem doppelten Schweif.

KAPITEL 3

Annandale
Virginia

Jennas Mutter lebte nach wie vor in dem Haus, in dem Jenna und ihre Schwester aufgewachsen waren. Die Reihe ausgeblichener, schindelgedeckter Häuser lag ein Stück zurückgesetzt an einer Straße, die von alten Kastanienbäumen gesäumt war. Der Rasen vor dem Haus war verwildert und voller Laub, aber am Mast hing die Flagge, der Stolz aller Amerikaner erster Generation.

Als Jenna auf die Einfahrt fuhr, erschien Hans rundliche Gestalt in der Haustür. Sie trug eine Souvenirschürze von der Insel Jeju und hatte einen neuen fuchsienroten Lippenstift aufgetragen, die krause Dauerwelle komplettierte den Look, sodass sie insgesamt einer Topfpflanze ähnelte. Jenna beugte sich zum Begrüßungskuss vor und schnupperte einen Hauch von Frangipani.

«Du bist dünn wie ein Essstäbchen», tadelte Han und nahm Jennas Gesicht in beide Hände. Einen Moment lang musterte sie ihre Tochter, suchte wohl nach Anzeichen – andere Kleider, eine schickere Frisur, ein Hauch von Make-up –, die darauf hindeuteten, ob Jenna glücklich war oder, genauer gesagt, «jemanden gefunden» hatte.

Das ganze Haus roch nach gegrilltem Rindfleisch und Ingwer und etwas Karamellisiertem.

«*Omma*, es duftet herrlich», sagte Jenna und ging ins kleine Esszimmer hinüber. «Du hättest dir nicht solche …»

Plötzlich schrillten all ihre Alarmglocken.

Der Tisch war für drei gedeckt. Das beste Geschirr und das schönste Tischtuch waren hervorgeholt worden, und ein Dutzend farbenfroher *banchan*-Beilagen aus Sprossen, Kimchi, Spinat, gerösteten Algen und winzigen Bratfischen füllten diverse Schüsseln. Als Jenna die gekühlte Flasche *soju* auf der Anrichte sah – Alkohol war in diesem Haus nur selten erlaubt –, wusste sie, dass sie in der Falle saß.

«Liebling …?» Han hatte die Schürze abgenommen, darunter trug sie eine modische Bluse und einen zu engen Rock. Sie hatte ihr Gastgeberin-Lächeln aufgesetzt und blickte über die Schulter ihrer Tochter hinweg ins Esszimmer. Jenna drehte sich um.

Neben dem Kirschholztisch mit den Familienfotos am anderen Ende des Zimmers stand ein etwa vierzigjähriger Mann. Als er sich verbeugte, wurde auf seinem Kopf eine kahle Stelle sichtbar.

«Es ist mir eine Freude, Sie kennenzulernen, Jee-min *yang*», sagte er.

Jenna zuckte zusammen.

«Das ist Sung Chung-hee», sagte Han mit hoher, gekünstelter Stimme. «Er hat eine Immobilienfirma in Fairfax.» Sie nahm Jenna an der Hand und führte sie zu ihm. «Er hat sich freundlicherweise bereiterklärt, heute das Haus zu schätzen.»

«An einem Sonntag?»

«Ich habe Dr. Sung gebeten, zum Mittagessen zu bleiben.» Han nannte alle Leute «Doktor», bei denen sie sich einschmeicheln wollte. Laut flüsternd sagte sie: «Ich kannte Sung *nims* Tante in Seoul, sein jüngerer Bruder ist Großkundenbetreuer bei Samsung Electronics.»

«Ich würde mich sehr freuen», sagte der Mann. «Wenn Jee-min *yang* nichts einzuwenden hat.» Er sprach das Koreanisch der Heimat, nicht den schlampigen Dialekt der zweiten Generation, den Jenna normalerweise zu Hause benutzte, versetzt mit englischen Ausdrücken und Slang. Außer ihrer Mutter nannte niemand sie Jee-min.

Aus der Küche ertönte das Zischen von heißem Öl.

«Entschuldigen Sie mich», sagte Han und drehte das Gastgeberin-Lächeln noch ein paar Watt heller. «Ich muss nach dem Essen sehen. Jee-min, zeigst du bitte Dr. Sung das Haus?»

Wirklich perfektes Timing, dachte Jenna.

In der Stille, die Jenna sich nicht zu füllen bemühte, nahm er seine Brille ab und polierte sie mit einem Taschentuch.

«Ihre Mutter sagte, Sie hätten eine Souterrainwohnung in Georgetown. Die ist sicher klein und teuer.»

«Ich verdiene meinen Lebensunterhalt selbst, Mr. Sung, und meine Katze braucht nicht viel Platz.» Sie hatte nicht die angemessene formale Anrede benutzt, aber er schien es nicht zu bemerken. Stattdessen lächelte er.

«Vielleicht brauchen Sie ja bald ein größeres Zuhause. Kinder brauchen mehr Platz als eine Katze.»

Jenna spürte, wie eine regelrechte Depression sie überkam. «Im Moment konzentriere ich mich aufs Unterrichten.»

Der Blick des Mannes wurde hart, von nun an schwiegen sie.

Hätte man Jenna gefragt, welchen Typ Mann sie bevorzugte, hätte sie keine genaue Beschreibung abgeben können, aber ganz sicher waren es nicht die Mr. Sungs dieser Welt – ein Emigrant mit dem gesamten patriarchalen Familienballast im Gepäck. Sie fühlte sich nur zu wenigen Männern hingezogen, aber durch irgendein dummes Gesetz der umgekehrten Proportionalität fühlten sich viel zu viele Männer zu ihr hingezogen, Verehrer, die ihre Nach- und Vorteile abwägten, eine frigide Halbkoreanerin von bereits dreißig Jahren.

Aus den Fotos auf dem Tisch traf sie der Blick ihrer Schwester, wie eine Warnung. Die Silberkette glitzerte auf der Haut des Mädchens, die viel dunkler war als der Porzellanteint ihrer Mutter Han, die neben ihr im Bild stand.

Mr. Sung folgte ihrem Blick. «Ihre Schulabschlussfeier», sagte er und bückte sich, um das Foto zu betrachten.

Sie wollte ihn eigentlich berichtigen, sagte jedoch: «Mr. Sung, meine Mutter meint es gut. Sie macht sich Sorgen um mich und empfindet es als ihre Pflicht, mir Bekanntschaften zu vermitteln … aber es ist nun mal so … ich möchte Ihre Zeit nicht vergeuden.»

Überraschung zuckte über sein Gesicht, fast konnte sie hören, wie er sich selbst daran erinnern musste, dass sie nicht in Korea waren. Er nickte nur, bereit, ihr entgegenzukommen.

«Sie sprechen geradeheraus mit mir, das schätze ich. Ich habe keine Geduld mit Frauen, die ihr Lächeln hinter der Hand verbergen und alles hinnehmen, was Männer sagen. Aber, Jee-min *yang*, wenn ich ebenso geradeheraus sein darf …»

In der Tasche ihrer Jeans klingelte ihr Handy. Sie wusste, dass es als respektlos galt, den Anruf anzunehmen. Sie nahm ihn an. Und erkannte die Stimme von Charles Fisk. «Stellen Sie Channel NewsAsia an … sofort!» Er legte auf.

«Ich möchte nicht unverblümt sein», sagte Mr. Sung, «aber in Hinblick darauf, dass Sie eine wünschenswerte Verbindung zu einer angesehenen Familie knüpfen könnten, werden Sie mir gestatten, darauf hinzuweisen, dass es bestimmte Faktoren gibt, die in Anbetracht …»

Sie griff zur Fernbedienung, stellte den Fernseher an und zappte durch die Sender, bis sie Channel NewsAsia gefunden hatte.

«Sie sind keine reinrassige Koreanerin …»

Auf dem Bildschirm war eine grauhaarige Asiatin in einem hellblauen Kostüm bei einer Pressekonferenz zu sehen. Aufgereihte Mikrophone, Kamerablitze, kein Lächeln.

Ein Moderator sagte: «*Mrs. Ishido wird morgen vor dem Menschenrechtsrat der Vereinten Nationen hier in Genf aussagen. Es ist davon auszugehen, dass sie den Ermittlern berichten wird, dass unter den Opfern Hunderte von Ausländern aus mindestens zwölf Nationen sind, und den Rat auffordern wird, den Druck auf das Kim-Regime zu erhöhen, damit die Opferfamilien vom Schicksal ihrer Angehörigen erfahren …*»

Die Frau hielt ein Foto eines Jungen in Schuluniform hoch und gab eine Erklärung auf Japanisch ab. Ein Dolmetscher sprach in mit französischem Akzent gefärbtem Englisch über sie hinweg.

«*Mein Sohn war vierzehn, als er an einem Strand nahe unseres Heimatortes verschwand … Wir wissen jetzt, dass er entführt wurde … und nach Nordkorea verschleppt worden ist …*»

Mrs. Ishido sah von ihrer Erklärung auf und blickte in die Kameras.

«*… in einem U-Boot.*»

Die Luft um Jenna herum wurde dünn. Plötzlich existierten nur noch sie und die Frau im Fernseher, deren Bemühen, die Tränen zurückzuhalten, ein erneutes Blitzlichtgewitter auslöste.

Geräusche drangen wie von fern zu ihr durch. Ein Klimpern, als ihre Mutter ein Tablett mit drei kleinen Gläsern hereinbrachte. Eine zuschlagende Haustür, ein anfahrendes Auto.

«*Omma …*», flüsterte Jenna, ohne den Blick vom Fernseher abzuwenden. Der Dolmetscher sprach mit seltsam entrückter Stimme weiter.

«*Ich glaube, mein Sohn … ist am Leben … in Nordkorea …*»

«Was ist passiert?», fragte Han. «Warum ist der Fernseher an?»

Jenna hörte ihre Mutter das Tablett absetzen und aufs Sofa sinken. Als sie sprach, klang ihre Stimme verblasst, kraftlos. «Ich will dir doch nur helfen. In deinem Alter sind die meisten koreanischen Mädchen längst verheiratet. Ich will nur, dass du einen erstklassigen Mann kennenlernst ... Ich möchte, dass du eine Hochzeit bekommst, wie ich sie nie hatte.»

Jenna starrte unverwandt auf den Bildschirm, zu geschockt, um sich rühren zu können. Der Bericht ging dem Ende zu. Dann verschwand die Frau, Mrs. Ishido.

«... Ein Empfang im Shilla Hotel, ein Bankett wie bei Königen, eine Limousine, ein seidenes *hanbok*-Kleid, eine Trockeneismaschine, das ganze Programm.»

«*Omma*.» Sie drehte sich um zu ihrer Mutter. Alle Kraft war aus ihrer Stimme gewichen. «Als Soo-min verschwand ...»

Han hob den Kopf, und zum ersten Mal fiel Jenna auf, wie alt sie unter dem Make-up geworden war.

«Soo-min ist von Gott verborgen. Willst du mich denn noch mehr aufregen?»

Zu Hause holte Jenna die alte Keksdose unter dem Bett hervor, die sie jahrelang nicht geöffnet hatte, und breitete die darin befindlichen Gegenstände auf dem Bett aus: Soo-mins Portemonnaie mit ihrer Büchereikarte, koreanischen Münzen, einer Rückfahrkarte für die Fähre und einem Automatenfoto von ihnen beiden zusammen, sechzehn Jahre alt und Grimassen schneidend. Außerdem Soo-mins Kameratasche mit den weißen Sandkörnern darin und ihr Fotoapparat, von dem die Polizei die zwei Fotos hatte.

Das von Soo-min war leicht verschwommen. Ihre Augen waren geschlossen, sie lachte. Über dem Ausschnitt ihres T-Shirts war die Silberkette sichtbar, die jetzt Jenna trug. Im Hintergrund erstreckten sich die rötlich golden schimmernden Dünen, in der oberen rechten Ecke ging der Mond auf. Das zweite Foto zeigte den Jungen, dessen Name Jae-hoon lautete, wie Jenna später erfahren hatte. Er kniete im Sand, hatte nur eine Badehose an und sah in die Kamera, während er dabei war, einen Fisch zu zerschneiden. Sein Gesicht lag halb im Schatten, die andere Hälfte war von den Strahlen der Abendsonne vergoldet. Links im Bild lag ein Gitarrenkoffer im Sand, im Hintergrund ruhte der dunkle Ozean.

Kurz nachdem diese Fotos gemacht worden waren – wie kurz? Eine Stunde später? Eine halbe Stunde? Ein paar Minuten? –, waren ihre Schwester und dieser Junge verschwunden.

Jenna vergrub das Gesicht in der Bettdecke. *Mein Gott.* Hatte sie sich all die Jahre geirrt?

Sie hätte es nicht erklären können, aber sie spürte, dass ihre nächste Entscheidung endgültig sein würde.

Fisk hob die Stimme, um den Cocktailempfang im Hintergrund zu übertönen. Jenna hörte das Pianoklimpern, Stimmen und Gelächter. Sie wartete, während er einen ruhigeren Ort aufsuchte.

«Sie haben es gesehen?», fragte er.

«Diese Frau in Genf, Mrs. Ishido ... Wieso haben Sie ...?»

«Unter Hunderten, die von Verschleppungen durch Nordkorea berichten, ist sie die Einzige, die ein U-Boot erwähnt. Es würde erklären, warum ... Ich dachte, Sie sollten es wissen.»

Jenna hatte das Gefühl, das Telefon an ihrem Ohr würde glühen.

Vorsichtig sagte er: «Wenn sie morgen vor der UNO ausgesagt hat, könnte ich Ihnen die Akte zeigen.»

«Nein», sagte Jenna. In Gedanken war sie auf der Insel Baengnyeong, an jenem entlegenen Strand an der Westseite, an den die Brandung donnerte. Nach zwölf Jahren war dies die erste zarte Spur zu Soo-min, eine Meeresbrise, die durch das Schlüsselloch einer vor langer Zeit verriegelten Tür wehte. Und Jenna würde nicht zulassen, dass irgendein Geheimdienst etwas filterte oder verwischte. «Ich muss Mrs. Ishido treffen», sagte sie entschieden. «Ich muss es mit eigenen Ohren hören.»

KAPITEL 4

Kim-Il-sung-Platz
Pjöngjang, Nordkorea
65. Jahrestag der Gründung der Arbeiterpartei
Sonntag, 10. Oktober 2010

Der Mief chinesischer Luftverschmutzung lag über der Stadt, das Licht war so diffus, dass der Turm der Juche-Ideologie, der normalerweise die Blicke auf sich zog, nur als beiger Umriss zu erkennen war.

Cho Sang-ho betrachtete die Szenerie von den für seine Familie reservierten Sitzplätzen auf der Südseite aus. Sein Rang im Außenministerium entsprach dem eines Oberstleutnants, und die steife Ausgehuniform, selten getragen, kratzte unangenehm und ließ ihn schwitzen. Zur Linken hatte er eine gute Sicht auf die Große Studienhalle des Volkes und die Tribüne, auf der die Führung die Ehrenbezeugungen entgegennehmen würde. Er konnte bis zur Sungri-Straße sehen, die von einer schweigenden Menschenmenge gesäumt war, von hier würde später die Parade kommen. Auf dem großen Platz warteten Tausende von Soldaten der Bodentruppen, der Marine und der Luftwaffe sowie die Rote Garde, alle in strenger Formation, wie Kompanien auf einem Schlachtplan. Dahinter standen in vollkommen geraden Reihen fünfzigtausend Zivilisten. Sie hielten Papierblumen empor – die Kimilsungia, die Blume des Großen Führers, dessen Geist auf ewig fortlebte, und die Kimiljongilia, die Blume seines geliebten Sohnes – und bildeten damit ein

Meer aus Rot und Rosa, das sich bis ans Ufer des Flusses Taedong erstreckte.

Cho spürte eine Hand auf der Schulter. Als er sich umwandte,
blickte er in das breite Gesicht von General Kang, das sich zu einem riesigen goldgefüllten Lächeln verzog. Er saß neben seinen
beiden halbwüchsigen Töchtern. Auf Englisch, mit schwerem
Akzent, flüsterte er: «Guten Morgen, Oberstleutnant Cho. Wie
geht es Ihnen diesen Tags?»

Seine Töchter kicherten hinter vorgehaltenen Händen. Kang,
einer der dienstältesten Diplomaten im Ministerium, hatte zur
Vorbereitung auf eine wichtige Mission in den Westen mit Cho
Englisch geübt.

«Ich bin bei guter Gesundheit, Genosse General. Danke der
Nachfrage.»

Chos Arm lag auf der Schulter seines neunjährigen Sohnes,
den alle, infolge eines Scherzes, an den sich Cho nicht mehr erinnern konnte, Puzzle nannten. Der Junge trug das rote Hals-
tuch der Jungpioniere. Er zählte die Formationen auf dem Platz
und bewegte dabei die Lippen, bis er einen lauten Schluckauf
bekam, über den Cho und seine Frau im Stillen lächelten. Von
allen anwesenden Frauen in ihren farbenfrohen *chima jeogori*,
der Nationaltracht, war seine Frau in Chos Augen die schönste.
Ihr gepudertes Gesicht hatte die perfekte ovale Form, sie trug
dunkelroten Lippenstift, der ihr Lächeln weniger schief wirken
ließ, und im Haar eine Perlmuttspange, die er ihr aus Peking
mitgebracht hatte.

«Vierundzwanzig Abteilungen», flüsterte Puzzle ihm zu. «Die
Kapelle habe ich nicht mitgezählt. Wo ist Onkel Yong-ho?»

Der Platz rechts neben Cho war leer. Wo mochte Yong-ho
sein? Da hatte er sich einen guten Tag ausgesucht, um zu spät
zu kommen …

Die Stille wurde beklemmend. Plötzlich stob ein Taubenschwarm auf, lautes Flügelschlagen hallte über den Platz. Über den Köpfen der Menge wogten sechs große Ballons mit dem Stern der Landesfahne sanft im Wind. Vom Dach des Parteigebäudes aus, direkt über dem Porträt des Großen Führers, beobachteten Bowibu-Agenten in Zivil die Menschenmenge durch Ferngläser.

Rechts von Cho entstand Unruhe, und da näherte sich Yong-ho und entschuldigte sich vielmals bei einer mit Orden dekorierten Matriarchin einer großen Familie, deren Mitglieder beinahe die ganze Reihe besetzten und allesamt aufstehen mussten, um ihn durchzulassen. Er drängte auf Cho zu wie ein verspäteter Hochzeitsgast und strahlte unterwegs jeden in der Reihe an.

«Vergib mir, jüngerer Bruder», sagte er und setzte sich. «Du wirst nicht glauben, was ich zu erzählen habe …» Yong-ho war blass, seine Hände zitterten, was Cho beunruhigt hätte, wäre seinem Bruder die Freude nicht ins Gesicht geschrieben gewesen. Als Yong-ho sich dichter heranbeugte, roch Cho den süßen Duft von *soju* in dessen Atem. «Sie geben mir den Topjob.»

«Im Ernst? Erster Stellvertretender Direktor?»

Yong-ho gluckste. «Noch besser.» Er flüsterte in Chos Ohr. «Vor dir steht der neue Chef.»

In gespannter Erwartung schien die Menge den Atem anzuhalten. Der Kapellmeister im Zentrum des Platzes hatte seinen Stab erhoben. Auf dem Fluss leuchteten zwei riesige LED-Wände auf, die linke verkündete: LANG LEBE DIE ARBEITERPARTEI NORDKOREAS!, die rechte: KIM JONG-IL IST DER LEITSTERN DES 21. JAHRHUNDERTS! Hörner reckten sich in die Luft, die Kapelle setzte an zum «Lied vom General», das aus Lautsprechern von jedem Gebäude am Platz dröhnte, und die Zuschauer erhoben sich von den Sitzen. Der Applaus brandete zuerst an der Großen Studienhalle des Volkes auf und breitete sich dann donnernd über den gesamten Platz aus, Männer, Frauen und Kinder rissen die Arme hoch, klatschten und riefen aus voller Kehle: «MAN-SAE! – MAN-SAE! – MAN-SAE!» Der Lärm war überwältigend.

«Ich kann ihn sehen!», schrie Puzzle und zerrte an Chos Ärmel. «Da ist er!»

Die fünfzigtausend Zivilisten schwenkten rhythmisch ihre Blumen, eine schimmernde Woge aus Rot und Rosa. Hunderte von weißen Tauben wurden freigelassen und kreisten über der Menge.

Auf der Tribüne tauchte die Gestalt von Kim Jong-il auf, dahinter ein Gefolge von Politbüro-Mitgliedern, hochrangigen Parteikadern und Generälen in sandfarbenen Jacken mit Goldrand. Der Jubel wuchs zu einem ohrenbetäubenden Getöse an. Der große Mann grüßte die Massen mit einer kleinen Handbewegung, als würde er sie segnen, und Cho spürte seine Macht wie einen Sonnenpfeil. *Geliebter Führer, Geliebter General.* Wie bescheiden war dieser Mann in seiner einfachen Arbeiterkleidung! Wie zerbrechlich ob all der Mühsal, die er für das Glück seines Volkes auf sich genommen hatte. Tränen brannten Cho in den Augen, im selben Moment begannen fast alle um ihn herum zu weinen. Der Jubel mischte sich mit Schluchzen. General Kangs breites Gesicht war tränenüberströmt, er klatschte wie im Rausch, und seine Töchter weinten hysterisch.

Cho ging in die Hocke und ließ Puzzle auf seine Schultern klettern. Leicht, wie er war, bedeutete es keine Mühe, ihn hochzuheben. Mit erstickter Stimme rief Cho: «Wem verdankst du deine glückliche Kindheit?»

«Dem Großen Führer Kim Il-sung und seinem Sohn Kim Jong-il, dem General von Korea!», schrie Puzzle.

Chos Frau klatschte in die Hände, der Mascara hinterließ schwarze Streifen auf ihrem Gesicht. «*Man-sae!*», rief sie.

Die Sonne bahnte sich einen Weg durch den Dunst und glitzerte auf den Jacken der Generäle. Cho bemerkte eine dunkle Gestalt auf der Tribüne, die etwas seitlich von den anderen stand, ein stämmiger junger Mann in schwarzer Mao-Uniform, der jüngste Sohn des Geliebten Führers. Auch die Menge hatte ihn bemerkt, Geflüster entstand, der Applaus ebbte ab. Die Menschen tuschelten über den jungen Mann – sein Gesicht so rund und gelassen wie das eines Buddhas –, als wäre ihnen ein neuer Gott kundgetan worden.

«*Appa*, wer ist das?», fragte Chos Sohn.

«Ein großer Mensch, vom Himmel geboren», sagte Cho. «Eines Tages, wenn du älter bist, wird er dein Lehrer und Führer sein.»

Yong-ho beugte sich wieder an Chos Ohr. «Sie machen mich zum Stabschef des Privatsekretariats des neuen Jungen», sagte er mit einem Kopfnicken in Richtung des stämmigen Mannes auf der Tribüne, Sohn des Geliebten Führers. «Im Ehrenrang eines Oberst ...»

Cho sah ihn erstaunt an und setzte Puzzle ab.

«Die Ernennung wird dieser Tage bekanntgegeben», sagte Yong-ho.

Die Kapelle spielte das «Rote-Fahne-Lied», und die erste Formation behelmter Truppen mit Regimentsbannern marschierte im Stechschritt auf die Große Studienhalle des Volkes zu. Das Knallen der Stiefel ließ den Boden erzittern. Trommeln gaben den Takt vor. Der Applaus war frenetisch.

«Das ist kein Witz, oder?», fragte Cho über den Lärm hinweg, lachte laut auf und schüttelte seinem Bruder fest die Hand. «Du bringst uns allen Ehre. Hast du es *appa* schon gesagt? Er wird vor Stolz vergehen.» Doch als Cho sich an seine Frau wenden und die gute Neuigkeit weitergeben wollte, packte Yong-ho ihn am Arm.

«Da ist nur eine Sache, jüngerer Bruder, und ich sage es dir jetzt, damit du dir keine Sorgen machst …» Sein Lächeln wankte. «Eine Ernennung auf dieser Ebene setzt voraus, dass meine Klassenherkunft makellos ist … die Bowibu wird eine gründliche Untersuchung durchführen.»

«Natürlich.» Kurz war Cho verwirrt. «Sie müssen mit *omma* und *appa* sprechen …»

Dann begriff er.

Nicht über ihre geliebten Adoptiveltern würde das Ministerium für Staatssicherheit, die Bowibu, Untersuchungen anstellen. Die Eltern mit vorbildlicher Klassenherkunft, die zwei bemitleidenswerte kleine Jungen aufgenommen und sie wie eigene Kinder aufgezogen hatten. Sondern ihre wirkliche Abstammung würde aufgedeckt werden. Die Eltern, die er und Yong-ho nie gekannt hatten. Kalte Angst sammelte sich in Chos Magengrube.

Er wandte sich wieder der Parade zu. Eine Abteilung der Volksmarine in weißen Uniformen und Mützen marschierte vorbei, präsentierte AK-74er mit arretierten Bajonetten und brüllte: «KIM JONG-IL! KIM JONG-IL!» Die Masse stimmte ein.

«Entspann dich», sagte Yong-ho. «Das Risiko ist gering.»

«Wir wissen nichts über unsere wahren Eltern und Großeltern. Wir wissen nicht, wessen Blut in uns fließt.» Cho konnte nicht glauben, dass er dies sagte. «Älterer Bruder, diese Untersuchung darf nicht geschehen. Du musst die Ernennung ablehnen.»

«Komm schon. Sieh uns an. Glaubst du ernsthaft, wir wären die Brut von Kapitalisten, von Kollaborateuren, von Verrätern, die für den Süden gekämpft haben?»

«Wir wissen es nicht.»

«Unser Geliebter Führer hat letztes Jahr im Vergnügungspark Mangyongdae selbst gesagt, dass die Revolution durch unsere Gedanken und Taten vorangetrieben wird, nicht durch unsere Abstammung. Die Zeiten ändern sich. Außerdem ist die Partei verdammt dankbar für das, was ich geleistet habe, und weiß, dass ich es verdient habe ...»

Yong-ho verstummte, sein Gesicht verdunkelte sich. Er war ein hochgewachsener Mann mit einem leicht pockennarbigen Gesicht, harten, intelligenten Augen und bis aufs Blut abgekauten Nägeln. Der Schnitt seines chinesischen Anzugs verbarg den mageren Körper, der von einem regen Stoffwechsel zeugte. Seine Finger zitterten, verlangten nach einer Zigarette. Cho wusste, dass sein Bruder in der komplexen politischen Landschaft von Pjöngjang eine wichtige Rolle spielte, auch wenn er nie über seine Arbeit sprach. Auf Fragen hin bezeichnete er sich als Finanzvermittler.

«Falls du dich irrst», sagte Cho kühl, «ist dir klar, was das bedeutet?»

Yong-hos gute Laune war verflogen. «Man lehnt einen Posten, den einem der Führer gibt, nicht einfach ab, jüngerer Bruder. Ich habe doch gesagt, du sollst dir keine Sorgen machen. Ich werde beschützt.»

Cho dachte darüber nach. Es stimmte, Yong-ho gehörte zu den Anerkannten, einer Elitegruppe von geschützten Kadern. Aber eine zynische Stimme in seinem Kopf sagte ihm, dass niemand, nicht einmal auf dieser Ebene, vor dem Verbrechen, schlechtes Blut zu haben, geschützt war.

Die Kapelle spielte «Zehn Millionen Bürger werden zu Kugeln und Bomben». Eine Einheit der Frauenbrigade marschierte an der Tribüne vorbei, die Beine bewegten sich wie Teile einer einzigen großen Maschine. Es ist eine seltsame Tatsache, dachte Cho, dass Frauenkörper sich besser für diese Art Choreographie eignen als die von Männern. Hinter ihnen hatten diverse Kriegsgeräte – Panzer, Abschussrampen und Amphibienfahrzeuge – an der Sungri-Straße Stellung bezogen, um auf den Platz zu rollen.

Chos Frau bemerkte seinen Stimmungswechsel und hörte auf zu jubeln.

«Hier.» Yong-ho griff in die Tasche und reichte Cho eine kleine Geschenkschachtel aus hochwertiger weißer Pappe. «Hiermit kannst du auf deinen Auslandsreisen die weißen Teufel beeindrucken.»

Doch Cho war in Gedanken versunken. Er steckte die Schachtel ein, ohne hineinzusehen oder seinem Bruder zu danken.

Als nach der Parade Chos Fahrer in einer langen Schlange wartender Wagen feststeckte, gingen Cho, seine Frau und Puzzle die zwanzig Minuten zu ihrer Wohnanlage zu Fuß zurück. Die großen Prachtstraßen waren voller Zivilisten und Militärangehöriger. Die aufgekratzte Stimmung der Parade wirkte in der Stadt nach. Vor ihnen marschierten Hunderte Studenten der Kim-Il-sung-Universität in weißen Hemden mitten auf der Somun-Straße, schwenkten große Fahnen und sangen.

Ruhmreiches Korea! Dein Stern strahlt durch die Zeit.
Wir folgen dir zum Kampf, Geliebter Führer,
gib uns dein Geleit.

Im nachmittäglichen Herbstdunst schienen alle Gebäude trium-
phal zu leuchten. Puzzle plapperte über Helden, die gegen die
Japaner gekämpft hatten, doch Cho blieb schweigsam. Im Geiste
sah er Bowibu-Offiziere eine Akte aufschlagen, alte Geburtsurkunden hervorholen und Namen und Gesichter ans Tageslicht bringen, die er nie zuvor gesehen oder gehört hatte, seine
wahre Familie. Wie lange würden sie dafür brauchen? Er hatte
keine Ahnung. Angst zuckte in ihm auf.

Zu Hause schloss er die Tür seines Arbeitszimmers hinter sich,
atmete tief durch und mahnte sich zur Ruhe. Yong-ho war einer
der Anerkannten! Keines der Staatsorgane, weder die Geheimpolizisten der Bowibu noch die richtige Polizei oder die Armee
kamen ohne die ausdrückliche Erlaubnis des Führers höchstpersönlich an ihn heran. Und was konnte so schlimm sein an
der Vergangenheit seiner echten Familie? Die Großeltern waren
wahrscheinlich armselige Landarbeiter gewesen, die im Dreck
herumscharrten, wie alle damals. Cho schenkte sich aus der Ka-
raffe auf dem Sekretär einen Cognac ein und steckte eine Kas-
sette in die Stereoanlage. Das Glas sanft schwenkend, setzte er
sich in den Sessel und summte den Refrain von «Hey Jude» mit.
Es gab eine kurze Liste von westlichen Liedern, die als harm-
los eingestuft waren. Er hatte den Musikkurator in der Großen
Studienhalle des Volkes bestochen, sie ihm aufzunehmen. Langsam entspannte er sich. Yong-hos Ernennung würde der Familie
Ehre und Prestige bringen. Er machte sich unnötig Sorgen.

Plötzlich erinnerte er sich an Yong-hos Geschenk, holte es aus
der Tasche seiner Uniformjacke und öffnete es. In der Schachtel
lag, eingewickelt in Seidenpapier, eine Brieftasche aus weichem,
genarbtem Leder, mit einem englischen Etikett. *Hand-stitched in
Italy*. Sie war wunderschön. Wo hatte sein Bruder diesen Luxus-

gegenstand her? Er strich mit dem Finger über die überflüssigen Kartenschlitze – kein Nordkoreaner besaß eine Kreditkarte – und öffnete das Scheinfach. Darin entdeckte er drei amerikanische Hundert-Dollar-Scheine, so glatt, als wären sie gerade erst aus der Presse gekommen. Wie neu, dachte er, und als er sie ans Licht hielt, stieg ihm ein Hauch von frischer Tinte in die Nase.

KAPITEL 5

Hôtel du Lac
Linkes Ufer
Genf, Schweiz
Mitte Oktober 2010

Der Morgenverkehr verdichtete sich gerade, als Jenna am Hotel ankam. Es lag am linken Ufer, ein paar Ecken von der Promenade du Lac und der glitzernden Fläche des Genfer Sees entfernt, von dem zwischen den großen, edlen Wohngebäuden hindurch ein Streifen sichtbar war. Ihr Zimmer hatte einen winzigen Balkon, unter dem eine Geschäftsstraße und eine Straßenbahnhaltestelle lagen. Wenn sie den Hals reckte, konnte sie die Alpen sehen, die in der Morgensonne weiß strahlten. Erschöpft legte sie sich aufs Bett, lauschte dem Rattern der Straßenbahnen und war sicher, wegen des Lärms nicht zur Ruhe zu kommen. Umgehend fiel sie in tiefen Schlaf.

Die ganze Woche über war Soo-min bei ihr gewesen wie ein Geist. Im Badezimmer war sie zusammengezuckt, weil sie plötzlich glaubte, ihre Schwester würde hinter ihr stehen und sie durch den Dampf hindurch beobachten. Beim Klavierspielen hatten ihr einen Moment lang die Haare zu Berge gestanden, als sie meinte, rechts neben ihren Fingern ein zweites Paar Hände zu sehen, die die Begleitung spielten. Sie war mitten in der Nacht aus dem Schlaf aufgeschreckt und sicher gewesen, dass Soo-min ihren Namen geflüstert hatte. Ihre Schwester hatte sie in ihre Träume begleitet, die so voller Farbe waren, dass sie realer wirkten als die blasse Welt, in der sie tagsüber unterwegs war. Natürlich glitten die Träume schließlich durch einen Riss in der Schutzschicht des Schlafes hinab in die Unterwasserhölle der Albträume, aber daran war Jenna schon lange gewöhnt.

Jee-min war als Erste zur Welt gekommen. Soo-min war ihr zweiunddreißig Minuten später gefolgt und sprach sie deshalb auf Koreanisch immer als «ältere Schwester» an. Sie war Jee-mins beste Freundin und ihr Ebenbild: Sie hatten die gleiche Art zu lachen, dachten die gleichen Gedanken, waren aus derselben DNA geformt. Sie hatten die gleichen Ticks und Marotten. Jede war eine Erweiterung der anderen. Sie teilten die Angewohnheit, Sätze nicht zu beenden, und wenn man sich mit ihnen unterhielt, legten sie die Köpfe schief und zwirbelten an einer Haarsträhne. Sie liebten Listen und trugen farbige Haargummis als Erinnerungshilfen ums Handgelenk. Sie verfügten über keinerlei Orientierungssinn und verliefen sich ständig, sogar im Einkaufszentrum. Beide verabscheuten gekochtes Gemüse und verzogen angeekelt das Gesicht, wenn man ihnen auch nur den Vorschlag machte, welches zu essen. Und bei weniger als neun Stunden Schlaf waren sie unausstehlich.

Die Kindheit der Zwillinge in Annandale war normal verlaufen. Das Familieneinkommen reichte zum Leben, ihr Vater verwöhnte sie, ihre Mutter war streng. Sie arbeiteten härter für die Schule als die Nachbarskinder, wenn auch nicht so hart wie die Chinesen, und taten sich in Sport und Musik hervor. Zusammen erhielten sie Klavierunterricht. Sonntags begleiteten sie ihre Mutter in den koreanischen Gottesdienst der United Methodist Church. Sie verfielen den gleichen Moden und Gelüsten wie alle anderen Mädchen ihres Alters.

Und doch stachen Jee-min und Soo-min Williams in jeder

Hinsicht heraus. Nicht nur aufgrund ihrer überragenden Intelligenz. Sie strahlten zudem eine natürliche Zufriedenheit aus, waren auf eine Art gleichzeitig schüchtern und aufgeschlossen, die andere Menschen sofort für sie einnahm. In der Schule waren Jenna und Susie, wie sie sich nannten, berühmt. Eineiige Zwillinge, halb koreanisch, halb afroamerikanisch, das Haar zu großen Büscheln zurückgebunden, die offenen Gesichter voller Sommersprossen, die Körper geschmeidig und sportlich – mit dreizehn waren sie die Stars auf dem Hockeyfeld und die größten Mädchen in der Schule. Mit sechzehn standen sie in der Endrunde der Virginia Schools Taekwondo Championships. Beim Training kämpften sie meistens gegeneinander. Die Jungs nahmen es nur ungern mit ihnen auf. Es mangelte ihnen nicht an Freundschaften, aber beide wussten, dass sie jeweils nur eine wahre Freundin hatten, und wenn man so empfand, konnte es keine andere geben. Sie bildeten einen exklusiven Zweierclub und setzten Hans strenger Erziehung jede Menge Unfug entgegen.

Ihre Mutter klebte die Schulzeugnisse an die Tür des Kinderzimmers, um ihre Töchter täglich zur Strebsamkeit anzuhalten. Nur Zweite zu werden, kam in Hans Augen einem Versagen gleich, und tatsächlich wurden die Zwillinge nur selten Zweite.

Mit vierzehn, fünfzehn nahmen sie aufgeregt wahr, wie sich ihre Körper veränderten, beim gegenseitigen Schminken und Haarestylen war jede der Spiegel der anderen. Beim Abendessen spuckten sie, sobald ihre Mutter nicht hinsah, das Kimchi in Taschentücher – Knoblauch galt als Kusskiller. Treffen mit Jungs waren von Han zwar strengstens untersagt worden, doch da die Mädchen jede Menge Gründe hatten, das Haus zu verlassen – Taekwondo, Freundinnen, die Bibliothek –, waren die mütterlichen Regeln leicht zu umgehen. Wenn abends das Licht aus war, kroch Jee-min zu Soo-min ins Bett, wo sie sich flüsternd über Jungs unterhielten, die Beine verschränkt, die Finger verwoben, die Köpfe nebeneinander auf dem Kissen.

Ihre Eltern hatten ihnen immer gesagt, dass sie sich eines Tages würden trennen müssen, aber die Zwillinge sahen nicht wirklich ein, warum das unausweichlich oder notwendig sein sollte. Kurz nach ihrem achtzehnten Geburtstag war es dann doch so weit: Sie nahmen sich vor dem College getrennt voneinander ein Jahr Auszeit. Soo-min schrieb sich für einen Grundkurs Musik an der Universität Sangmyung in Seoul ein. Jee-min begann ein Praktikum im Büro eines Senators am Capitol Hill.

Am Washington Dulles International Airport hatten sie sich weinend in den Armen gelegen. Jee-min gab ihrer Schwester einen Glücksbringer mit, eine Silberkette mit einem winzigen Silbertiger. Es war der einzige Gegenstand von Wert, den sie je ohne ihre Schwester gekauft hatte. Soo-min band die Kette sofort um. Der Flug wurde aufgerufen, der Abschied war eine Qual. Die Zwillinge konnten sich nicht trennen, und ihre Eltern litten mit ihnen. Han sah so schuldbewusst aus, als wäre sie Zeugin eines unnötigen und grausamen Experiments. Jee-min vermisste ihre Schwester bereits in dem Moment, als sich die Aufzugtüren hinter ihr schlossen.

Sie lag zu Hause im Garten und las, als sie es spürte – ein Zittern in dem genetischen Band, das sie mit Soo-min verknüpfte. Zuerst verkrampfte sich ihr Magen. Dann stieg überwältigende Panik in ihr auf, und ihr Mund füllte sich mit Speichel. Sie rief in Soo-mins Studentenwohnheim an, aber sie war nicht da, auch nicht am folgenden Morgen. Als am nächsten und übernächsten Tag keine Nachricht kam, lief Jenna völlig verstört im

Haus umher und verlor jeglichen Appetit. Auf die Frage ihrer Eltern, was denn los wäre, konnte sie nur sagen, dass Soo-min in Gefahr war. Im Laufe der Tage verwandelte sich die Verwunderung ihrer Eltern in Sorge und schließlich in Furcht, als Soo-min nicht zurückrief.

Die Nachricht kam per Telefon. Jee-min wusste, dass es *der* Anruf war, weil ihr Vater Douglas lange Zeit schweigend zuhörte und dabei nach Hans Hand griff. Wie er später erzählte, hatte ein Inspektor Ko von der Polizei in Jincheon sich erkundigt, ob sie von ihrer Tochter gehört hätten. Sie war seit drei Tagen nicht im Studentenwohnheim gewesen. Inspektor Ko hatte auch gesagt, dass eine auf der Insel Baengnyeong lebende Frau ihren neunzehnjährigen Sohn Jae-hoon als vermisst gemeldet hatte, nachdem er nicht von einem Strandausflug mit einem koreanisch-amerikanischen Mädchen zurückgekommen war. Die Frau war überzeugt, ihr Sohn sei mit Soo-min durchgebrannt. Der Inspektor hielt das zumindest für denkbar. Junge Liebespaare flohen manchmal vor dem familiären Druck, sagte er, aber fast immer nahmen sie innerhalb von ein, zwei Tagen Kontakt auf.

Ein Seouler Klatschblatt bekam die Collegefotos der beiden Vermissten in die Hände und brachte die Story unter der Schlagzeile: WER HAT ROMEO UND JULIA GESEHEN? Dazu wurde eine Hotline eingerichtet. Die Polizei hängte an allen Bahnhöfen Vermisstenplakate aus. Soo-min trug auf dem Foto die Halskette, und Jee-min gab der Polizei eine genaue Beschreibung des Schmuckstücks. Sie wusste, dass Soo-min sich von dieser Kette niemals trennen würde. Im Laufe der nächsten Woche wurden die beiden in Busan, Jincheon, Sokcho, Daegu und sogar auf der Insel Jeju gesichtet. Inspektor Ko warnte Douglas und Han vor zu großen Hoffnungen, und es ergab sich auch wirklich keine konkrete Spur.

Han zerbrach daran. Sie wechselte zwischen tränenreicher Hysterie, dem festen Glauben, dass Soo-min jeden Moment anrufen würde, und Antriebslosigkeit, gepaart mit einem leeren Blick, den Jee-min noch nie zuvor bei ihr gesehen hatte. Ihr Vater nahm die Dinge in die Hand. Douglas setzte Jee-min zu Hause fest, aus Angst, sie könnte sich etwas antun oder versuchen, nach Seoul zu reisen. Tagelang redete er auf sie ein. Hatte Soo-min irgendein Geheimnis, von dem sie wissen sollten? Machte ihr etwas Sorgen, von dem sie ihren Eltern nichts erzählt hatte? Würde sie mit einem Jungen durchbrennen, den sie kaum kannte – war ihr Leben so schrecklich? Ihre Eltern klammerten sich an die Hoffnung, dass Soo-min eine romantische Dummheit begangen hatte und bald zurückkehren würde.

Jee-min wusste, dass ihre Schwester nicht durchgebrannt war. Es stand außer Frage, dass sie eine solche Entscheidung getroffen hätte, ohne ihr etwas davon zu sagen. Sie vermutete zu Recht, dass Soo-min diesen Jungen, Jae-hoon, gerade erst kennengelernt hatte und ihr noch nicht von ihm hatte erzählen können, was sie im nächsten langen Brief sicherlich getan hätte.

Vor Jee-mins Eltern tat sich eine bodenlose Leere auf. Wäre eine Leiche gefunden worden, hätten sie Soo-min beerdigen und um sie trauern können. Und vielleicht wäre ihre Trauer mit der Zeit etwas erträglicher geworden. Doch dass ihr Kind spurlos verschwunden blieb, fraß an ihren Herzen.

Ihr Vater wurde vom Dienst beurlaubt und machte sich auf die schwere Reise nach Südkorea. Einen Monat lang suchte er nach seiner Tochter. Er wanderte über die Strände von Baengnyeong und zeigte jedem, der ihm über den Weg lief, Soo-mins Foto. Der große schwarze Mann auf der Suche nach der verlorenen Tochter erregte natürlich Aufmerksamkeit. Er traf sich mit der Mutter von Jae-hoon, die genauso ratlos und verzweifelt war wie er selbst. Sie hielten sich an den Händen, weinten und beteten zusammen. «Mein Sohn war ein starker Junge», sagte sie. Sie weigerte sich zu glauben, dass er ertrunken war. Sie und Douglas verteilten im Itaewon-Distrikt von Seoul Flyer mit den Fotos des Paares und klapperten die Internetcafés und *noraebang*-Bars ab, in denen junge Reisende sich oft Jobs suchten. Sie sprachen mit Inspektor Ko, der ihnen sanft klarzumachen versuchte, dass die einfachste Erklärung häufig die richtige war. Die am Strand hinterlassenen Gegenstände ließen vermuten, dass das Paar beim Schwimmen in Schwierigkeiten geraten war. Als Douglas nach Hause zurückkehrte, war er nicht mehr derselbe.

Auch Han veränderte sich. Aus einer Frau, die alles wusste, wurde eine, die nichts mehr wusste. Sie war immer so voller Energie gewesen, dass sie kaum stillsitzen konnte. Jetzt schluckte sie Beruhigungsmittel und verschlief die Nachmittage. Eines Morgens ging sie aus dem Haus und kehrte erst vierundzwanzig Stunden später zurück, als bereits die Polizei verständigt worden war. Ihr Gesicht war aufgequollen und verschmiert, die Kleidung schmutzig. Als Jee-min fragte, wo sie gewesen war, starrte sie nur mit glasigem Blick vor sich hin. Douglas begann zu trinken. Sechs Monate nach Soo-mins Verschwinden wurde er aus der Armee entlassen.

Jee-min vermisste ihre Schwester so sehr, dass sie körperliche Schmerzen litt. Sie und Soo-min waren unzertrennlich gewesen, hatten einander Wärme und Licht gegeben. Jetzt war sie allein und schutzlos einem kalten Wind ausgesetzt. Das Wort Leere beschrieb das, was sie fühlte, nicht einmal ansatzweise. Und trotzdem … sie konnte nicht um ihre Schwester trauern. Irgendetwas in ihr, ein Licht, das nicht verlöschen wollte, sagte ihr, dass Soo-min am Leben war. So oft hatten sie über die Entfernung miteinander kommuniziert, Momente der Verzweiflung oder der Freude wortlos geteilt – nicht per Telefon oder Brief, sondern durch eine Art Magnetfeld –, und auch jetzt *fühlte* sie die Präsenz ihrer Zwillingsschwester. Während um sie herum langsam alle Soo-mins Tod als gegeben akzeptierten, tröstete sich Jee-min durch die Kraft dieser Verbindung, auch wenn sie wusste, dass Fakten und Logik dagegensprachen. Wenn Soo-min nicht tot war, wo war sie dann? *Warum* war sie verschwunden?

Jee-min jagte diese Gedanken in ihrem Kopf im Kreis herum, entwarf und verwarf zahllose Szenarien, was am Strand passiert sein konnte, und schlief kaum noch. Bis ihr eines Tages klarwurde, dass sie durchdrehen würde, wenn sie ihrem Bauchgefühl nicht folgte. Sie musste selbst nach Südkorea reisen. Damit ihre Eltern, falls sie sich irrte und Soo-min doch tot war, nicht das ganze Leid noch einmal durchmachen mussten, sagte sie ihnen nichts von ihren Beweggründen. Doch Jee-min glaubte nicht, dass sie sich irrte. Soo-min lebte. Ganz sicher. Also sagte sie Han und Douglas nur, wenn sie den Strand mit eigenen Augen gesehen hätte, würde es ihr besser gehen, und Han erklärte sich bereit, sie zu begleiten. Den Besuch bei Inspektor Ko jedoch plante Jee-min im Alleingang.

Inspektor Kos Frau hatte ihr die Tür geöffnet. Das Haus lag in einer grünen Wohnstraße auf einem Hügel, mit Blick über den Hafen von Jincheon. Ganz in der Nähe legten die Fähren nach Baengnyeong ab. Jee-min wurde auf eine Veranda geführt, die nach Jasmin und Tomatenblättern duftete. Ein Hibiskus hob sich lila leuchtend gegen den blauen Himmel ab. Inspektor Ko saß auf einem Korbstuhl. Jee-min verbeugte sich vor ihm.

Er drückte sein Bedauern und Beileid aus. Es war vor der Pensionierung sein letzter Fall gewesen, sagte er. «Ihre arme Schwester … und der Junge, die ganze Zukunft noch vor sich …» Er schenkte ihr eine Tasse Jujube-Tee ein. Sein Gesicht war streng, melancholisch, das Haar fein und weiß, sehr kurz geschnitten, wie ein Rasen nach frühem Frost. «So zu ertrinken, obwohl …» Er hielt inne, rührte seinen Tee um. «Ich gebe zu, dass auch ich damals Zweifel hatte. Die See war ruhig. Beide waren kräftig und fit.»

«Sie sind nicht ertrunken», sagte Jee-min mit fester Stimme. «Ich glaube, dass sie am Leben sind. Ich spüre die Präsenz meiner Schwester. Das bilde ich mir nicht ein. Ich will, dass der Fall neu aufgerollt wird.»

Inspektor Ko musterte sie über die Teetasse hinweg.

«Sie … glauben, die beiden könnten entführt worden sein?»

Ein Schatten huschte über Jee-mins Gesicht. Das war eine Möglichkeit, über die sie nicht hatte nachdenken wollen.

Er schwieg eine Weile, ließ seinen Tee abkühlen, bedachte seine Worte. «Leider kann ich Ihnen nicht einmal diese Hoffnung bieten, auch wenn sie nur ein schwacher Trost wäre. Ihre Schwester und der Junge haben die Fähre zurück nach Jincheon nicht wieder bestiegen. Und sie haben kein anderes Boot genommen. Baengnyeong liegt in einem äußerst sensiblen Gebiet – gerade zwanzig Kilometer vor der nordkoreanischen Küste. Dort ist kaum Schiffsverkehr erlaubt, und die Küstenwache hat berichtet, dass sich am Abend des Verschwindens keine Boote in der Gegend aufhielten.» Er nippte an seinem Tee und blinzelte in den Horizont. Der Hafen von Jincheon und die Frachtschiffe glitzerten in der Mittagssonne. «Wenn jemand Ihre Schwester und den Jungen verschleppt hätte, hätten sie das direkt unter der Nase der Küstenwache machen müssen.» Er sah Jee-min mitleidig an. «Und das halte ich für unwahrscheinlich. Es tut mir sehr leid, aber ich kann keine anderen Schlüsse ziehen. Sie sind ertrunken.»

Bevor Jee-min etwas erwidern konnte, wurde die Verandatür geöffnet. Inspektor Kos Frau reichte ihm einen Umschlag.

«Ah. Ja.» Er gab ihn an Jee-min weiter. Der Umschlag war versiegelt und mit einem Aktenzeichen versehen. «Das hier hat der Inselpfarrer letzte Woche am Strand Condol gefunden. Im Tang verfangen, der dort angeschwemmt wird. Es passt zu Ihrer Beschreibung.»

Im Umschlag steckte ein durchsichtiger Beweismittelbeutel, darin eine dünne Silberkette. Im Meerwasser war der winzige Tiger grün angelaufen. Der Verschluss war aufgerissen.

Als Jee-min wieder zu Bewusstsein kam, fächelte Inspektor Ko ihr mit einer Zeitung Luft zu. Sie spürte den harten Holzboden der Veranda unter ihrem Ohr und erkannte eine Pflanze in Seitenansicht. Langsam drehte sie sich auf den Rücken und starrte den Inspektor an, spürte ein Geräusch in sich aufsteigen, das als Geheul aus ihrem Mund hervorbrach. Ihr Körper begann zu zittern und wollte nicht wieder aufhören. Sie fühlte eine klaffende, qualvolle Wunde in sich, als wäre ihr Herz zerbrochen und ihr wäre nur eine Hälfte verblieben. Nichts hatte sie auf den Schmerz vorbereitet, den sie jetzt empfand.

Ihre Zwillingsschwester war tot.

Innerlich hohl kehrte Jee-min nach Hause zurück. Der Anblick der Halskette hatte ihre Überzeugung auf das Grausamste zerstört. Sie musste akzeptieren, dass sie sich etwas vorgemacht hatte.

Ohne ihre Schwester war sie nicht mehr sie selbst. Nur mit Soo-min war sie vollständig gewesen. Das *Wir*, das ihr Dasein ausgemacht hatte, existierte nicht mehr. Ein *Ich* gab es nicht. Sie war ein halber Mensch und hatte keine Ahnung, wie sie in der Welt ihren Weg finden sollte.

Im September des folgenden Jahres schrieb sie sich an der

Johns Hopkins University in Baltimore ein, hatte sich aber mittlerweile weit von ihrem bisherigen Leben und den Menschen in ihrer Umgebung entfernt. Sie war unendlich müde und hatte keine Kraft, sich auf andere einzulassen, alles war ihr egal. Sie hockte in ihrem Zimmer und verpasste Vorlesungen und Mahlzeiten. In der Cafeteria oder im Aufenthaltsraum sah man sie so gut wie nie. Wer mit ihr zu sprechen versuchte, erlebte eine junge Frau, die mit ihren Gedanken woanders war, sah eine Oberfläche, unter der sich etwas Dunkles und Abgründiges verbarg. Die fröhliche junge Frau, die jeden zum Lächeln brachte, gab es nicht mehr. Sie hatte alle Neugier, Offenheit, Hoffnung verloren und zog sich tief in sich selbst zurück. Alte Freunde wandten sich ab. Sie gab das Hockeyspielen auf und klappte den Klavierdeckel zu. Sogar ihr Name, Jee-min, schien zu verblassen wie eine Erinnerung, bis er selbst für sie keine Bedeutung mehr hatte. Von nun an war sie für sich und die Welt nur noch Jenna.

Kurz vor Weihnachten im ersten Semester überstellte ihr Tutor sie in psychiatrische Behandlung.

Jenna verbrachte zwei Monate in einer Klinik in den hügeligen Wäldern von West Virginia. Der Psychiater diagnostizierte eine posttraumatische Belastungsstörung. Die innere Betäubung, die tiefe Fassungslosigkeit und die Schuldgefühle gehörten laut der Aussage des Arztes unabdinglich zum Trauerprozess und mussten zugelassen werden. «Es ist normal, sich ein Erlebnis, über das man keine Kontrolle hatte, wieder und wieder vor Augen zu führen. Das zeigt, dass Ihr Verstand sich bemüht, mit einer massiven Veränderung umzugehen.»

Jede Nacht war sie mit Soo-min am Strand, hielt ihre Hand und ging jedes Detail, jede Sekunde mit ihr durch. Jeden Herzschlag, jedes Blinzeln, jeden Schritt im Sand zum Wasser hin. Sie änderte den Dialog, das Timing, den Blickwinkel, doch wie oft sie auch auf Wiederholung drückte und alles neu durchdachte und durchlitt, das Ende war immer dasselbe. Soo-min ertrank.

«Es kann Jahre dauern, aber irgendwann wird die Zeit die Wunden heilen», sagte der Psychiater. Jenna sah ihn kalt an. Sie wusste, dass es eine Lüge war. Die Zeit war nichts als eine Strafe, die sie lebenslänglich abzusitzen hatte.

Ihr Professor war überrascht, sie bereits vor dem Ende des Frühlingssemesters wiederzusehen, aber Jenna hatte beschlossen, dass sie eine Bewältigungsstrategie brauchte: Arbeit. Die Arbeit versprach Zuflucht und Rettung, das Lernen schützte vor dem Schmerz. Von da an blendete Jenna alles aus, das nicht zum Studium gehörte. Sie arbeitete von morgens, wenn sie sich zum Frühstück setzte, bis ihr abends im Bett die Bücher und Arbeitsbögen aus der Hand fielen und sie einschlief. Sie glättete ihre Haare und nahm so viel ab, dass sie kaum noch der alten Jeemin ähnelte. Als man ihr riet, besser auf ihren Körper zu achten, begann sie mit Langstreckenläufen, für die sie weder Team noch Trainingspartner brauchte, und kaufte einen locker sitzenden *dobok* für das Taekwondo. Sie trainierte früh am Morgen, wenn die Sporthalle noch leer war, am Sandsack Handkantenschläge und brachte sich mit Schnapptritten und gedrehten Kicks ins Schwitzen, zwischen den Einheiten dehnte sie ihre Muskeln und verbesserte ihre Konzentration. Sie mochte das, was sie das *Tao* in Taekwondo nannte, wenn Kraft aus Schnelligkeit und Strategie entstand, nicht aus Stärke und Aggression.

Als sie ihren Abschluss summa cum laude in der Tasche hatte, war sie bereits für ein Promotionsstudium angenommen. Ihre Dissertation gab sie vor der Frist ab, parallel dazu hatte sie bereits mehrere Artikel über ostasiatische Geopolitik veröffentlicht. Die akademische Welt wurde auf sie aufmerksam. Als sie sich in Georgetown für einen Lehrauftrag bewarb, gab ihr das

College zu verstehen, dass sie keine Konkurrenz zu fürchten hatte: Der Posten gehörte ihr.

In dem Jahr starb ihr Vater Douglas an Leberkrebs. Er hatte den Rat ignoriert, mit dem Trinken aufzuhören, sein Gesundheitszustand hatte sich rapide verschlechtert, und es schien ihm egal zu sein.

«Nur noch du und ich», sagte Han in dem merkwürdig mädchenhaften Tonfall, den sie sich angewöhnt hatte. Jenna und sie tauschten die Rollen. Die Mutter war durch die Verluste zum Kind geworden. Jenna musste sich um sie kümmern und jede Woche nach ihr sehen. Han war besessen davon, Jenna zu verkuppeln, als wäre dies die letzte mütterliche Pflicht, die es zu erfüllen galt, bevor auch sie verschwinden konnte.

Der Tag auf Inspektor Kos Veranda markierte einen Einschnitt, der Jennas Leben in zwei Hälften teilte. Davor hatte alles Konsequenz und Klarheit gehabt, danach verschwamm alles. Allmählich jedoch baute sie sich eine neue Existenz auf. Einmal die Woche ging sie zu Dr. Levy. Einmal die Woche besuchte sie ihre Mutter. Die Jahreszeiten wechselten, Semester und Studenten kamen und gingen. Gegen die Albträume nahm sie Prazosin, meistens ohne Erfolg, besonders einer kehrte immer wieder. Der Junge spielt ihrer Schwester etwas auf der Gitarre vor. Beide sind in goldenes Licht getaucht. Dunkelheit setzt ein, und sie gehen Hand in Hand aufs Meer zu. Die Wellen werden mächtiger, schwärzer, dann kracht eine Riesenwelle auf sie herab. Soo-min öffnet den Mund zum Schrei, heraus kommt nur das Geräusch einer Klingel.

Es klingelte erneut, Jenna wachte auf und hörte das Telefon neben dem Hotelbett klingeln. Einen Moment lang wusste sie nicht, wo sie war. Benommen hob sie ab.

«Dr. Williams? Passt es gerade nicht?»

«Doch, doch.»

«Hier ist Mrs. Akiko Ishido.» Die Stimme mit dem japanischen Akzent war klar und fein wie Porzellan. «Würde es Ihnen etwas ausmachen, mich in zwanzig Minuten im Hôtel Beau-Rivage zu treffen? Ich habe nicht viel Zeit, doch ich weiß, dass sie weit gereist sind, um mich zu sprechen.»

KAPITEL 6

Hyesan
Provinz Ryanggang
Nordkorea

Es war noch dunkel, als Frau Moon das Dorf verließ. Der offene Lastwagen war mit ob der Kälte dick vermummten Frauen voll besetzt und hing im ersten Gang fest. Ein Vehikel aus der Sowjetunion, älter als Frau Moon. Wenn sie um halsbrecherische Kurven schlingerten, biss sie die Zähne zusammen, über kiefernbewachsenen Abhängen kniff sie die Augen zu. Die Straße wand sich über Hügel, die mit Gräbern gespickt waren, längliche Schatten in der Dämmerung.

Nach einer weiteren Kurve sah Frau Moon plötzlich tief unten im Tal Hyesan liegen, das wie ein riesiger Friedhof aussah. Hunderte von niedrigen Häusern, dazwischen unbefestigte Wege und dunkle Straßen. Rauch stieg aus dünnen Kaminrohren auf und mischte sich mit dem Nebel, der vom Fluss Yalu heranzog. Frau Moon schauderte. Im Norden konnte sie in der Morgensonne den Bronzekoloss des Großen Führers ausmachen, der China den Rücken zukehrte. Sie blinzelte ihn an. Ihr grauer Star wurde immer schlimmer. *Von hier aus bist du gerade mal so groß wie mein Daumen.*

Hyesan war die einzige Stadt, die sie überhaupt in den letzten Jahren besucht hatte, aber selbst in ihren Augen sah sie aus wie das hinterletzte Loch. Straßen voller Schlaglöcher, ein Ochse vor einem Karren. Männer, die nach Bauernart am Straßenrand hockten, untätig, wartend auf nichts. Eine stillgelegte, einst berühmte Fabrik.

Sie ging das letzte Stück ins Zentrum zu Fuß und wusch sich auf dem Weg am Straßengraben den Staub vom Gesicht. Als sie sich gerade mit der Schürze abtrocknete, nahm sie aus dem Augenwinkel plötzlich eine Bewegung wahr. Zwei Kinder, eines in einer viel zu großen verdreckten Armeejacke, tauchten direkt hinter ihr auf. «Haut ab!», kreischte sie und packte ihren Korb, bevor die beiden ihn stehlen konnten. Sie würde wirklich achtgeben müssen. An jeder Ecke lungerten *kotchebi*, obdachlose Kinder, die sich wie Schwalbenschwärme zur Saatzeit zusammenfanden und alles klauten, was ihnen unter die Finger kam. Zum Schutz mischte sie sich unter die Fabrikarbeiter, die auf dem Weg zur Arbeit waren.

Das Stadtzentrum bestand aus einem großen Platz, dort befanden sich der Hauptbahnhof, die Staatsbank, ein Schönheitssalon, eine Apotheke, ein Devisen-Laden, der von illegalen Geldwechslern umschwärmt wurde, und ein beeindruckendes Gebäude mit Säulen, das Stadtbüro der Partei, an dem in riesigen Buchstaben eine Losung prangte. KIM JONG-IL UMFASST DAS GANZE VOLK, WIE DER HIMMEL!

Als Frau Moon durch das Eingangstor in den Bahnhof trat, fand sie sich in einer anderen Welt wieder. Der Frachtplatz brummte vor Betriebsamkeit. Händler überschrien sich auf Mandarin und schleppten riesige Säcke mit Waren herbei. Wettergegerbte ältere Frauen feilschten gestikulierend. Zwei blutjunge Soldaten mit geschulterten Gewehren waren auf Patrouille. Etwa fünfzig Stände, manche überdacht mit Markisen aus blauen Yankee-Reissäcken, reihten sich die Gänge entlang; unter die Stimmen der vielen Händlerinnen mischte sich das Gekreisch herabstürzender Vögel.

«*Sassayo!*» Kommt und kauft.

Frau Moon bedeckte Nase und Mund. Der Betonboden war klebrig. Sie kam an ausgebreiteten Matten vorbei, auf denen glitzerndes Hunde-, Schweine- oder Hühnerfleisch lag. An Kartoffelhaufen, die ihr bis zur Hüfte reichten. Alles, was sich nicht essen ließ, war mit chinesischen Schriftzeichen bedeckt, Reinigungsmittel, Geschirr, elektronische Geräte, deren Namen und Nutzen sie nicht kannte. Überall wurden Geldscheine hin und her gereicht. Die Gesichter leuchteten vom Geld. Und über allem lag eine Nervosität, eine Dringlichkeit, als könnten die Geschäfte auf einen Wink aus Pjöngjang hin jeden Moment ein jähes Ende finden. Ein paar Spitzel hingen herum, beobachteten das Treiben, belauschten Gespräche. Frau Moon erkannte sie schon von weitem.

Am Ende eines Gangs entdeckte sie eine laute, offene Kantine, in der Kunden über Schüsseln mit heißer Reissuppe gebeugt saßen. Aus brodelnden Pfannen über mobilen Gasbrennern stieg gelber Dampf auf, und sie merkte, wie hungrig sie war. Erst würde sie etwas essen, dann eine Käuferin für die Schokokekse suchen.

Eine Stimme hinter ihr sagte: «*Ajumma*, etwas gegen die Falten?»

Sie drehte sich um und erblickte eine alte Frau, die mit einem Papierfächer auf eine Auslage kittfarbener *koryo*-Heilmittel zeigte. Fläschchen mit getrockneten Pilzen, Paste aus Rehplazenta, lauter nutzlose Ziegenscheiße. *Falten, na klar.*

«Was kostet die Miete für einen Stand?», fragte Frau Moon.

«Fünftausend Won, meine Liebe», sagte die Frau und fächerte sich den Dampf von der Kantine aus dem Gesicht.

«Im Monat?»

«In der Woche.» Sie grinste über Frau Moons entsetzten

Gesichtsausdruck. «In der Nähe des Lautsprechers ist es billiger.»

Während sie auf ihren Bohnenpasteneintopf wartete, dachte Frau Moon nach. *Fünftausend Won!* Wer hatte so viel Geld? Tae-hyon verdiente mehr als sie, aber auch sein Gehalt betrug nur zweitausend Won im Monat, wenn es überhaupt ausgezahlt wurde. Seitdem das Kohlebergwerk geflutet worden war, hatte er nicht mehr gearbeitet, und die Lebensmittelmarken, die man ihm gab, waren keinen Vogelschiss wert.

Eine dampfende Schüssel wurde vor ihr abgesetzt. Sie roch daran. Würzig und frisch. Sie probierte einen Löffel. Es schmeckte gut. In der Nähe entdeckte sie noch zwei weitere behelfsmäßige Kantinen wie diese hier, die Betreiberinnen konkurrierten um Kundschaft. *Gutes Essen an einem Ort wie diesem …* Ein kleines Mädchen in dreckstarrenden Lumpen flitzte unter den Tisch, schnappte sich einen Knorpel und rannte davon.

«Hundertfünfzig Won, *ajumma*», sagte eine junge Frau mit einem Geldgürtel, als sie Frau Moons leere Schüssel nahm. Frau Moon steckte die Hand in die Tasche ihrer Schürze und erstarrte.

Ihr Geld war weg.

Hektisch sah sie in einer anderen Tasche nach. Nichts.

«*Kotchebi*», sagte die junge Frau mitfühlend. «Diese Kinder sind überall …»

Frau Moon lüpfte voller Angst das Tuch über ihrem Korb und atmete auf. Ihr Schatz war noch da.

«Ich kann hiermit bezahlen», sagte sie und hielt einen Schokokeks hoch.

Die junge Frau riss beim Anblick der roten Verpackung die Augen auf. Dann drückte sie Frau Moons Hand nach unten. «Sind Sie sicher?», fragte sie, nahm verstohlen den Keks entgegen und steckte ihn in ihren Geldgürtel. Sie sprach mit leiser Stimme. «Wenn Sie noch mehr davon haben, *ajumma*, gebe ich Ihnen zwanzig Yuan für jeden einzelnen.»

Harte Währung? Ohne mit der Wimper zu zucken, sagte Frau Moon: «Ich hatte an dreißig Yuan für jeden gedacht.»

In Wahrheit hatte sie keine Ahnung, was ein chinesischer Yuan wert war. Aber die junge Frau hatte ein ehrliches Gesicht, und Frau Moon besaß Menschenkenntnis.

«Wie viele haben Sie?»

«Zehn.»

Die junge Frau stellte die leeren Schüsseln ab, ignorierte einen Mann, der nach seinem Essen rief, und rechnete mit schnellen Strichen auf einem Papierfetzen. Sie war klein und schlank, hatte große, hübsche Augen, eins schielte ganz leicht. Ihr lockiges Haar steckte unter einem sonnenblumengelben Tuch. Ihre Füße waren so klein, dass sie Mädchenschuhe trug.

«Ich brauche ein paar Minuten, um das Geld zu holen.» Sie ging in den Küchenbereich und kam mit einer Portion *soondae*, bestreut mit Chiliflocken, zurück. Sie lächelte Frau Moon freundlich an und verbeugte sich leicht. «Für Sie, während Sie warten, *ajumma*. Ich heiße Ong, aber alle nennen mich Locke.»

Frau Moon verließ ihren Platz auf der Bank und setzte sich an einem eisernen Brückenpfeiler in die Sonne. Dies war der billige Teil des Marktes – die Händlerinnen hatten keine Stände, sondern legten ihre Waren auf Strohmatten auf dem Boden aus. Langsam aß Frau Moon ihr *soondae*, genoss das Brennen des Chilis auf der Zunge, das die Blutwurst essbar machte. Aus dem Lautsprecher über ihrem Kopf schnarrte eine Stimme, im Hintergrund energische Musik. «… *kämpfend gegen Tausende von Feinden, Schnee und Hunger trotzend, die rote Fahne weht voran …*» Zu ihrer Rechten versammelte sich eine Menschenmenge auf dem Bahnsteig, um einen aus Kanggye kommenden Zug willkommen zu heißen, der scheppernd und mit quietschenden Kupplungen einfuhr, aus den Oberleitungen regneten Funken herab, es roch nach Latrine und verbranntem Kupfer.

Locke kehrte atemlos zurück und drückte ihr drei rote Geldscheine in die Hand. Die Schokokekse waren verkauft. «Wenn Sie sonst noch irgendwas aus dem *Dorf unten* haben», flüsterte sie, «wissen Sie ja, wo Sie mich finden.» Sie zwinkerte ihr zu und ging. Frau Moon starrte die Scheine in ihrer Hand an.

Sie überquerte den Platz und suchte den Devisen-Laden auf, wo die Geldwechsler herumlungerten. Sie hatte nicht die Absicht, das Geld zu wechseln. Sie wollte nur wissen, was sie da besaß. Sie folgte einem der Männer in eine Ecke und erlebte eine riesige Überraschung. Er bot ihr für die dreihundert Yuan mehr als viertausend Won in zerfledderten, abgenutzten Scheinen. Sie japste ungläubig auf. Zwei Monate Arbeit ihres Mannes waren genau so viel wert wie zehn Schokoladenkekse aus Südkorea? Sie wollte gleichzeitig vor Kummer weinen und laut lachen. Schuldbewusst wurde ihr klar, dass sie Tae-hyon nichts davon sagen konnte. Er durfte nicht das Gesicht verlieren, das würde sie nicht ertragen.

Sie ließ den Geldwechsler stehen und behielt die Yuan fest in der Faust.

«He, *ajumma*! Also gut, für Sie ein Sonderkurs …»

Doch sie kehrte auf den Markt zurück und ging mit hocherhobenem Kopf zu der alten Frau, die die *koryo*-Heilmittel verkaufte.

Das Leben gibt einem drei Chancen, dachte sie. *Dies ist eine davon.*

Innerhalb einer Stunde hatte sie ihre Einkäufe erledigt. Einen Fünf-Kilo-Sack Reis und einen mit Nudeln, einen Liter hochwertiges Kochöl, eine Tüte Reismehl, Gläser mit Sirup, Senfsauce, Fischbrühe und Sojabohnenpaste, und die größte Investition: einen neuen Stahltopf.

Es gibt jene, die verhungern, jene, die betteln, und jene, die Handel treiben.

Sie war im Geschäft.

KAPITEL 7

Hôtel Beau-Rivage
Quai de Mont-Blanc
Genf, Schweiz

«Er ist am Ende unserer Straße verschwunden, nicht weit weg vom Strand. Er hatte sich nach dem Fußballtraining von einem Freund verabschiedet und wollte nach Hause, um vor dem Abendessen noch Hausaufgaben zu machen. Die Straßenlaternen waren gerade angegangen. Er war vierzehn. Wir waren am Boden zerstört.»

Mrs. Ishido rührte ihren Tee um und trank einen Schluck. Sie und Jenna waren die einzigen Gäste in dem untertrieben als Tea Room bezeichneten Salon aus der Belle Époque, mit hoher Decke, vergoldeten Stühlen und Brokatvorhängen. Verandafenster gaben den Blick auf die Postkartenansicht des Sees und den wie ein Geysir aufsteigenden *Jet d'eau* frei. Der Alpenhimmel tauchte den Raum in kristallklares Licht, das sich in den Kronleuchtern brach. Der Eingang wurde von einem kahlrasierten Mann bewacht, der fast aus seinem Anzug platzte. Die Schweizer Behörden hatten darauf bestanden, einen Leibwächter zu stellen, um Mrs. Ishido während ihrer Aussage vor den Vereinten Nationen vor nordkoreanischen Attentätern zu schützen. «Die hätten mich schon lange getötet, wenn sie mich zum Schweigen hätten bringen wollen. Denen ist egal, was die Welt von ihnen denkt.»

Jenna schätzte sie auf etwa sechzig, sie trug ein elegantes dunkelblaues Kostüm und wunderschönen japanischen Schmuck.

Ihr Haar war aschweiß, das Gesicht von Sorgenfalten durchzogen, doch sie hatte etwas Beeindruckendes an sich, einen Rest bemerkenswerter Schönheit. Sie saß kerzengerade wie eine Königin, Jenna erkannte in dieser würdevollen Haltung die Willenskraft einer Mutter, der das Schlimmste widerfahren war, das man sich vorstellen konnte: Ihr war das Kind gestohlen worden. Sie sprach ein wenig Koreanisch, da sie früher in Tokio für den Präsidenten von Hyundai Heavy Industries gearbeitet hatte, und füllte die Lücken mit Englisch. Auf dem Tisch lag ein Schulfoto ihres Sohnes Shuzo. Tatendurstig, Mondgesicht. Ein nettes Kind.

«Mein Mann hat ihn sofort als vermisst gemeldet. Die Polizei hat rund um die Uhr nach ihm gesucht. Nach einer Woche haben sie in den lokalen Zeitungen sein Foto veröffentlicht. Es kam kein einziger Hinweis. Es war, als hätte die Nacht ihn verschluckt. Natürlich haben wir überlegt, ob er weggelaufen sein könnte, wie Teenager das manchmal tun. Wir haben nie die Tür abgeschlossen und immer das Licht angelassen, falls er zurückkehrte, wenn wir nicht zu Hause waren. Aus einem Jahr wurden fünf, aus fünfen zehn, und ohne dass wir je darüber gesprochen hätten, gestanden wir beide uns irgendwann ein, dass wir nicht mehr daran glaubten, dass er noch lebte. Wir hielten es in dieser Stadt am Meer nicht länger aus. Als die Firma meines Mannes ihm die Versetzung nach Osaka anbot, war das die Antwort auf unsere Gebete.

Und dann, elf Jahre nach Shuzos Verschwinden, bekamen wir einen Anruf, der unser Leben auf den Kopf stellte. Ein Reporter der Zeitung *Tokyo Shimbun* berichtete uns, dass in Seoul ein nordkoreanisches Kommando auf geheimer Mission aufgeflogen und verhaftet worden war. Ein Mitglied des Kommandos war vom südkoreanischen Geheimdienst verhört worden und hatte zugegeben, zu einer Einheit zu gehören, die im Laufe der

Jahre Dutzende Menschen entführt und nach Nordkorea verschleppt hatte. Darunter ein vierzehnjähriger Junge aus unserer Stadt.» Mrs. Ishido schüttelte den Kopf. «Unser Sohn in Nordkorea? Daran hatten wir nicht im Traum gedacht. Aber alles passte. Das Datum, die Zeit. Es war Shuzo. Das Kommando hatte ihn auf offener Straße gepackt …» Sie hielt inne und schluckte. «… am Strand gefesselt und geknebelt, ihn in einen Leichensack gesteckt und ihn mit einem Dingi zu … einem wartenden U-Boot gebracht.»

Jenna bekam eine Gänsehaut.

«Er hat den ganzen Weg nach Nordkorea geschrien und geweint. Dort haben sie ihn sofort an die Arbeit gesetzt. Stellen Sie sich vor, ein vierzehnjähriger Junge bringt nordkoreanischen Spionen, die nach Japan eingeschleust werden sollen, japanische Sitten und Umgangssprache bei. Vielleicht dachten sie auch, sie könnten ihn einer Gehirnwäsche unterziehen und als Spitzel einsetzen. Junge Leute sind formbar. Wir verlangten seine sofortige Freilassung. Unter dem Druck unserer Regierung gab das nordkoreanische Regime die Entführung endlich zu. Kurz darauf informierte man uns, dass er psychisch krank geworden wäre und sich vier Jahre zuvor erhängt hätte, mit einundzwanzig.» Beim letzten Wort brach Mrs. Ishidos Stimme. Es musste sie ungeheure Mühe gekostet haben, die Beherrschung zu wahren, und Jenna begriff, wie dünnhäutig die Frau war. «Ich glaube das nicht», sagte sie jetzt mit zitternder Stimme. «Warum sollte ich irgendetwas glauben, das die mir sagen? Ich glaube, Shuzo ist am Leben.» Sie zog ein Taschentuch aus der Handtasche und tupfte sich die Augen ab.

Jenna senkte den Kopf. Sie wollte Mrs. Ishidos Hand nehmen, doch die Geste wäre zu vertraulich gewesen. Schweigen tat sich zwischen ihnen auf, gefüllt durch das Brummen des Verkehrs auf dem Quai Mont-Blanc und das Hupen der Fähre aus Lausanne, die sich dem Anleger näherte. Jenna fragte nur ungern, doch sie konnte nicht anders. «Sie erwähnten … ein U-Boot.»

Mrs. Ishido räusperte sich. Als sie sprach, klang ihre Stimme wieder ruhig, der Gefühlsausbruch war vorbei. «Ein Aufklärungs-U-Boot der Marine vom Typ Sango, ausgesandt vom Marinestützpunkt Mayang-do in Nordkorea. Das muss ein ziemlich großes Schiff sein, sagte man mir.» Sie lächelte Jenna traurig an. «Mit einem U-Boot hat niemand gerechnet. Wahrscheinlich hat dasselbe Schiff auch Ihre Schwester entführt. Das würde erklären, warum sie so spurlos und unerwartet verschwunden ist.»

Freude durchzuckte Jenna wie ein Stromschlag, gleich darauf zog sich ihr Magen schmerzhaft zusammen. Das also war es. Endlich hatte jemand es ausgesprochen.

«Und mir wurde immer gesagt, es kann keine Entführung gewesen sein», murmelte sie.

Der Leibwächter stand auf und tippte auf seine Armbanduhr.

«Verzeihen Sie.» Mrs. Ishido erhob sich. «Ich muss den Flug zurück nach Osaka bekommen.» Sie verbeugte sich leicht und hielt Jenna die Hand hin. «Ich hoffe, eines Tages werden Sie mit Ihrer Schwester vereint sein.» Sie ging zur Tür.

«Der nordkoreanische Spion, der gefangen genommen wurde …», sagte Jenna. «Wie hieß der?»

Selbst von hinten war Mrs. Ishido die Spannung anzumerken.

«Sin Gwang-su», sagte sie leise und wandte sich noch einmal zu Jenna um. «Sein Name ist Sin Gwang-su. Er wird im Gefängnis Pohang festgehalten, an der Ostküste von Südkorea.»

«Sie haben ihn *besucht*?»

«Nein …» Mrs. Ishido zögerte. «Er ist in einem Hochsicherheitstrakt untergebracht und isoliert. Aber die südkoreanische Regierung hat mir gestattet, mit ihm zu sprechen … eine Erfahrung, die ich niemandem wünsche. Und Klarheit hat es auch nicht gebracht. Aber manchmal … ist es möglich, aus den Lügen des Bösen eine Wahrheit zu ziehen.»

Als Mrs. Ishido gegangen war, lief Jenna allein im Salon auf und ab. Sie war schockiert, wütend und euphorisch zugleich und wusste nicht, wie sie damit umgehen sollte. Die Momente in ihrem Leben, in denen sie dringend einen Drink brauchte, ließen sich an einer Hand abzählen. Dies war einer davon.

In der Hotelbar vernahm sie neben französischen und deutschen Unterhaltungen auch amerikanische Stimmen. Sie setzte sich in der Nähe des Pianos an die Bar, betrachtete verwirrt die Vielzahl an europäischen Getränken vor dem beleuchteten Kristall und bestellte einen großen Jack Daniel's mit Cola. Der Pianist schien sie bemerkt zu haben und mischte einige Molltöne in sein Spiel. Als ihr Drink kam, nahm sie einen großen Schluck. Ihre Hand zitterte.

Sie wurde in einem U-Boot verschleppt.

Jenna schüttelte den Kopf. Dieser Gedanke war genauso verrückt, als hätte jemand zu ihr gesagt: «Ihre Schwester hat sich in eine Meerjungfrau verwandelt und ist weggeschwommen.» Sie hatte sich in den letzten Jahren alle möglichen schicksalhaften Szenarien ausgemalt, doch weder sie noch sonst jemand war je auf ein U-Boot gekommen.

In ihr brodelte Wut, Wut auf sich selbst. *Hast du so schnell die Hoffnung aufgegeben? Warum hast du nicht auf dein Bauchgefühl gehört? Schämst du dich nicht?*

Der Barmann polierte Gläser und beobachtete sie diskret. Sie nahm einen weiteren Schluck, spürte, wie das Zittern nachließ, und atmete langsam aus.

Sie lebt. Oh Gott, sie lebt.

Jennas Arme überzogen sich mit einer Gänsehaut, in ihrem Inneren bewegte etwas Dunkles seine Schwingen. Wenn Mrs. Ishido die Genehmigung bekommen hatte, den nordkoreanischen Entführer zu sprechen, dann konnte sie das auch. Sie würde mit dem Teufel reden, der Soo-min und Jae-hoon verschleppt hatte. Sie würde …

«Man kann sich in dieser Stadt auch billiger betrinken», sagte eine tiefe Stimme hinter ihr.

Sie schloss die Augen. *Das kann doch wohl nicht wahr sein.* Sie drehte sich auf dem Barhocker um. «Sagen Sie bitte nicht, dass Sie zufällig in der Gegend waren.»

Charles Fisk lächelte väterlich. Er trug einen Anzug, hatte aber die Krawatte abgenommen, als käme er gerade aus einer langen Besprechung. «Mrs. Ishido ist eine Erscheinung, nicht wahr?» Er nahm auf dem Barhocker neben ihr Platz. «Wie eine japanische Meryl Streep.»

«Was machen Sie hier?» Es gelang Jenna nicht, ihren Ärger zu verbergen.

«Ich wollte nur mal hallo sagen, mehr nicht. Das Weltwirtschaftsforum geht bald los.» Er senkte die Stimme. «Unter uns, eine tolle Chance, unsere geschätzten Verbündeten auszuquetschen. Wussten Sie, dass dieses Hotel während des Krieges Beau-Espionage genannt wurde? An der Bar tummelten sich Gestapo-Spitzel und blonde Doppelagentinnen, in deren Strumpfbändern Zyanidkapseln steckten.»

Jenna seufzte. «Hören Sie, ich bin Ihnen wirklich dankbar dafür, dass Sie mich mit Mrs. Ishido zusammengebracht haben, aber im Moment wäre ich lieber allein.»

«Es ist jemand hier, den Sie treffen sollten.»

Ihr kam der Gedanke, dass sie es in einem anderen Leben vielleicht genossen hätte, als attraktive junge Frau in Gesellschaft eines charmanten und klugen Mannes an der Bar eines Luxushotels am Genfer See zu sitzen, aber im Moment fühlte sie sich lediglich belästigt. Sie wollte den Kontakt zu Fisk nicht weiter vertiefen. Zweifellos war er nur darauf aus, sie für seine eigenen Zwecke zu manipulieren. Allerdings schien er sie auch ehrlich zu mögen und ihre Gesellschaft zu schätzen. Unwillkürlich lächelte sie und musterte nachdenklich seine große Nase und das krause silbrige Haar, sein markantes, intelligentes Gesicht. Er war kein schöner Mann, aber sein Charme verführte dazu, sich seinem Willen zu unterwerfen. Sie war weniger immun dagegen, als sie geglaubt hatte.

Als sie ihm durch die weitläufige Lobby zum Aufzug folgte, wurde ihr klar, was sie die ganze Zeit, seit sie das Hotel betreten hatte, so nervös gemacht hatte. Überall waren Sicherheitsleute postiert. Männer mit Oakley-Sonnenbrillen sprachen in Kragenmikrophone, standen in Ecken herum, behielten alles im Blick. Als sie im fünften Stock aus dem Aufzug traten, standen auch hier zwei Männer mit Knopf im Ohr. Fisk führte Jenna durch einen Korridor mit von kleinen Strahlern angeleuchteten Gemälden aus dem neunzehnten Jahrhundert, auf eine glänzende, elektronisch gesicherte Tür zu. Er drückte die Klingel, und die Tür wurde von einer streng wirkenden Frau mit einem Terminkalender in der Hand geöffnet. «Kommen Sie rein», sagte sie. «Aber bitte nur fünf Minuten.»

Sie betraten eine Luxussuite. Überall Chippendale-Stühle, Seidendiwane und Vasen mit üppigen Blumensträußen. Zwischen zwei großen Lampen mit Quastenschirmen nahm ein riesiger napoleonischer Kamin fast eine gesamte Wand ein.

Hinter einer Tür hörte Jenna eine Frau sprechen. Die tiefe Stimme kam ihr bekannt vor, aber in der Aufregung kam sie nicht drauf, zu wem sie gehören könnte. Die Tür ging auf, ein schlanker, dunkelhäutiger junger Mann im Anzug bat sie herein.

Die Frau hatte die Füße auf ein Sofa gelegt, wandte ihnen den Rücken zu und sprach in ein Mobiltelefon. Ihre raue Stimme war zu laut für den Raum. Jenna warf Fisk einen Blick zu, er legte den Zeigefinger auf die Lippen. Sonnenlicht, vom See reflektiert, zeichnete Lichtmuster an die Decke. Jenna hörte das Tickern und Surren eines Faxgeräts. Das blonde Haar der Frau war fest frisiert. Eine junge Stylistin in einer rosa Uniform packte Fön und Bürsten ein und verließ den Raum. Endlich beendete die Frau das Telefonat, sagte «Herr im Himmel» und warf dem jungen Mann im Anzug das Handy zu. Jenna roch ihr Parfüm, ein kräftiger Zitronenduft.

Die Frau stand auf und drehte sich mit einem breiten, angespannten Lächeln zu ihnen um. Im nächsten Moment schüttelte Jenna die Hand der amerikanischen Außenministerin.

KAPITEL 8

★

Außenministerium
Kim-Il-sung-Platz
Pjöngjang
Nordkorea

Oberstleutnant Chos Tag hatte ganz routinemäßig begonnen. Einige ermüdende Komiteesitzungen, Reisbällchen und Tintenfisch zum Mittagessen im Büro seines Vorgesetzten, General Kang, der verbissen weiter sein Englisch an Cho ausprobierte. *Ich machte Wanderung eines Berges mit meinen beiden Töchtern, und danach wir aßen ein paar Prüchte in ein Lestaulant.* Am Nachmittag stand eine Organisationsbesprechung mit Sektion 1 der Leibgarde an, um den offiziellen Chinabesuch des Geliebten Führers vorzubereiten: eine Prozession aus drei gepanzerten Zügen, für die Dutzende Fahrpläne verändert werden mussten, um die Strecke freizuhalten. Bewaffnete Einheiten der Koreanischen Volksarmee mussten jeden Bahnhof sichern, durch den er fahren würde. Frischfisch und Wild mussten per Flugzeug zum Zug geliefert, der Müll musste abgeholt werden. Kein Wunder, dass der große Mann das Land nur selten verließ. (Die Leibgarde hatte außerdem verlangt, den Urin und die Fäkalien des Führers zu sammeln und nach Pjöngjang zurückzubringen, um auszuschließen, dass ausländische Mächte an seine DNA kamen. Cho hatte vorsichtig vorgeschlagen, sie sollten das Problem selbst lösen, weil diese Aufgabe für jemanden seines Ranges ein zu großes Privileg darstellen würde.)

Um achtzehn Uhr saß er in der politischen Studiengruppe seiner Arbeitsstelle – es stand ein Vortrag über die revolutionären Prinzipien der Juche-Lyrik auf dem Programm – und konzentrierte alle ihm verbliebenen Kräfte darauf, nicht zu gähnen. Er war todmüde. Sein Gehirn war wie Watte. Die Augen brannten.

Seit der Parade vor fast einer Woche hatte er keine Nacht mehr durchgeschlafen. Wann immer er an Yong-hos bevorstehende Beförderung dachte, und das geschah stündlich mehrere Male, durchlebte er wilde Stimmungsschwankungen. Im einen Moment war er so aufgeregt, dass er kaum noch atmen konnte. Im nächsten wurde er fast verrückt vor Sorge. Eine Untersuchung der Herkunft seiner wahren Familie? Ihrer *wahren Familie*. Was für ein irrsinniges Risiko! Wie konnte Yong-ho sich darauf einlassen?

An diesem Morgen war er schweißgebadet aufgewacht und hatte in der Finsternis auf das Poltern von Stiefeln im Treppenhaus, auf Hämmern an der Tür gehorcht. Die Menschen verschwanden bei Nacht, immer bei Nacht. Er stellte sich vor, dass Bowibu-Agenten in sein Schlafzimmer eindrangen, ihm grell ins Gesicht leuchteten und ihn verhafteten, weil seine Familie, seine *wahre* Familie, deren Namen und Gesichter er nicht kannte, Klassenfeinde, Saboteure, Gegner der Revolution gewesen waren und weil er und Yong-ho, die dieses erbliche Verbrechertum in sich trugen, das Vertrauen des edelsten aller lebenden Herrscher missbraucht hatten. Dann hatte er sich das Gesicht gerieben und tief durchgeatmet. Seine wahre Familie hatte sicher nur aus Reispflanzern und Scheißeschauflern bestanden. Kein Grund zur Sorge.

Nachdem die Studiengruppe um halb acht zu Ende war, fuhr Cho zum Abendessen zu seiner Frau und Puzzle nach Hause und half seinem Sohn noch eine Weile bei den Hausaufgaben. Dann schaffte er es, in seinem Arbeitszimmer eine halbe Stunde lang unruhig zu dösen, bevor er, wie seine Kollegen, um zweiundzwanzig Uhr zum wichtigsten Teil des Arbeitstages ins Ministerium zurückkehrte: Berichte und Kommuniqués schreiben, Informationen auswerten und *anwesend sein* bis spät in die Nacht. Der Geliebte Führer war in den dunklen Stunden am produktivsten, und es konnte vorkommen, dass er höchstselbst seine Bürokraten anrief. Das hatten die Kapitalisten nie verstanden: dass Angst genauso einen Anreiz darstellen konnte wie Gier.

Als Cho pünktlich durch die Tür des Ministeriums trat, wartete in einer Ecke der riesigen Eingangshalle sein Abteilungsleiter auf ihn und drückte bei Chos Anblick seine Zigarette aus. «Sie werden im obersten Stock verlangt.»

«Was?» Angst strich Cho über den Nacken wie ein Hauch eiskalter Luft. «Weswegen?»

Der Abteilungsleiter musterte ihn von oben bis unten. «Richten Sie Ihre Krawatte. Ich soll Sie sofort hinbringen.» Er legte Cho die Hand auf den Rücken und schob ihn durch die Eingangshalle. «Schnell. *Chollima*-Tempo.»

Cho hatte das Gefühl, vor Panik zu ersticken, als hätte jemand eine Schlinge um seinen Hals gelegt. *Es ist so weit! Was haben sie herausgefunden?*

Der Abteilungsleiter folgte Cho in den Aufzugkäfig, die Tür wurde zugezogen, das Brummen des Motors begleitete ihren langsamen Aufstieg. Der Abteilungsleiter schwieg, bis die Eingangshalle unter ihnen lag, dann begann er zu flüstern.

«Kang ist verhaftet worden. Zu Hause, heute Abend.» Seine Stimme war heiser vor Angst. «Der *Spionage* bezichtigt. Die ganze Abteilung ist in Aufruhr …»

«General Kang?» Cho starrte ihn an. «Weswegen?»

Der Mann schüttelte den Kopf. «Ist doch egal. Er wurde verhaftet. Das ist sein Ende.»

Die schummrige Glühbirne des Aufzugs flackerte kurz auf und wurde wieder trüb.

Chos Gedanken rasten. Spionage war ein schwammiges und unspezifisches Vergehen, aber höchst ansteckend. Die Art Verbrechen, das schnell Kreise zog und auf andere übergriff und schon ganze Abteilungen ereilt hatte.

Wurde auch er der Spionage bezichtigt, als Kangs Komplize? *Oh, bei meinen lieben verdammten Vorfahren.* Schuld durch Assoziation, Schuld durch Vererbung. Oder hatten sie doch irgendetwas in der Vergangenheit seiner wahren Familie ausgegraben …?

Der Aufzug hielt ruckelnd im obersten Stock. Kaum war Cho hinausgetreten, schlug hinter ihm mit einem metallischen Kreischen die Tür zu. Er drehte sich um und sah seinen Abteilungsleiter nach unten entschweben, das Gesicht erleuchtet wie das eines Kabuki-Dämons.

«Gestehen Sie nichts», flüsterte er noch.

Cho war bisher nur selten in der Führungszentrale des Außenministeriums gewesen und immer in Begleitung von General Kang. Langsam schritt er an einer Reihe von Ölgemälden entlang. Großformatige Darstellungen der Drei Revolutionen. Bauern grüßen einander über Rekordernten verheißende Felder hinweg. Ein Brennofenarbeiter wischt sich das Gesicht ab. Chos Schuhe knallten wie Gewehrschüsse auf dem beheizten Parkett, und er spürte, dass seine Furcht einer seltsamen Ruhe wich, einer Akzeptanz, vergleichbar der tiefen Resignation, die er bei öffentlichen Hinrichtungen in den Gesichtern der Verurteilten gesehen hatte. Das Gefühl wurde durch die Liebe, die er für seine Frau und seinen Sohn empfand, verstärkt. Wer würde sie jetzt beschützen?

Eine uniformierte Sekretärin erhob sich von ihrem Schreibtischstuhl, als er das Vorzimmer erreichte. Ihr Lächeln machte ihn jämmerlich dankbar. Sie bat ihn, kurz zu warten, klopfte vorsichtig an die getäfelte Holztür und öffnete sie einen Spalt. «Meine Herren, Oberstleutnant Cho Sang-ho ist jetzt da.»

Von innen war ein Grunzen zu hören. Die Sekretärin öffnete beide Türflügel, dahinter lag ein großes, hell erleuchtetes Büro, das nach Holzpolitur roch. Am Schreibtisch stand ein Mann um die fünfzig und sortierte Dokumente.

«Kommen Sie rein, Genosse Cho, kommen Sie rein», sagte der Erste Stellvertretende Minister, ohne aufzusehen. Auf der einen Seite des Schreibtisches stand wie ein halber Theatervorhang die rote Fahne der Arbeiterpartei, Vater-Sohn-Porträts blickten von den Wänden auf ihn herab. In einer Glasvitrine zu seiner Linken waren in makellosen Einbänden die heiligen revolutionären Schriften aufgereiht, zur Rechten führten drei große, mit Gardinen behängte Fenster auf den spärlich erleuchteten Kim-Il-sung-Platz hinaus.

Cho trat langsam ein, sich der toten Winkel links und rechts bewusst.

Der Erste Stellvertretende Minister nickte vage in Richtung eines Beistelltisches mit einem alten Silbersamowar und Porzellantassen. «Nehmen Sie sich Tee.»

Noch zwei weitere Männer saßen in schweren Sesseln vor dem Schreibtisch. Keiner der beiden wandte sich zur Begrüßung um, aber Cho erkannte den maßgefertigten Mao-Anzug des Ersten Parteisekretärs, der die Beine übereinandergeschlagen hatte und eine Zigarette abgewinkelt neben sein Gesicht hielt, wie man es von japanischen Kapitalisten in Filmen kannte. Der zweite Mann war der Minister persönlich, ein schrumpeliges Echsenhaupt zwischen den Schulterklappen. Instinktiv überschlug Cho die Lage. Die beiden Männer in den Sesseln konnte er mit einiger Sicherheit außer Acht lassen, selbst den Minister, der nur zu Staatsereignissen hervorgeholt wurde. Der eigentliche Machthaber im Raum war der Mann hinter dem Schreibtisch, der Erste Stellvertretende Minister. Er strahlte absolute, von Kim Jong-il verliehene Autorität aus.

Cho schenkte sich Tee ein und spürte die Blicke auf seinem Rücken. Er ahnte, dass sie gerade über ihn gesprochen hatten.

«Setzen Sie sich.»

Als Cho Platz genommen hatte, trat der Erste Stellvertretende Minister um den Tisch herum, setzte sich vor ihm auf die Kante, trommelte mit den Fingern auf der Holzplatte und betrachtete Cho mit einem langen, abschätzenden Blick. Er trug eine einfache braune Uniform ohne Insignien, hatte das Gesicht eines Apparatschiks – lichtes Haar, dicke schwarze Augenbrauen und eine stahlgefasste Brille, die seine Augen vergrößerte und ihn wie eine listige Eule wirken ließ.

«Ihr Vorgesetzter, General Kang, ist nicht länger bei uns», sagte er mit Entschiedenheit. «Deswegen haben wir beschlossen, Sie mit seiner Mission in den Westen zu betrauen.»

Chos Mundwinkel waren wohl vor Schreck nach unten gesackt, denn der Erste Stellvertretende Minister runzelte die Stirn. «Wir vergeben diese Aufgabe nicht leichtfertig, das kann ich Ihnen versichern.» Sein Tonfall enthielt einen Hauch Sarkasmus. «Es geht um eine Sache von hoher nationaler Bedeutung. Fehler dürfen nicht passieren. Die Frage ist: Sind Sie der Aufgabe gewachsen?»

Cho saß kerzengerade auf der Stuhlkante und balancierte seine Teetasse auf den Knien. Lieber hätte er gestanden. Er hörte sich sagen: «Es ist mir eine Ehre und meine Pflicht, mein Bestes zu geben, Herr Minister.»

Der Erste Stellvertretende Minister wischte die formelhafte Replik beiseite. Er atmete nachdenklich aus und verschränkte die Arme. «Meine Kollegen hier halten Sie für zu unerfahren und mit dreiunddreißig zu jung. Und Sie hatten noch nie mit Leuten aus dem Westen zu tun.»

«Ich spreche recht gut Englisch, Herr Minister.»

«Ja-ha.» Er wandte sich um und warf einen Blick auf die Dokumente auf dem Schreibtisch. Cho entdeckte ein Foto von sich selbst und begriff, dass dort seine Akte lag, aus dem Zentralen Parteiarchiv herübergeholt, wo die geheimen Dossiers über alle Bürger aufbewahrt wurden. Sie enthielten das gesamte Leben: die Namen von Freunden aus der Kindheit, eine Schwäche für Alkohol oder Glücksspiel, Ehebruch, jede Bemerkung, die als illoyal gewertet werden konnte. «Englisch wird Ihnen unter den Schakalen und Bastarden von Nutzen sein. Ich sollte Ihnen außerdem sagen, dass Ihre familiären Verbindungen ein wichtiger Faktor für Ihre Ernennung waren …»

«Meine Familie?» Cho spürte sein Herz weich und schwach werden.

Der Erste Stellvertretende Minister ging zu seinem Stuhl zurück, nahm eine Zigarette aus einem Walnusskästchen auf dem Tisch und entzündete sie mit einem großen Tischfeuerzeug aus Messing.

«Wir wissen, dass Ihr Bruder als Stabschef für den jüngsten Sohn unseres Geliebten Führers vorgesehen ist.» Er zog kräftig an der Zigarette. Seine dunklen Augen fixierten Cho. Der Rauch kam mit den nächsten mit Bedacht gesprochenen Worten heraus. «Eines Tages, der hoffentlich noch in weiter Ferne ist, wird es uns nützlich sein, einen verlässlichen Kontakt in unmittelbarer Nähe des Nachfolgers zu haben …»

Chos Kopfhaut kribbelte. Nie hatte er jemanden von der Nachfolge reden hören. Eine solche Andeutung war gefährlich, weil sie beinhaltete, dass der Geliebte Führer sterblich war, wo doch die Partei lehrte, dass das Leben des Führers aus einer fortdauernden Reihe heiliger Wunder bestand, wie sie unter den Sterblichen seines Volkes sonst nicht vorkamen. Selbst im Tod würde er nicht sterben.

Das Schweigen schien für Chos Aufnahme in einen Geheimbund zu stehen.

Dann sagte der Erste Stellvertretende Minister: «Wir schicken Sie nach New York, um Verhandlungen mit den Yankees aufzunehmen.» Auf Chos Knie brannte es auf einmal schmerzhaft, er hatte den Tee verschüttet. «Ihre Aufgabe ist es, denen so viel Geld und materielle Hilfsgüter wie möglich aus den Rippen zu leiern.»

«Die Führung benötigt harte Währung», sagte der Erste Parteisekretär und beugte sich vor, um seine Zigarette an einem schweren Glasaschenbecher abzustreifen. «Dringend.»

Jetzt meldete sich der Minister selbst zu Wort, um zu verkünden, wie viel harte Währung benötigt wurde. Cho dachte, er hätte sich verhört. Sein Verstand hatte alle Mühe, Schritt zu halten. Astronomische Dollarmengen. Phantasiezahlen. Wie sollte er die Amerikaner dazu überreden?

«Noch Fragen?», sagte der alte Minister.

Chos Hirn war leer. Schließlich sagte er: «Welche Hebel habe ich?»

Der Erste Stellvertretende Minister und die beiden anderen tauschten Blicke. «Sie werden eine gute Verhandlungsgrundlage haben. Mehr brauchen Sie im Moment nicht zu wissen.»

Die Männer drückten ihre Zigaretten aus und erhoben sich. Cho nahm Haltung an. Der Erste Stellvertretende Minister ging hinter den Schreibtisch zurück, sodass die drei vor Cho eine Reihe bildeten, und hob feierlich ein Blatt Papier in die Höhe.

«Der Befehl unseres Geliebten Generals wird nun verkündet ...» Mit hoher, sonorer Stimme wurde Cho die von Kim Jong-il geschriebene Anordnung für Verhandlungen mit den Amerikanern übermittelt. Das Wort war gesprochen, und er wusste, dass sich sein Leben verändert hatte.

Sie riefen: «Lang lebe der General!»

Dann durfte er gehen.

Als er den Raum gerade verlassen wollte, sagte der Erste Stellvertretende Minister noch: «Übrigens, Cho, Sie werden zu einem richtigen Oberst befördert. Glückwunsch.»

Auf der Heimfahrt sah Cho aus dem Seitenfenster die unbeleuchteten Straßen der Hauptstadt an sich vorüberziehen. Er verspürte eine Mischung aus Beklemmung und Erleichterung. Dass man ihn zu den Yankees schickte, zeigte ein außergewöhnliches Ausmaß an politischem Vertrauen in ihn. Und das ließ Hoffnung in ihm aufkeimen – dass er von der Untersuchung der Bowibu über seine Abstammung nichts zu befürchten hatte.

Armer Kang. Die ganzen qualvollen Englischstunden umsonst. Ob sie auch seine Töchter geholt haben?

Der Wagen bog in eine Straße hinter den Zwillingstürmen des Koryo Hotels ein und kam ein paar Meter weiter an einer gestreiften Schranke am Haupttor der Wohnanlage zum Stehen. Zwei behelmte Polizistinnen des Ministeriums für Staatssicherheit leuchteten mit Taschenlampen das Kennzeichen an und ins Wageninnere hinein und salutierten schneidig, als sie

Chos Gesicht sahen. Das Tor glitt auf, der Wagen schnurrte über eine gewundene Straße, an der entlang kleine Strahler in den Bordstein gesetzt waren. Weiße Vogelblumen erstrahlten im Scheinwerferlicht. Der Wagen hielt in Hof 5, und Cho wünschte seinem Fahrer eine gute Nacht. In den Ästen eines nahen Ginkgo-Baumes trillerte eine Nachtigall. Sein Nokia zeigte an, dass es kurz nach Mitternacht war.

Von Adrenalin befeuert, sprang er die Stufen hinauf. Seine Frau würde nicht böse sein, mit diesen Neuigkeiten geweckt zu werden. Er öffnete die Tür zu seiner Wohnung und erstarrte. In der Diele stand ein geputztes Stiefelpaar. Aus dem Wohnzimmer war Gemurmel zu vernehmen. Während die Angst in ihm hochblubberte wie Gasbläschen, zog er lautlos die Schuhe aus, schlich in den Flur hinein und versuchte, etwas zu verstehen. Dann stieß er die Tür zum hell erleuchteten Wohnzimmer auf. Dort stand Yong-ho, den Militärmantel über den Schultern. Er grinste Cho fröhlich an und breitete die Arme aus.

«Ich dachte, du würdest es gleich erfahren wollen, jüngerer Bruder ...» Er hielt eine Flasche Hennessy Black Cognac in der Hand und hatte Chos Frau, deren Augen vom Schlaf verquollen waren, gerade einen Strauß rosa Azaleen überreicht. Sie hielt sie an die Nase und bemühte sich, erfreut zu wirken. Yong-ho holte zwei Gläser aus der Vitrine.

«Der ermittelnde Offizier hat mich persönlich angerufen.» Er zog den Korken aus der Flasche und goss die Gläser halbvoll. «Es ist besser, als wir uns hätten vorstellen können.»

«Was?»

«Unser richtiger Familienname lautet Hwang. Die Akten zeigen, dass unser leiblicher Großvater im September 1950 in der Schlacht um Busan getötet wurde. Er wurde posthum ausgezeichnet, weil er die Yankees bis zur letzten Kugel bekämpft hat, damit seine Genossen fliehen konnten.» Yong-ho versetzte Cho einen Stoß gegen die Brust und jauchzte laut auf. «Bis zur letzten Kugel! Wir sind die Enkel eines Märtyrers! Das macht uns quasi zu Halbgöttern, jüngerer Bruder. Und es wird noch besser. Unser richtiger Vater war bis zu seinem Tod vor zehn Jahren ein hoch angesehener General der Luftwaffe.» Er drückte Cho das Glas in die Hand und stieß mit seinem eigenen dagegen. Cho merkte, dass sein Bruder bereits ziemlich betrunken war. «Hab ich dir nicht gesagt, dass es kein Problem geben wird?» Er trank den Cognac in einem Zug.

Nach einem kurzen Moment der Erleichterung über diese Nachricht erlosch Chos Lächeln. Das ergab keinen Sinn.

«Älterer Bruder … wenn wir in eine solche Familie hineingeboren wurden, warum hat man uns dann ins Waisenheim gegeben?»

Yong-ho zuckte die Achseln. «Unser Vater muss sich eine Geliebte genommen haben. Wäre ja nicht ungewöhnlich. Und wir sind das Ergebnis. Wer weiß? Ist doch egal. Unser Blut ist sauber. Und stammt von einem Kriegshelden ersten Ranges.»

Cho starrte blicklos ins Zimmer, während er die zweite Überraschung des Abends zu verdauen versuchte. Er hatte kein klares Bild seiner echten Mutter im Kopf, höchstens eine vage Vorstellung, aber sie war da, in der Peripherie, im Schatten eines Bambuswaldes in der Morgendämmerung, eine Märchenfigur. Jetzt stellte er sich vor, wie sie ihre kleinen Söhne unter Tränen im staatlichen Waisenhaus abgegeben hatte. Zu welch schrecklicher Entscheidung war sie gezwungen gewesen?

Yong-ho ließ sich in einen Sessel plumpsen. «Der ermittelnde Offizier will das Ganze schnell zu Ende bringen. Die Partei ist sehr daran interessiert, meine Ernennung bekanntzugeben. Und hör dir das an: Sie haben angeboten, eine kleine Feier zu organisieren, bei der wir unsere Brüder und Schwestern kennenlernen.»

«Wir haben Geschwister?», fragte Cho wie betäubt.

Er blickte auf zum Vater-Sohn-Porträt, und die Gesichter sahen ihn an, mächtig und voller geheimnisvoller Ruhe. Erleichterung durchrieselte ihn wie warmes Quellwasser, und die Erleichterung machte ihn großzügig. «Hast du Hunger? Im Kühlschrank sind Schweizer Käse und eine Büchse iranischer Kaviar.» Wortlos drehte Chos Frau sich um und verschwand in die Küche.

Yong-ho schenkte ihnen einen zweiten Cognac ein. Er brachte bei jedem Besuch eine Flasche mit, und nicht zum ersten Mal fragte sich Cho, wie wohlhabend sein Bruder wirklich war. Eine einzige dieser Flaschen brachte auf dem Schwarzmarkt einhundert US-Dollar.

«Und jetzt habe ich ein paar Neuigkeiten für *dich*», sagte Cho, der seinen älteren Bruder auf einmal beeindrucken wollte.

«Du ziehst los, um dem amerikanischen Affen Feuer unterm Arsch zu machen.» Yong-ho rülpste. «Du bist ein mutigerer Mann als ich.»

«Du weißt davon?» Cho setzte sein Glas ab.

«Hab's heute Nachmittag gehört. Glückwunsch. Unter uns, jüngerer Bruder, dein General Kang hatte die Gunst schon lange verspielt. Er musste weg.»

Cho war erstaunt. Irgendwie, ohne dass ihm klar war, warum, kam er sich dumm vor und in Kangs Namen gekränkt.

Yong-ho schlang Käse und Gebäck herunter, ohne sich bei Chos Frau zu bedanken. Sie verkündete, sie würde jetzt ins Bett gehen. Für so einen dünnen Mann hatte Yong-ho immer großen Appetit. Er wischte sich die Krümel vom Mund, dann schien ihm etwas einzufallen, er griff nach seiner Aktentasche und holte ein großes, gepolstertes Päckchen heraus, das mit dickem Klebeband umwickelt war.

«Das gebe ich dir zur sicheren Aufbewahrung. Schließ es bis zu deiner Abreise irgendwo ein. Wenn du in New York ankommst, gibst du es Botschafter Shin persönlich.»

Cho warf ihm einen fragenden Blick zu.

«Nur Verwaltungskram.» Yong-ho räusperte sich. «Und Geld. Er wartet darauf.»

Cho nahm das Päckchen. Es war merkwürdig schwer, wie ein Reissack. Yong-ho wich seinem Blick aus. Ein besorgniserregender Gedanke kam Cho, doch Yong-hos Arbeit war schon immer geheim gewesen. Cho durfte nicht neugierig sein.

Als Yong-ho sich auf den Weg machte, umarmte er seinen Bruder zum Abschied fest, doch unter der Zuneigung spürte Cho, ohne dass er es in Worte hätte fassen können, dass sich zwischen ihnen eine Kluft aufgetan hatte.

An der Tür sagte Yong-ho noch beiläufig: «Das Päckchen, jüngerer Bruder. Es muss ins Diplomatengepäck, nicht in deinen Koffer. Verstanden?»

KAPITEL 9

Hôtel Beau-Rivage
Quai de Mont-Blanc
Genf, Schweiz

«Dr. Williams, guten Tag.» Die Außenministerin berührte Jennas Arm und bedachte sie mit einem langen Blick aus blauen Augen, als wäre Jenna ein bockiges Pony. «Fisk lobt Ihre Expertise in den höchsten Tönen. Es ist großartig, Sie an Bord zu haben.»

Jenna lächelte unsicher. «Ich habe doch noch gar nicht zugestimmt ...»

«Kaffee, bitte», rief die Ministerin energisch über Jennas Schulter hinweg. In derselben Lautstärke sagte sie: «Setzen Sie sich, alle beide.»

Ihre Füße steckten in weißen Hotelpantoffeln. Die Frisur saß perfekt, aber sie war noch nicht fertig geschminkt und trug ein verwaschenes Sweatshirt der Wellesley College Athletics. Das berühmte Gesicht war zugleich beunruhigend vertraut und völlig fremd. Die Bilder in den Medien hatten weder ihre beeindruckende Ausstrahlung noch ihre geringe Körpergröße vermitteln können.

Die streng aussehende Assistentin brachte ein Tablett mit einer silbernen Kaffeekanne und drei Tassen herein, die Außenministerin bestand darauf, es ihr abzunehmen, und schenkte den Kaffee mit viel Getue eigenhändig ein. Es gehörte zu den Tricks der Mächtigen, das wusste Jenna, ihre Ungezwungenheit zur Schau zu stellen. *Ich mag eine bedeutende Position einnehmen, aber seht her, eigentlich bin ich eine von euch.*

Fisk warf Jenna einen amüsierten Seitenblick zu.

«Keiner hat einen Schimmer, was im Fall Nordkorea zu tun ist», sagte die Außenministerin, während sie ihnen die Tassen reichte. «Und das schließt den Präsidenten mit ein.» Der Kaffee war stark und schwarz, Milch oder Zucker wurden nicht angeboten. «Sanktionen, Isolierung, Drohungen, Belohnungen, Bestechung – nichts hat funktioniert. Uns fällt nichts mehr ein. Der Typ in Pjöngjang lacht uns aus. Ich würde ihn ja zu gern einfach ignorieren, aber letzte Woche hat er wieder eine Rakete abgeschossen, und das kann ich nicht ignorieren.» Sie trank einen Schluck Kaffee und sah Jenna herausfordernd an.

Jenna wandte sich hilfesuchend an Fisk. «Ich … ich wusste nicht, dass Kims technische Möglichkeiten so weit fortgeschritten sind», sagte sie.

«Ja, unglaublich, was?» Die Außenministerin schüttelte den Kopf, wie um zu sagen: Was ist bloß aus der Welt geworden. «Ein winziger atomwaffenbewehrter kommunistischer Schurkenstaat, der sich immer noch im verdammten Kalten Krieg befindet, stellt auf einmal für Los Angeles eine echte Bedrohung dar.»

«Ich bin keine Militärexpertin, Ma'am.»

Die Außenministerin beugte sich näher an Jenna heran und schien zu zögern, so als müsste sie erst überlegen, ob sie sie ins Vertrauen ziehen sollte. Noch ein Trick der Mächtigen, dachte Jenna: einem das Gefühl zu geben, der wichtigste Mensch im Raum zu sein.

«Ich muss wissen, wie wir mit einem Psychopathen umgehen sollen, der den Reichtum seines Landes für Raketen verpulvert und sein Volk verhungern lässt. Ich brauche …» Sie öffnete zum

Zeichen der Hilflosigkeit die Hände. «... irgendeine Art von Einblick in sein Denken. Seine Psychologie. Wir haben es hier nicht mit einem rational agierenden Menschen zu tun.»

«Stimmt nicht», sagte Jenna. «Auf paranoide, verdrehte Weise ist Kim Jong-il äußerst rational. Er ist eine Kämpfernatur und spielt seine schlechten Karten sehr geschickt aus. Die Waffen schützen ihn vor der Außenwelt. Der Hunger schützt ihn zu Hause. Sein Volk denkt nur daran, wo die nächste Mahlzeit herkommt, nicht an Rebellion. Und er tötet so viele von ihnen, wie nötig ist, um an der Macht zu bleiben.»

Die Außenministerin seufzte. «Es läuft auf eins hinaus: Entweder ziehen wir bald die Daumenschrauben an, oder wir geben ihm, was er will. Aber was zum Teufel will er?»

Der Widerwille, den Jenna in der Bar empfunden hatte, war vergessen. Ihr Hirn arbeitete auf Hochtouren. Sie dachte an Kim Jong-il. Dicklich, schlau. Er sprach leise und stotterte leicht, weswegen er keine öffentlichen Reden hielt. Paranoid und unberechenbar. Kalt, empathielos. Mit der körperlichen Befangenheit eines Menschen, dessen Selbsthass sich in Macht verwandelt hatte.

«Was will er wirklich ...?» Sie sah aus dem Fenster. In den Schatten der fernen, weiß strahlenden Berge von Chamonix hielten sich noch Dunstschwaden. «Tief in seinem Innern ... ich denke, er will, dass die Welt seinen verstorbenen Vater Kim Il-sung als charismatischen Gottkönig verehrt und ihn selbst als den Messiassohn. Ich denke, er will Korea wiedervereinigen und eine reine, unschuldige Rasse rächen, die jahrhundertelang immer wieder überfallen und entehrt wurde, von China, von Japan, von Amerika. Ein Wiedervereinigungskrieg wäre sein erhabenster Beitrag zur Revolution. Eine Tat zu Ehren seines Vaters. Ein Geschenk an seinen Sohn. Er weiß, dass nur überwältigende

Stärke zum Erfolg führen wird. Wenn er zu Gesprächen mit uns bereit ist, dann nur, um sich die Zeit zu verschaffen, sein Waffenarsenal zu vergrößern. Verhandlungen mit ihm sind sinnlos.»

Die Außenministerin stieß ein brüskiertes Lachen aus. «Er denkt wirklich, er könnte Südkorea mit Gewalt einnehmen?»

«Mit wehenden Fahnen. Und ich würde vermuten, dass er bald zur Tat schreitet. Er ist krank und muss an seinen Platz in der Geschichte denken. Er weiß, dass kein Durchschnittsamerikaner für irgendeine weit entlegene Halbinsel einen Atomkrieg riskieren will.»

«Würde er Atomwaffen einsetzen?»

Überrascht stellte Jenna fest, dass sie sich nie gefragt hatte, ob er den Knopf tatsächlich drücken würde, aber sie hegte keinen Zweifel. «Ja.»

Die Außenministerin schwieg. Sie schien ihre öffentliche Rolle abgelegt zu haben und wirkte müde und klein, die Sorgen dieser Welt lagen schwer auf ihren Schultern.

Schließlich fragte sie: «Welche Optionen haben wir?»

«Nichts tun könnte die einzige Option sein», sagte Jenna.

«Unmöglich. Der Kongress würde mich in Stücke reißen.»

Fisk meldete sich zu Wort. «Ein Präventivschlag kommt nicht in Frage. Seoul liegt nur Meilen von der nordkoreanischen Grenze entfernt. Der Vergeltungsschlag gegen unsere Verbündeten würde vernichtend ausfallen.»

Alle drei standen sie jetzt vor dem Fenster, sahen hinaus, dachten nach. Der Bergnebel wurde von der Sonne vertrieben.

«Eine Möglichkeit gibt es», sagte Jenna.

«Ich bin ganz Ohr, Dr. Williams.» Die Außenministerin klang erschöpft und bitter.

Jenna sah ihr in die Augen. «Lassen Sie Kim Jong-il aus dem Weg räumen.»

Die Außenministerin lachte auf. «Wie sollten wir das anstellen? So dicht kommen wir nicht an ihn ran.»

Sechsunddreißig Stunden später, zurück in Washington und schlaflos wegen des Jetlags, wählte Jenna Fisks Nummer. Würde sie bis zum Morgen warten, fürchtete sie, ihre Meinung noch einmal zu ändern.

Nach dem Treffen im Hotel hatte er sie zum Aufzug zurückgebracht. Sie war noch so tief in Gedanken gewesen, dass sie seinen Handschlag beim Abschied kaum wahrgenommen hatte.

«Ich hoffe, Sie überdenken mein Angebot noch einmal», sagte er. «Ich könnte Ihre Hilfe gebrauchen. Dringend.»

Als sich die Aufzugtür schloss, traf sie eine Entscheidung. Sie konnte keine klaren oder überzeugenden Gründe nennen, die dafür sprachen, das Angebot anzunehmen, aber viele dagegen: Sie musste ihre akademische Laufbahn an den Nagel hängen und ihre Anstellung in Georgetown für immer aufgeben. Doch sie hatte das Gefühl, es hätte sich eine Tür geöffnet, und tief im Inneren spürte sie, dass der Weg zu Soo-min führen würde.

Es klingelte. Dann ging der Anrufbeantworter an.

In der Stille ihrer Wohnung klang ihre Stimme dünn und ruhig.

«Wenn Sie mich noch wollen … bin ich dabei.»

KAPITEL 10

Hyesan
Provinz Ryanggang
Nordkorea

Vor Jahren, zur Zeit des Großen Führers, war Frau Moon Köchin gewesen. Aus Buchweizen hatte sie eigenhändig Nudeln gerollt und dazu *naengmyeon* gemacht – die würzige eiskalte Brühe mit mariniertem Schweinefleisch und scharfer Senfsauce. Ihr Rettich-*kimchi*, das mit Knoblauch gewürzt wurde und den Sommer über in Steinguttöpfen fermentierte, war so köstlich, dass sogar ihre Schwiegermutter, die mit im Haus lebte und invalide auf einer Matte lag, sich veranlasst gesehen hatte, es zu loben.

Der Große Führer segnete sie, wie die Sonne den Weizen reifen lässt. Er war ihnen allen ein Vater, ein Prophet, in dessen Gegenwart Blumen blühten und Schnee schmolz. «Reis bedeutet Sozialismus», lehrte er sie, und jahrelange Rekordernten und Felder aus wehenden roten Fahnen schienen seine Worte zu bestätigen.

Doch der Vater starb, und die Welt änderte sich. Die Macht ging auf den Sohn über, den Geliebten Führer, und Frau Moon lernte, dass Sozialismus auch Hunger bedeutete. Das Rationierungssystem, das alle pünktlich zwei Mal im Monat versorgt hatte, wurde unzuverlässig und brach schließlich zusammen. Der Leiter der Kooperative rief die Armee herbei, die den Getreideschuppen schützen sollte und ihn stattdessen plünderte.

Tae-hyons Kohlenmine stellte die Lohnzahlungen ein. Als die Stromausfälle immer häufiger wurden, schrumpfte die Produktion und kam dann zum Stillstand.

In den schlimmsten Wochen war im Dorf nicht ein Korn Mais zu finden gewesen, auch nicht in Hyesan, wo die Stahl- und Holzfabriken keine Rauchwolken mehr in den Himmel bliesen. Auf den Straßen wurde es auch tagsüber still, sie füllten sich mit Leichen und lebenden Toten, die vor Hunger halluzinierten. Frau Moon machte sich täglich auf den Weg in den Wald, obwohl ihr die Haut von den Armen hing und ihre Gelenke so sehr schmerzten, dass sie kaum einen Fuß vor den anderen setzen konnte. In diesen Momenten betrog ihr Verstand sie und quälte sie mit Erinnerungen an Gerichte, die sie einst gekocht hatte. Ein Rindfleisch-*bulgogi*, zur Perfektion gegrillt. Gedämpfte Muscheln in würziger *yangnyeomjang*-Sauce. Wenn Schwäche sie überkam, legte sie sich unter die Kiefern ins Moos und rief die Geister ihrer Mutter und ihres Vaters an, und sie erschienen ihr. Licht schimmerte durch sie hindurch, die Worte passten nicht zu den Bewegungen der Lippen, aber ihre Stimmen waren glockenklar. Sie sagten ihr, sie dürfe nicht die Augen schließen, sie dürfe nicht einschlafen.

Sie lernte, welche Wurzeln essbar waren und welche die Zunge anschwellen ließen. Sie gab Nesseln und Himbeerblätter in die Brühe, damit es aussah, als wäre Gemüse darin, und winzige Schnecken, damit es aussah, als gäbe es Fleisch. Nudeln kochte sie eine Stunde lang, damit sie größer wirkten. Sie zerstampfte Eicheln zu einer Paste, die sie mit Saccharin süßte und zu kleinen, bitteren Kuchen formte.

Die Hungersnot verschlimmerte sich noch, und ihre Nahrungssuche brachte nicht genug ein. Als sie eines Tages sah, wie Kinder im Dorf auf der Suche nach unverdauten Körnern den

Ochsenkot durchwühlten, veränderte sich etwas in ihr. Ihr ganzes Leben lang war sie anständig und ehrlich gewesen, doch jetzt begann sie, Werkzeuge von der Kooperative zu stehlen und für ein paar Tassen Mais zu verkaufen. Sie schlich sich nachts in die Höfe der Nachbarn, grub deren *kimchi*-Töpfe aus und löffelte sie zusammen mit Tae-hyon aus. Sie bettelte Freunde, die selber halb verhungert waren, um Getreide an. Sie sah, wie der Hunger die Dorfbewohner in den Wahnsinn trieb. Neue Gräber wurden ausgehoben, die Leichen verschwanden. Eltern nahmen ihren Kindern das Essen weg. Sie war froh, dass sie keine Kinder mehr hatte, um die sie sich kümmern müsste. Es tröstete sie, sich das zu sagen. Es erleichterte den Schmerz der Erinnerung. Kein Baby mehr auf dem Rücken, kein Kind, das neben ihr herlief.

Du kennst dich selbst erst, wenn du Hunger kennst.

Der Geliebte Führer fühlte das Leid seines Volkes und weinte mit ihm. «Ich bin auf diesem beschwerlichen Marsch an eurer Seite», verkündete er. «Wer diese Prüfung besteht, wird ein wahrer Revolutionär sein.» Im Fernsehen wurde gezeigt, dass er einfache Kartoffelgerichte aß, aus Solidarität mit der Not des Volkes, aber in Frau Moons Augen wirkte sein Bauch dicker denn je. Am Dorfeingang erschien eine neue Losung auf einem langen roten Plakat.

**WENN DU TAUSEND MEILEN
DES LEIDENS ÜBERSTEHST,
WIRST DU ZEHNTAUSEND MEILEN
DER FREUDE ERLEBEN!**

Frau Moon las es und wusste, es war Ziegenscheiße. Sie sah auf zu dem Buntglaswandbild, das den Geliebten Führer in einem Feld von goldenem Weizen zeigte, und gab sich selbst in diesem

Moment ein Versprechen. *Ich werde nie wieder auf dich zählen.*
Wenn die Hungersnot zurückkehrte, würde sie vorbereitet sein.

Die Dörfler begannen, sich vor der Arbeit zu drücken, wann
immer sie etwas hatten, womit sie den Betriebsleiter bestechen
konnten. Sie bauten auf den armseligen Parzellen hinter ihren
Häusern Kartoffeln und Stangenbohnen an und suchten in den
Wäldern nach Pilzen und Beeren. Frau Moon zog Kürbisranken
auf dem Dach und hortete Linsen und Reis in Gläsern. Hinter
dem Haus pflanzte sie Knoblauch und Zwiebeln an. Um ihren
Ertrag zu bewachen, schlief sie zur Erntezeit unter freiem Himmel. Sie hatte kein Vertrauen mehr in das System. Die großmüti-
gen Seelen, die andere an erste Stelle gesetzt hatten, waren als
Erste verhungert. Der Geliebte Führer hatte nichts getan, um ihnen zu helfen. Als Hunderttausende mit Gras im Mund starben,
löste sich das Problem der Nahrungsmittelknappheit von allein.

Frau Moon beschloss, erst einmal Reiskuchen zu machen, etwas Einfaches, um zu sehen, wie das Ganze anlaufen würde. Sie
süßte die Kuchen mit Sirup, formte sie zu feuchten Bällen und
drückte auf jeden eine Blaubeere und eine Mandel. Wie Blumen
arrangierte sie sie dann in einer Schüssel und bedeckte diese
mit einem Tuch. Lautlos bereitete sie alles im Schein der auf-
ziehbaren Taschenlampe aus dem Ballon vor. Als sie gerade das
Haus verlassen wollte, klapperte ein Schlüssel im Schloss, und
die Tür öffnete sich. Auf der Schwelle standen zwei Funktionäre
mit weißen Handschuhen. Genossin Pak begleitete sie, sie trug
einen großen Ring mit mehreren Dutzend Schlüsseln bei sich.

Aus langer Gewohnheit setzte Frau Moon eine Miene opti-
mistischer Fröhlichkeit auf. «Wecken Sie bitte meinen Mann
nicht», flüsterte sie.

Die beiden Funktionäre gingen zu den Vater-Sohn-Porträts

an der Wand, nahmen sie ab, strichen mit den Handschuhen über Glas und Rahmen und hielten sie dann ans Licht, um nach Staubkörnchen zu suchen. Frau Moon putzte die Bilder jeden Tag – selbst in der Regenzeit, wenn sich unter dem Glas Schimmelflecken bilden konnten, glänzten sie –, trotzdem ließ sie die Inspektion immer mit Anspannung über sich ergehen. Mit äußerster Vorsicht hängten die Männer die Porträts zurück an die Wand und nickten ihr zu. Als sie sich zur Tür wandten, entdeckte einer die aufziehbare Taschenlampe auf dem Tisch.

Ziegenscheiße.

Er starrte die Lampe einen Moment lang an und ging dann nach draußen. Entsetzt sah Frau Moon, dass er Genossin Pak etwas ins Ohr flüsterte. Das Gesicht der Frau wurde hart, sie trat, ohne die Stiefel auszuziehen, ins Haus und hob mit zwei Fingern die Taschenlampe auf, als wäre sie etwas Verfaultes. Frau Moon fiel ein, dass *Hergestellt in Südkorea* daraufgedruckt stand, und das Herz schlug ihr bis zum Hals.

«Woher haben Sie die, Bürgerin?» Die Frau sprach mit ausdruckslosem Tonfall, aber in ihren Augen glitzerte Boshaftigkeit.

«Aus Hyesan», log Frau Moon. «Bitte lassen Sie sie nicht fallen. Ich habe ein halbes Kilo Pilze dafür getauscht.»

Pak betrachtete sie mit kaltem Argwohn und ging.

Verflucht seien dieses Weib und all ihre Vorfahren!

Frau Moon rannte, um den Lastwagen nach Hyesan zu erwischen. Der Wind vom Paektusan war kalt genug, um das Herz gefrieren zu lassen, trotzdem schwitzte sie. Warum hatte sie die alte Hexe nicht bestochen? Nein, zu gefährlich. Sie wusste, wer gerne ein bisschen Unterstützung annahm und wer nicht. Als der Lastwagen holpernd und schlingernd das Dorf verließ, spürte sie etwas in ihrem Magen anschwellen wie einen Tumor.

Die Zeiger der Bahnhofsuhr standen auf neun. Das Gesicht des Großen Führers lächelte mit väterlicher Liebe auf die Massen herab, die die Morgenzüge bestiegen. Statisches Rauschen verkündete die Abfahrt nach Musan.

Der Himmel war stahlblau und verhieß klirrende Kälte. Am billigeren Ende des Marktes, unterhalb der Eisenbrücke, sah Frau Moon dasselbe Dutzend Frauen hinter den Matten hocken. Einige hielten mithilfe von winzigen, qualmenden, aus Farbdosen gebastelten Heizelementen Essen warm. Schon jetzt kamen Kunden, holten sich etwas Warmes zum Frühstück. Aus dem Lautsprecher plärrte ein Armeechor, untermalt vom Knirschen marschierender Stiefel.

Frau Moon sah sich nach dem sonnenblumengelben Kopftuch der jungen Frau um, die die Schokoladenkekse gekauft hatte – Locke, das war doch ihr Spitzname? –, und war überrascht, als die Frau sie zuerst entdeckte und freundlich begrüßte. «Einen schönen Morgen, *ajumma*.» Über ihrem Mantel trug sie eine mit bunten Blumen bedruckte Schürze, das lockige Haar hatte sie mit einer Haarspange unter das Kopftuch gesteckt. Sie schien Wärme auszustrahlen, eine innere Zufriedenheit, die sie von den anderen Frauen unterschied, die allesamt älter waren und sich mürrisch gegen die Kälte vermummten.

«Wen muss ich bezahlen, um einen Platz zu mieten?», fragte Frau Moon.

Locke lachte. «Er wird Sie finden, keine Sorge.»

Doch als Frau Moon die Schüssel abstellte und unter Schmerzen in die Knie ging, um sich auf den Betonboden zu hocken, spürte sie die unfreundlichen Blicke der anderen Frauen. Sie machte es sich auf ihrer Strohmatte so bequem wie möglich, holte Luft und mischte ihre Stimme unter die Rufe der anderen.

«*Tteok sassayo!*» Kommt und kauft Reiskuchen.

Fast sofort zog ein Soldat in einem langen grünen Mantel seinen Kameraden am Ärmel in Frau Moons Richtung. «Zwei», sagte er.

«Fünfzig Won das Stück», sagte sie und wickelte die Kuchen in Zeitungspapier ein. Die Soldaten wirkten sehr jung – raue Typen mit harten, braunen Gesichtern und umgehängten Gewehren. Sie drückten ihr dreckige Geldscheine in die Hand und gingen weiter.

«Sehr gut, *ajumma*», rief einer ihr mit vollem Mund über die Schulter zu.

Frau Moon betrachtete die Scheine in ihrer Hand. Sie hatten ihr zu wenig gegeben. Die Frauen beobachteten sie immer noch.

«Such dir morgen einen anderen Platz», sagte eine Stimme neben ihr. «Die sollen nicht denken, dass sie mit so was hier durchkommen.» Frau Moons Nachbarin war eine in so viele Schichten eingewickelte Großmutter, dass nur die gelbliche Nase herausschaute. Auf ihrer Matte waren Flaschen mit chinesischem Whiskey und eine Pyramide selbstgedrehter Zigaretten ausgebreitet.

Was für ein grimmiger Haufen diese Frauen waren. Sie verkauften getrocknete Kräuter oder Tüten mit winzigen Bratfischen oder Batterien und Plastikspielzeug oder silberne Scheiben, die illegal sein mussten, da sie aus Verstecken unter der Matte hervorgeholt wurden. Doch selbst diese zähen alten Krähen lächelten, wenn Locke mit ihnen sprach. Die Frau war ein Sonnenstrahl. Wenn sie nicht in der Kantine half, verkaufte sie auf einer eigenen Matte Teigtaschen. Ihre Tochter, ein Mädchen von etwa zwölf Jahren, saß bei ihr und bewachte die Einnahmen.

Zur Mittagszeit hatte Frau Moon ihre erste wirkliche Prüfung zu bestehen. Die Kunden schwärmten wie Bienen um die Matten, und sie brauchte zu lange, um das Wechselgeld zu zählen – «Los, *ajumma*, wir sind hier nicht am Strand» –, aber sie machte alsbald eine interessante Entdeckung. Sie konnte verkaufen.

«*Tteok sassayo!*»

Die Kunden schienen sie zu mögen und nahmen sich Zeit für einen Schwatz. *Ich muss wohl ein ehrliches Gesicht haben,* dachte sie. Doch zu ihrer Bestürzung vertiefte das den Graben zu den anderen Verkäuferinnen nur noch mehr. Am Nachmittag machte sie mehrere Versuche, das Eis zu brechen, indem sie anbot, die Matten zu bewachen, wenn die anderen Frauen Besorgungen zu erledigen hatten, oder ihnen mit Wechselgeld auszuhelfen, trotzdem wurden in ihrer Gegenwart die Stimmen gesenkt. Misstrauen umgab sie, und sie ahnte, warum. Sie konnte ihnen keine Vorwürfe machen. Noch der freundlichste Nachbar konnte sich als Bowibu-Spitzel entpuppen.

Die Menge schwoll wieder an, als ein Zug aus Hanhung eintraf, mit vier Tagen Verspätung. Die Luft stank nach Öl und gelötetem Metall. Frau Moon sah winzige Pioniere mit roten Halstüchern, die in Zweierreihe hinter ihrem Lehrer herhuschten. Hin und wieder bemerkte sie Frauen, die wie aus dem Nichts aufzutauchen schienen, sobald der Bahnhof sich füllte, sich unauffällig durch die Menge schoben oder in Ecken herumdrückten und unbegleiteten Männern zulächelten. Frau Moon wandte den Blick ab und verurteilte niemanden. Während der Hungersnot hatten sogar die Dorfmädchen so etwas getan. Die älteren Jungs dagegen machten ihr Angst. Manche waren Ganoven, die in Banden auf dem Markt herumlungerten, andere starrten aus ausgezehrten Gesichtern lethargisch vor sich hin, rempelten Leute an oder begafften Dinge, die nicht da waren. Oder sie hockten an die Wände gelehnt da und murmelten vor sich hin, in ihren Mienen Ekstase und Verzweiflung.

Am späten Nachmittag kam die Polizei zu Frau Moon.

Sie waren zu zweit und trugen die Mützen der Staatssicherheit. Als sie vor ihrer Matte anhielten, verbeugte sie sich so tief, dass ihre Stirn fast den Boden berührte. Die anderen Frauen ließen sie nicht aus den Augen.

Der Jüngere hatte ein flegelhaftes Grinsen und ein schlichtes, flaches Gesicht, wie eine Schaufel. Der andere, von dem sie später erfuhr, dass er Wachtmeister Jang hieß, war der Vorgesetzte und schien alle Frauen beim Namen zu kennen. Er mochte früher ein fescher Kerl gewesen sein und hielt sich immer noch dafür.

«Sind Sie in Hyesan wohnhaft?», fragte er.

«Im Landkreis Paegam, Herr Polizist», sagte sie mit leiser Stimme.

Sie spürte, wie alle um sie herum aufhorchten. Der Jüngere hörte auf zu grinsen.

«Haben Sie die Erlaubnis, Paegam zu verlassen?», fragte der Vorgesetzte.

«Ja, Herr Polizist.» Sie reichte ihm ihr Ausweisbuch. Die vom Leiter der Kooperative bestätigte Reisegenehmigung hatte sie eine Flasche Maisschnaps gekostet, und das finstere Gesicht des Mannes hatte ihr klargemacht, dass sie sich das nächste Mal etwas Besseres einfallen lassen musste.

Der Wachtmeister prüfte das Ausweisbuch, blätterte jede Seite um, und Frau Moon rutschte das Herz in die Hose. *Fragen Sie mich nicht vor diesen Frauen, warum ich Arbeiterin bin auf der …*

«Staatliche Kooperative 18. Oktober?», fragte er mit hochgezogenen Augenbrauen.

Ihr Gesicht brannte.

Er hockte sich hin, sodass er mit ihr auf Augenhöhe war, sah sie aber eher neugierig als böswillig an. «Was haben Sie denn angestellt, he?»

Frau Moon starrte auf ihre Matte.

«Schon gut, *ajumma*.» Er erhob sich und warf ihr das Ausweisbuch in den Schoß. «Zweitausend Won die Woche für diesen Platz. Das Geld bekomme ich am Abend.»

Als die beiden weg waren, entspannten sich die Frauen um Frau Moon herum. Irgendetwas an dem, was sich gerade zugetragen hatte, schien ihnen die Angst vor ihr genommen zu haben. Sie begannen, ihre Blicke zu erwidern.

Am Ende des Tages überzog sich der Himmel mit einem tiefen Orange, und aus der Mandschurei fauchte ein eiskalter Nordwind heran, der den Kohlenstaub in den Bahnhofsecken aufwirbelte. Immer noch drängten sich Menschen in den Schatten des unbeleuchteten Bahnhofs und warteten auf Züge, die keinem Fahrplan folgten. Am Uhrenturm ging über dem Gesicht des Großen Führers das Licht an.

Überall auf dem Markt huschten die blauen Lichtstrahlen von Stablampen über Waren und Geld. Frau Moon hatte bis auf drei alle Reiskuchen verkauft und rollte ihre Matte zusammen. Ihre Finger waren vor Kälte taub, die Knie geschwollen und schmerzten. Die in ihrer Schürze verborgenen Einnahmen beliefen sich auf über zweitausend Won. Sie wollte sich freuen über diesen Erfolg gleich am ersten Tag, doch dass sie keine Freundinnen gefunden hatte, beunruhigte sie. Nur Locke hatte mit ihr gesprochen.

Sie konnte der Versuchung eines kurzen Blickes auf ihr Geld nicht widerstehen, öffnete die Tasche ein kleines Stück und begann, mit den Fingerspitzen die Scheine zu zählen.

Ein Schatten fiel auf sie.

Einer der halbwüchsigen Jungen stand dicht vor ihr. Sie fuhr zurück, als wäre er ein Wildschwein, und zog den Mantel über die Schürzentasche.

«Es heißt, bei Ihnen gibt es den besten Reiskuchen», sagte er sanft. Der Lichtschein einer Stablampe huschte sekundenlang über sein Gesicht. Sein Blick ging ins Leere, und in seinem Mund fehlten Zähne. Er war dünn wie ein Insekt, die blassen Finger schimmerten, als wären es Korallen.

Er wirkte so verloren, dass Frau Moons Herz erweicht wurde. «Hier», sagte sie und gab ihm den letzten in Zeitungspapier eingewickelten Reiskuchen.

Als er lächelte, erkannte sie, wie jung er war. «Ich kann hiermit zahlen», sagte er und hielt ihr ein auf Briefmarkengröße zusammengefaltetes Papier hin.

«Was soll das sein?»

«*Bingdu*», sagte er nur.

Frau Moon starrte ihn verständnislos an. «Geh», sagte sie.

Der Junge nahm den Kuchen und rannte davon.

Neben Frau Moon ertönte ein Krächzen. Sie brauchte einen Moment, um zu begreifen, dass Großmutter Whiskey auf der Nachbarmatte zu lachen begonnen hatte.

«Du Idiotin», sagte sie unter keuchendem Gegacker. «Das Zeug hat dem Jungen den Verstand vernebelt. Für ein Päckchen *bingdu* bekommt man einen Zwanzig-Kilo-Sack Reis.» Das Lachen verwandelte sich in schleimiges Husten. Frau Moon schloss die Augen, als die alte Frau einen Schleimklumpen hochwürgte und auf den Asphalt spuckte.

«Was ist *bingdu*?» Sie verbarg ihren Ekel nicht.

«Das wirst du noch rausfinden.»

In dem Moment ertönte ein schrilles Pfeifen, und auf dem Markt wurde es still. Frau Moon dachte, es würde die Einfahrt eines Zuges ankündigen, bis sie bemerkte, dass die letzten Kunden wie Kaninchen in alle Richtungen davonstoben. Plötzlich war von überall her eindringliches Getuschel zu hören, die Frauen fluchten und stöhnten.

«An deiner Stelle würde ich mich nicht rühren», sagte Großmutter Whiskey.

«Alle Händler auf ihren Plätzen bleiben!» Die Blechstimme aus dem Lautsprecher. «Bleibt, damit wir euch sehen können.» Etwa ein Dutzend Uniformierte mit starken Taschenlampen verteilten sich auf dem Markt.

Hastig wurden Waren und Geld verstaut. Die Einnahmen wurden Komplizinnen und Helfern zugesteckt, die unter die Brücke huschten und an den Bahngleisen entlang verschwanden.

Die Polizei suchte den ganzen Markt ab und hielt den Händlerinnen die Lampen ins Gesicht. Die beiden, die sie schon kannte – Wachtmeister Jang und Schaufelgesicht – waren auch dabei. Sie begleiteten einen glatzköpfigen Mann mit solch knochigen Wangen, dass sein halbes Gesicht im Schatten lag. Ein Funktionär mit der braunen Uniformjacke der Partei. Einer der Polizisten half ihm auf eine Holzkiste. Sein Blick schweifte über die Gänge. Alle Händlerinnen sahen ihn an.

«Auf Anordnung des Zentralkomitees der Arbeiterpartei», brüllte er, «ist es keiner Frau unter fünfzig Jahren gestattet, auf einem Markt Handel zu treiben. Diese Regel tritt mit sofortiger Wirkung in Kraft.»

Die Frauen sahen einander an.

«Die Regeln ändern sich schon wieder?», murmelte Großmutter Whiskey.

«Was für ein bescheuerter Grund ist es denn diesmal?», sagte eine andere.

Frau Moon hob die Hand, um ihre Augen vor dem Licht zu

schützen. Sie hörte, dass Wachtmeister Jang dem Funktionär zuraunte, dass diese neue Regel niemanden auf diesem Markt beträfe, aber da bemerkte der Funktionär Locke. Er hob den Arm und zeigte auf sie. Die Polizisten richteten alle Taschenlampen wie einen einzigen Lichtstrahl auf sie. So in der Helligkeit gefangen, wirkte sie sehr zerbrechlich, ein in die Falle des Jägers gegangenes Reh.

«Bürgerin, stehen Sie auf.»

Einer der Polizisten ging auf sie zu und nahm ihr das Ausweisbuch ab. «Der Name ist Ong Sol-joo», sagte er. «Alter achtundzwanzig.»

«Wo ist Ihr offizieller Arbeitsplatz, Ong Sol-joo?», fragte der Funktionär.

Lockes hübsches Lächeln war verschwunden. Sie suchte nach dem Gesicht des Funktionärs, als hoffte sie, ihn zu Milde bewegen zu können, doch das Licht blendete sie.

Mit leiser Stimme sagte sie: «In der Vinalon-Kooperative 15. April.»

«Sie sind Textilarbeiterin?»

«Jawohl.»

«Und warum verkauft eine staatliche Textilarbeiterin zum privaten Gewinn auf einem Bahnsteig Essen?»

Lockes Tochter stand hinter ihr und starrte ihre Mutter mit glasigen, angsterfüllten Augen an. Locke war sehr blass geworden, ihr Kopf war zur Seite gedreht, als wäre sie geschlagen worden.

«Ich habe Ihnen eine einfache Frage gestellt», schnauzte der Funktionär.

Die Anspannung stieg. Niemand wagte zu atmen.

Frau Moon spürte ihr Blut in Wallung geraten. Sie hatte dies schon auf der Kooperative miterlebt. Irgendeine arme Frau, die nur versuchte, ihre Familie zu ernähren, wurde des Verrats am Sozialismus beschuldigt. Und bevor sie wusste, wie ihr geschah, stand sie mit einer Schlinge um den Hals vor einem Volksgericht.

«Bürgerin, wenn Sie nicht antworten …»

Der Funktionär wurde vom Anblick einer alten Frau abgelenkt, die sich langsam erhob, die Knie steif vom stundenlangen Sitzen auf Beton. Aller Augen richteten sich auf sie. Über die Gesichter der Frauen zuckten Angst und Nervosität.

«Ich möchte dem ehrenwerten Genossen helfen, seine kostbare Zeit zu sparen», sagte Frau Moon. «Frau Ong ist eine Freundin der Familie, die selbstlos ihre Zeit opfert, um mir zu helfen – einer alten Frau, die nichts Schweres tragen kann und sich allein nicht sicher fühlt. Sie hilft mir, Genosse. Frau Ong handelt selbst nicht.»

Da die Lampen jetzt auf sie gerichtet wurden, konnte sie nur noch den Umriss des Funktionärs erkennen. Sein Kopf war nackt wie ein Hintern. Bevor er etwas sagen konnte, ergriff Wachtmeister Jang das Wort. «Genosse Sekretär, wir müssen Sie noch zu den anderen Märkten bringen, bevor die schließen …»

Mehrere Sekunden lang gab niemand einen Laut von sich. Doch dann stieg der Funktionär mit einem entnervten Grunzen von der Kiste herunter, und die Frauen wurden wieder in Dunkelheit getaucht, als die Polizisten ihre Taschenlampen senkten und gingen. Einen Moment später atmeten alle einstimmig auf.

Die Stille wurde durch ein Klatschen durchbrochen. Frau Moon sah sich um. Wieder das Geräusch. Eine weiter hinten stehende Frau klatschte. Dann stimmte eine andere ein. Dann Großmutter Whiskey. Plötzlich applaudierten alle Frauen, spendeten ihr Beifall. Jemand rief: «Man-sae!», und die Frauen jubelten. Locke kam zu ihr und ergriff ihre Hände, doch ihr Gesicht war ernst. «Oh, welch schöne Worte, *ajumma*», sagte sie. «Wie kann ich Ihnen danken?»

Jetzt drängten sich alle um Frau Moon, verbeugten sich mehrfach und stellten sich vor. «Ich bin Frau Yi, *ajumma*. Wenn Sie Zucker oder Reismehl brauchen, fragen Sie mich einfach …» – «Frau Lee, *ajumma*. Ich kann Ihnen einen neuen Mantel besorgen, wann immer Sie möchten …» – «Frau Kim, *ajumma* …» – «Frau Kwon …» – «Frau Park …» – «Ich bin Frau Oh», sagte Großmutter Whiskey. «Ich habe am anderen Flussufer gute chinesische Kontakte …»

Es war, als wäre ein Schalter umgelegt worden, und auf allen Gesichtern strahlten ihr plötzlich Wärme und Freundlichkeit entgegen. Nur Locke schaute sie seltsam an, als würde sie in Frau Moon hineinsehen und in ihrem Herzen etwas suchen. Es beunruhigte sie zutiefst.

Eine Frau goss Bier für sie aus einer Flasche in einen Plastikbecher, aber Frau Moon lehnte lächelnd ab und sagte, ihre Freundschaft wäre ihr genug. Eine andere bot ihr neue Handschuhe an. Frau Moon wollte auch die ablehnen, nahm sie dann aber in die Hand. Sie waren in China hergestellt und aus groben Kunstfasern. Ihr kam eine Idee. «Wer verkauft die?», fragte sie.

Als sie erschöpft ins Dorf zurückkehrte, stand im Westen immer noch der Komet, sein blaugrüner Schein warf genug Licht ab, um den Weg erkennen zu können. Der Himmel über ihr war von Millionen winziger Sterne durchstochen. Die Steifheit in den Gelenken flackerte schmerzhaft wieder auf, als sie die zwei geräumigen Reisetaschen hinter sich herzerrte, die sie erstanden hatte. Die Tür ihres Hauses lag in tiefem Schatten. Sie wollte gerade nach dem Knauf greifen, als sich auf der Schwelle etwas bewegte. Sie schrie auf. Die Gestalt eines Jungen schoss zwischen den Häusern davon.

Als sie Tae-hyons Gesicht sah, kehrten all ihre Ängste zurück. Er wartete auf sie, saß rauchend am Tisch. Die Laterne neben ihm warf höhlenartige dunkle Flecken auf sein Gesicht.

«Genossin Pak war da», sagte er. Die selbstgedrehte Zigarette zwischen seinen Fingern zitterte. «Was ist in den Taschen?»

«Einer von Paks Informanten saß vor der Tür», sagte sie. Sie stellte die Taschen ab und öffnete sie. Sie musste Tae-hyon in ihren Plan einweihen, bevor …

Sie horchte auf. In der Gasse zwischen den Häusern näherten sich Schritte, und durch das Glas sah sie draußen einen hellen Lichtschein.

Sie hämmerten gegen die Tür, dass diese nachzugeben drohte.

Schnell stand sie auf und öffnete. «Kommen Sie doch herein», sagte sie, als erwartete sie Gäste zum Tee, und verbeugte sich in einem Neunzig-Grad-Winkel. Drei uniformierte Männer traten schwerfällig in den Raum, ohne die Stiefel auszuziehen oder die Mützen abzunehmen. Hinter ihnen schlüpfte Genossin Pak herein und lungerte an der Tür herum. Einer der Männer sah auf einer Liste nach, die er in der Hand hielt.

«Moon Song-ae, Sie kommen mit. Der Ehemann auch.»

«Stehen wir unter Arrest?», fragte Frau Moon.

Der Mann erwiderte nichts, aber Genossin Pak, die sich bemühte, ihre Schadenfreude nicht allzu deutlich zu zeigen, konnte nicht an sich halten. «Natürlich steht ihr unter Arrest, alte Hexe. Sie haben einen feindlichen Ballon gefunden und es nicht gemeldet. Sie haben die Kooperative verlassen und gegen Ihre Auflagen gehandelt.»

In dem Moment bemerkte sie die beiden großen Taschen an der Wand und riss die Augen auf.

Mit ruhiger Stimme wandte sich Frau Moon an die Männer. «Es stimmt, ich bin heute nicht zur Arbeit in der Kooperative erschienen. Ich war in Hyesan und habe Handel getrieben ...»

«Ha!» Genossin Pak schnippte mit den Fingern, enttäuscht, dass das Geständnis so schnell erfolgt war.

«... und mein Gewinn befindet sich in diesen Taschen, für Ihren befehlshabenden Offizier.» Frau Moon verbeugte sich noch einmal tief.

Verwirrt und verärgert sahen die Männer die Taschen an, doch ihr Interesse war geweckt. Das Lächeln auf Genossin Paks Gesicht erstarb.

Frau Moon bückte sich, um die Taschen ganz zu öffnen. Die eine war mit Hunderten chinesischer Polyesterhandschuhe gefüllt, die andere enthielt Polyestersocken.

«Bitte überreichen Sie die Ihrem Vorgesetzten, damit er sie an die Menschen im Landkreis Paegam verteilen kann, als Geschenk unseres Geliebten Führers.»

Aus dem Augenwinkel sah sie das Erstaunen auf Tae-hyons Gesicht.

KAPITEL 11

Camp Peary
Trainingseinrichtung der CIA
Williamsburg, Virginia
Dritte Oktoberwoche 2010

Wenige Tage nach ihrer Rückkehr aus Genf hielt Jenna mit ihrem Wagen vor der Sicherheitsschranke des CIA-Hauptquartiers in Langley. Die Georgetown University, so hatte Fisk ihr gesagt, hatte sie aus dem Vertrag entlassen, allerdings nicht ohne Protest ob des Zeitpunkts, mitten im Semester, und nicht ohne der Verwunderung darüber Ausdruck zu verleihen, dass eine noch unerfahrene Lehrkraft für die Sicherheit des Landes relevant sein sollte. Das war typisch Professor Runyon. Es verstärkte Jennas Gefühl, das Richtige zu tun.

An diesem ersten Vormittag wurde sie in einem fensterlosen, schallisolierten Raum an einen Polygraphen angeschlossen und beantwortete Fragen zu ihrer Vergangenheit mit Ja oder Nein. Am Nachmittag unterzog sie sich einer psychometrischen Evaluation, die auf Fragen bezüglich persönlicher Integrität und Ehrlichkeit merkwürdige Mehrfachantworten vorgab, für die nach einem geheimen System Punkte vergeben wurden. In den folgenden Tagen wurde sie fotografiert und musste ihre Fingerabdrücke abgeben, die Iris wurde gescannt, dem Speichel wurde DNA entnommen, ihr Urin auf Drogen getestet. Wie sie erfuhr, war die Hintergrundüberprüfung bereits erfolgt. Alles ging rasch und ohne Verzögerung vonstatten, denn ihre Bewerbung wurde beschleunigt vorangetrieben. Fisk hatte dafür gesorgt, dass ihr die theoretische Vorbereitungsphase im Hauptquartier erspart blieb. Zehn Tage nach ihrem Eintreffen in Langley legte Jenna den Eid ab, die Verfassung der Vereinigten Staaten zu schützen und zu verteidigen, und bekam eine kurze Liste von Kleidung und Toilettenartikeln in die Hand gedrückt, die sie nach Camp Peary mitnehmen durfte, Insidern als «die Farm» bekannt, die geheime Trainingseinrichtung der CIA in Williamsburg.

Erst als sie den Bus mit den getönten Scheiben bestieg und die elf anderen Teilnehmer – drei Frauen, acht Männer – des Geheimen Trainingsprogramms sah, wurde sie nervös. Alle strotzten vor Selbstvertrauen und körperlicher Fitness und wirkten hellwach. Einige warfen ihr, der Neuen, die direkt ins Geheimtraining durchgerutscht war, misstrauische Blicke zu, und Jennas Nervosität mischte sich mit Furcht. Nur der Typ, der auf der anderen Seite des Gangs saß, betrachtete sie mit Interesse. Er war groß, hatte olivfarbene Haut, volle Lippen und muskelbepackte Arme. Latino oder Naher Osten. Sie wandte den Blick ab.

Der Herbstnebel hing tief über dem York River, als die Gruppe vor einem alten langgezogenen Farmhaus aus dem Bus stieg. Die auf dem riesigen Gelände zu Tarnungszwecken stehenden Silos und Scheunen wurden in der Dämmerung zu grauen Schatten. Die Rekruten hatten am Außenzaun zwei Sicherheitschecks durchlaufen und Handys und persönliche Gegenstände abgeben müssen. Als sie jetzt vor Fisk standen, der sie auf der Treppe des Farmhauses erwartete, hatten sie fast das Gefühl, einem geheimen Orden beizutreten und die weltliche Vergangenheit hinter sich zu lassen. Fisks hageres Gesicht lag teilweise im Dunkeln. Er hob zur Begrüßung eine Hand, es hätte auch eine Geste des Segnens sein können.

Ein plötzliches Propellergeräusch ließ sie aufblicken. Eine Reaper-Drohne mit angewinkelten Flügeln sank aus der Wolkendecke herab und schwebte auf einen verborgenen Landeplatz zu.

Fisk führte die Gruppe ins Haus, weg von dem Lärm. Wie sich herausstellte, war das Farmhaus in erster Linie eine Attrappe, die das verbarg, was darunterlag. Ein großer Güteraufzug trug sie zu einer tiefer gelegenen Ebene hinunter. Ein Pad scannte Fisks Hand, ein Laser las sein Auge aus. Dann öffnete sich zischend eine Drucklufttür, und sie betraten einen unterirdischen Gang, in dem Computer leise brummten, die Luft gefiltert war und massive Strahlenschutztüren sich lautlos öffneten und schlossen.

Die Rekruten folgten Fisk schweigend. Jenna schaute sich um, nahm alles auf. Sie erreichten einen Raum, der eine Art Lagezentrum zu sein schien. Dort saßen sechs weitere Rekruten mit Kopfhörern vor Bildschirmen und sahen sich etwas an, das Jenna für Aufnahmen von Sicherheitskameras hielt, bis sie begriff, dass es sich um Nachtsichtbilder von Drohnen handelte.

Fisk hockte sich mit verschränkten Armen auf eine Tischkante und blickte in die Runde. Sein Outfit, ein schwarzes Sportjackett und Jeans, ließ ihn älter wirken, wie ein Großvater auf dem Weg zum Kegeln. Er betrachtete sie einen Moment lang, seine Miene schien Ruhe und Schutz zu versprechen.

«Warum seid ihr hier?» Obwohl er leise sprach, klang er so eindringlich, als würde er mit jedem von ihnen unter vier Augen reden. «Ihr seid hier, weil ihr an Freiheit glaubt. Ihr glaubt an die Ideale, die die Grundfesten unseres Landes bilden, Ideale, die eine Zeitlang von hier aus die ganze Welt erreicht haben. Doch inzwischen sind diese Ideale überall wieder auf dem Rückzug. Wenn ihr glaubt, dass unsere Freiheit uns stark macht, dann täuscht ihr euch. Allein unsere Wachsamkeit macht uns stark. In fünftausend Jahren Zivilisation hat die Menschheit nur selten in Demokratien gelebt, meistens unter Diktaturen. Selbst in ihren kurzen Blütephasen war die Demokratie ein fragiles Konstrukt. Meist starb sie nach kurzer Zeit einen grausamen Tod. Und jetzt haben sich die Kräfte der Intoleranz wieder zusammengerottet und gegen uns verschworen. Sie glauben, unsere Freiheit würde uns dekadent, zerrissen, angreifbar machen, und das ermutigt sie. Aber wir werden unsere Freiheit verteidigen. Weil wir die Guten sind. Wir sind die, die an vorderster Front stehen. Deswegen seid ihr hier. Ihr habt euch für das Licht entschieden und gegen die Dunkelheit.» Seine Augen glänzten, als würde er eine tiefe und tragische Wahrheit verkünden. «Doch dieser Kampf wird in der Dunkelheit geführt, ohne Skrupel und Gewissen. Sollten unsere Feinde siegen, wird ihre Tyrannei durch die Errungenschaften der Technik stärker und schrecklicher sein als je zuvor. Doch wenn *wir* siegen, werden uns keine Ruhmeslieder gesungen, unser Sieg wird unerkannt bleiben. Wir können allein auf Ehre hoffen, nicht auf Ruhm.» Er nickte ihnen zu und erhob sich. «In den nächsten zehn Monaten werdet ihr auf Herz und Nieren geprüft und dabei an eure Grenzen kommen. Von einigen Tests werdet ihr wissen, von anderen nicht. Nicht alle von euch werden den Abschluss als Operations Officer schaffen. Wer durchfällt, muss die Einrichtung verlassen. Wer durchkommt, gehört zur Elite der CIA. Willkommen auf der Farm. Gebt euer Bestes.»

Jenna und die drei anderen Frauen in der Gruppe wurden in einen vollgestopften Barackenschlafsaal mit Stockbetten gebracht. Eine von ihnen, eine Halbiranerin mit militärischer Stoppelfrisur, sagte «Hey» und nickte Jenna zu. «Ich bin Aisha.»

Jenna wusste, dass das nicht ihr richtiger Name war, denn

auch sie hatte gestern eine neue Identität bekommen und auswendig lernen müssen, und neue Papiere gleich dazu. Sie war jetzt Marianne Lee, freiberufliche Journalistin aus Mission Hill in Boston. Man hatte ihr eine zehnseitige Biographie in die Hand gedrückt, die ihre Ausbildung, die Namen und Geburtsdaten ihrer Eltern, eine Sozialversicherungsnummer und einen beruflichen Lebenslauf enthielt, samt Links zu Artikeln, die sie für den *Boston Globe* geschrieben hatte.

Jenna lächelte und streckte die Hand aus. «Ich bin Marianne.»

Jeder Tag begann um sechs Uhr. Frauen und Männer versammelten sich zu einem zwölf Kilometer langen Lauf, es folgten Kampftraining und Feldübungen. Am ersten Tag stellte der große Latino, der Jenna im Bus beäugt hatte, sich ihr grinsend als Menendez vor. An den Abenden standen Seminare auf dem Programm, in denen die handwerklichen Grundlagen ihrer künftigen Tätigkeit vermittelt wurden, angefangen mit Chiffrierungstechniken. Das entsprach Jennas Hang zu Disziplin und Methodik, aber die Absichten dahinter machten sie nervös. Die Hauptaufgabe von Agenten war die verdeckte Anwerbung von Informanten in anderen Ländern, sogenannte *Assets*, die dann erpresst, bestochen oder überredet wurden, der CIA die Geheimnisse ihres Landes zu verraten. In der ersten Woche dachte Jenna ständig darüber nach, malte sich aus, wie ein solches Szenario ablaufen würde – sah sich in einem Hotelzimmer, mit irgendeinem armen ausländischen Diplomaten, dessen Gesicht aschfahl wurde, als sie ihn mit Beweisen für seine korrupten Machenschaften, seine Spielschulden, seine Schwäche für Strichjungen konfrontierte, von denen seine Botschaft nichts ahnte. Sie würde warten, bis ihm das gesamte schreckliche Ausmaß seiner Lage bewusst war, und ihm dann im richtigen Moment die Karotte vor die Nase halten, vielleicht Geld – viel Geld – oder das Angebot, in den Vereinigten Staaten Asyl zu bekommen, oder die Übernahme der Kosten für die teure Behandlung seines kranken Kindes, alles von der CIA bezahlt. Vielleicht sah sie ihn nie wieder, aber von da an würde er ihr gehören. Sie würde ihn anleiten und seine Informationen über verabredete Kanäle und geheime Briefkästen abschöpfen.

Bei dieser Vorstellung kam sie sich schäbig vor, es widersprach ihrem Charakter, aber wenn sie an Soo-min dachte, verschwanden ihre Bedenken. Um den verbrecherischen Schurkenstaat anzugreifen, der ihre Schwester gefangen hielt, würde sie bereitwillig jeden miesen Trick lernen, den die Farm ihr beibringen konnte. Und sogar das höllische Feldtraining durchstehen, das sie als reine Strafe empfand.

Jeden Tag zwangen die Ausbilder sie an den Rand ihrer Belastbarkeit. Mal wurde sie mit nichts als einem Kompass in der Hand in irgendeinem weit entlegenen Sumpf ausgesetzt. Wenn sie bei den Schießübungen mit Beretta, Glock, AK-47 ihr Ziel verfehlte, musste sie sich auf den Boden werfen und Liegestütze machen. Der Druck wurde so lange erhöht, bis die alte Grenze überschritten war. Nachmittags zählte Jenna immer neue blaue Flecke, war erschöpft und entmutigt. Sie schätzte, dass ihre Leistung am unteren Ende der Gruppenskala lag – ein paar der anderen waren Ex-Marines –, nur in einer Disziplin war sie allen überlegen. Wenn es darum ging, wie man einem Angreifer eine Schuss- oder Stichwaffe abnahm, wusste sie genau, wie sie die Kraft eines auf sie gerichteten Armes ablenken und das Handgelenk des Angreifers so drehen konnte, dass die Waffe gegen ihn selbst gerichtet war, sie schaffte es sogar, ihn über ihre Schulter zu werfen. Die H-Klasse sah ihr erstaunt zu. «Wo zum Henker hast du das gelernt?», fragte Aisha. Jenna zuckte die Achseln und verschwieg ihr Taekwondo-Training. Ihre Vergangenheit ging nur sie etwas an.

Gemeinsame Freizeitaktivitäten waren nicht verboten, die Rekruten konnten sich jederzeit in der Bar auf ein Bier treffen oder Billard spielen, doch alle schienen sich einig zu sein, dass man niemandem trauen und wenig von sich preisgeben sollte. Jede Situation konnte ein Test sein. Eines Abends saß Jenna allein in der Kantine und las zum wiederholten Mal eines ihrer Lieblingsbücher, einen Roman von Tschechow, als Menendez, der große Latino, sein Tablett abstellte und sich zu ihr setzte.

«Wo treibst du dich rum, Marianne Lee?»

Ihre Körpersprache sagte laut und deutlich: *Geh weg.* «Russland im neunzehnten Jahrhundert.»

«Hatte gehofft, dich in der Bar zu sehen.»

Sie klappte das Buch zu. Ihn schienen die Beschränkungen, an die sie sich halten mussten, fast zu amüsieren. Da ein offenes Gespräch nicht möglich war, saßen sie sich schweigend gegenüber, und irgendwann konnte sie seine körperlichen Vorzüge einfach nicht mehr übersehen. Dichtes, glänzendes schwarzes Haar, eine gerade, schmale Nase. Große Hände.

Sie wünschte, er hätte sich nicht zu ihr gesetzt. Denn nun konnte sie an nichts anderes mehr denken als Sex.

Langsam, allmählich empfand sie das morgendliche Training als nicht mehr so anstrengend und hatte ihren Frust im Griff. Ihre Gedanken wurden ruhiger, ihre Konzentration besser. Und irgendwann hatte sie den Bogen endgültig raus. Ihre Schießkünste waren mittlerweile so gut, dass sie mehrere bewegliche Ziele treffen und den Schlitten ihrer Beretta mit einer Hand zurückziehen konnte. Als die Fahrtüchtigkeit bei hohen Geschwindigkeiten geprüft wurde, erhielt sie als einzige Rekrutin eine Auszeichnung und gewann den Respekt der ganzen Gruppe. Zwischen ihr und ihren Klassenkameraden entstanden lose Freundschaften, und sie stellte überrascht fest, wie wenig sie Georgetown oder die Welt außerhalb der Farm vermisste. Und dann, gerade als sie das Gefühl hatte, langsam dazuzugehören, brach die Realität über sie herein.

Die Klasse wurde in zwei Teams aufgeteilt und zu einer Überwachungsübung nach Williamsburg geschickt. Die Aufgabe lautete, sich bei der Verfolgung einer bestimmten Zielperson so geschickt abzuwechseln, dass diese sie nicht entdecken oder abhängen konnte.

Jenna kam an die Reihe, als es gerade dunkel geworden war. Sie löste Menendez ab, der von einer Parkbank aus die Zielperson beobachtete, einen Mann mit auffälligem Saddam-Schnurrbart, der etwa hundert Meter weiter auf der anderen Straßenseite in einem Starbucks einen Kaffee trank. «Der Typ hockt da seit einer halben Stunde», sagte er.

Zu Jennas Überraschung zog Menendez eine kleine Scotchflasche aus der Tasche, schraubte den Deckel ab und nahm einen Schluck. Dann ließ er das Gesicht in die Hände sinken. «Die Farm macht mich verrückt», sagte er. «Ich fühl mich schon wie ein verdammter Cyborg.» Er sah sie mit trübem Blick an und lächelte. «Ich muss einfach mal was Menschliches machen, verstehst du?»

Ehe sie wusste, wie ihr geschah, küssten sie sich, ihre Zungen berührten sich, sein heißer Whiskyatem stieg ihr in die Nase, Bartstoppeln kratzten an ihrer Wange. Ihre Hand wanderte unter sein Hemd. Als sie sich schließlich von ihm löste und tief durchatmete, merkte sie auf einmal, dass sein Blick nicht mehr trüb war, sondern glasklar und auf sie gerichtet.

Instinktiv drehte sie sich zum Starbucks um. Die Zielperson war verschwunden.

Menendez lächelte nicht. «Mein Befehl lautete, dich von deinem Befehl abzuhalten.» Als er ging, gab er jemandem, den sie nicht sehen konnte, mit der Hand ein Zeichen.

Jenna zog die Knie hoch an die Brust, blieb lange auf der Bank sitzen und gab sich dem vertrauten Gefühl von Einsamkeit hin.

Habe ich wirklich das Zeug zur Agentin?

Drei Wochen nach ihrer Ankunft auf der Farm bekamen die Auszubildenden die Erlaubnis, übers Wochenende nach Hause zu fahren. Jenna wollte ihre Mutter besuchen. Ein Bus wurde bestellt, der alle nach D. C. bringen sollte. Sie hatten gerade erst den Grenzzaun passiert, als ein weißer Kleintransporter sie in Höchstgeschwindigkeit überholte, direkt vor ihnen bremste und die schmale Straße blockierte. Kaum war ihr Bus zum Halten gekommen, öffnete sich die Seitentür des Transporters, und drei schwarz gekleidete, maskierte Männer sprangen brüllend heraus. Als auch hinter ihnen Bremsen quietschten, drehten die Rekruten sich erschrocken um und entdeckten ein zweites Fahrzeug, das ein Zurücksetzen des Busses verhinderte. Einer der Maskierten kam mit einer Glock in der Hand an Bord. «Hände hinter die Köpfe. Alle raus!»

Wie Geiseln stiegen sie aus dem Bus.

Jenna wurde zusammen mit vier anderen grob in einen der Transporter gezerrt. Sekunden später waren ihre Hände hinter dem Rücken gefesselt, man zog ihnen Kapuzen über den Kopf und zwang sie, sich auf den Boden zu legen, dann raste der Wagen los. Einer der Männer brüllte: «Schnauze halten!», als jemand eine Frage zu stellen wagte.

Jenna ahnte, was kommen würde. Die Klasse hatte gerade ein

Seminar über Verhörtechniken absolviert. Ihnen stand ein höllischer Test ihrer Widerstandskraft bevor. Als ihr die Kapuze abgenommen wurde, saß sie allein in einem schummrigen Keller, an dessen Wänden Schimmel wuchs und der nach undichten Abflussrohren roch. Ihre Hände waren immer noch hinter dem Rücken gefesselt, der Stuhl war am Boden festgeschraubt. Neben ihr stand ein großer Holztisch.

Eine Tür ging auf, ein blasser Mann mit lichtem blondem Haar trat ein. Sein oberster Hemdknopf stand offen. «Sie sind CIA-Spionin.» Der Akzent klang nach Mitteleuropa oder Russland. «Dies ist keine Übung.»

Natürlich nicht, dachte sie. «Ich bin Journalistin.»

«Wie heißen Sie?»

«Marianne Lee.»

«So steht es im Führerschein. Aber Sie sind amerikanische Agentin. Wie heißen Sie wirklich?»

Jenna sah ihn gelassen an. «Wie gesagt, mein Name ist Marianne Lee. Ich bin freiberufliche Journalistin aus Boston.»

Er legte den Kopf schief und sagte mit einem Achselzucken: «Wie Sie meinen.»

Wieder ging die Tür auf, zwei Männer in schwarzen T-Shirts kamen herein, die Jennas Handfesseln lösten und sie auf den Holztisch hoben. Dann kletterten sie ebenfalls auf den Tisch. Einer klemmte ihren Kopf zwischen seinen Knien ein, der andere saß auf ihren Beinen und hielt ihre Arme fest. Ein Handtuch wurde über ihr Gesicht geworfen. Damit hatte sie nicht gerechnet. Und drehte plötzlich fast durch vor Angst. Sie hörte Wasser in einen Metalleimer fließen.

«Fangen wir an», sagte der Blonde. «Wie heißen Sie wirklich?»

Sie wand sich und schrie, konnte sich aber nicht bewegen. Wasser wurde auf ihr Gesicht geschüttet. Sekunden später setzte der Würgereflex ein, die Männer hielten inne. Jennas Lungen pfiffen, keuchend versuchte sie zu atmen. *Beruhig dich. Das ist kein richtiges Waterboarding, aber … verdammte Scheiße!* Eine Sekunde länger, und sie wäre dem Ertrinken nahe gewesen. Als das Handtuch weggezogen wurde, zitterte sie. Das Gesicht des blassen Mannes war über sie gebeugt, er wartete.

Jenna starrte ihn an, ihre Lungen arbeiteten. «Marianne Lee.»

Den nächsten Tag verbrachte sie in einer grell beleuchteten Zelle. Am Tag danach sperrte man sie in ein winziges Zimmer, stockfinster und kalt wie ein Eisschrank, und gab ihr nichts als Brot und Wasser. Tag und Nacht wurde sie von Kameras beobachtet. Sie reagierte auf die einzige Weise, die sie kannte: Sie zog sich tief in sich selbst zurück und fand Trost in langen Phantasiegesprächen mit Soo-min. Das gab ihr Kraft. Obwohl sie schon so lange allein war, war die innere Verbindung zu ihrer Zwillingsschwester immer bestehen geblieben. Ein paarmal hörte sie Schreie und vermutete, dass auch ihre Klassenkameraden im selben Gebäude gefangen gehalten wurden.

Im Laufe der Zeit verwischte die Trennlinie zwischen Wirklichkeit und Simulation, bis Jenna irgendwann nicht mehr sicher war, ob dies wirklich ein Test war.

Am vierten oder fünften Tag saß sie mit vor dem Körper gefesselten Händen in einem Verhörraum, als der blonde Mann sie als Hure beschimpfte und ihr dann ins Gesicht schlug. Die beiden Brutalos mit den schwarzen T-Shirts standen hinter ihr und schauten zu, vermutlich sollte ihre Anwesenheit einfach nur Angst und Schrecken verbreiten. Der Schlag war nicht sehr hart, aber Jenna war mit den Nerven am Ende, und er traf sie tief in ihrem Inneren. Sie reagierte prompt und ohne nachzudenken, fuhr vom Stuhl hoch, drehte sich auf einem Fuß um neunzig Grad, streckte das rechte Bein und trat den blassen Blonden mit aller Kraft vor die Brust. Er flog rückwärts, die Beine in der Luft, vom Stuhl und schlug mit dem Kopf gegen die Heizung. Jenna machte einen Satz auf den rechts hinter ihr stehenden Mann zu und gewann dabei genug Schwung, um ihm von vorne unters Kinn zu treten. Dann drehte sie sich blitzschnell um, schlug wie ein Maulesel nach hinten aus und traf den zweiten Mann gegen den Solarplexus. Drei Grundbewegungen des Taekwondo.

Der eine Schlägertyp hielt sich das Kinn, der andere krümmte sich und stöhnte. Jenna stand über dem Blonden und hielt ihm die Hände hin. «Mach die Handschellen auf.»

«Hast du sie noch alle?» Der Blonde kniff die Augen zu und hielt sich den Hinterkopf. «Wir wollten nur sehen, wie lange du durchhältst, kein Grund, uns krankenhausreif zu schlagen.» Der russische Akzent war verschwunden. «Wir sind hier fertig», rief er in die Kamera.

Sekunden später betrat Fisk den Raum und runzelte nachdenklich die Stirn. Jenna zuckte zusammen.

«Bringen Sie mich bitte nach Hause», sagte sie. «Das war's.»

«Wir fahren auf die Farm zurück.»

«Warum?» Ihre Kehle wurde eng, sie spürte Tränen aufsteigen. «Ich hab's vermasselt. Ich bin raus.»

Fisk steckte die Hände in die Taschen und sah sie mit einem seltsamen Lächeln an. «Irgendwann verrät jeder seinen Namen. Nur Sie nicht. Tatsächlich … sind Sie die erste Rekrutin, die sich je aus einem Verhör freigekämpft hat.»

Sie hörte auf zu weinen.

«Sie haben gerade das Handbuch umgeschrieben.» Seine Wangen röteten sich, er lachte hilflos. «Das Video muss ich haben.»

«Mit Sicherheit nicht», sagte der Blonde. «Das lösche ich sofort.»

Am Abend lag sie auf ihrem Bett. Sie war todmüde, doch ihre Gedanken ratterten. Aus irgendeinem Grund musste sie an ihren Vater denken. *Der höchstrangige Afroamerikaner in der Garnison.* Die Legende, die ihn umgab, hatte dazu geführt, dass sie nach dem Rest seiner Biographie nie gefragt hatte. Sie hatte ihren so zurückhaltenden und sanften Vater, Captain Douglas Williams, nie wirklich kennengelernt. Und trotzdem waren er, Han, Soo-min und sie eine liebevolle Familie gewesen, solange es ihnen vergönnt war – das Kostbarste, das sie je in ihrem Leben gehabt hatte. Nichts und niemand würde das zurückbringen.

Jenna begriff, dass es nicht nur um Soo-min ging. Es gab einen Grund, warum sie hier war. Welchen? Rache?

In ihrem Herzen öffnete sich ein Ventil, sie spürte Kälte durch ihre Adern bis in die Finger und Zehen strömen. Sie riss in der Dunkelheit die Augen auf. Ja, *Rache.* Sie war bereit, jene gnadenlos zu jagen, die ihre Familie zerstört hatten. Sie war bereit, alle Skrupel beiseitezuschieben und die für Soo-mins Verschwinden Verantwortlichen zur Rechenschaft zu ziehen. Sie veränderte sich, das spürte sie. Nach zwölf verlorenen Jahren war sie jetzt geerdeter, konzentrierter. Eine klare, kalte Zielstrebigkeit stählte sie. Zitternd zog sie sich die Decke über die Schultern, drehte sich auf die Seite und starrte im Dunkeln die Wand an.

Fisk hatte recht gehabt. Sie hatte einen starken Grund, dem Land zu dienen.

Die junge Frau saß vor einem Bildschirm, auf dem eine Nachrichtensendung lief. Hin und wieder setzte sie einen Haken neben einen Namen auf einer Liste. Als Jenna der Frau über die Schulter sah, erkannte sie die Massenparade auf dem Kim-Il-sung-Platz im vergangenen Monat. Die Kamera schwenkte auf Kim Jong-ils dicklichen jüngeren Sohn, den zum Nachfolger

Auserkorenen, wie er freudig einem vorbeiziehenden Raketenwerfer applaudierte. Die Haare der jungen Frau am Bildschirm waren zu Manga-Schulmädchenzöpfen geflochten, was sie aussehen ließ wie vierzehn. «Ich versuche rauszufinden, wer gerade in ist und wer nicht ...», sagte sie zu Jenna. «Anhand dessen, wer wie nahe bei Kim Jong-il steht. Nach einer Weile bekommt man ein Gefühl dafür, wer wichtig ist.»

Die Nordkorea-Analytiker in Langley – alles junge Amerikaner asiatischer Abstammung, frisch aus den Ivy-League-Colleges – teilten sich in einem riesigen Großraumbüro einen hellen, kreisförmigen, offenen Bereich mit anderen Analytikern. Jenna und ihre Gruppe befanden sich auf einem Tagesausflug, um sie kennenzulernen. Die Klasse hatte mittlerweile das Seminar zu Analysetechniken begonnen. Jenna sah, dass sich Aisha dem Team vorstellte, das für den Iran zuständig war, der bullige Menendez sprach mit den Kuba-Experten.

Rechts von Jenna saß ein junger Typ mit Igelfrisur und blätterte in mehreren Ausgaben von *Rodong Sinmun*, der nationalen nordkoreanischen Zeitung.

«Ich halte nach Veränderungen in der Parteirhetorik Ausschau», sagte er und unterdrückte mit zusammengepressten Lippen ein Gähnen. «Neue Themen in der Propaganda, solche Sachen ...»

Jenna war verblüfft. *So werden Informationen ausgewertet?*

Der Teamleiter war der einzige Nichtasiate im Team. Ein grau wirkender Mann namens Simms, der einen breiten Hintern und einen feuchtkalten Händedruck hatte und Jenna durch eine randlose Brille hindurch kurzsichtig anblinzelte. Seine Krawatte schien auf seine Augen abgestimmt zu sein, die die Farbe von Kanalwasser hatten. Er führte Jenna in einen der gesicherten, wanzenfreien Konferenzräume in Langley und überraschte sie, als er fließend koreanisch sprach. Kaum hatten sie sich gesetzt, fiel er mit der Tür ins Haus.

«Die CIA hat in Nordkorea keinen einzigen Informanten.» Sein Tonfall war geduldig monoton.

«Wirklich? Ich …» Jenna schob eine Haarsträhne hinter ihr Ohr. «… bin einigermaßen erstaunt, dass der größte Geheimdienst der Welt niemanden …»

«Sie haben wohl zu viele Spionagethriller gesehen», sagte er mit einem humorlosen Lachen. «Wir verfügen dort über keinerlei Quellen. Kein hochrangiger Offizier in der Koreanischen Volksarmee. Kein desillusionierter Wissenschaftler, der nukleare Geheimnisse weiterleitet. Keine Venusfliegenfalle in Kim Jong-ils Freudenbrigade. Nichts.» Er nahm die Brille ab, wischte sie sauber und hielt sie gegen das Licht. Ohne die Brille hatte sein Gesicht jegliche interessante Topografie eingebüßt. «Und das heißt nicht, dass wir nicht versucht hätten, welche zu rekrutieren. Aber ich muss Ihnen wohl nicht sagen, dass das Regime sein Volk komplett überwacht. Anrufe und Briefe werden überprüft. Radios und Fernseher sind so eingestellt, dass nur Regierungssender empfangen werden können, das Reisen ist strikt kontrolliert, das Denken der Menschen wird geformt und überwacht. Ein Schritt aus der Reihe, und man steht sofort unter Verdacht. Spitzel infiltrieren jeden gesellschaftlichen Bereich, vom Politbüro bis zum Arbeitslager.»

Jenna lehnte sich zurück. «Überläufer geben Informationen …»

«Sicher, aber die Fluchtwege sind oft sehr lang. Wenn die Informationen bei uns ankommen, sind sie Monate, sogar Jahre veraltet.»

«Da draußen sitzen die schlauesten jungen Leute des Landes und beschäftigen sich mit Ratespielen aus dem Kalten Krieg», sagte sie. «Aufstellungen bei Paraden werden ausgewertet? *Kremlologie*? Ist das jetzt nicht genauso sinnlos wie damals, als es die Sowjetunion noch gab?»

Simms seufzte. «Nordkorea ist von der Welt abgeschottet. Nachrichtentechnik bringt wenig. Das Volk ist mucksmäuschenstill. Es gibt keinen Onlineverkehr, nur sehr wenige Mobiltelefone, kaum Funksignale, keine Gespräche. Das Land schweigt. Und es ist dunkel.» Er lehnte sich auf dem Stuhl zurück und verschränkte die Hände hinter dem Kopf, an den Achseln waren feuchte Flecke auf seinem Hemd. «Man hat Ihnen Mission Impossible gegeben, Marianne Lee. Ich würde sagen, die Chancen, dass Sie in Nordkorea einen eigenen Informanten führen, stehen bei … unter null.» Er blickte sie resigniert an. «Man kann nichts anderes tun als Zeichen interpretieren … und von oben zuschauen.»

«Von oben? Sie meinen, wie bei Google Earth?»

«Nein, Miss Lee. Nicht wie bei Google Earth.»

In einem Kontrollraum unter dem New Headquarters Building liefen Satellitenbilder über riesige Computerbildschirme. «Wir haben eine Menge Hardware da oben.» Simms hob die Hand. «Auf die Erde gerichtete Weltraumteleskope, Lockheed U-2s auf siebzigtausend Fuß, radarbildgebende Spionagesatelliten – die Dinger können durch Wolken gucken …»

Vor den Bildschirmen saßen die sogenannten Blinzler – die Spysat-Analytiker –, etwa zwanzig an der Zahl, alle männlich. Über die Schulter von einem hinweg sah Jenna das Satellitenpanorama irgendeines Ortes in Asien: braune Bergzüge, mit winzigen Wolkenwattebällchen gesprenkelt, ein Flickenteppich aus hellgrünen Reisfeldern. Simms fragte: «Darf ich?», beugte sich vor und legte den Finger auf das Touchpad. Langsam erweiterte sich das Bild. Mit wachsendem Erstaunen sah Jenna, wie Felder und Berge sich in einzelne Akazienbäume und eine lange Schotterstraße auflösten und schließlich in einen Militärjeep, auf dessen Rücksitz ein Offizier saß. Sie konnte die Sterne auf seinen Schulterstücken erkennen, das Handy in seiner Hand. Simms trat zurück und verschränkte die Arme. «In diesem Moment aus niedriger Erdumlaufbahn aufgenommen. Aus etwa zweihundert Kilometer Höhe. Verzerrungen durch Hitze und Luftströme werden von der Linse ausgeglichen.» Mit dünnem Lächeln sah er sie an. «Geheime Militärtechnologie.»

Jenna starrte unverwandt auf den Bildschirm. Nordkorea war eine Festung ... *aber zum Himmel hin offen.*

Am Abend zurück auf der Farm, beantragte Jenna, sich im Analyse-Seminar auf GEOINT konzentrieren zu dürfen, *Satellite Geospatial Intelligence*, raumbezogene Aufklärung, da ihr dies der für sie relevanteste Bereich zu sein schien. Am nächsten Tag erhielt sie einen verschlüsselten Link mit dem Zugang zum Sicherheitsserver der Blinzler in Langley.

Solche Details hatte sie noch nie gesehen. Es war, als hätte sie plötzlich Superkräfte, und ein Weilchen spielte sie herum und probierte alles aus. Die Spektralbildauflösung war hervorragend. Beim Heranzoomen blieb das Bild bis auf den letzten Quadratmeter gestochen scharf. Neben einem Raketensilo, der sich gerade im Bau befand und von den Blinzlern mit Pfeilen und Kennzeichnungen markiert worden war, konnte sie den Schweißern bei der Zigarettenpause zusehen. Und sie konnte die roten Buchstaben der in den Abhang des Berges Tonghung gehauenen Losung lesen: WAS DIE PARTEI BEFIEHLT – WIR SETZEN ES UM! Über einen Pfad, auf dem Kiefernzapfen verstreut lagen, lief ein Fuchs. Eine alte Frau auf einem Bahnsteig schöpfte Eintopf in einen Teller. Als Jenna nach Süden zur Entmilitarisierten Zone scrollte, waffenstarrendes Brachland, das die Grenze zu Südkorea bildete, entdeckte sie große Truppenlager. Ostwärts zur Küste hin fand sie eine industrielle Geisterstadt, verrostet und verrußt, und beim Heranzoomen erkannte sie ganze Rudel zerlumpter Kinder, die durch die Straßen streunten.

Sie fühlte sich allmächtig, allwissend – wie ein Racheengel zog sie über dieses dunkle Land. Auf einem Bild, aufgenommen an einem kalten, sonnigen Morgen, standen Tausende von Gefangenen zum Appell aufgereiht, die ausgemergelten Körper warfen lange Schatten über den Boden. Dies war Straflager 15, das Internierungslager Yodok, in das die Verurteilten mitsamt drei Generationen ihrer Familie geschickt wurden, um in den Minen und auf den Maisfeldern zu schuften. *Ich sehe euch*, dachte Jenna, während sie die ameisenähnlichen Gestalten musterte, die mit Steinen beladene Karren zogen. *Ihr seid nicht vergessen.* Sie suchte nach Lager 22 bei Chongjing, aber die Aufnahmen waren unvollständig. Das Lager war riesig und umfasste Landwirtschaft, Kohlebergbau und Fabriken, in denen Arbeitssklaven und ihre im Lager geborenen Kinder schufteten, die kein anderes Leben kannten.

Jenna fiel auf, dass die Blinzler solche offensichtlichen Beweise für die Verbrechen des Regimes nur selten analysierten oder markierten. «Militärische Ziele haben Priorität», hatte Simms erklärt.

Ihr kam eine Idee.

Per E-Mail beantragte sie die Spysat-Bilder des Marinestützpunkts Mayang-do an der Nordostküste. Minuten später erhielt sie einen verschlüsselten Link zu hochaufgelösten Aufnahmen, Pfeile wiesen auf Trockendocks, Werksschuppen und hinter bombensicherem Beton verborgene U-Boot-Bunker hin. Im Wasser waren sogar einige Schiffe bei der Ein- und Ausfahrt gekennzeichnet: *U-Boot: Typ Romeo (1800 Tonnen), Kleinst-U-Boot: Typ Yono (130 Tonnen)* und – ihr lief ein Schauer über den Rücken – *U-Boot: Typ Sango (180 Tonnen).*

Es sah aus wie ein Raubfisch, der in seine Höhle zurückkehrte. Ein U-Boot vom Typ Sango, hatte Mrs. Ishido gesagt. Ausgesandt vom Marinestützpunkt Mayang-do. Ohne die weiße Gischt am Bug wäre der schwärzlich grüne Schiffskörper fast nicht zu sehen gewesen.

Wo hatten sie Soo-min von Mayang-do aus hingebracht? Doch als Jenna die durch Straßen oder Schienen verbundenen Regionen an der Nordostküste absuchte, zogen fast gegen ihren Willen immer wieder andere Bilder ihre Aufmerksamkeit auf sich – wie Schmuddelbilder in einer Klatschzeitung.

Dort war zu sehen, wie opulent Kim Jong-il lebte. Während auf den Straßen Kinder um Krumen bettelten, standen dem Leitstern des 21. Jahrhunderts siebzehn Paläste zur Verfügung, über das ganze Land verteilt. Private Pferderennbahnen mit Koppeln, Basketballplätze und Infinity Pools zwischen blumenbewachsenen Terrassen, alles vom Volk abgeschottet. Der Geliebte Führer besaß Häuser, die kaiserlichen Sommerpalästen ähnelten, mit Dächern aus jadegrünen Dachziegeln, umgeben von Schmuckgärten mit Zierbrunnen und Parkanlagen voller Kampferlorbeer. Auch eine moderne Strandvilla mit einer ganzen Flotte von Sportwagen und Motorrädern war dabei. In seiner Hauptresidenz nördlich von Pjöngjang, von vier Boden-Luft-Raketenwerfern geschützt (mit Pfeilen markiert), standen zu seinem Privatvergnügen ein Schwimmbecken mit Wasserrutschen, ein Schießplatz und eine Princess-Yacht bereit. Golfwagen sausten über seine Landgüter. Jenna zoomte sich aus zweihundert

Kilometer heran und sah die Reifenspuren im Tau sowie die Rasensprenger. In einem privaten Bahnhof stand ein luxuriös ausgestatteter gepanzerter Zug. Und nachts, wenn das restliche Land wegen der Stromknappheit in tintenschwarzer Dunkelheit lag, waren alle Paläste von Kim Jong-il hell erleuchtet wie ein eigenes Sternbild am schwarzen Himmel, um die Spionagesatelliten bezüglich seines Aufenthaltsorts in die Irre zu führen.

Doch es war die Villa am Strand von Wonsan, die Jennas Phantasie am meisten befeuerte. Auf diesem Grundstück befanden sich Gewächshäuser, Viehweiden und Wildblumenwiesen, neben Gebirgsbächen pickten Hühner nach Körnern. Kakibäume trugen orange Früchte. Sie sah die berühmten Obstgärten, die angeblich mit raffiniertem Zucker gedüngt wurden, damit die Äpfel groß und süß wurden. Sie stellte sich vor, wie diese Äpfel auf Kim Jong-ils lukullischen Festen serviert wurden, auf denen zur Unterhaltung seiner Kumpane Mädchen tanzten und strippten, während er, immer auf der Hut, in den alkoholgeröteten Gesichtern seiner Gäste nach Anzeichen von Verrat Ausschau hielt.

Jenna hatte das ganze Land im Blick. Seine Umrisse, Strukturen, Felder und Netzwerke lagen vor ihr ausgebreitet. Berg und Wald, Gefängnis und Palast. Der Herrscher, die Soldaten, die Bürger, die Sklaven.

Wo bist du, Soo-min?

KAPITEL 12

Luftraum über New York
Dritte Novemberwoche 2010

Drei Gestalten trieben auf ihn zu. General Kang und seine Töchter. «Er unterrichtet mir Engrisch», sagte Kang und zeigte mit dem Finger auf Cho, während das Lachen seiner Töchter von den Marmorwänden abperlte. Kangs Brustkorb war durchlöchert, der Körper halb verwest. Die Wangen fielen vom Gesicht ab wie Avocadohälften. Er schwebte über Chos Kopf hinweg. Cho stand auf einem Rollsteig, wie es sie an Flughäfen gibt, und glitt an einer endlosen Galerie vorbei. Puzzle war bei ihm, die kleine Hand in seine große geschoben. In der Ferne sahen sie ein blauweißes Schimmern, das immer heller wurde und die Galerie schließlich grell erleuchtete. Liebevoll hielt er die Jungenhand fest, doch sein Sohn versuchte, sich freizukämpfen. «*Appa*», schrie er. «Wir müssen weg.»

«Wenn wir zu weit weg sind, erfrieren wir», erwiderte Cho.

«Wenn wir zu nah kommen, verbrennen wir!»

Cho schreckte aus dem Schlaf auf. Der Druck auf den Ohren dämpfte die Geräusche. Er rieb sich die Augen, hörte die singende Stimme nur halb, die in Mandarin den Sinkflug auf den John F. Kennedy International Airport bekanntgab. Die anderen Mitglieder seiner Delegation drückten die Nasen an die Fenster. Cho schob die Blende hoch und blinzelte verschlafen in das rosa Licht. Zuckerwatteschlieren zogen über die Tragfläche, dann ertönte ein hydraulisches Jaulen, das Flugzeug tauchte in eine

Welt aus Grau ein und wurde von Turbulenzen durchgeschüttelt. Plötzlich rissen die Wolken auf, und Cho blickte auf einen Vorort herab, auf Häuser wie Streichholzschachteln, zwischen denen sich winzige Autos bewegten. Cho staunte. Nun war er tatsächlich im Bauch der amerikanischen imperialistischen Bestie.

In der diplomatischen Ankunftslounge wurde die Delegation von Botschafter Shin begrüßt, Nordkoreas ständigem Vertreter bei den Vereinten Nationen, und dessen Berater, dem Ersten Sekretär Ma. Nachdem sich alle verbeugt und sozialistische Grüße ausgetauscht hatten, wurde die Delegation zum Ausgang begleitet. Shin war ein mürrischer, gedrungener Mann mit einem geraden Schlitz als Mund und streng nach hinten gekämmtem grauem Haar. Durch sein barsches und anmaßendes Auftreten stellte er sofort klar, dass er das Kommando über die Gruppe zu übernehmen gedachte. Cho konnte ihn vom ersten Moment an nicht leiden. Der Erste Sekretär Ma war ein dünner, wachsamer Mann mit einem merkwürdigen Mal auf der linken Wange, das an einen kleinen schwarzen Blutegel erinnerte. Cho begegnete seinem Blick und sah die Intelligenz darin.

Noch vier andere Teilnehmer gehörten zu Chos Gruppe: zwei untergeordnete Diplomaten, beide etwas jünger als Cho selbst, die Kronprinzensöhne von Mitgliedern des Zentralkomitees. Sie würden sich im Hotel ein Doppelzimmer teilen und keinen Schritt tun ohne die anderen beiden Begleiter, Offiziere des politischen Sicherheitsbüros der Partei – farblose, misstrauische Männer, die wenig sprachen. Weder sie noch Cho hatten je zuvor den Westen besucht.

Die Flutlichter verwandelten den Regen in orange Spritzer. Der Fahrer, ein griesgrämiger Koreaner, schob die Tür des schwarzen Toyota-Minivan auf, und Cho sah Miniaturversionen der Vater-

Sohn-Porträts auf dem Armaturenbrett, die so befestigt waren, dass sie die Mitfahrenden anblickten. Der Fahrer lud das Gepäck in den Kofferraum, und während die anderen einstiegen, sagte Botschafter Shin: «Sie haben ein Päckchen für mich, nicht wahr?» Der Mann hatte sich eine Zigarette angezündet, kaum dass er einen Fuß aus dem Flughafengebäude gesetzt hatte.

«Es ist im Diplomatengepäck», sagte Cho und sah, wie Shin eine Mischung aus Anspannung, Erleichterung und Rauch ausblies.

Sie legten die Sicherheitsgurte an und machten sich auf die Fahrt in die Stadt. Vom Schlafen im Flugzeug erfrischt, beäugte Cho neugierig die Schlangen aus gelben Taxis und Transitbussen, spürte das Adrenalin durch seine Brust strömen, saugte jedes Detail in sich auf. So viele Fahrzeuge, so viele unterschiedliche Modelle und Farben.

Vergiss nicht, wo du bist …

Botschafter Shin drehte sich auf dem Sitz um und begann, sie streng über den Programmablauf zu informieren und zu belehren, wie sie sich vor den Yankees zu verhalten hatten, die mit Sicherheit versuchen würden, sie zu irgendeinem kompromittierenden und unangenehmen gesellschaftlichen Ereignis zu schleppen, was sie unter allen Umständen vermeiden mussten. Er hatte den unsteten Blick eines misstrauischen, übellaunigen Menschen. Die Gruppe hörte respektvoll zu, doch aus den Augenwinkeln sahen sie immer wieder nach draußen. Nach wenigen Minuten fuhren sie auf einer offenen Autobahn. Die schwarzen Wolken im Westen begannen sich aufzulösen, und als die hohen Türme von New York City in Sichtweite kamen, deren Spitzen in den letzten Lichtstrahlen rotgolden glühten, kam sich Cho wie in einer Märchenstadt vor. *Das ist pure Zauberei*, dachte er. Eine solche Welt hatte er noch nie gesehen, nicht einmal in der Phantasie. Einige der Gebäude wirkten hoheits-voll und alt, als stünden sie seit einem Jahrhundert oder länger dort. Er hatte sich eine Stadt aus futuristischem Spiegelglas vor-gestellt, wie Schanghai. Er malte sich aus, wie er seiner Frau und Puzzle diesen Anblick beschreiben würde.

Bald hatte der Minivan den East River überquert und reihte sich in die langsam dahinkriechende Schlange der Rücklichter ein. *Das ist Manhattan.* Die Gehwege quollen über vor Büro-angestellten, die in Massen zu den Subway-Eingängen dräng-ten. Einen Block weiter kam eine Menschenmenge aus einem Theater, ihr Geplapper und Gelächter dampfte in der kalten Luft. Der Titel der Aufführung funkelte in Tausenden kleiner weißer Lichter. Botschafter Shin redete immer weiter, als wollte er sie von dem emotionalen Schock ablenken, den sie gerade durchlebten. Der Minivan kroch im Stau hinter einer weißen Stretchlimousine her. Aus Löchern im Asphalt stieg Dampf auf. Shin sprach über die Reaktion der Yankee-Medien auf den Raketenstart, aber Cho gab nicht einmal mehr vor, noch zu-zuhören. Sein Fenster beschlug. Er drückte auf den Knopf, der es absenkte, und sah einen Mann, der aus einer Maschine in einer Mauer Geld entnahm, und Arbeiter in Neonwesten. Über eine Digitalanzeige an einem Gebäudeturm liefen Zahlen und Pro-zentangaben. Cho atmete ein. Essensgerüche vermischten sich in der Luft, gebratenes Schweinefleisch und Zwiebeln. Aus einem vorbeirollenden Auto dröhnte ein tiefer Bass, die drei schwarzen Gesichter mit Basecaps darin würdigten Cho keines Blickes. Er hob den Kopf und erblickte eine riesige Reklamewand mit einem Unterwäschemodel.

Die Straßen von Pjöngjang waren nachts dunkel und ver-lassen, dagegen wirkte dieser Anblick geradezu schockierend. In seinem Land wurden Ausländer direkt vom Flughafen nach

Mansudae gebracht, um zu Füßen des Monuments des Großen Führers Blumen niederzulegen. Wo waren hier die Statuen? Wo die Monumente? Offenbar überließen es die Yankees New York, sich selbst darzustellen.

Der Minivan blieb an einer Ampel stecken, die gerade auf Rot geschaltet hatte. Fußgänger umrundeten den Wagen zu beiden Seiten. Fasziniert sprang Chos Blick von einem Gesicht zum nächsten. Niemand trug eine Militäruniform. Die Schwarzen und die Asiaten hatten keine Bedienstetenuniform an. Er hätte zu gern mit einem von ihnen geredet. Er sprach ihre Sprache! Doch im selben Moment wusste er, dass das ausgeschlossen war. Nie würde er allein mit jemandem sein, keine Sekunde lang. Er würde unablässig das Gesicht kalter revolutionärer Tugend zeigen. Er würde hier keinen Freund gewinnen.

Die Ampel sprang auf Grün, und der Minivan kroch vorwärts. Ein Mann mit einer Mütze mit Ohrenklappen saß auf dem Gehweg und streckte einen Pappbecher aus, und Cho dachte daran, dass er damit gerechnet hatte, Drogenhändler, Prostituierte und Schlangen von Arbeitslosen an jeder Ecke zu sehen.

Über dem goldverzierten Eingang des Roosevelt Hotels flatterte eine riesige Stars-and-Stripes-Flagge an einem Mast. Als der Minivan hielt, stieg die Gruppe wie in Trance aus, auf allen Gesichtern sah Cho denselben entrückten Ausdruck. Er selbst kam sich vor, als wäre er betrunken, und konnte die Pracht der Hotellobby nicht fassen. Der Erste Sekretär Ma meldete sie an der Rezeption an, und während Botschafter Shin immer weiterredete – sein Mundschlitz stieß ein Durcheinander aus dumpfen, flachen Geräuschen aus –, betrachtete Cho all die gutgekleideten, gutgenährten Menschen mit den weißen Gesichtern um sich herum, die seine seltsame Gruppe musterten, als wären sie Abgesandte einer außerirdischen Zivilisation. Er blickte zu seinen Begleitern, sah sie durch fremde Augen und schämte sich plötzlich, schämte sich für die beiden Politoffiziershohlköpfe in ihren glänzenden Vinalon-Anzügen mit den vom Staat gestellten Gummischuhen und für die Nadel mit dem lächelnden Gesicht des Großen Führers, die sie alle am Revers trugen.

Botschafter Shin schlug vor, sich auf den Zimmern kurz frisch zu machen und in einer Stunde zum Abendessen zu treffen. Die Politoffiziere gingen vor, um die TV-Fernbedienungen und die Bibeln aus den Nachttischen zu konfiszieren, Cho und die beiden Jungdiplomaten folgten kurze Zeit später. Im Aufzug sagte Cho zu ihnen: «Solange wir uns im Hotel aufhalten … können Sie die Nadeln abnehmen.» Die beiden senkten die Köpfe und schwiegen. «Wir sollten nicht die Blicke der Yankees auf uns ziehen», fügte Cho hinzu und hatte das böse Gefühl, etwas nicht Wiedergutzumachendes gesagt zu haben.

Sein Zimmer war geräumig und bot ein bequemes Doppelbett. Angeschlossen war ein Badezimmer mit Marmorwänden, in dem dicke, weiche Handtücher bereitlagen, die für ihn allein vorgesehen zu sein schienen. Er ging zum Fenster. Der Himmel war eine orange Brühe, die die Sterne ausblendete. Tief unten auf der Madison Avenue leuchtete in Rubinrot und Saphirblau ein Feuerwehrwagen, dessen Heulen an- und abschwoll wie ein Echo in einem beleuchteten Canyon.

Es klopfte zwei Mal an die Tür.

Cho öffnete und erblickte den Ersten Sekretär Ma und einen schwarzen Teenager mit einer trommelähnlichen Mütze. Der Junge zog einen verchromten Hotelgepäckwagen hinter sich her, der bis obenhin beladen war. In seiner Benommenheit hatte Cho sein Gepäck völlig vergessen. Sein Herz setzte kurz aus.

Die Diplomatentasche!

Er entdeckte seinen Koffer, und der Junge zog ihn aus dem

Berg, doch die Tasche war nicht zu sehen. Cho versuchte, seine Panik nicht zu zeigen, und sagte, ganz bestimmt müsse da noch ein weiteres Gepäckstück sein, und unter Mithilfe des Ersten Sekretärs Ma entlud der Junge den gesamten Wagen, bis sie ganz unten und völlig zerdrückt zum Vorschein kam, eine graue, versiegelte, einem Seesack ähnliche Tasche. Der Erste Sekretär Ma sah Cho finster an. Cho dankte dem Jungen auf Englisch. Da man ihm gesagt hatte, Trinkgeld wäre eine kapitalistische Geste der Erniedrigung, überreichte er dem Jungen eine englische Taschenbuchausgabe von *Episoden aus dem Leben Kim Il-sungs*, wovon er ein Dutzend mitgebracht hatte.

Er schloss die Tür und lehnte sich dagegen. Wie hatte er so dumm sein können? Er warf die Tasche aufs Bett und öffnete das Siegel. Er würde das Päckchen umgehend zu Botschafter Shin bringen. Doch als er es herausnahm, zog sich wieder sein Magen zusammen, denn durch einen seitlichen Riss in der Verpackung quoll die Bläschenfolie hervor. Er strich mit dem Finger darüber. Zu seiner Erleichterung war es kein Schnitt, sondern unter dem Gewicht des Gepäckbergs entstanden. Cho knipste die Nachttischlampe an und steckte vorsichtig einen Finger in den Riss. Und berührte Zellophan. Es fühlte sich an wie ... ein ziegelsteinähnliches Objekt ... gleich mehrere davon ... in Zellophan eingewickelt ...

Die Tür ging auf, Cho machte einen Satz und stieß dabei die Lampe vom Nachttisch, sodass sie Botschafter Shin von unten anleuchtete und seinen Schatten überlebensgroß an die Wand warf. Cho hatte die Tür wohl nicht richtig geschlossen.

«Das Päckchen bitte, Oberst.» Shin streckte die Hand aus.

Einen Augenblick lang betrachteten sie einander mit unverhohlener Feindseligkeit.

«Ich würde gerne wissen, was sich darin befindet», sagte Cho.

«Dokumente, Geld ...», erwiderte Shin vage. Sein Tonfall blieb ruhig, aber seine Augen sandten eine Warnung aus. Er nahm Cho das Päckchen aus der Hand.

«Wir fahren in ein traditionelles koreanisches Restaurant», verkündete Botschafter Shin, als sich alle wieder in der Lobby eingefunden hatten. «Der Betreiber und das Personal sind ... uns gewogen», fügte er, vertraulich an Cho gewandt, hinzu, als würde er sie mitten in einem Kriegsgebiet in ein sicheres Versteck bringen. «Dort können wir reden.»

Der Minivan bog nach links von der 45th Street ab und steckte sofort wieder in dichtem Verkehr fest, der nach wenigen Minuten völlig zum Stillstand kam, als würde ein Strom aus Lava erkalten und verhärten. Ein Taxifahrer hupte, was hundert andere animierte, es ihm gleichzutun. Botschafter Shin begann, mit dem Ersten Sekretär Ma zu tuscheln.

Die Sache mit dem Päckchen hatte Cho unruhig gemacht. Er traute Shin nicht, und jetzt, inmitten einer Hup-Kakophonie in einem Minivan gefangen, vom Jetlag gebeutelt und orientierungslos, war er zunehmend frustriert, sich in Shins Händen zu befinden. Schließlich sagte er: «Könnten wir nicht aussteigen und zu Fuß gehen?»

Botschafter Shin zögerte. «Wir müssen bis zum Erreichen des Zielorts im Wagen bleiben.»

Schweigend saßen sie eine weitere halbe Stunde lang im Wagen und schauten sich einen hohen Wolkenkratzer an, auf dem ein Mast stand, der die Farbe wechselte. Rot, weiß, blau. Cho beugte sich vor. «Wir können nicht die ganze Nacht hier hocken, Genossen. Ich schlage ehrerbietig vor, dass wir den Wagen dem Fahrer überlassen und hier essen ...»

Über die Autodächer hinweg sahen sie ein Restaurant, dessen Fassade gänzlich mit rostfreiem Stahl verkleidet war. Ein rotes Neonschild verkündete: OPEN 24 HOURS. Hinter einem langen Fenster standen wie im Restaurantwagen eines Zuges zu Sitznischen arrangierte Tische. Kellnerinnen in gebügelten rosa Uniformen liefen mit riesigen Tabletts voller Essen hin und her.

«Das koreanische Restaurant ist für Sie vorbereitet …», sagte Botschafter Shin.

«Nun, hier bewegt sich nichts», erwiderte Cho.

Die anderen sahen sich an. Einer der Jungdiplomaten zuckte die Achseln, der andere schien offen für den Vorschlag zu sein, doch Shin, der Erste Sekretär Ma und die beiden Politoffiziere wogen noch schweigend die Konsequenzen ab.

Cho öffnete die Wagentür.

«Halt!» Shins Stimme war vor Aufregung halb erstickt. «Sie vergessen, wo Sie sind, Oberst.»

Cho betrachtete die Gäste in den Sitznischen des Restaurants. Vier Teenager, die wie Schüler aussahen, zwei Jungen und zwei Mädchen, tranken Coca-Cola durch Strohhalme. Ein kleiner Junge riss auf zeichentrickfilmhafte Weise die Augen auf, als eine Schüssel mit bunten Eiskugeln vor ihm abgestellt wurde. *Kinder sind überall gleich*, dachte er. Ein müde wirkender Mann in der Uniform einer Sicherheitsfirma trank alleine sein Bier zum Essen und scherzte mit der Kellnerin. Keiner sah aus wie die Yankee-Typen, die man in Filmen so leicht erkannte – klapperdürre Schurken mit Hakennasen und blonden Haaren.

«Wir haben nichts zu befürchten», sagte Cho. «Es sei denn, Sie meinen, dass uns die Ideologie unserer großartigen Partei nicht vor verfressenen Kindern und geschmacklosem Essen schützen kann …»

Der Boden des Restaurants war schwarz-weiß gefliest. An einer langen Theke aus poliertem Chrom gaben die Kellnerinnen laut rufend die Bestellungen ab. Dahinter waren Gläser und Flaschen aufgereiht, darüber hing das Bild eines schäumenden Milchshakes aus gelben und pinken Neonlichtern. In einer Glasvitrine drehten sich Kuchen und mit kandierten Früchten dekoriertes Gebäck auf Glasplatten. Die Küche lag hinter den Flügeln einer Schwingtür mit Bullaugen.

Eine Kellnerin führte sie zu einer Sitznische und reichte ihnen laminierte Speisekarten. «Wo kommen Sie her?», fragte sie, während sie den Tisch abwischte. Auf ihrem Namensschild stand PAM.

«Aus der Demokratischen Volksrepublik Korea», sagte Botschafter Shin ausdruckslos.

«Okay!» Sie schenkte ihnen ein strahlendes Lächeln und ging. Eine andere Kellnerin kam mit zwei großen Tabletts voller Speisen vorbei, die sie der in der Nische nebenan sitzenden Familie brachte. Die Aromen von geschmolzenem Käse und Grillfleisch begleiteten sie.

Vielleicht weil er um seine revolutionäre Entschlossenheit fürchtete, erhob einer der Politoffiziere, ein dicklicher, erzkonservativer Mann, Einspruch. «Oberst, ich weiß nicht, ob das Essen hier geeignet ist. Wie unser Großer …»

«Ihr Einwand ist zur Kenntnis genommen, Politischer Offizier Yi.» Cho hatte Hunger und war nicht in der Stimmung für Zitate, doch dann kam ihm ein schelmischer Gedanke. «Haben Sie die Gerichte auf dem Tablett nicht erkannt? Genosse Kim Jong-il persönlich hat doch das *Doppelbrötchen mit Fleisch* erfunden – zur Ernährung unserer Universitätsstudenten. Die *Minju choson* hat berichtet, wie er den Arbeitern in der Fabrik, die die Fleischbratlinge herstellt, spontan Verbesserungen vorschlug. Die Yankees sind zu allem fähig. Ziemlich sicher haben sie die Idee von uns gestohlen.»

Politoffizier Yi kräuselte die Lippen und machte sich innerlich eine Notiz.

Cho und Botschafter Shin taten ihr Bestes, um die Speisekarte ungefähr ins Koreanische zu übersetzen, und entdeckten dabei, dass das Doppelbrötchen mit Fleisch mit einer verwirrenden Auswahl an Saucen und Käsesorten angeboten wurde, außerdem in einer Hähnchen- oder Scharfe-Bohnen-Variante. Je mehr Cho vorlas, desto heftiger nickte die Gruppe um ihn herum, zunehmend überzeugt, dass das Gericht nur dem Gehirn des Genies aller Genies entsprungen sein könne. Ihm zu Ehren wählte jeder eine andere Variante, dazu Pommes und Salat und Budweiser-Bier, da ihr eigenes Taedonggang-Bier, das ihres Wissens nach in vielen Ländern als eines der weltbesten Biere galt, nicht auf der Karte stand.

Während der Mahlzeit merkte Cho, dass er wie die anderen die Banalitäten und praktischen Details ihres Besuchs diskutierte, um zu verbergen, wie gut ihnen das Essen schmeckte, das frisch zubereitet war und in großen Portionen kam. Nachdem die leeren Teller abgeräumt worden waren und sie Pams Empfehlung angenommen hatten, den Strawberry Cheesecake mit Kaffee zu probieren, schien sogar Botschafter Shin seinen Frieden mit der Welt geschlossen zu haben. Als die Rechnung gebracht wurde, wollte er danach greifen, doch Cho kam ihm mit einem selbstbewussten Lächeln zuvor. Ein Gefühl von Stolz und Feierlichkeit erfüllte ihn. Er öffnete das handgenähte italienische Portemonnaie mit den glatten Hundert-Dollar-Scheinen, Yong-hos Geschenk vom Tag der Parade, und bezahlte. Fast hätte er Pam noch die *Episoden aus dem Leben Kim Il-sungs* überreicht, überlegte es sich aber anders und gab ihr ein großzügiges Trinkgeld.

Sie traten in die kalte, klare Nacht hinaus. Die Stadt machte keine Anstalten, zur Ruhe zu kommen. Die Straßen waren belebt von Verkehr und Fußgängern. Und Lichter! Überall glühten Lichter, aus den Schaufenstern der Läden, obwohl sie geschlossen waren, und – Cho blickte empor – in jedem Stockwerk des Büroturms gegenüber, obgleich die Arbeiter doch sicher nach Hause gegangen waren. Er rieb seine Hände aneinander und freute sich auf das Abenteuer, den Weg zum Hotel zu Fuß zurückzulegen, als ein Mann mittleren Alters mit einem dünnen Schnurrbart aus dem Restaurant eilte. Auf seinem Namensschild stand GONZALO. In der einen Hand hielt er Chos Geldscheine, in der anderen ein Gerät, das wie ein kleiner Scanner mit blauem Licht aussah.

«Äh, Sir? Ich bin der Manager. Dürfte ich um eine andere Zahlungsweise bitten? Wir glauben, dass diese Scheine gefälscht sind.»

KAPITEL 13

Bahnhof Hyesan
Provinz Ryanggang
Nordkorea

Der Tag war kalt genug, um Reisschnaps gefrieren zu lassen, aber Frau Moon hatte den Markt noch nie so geschäftig erlebt. Wegen eines Stromausfalls waren beide Gleise gesperrt. Zwei Züge steckten im Bahnhof fest, und gestrandete Züge bedeuteten gestrandete Menschen.

Frau Moons Bänke waren bis auf den letzten Zentimeter besetzt, und eine lange Schlange wartete auf den nächsten freien Platz. Es dampfte, Rauch stieg auf, Essstäbchen klapperten. Nur wenige Worte fielen. Die heiße Suppe wurde direkt aus den Schüsseln geschlürft. Es war zu kalt, um lange zu sitzen. Der Himmel war bleigrau und drohte mit Schnee.

Frau Moons Geldgürtel wurde minütlich dicker, ständig kamen weitere schmuddelige, zerknitterte Won-Scheine dazu. Ihr Gasbrenner war voll aufgedreht, auf den Platten brodelten die vier größten Töpfe vor sich hin, und sie war beim letzten Sack Kohle angelangt. Locke und ihre Tochter bedienten, und Großmutter Whiskey, die sie als Köchin angeheuert hatte, rührte einen aromatischen Fischeintopf um, der dreihundert Won die Schüssel brachte. Das einzige Mitglied ihres Grüppchens, das fehlte, war Kyu.

«Bedien die Polizei zuerst», raunte sie Locke zu. Sie sorgte sich, dass es nicht für alle reichen würde.

Dünner Jubel hallte durch den Bahnhof, gefolgt von einem Kreischen des Lautsprechers, bei dem sich alle die Ohren zuhielten. Der Strom war wieder da.

In dem Moment erblickte sie Kyu. Leise und stoisch wie eine Katze bahnte sich der Junge seinen Weg zwischen Matten und Kunden hindurch. Er nahm einen letzten Zug *bingdu* aus seiner Pfeife, inhalierte bis in die tiefsten Winkel seiner Lunge und blies eine weiße Wolke in Richtung China aus.

«Nicht vor meinen Kunden», sagte Frau Moon.

«Wir brauchen bald einen zweiten Tisch.» Er nahm seine Position oben auf den Reissäcken ein.

Eine Hupe ertönte und löste am anderen Ende des Bahnsteigs einen kleinen Tumult aus. Ein sich langsam auf die Kantine zu bewegender Geländewagen der Polizei zwang die Händlerinnen, ihre Matten aus dem Weg zu ziehen. Die Warteschlange teilte sich, um das Fahrzeug durchzulassen. Als es anhielt, stieg Wachtmeister Jang aus, ging breitbeinig auf Frau Moons Küche zu, nickte den Kunden zu und rieb sich die Hände. Schaufelgesicht begann währenddessen, aus dem hinteren Teil des Geländewagens den Reis auszuladen. Er kam in hellblauen Leinensäcken, auf denen UNITED NATIONS WORLD FOOD PROGRAM aufgedruckt war.

«*Ajumma.*» Wachtmeister Jang grinste und zeigte seine gelben Zähne. «Ihr Anblick wärmt mehr als eine Schüssel heißer *mandu-guk.*»

«Was wollen Sie?»

«Ich frage mich, ob Sie mich heute in Yuan bezahlen könnten ...»

«Für harte Währung können Sie mir fünf Prozent nachlassen. Die Geldwechsler nehmen eine Gebühr.»

Sie hatte nicht den Ehrentitel benutzt, den sein Rang erforderte, aber sie war älter als er, außerdem wusste sie, dass der Reis, den er ihr verkaufte, gestohlenes Yankee-Gut war.

«Wenn Sie meinen.»

Als er Kyu bemerkte, der wieder seine Pfeife angesteckt hatte, wurde Jangs Blick plötzlich finster. Mit einem Fingerschnipsen rief er den Jungen heran. Kyu gab ihm die Pfeife, Jang wischte sie ab, setzte sie an den Mund und nahm einen tiefen Zug. Als er ausatmete, hatte er einen unangenehmen Glanz in den Augen.

«Ah, und noch was ...» Er sprach in ihr Ohr, und Frau Moon ahnte, dass es Ärger geben würde. «Die Bowibu hat heute Morgen in einem Zug am Bahnhof Wiyon vier Leute festgenommen ...» Seine Stimme wurde zu einem Flüstern. «... wegen Besitzes von *Bibeln.* Winzige beschissene Taschenbibeln, *ajumma.*» In seinem Atem lag süßlicher Alkoholgeruch. «Ich will genauso wenig wie Sie, dass die Bowibu auf diesem Bahnhof herumschnüffelt und alle in Angst und Schrecken versetzt.» Er sah sie bedeutungsvoll an. «Jemand verteilt die Bibeln beim Einsteigen an Passagiere. Sorgen wir dafür, dass das nicht mehr passiert.»

Frau Moon seufzte. Er machte sie verantwortlich. «Ich werde mit den Frauen reden. Wenn wir was sehen, erfahren Sie es als Erster.»

«Das wollte ich hören.» Er richtete sich auf. «Es macht die Bowibu sehr zappelig.» Er machte eine Krabbelbewegung mit den Fingern. «Die sehen überall Spione und Saboteure ...»

Frau Moon blickte ihm nach, als er ging.

«Was für ein Arschloch», sagte Kyu.

Kaum sechs Wochen waren vergangen, seit Frau Moon, ein ahnungsloses Landei, zum ersten Mal ihre Matte auf dem Bahnsteig ausgebreitet und Reiskuchen verkauft hatte.

Die Bestechung mit den Handschuhen und Socken hatte mit

der Polizei des Landkreises alles geregelt. Nicht nur drehte man ihr keinen Strick daraus, ihren Arbeitsplatz auf der Kooperative im Stich gelassen zu haben, die Polizisten wurden sogar ihre Verbündeten. Sie waren ihrem Vorschlag gefolgt und hatten die Handschuhe und Socken unter den Dorfbewohnern im Kreis Paegam verteilt. Und genau wie erwartet, hatte die Aktion ihnen das Lob der Partei eingebracht und zu Beförderungen geführt.

Was dann passiert war, als sie am folgenden Tag auf den Markt zurückkehrte, hatte Frau Moon davon überzeugt, dass ihr Schicksal eine gute Wendung genommen hatte.

Die Frauen hatten einen Kreis um ihre Matte herum gebildet. Auch Locke war darunter und verbarg ihr Lächeln hinter der Hand. Was immer auch kommen würde, Frau Moon ahnte, dass es ihre Idee gewesen war.

«Wir laden Sie ein, unserer Kooperative beizutreten», sagte Frau Yang, die Trockenfisch und Batterien verkaufte.

Mit Mühe rappelte sich Frau Moon vom Boden auf und verbeugte sich vor Frau Yang. Sie wusste, dass dies der Dank dafür war, dass sie Locke bei der Razzia am Abend zuvor aus den Fängen des Funktionärs gerettet hatte, aber sie verstand nicht, was mit Kooperative gemeint war, bis Frau Kwon, die Plastikspielzeug und Süßigkeiten ohne Verfallsdatum verkaufte, erklärte, dass es sich um einen informellen Verein handelte, zu dem die Frauen sich zusammengeschlossen hatten, um sich gegenseitig Geld zu leihen, wenn jemand eine Investition tätigen wollte oder jemanden bestechen musste. Dann verbeugten sie sich tief vor Frau Moon und kehrten zu ihren Matten zurück.

«Das Angebot steht, *ajumma*», sagte Locke. «Nehmen Sie es an.»

«Worin sollte ich investieren?», fragte Frau Moon. «Ich bin keine Händlerin.»

«Sie haben gesagt, Sie können kochen.»

Das brachte Frau Moons Gedanken zum Schwirren. «Das stimmt … Aber die Zutaten, die ich brauche, gibt es in Hyesan nicht. Ich würde die gleiche Nudelsuppe und den gleichen Bohnenpasteneintopf anbieten wie alle anderen auch.»

Wieder betrachtete Locke sie mit dieser hellen Aufmerksamkeit. Ihre Augen waren offen und klar, das kleine Schielen verlieh ihr eine anziehende Verwundbarkeit. Ihre Lippen hatten die Farbe von Rosenquarz und waren stets leicht geöffnet, als würde sie einem etwas anvertrauen wollen. Was immer der Ursprung ihrer Zufriedenheit sein mochte, sie trug ihn im Herzen. Das sonnenblumengelbe Kopftuch stand ihr gut. *Aus dir scheint ein Licht*, dachte Frau Moon.

«Was für Zutaten brauchen Sie, *ajumma*? Ich besorge Ihnen alles.»

Frau Moon kniff der jungen Frau lächelnd in die Wange. «Wo würden Sie frisches Rindfleisch und gutes Schweinefleisch herbekommen? Hier gibt es nichts.»

Lockes Stimme war nur ein Flüstern. «Aus China.»

Frau Moons Lächeln erlosch.

Und so erfuhr sie, dass Locke schon mehrfach in Changbai, auf der chinesischen Seite des Flusses Yalu, gewesen war. Sie hatte die Grenzwachen an einer schmalen, bewaldeten Stelle bestochen und war bei Nacht über das Eis ans andere Ufer geschlichen.

Frau Moons Augen wurden groß wie Teller. «Was haben Sie in China gemacht?»

Aber dieser Frage wich Locke mit einer vagen Antwort über Geschäfte mit chinesischen Kaufleuten aus.

«Und wenn Sie erwischt werden?»

«Ich werde beschützt», sagte sie schüchtern und senkte den Blick.

Im Morgengrauen des nächsten Tages hatte Frau Moon Salz zu Ehren der Berggeister ausgestreut und ihren Vorfahren für das viele Glück, das sie ihr beschert hatten, gedankt. Einige Sterne glitzerten noch am kalten, klaren Himmel, aber der Komet im Westen war verschwunden. Was immer er angekündigt hatte, war jetzt in Gang gesetzt, dessen war sie sich sicher. Sie hatte ihre Eltern in ihren Träumen gefragt, was der Komet zu bedeuten hatte, aber sie hatten in Rätseln und Reimen geantwortet, die sie nicht verstand.

Ein Lämmlein geht und trägt die Schuld …

«… der Welt und ihrer Kinder», murmelte sie, als sie ins Haus zurückging.

«Hmm?» Tae-hyon regte sich unter der Decke, sein Bein zuckte. «Was erzählen deine verdammten Vorfahren denn diesmal?»

Später am Tag hatte sie mit einem Darlehen der Frauen-Kooperative einen neuen Gasbrenner aus chinesischer Herstellung, zwei extragroße Stahlpfannen, ein langes, gusseisernes Tablett für die Kohlen und einen Bratrost gekauft. Locke bestand darauf, selbst loszugehen, um die Zutaten zu besorgen, und wies Frau Moons Vorschlag, Schmuggler anzuheuern, zurück. Am selben Abend noch überquerte sie den Fluss nach Changbai in China und kam am nächsten Tag mit allem, was Frau Moon auf ihre Liste geschrieben hatte, zum Markt. Weißfisch und Jakobsmuscheln. Frisches Schweinefleisch von guter Qualität und Rinderfilet, das man marinieren und in feine Streifen schneiden konnte. Ochsenknochen. Ein Dutzend verschiedener Gewürze. Feiner Zucker. Ingwerwurzel, Ginseng, Chilisauce und – in Hyesan im November nicht zu bekommen – süßer, knackiger Salat. Alles andere, die Sojabohnenpaste, Knoblauch, *kimchi* und getrocknete Nudeln, kaufte Frau Moon auf dem Markt. Reis musste sie auf dem lokalen Schwarzmarkt besorgen, den die Polizei kontrollierte. Zum Schluss suchte sie sich einen Tischler, der ihr einen billigen Kiefernholztisch und zwei Bänke aus Packkisten baute.

Am folgenden Tag, als sie zugesehen hatte, wie der Tisch zusammengezimmert wurde, waren ihre Nerven so zum Zerreißen gespannt gewesen, dass sie alle zehn Minuten auf die Toilette gehen musste. Das Gemüse war geputzt und gehackt, der Reis gewaschen, das Fleisch mariniert. Sie hatten einen ausreichenden Vorrat an Kohlen. Locke und ihre Tochter standen bereit, und Großmutter Whiskey trug ihre sauberste Schürze, was nicht viel hieß. Um acht Uhr stellte sie die Gasbrenner an und heizte die Kohlen. Eine Stunde später war Moons Koreanischer Grill offiziell eröffnet.

Das Geschäft war schleppend angelaufen, am Vormittag war nicht viel los, bis zur Mittagszeit kamen besorgniserregend wenige Kunden. Doch dann war etwas Merkwürdiges passiert. Per Mundpropaganda breitete sich Frau Moons Ruf vom Bahnhof über den ganzen Platz aus, genau wie der Geruch des gebratenen Fleisches und der süße Kohlenrauch und der Dampf aus den beiden Töpfen mit Fischeintopf und Ochsenknochensuppe, und am frühen Nachmittag waren die Bänke fast vollständig besetzt gewesen.

Am nächsten Tag waren sie zur Mittagszeit komplett belegt, die ersten Kunden mussten warten, und die Schlange blieb den ganzen Tag über bestehen, selbst als kleine Schneeflocken wie Gänsedaunen herabrieselten.

Nach der ersten Woche war Moons Koreanischer Grill das Gesprächsthema Nummer eins in Hyesan. Ständig standen die Kunden Schlange, darunter auch Stadtfunktionäre und deren Familien. Bezahlt wurde in Won, Yuan, Euros, amerikanischen

Dollars – der König der Schwarzmarktwährungen, Frau Moon sah ihn zum ersten Mal – und gelegentlich mit Schokoladenkeksen. Schon bald hatte Frau Moon zahlreiche Umrechnungskurse zur Hand. *Bingdu* lehnte sie als Zahlungsmittel ab, obwohl *bingdu*, wie ihr klarwurde, überall war. Die Droge war zur Währung geworden.

Nach zwei Wochen hatte sie das Darlehen der Frauen-Kooperative vollständig zurückbezahlt. Sie hatte zusätzliche Schmuggler angeheuert, um die Lieferungen aus Changbai sicherzustellen, und bat die Polizei um mehr Reis. Von dem Moment an war sie die inoffizielle Chefin des Marktes.

Doch der Erfolg brachte Probleme mit sich. Parteifunktionäre saßen ihr mit Geschäftsregeln im Nacken, die sich genauso häufig änderten wie der Wind. Und überall blickten ihr kleine, schmutzstarrende Gesichter entgegen – *kotchebi*, Kinder, die so hungrig waren, dass sie Maiskörner vom Boden aßen. Einmal hatte sie ihnen zu essen gegeben. Jetzt waren sie eine tägliche Plage, klauten Essen und bestohlen die Kunden. Sie brauchte Schutz.

Da war ihr der Junge eingefallen, der so verloren gewirkt hatte, als er an ihrem ersten Tag auf dem Markt für den Reiskuchen mit *bingdu* hatte bezahlen wollen. Als sie ihn beschrieb – mückendürr, mit den Augen eines Schamanen –, wussten die Kinder sofort, wer gemeint war. Er schlief in einer ehemaligen Abfüllanlage am Stadtrand. Sein Name war Kyu.

Sie fand ihn in der verrammelten, dem Zerfall preisgegebenen Fabrik, wie er mit einer Bande von Kindern, die nach verfaulten Beeren stanken, *bingdu* rauchte.

«Es ist nicht sicher hier, *ajumma*.» Er betrachtete sie durch einen weißen Nebelschleier hindurch.

«Ich biete dir eine Arbeit an.» Sie legte sich ein Taschentuch über Nase und Mund. «Und ein Bad.»

Kyu, vierzehn Jahre alt, klein und kümmerlich, war mit fünf von seiner Mutter, die wegen des Hungers nach China ging, auf dem Markt ausgesetzt worden und zu einem Straßenkämpfer mit einem siebten Sinn für Gefahren herangewachsen. Wenn er nicht im *bingdu*-Rausch war, spürte Frau Moon in ihm eine tiefe Verbitterung über das Leben. Sähe er seine Mutter je wieder, so sagte er, würde er sie zwingen, zuzusehen, wie er weißen Reis aß. Aber er hatte kaum eine Erinnerung daran, wie sie aussah. Frau Moon verstand seine Trauer. Sie kannte das Gefühl, ins Leere zu greifen. Die Erinnerung an jene, die sie verloren hatte, war qualvoll, obwohl sie in ihren Träumen von ihnen besucht wurde. Kyu, den sie unter ihre Fittiche nahm, als würde sie ihn sein ganzes Leben kennen, war im Alter eines Enkels.

Frau Moon ließ ihn essen, so viel er konnte, vermutete aber, er hätte auch von Liebe und Zuneigung allein überlebt. Er wurde ihr Beschützer, war Augen und Ohren für sie, trug ihr alles zu. Auf dem Markt passierte nichts, ohne dass Kyu davon wusste. In den folgenden Wochen war sein schmächtiger Körper langsam runder geworden, bis er kräftig genug war, Chef der *kotchebi* zu werden. Jedes Kind, das am Bahnhof Hyesan als Dieb tätig sein wollte, brauchte Kyus Erlaubnis. Sonst blieb ihnen nur die Bettelei.

Während Wachtmeister Jang mit dem Geländewagen jetzt rückwärts über den Bahnsteig fuhr, kam Frau Moon ein Gedanke. Wenn jemand wusste, wer verbotene Bibeln verteilte, dann Kyu. Sie wollte ihn gerade fragen, da traf eine Traube von Kunden ein, Armeekadetten, die der Geruch des brutzelnden *bulgogi* angelockt hatte.

Die gestrandeten Zugreisenden aßen in ihrer Kantine Frühstück, Mittag- und Abendessen, und das trotz der Kälte. Es war ihr bisher geschäftigster und profitabelster Tag. Doch am frühen Abend war die Temperatur noch weiter gesunken, und der Markt leerte sich. Sie stellte den Gasbrenner ab und gab die warme Kohle den *kotchebi*.

Der Mond hing schwach und silbrig wie ein Spinnenei über der Stadt. In den Fenstern der Häuser von Hyesan leuchteten nur vereinzelt Lampen, der Himmel über Changbai auf der chinesischen Seite dagegen glühte gelblich im Schein der Straßenlaternen und Neonschilder. Sie hatte gehört, in China gäbe es Städte, die vor einem Jahr noch nicht existiert hatten. Türme aus Glas, die bis in den Himmel reichten, hieß es.

Die Frauen packten zusammen. Frau Moon saß mit Kyo vor dem Grill und wärmte sich vor der Heimfahrt auf. Sie betrachtete sein junges Greisengesicht, während er weißes Puder aus einem Papiertütchen in seine Pfeife schüttelte.

«Kannst du mit dem Zeug nicht aufhören?»

Die Flammen im Grill knisterten und schienen in seinen rauchglasfarbenen Augen wider. Er hielt sein Plastikfeuerzeug unter den Pfeifenkopf und nahm einen tiefen Zug. «*Bingdu* löscht den Schmerz … und Hunger und Kälte.» Er hielt ihr die Pfeife hin.

Sie schob sie weg.

In dem Moment gellte eine Zugpfeife so laut, dass es von den Bergen widerhallte. Sofort entstand Betriebsamkeit, die Leute packten Koffer, Taschen und kleine Kinder und rannten schreiend durch die Dunkelheit auf den Bahnsteig zu. Der Zug nach Hamhung, der den ganzen Tag im Bahnhof gestanden hatte, war jetzt abfahrbereit, und Frau Moon erinnerte sich plötzlich an ihre Frage.

«Wer verteilt hier Bibeln?»

Türen knallten krachend zu, gleichzeitig kam eine knarrende Ansage durch den Lautsprecher. Im schwachen Licht des Bahnhofs sah sie Familien, die am Bahnsteig standen und zum Abschied winkten.

Das Spektakel lenkte sie einen Moment lang ab, und als sie sich wieder Kyu zuwandte, wich er ihrem Blick aus.

«Wenn du das wirklich wissen willst, *ajumma* ...»

Reisende mit Schmuggelwaren wurden auf das Zugdach hochgezogen, wo niemand sie durchsuchen würde. Ein weiteres Pfeifen ertönte, gefolgt von Abschiedsrufen und guten Wünschen, dann setzte sich der Zug langsam in Bewegung und verließ quietschend den Bahnhof. Die Menge auf dem Bahnsteig reichte den Zugreisenden immer noch letzte Pakete mit Essen und anderen Dingen durch die Fenster.

«Die Antwort liegt vor dir.»

Für den Bruchteil einer Sekunde erhellten die Funken der Oberleitung die ganze Szenerie so deutlich wie ein Blitzlicht.

Frau Moon spürte die Kälte tief in ihren Knochen und beschloss aufzustehen. Als sie sich aufgerappelt hatte, hielt sie reglos inne. Ohne einen Gedanken stand sie da und blickte in Richtung des Bahnsteigs, der jetzt wieder im Dunkeln lag. Doch ein durch den Funkenregen erhelltes Bild hallte auf ihrer Retina nach, zu lebhaft, um gleich wieder zu verschwinden.

Zwischen all dem Beige und Grau hatte eine Farbe hervorgestochen.

Sonnenblumengelb ... Sie hatte ein gelbes Kopftuch in der Menschenmenge gesehen. Eine junge Frau übergab jemandem im Zug ein kleines Päckchen ... als der Zug sich schon in Bewegung gesetzt hatte.

Ihr Herz drehte sich in ihrer Brust.

Das Haus lag am Ende eines Schotterwegs. Als Frau Moon an den Toren der hinter Wellblechzäune geduckten Hütten vorbeiging, schlugen Hunde an. Eine offene Abwasserrinne glänzte im Mondlicht, sie führte zum Fluss hin, dessen Gluckern unter dem Eis zu vernehmen war. Frau Moon klopfte an das Tor und horchte. Rechts von ihr verlief ein Pfad am Fluss entlang, der die eigentliche Grenze bildete. Dort patrouillierten ständig Soldaten zu zweit. Am jenseitigen Ufer standen dunkle Bäume. Der Fluss war hier so schmal, dass man einen Kiesel nach China werfen konnte.

Hinter dem Zaun knarrte die Haustür, ein Schlüssel klapperte im Tor, das erst einen Spalt, dann weit geöffnet wurde. «*Ajumma*», sagte Locke überrascht. Die Öllampe in ihrer Hand warf einen schwachen Lichtschein. Das gelbe Kopftuch bedeckte ihr gelocktes Haar. Bevor sie noch etwas sagen konnte, bemerkte sie Frau Moons Blick, und ihre Miene veränderte sich. Aber weder Verwirrung noch Schuld lagen darin, eher Begreifen und Akzeptanz des Langerwarteten. Und das bestätigte Frau Moons Befürchtungen.

Locke trat beiseite und führte sie ins Haus.

Auf dem Herd köchelte das Abendessen. Das Zimmer war makellos sauber und spärlich möbliert, an der Wand hingen die Vater-Sohn-Porträts. Lockes Tochter Sun-i saß auf dem Fußboden auf einer Matte und wickelte im Kerzenschein ein Paket aus. Durch einen Riss in dem braunen Packpapier war der Einband eines Buchs zu sehen.

«Bibeln», murmelte Frau Moon.

Locke schloss die Tür und lehnte sich, den Kopf gesenkt, dagegen.

Mit leiser Stimme fragte Frau Moon: «In was bist du da verwickelt?»

Locke hob den Kopf und antwortete trotzig: «Wir lesen Verse aus dem Buch laut vor … in unserer Kirche.»

Frau Moon kribbelte die Kopfhaut. Das war ein Wort, das sie lange nicht mehr gehört hatte.

Locke atmete hastig. «Wir sind zu acht. Jedes Mal wechseln wir den Ort, treffen uns in einem anderen Haus, aber es gibt noch viel mehr, die heimlich beten, *ajumma*, in Hamhung, Chongjin, sogar in Pjöngjang. Sie lesen die Verse – winzig klein mit der Hand auf Zettel geschrieben. Mit Gottes Hilfe werden ein paar der Bibeln sie erreichen, das weiß ich.»

Frau Moon zitterte. Schon das Hören dieser Informationen konnte die Hinrichtung bedeuten.

«Wo kommen die her … diese Bibeln?»

Locke sah sie unverwandt an. «Von Missionaren auf der anderen Flussseite … ich treffe mich in Changbai mit ihnen … bei jedem meiner Besuche geben sie mir ein paar mit.»

Frau Moon spürte die geballte Angst in sich aufplatzen und im ganzen Bauch verteilen. «Diese Missionare bringen dich in schreckliche Gefahr. Ist dir klar, was die Bowibu mit Leuten machen, die sich in China mit Christen treffen?»

«Gott beschützt Koreaner in China. Er wird mich hier beschützen.»

In Frau Moons Kopf tat sich ein Riss in der Zeit auf. Die Stimmen ihrer Eltern, die in einem verschlossenen Zimmer aus einem Buch vorlasen und leise sangen. Drängend sagte sie: «Die Bowibu sind dir auf den Fersen. Sie haben Leute verhaftet, die Bibeln bei sich trugen. Die sehen alles. Sie werden dich finden.»

Lockes Selbstbeherrschung verschwand, als hätte sie eine Maske abgelegt. Ein Ausdruck von Entrückung und Entsetzen huschte über ihr Gesicht, und einen Moment lang dachte Frau Moon, sie wäre verrückt geworden.

«Wenn ich gefasst werde, sterbe ich, und ich bin bereit ...»
Ihre Stimme zitterte. «Der Gedanke tröstet mich und gibt mir die Kraft, dieses Leben hier zu ertragen, genau wie Er sein Schicksal auf sich genommen hat. Er hat gelitten, damit wir leben ...»

In Frau Moons Kopf wirbelten Erinnerungsfetzen und Verwirrung wild durcheinander. «Der Große Führer?»

«Nein, *ajumma*.» Lockes Lächeln war bitter. Sie sprach lauter und unbeherrschter. «Nicht er. Er hat versucht, Gottes Platz in unseren Herzen einzunehmen. Er zwang uns, ihn zu lieben anstatt Jesus Christus ...»

Frau Moon hielt Locke die Hand vor den Mund, um sie zum Schweigen zu bringen, sie wusste um die Ohren der Nachbarn, die in den dunklen, stillen Häusern lauschten. In der Stille klang ihr eigener Atem keuchend.

«Und Sun-i?», flüsterte Frau Moon und zeigte auf das auf dem Boden sitzende Mädchen. «Willst du, dass auch sie in einem Arbeitslager umkommt? Denn das wird passieren, wenn man dich schnappt.»

Aus Lockes Gesicht verflog alle Lebhaftigkeit. Ihr Trotz war verraucht, sie sah traurig und erschöpft aus und fing an zu weinen.

«Nein», sagte sie unter Tränen. «Natürlich will ich das nicht.»
Das Mädchen stand auf, trat zu ihnen und umarmte die Mutter.

Frau Moon sagte: «Hört zu. Ihr müsst beide noch heute Nacht nach China rüber. Lasst euch von den Missionaren helfen und kommt nie wieder.»

Mutter und Tochter sahen einander an, in ihren Augen lag eine seltsame Schicksalsergebenheit.

«Euch bleibt keine Zeit zum Überlegen», drängte Frau Moon. Sie öffnete den Fensterladen einen Spalt und spähte hinaus, konnte aber nur den Zaun erkennen. Auf der Straße war es still.

Das Packen dauerte keine zehn Minuten. Sie besaßen so wenig. Locke grub im harten Boden des Hofes nach einem geheimen Topf, in dem sie chinesische Yuan gespart hatte, dann waren sie bereit zu gehen.

«Lasst die Bibeln hier», sagte Frau Moon. «Ich werde sie vernicht…» Sie brach ab. «Ich werde sie verteilen.»

Locke zitterte, und Sun-i sah ihre Mutter ängstlich an. Langsam wurde ihnen klar, was sie da taten.

«Nimm das», sagte Frau Moon und gab Locke ein dickes Geldbündel mit verschiedenen Währungen aus ihrem Geldgürtel. «Falls du einen Grenzsoldaten bestechen musst, den du nicht kennst.»

Locke sah das Geld mit abwesendem Blick an.

«Es ist besser, wenn wir getrennt gehen», sagte Frau Moon. «Eine Gruppe erregt leicht Verdacht.»

Locke löschte das Feuer im Herd, die Öllampe und die Kerze. Dann öffnete sie die Tür einen Spalt und lauschte. Eisige Nachtkälte strömte ins Haus. Nur das Gluckern des Flusses unter dem Eis war zu hören. Kein Windhauch raschelte in den Bäumen. Hoch über den Hausdächern funkelten die Sterne wie Eiskristalle. Die Luft war so kalt, dass sie in der Kehle brannte, und Mutter und Tochter zogen sich die Schals vor die Gesichter.

Als Erste schlich Sun-i quer über den Hof auf das Holztor im Wellblechzaun zu. Im Licht der Sterne war sie gerade noch zu sehen. Sie schloss vorsichtig das Tor auf, schlüpfte hinaus und zog es hinter sich zu.

Zwei Minuten später war Locke an der Reihe. Sie verbeugte sich vor Frau Moon und gab ihr die Hausschlüssel. «Wenn ich bei den Missionaren bin, lasse ich dir über die Schmuggler eine Nachricht zukommen.»

Frau Moon hörte sich sagen: «Möge Gott mit euch sein.»

Durch den Türspalt sah sie Locke über den Hof huschen und langsam das Tor aufziehen.

Krachend flog es auf, ein großer Hund bellte, von der Straße fiel grelles Licht in den Hof. Eine Männerstimme brüllte etwas. Eine brutale Bewegung, und Locke schrie auf.

Frau Moon sprang ins Haus zurück und warf die Tür zu.

Sie hatte nur einen kurzen Blick auf das erhascht, was da draußen auf der Straße vor sich ging, aber das reichte, um zu wissen, dass die Katastrophe komplett war. Bowibu-Männer, vier an der Zahl, in langen, dunklen Mänteln. Ein Polizeihund. Hände in Handschuhen, die Sun-i gepackt hatten und ihr den Mund zuhielten.

KAPITEL 14

CIA Hauptquartier
1000 Colonial Farm Road
Langley, Virginia

Die Rekruten bestiegen den Bus nach D. C. in bester Stimmung, vor ihnen lagen Thanksgiving und eine ganze Woche Urlaub von der Farm, die erste Pause überhaupt, seit sie vor einem Monat ihre Ausbildung begonnen hatten. Jenna verabschiedete sich von ihnen und sagte, sie hätte verschiedene Dinge in Williamsburg zu erledigen. In Wahrheit hatte Fisk sie zu einer geheimen Besprechung in Langley beordert, denn es stand der Besuch eines hochrangigen südkoreanischen Geheimagenten aus Seoul an.

Der stellte sich als adretter Vierzigjähriger in einem Dior-Anzug heraus, sein Englisch klang nach Kalifornien. «Nennen Sie mich Mike», sagte er und setzte ein Filmstarlächeln auf. Anwesend waren mehrere erfahrene Analytiker, darunter auch Simms, und fünf schwerdekorierte Militärtypen aus dem Pentagon. Jenna saß rechts neben Fisk. Die Aufmerksamkeit aller war auf einen Wandbildschirm gerichtet, auf dem ein Teil einer Unha-3-Rakete zu sehen war, den die US Navy aus der Philippinischen See gefischt hatte.

«Wir sehen hier die Nasenkappe und die dritte Stufe», sagte ein junger Analytiker und zeigte mit einem Cursor darauf, «groß genug für eine Nutzlast von zweihundert Kilo – passend für einen Atomsprengkopf. Die erreichte Höhe lässt auf eine Reichweite von fünftausend Kilometern schließen. Der Hitzeschild ist beim Wiedereintritt in die Erdatmosphäre intakt geblieben. Meine Herren – und meine Dame –, das war ein äußerst erfolgreicher Test. Das wissen die Nordkoreaner natürlich nicht, weil wir ihnen die Beweise weggeschnappt haben, aber die Uhr tickt. Wir wissen, dass sie zwei weitere bauen, und sollten uns keine Illusionen machen. Das Ziel sind wir.» Er setzte sich, der südkoreanische Geheimagent übernahm.

«Die Nordkoreaner haben die Raketentechnik.» Er grinste wieder und zwinkerte Jenna zu. «Was sie noch nicht hinbekommen haben, ist der Sprengkopf – und das ist unsere allerwichtigste Information. Ihre CIA hat vielleicht keine Informanten im Norden, mein Verein schon. Meine Quellen berichten alle das Gleiche: Was den Bau eines Nuklearsprengkopfs angeht, der klein genug ist für eine Rakete, ist das Regime nicht vorangekommen. Es könnte zwei, fünf, zehn Jahre dauern, bis sie über diese Art von Technik verfügen.»

«Ich kapier's nicht», warf einer der Generäle ein, ein feister Mann mit rauer Stimme. «Warum hauen die Millionen Dollar für Raketentests raus, wenn sie nichts haben, womit sie sie bestücken können?»

«Die bluffen.» Simms verschränkte die Arme. «Der Zeitpunkt des Starts war kein Zufall – wenige Wochen vor dem Eintreffen der nordkoreanischen Delegation in New York gestern? Sie können Ihren Arsch drauf wetten, dass die das nutzen werden, um tonnenweise Hilfslieferungen von uns zu erpressen …»

Jenna sah nachdenklich aus dem Fenster. Hektargroße Parkplatzflächen, dahinter Kastanien und Buchen, so weit das Auge reichte, die Hügel von Virginia färbten sich gelb, rot, gold.

Wir übersehen etwas. Sie dachte an all die Spysat-Bilder, die sie in den letzten Tagen durchforstet hatte. Die meisten waren von den Blinzlern nicht beachtet worden, weil sie nichts von militärischem Interesse zeigten. Doch die Nordkoreaner waren Meister der Täuschung und Tarnung … Einige von Kims Zufluchtsorten waren angeblich unterirdisch angelegt, mit kilometerlangen Zufahrtstunneln. Was, wenn die Nordkoreaner einen Ort hätten, von dem kein Spion je erfuhr, nach dem kein Blinzler suchen würde? Sie versuchte, sich in die Denkweise des Regimes hineinzuversetzen. *Eine Waffe kann nur dort komplett vor der Außenwelt versteckt sein … wo ein Informationsloch existiert.*

«Meine Quellen haben noch etwas Merkwürdiges herausbekommen», sagte Special Agent Mike Chang. «Kim Jong-il persönlich war anwesend am Raketenstartplatz Tonghae, als die Rakete hochging, begleitet von seinem jüngsten Sohn und Nachfolger. Keine Kameras, keine Propaganda. Ein geheimer Besuch …» Jennas Augen wurden groß. Und da begriff sie. Es fühlte sich an, als würde ein Eiswürfel über ihren Rücken rutschen.

Als sie eine kurze Pause einlegten, nahm sie Fisk am Arm und zog ihn ans Fenster, weg von den anderen, die mit Kaffeetassen in der Hand in kleinen Gruppen zusammenstanden.

Sie hielt den Kopf vom Raum abgewandt und sprach mit leiser Stimme. «Ich glaube, Mike Changs Informationen sind falsch. Die Nordkoreaner können die Raketen sehr wohl waffenfähig machen.»

Fisk sah aus dem Fenster und runzelte die Stirn, als hätte sie etwas ausgesprochen, das er schon lange befürchtete.

Sie flüsterte hektisch. «Ein minutiös vorbereiteter, unfassbar teurer Raketentest. Kim und sein Nachfolger beide anwesend. Sie *müssen* etwas haben … Einen Sprengkopf, der irgendwo unter äußerster Geheimhaltung entwickelt wurde und Mike Changs Spionen verborgen geblieben ist.»

«Wo?» Fisk sah sie an. «Wir haben den ganzen verdammten Himmel voller Augen.»

«Eine geheime Einrichtung. Einer der Orte, wo die Blinzler nie hingucken ... Charles, ich brauche die Freigabe für Spysat-Bilder mit bestimmten Koordinaten.»

Er verzog irritiert das Gesicht und wandte sich wieder dem Fenster zu. «Nicht gerade die Art von Anfrage, die Auszubildende normalerweise stellen ...»

Sie sah sich im Raum um. Simms redete auf seine monotone Art auf den feisten General ein. «Ich brauche Zugang zum Spysat-Kontrollraum im unteren Bereich ...»

«Ich darf mal zusammenfassen ...» Jenna musterte Simms. Er hatte einen ziemlich kleinen Kopf, was sie, zusammen mit seinem Bauchumfang, an einen Kegel erinnerte. Sie konnte seinen Gesichtsausdruck nicht lesen – das Flimmern der Bildschirme spiegelte sich in seiner Brille –, doch seine Stimme enthielt einen leisen, aber unmissverständlichen Sarkasmus. «Sie wollen den Orbit eines Spektralbildspionagesatelliten verändern, um bessere Sicht auf ... ein Gefängnis zu haben?»

Die Blinzler waren ganz Ohr.

«Lager 22 ist einunddreißig Meilen lang und fünfundzwanzig Meilen breit», erwiderte sie kühl. «Das ist etwa die Fläche von Los Angeles. Mehr als genug Platz, um ein Waffenprogramm zu verstecken.»

«Da ist nichts. Das ist ein Bergbaulager.»

«Was es unzugänglich macht, außer per Satellit. Und die Bilder sind unvollständig.»

Er nahm die Brille ab und rieb sich die Augen. «Warum ausgerechnet dieses Lager, Marianne Lee? Warum kein anderes?»

Jenna wusste, es war nur ein Bauchgefühl, aber es basierte auf Fakten. Überläufer, frühere Gefangene, hatten detaillierte Angaben zu den internen Abläufen in all diesen Höllenlagern gemacht – mit einer Ausnahme. Noch nie war ein Gefangener des weit im Nordosten des Landes gelegenen Internierungslagers 22 entlassen worden. Noch war ein Gefangener je von dort entkommen.

Um 06:51 Uhr koreanischer Standardzeit veränderte Spektralbildspionagesatellit KX-4B, in geosynchroner Umlaufbahn über dem Japanischen Meer, seine Flugbahn. Die Sicht von einhundert Kilometern über dem Erdboden zeigte eine blaugelbe Morgendämmerung, die westwärts voranzog und die Strände von Wonsan golden färbte. Für ein paar Momente gab Jenna sich dieser Schönheit hin. Dann stellten sich die von ihr programmierten Koordinaten ein, und die Fotos wurden in ihren Ordner übertragen.

Der erste Anblick verwandelte ihren Magen zu Eis. Von hohen bewaldeten Bergen und dunklen Seitentälern umgeben, lag vor ihr eine riesige Fläche aus Asche und Schatten. Unter den Gulags war Lager 22 ein Schwarzes Loch, für Außenstehende unzugänglich. Das wenige, das bekannt war, stammte aus den Aussagen zweier ehemaliger Wachmänner, die vor zehn Jahren geflohen waren. Laut ihren Beschreibungen war das Lager eine eigene Welt. Zwei Klassen von Einwohnern: Wärter und Sklaven. Fünfzigtausend halbverhungerte Häftlinge schufteten im Bergbau und in der Landwirtschaft. Die Wärter waren brutal, willkürliches Schlagen und Töten war erlaubt. Ein Lager unter totaler Kontrolle. Ein Ort ohne Wiederkehr.

Jenna schloss die Augen und erinnerte sich daran, dass sie Wissenschaftlerin war. *Sei methodisch, objektiv. Bleib rational …*

und vor allem ruhig. Aber beim Heranzoomen hielt die Ruhe nicht lange an.

Jenna begann draußen vor dem südlichsten Tor, sah die Bahnschienen, auf denen Kohle aus dem Lager transportiert wurde. Ein langer Graben, in dem Metalldornen glitzerten, stellte das erste Hindernis dar. Daneben ein elektrischer Zaun und Niemandsland, auf dem überall durch Stromschläge verendete Ratten lagen. Jenna zog den Finger über das Touchpad und bekam Sicht über den Zaun hinweg ins Lager selbst hinein. *Wachturm, Maschinengewehrnest, Verwaltungsbüro.* Die Sonne ging gerade auf. Noch lag alles im tiefen Schatten der umgebenden Berge. Ein paar Wärter mit Hunden auf Kontrollgang. Keine Anzeichen von Gefangenen. Ein riesiger Appellplatz, groß wie zehn Fußballfelder, leer. Aus Ritzen und Löchern im Boden stieg Rauch auf – vielleicht tief unter der Erde brennende Kohlenfeuer. Jenna bewegte sich weiter. *Klärgrube, Bahnhof, Kohlenwaggons, Krematorium.* Ein Feuerball, wie eine hellorange Chrysantheme. *Schmelzhütten, Fabrik, Gefangenendörfer* ... Winzige Baracken, in Reih und Glied angeordnet. Sie zoomte heraus. Die Baracken erstreckten sich meilenweit über schwarzes Terrain, es waren Tausende. *Geh weiter* ... *internes Gefängnis, Müllhalde, Hinrichtungsplatz, Gräber, Gräber, Gräber* ... *Gefangene.* Lange Häftlingskolonnen, Armeen gleich, marschierten an bewaffneten Wärtern vorbei zur Arbeit, einige in Richtung der schwarzen Felder, andere zwischen konischen Haufen von Kohlenschlacke auf die Grubeneingänge der Minen zu. Eine Kolonne wurde vom Rauch halb verdeckt. Es war die Vision eines Infernos, eine Grube der Verdammnis, wie von Hieronymus Bosch gemalt.

Jenna hörte hinter sich eine Bewegung. Der letzte Blinzler im Raum zog den Reißverschluss seiner Winterjacke hoch. Der Arbeitstag war zu Ende.

Sie fragte: «Kann ich das auf Live-feed umstellen?»

Er trat zu ihr. «Klar, aber das Bild ist dann nicht scharf.» Er beugte sich vor und tippte Anweisungen ein. «Herrje … was siehst du dir denn da an?»

Die Kolonnen bewegten sich jetzt in Echtzeit. Es war eher ein Schlurfen als Marschieren, eine Legion lebender Toter, in dreckstarrenden grauen Lumpen. Die neben ihnen hergehenden Wärter schwangen lange Stöcke. Das Bild war verschwommen. Zwischen den Erwachsenen stolperten auch Kinder mit großen Köpfen apathisch dahin, andere Häftlinge hatten weiße Haare. Alle hinkten oder humpelten. Ein Wärter stürmte mit erhobenem Stock in die Kolonne hinein, und die Gefangenen strömten um den Gefallenen herum wie ein Fluss um einen Stein. Als die Kolonne schließlich weitergezogen war, sah Jenna auf dem Schlackenweg etwas liegen, das wie ein kleiner Stoffsack aussah. Sie ging zur fotografischen Ansicht zurück und bekam eine hochaufgelöste Nahaufnahme. Halb seitlich zusammengekrümmt, ein Bündel aus Lumpen und Knochen, lag der ausgemergelte Körper eines jungen Mädchens. Ihr porzellanweißes Gesicht war teilweise verdeckt, das Haar in Büscheln ausgerissen. Jenna schlug die Hand vor den Mund.

Der Blinzler hinter ihr schien die Luft anzuhalten, und Jenna verstand, warum diese Einrichtungen von seinen Kollegen selten untersucht wurden. Es setzte sie dem Stress aus, Zeuge zu sein. Sie riskierten, Dinge zu sehen, die sie nie wieder vergessen würden.

Seit Jenna aus Genf mit der Gewissheit zurückgekehrt war, dass Soo-min nicht ertrunken war, hatte sie sich viele Male dabei ertappt, ihre Zwillingsschwester ins Hier und Jetzt zu projizieren, in die Gegenwart. Aber immer sah sie dann die achtzehnjährige Soo-min vor sich. Sie stellte sich vor, wieder ihre

Nähe zu fühlen, spürte der genetischen Verbindung zwischen ihnen nach, doch die blieb schwach und dünn, wie das Licht eines uralten Sterns. Wenn sie versuchte, sich die echte Soo-min von heute vorzustellen, blieb das Gesicht ihrer Schwester immer verschwommen, überschattet, als stünde sie hinter Milchglas ... oder einer Rauchwolke. Schreckliche Angst überkam Jenna. War das Soo-mins Schicksal gewesen? Ein Ort wie dieser?

Die Uhr zeigte fast Mitternacht, als Jenna in einem dunklen, engen Seitental im äußersten Nordosten des Lagers endlich fand, wonach sie suchte. Sie war sich sofort sicher. Das Gebäude stach heraus wie ein Raumschiff, vermutlich waren sie noch nicht dazu gekommen, es zu tarnen oder abzudecken. Eine Bahn-schiene brachte Baumaterial bis an den Eingang, und davor lag ... ein Obstgarten? Die Reihen ähnelten Obstbäumen, obwohl dort sicherlich nichts wuchs. Aber sie war von den Schrecken des Lagers so erschöpft und betäubt, dass diese bedeutsame Ent-deckung nur ein weiteres Detail zu sein schien.

Es dauerte ewig, ehe Simms ranging. Sie hörte ein Husten und das Rauschen einer Toilettenspülung. «Es ist sehr spät, Ma-rianne Lee. Ich hoffe, es ist was Wichtiges.»

«Es liegt in Lager 22.»

«Was?»

«Ein großer, moderner Komplex mit neuester Belüftungs-technik auf dem Dach, Kühlkanälen aus Edelstahl, Satelliten-schüsseln und einem Nebengebäude, in dem ein Generator untergebracht sein kann. Alles von doppelten Elektrozäunen umgeben.»

«Das kann doch sicher bis morgen war...»

«Nordkorea wendet seine wenigen Ressourcen dafür auf, eine Hightech-Einrichtung in einem abgelegenen Tal zu errichten, das mitten in einem gigantischen Konzentrationslager liegt. Und zwar nur zwanzig Kilometer vom Raketenstartplatz Tonghae entfernt. Ich gehe stark davon aus, dass das kein verdammtes Hallenbad ist. Sie sollten besser morgen früh jeden verfügbaren Blinzler in der Agency darauf ansetzen, sonst sage ich dem CIA-Direktor, was Sie da die ganze Zeit übersehen haben.»

Wie konnte sie überhaupt ans Einkaufen denken? Der ruhige Morgen auf der O Street kam ihr schockierend surreal vor. Pastellfarbene Häuschen zwischen Regierungsgebäuden aus Ziegelstein. Eine College-Hockeymannschaft mit Schlägern und Ausrüstung. Oben am Himmel zog ein silbernes Flugzeug einen Kondensstreifen durch das Blau. An Schlaf war nicht zu denken gewesen. Selbst wenn sie sich die Augen rieb, blieb das Lager als Abdruck auf ihnen erhalten wie bei einem Negativ. Es war ein schönes Gefühl, nach einem Monat zum ersten Mal zu Hause und mit Cat wiedervereinigt zu sein, um den sich eine Nachbarin gekümmert hatte, aber irgendwie hatte sich Jennas Wahrnehmung von *zu Hause* verändert. Das verstaubte Wohnzimmer gehörte zu ihrem alten Leben. Dem Leben vor der Farm.

Jenna versuchte, die Gedanken abzuschütteln und sich auf die Einkäufe für Thanksgiving zu konzentrieren. Sie hatte ihre Mutter und außerdem noch Dads Bruder Cedric mit Familie eingeladen.

«Du hast noch nie für uns gekocht», hatte Han am Telefon gesagt. Und dann in dem verschwörerischen Tonfall, bei dem sich Jenna immer einen Bleistift ins Auge rammen wollte: «Hast du jemanden kennengelernt?» Einer von Jennas Gründen für die Einladung war, jegliches Vorhaben ihrer Mutter, ihr in Annandale den nächsten Verehrer vorzusetzen, von vornherein zu vereiteln.

Sie schob den Einkaufswagen am Kühlregal entlang und

war sich noch nie so fehl am Platz vorgekommen. Ein Morgen unter der Woche in einem Supermarkt, umgeben von Müttern, die Einkaufswagen schoben und Kleinkinder hinter sich herzerrten und von den Gefahren der Welt keinen blassen Schimmer hatten, von der prekären Sicherheit, die Jenna zu bewahren versuchte, nichts ahnten. Was früher Normalität und Routine gewesen war, erschien ihr jetzt trivial und geradezu bizarr.

Als sie nach Hause kam, marschierte Cat hungrig auf den Klaviertasten hin und her.

Sie schob gerade den Truthahn in den Kühlschrank, da klingelte ihr Handy.

Mutters Trick mit der unterdrückten Nummer.

«*Omma*, Thanksgiving ist deine einzige amerikanische Mahlzeit im Jahr. Ich werde *nicht* koreanisch kochen.»

«Äh, Sie sind auf Lautsprecher, Miss Lee», sagte Simms kühl. «Die Blinzler sitzen hier bei mir im Besprechungsraum ...»

Sie spürte, dass sie rot wurde.

«Wir sind zu neunzig Prozent sicher, dass es sich bei Ihrem Fund um ein Labor handelt.»

«Was für ein Labor?»

«Wahrscheinlich Chemie. Aus den Bergen führt eine Wasserleitung dorthin, und es sind Gastanks zu erkennen. Könnte sich um Betäubungsmittel handeln. Harte Drogen gehören zu den Hauptexport...»

«Warum sollten sie ausgerechnet dort ein Drogenlabor bauen?» Jenna stellte sich ans Fenster und schloss die Augen unter der Nachmittagssonne. «Es ergibt nur dann Sinn, das Labor in einem total überwachten Lager zu errichten, wenn sie heimlich an einer Waffe arbeiten.»

«Wir setzen mehr Augen darauf an und werden Mike Chang informieren ...» Nach einer Pause, als sie dachte, das Gespräch wäre beendet, sagte einer der Blinzler: «Gute Arbeit, Marianne Lee», was von den anderen mit zustimmendem Murmeln quittiert wurde.

Seltsam, der Morgen nach einer schlaflosen Nacht. Jenna fand das Gefühl nicht immer unangenehm. Manchmal brannte ihr Verstand noch heller und stellte neuartige und ungewöhnliche Verbindungen her. Sie band ihr Haar zurück und wählte Laufmusik aus. Dvořák. Neunte Sinfonie, letzter Satz.

Sie joggte an den alten Straßenbahnschienen entlang, auf den Universitätscampus zu. Die kühle Luft machte einen klaren Kopf. Jenna stellte die Sinfonie lauter und steigerte das Tempo, allmählich wurde ihr warm.

Nordkorea baut ein neues, hochtechnisiertes Chemielabor in einem Konzentrationslager. Sie legte eine Runde um den Hockeyplatz ein und nahm dann den Pfad, der über einen Hügel zu den Sportplätzen und dem Observatorium führte.

In Laboren werden Experimente durchgeführt. Das Lager garantiert Geheimhaltung. Oder ...

Sie blieb stehen. Der Potomac River lag myrtengrün und aufgeraut in der tiefstehenden Novembersonne.

... für die Experimente werden Gefangene benötigt.

KAPITEL 15

Gebäude des Sekretariats der Vereinten Nationen
East 42nd Street und 1st Avenue
New York
Montag, 22. November 2010

«Bereit für den Feind?»

Botschafter Shin, der neben Cho auf dem Rücksitz saß, drückte leicht dessen Schulter, vermutlich um sein Vertrauen in ihn auszudrücken, dachte Cho. Seit der peinlichen Episode vor dem Restaurant legte Shin ihm gegenüber eine Art belustigte Vertraulichkeit an den Tag, die Cho zutiefst irritierte.

Yong-ho musste gewusst haben, dass die Hundert-Dollar-Scheine, die er ihm geschenkt hatte, gefälscht waren. Als Cho dies klarwurde, war er zutiefst schockiert gewesen. Plötzlich sah er Yong-ho in einem anderen Licht, als wäre er nicht mehr der geliebte Bruder. Trotzdem sagte er sich, die Verbreitung von Falschgeld ist nur eine weitere Maßnahme gegen die Übermacht der Yankees, und versuchte, das Ganze als patriotischen Akt zu sehen und seinen Bruder nicht zu verurteilen.

Die Amerikaner hatten einen schwarzen Lincoln Navigator und zwei Motorradstaffeln des State Department geschickt, um sie am Roosevelt Hotel abzuholen. Vermutlich war dies ein Zeichen des Respekts, aber der Anblick des vor dem Hoteleingang wartenden motorisierten Trosses, dessen rotierende Blaulichter eine kleine Menschenmenge angelockt hatten, führte dazu, dass sich Cho vor Angst fast in die Hose machte.

Seine Knie zitterten. Er wechselte kein Wort mit den vor ihm sitzenden Jungdiplomaten. Vor allem fürchtete er, dass sein Englisch nicht ausreichen würde.

Der Tag war grau und wolkenverhangen, und es nieselte leicht. Die motorisierte Eskorte bog auf die 1st Avenue ab, und Cho sah den Turm der Vereinten Nationen oben in den Wolken verschwinden wie eine halbfertige Skizze. Die Flaggen auf dem Vorplatz hingen schlaff herunter. Am Haupteingang wurden sie vom Ersten Sekretär Ma im Empfang genommen, der sie durch die riesige Lobby zu den Aufzügen brachte. Im achtzehnten Stock durchquerten sie einen Korridor und wurden direkt in einen Konferenzraum geführt. Vier Amerikaner, die auf einer Seite des Holztisches mit Gläsern, Wasserflaschen, Notizblöcken und einem Blumenarrangement saßen, erhoben sich von ihren Plätzen.

Chris O'Brien, der amerikanische UN-Sonderbeauftragte, überragte alle anderen im Raum. Er begrüßte sie mit freundlichem Lächeln und ausgestreckter Hand, so als wären sie neue Mitglieder in seinem Sportclub. «Colonel, wie schön, Sie hier zu haben.» Damit drückte er fest Chos Hand und schüttelte sie. Sein Kopf war rot und rosa und sandfarben, die Schultern für einen Intellektuellen zu breit.

Aus einem Schakal kann kein Lamm werden …

«Der Geliebte Führer Kim Jong-il sendet seine besten Wünsche für den Erfolg unserer Gespräche», sagte Cho ohne ein Lächeln.

Sie nahmen ihre Plätze ein. Das Fenster rahmte eine kahle Welt aus dahintreibenden Wolken ein, eine leere Dimension. O'Brien eröffnete die Gespräche mit einer umständlichen Rede über die Position der Vereinigten Staaten. *Er hat keine gute Sprechstimme*, dachte Cho. Abgeschnürt und näselnd. Seine

Worte enthielten nichts Überraschendes, allerdings redete O'Brien so frei, als würde er ein Gespräch unter Kollegen führen und nicht etwa einen autorisierten Text vortragen. Alles in allem war es aber die übliche Arroganz, in Vernunft und Leutseligkeit gekleidet. *Der Raketenstart im letzten Monat gibt Anlass zu großer Sorge ... Verletzung mehrerer Resolutionen des UN-Sicherheitsrates ... Verletzung der Menschenrechte ...* Der immer gleiche Mangel an Respekt für Koreas Streben nach einem Sozialismus eigenen Stils. Die anmaßende Behauptung, dass sein Land kein Recht hätte, sich gegen die Feinde vor der eigenen Tür zu bewaffnen. Während O'Brien sprach, beobachtete Cho dessen Kollegen. Die Rede war so langweilig, dass sie kaum zuzuhören schienen, und Cho erkannte die imperialistische Selbstgefälligkeit und den vorgetäuschten Ernst in ihren Mienen. Einer von ihnen tupfte an einem Kaffeefleck auf seiner Krawatte herum. Die Nervosität, die Cho beim Betreten des Raums verspürt hatte, löste sich auf wie die Wolke vor dem Fenster in der jetzt strahlenden Morgensonne. Er dachte an die Plakate, die diese Woche in ganz Pjöngjang hingen: Eine riesige koreanische Faust zertrümmerte das amerikanische Kapitol.

Er hatte genug von O'Briens Stimme. Er erhob sich und stützte sich mit den Fäusten auf den Tisch. O'Brien sah von seinen Notizen auf. Seine Rede versiegte in einem letzten Näseln. Die Amerikaner starrten Cho an.

«Denken Sie, unser Land hätte keine Würde?», fragte Cho ruhig.

«Nein, Sir, wir wollen lediglich ...»

«Wollen Sie uns vorschreiben, dass wir nicht nach eigenen Regeln leben dürfen?»

O'Brien hob die Hände, wieder so eine Geste der Vernunft, und wollte widersprechen. Cho war noch gar nicht an der Reihe, aber er wischte die Formalitäten beiseite. Ein Revolutionär brauchte kein Protokoll. Mit klarer, beherrschter Stimme unterstrich er seine Position. Er erinnerte an die blutige Rechnung, die sein Land mit den Vereinigten Staaten noch offen hatte. Mit erhobenem Finger prophezeite er das Meer aus Feuer, dass die Marionetten in Seoul überfluten würde, wenn die Einmischung in die Interessen seines Landes nicht aufhörte.

O'Briens Stirn war verständnisvoll gerunzelt. Am Ende von Chos Ausführungen lächelte er unsicher und strich das sandfarbene Haar mit den Fingerspitzen glatt. «Ich schlage eine kurze Pause vor», sagte er. Als die Amerikaner den Raum verließen, bemerkte Cho, dass zwei von ihnen einen Blick ratloser Amüsiertheit wechselten, als hätten sie der Rede eines Betrunkenen auf einer Hochzeit gelauscht.

Der Amerikaner mit der kaffeebefleckten Krawatte blieb am Tisch sitzen. Er hatte eine lange Nase und dickes, seitlich gescheiteltes blondes Haar. «Bei allem Respekt, Oberst Cho …» Er sprach koreanisch mit deutlich amerikanischer Intonation, was Cho aus irgendeinem atavistischen Grund sehr unheimlich vorkam. «Wir wissen, was hier läuft, und wir haben genug davon. Ihr schießt eine Rakete ab. Ihr stoßt vage Drohungen aus. Ihr jagt die Spannungen bis zum Äußersten hoch. Ihr wartet so lange, bis ihr Schlagzeilen seht wie ‹Nordkorea am Rand des Krieges!›. Dann plötzlich zeigt ihr euch gesprächsbereit. Die Welt atmet erleichtert auf und überschüttet euch mit Hilfe und Zugeständnissen. Bisher hat Erpressung für euch immer funktioniert. Diesmal nicht. Damit ist jetzt Schluss.» Er stand auf und fügte auf Englisch hinzu: «So läuft das nicht.»

Am Ende des Verhandlungstages fragte Cho nach dem Weg zur Herrentoilette. Dort vergewisserte er sich zunächst, dass er allein war, bevor er sich Wasser ins Gesicht spritzte und sein Spiegelbild betrachtete. Er sah den harten Zug um seinen Mund, die Leere in seinen Augen. Manchmal erkannte er sich selbst nicht mehr oder war nicht sicher, wer er wirklich war. Er spürte die Knoten der Anspannung im Nacken und Rücken und die vertraute geballte Angst im Magen. Die Amerikaner hatten keine Zugeständnisse gemacht. Und er musste diesen Mangel an Fortschritten nach Pjöngjang melden.

Als er das nordkoreanische Büro bei den Vereinten Nationen im vierzehnten Stock betrat, saßen Botschafter Shin, der Erste Sekretär Ma und die beiden Jungdiplomaten um eine auf dem Tisch stehende Freisprechanlage versammelt. Einer der Diplomaten redete aufgeregt auf die Anlage ein, lobte Chos Rede in höchsten Tönen und beschrieb die überraschten Gesichter der Yankees. Vom anderen Ende der Leitung war das zustimmende Grunzen des Ersten Stellvertretenden Ministers persönlich zu hören. Cho trat vor und nahm den Hörer ab, um die Stimme des mächtigen Mannes allein zu hören. Er atmete ein. Schönreden half nicht.

«Genosse Erster Stellvertretender Minister, die Yankees gehen nicht darauf ein.»

«Entspannen Sie sich, Cho Sang-ho. Wie mir gerade gesagt wurde, schlagen Sie sich gut …» Hinter dem Knistern und Zischen in der Leitung hörte Cho ihn an einer Zigarette ziehen. «Es bleibt immer noch ein Tag. Morgen könnte alles anders sein …» Im Hintergrund ein Flüstern. Es gab weitere Zuhörer. «Sie werden dann wissen, was zu tun ist.»

Cho legte den Hörer mit einer Vorahnung auf. Der Erste Stellvertretende Minister hatte ihn nicht zum Verlauf der Verhandlungen befragt. Hatte keine Anweisungen für die morgige Taktik gegeben. Er hatte sich verhalten, als spielten diese wichtigen Gespräche, auf die sich das Ministerium seit Monaten vorbereitete, überhaupt keine Rolle. Diese merkwürdige Betonung auf *morgen*. Cho hatte plötzlich das deutliche Bauchgefühl, dass alles eine Täuschung war.

Ausgelaugt und angespannt kehrte er ins Hotel zurück. Er wusste, dass man ihn in eine unmögliche Situation gebracht hatte. Er war nach New York gekommen, um vom Feind, den die Schlagkraft und Reichweite der Rakete hätten einschüchtern sollen, Anerkennung und Wiedergutmachung einzufordern, doch die Amerikaner schienen unbeeindruckt. Ein belastender, ketzerischer Gedanke kam ihm: Ein sensibleres, freundlicheres Vorgehen mit Kompromissbereitschaft hätte fruchtbarer sein können und viel für eine positivere Einstellung der Amerikaner seinem Land gegenüber getan. Doch mit diesem Gedanken kam die Erkenntnis einer dunkleren Wahrheit: dass sich an der Einstellung der Amerikaner gar nichts ändern sollte. Der Geliebte Führer hatte geschrieben: *Die Yankees sind die ewigen Feinde unserer Massen. Wir können mit ihnen nicht unter einem Himmel leben.*

Cho setzte sich aufs Bett, lockerte die Krawatte, zog sie nach oben und stellte sich eine Schlinge vor. Er hätte gern mit einem menschlichen Wesen gesprochen, mit seiner Frau oder mit Puzzle, der ein so freundliches Kind war, dass Cho ihn keines bösen Gedankens für fähig hielt. In der Schule half er bei der Zucht von Kaninchen, aus deren Fell Mützen für die Soldaten gemacht wurden, und lauschte den Legenden aus der Kindheit von Kim Il-sung mit großen Augen.

Cho legte die Kette vor die Tür und tastete am Rand des Fernsehers nach dem Anstellknopf. Bestimmt konnte das Gerät ohne Fernbedienung betrieben werden. Er fand den Lautstärkeregler und stellte das Gerät ganz leise. Ein fetter Mann mit ziegelrotem Gesicht, hinter dem ein Bild des Weißen Hauses zu sehen war, stieß mit dem Finger in die Kamera und brüllte etwas von «verstecktem Sozialismus». Cho schaltete um. Eine aufgeregte Stimme stellte den Chevrolet Silverado vor, zu null Prozent Finanzierung über achtundvierzig Monate Laufzeit erhältlich, Interessenten würden auf Kreditwürdigkeit überprüft. Wieder schaltete Cho um. Bunte, flauschige Wesen, die keinerlei Ähnlichkeit mit ihm bekannten Tieren hatten, sangen ein Lied über die Bedeutung des Zähneputzens. Er stellte den Fernseher aus, lag angezogen auf dem Bett, die Hände hinter dem Kopf verschränkt, und lauschte den Geräuschen der Stadt. Schon bald trugen ihn die Flügel der Schwermut in den Schlaf.

Einige Stunden später wachte er verschwitzt auf und wusste im ersten Moment nicht, wo er war. Er hatte keine Ahnung, wie lange er geschlafen hatte. Ein fremdartiger Lichtschimmer fiel durch einen Spalt im Vorhang, und langsam nahm der Raum Gestalt an.

Wieder ertönte das Hämmern.

Cho sprang vom Bett auf und öffnete die Tür. Einer der Jungdiplomaten stand völlig aufgelöst davor, stürmte an Cho vorbei auf den Fernseher zu und redete aufgebracht. Vom Schlaf benommen, konnte Cho ihm nicht folgen. Auf dem Bildschirm tauchten brennende Häuser und eine explodierende Tankstelle auf, darüber stand BREAKING NEWS. Die Schilder der Tankstelle waren auf Koreanisch. Menschen schrien panisch. Eine Frau versuchte, mit zwei kleinen Kindern im Arm wegzurennen. An einem Armeelöschwagen pulsierte das Blaulicht. Sein Land griff gerade mit Artilleriefeuer und MiG-Kampfflugzeugen Yeonpyeong an, eine südkoreanische Insel im Gelben Meer. Südkoreanische Marinesoldaten und Zivilisten kamen dabei ums Leben.

Mit einem Schlag war Cho hellwach und griff zum Telefon.

KAPITEL 16

Bahnhof Hyesan
Provinz Ryanggang
Nordkorea

Frau Moon konnte sich selbst nicht mehr denken hören. Der Lautsprecher spie Verkündungen aus. Die Stimme eines Parteiredners knisterte vor Wut, eine Massenkundgebung brüllte Sprechgesänge. Alle paar Minuten wurde die Übertragung für einen Bericht von der Front unterbrochen, wo immer die sein mochte.

In gewisser Weise bot der Lärm eine willkommene Ablenkung. Denn wenn Frau Moons Gedanken auch nur einen Moment lang bei Locke und Sun-i hängenblieben und sie sich vorstellte, wo die beiden gefangen gehalten wurden und was man ihnen antat, überkam sie eine solche Panik, dass sie drohte, bewusstlos zu werden. Sie hatte nicht geschlafen, war heute Morgen als Allererste auf den Markt gekommen und hatte einer Frau nach der anderen erzählt, was passiert war. Angst und Trauer breiteten sich aus.

Als die Bowibu Lockes Haustür eintrat, hatte Frau Moon sich hinten aus der Küchentür geschlichen, den kleinen Gemüsegarten durchquert, sich durch einen Spalt im Kaninchendraht gequetscht und sich im Schweinestall des Nachbarn versteckt. Dort hatte sie, im gefrorenen Dreck zusammengekauert, stundenlang ausgeharrt und mitanhören müssen, wie die Männer Lockes Haus plünderten, die Decke herausrissen und die

Dielen aufschlugen. Sie gingen organisiert und methodisch vor, obwohl sie das, was sie suchten, gleich gefunden haben mussten: Die vier Bibeln lagen auf der Matte. Nachdem sie endlich gegangen waren, schob sich eine Wolkendecke vor die Sterne. Es wurde stockdunkel, und Frau Moon musste sich den Weg aus dem Schweinestall hinaus ertasten. Den Lastwagen in ihr Dorf hatte sie lange verpasst, daher schlich sie durch die Küchentür in Lockes Haus zurück und hockte bis zum Morgen zwischen den kaputten Dielen. An Schlaf war nicht zu denken gewesen.

Zum x-ten Mal mahnte sie sich zur Ruhe und bemühte sich, die übliche Maske von Optimismus aufzusetzen. Panik erregte Verdacht. Außerdem bestand kein Grund zu Panik, solange sie keine Informationen hatte. Und sobald sie welche hätte, würde sich vielleicht eine Lösung finden. Doch, es gab immer eine Lösung.

Da Locke und Sun-i fehlten, musste Kyu einspringen, aber die Kunden wollten nicht von einem der *kotchebi* bedient werden, blickten ihn finster an und sagten nicht bitte, nicht danke.

Frau Moon sah sich auf dem Bahnsteig immer wieder nach Wachtmeister Jang um. Ihn würde sie als Ersten um Hilfe bitten.

Vor Anspannung konnte sie nicht stillsitzen, und sie wusste, dass sie immer noch unter Schock stand. Vielleicht überraschte sie die Erscheinung, die sich plötzlich vor ihren Augen materialisierte, deshalb nicht so sehr.

Auf dem Gang zwischen den Matten und Ständen kam der Geist eines jungen Mädchens auf sie zu. Frau Moon musste zweimal hinsehen.

Das Geistermädchen war etwa zwölf Jahre alt und bewegte

sich langsam und stolpernd, als wäre sie blind. Ihr Gesicht war dreckverschmiert und leichenblass, die Augen glasig und halb hinter einer verfilzten Haarsträhne verborgen. Die Kleidung war zerrissen und hing in Fetzen herunter – und sie war barfuß. Das war es, was Frau Moon die Fassung raubte.

Was für ein böses Omen war das?

Auch andere bemerkten das Mädchen, glotzten sie an und wichen ihr aus. Frau Moon kniff sich. Sie halluzinierte nicht. Als plötzlich Frau Kwon aufkreischte, auf das Kind zurannte und es in die Arme schloss, erwachte auch Frau Moon aus ihrer Trance. Der Geist war Sun-i.

Die Frauen schickten ihre Kunden weg. Sie ließen ihre Matten im Stich. Sie umringten das Mädchen, als würden sie ein verwundetes Rehkitz beschützen, und führten sie unter die Brücke, weg von den neugierigen Blicken der Kunden und dem donnernden Lautsprecher.

Sun-i begann heftig zu zittern. Ein Handtuch wurde um sie gelegt und heißer Tee geholt. Ihre Augen waren weit aufgerissen, aber sie schien nichts wahrzunehmen. Frau Lee bemühte sich, ihr die Wangen mit einem feuchten Tuch abzuwischen, und sagte immerzu «Pscht», obwohl das Kind keinen Laut von sich gab. Erst als Frau Moon Sun-is Gesicht in die Hände nahm, flackerte Erkennen in ihren Augen auf.

«*Ajumma* …» Sie hatte wunderschön geschwungene Lippen, genau wie ihre Mutter. Ihre Stimme war kaum mehr als ein Hauch und klang seltsam entrückt, als würde sie im Schlaf sprechen. «Wo ist meine Mutter?»

Frau Moon warf den anderen Frauen einen Blick zu. Alle sahen entsetzt drein. Sie drückte den Kopf des Mädchens an die Brust und spürte den Schatten des Todes, der über ihnen beiden lag.

Ein kleiner Schädel tauchte zwischen den Schürzen der Frauen auf, es war Kyu. Frau Moon sagte: «Geh Wachtmeister Jang suchen, er soll sofort herkommen. Beeil dich.»

Erst später konnten die Frauen Sun-is bruchstückhaften Bericht zu einem Bild zusammensetzen. Sie hatte sich von dem Bowibu-Offizier, der sie vor dem Haus gepackt hatte, losreißen können und war zum Fluss gerannt. Der Hund hatte sie über das Eis verfolgt, sie angefallen und ihr die Kleidung zerrissen. Zwei Chinesen, vielleicht Schmuggler oder Menschenhändler, die auf der anderen Flussseite in der Dunkelheit warteten, vertrieben den Hund mit Schlägen und halfen ihr ans Ufer, doch auch vor diesen Männern floh sie. Sie konnte nicht erklären, wie sie ihre Schuhe verloren hatte. Bei Tagesanbruch war sie barfuß über den gefrorenen Fluss zurückgeschlichen.

Wachtmeister Jang sah sich einer Mauer aus versteinerten Gesichtern gegenüber.

«Locke … hat die Bibeln verteilt? *Ajumma* … bitte.» Seine Blicke irrlichterten umher, auf der Suche nach einem Ausweg. «Das ist ein politisches Verbrechen. Eine sehr ernste Sache. Sie fragen den Falschen.» Die Mienen der Frauen regten sich nicht. «Das müsst ihr verstehen. Die Bowibu teilt uns keine Einzelheiten zu solchen Verbrechen mit. Es ist nicht meine Aufgabe, mich da einzumischen …»

Frau Lee verschränkte die Arme. «Ich würde Sie einen Angsthasen nennen, wenn Sie nicht so ein Blutsauger wären.» Sie spuckte einen Schleimball auf den Boden. «Immer schön die Hand aufhalten, aber wenn wir *Sie* mal um einen Gefallen bitten …»

«Was kostet es, die Bowibu zu bestechen?», fragte Frau Moon. «Damit sie freikommt.»

Wachtmeister Jang verzog das Gesicht, als hätte sie ihm ins Ohr gebrüllt. Er sah sich um, es waren keine Kunden in Hörweite. Der Lautsprecher übertrug ein Siegeskonzert. Massenchöre sangen: «*Wir leben in einem mächtigen Land*».

Er lachte zitternd. «*Die* kann man nicht bestechen.»

«Jeder in dieser Stadt hat seinen Preis. Wie viel?»

Wachtmeister Jang riss die Augen auf und schüttelte den Kopf. Als er jetzt sprach, stotterte er. «V-vielleicht hören d-die Ihnen für, was w-weiß ich, zehntausend Y-yuan zu … aber so viel G-geld haben Sie nicht … und was, wenn die es krummnehmen? Nein, nein, nein, nein …»

Frau Kwon blickte verzweifelt in die Runde. «Zehntausend Yuan …»

Kyu fing Frau Moons Blick auf und machte stumm einen Vorschlag. Sein Schulterzucken war ein Fragezeichen.

Der Kohlengrill warf warmgelbes Licht an die Eisenpfeiler der Brücke. Die Frauen saßen im Kreis. Frau Moon stand in ihrer Mitte. «Wenn wir die Kooperative nutzen, um gemeinsam die halbe Summe zusammenzubringen, besorgt uns Kyu den Rest in *bingdu*.»

Frau Yang fragte: «Kriegen wir da nicht Schwierigkeiten?»

«Ich halte euch aus der Sache raus», sagte Frau Moon nur. «Es hat keinen Sinn, alle in Gefahr zu bringen. Ich übernehme die Verantwortung.»

In der Gruppe regte sich Widerspruch.

«Um Locke zu retten, müssen wir schnell handeln, bevor …» Frau Moon warf Sun-i einen Blick zu und hielt inne. «… bevor die Behörden eine Entscheidung treffen. Sun-i», fuhr sie sanft fort. «Hier bist du nicht sicher. Geh heute Abend mit Kyu. Er wird dich verstecken, bis der Spuk vorbei ist.»

«Aber wer geht zur Bowibu?», fragte Großmutter Whiskey.

Ihr gelbes Schildkrötengesicht lugte aus mehreren Schichten von Kopftüchern heraus.

«Wachtmeister Jang wird seinen Mut zusammennehmen müssen», sagte Frau Moon. «Oder ich beschäme ihn und gehe selbst.»

KAPITEL 17

Gebäude des Sekretariats der Vereinten Nationen
East 42nd Street und 1st Avenue
New York

Ein Kamerateam von Fox News filmte die Ankunft der Kolonne am UN-Gebäude. Als Cho die Wagentür öffnete, sah er sich einem Blitzlichtgewitter ausgesetzt. Überrascht darüber, dass die Yankee-Polizei keine Anstalten machte, ihn vom Reden abzuhalten, wiederholte er Pjöngjangs Linie vor den Mikrophonen und Kameras – «Mein Land duldet kein illegales Eindringen in seine territorialen Gewässer und hat resolut reagiert» – und betrat die Lobby. Er war in Hochform, die Jungdiplomaten flankierten ihn, Botschafter Shin folgte im Schlepptau. Der Erste Sekretär Ma fehlte aus irgendeinem Grund, aber Cho bemerkte es kaum. Die Augen des Geliebten Führers blickten aus dem Osten mit einem Leuchten auf ihn herab und hatten all das möglich gemacht, nur um ihm zu helfen.

Bei den Gesprächen an diesem Tag wirkte niemand auf der anderen Seite des Tisches mehr amüsiert. Jetzt wog jedes seiner Worte so schwer wie eine Panzergranate. Gegen Mittag New Yorker Zeit faxte Pjöngjang ihm die Schlagzeilen der dortigen Abendzeitungen – YANKEE-SCHAKALE VON ANGRIFFS-DIPLOMATIE EINGESCHÜCHTERT! –, außerdem die internationale Pressemitteilung der Zentralen Nachrichtenagentur, in der er, Cho, als «Kriegerdiplomat» beschrieben und berichtet wurde, dass die Yankees «an den Tisch zurückgekrochen» wären, «in Panik, Genosse Kim Jong-il könnte das kostbare Schwert der Revolution ziehen». Cho genoss seine neue Autorität in vollen Zügen. Er stellte seine Forderungen. Innerhalb weniger Stunden begann O'Briens Team Zugeständnisse anzudeuten, zu denen man bereit wäre, um die Krise zu beenden. Um sie zu locken, schlug Cho versöhnlichere Töne an. Er gab sich im Sieg großzügig.

Ein Schatten jedoch verfinsterte seinen Tag. Wo war der Erste Sekretär Ma?

«Er wurde in wichtigen Konsulatsangelegenheiten aufgehalten», antwortete Shin auf seine Frage. *Welche Angelegenheit war wichtiger als das hier?* Wieder regte sich Chos Instinkt für Verschwörungen. Gegen Abend, als die Amerikaner ihre Angebote konkretisierten und das Ausmaß seines Triumphs messbar wurde, war der Erste Sekretär Ma immer noch nicht aufgetaucht.

Cho übermittelte Pjöngjang die guten Neuigkeiten von einem Telefon in Botschafter Shins Büro aus. Das Angebot der Amerikaner überstieg die kühnsten Hoffnungen des Ersten Stellvertretenden Ministers: Tausende Tonnen an Nahrungsmitteln und Hunderte Millionen Dollar Bargeld. Beim Verlassen des Büros sah Cho sich vorsichtig um, und weil niemand da war, reckte er zum Zeichen des Sieges die Faust in die Luft. Er war aufgedreht und erleichtert und grinste wie ein Schuljunge. Zeit, nach Hause zu fahren. Er drückte den Aufzugknopf und führte gerade einen kleinen Freudentanz auf, als die Tür sich öffnete und er sich O'Brien gegenübersah.

«Colonel Cho, ich wollte gerade zu Ihnen.»

Cho trat in den Aufzug, und O'Brien drückte den Knopf für die Lobby. Cho blickte zu Boden und tat so, als würde er seine Manschettenknöpfe richten. Er hatte diesem Mann nichts zu sagen und hielt Schweigen für völlig angemessen, doch O'Brien drehte sich plötzlich zu ihm um und fasste ihn vertraulich am Arm.

«Wir haben einen kleinen Empfang mit Cocktails und Abendessen in einem, äh, Etablissement in Manhattan organisiert, das Ihnen, glaube ich, gefallen wird, es heißt 21 Club ...» O'Brien lächelte warm – als ob die Feindseligkeit, die Cho während der Gespräche an den Tag gelegt hatte, keinerlei Auswirkungen auf ihre persönliche Beziehung gehabt hätte. «Nur eine lockere Zusammenkunft, um Ihnen die New Yorker Gastfreundschaft zu zeigen ...»

Was für ein grotesk bourgeoises Getue! Cho löste sich sanft aus seinem Griff. Seine Anweisungen aus Pjöngjang hätten diesbezüglich deutlicher nicht sein können: Unter keinen Umständen durfte die Delegation Einladungen des Feindes annehmen.

«Die Delegation der DVRK bedauert, Ihre Einladung ablehnen zu müssen.» Cho deutete eine Verbeugung an. «Ein andermal, hoffe ich.»

O'Brien blinzelte. Während mit jedem Stockwerk sein Kopf röter wurde, sagte er, es täte ihm sehr leid, das zu hören, und leider wäre es schon zu spät für eine Absage. Die beiden jungen Diplomaten in Chos Delegation, die in der Lobby auf ihn gewartet hatten, befänden sich in diesem Augenblick auf dem Weg in den Club 21. Ihnen war gesagt worden, dass Cho sich wenig später zu ihnen gesellen würde.

Cho war sprachlos. «Und Sie haben es nicht für nötig gehalten, zuerst mich zu fragen?»

Zwei Tage aufgestauter Frustration brachen sich Bahn. «Herrgott, es ist eine Einladung, keine Beleidigung!»

Cho starrte finster auf die Stockwerkanzeige – der Aufzug schien zu kriechen – und hatte das Bedürfnis, laut loszubrüllen.

«Sorry», murmelte O'Brien und strich sich wieder und wieder das sandfarbene Haar glatt. «Bitte entschuldigen Sie.»

Die Türen des Aufzugs hatten sich noch nicht ganz geöffnet, als Cho bereits durch die große Marmorlobby rannte und die Blicke der Sicherheitsleute auf sich lenkte. Sekunden später stand er auf dem beleuchteten Vorplatz vor dem Haupteingang und blickte sich hektisch nach links und rechts um, während sein Atem in der Nachtluft weiße Wölkchen bildete. Eine Schlange aus Wagen mit ihren Chauffeuren wartete auf die Leiter von diplomatischen Missionen, auf Botschafter und Attachés. Doch seine eigene Gruppe war nirgends zu sehen. Sie waren weg.

Sein Hemd klebte ihm eisig am Rücken. Spielten die Amerikaner ihm hier einen tödlichen Streich? Er sah zum Turm der Vereinten Nationen auf, der in den Farben aller Länder leuchtete, und verfluchte die Yankees mit den wüstesten Kraftausdrücken. Keuchend holte O'Brien ihn ein. Sein Hemd war aus der Hose gerutscht, die Krawatte hing schief.

«Das Auto da wird Sie hinbringen» war alles, was er sagte, während er auf einen wartenden Lexus deutete. Der Fahrer hielt die Hintertür auf.

O'Brien hatte ihn reingelegt. Cho blieb keine Wahl. Er stieg in den Wagen. Augenblicke später, als er das Gesicht an das kalte Fenster legte und das Gewimmel auf der Kreuzung Lexington und Park Avenue betrachtete, staunte er, welche Wendungen das Leben doch nehmen konnte. Heute wurde er in Pjöngjang gefeiert. Morgen stand ihm seine Entlassung oder Schlimmeres bevor. Sein Sieg war sabotiert worden. Er war voller Hass auf O'Brien, der keine Ahnung hatte von dem Regime, dem Cho diente. Es tolerierte keine Ausrutscher. Keine Fehler.

Als der Wagen in die West 52nd Street einbog, setzte Schneeregen ein, der die Sandsteinfassaden dunkel glänzen ließ. Unter dem Baldachin vor dem 21 Club öffnete ein Türsteher mit Zylinder einen Regenschirm, während die Polizei eine kleine Menschenmenge zurückhielt. Schnell tastete Cho in der Tasche nach der Nadel mit dem Konterfei des Großen Führers und befestigte sie im Knopfloch – sein Talisman gegen den Schamanismus der Yankees. Falls das hier darauf abzielte, ihn milde zu stimmen, würde er denen schon zeigen, wie hart er sein konnte.

Der Lexus hielt, die Tür wurde geöffnet. Kamerablitze leuchteten auf, Stimmen brüllten durch den Regen.

«NIEDER MIT KIM JONG-IL!», erklang es aus der Menge. Jemand rempelte und schubste. «NIEDER MIT KIM JONG-IL!»

Cho, vor dessen Augen wegen der Kamerablitze immer noch orange Lichter tanzten, wurde die Treppe hinunter und in den Club geführt, dann weiter durch einen Empfangsbereich, in dem vier solide gebaute Männer in Anzügen und mit Knopf im Ohr standen, die er mit absoluter Sicherheit als amerikanische Geheimpolizisten erkannte, und durch einen schmalen Flur in einen privaten Speiseraum hinein. Als die Tür sich hinter ihm lautlos schloss, fand er sich in einer Welt wieder, zu der er noch nie Zugang gehabt hatte, nicht einmal bei seinen Missionen nach Peking.

Gedämpftes rötliches Licht spiegelte sich an dunklen holzgetäfelten Wänden, an denen dezent beleuchtete Gemälde von Schonern und Segelschiffen hingen. Aus verborgenen Lautsprechern ertönte ein leises Jazztrompetensolo. Hinter einer langen, weiß gedeckten Tafel mit Weingläsern und Silberbesteck stand am Ende des Raums vor einem Steinkamin eine Gruppe hochgewachsener, graumelierter Männer, die lautstark redeten und ihre Worte mit großen Gesten unterstrichen. Die beiläufige Leichtigkeit der Macht. Chos eigene Mitarbeiter – die beiden Jungdiplomaten und die Politoffiziere – standen ein wenig abseits, wirkten wie Flüchtlinge und hielten die Stiele ihrer Martini-Gläser gepackt, als wären es Maurerkellen. Beide Gruppen wandten sich ihm zu, die Gespräche verstummten. Einer der hochgewachsenen Amerikaner machte eine Bemerkung, die die anderen zum Lächeln brachte. Cho spürte sein Gesicht brennen.

Die Tür hinter ihm wurde wieder geöffnet, O'Brien kam herein und wischte sich das feuchte Haar aus dem Gesicht. Er schwitzte heftig, wirkte verärgert und angespannt, setzte aber schnell eine freundlichere Miene auf. Als er Cho zu den hochgewachsenen Männern führte und alle vorstellte, wurde Cho der Grund für O'Briens Anspannung klar.

Anwesend waren unter anderem ein weltbekannter ehemaliger Außenminister, jetzt verwittert und gebeugt, ein hochrangiger Armeegeneral in dunkelgrüner Ausgehuniform, ein Wall-Street-Firmenchef … und ein ehemaliger amerikanischer Präsident. Alle heute Abend hier versammelt, um ihn, Cho Sang-ho, zu treffen, einen Oberst der Koreanischen Volksarmee. Er musste sich das Lachen verkneifen. *Was sind diese Yankees doch für Idioten! Das konnte alles nur ein Traum sein.* Zum zweiten Mal an diesem Tag verwandelte sich eine beschissene Lage ins Gegenteil. Dies war der Honig auf der Torte seines Triumphs. Was auch immer die Amerikaner mit diesem Aufgebot an Würdenträgern beabsichtigten – die Zurschaustellung von Macht, Einschüchterung, eine Demonstration ihrer Entschlossenheit, den Kurs seines Landes nicht hinzunehmen –, so hatten sie dessen Wirkung auf ein nordkoreanisches Massenpublikum völlig falsch eingeschätzt. Allein durch dieses Treffen mit ihm erniedrigten sich diese Männer. Sie lagen mit dem Gesicht im Staub und huldigten dem Geliebten Führer. Pjöngjangs Staatliche Nachrichtenagentur würde zu Höchstform auflaufen.

«Wie geht es Ihnen, Sir», sagte der ehemalige Präsident mit

heiserer Stimme und beäugte Chos Anstecknadel, als wäre sie ein zweiter Kopf. Ein Fotograf hob seine Kamera, um den Händedruck festzuhalten. Cho setzte eine abweisende Miene auf. Der ehemalige Präsident lächelte freundlich, die knollige Nase und die rosarote Hautfarbe ließen ihn leicht verlottert wirken. Sein Haar leuchtete im Blitzlicht weiß auf.

«Mr. Cho, sagen Sie mir, was heute auf der Insel Yeonpyeong passiert ist.»

Cho erinnerte sich, dass der ehemalige Präsident dem Geliebten Führer begegnet war und Zeit in seiner Gegenwart verbracht hatte, und beantwortete die Frage mit Respekt.

«Richten Sie dem Vorsitzenden Kim von mir aus, dass er die ganze gottverdammte Region destabilisiert ...»

Der Wall-Street-Firmenchef gesellte sich zu dem Gespräch dazu, ein spitznasiger Mann, der Cho an einen kahlen Adler mit Brille erinnerte und der wissen wollte, warum Nordkorea nicht seine Wirtschaft öffnete, wie es das neue China so erfolgreich getan hatte.

«Die DVRK bleibt dem Sozialismus treu», sagte Cho und nahm einen Martini entgegen. «Das Glück unseres Volkes hängt nicht von der gierigen Jagd auf Profite ab.»

«Schon klar, aber Profite helfen, den Bauch zu füllen.»

Nur vor dem Armeegeneral, dessen Augen ihn mit kühler Intelligenz betrachteten, nahm Cho sich in Acht. Er war als Charles Fisk vorgestellt worden.

«Colonel Cho, ich bin hier, um Sie zu überzeugen, dass Atomwaffen der falsche Weg für Ihr Land sind.»

«General», Cho rührte seinen Martini mit der Olive am Cocktailstick um, «was, wenn nicht Atomwaffen, könnte bewirken, dass heute Abend ein kleines Land wie meines in ein Lokal wie dieses zu einem Gespräch mit Ihnen eingeladen wird?»

Fisk warf den Kopf zurück und lachte. Ein aufrichtiges, echtes Lachen. «Da haben Sie recht.»

In dem Moment wurde Cho von der angeberischen Stimme eines der Jungdiplomaten abgelenkt, der sich mit O'Brien unterhielt. Er warf dem jungen Mann gerade noch rechtzeitig einen warnenden Blick zu, um ihn davon abzuhalten, einen zweiten Martini anzunehmen.

«Sagen Sie», Fisk war an Cho herangerückt, «diese Langstreckenraketen, die Sie als Satellitenraketen tarnen …»

Cho spürte, dass sich ihm die Nackenhaare aufrichteten.

«… Womit beabsichtigen Sie die eigentlich zu bestücken?»

Wollte der Mann ihn provozieren?

«Verzeihen Sie die Frage», sagte Fisk. «Ich bin nur neugierig.» Er lächelte entschuldigend, doch sein Blick war kalt, und in seiner Stimme schwang Verachtung mit.

Cho blähte seine Brust auf. «Wir erklären nachdrücklich unser Anrecht auf ein friedliches Luftfahrtprogramm.»

«Nun.» Fisk nahm einen Schluck und sah sich im Raum um. «Vielleicht mache ich mir ja unnötig Sorgen. Vielleicht brauen Sie in Ihrem schicken neuen Labor ja auch etwas ganz und gar Harmloses zusammen …»

Cho starrte Fisk an. Er hatte keine Ahnung, wovon der Mann da redete, er wusste nur, dass es anmaßend war.

«Ah!» Fisks Augen lächelten über Chos Schulter hinweg. «Endlich.»

Eine schlanke Frau in einem dunklen Cocktailkleid aus Samt gesellte sich zu ihnen. Ihre Haut schien auf eine afroamerikanische Herkunft hinzuweisen, und schön war sie in jedem Fall, aber die Haare und die Augen waren asiatisch. Das enge Kleid stand ihr, allerdings hätte keine koreanische Frau ihre Schultern dermaßen entblößt.

Fisk wollte sie vorstellen, doch sie hatte bereits ihre kühle Hand in Chos gelegt und erklärte ihm in perfektem nordkoreanischem Dialekt, dass sie als Sonderberaterin für General Fisk arbeitete.

«Freut mich, Sie kennenzulernen. Ich bin Marianne Lee.»

KAPITEL 18

21 Club
West 52nd Street
New York

Als die Gäste ihre Plätze zu beiden Seiten des Tisches einnahmen, bemerkte Jenna Unbehagen in Oberst Chos Miene. Er wurde nicht neben den ehemaligen Präsidenten oder den ehemaligen Außenminister platziert, sondern ihr gegenüber am Ende des Tisches und in einiger Entfernung von seinen Mitarbeitern. Sie ließ ihre Handtasche von der Schulter gleiten und schenkte ihm ein strahlendes Lächeln, das er mit einem verwirrten Blick quittierte, unsicher, ob man ihm schmeicheln oder ihn brüskieren wollte.

Im Hintergrund lief eine Klavierversion von «'Round Midnight». Das Licht wurde gedämpft, Tischdecke und Besteck schimmerten, alles wirkte luxuriös. Ein Maître d' mit einem Funkknopf im Ohr führte Kellnerinnen in schwarzen Hosen herein, die sich beim Einschenken des Weins mit balletthafter Eleganz zwischen die Gäste beugten.

Fisk setzte auf die Devise, je geselliger die Stimmung, desto größer die Chance, dass die Nordkoreaner weniger auf der Hut sein und Einblick in das Denken des Mannes in Pjöngjang geben würden, der der US-Regierung mit brutal und brillant genauem Timing Hunderte Millionen Dollar als Gegenleistung für die Beilegung einer kurzen, absichtlich herbeigeführten Krise aus den Taschen gezogen und eine schockierende Bereitschaft an den Tag gelegt hatte, auch unprovoziert loszuschlagen. Der Überraschungsangriff auf die Insel Yeonpyeong hatte von Tokio bis Washington alle Alarmglocken schrillen lassen. Keine vierzig Minuten nach Bekanntwerden des Vorfalls hatte Fisk sich bei einer qualvollen Unterredung im Krisenzentrum des Weißen Hauses gezwungen gesehen, dem Oberbefehlshaber persönlich, der gerade im Smoking von einem Empfang zurückgekehrt war und sich mit einem Glas in der Hand Fisks Ausführungen entschieden kühl anhörte, das Versagen der CIA einzugestehen.

Die Einladung in den 21 Club war zwar schon Monate zuvor geplant worden, hatte aber jetzt enorm an Bedeutung gewonnen. «Von mir aus kippt denen Drogen in die Drinks!», hatte Fisk gebrüllt. «Wir haben sie zwei Stunden lang für uns. Das ist unser Zeitfenster. Wir bearbeiten sie, kitzeln sie, finden raus, was immer wir können.» Der Angriff hatte auch dazu geführt, dass Jennas vorgestrige Entdeckung eines Geheimlabors in Lager 22 auf Langleys Krisenliste ganz nach oben rutschte. Die Blinzler teilten ihren Verdacht, dass es sich dabei um den todbringenden Teil des Raketenprogramms handelte. Jenna hatte dem CIA-Direktor persönlich einen Bericht eingereicht, und die Koordinaten wurden jetzt rund um die Uhr aus dem Orbit überwacht.

Fisk hatte seinen ganzen Takt eingesetzt, um einige der Granden vom Kommen am heutigen Abend abzuhalten – ihre Anwesenheit würde kaum dazu beitragen, dass die Nordkoreaner sich entspannten. Aber als Jenna jetzt die Gesichter am Tisch betrachtete, wusste sie, dass er falschlag. Die Nordkoreaner glühten vor Begeisterung, einen ehemaligen Präsidenten zu treffen, und über den Cocktails war sogar dieser Mistkerl Cho aufgetaut. Der Sitzplan war sorgfältig ausgearbeitet worden. «Wir kommen weiter, wenn eine Frau mit ihm spricht», hatte Fisk gesagt. «Ziehen Sie alle Strippen. Bezirzen Sie ihn, schmeicheln Sie ihm, bringen Sie seine nette Seite zum Vorschein.»

«Es gibt eine nette Seite?»

Nachdem alle Platz genommen hatten, drängte sich die untersetzte, grobschlächtige Gestalt des nordkoreanischen Botschafters bei den Vereinten Nationen, dessen Name, wie Jenna sich erinnerte, Shin war, in den Raum. Als sie sah, dass Chos Blick sich verhärtete, wusste sie, dass er den Mann nicht mochte. Während der Wein eingeschenkt wurde, beobachtete sie weiter seine Miene. Überläufern aus Nordkorea war Jenna schon oft begegnet, aber nun hatte sie es zum ersten Mal mit jemandem zu tun, der Kim und seiner Diktatur treu ergeben war. Wie eine Zoologin, die endlich eine seltene Spezies vor sich hatte, nach der sie jahrelang gesucht hatte, konnte sie den Blick kaum von ihm abwenden.

Das Licht fing sich im Stiel seines Glases und beleuchtete sein Gesicht. Hohe Wangenknochen, dichtes Haar, glatt nach hinten über den wohlgeformten Schädel gezogen. *Er sieht aus wie einem Propagandaposter entsprungen*, dachte Jenna. Sie war nicht sicher, ob sie ihn gutaussehend fand. In seinen Augen lag eine Arroganz, die sein Gesicht leicht brutal wirken ließ. Aber seine Garderobe ließ nichts zu wünschen übrig. Zum maßgeschneiderten Anzug trug er eine gut gewählte Krawatte und Manschettenknöpfe. Für einen zufälligen Beobachter sah er aus wie der Geschäftsführer eines südkoreanischen Konzerns, Hyundai oder Samsung, wäre da nicht die Anstecknadel mit dem glänzenden kleinen Gesicht gewesen. Die bizarre Erinnerung, dass Korea sich auf zwei parallele Universen verteilte.

Jenna hob den Blick von der Nadel und merkte, dass auch Cho sie beobachtete. Er blinzelte, als würde ihm bewusst werden, wie unhöflich das war. Sie kam sich vor wie auf einem peinlichen ersten Date.

«Entschuldigung», sagte er auf Englisch und nippte an seinem Wein. «Ich bin noch nie zuvor jemandem Ihrer Rasse begegnet, der den Dialekt des Nordens spricht.»

«Meiner Rasse?»

Ein Löffel klopfte gegen ein Glas.

«Herr Präsident, ehrenwerte Gäste, Ladys und Gentlemen …» O'Brien hatte sich erhoben und hieß die Besucher aus der Demokratischen Volksrepublik Korea willkommen. Jenna strich die Serviette auf ihrem Schoß glatt, um ihre Nervosität zu verbergen. Ihre Hände schwitzten. O'Brien beschrieb in seinem weichen, nasalen Jammerton die Gespräche der letzten beiden Tage. Lächelnd deutete er auf Cho, dessen Gesicht jedoch ausdruckslos blieb.

«Nie zuvor in meiner Laufbahn hat man mich als ‹antisozialistischen Politzwerg, den die Waffe einer im Herzen geeinten Masse vernichten wird› bezeichnet …» Die Zuhörer glucksten mit gesenkten Köpfen, unsicher, ob O'Brien auch den richtigen Ton traf, aber er bewies sein Gespür für das richtige Timing: «… zumindest nie offen ins Gesicht.» Gelächter, die Spannung im Raum löste sich. Selbst Cho wirkte amüsiert. «Trotz unserer Meinungsverschiedenheiten», fuhr O'Brien durch die gute Stimmung hindurch fort, «von denen es zahlreiche gibt, glaube ich trotzdem, dass auf beiden Seiten der Wunsch besteht nach größerem gegenseitigem Vertrauen und Verständnis und letztendlich nach Frieden …»

Ein keuchendes «Hört, hört» vom ehemaligen Außenminister.

«… wozu der heutige Abend, wie ich hoffe, einen Beitrag leisten wird.» O'Brien hob sein Glas. «Auf den Frieden.»

«Auf den Frieden», sagten alle. Es wurde angestoßen, und als sich der schlechte Beigeschmack des Friedensdeals bei den Amerikanern langsam verflüchtigte, kam am Tisch eine großmütige Stimmung auf.

«Essen ist eine Sprache, die wir alle verstehen», sagte der ehemalige Präsident laut, als Körbe mit Brötchen verteilt wurden, und stopfte seine Serviette in den Hemdkragen.

Jenna fragte, «Wie gefällt Ihnen New York, Colonel?»

Cho nahm ein Brötchen, brach ein Stück ab und kaute, die Stirn in nachdenkliche Falten gelegt. «Ich habe nichts von der Verdorbenheit gesehen, von der kapitalistische Städte angeblich beherrscht werden. Drogenhandel, Prostitution, Armenküchen und so weiter und so fort.»

Was für ein reizender Zeitgenosse.

Der erste Gang wurde gebracht. Feinste Muschelsuppe.

«Pjöngjang kennt keine Laster, nehme ich an», sagte sie.

«Im Großen und Ganzen nicht», stimmte er zu, ohne die Ironie wahrzunehmen. «Obwohl natürlich wie in allen großen Städten auch dort Kriminalität vorkommt.»

Das Gespräch stockte. Jennas Ausbildung hatte sie auf eine solche Situation nicht hinreichend vorbereitet. Vermutlich blieb ihr nur wenig Zeit, bevor ein anderer Chos Aufmerksamkeit in Anspruch nehmen würde – nicht genug, um ihn zu ködern, nach geheimen Zweifeln zu forschen, seine Denkweise zu erkunden. Wenn sie irgendetwas aus ihm herauskriegen wollte, dann nur durch Schmeichelei oder Provokation, und sie ahnte, dass er für Ersteres nicht empfänglich war.

Sie sah ihn über den Glasrand hinweg an und spottete: «Und welche Verbrechen sind wohl typisch für eine nordkoreanische Stadt? Spionage, Sabotage, antirevolutionäres Verhalten, Kritik am Geliebten Führer … und so weiter und so fort?»

Chos Augen verengten sich. «Der Sozialismus sieht sich vielen Gefahren gegenüber», sagte er. «Auch die USA haben Feinde, die ihre Lebensweise bedrohen.» Er beugte sich vor, auf seinem Gesicht lag ein Ausdruck zynischer Überheblichkeit. «Und sie gehen mit ihnen ganz ähnlich um wie wir.»

«Bei uns gibt es kein Lager 22, wenn das die Art von Umgang ist, auf die Sie anspielen.» Jenna hatte leise gesprochen, war aber in eine Gesprächspause am Tisch hineingestoßen, der Wein hatte die Zungen noch nicht gelockert. Aus dem Augenwinkel sah sie, wie sich mehrere Gesichter ihr zuwandten.

«Von einem solchen Ort weiß ich nichts.» In seiner Stimme lag Gereiztheit. «Wir gehen auf unsere Weise mit Verbrechern um. Halten Sie deren Rechte für wichtiger als das Wohl einer ganzen Gesellschaft? Imperialisten sollten sich hüten, von Menschenrechten zu sprechen.»

«Ich habe nichts von Menschenrechten gesagt.» Sie trank einen Schluck Wein. «Aber es ist interessant, dass Sie sie erwähnen.»

Er widmete sich seiner Muschelsuppe, doch Jenna war zu nervös zum Essen. Nachdem sie überstürzt seine Feindseligkeit geweckt hatte, schien jetzt Waffenstillstand zu herrschen. Sie war sich der leisen Gespräche rundherum, des Klapperns von Löffeln auf Porzellan bewusst und wechselte über den Tisch hinweg einen Blick mit Fisk, der sie fragend ansah. Dann wandte sie sich wieder an Oberst Cho und änderte die Taktik, wählte ein unverfängliches Thema. Sie lächelte. «Haben Sie Kinder?»

Sofort lebte er auf. «Einen Sohn, er ist neun, bei den Jungpionieren. Und Sie? Sie sind halbe Koreanerin, nehme ich an. Haben Sie Familie in Korea?»

«Eine Zwillingsschwester.» Ihr Herz setzte einen Schlag lang aus. Die Worte waren herausgekommen, bevor sie sie zurückhalten konnte. Sie blinzelte und spürte, dass sie rot wurde.

«Wirklich?» Er wurde durch den Anblick von Botschafter Shin in lebhaftem Gespräch mit dem ehemaligen Außenminister abgelenkt. «In Seoul?»

«Nicht in Seoul …» Sie ließ ihn nicht aus den Augen und war sich vage bewusst, dass sie unkonzentriert wurde. Irgendein Stolperdraht in ihrem Inneren war ausgelöst worden und hatte einen Schwall an Schmerz und Vorwürfen freigesetzt, die sie dem Mistkerl am liebsten an den Kopf geworfen hätte, wie sie schockiert feststellte. «Ich hoffe auf ein Wiedersehen mit ihr …» Sie kam jetzt gefährlich weit vom Pfad ab, doch ihre Gefühle waren so stark, dass sie alle Vorsicht und alles, was sie gelernt hatte, in den Wind schlug. Vielleicht war dies ihre einzige Chance, das Folgende zu sagen. «… wenn Ihre Regierung sie gehen lassen würde.»

Der Löffel blieb auf halbem Weg zu Chos Mund hängen. Er legte ihn ab und starrte sie an.

«Ihre Schwester hält sich in meinem Land auf?»

Viel zu spät schrillte die Alarmglocke in ihrem Kopf.

«Sie wurde … dorthin verschleppt. Vor zwölf Jahren. Von einem Strand in Südkorea aus. Ihr Name ist Soo-min.»

Er sah sie lange schweigend an. Als er schließlich sprach, war es auf Koreanisch. «Sie irren sich. Wenn Sie auf die unselige Angelegenheit der Entführten anspielen, so hat meine Regierung öffentlich für jeden Einzelnen, ob tot oder lebendig, Rechenschaft abgelegt und sich entschuldigt. Die Sache ist erledigt und vorbei.» Er sprach, als würde er sie in einer Rechtssache belehren. «Aber abgesehen davon irren Sie sich noch aus einem anderen Grund.»

«Bestimmt werden Sie ihn mir gleich nennen.»

«Die Menschen in meinem Land sind rassisch …» Er suchte nach einem passenden Ausdruck. «… *homogen*. Ihre Zwillingsschwester würde Aufsehen erregen. Ich würde von ihr wissen.»

Jenna spürte, wie Schwäche sie überfiel. Wenn sie aufstünde, würden ihre Knie nachgeben.

«Im Westen sind so viele Lügen darüber verbreitet worden», fuhr er fort und nahm den letzten Löffel Suppe. «Sie sollten wissen, dass die meisten der sogenannten Entführten freiwillig in mein Land gekommen sind – für ein gerechteres Leben.»

«Klar», sagte sie und versuchte, das Zittern in ihrer Stimme zu ebnen. «Ich kann mir gar nicht vorstellen, wie man überhaupt annehmen könnte, sie wären gegen ihren Willen dorthin verschleppt worden …»

«Wieso glauben Sie, dass sie bei uns ist?»

Sie schob ihren Stuhl zurück. «Würden Sie mich entschuldigen?»

O Gott. Jenna stand sich im Spiegel der Damentoilette gegenüber. *Was habe ich gesagt?* Ihre Brust fühlte sich an wie mit heißem Reis vollgestopft, der ihr Herz zusammenquetschte und das Atmen schwer machte. *Ich vermassele es gerade.* Fisk hatte sie rekrutiert, weil er glaubte, dass diese Angelegenheit – diese private Angelegenheit – ihre Tauglichkeit erhöhen, nicht unterlaufen würde. Jenna zog den Lippenstift nach und warf sich einen harten, kritischen Blick zu.

Für Fisk, für Soo-min – geh da rein und mach deinen Job.

Als sie an den Tisch zurückkehrte, war der Hauptgang aufgetragen worden. Hamburger, Pommes frites, Maisgrütze, Rippchen und Buffalo Chicken Wings, die sanfte Kulturpropaganda des amerikanischen Standardgerichts, auch wenn die Pommes in Rosmarin und Salz gewendet worden waren und die Brötchen handgeformt aussahen.

«Mr. Cho», rief der ehemalige Präsident mit vollem Mund. «Essen wie dieses ölt die Räder der amerikanischen Diplomatie.»

Cho sagte: «In Wahrheit war es ja unser Geliebter Führer Kim Jong-il, der das Doppelbrötchen mit Fleisch erfunden hat …»

Die Amerikaner johlten. Der ehemalige Präsident ließ das Besteck fallen und applaudierte.

Jenna war die Einzige, die wusste, dass Cho keinen Witz gemacht hatte.

Das Gespräch wurde jetzt von Einzelpersonen bestritten, die sich an den ganzen Tisch wandten, und Jenna sah, dass sie keine weitere Chance bekommen würde, mit Cho zu reden. Alles ermüdend *männlich*, dachte sie, auch wenn sich alle respektvoll zurückhielten, als der ehemalige Außenminister vom Kopfende des Tisches seine delphischen Orakelsprüche verkündete.

Beim Nachtisch und dem Kaffee wurde die Sitzordnung aufgelöst. Der Wall-Street-Geschäftsführer beschwerte sich in die ausdruckslosen Gesichter der Nordkoreaner hinein über die staatlichen Beschränkungen der Anlagenwirtschaft. Fisk und der ehemalige Außenminister waren mit Cho ins Gespräch vertieft. Jenna fand sich neben dem hochgewachsenen, schlaksigen Chris O'Brien wieder, den sie für viel zu sanft und zuvorkommend hielt, um mit einem schnappenden, kläffenden Straßenköter wie Nordkorea umzugehen.

«Ein merkwürdiger Typ, wie?» O'Brien warf einen vorsichtigen Blick in Chos Richtung.

Sie beobachteten, wie Cho vor seinen Zuhörern dozierte, den Rücken durchgedrückt, die Faust gebieterisch auf den Tisch gelegt. Aus der kaum verhohlenen Verärgerung in Fisks Miene schloss Jenna, dass er ungefähr so viel Fortschritte machte wie sie selbst vorhin. Sie merkte, dass Cho ihr immer wieder Blicke zuwarf, als könnte er die Beleidigung, beim Essen ihr gegenüber platziert worden zu sein, immer noch nicht fassen.

«Er ist clever, das muss man ihm lassen.» O'Brien nahm einen Schluck aus seiner Kaffeetasse. «Die Maske verrutscht keinen Moment. Verhält sich wie ein wahrer Gläubiger. Wenn ich Mitglied der Elite wäre wie Colonel Cho Sang-ho ... mit Zugang zu ausländischen Devisen und Reiseerlaubnis ... ich würde meine Exitstrategie planen.»

Der ehemalige Präsident stand auf, um sich zu verabschieden, und die Gespräche um den Tisch herum verstummten allmählich. Der Abend war zu Ende.

An der Tür mischten sich die Gäste noch einmal, um Hände zu schütteln und Abschied zu nehmen. Cho trat auf Jenna zu. Zu ihrer Überraschung sagte er: «Sollten Ihre Pflichten Sie nach Pjöngjang führen, Miss Lee, würde ich mich freuen, Ihr Führer zu sein.»

Er sah sie mit seltsamem Ernst an. Sie hielt seine Einladung für eine der üblichen Nettigkeiten zu solchen Gelegenheiten, doch er wirkte nervös und schien seine Worte ernst zu meinen. Mit einer Verbeugung reichte er ihr mit beiden Händen seine Visitenkarte.

Jenna nahm sie mit beiden Händen an und brachte ein Lächeln zustande. «Vielleicht könnte ich etwas besichtigen, das zu keiner offiziellen Tour gehört, oder mit Menschen reden, ohne dass die Bowibu zuhört.»

Cho reagierte mit einem kurzen, verletzten Lächeln, das besagte: *Verderben Sie uns nicht die Stimmung.*

Sie gab ihm ihre eigene Visitenkarte, auf der nur der Name Marianne Lee und eine Telefonnummer standen. Er verbeugte sich noch einmal und ging.

«Was war das denn?» Fisk stand neben ihr und lockerte seine

Krawatte. Er sah so entmutigt aus, wie sie sich fühlte. Sie sah auf die Uhr. 21:45 Uhr. Sie hatten den Wein beim Essen kaum angerührt.

«Absacker in der Bar?», fragte sie.

Er lächelte. «Das ist das Netteste, was ich heute Abend gehört habe.»

In dem Moment trat einer der Geheimdienstler zu ihnen. «Anruf für Sie, Sir.» Er gab Fisk das Telefon.

Noch immer lächelnd, hielt es Fisk an sein Ohr. Dann erstarb das Lächeln, und sein Mund klappte auf.

«Heilige Scheiße ... Behaltet ihn da ... wir sind auf dem Weg.» Er beendete das Gespräch. Einen Moment lang wirkte er wie vor den Kopf geschlagen. Dann umspielte Belustigung seine Lippen. «Holen Sie Ihren Mantel. Wir fahren nach Brooklyn, Polizeirevier 71st Precinct.» Er sah sie mit vor Aufregung glänzenden Augen an. «Wollen Sie versuchen, Ihren ersten Informanten zu rekrutieren?»

Sobald Jenna und Fisk den Raum betraten, sprang der Mann auf.

«Sie dürfen mich nicht festhalten! Ich bin Diplomat der Vereinten Nationen!»

Er war ungefähr vierzig, hochgewachsen, hatte ein hageres Gesicht und kohlschwarze, intelligente Augen. Ein seltsames Mal auf der linken Wange sah wie ein kleiner Käfer aus.

«Guten Abend, Erster Sekretär Ma», sagte Jenna. «Sie dürfen jederzeit gehen, aber um Ihrer eigenen Sicherheit willen ist es wichtig, dass wir zuerst reden. Bitte setzen Sie sich. Es dauert nicht lange.»

Fisk hatte sie im Wagen gebrieft, und der FBI-Agent hatte ihnen soeben die Beweismittelbeutel gezeigt. Sie setzte sich Ma gegenüber. Fisk lehnte an der Wand, er hielt sich im Hintergrund, um zu demonstrieren, dass er keine Rolle spielte. Trotz der eiskalten Nacht war es im Büro des Revierchefs unerträglich stickig. Ein Ventilator zerzauste Mas Haare. Eine Neonlampe flackerte. Als Jenna den Mantel auszog, starrte Ma so finster ihr Cocktailkleid und den Schmuck an, als würde er ihr Outfit für einen Scherz auf seine Kosten halten.

«Wer sind Sie? CIA?»

«Ich diene der Regierung in geheimer Tätigkeit.»

«Diese Unterhaltung ist vorbei.» Er machte Anstalten aufzustehen.

Jenna wechselte ins Nordkoreanische, ohne respektvolle Umschweife. «Setzen Sie sich hin, verdammt noch mal.»

Ma zuckte zusammen, als hätte man ihn geschlagen. Sein Blick wanderte langsam von Jenna zu Fisk und wieder zurück. Er setzte sich.

Ruhig fuhr sie auf Englisch fort. «Sie können hier mitsamt Ihrem Geld rausgehen und Pjöngjang informieren, dass Ihre Transaktion heute glatt verlaufen ist …» Sie dachte an den Mann im Trenchcoat am Empfangstisch des Reviers, der gerade den diensthabenden Polizisten auszufragen versuchte. Ein bekannter Gerichtsreporter von einem Boulevardblatt. «Kein Wort hiervon wird je nach draußen dringen. Solange eins klar ist …» Sie beugte sich nach vorne. «Ab jetzt arbeiten Sie für uns.»

Sie beobachtete seine Reaktion genau, sah ihn aufgeben. Seine Schultern sackten nach unten, in seinen Augen erkannte sie keine Berechnung, kein Abwägen der Risiken, eher Resignation, wie ein Mann in den besten Jahren, bei dem eine tödliche Krankheit diagnostiziert wurde.

Vorsichtig sagte sie: «Natürlich werden Sie entschädigt. Wir richten ein geheimes Treuhandkonto ein …»

Er schüttelte den Kopf, und sie begriff, dass sein Husten eigentlich ein trockenes, freudloses Lachen war.

«Sie haben keine Ahnung, oder?», fragte er und sah ihr in die Augen. «Wo ich herkomme, stehen alle unter Beobachtung. Jeder. Pjöngjang hat mich heute Abend da auf dem Parkplatz von mindestens einem Augenpaar beobachten lassen.» Als wollte er sie verspotten, beugte auch er sich vor. «Die wissen bereits, dass ich hier bin. Und die wissen, dass die CIA die Chance nutzt.» Die dunklen Augen sprühten. «Wissen Sie, was das bedeutet … Sie dumme Schlampe?» Er schrie fast «Das bedeutet, dass ich erledigt bin. Tot.» Er zog seinen Parka von der Stuhllehne, ging raus und knallte hinter sich die Tür zu.

Jenna rührte sich nicht. Sie spürte ihre Hände ganz leicht zittern.

Einige Sekunden lang blieb es bis auf das Surren des Ventilators still im Raum, dann sagte Fisk : «Das war wohl nichts.»

Abrupt stand sie auf und öffnete die Tür. Draußen warteten zwei FBI-Agenten mit dem diensthabenden Polizisten.

«Der Fall gehört Ihnen», sagte sie.

«Was ist mit dem anderen Typen?»

«Den können Sie mitnehmen.» Sie zog ihren Mantel über.

«Und die Medien?»

«Vorne am Empfang steht ein Journalist, glaube ich.»

KAPITEL 19

Das Roosevelt Hotel
45 East 45th Street
New York

Die Stimmung am Frühstückstisch war ausgelassen. Sogar Politoffizier Yi schien sein Misstrauen aufgegeben zu haben, er schnüffelte nicht länger in jeder Ecke nach Spuren verletzter Linientreue. Am Abend zuvor hatten alle Cho beglückwünscht, nun war es von Vorteil, mit ihm assoziiert zu werden, und waren hocherfreut, dass etwas von seinem Glanz auf sie abfiel. Einer der Jungdiplomaten hatte die Auszeichnung erwähnt, die Cho bestimmt bekommen würde – die Kim-Jong-il-Medaille oder wenigstens den Militärverdienstorden –, und Cho hatte mit Schulterzucken und Lachen Bescheidenheit an den Tag gelegt. Botschafter Shin hatte an der Rezeption eine Nachricht hinterlassen, dass leider weder er noch der Erste Sekretär Ma sie heute zum Flughafen begleiten könnten. Er hoffte, sie würden diese Abweichung vom Protokoll verzeihen, und wünschte Ihnen eine sichere Heimreise.

Zur Hölle mit ihnen, dachte Cho. Zu Hause würde man ihn mit Fanfaren empfangen.

Als sie ihren Kaffee austranken, kam die Nachricht, dass der Fahrer eingetroffen war und ein Hotelpage das Gepäck in den Toyota Minivan lud.

Im Souvenirladen in der Hotellobby hatte Cho ein kleines Thermometer in Form eines Wolkenkratzers gekauft, auf dessen Sockel EMPIRE STATE BUILDING stand, außerdem eine Bonbonschachtel und ein Basketball-Sweatshirt der New York Knicks in Kindergröße, Geschenke für Puzzle. Für seine Frau würde er am Flughafen Parfüm besorgen, vielleicht auch ein Armband, das sie diskret ihren Freundinnen zeigen konnte. Unter den gegebenen Umständen rechnete er nicht mit Einwänden der Politoffiziere, wenn er diese Sachen mit nach Pjöngjang brachte.

Der Minivan fuhr los, und Cho ließ das Fenster ein Stück herunter. Taxihupen, Auspuffgase, Kaffee, frische Bagels. Wie schnell er sich an die morgendlichen Geräusche und Gerüche New Yorks gewöhnt hatte. Er würde sie vermissen. In der Nacht hatte es geregnet, die Straßen glänzten sauber. Schnell dahintreibende Wolkentürme erzeugten ein dramatisches Spiel aus Schatten und Licht auf den hohen Gebäuden. Alles und jeder wirkte irgendwie hyperreal. Es war magisch – ein Eindruck, der durch die blinkenden Lichter und Dekorationen verstärkt wurde, die überall aufgetaucht waren, in jedem Schaufenster, Restaurant und jeder Lobby, wie auf einen plötzlichen Befehl hin. Er hatte noch nie zuvor einen Weihnachtsbaum gesehen.

Amerika.

Wie falsch seine Vorstellungen gewesen waren. Die Wahrheit war ganz anders. Er hatte sich für zu intelligent gehalten, um auf plumpe Propaganda hereinzufallen. Jetzt begriff er, wie tief sie sich in seine Psyche eingegraben hatte, von den antiimperialistischen Zeichentrickfilmen, die er als Kind gesehen hatte, bis hin zu dem Kurs in englischer Grammatik an der Kim-Il-sung-Universität.

Wir haben Amerikaner getötet. Wir töten Amerikaner. Wir werden Amerikaner töten.

Sein Wissen über Amerika stammte aus den Märchen der

Partei. Nichts davon stimmte mit der aufregenden, lebendigen, chaotischen Realität der amerikanischen Stadt überein, die er in den letzten Tagen erlebt hatte.

Er dachte an die Frau, die ihm gestern Abend beim Essen gegenübergesessen hatte, Marianne Lee. Wieder verspürte er eine Unruhe, die er sich nicht erklären konnte. Ihre Lippen am Rand des Weinglases, ihr Blick, mit dem sie ihn gleichzeitig spöttisch, neugierig und verletzlich ansah. Ihre bloßen Schultern. Sie war zweifellos schön. War es das, was ihn beunruhigte? Dass er sie begehrte? Das war ein untreuer Gedanke, nicht nur gegenüber seiner Frau. Der Führer war überaus stolz auf die Reinheit der Rasse. Fremdes Blut, gemischtes Blut, galt als Makel. Dennoch … das schlechte Gewissen, mit dem er gerechnet hätte, blieb aus. Hatte sie ihm ihren koreanischen Namen genannt? Er war nicht sicher. Soo-min? *Nein.* Das war die *Schwester.* Cho schüttelte gedankenverloren den Kopf. Verrückt, dass sie dachte, ihre Schwester würde in seinem Land leben. Sie schien es wirklich zu glauben. Halb Koreanerin, halb Afroamerikanerin … Außergewöhnlich.

Der Abend hatte noch andere seltsame Wendungen genommen. Seine Miene verdüsterte sich. Er hatte nie von Lager 22 gehört, bezweifelte aber nicht dessen Existenz. Worauf auch immer sie anspielte, es war klüger, nichts davon zu wissen. Und General Fisk hatte ihm etwas über die Rakete ins Ohr geflüstert. *Womit beabsichtigen Sie die zu bestücken?* Dass sein Land in der Lage war, einen Satelliten in den Orbit zu schicken, musste die Amerikaner wirklich in Aufruhr versetzt haben. Es war der Beweis, dass sie in die Liga der hochtechnisierten Staaten aufgestiegen waren.

Cho summte vor sich hin und trommelte dazu mit den Fingern auf der Armlehne, während die beiden Jungdiplomaten und die Politoffiziere sich auf den vorderen Sitzen unterhielten. An einer großen Kreuzung sprang die Ampel auf Rot, der Minivan kam neben einem Taxi mit heruntergelassenen Scheiben zum Stehen. Das Gelb der Taxis schien heute ungewöhnlich hell, rapsgelb. Der Taxifahrer rückte seinen Sitz mit der Holzkugelauflage zurecht, kratzte sich im Nacken und schlug auf dem Lenkrad die *New York Daily News* auf. Cho legte den Kopf schief, um die Schlagzeile zu lesen.

POLIZEI NIMMT NORDKOREANISCHEN DIPLOMATEN BEI DROGENRAZZIA FEST

Vom Rest der Fahrt nach JFK bekam er kaum etwas mit. Sobald der Minivan am Terminal hielt, rannte er zu einem Zeitungskiosk, kaufte die *New York Daily News* und ließ das Wechselgeld liegen. Hektisch blätternd suchte er den Bericht.

NORDKOREANISCHER UN-DIPLOMAT HANDELT MIT DROGEN

Ma Jae-kwon, 41, wurde von der Federal Police in Brooklyn verhaftet, als er einer bekannten Verbrecherbande Drogen mit einem geschätzten Straßenwert von 2 Millionen Dollar übergab. Die Polizei, die die Gang observierte, war überrascht, als sich der Lieferant als nordkoreanischer Diplomat herausstellte.
Ma berief sich auf diplomatische Immunität und verweigerte die Kooperation, aber sein Kontaktmann in der Bande, Omar Calixto Fernandez, 32, gab zu, ein Paket Methamphetamin, auch als Ice oder Crystal Meth bekannt, von ihm erhalten zu haben. Es wird vermutet, dass die Droge im

Diplomatengepäck aus Nordkorea über JFK ins Land geschmuggelt wurde ...

Die Seiten glitten Cho aus der Hand. Er sah sich um, versuchte zu atmen und sich zu beruhigen, doch seine Füße fühlten keinen Boden, und die Lichter in der Check-in-Halle waren zu Blitzen geworden, die ihm in die Augen stachen. Alles um ihn herum verschwamm und begann sich zu drehen.

«Oberst.» Einer der Jungdiplomaten stand neben ihm und sah ihn erschrocken an. «Sie sind ganz blass geworden.»

KAPITEL 20

Regionalbüro des Ministeriums für
Staatssicherheit (die Bowibu)
Hyesan
Provinz Ryanggang
Nordkorea

Leise summend glimmte das Deckenlicht gelblich auf und wurde gleich wieder dunkler. Am Nacken des Mannes vor Frau Moon war zwischen Hut und Kragen eine rot entzündete Beule zu sehen. Er wurde zum Tisch gerufen. Sie würde die Nächste sein.

Drei Mal war sie an dem Gebäude vorbeigelaufen. Ein niedriges, graues, modernes Haus ohne äußerliche Hinweise auf die Behörde, die darin untergebracht war, trotzdem wusste jeder in Hyesan genau, was sich hinter diesen Mauern verbarg. Wachtmeister Jangs Mut hatte gerade ausgereicht, um den Namen des Offiziers, der die Verhaftung durchgeführt hatte, in Erfahrung zu bringen. Als Frau Moon zum vierten Mal vorbeigehen wollte, spürte sie die Blicke der Spitzel im Nacken. Sie holte Luft und trat ein, bevor die Angst sie überwältigen konnte.

Die beiden Leutnants am Schreibtisch hatten ihr mindestens zehn Minuten lang keinerlei Beachtung geschenkt. Sie versuchte, die Ruhe zu bewahren, indem sie den Blick auf den einzig vorhandenen Farbklecks im Raum richtete – ein lebensgroßes Porträt des Großen Führers auf dem Gipfel des Paektusan, die Rockschöße im Wind flatternd, den Arm in die Morgendämmerung gestreckt – und indem sie an Tae-hyon dachte, den sie am Morgen schlafend zurückgelassen hatte. Wüsste er, wo sie war, würde er einen Herzinfarkt bekommen. Beschämt stellte sie fest, welche geringe Rolle er dieser Tage bei ihren Entscheidungen noch spielte. Ein arbeitsloser Ehemann war so nützlich wie eine Straßenlaterne bei Tag. Als sie sich gerade wünschte, sie hätte keine zweite Tasse Tee zum Frühstück getrunken, winkte der eine der beiden Männer sie mit einem ungeduldigen Fingerschnippen heran.

Mit dem Gefühl, ihr Magen würde sich verflüssigen, trat sie auf ihn zu. «Ich möchte mit Inspektor Kim sprechen.»

«Es gibt hier fünf Inspektoren namens Kim», sagte er, ohne aufzusehen. Er rieb etwas mit einem feuchten Tuch ab – die angetrocknete Tinte an einem Stempel.

«Der Inspektor Kim, der diese Woche die Bibelverteiler festgenommen hat.»

Der Mann sah sie scharf an. «Haben Sie einen Termin?»

«Ich habe Informationen.»

Er griff zum Telefon und ließ sie nicht aus den Augen. Dann wählte er eine dreistellige Nummer und sprach so leise in den Hörer, dass sie nichts verstehen konnte.

«Kommen Sie mit», sagte er.

Gelangweilt blätterte Inspektor Kim durch Frau Moons Ausweisbuch. Das halbe Büro war mit glänzenden Aktenschränken vollgestellt. Auf dem Schreibtisch stand ein Telefon mit Zahlenknöpfen anstatt einer Wählscheibe, außerdem ein Fernseher mit merkwürdigen Tasten. Sonst war das Zimmer nur mit einem Metallstuhl ausgestattet, den er ihr nicht anbot, und mit den Vater-Sohn-Porträts.

«Was wissen Sie über die Bibeln, Großmutter?» Er warf das Ausweisbuch auf den Tisch. Ein kleiner, grobschlächtiger Mann

Mitte vierzig mit schmalen dunklen Augen, die Haut so weißlich grau wie Maden. Die braune Uniform war neu und saß gut. Sein Pistolengürtel roch nach frischem Leder.

«Nichts, Herr Inspektor. Nur dass Sie Locke festgenommen haben … ich meine, Frau Ong. Sie ist Händlerin auf unserem Markt am Bahnhof. Es war ein fürchterlicher Schock für uns, für mich und die anderen Frauen, als wir hörten, in was sie verwickelt sein soll. Die Straßenkinder haben uns erzählt, was passiert ist …»

Inspektor Kim brachte sie mit gehobener Hand zum Schweigen. Er wirkte müde. «*Kotchebi* …» Er stand auf. «Diese Kinder sind Augen und Ohren. Wenn sie bloß alle für mich arbeiten würden.» Er zog eine Schublade an einem der Schränke auf und holte eine Akte hervor. «Ong Sol-joo …», las er. Frau Moon erhaschte einen Blick auf etwas, das wie ein Anklageformular aussah, dazu zwei Fotos von Locke, von vorne und von der Seite aufgenommen. Sie trug das gelbe Kopftuch. «Auch als *Locke* bekannt. Christin. Aktives Mitglied einer subversiven kriminellen Vereinigung, einer Hauskirche. Angeklagt wegen Verbreitung staatsgefährdender Schriften. Eine Tochter, Sun-i, zwölf Jahre alt. Hat sich der Festnahme entzogen und wird immer noch gesucht …» Er setzte sich wieder und schlug sein Notizbuch auf. Er hielt den Stift bereit und sah Frau Moon an. «Lassen Sie hören.»

Seine Augen waren so leblos, dass Frau Moon es mit der Angst bekam, sie hatte das Gefühl, er würde sie durch ein Wasserbecken hindurch betrachten. Keine Spur von Güte lag in seinem Blick.

«Ich bin gekommen, um …» Plötzlich fühlte sich das Zimmer heiß an. Die Worte, die sie vorbereitet hatte, verwandelten sich auf ihrer Zunge in Steine.

Inspektor Kim ließ den Stift fallen und rieb sich mit den Fingerknöcheln die Augen. «Hören Sie, Großmutter, ich dachte, ich würde heute die frische Bergluft genießen und mir von einer der Schönheiten an den heißen Quellen den Rücken massieren lassen. Stattdessen habe ich die ganze Nacht Dienst gehabt und sitze jetzt hier mit einer alten Bäuerin, die sich überlegt hat, wen sie für ein paar Essensmarken verpfeifen könnte.» Seine Stimme wurde lauter. «Wissen Sie, wo diese Schlampentochter ist, oder nicht?»

Frau Moon sah ihn böse an. Irgendwo klingelten Telefone, Telefonistinnen verbanden die Anrufe weiter.

Oh ja, sie konnte sich vorstellen, wie er Locke in einer Zelle verhörte und sie ins Gesicht schlug. Dieser mitleidlose, kaltherzige Mistkerl mit seinen Würgehänden.

Sie hob leicht den Kopf. Ihr Ton war kühl. «Ich bin gekommen, um Ong Sol-joos Entlassung zu erbitten.»

Einen Moment lang flackerte Leben in den toten Augen auf. Nach einer kurzen Pause klappte er das Notizbuch zu. «In welchem Verhältnis stehen Sie zu ihr?»

«Sie ist eine enge Freundin und eine gute Sozialistin.»

«Das ist alles?» Er lehnte sich zurück. Sein Ledergürtel quietschte. «Oder haben Sie sich auch mit dieser Religion angesteckt?»

«Nein, mein Herr, ich möchte für Frau Ongs makellosen Charakter bürgen und Sie bitten, sie gehen zu lassen.»

Gelangweilte Belustigung kräuselte seine Lippen. «Und Sie haben einen von Genosse Kim Jong-il persönlich unterschriebenen Entlassungsbefehl mitgebracht, stimmt's? Oder wollen Sie mir erzählen, dass sie unschuldig ist und alles ein schreckliches Missverständnis war? Sie kommen ein bisschen spät.» Er legte die flache Hand auf die Akte und lachte höhnisch. «Sie hat gestanden. Wir mussten ihr nicht mal die Instrumente zeigen.»

«Sie wird für ihre Fehler Wiedergutmachung leisten.»

«Raus jetzt, alte Frau.» Er nahm Frau Moons Ausweisbuch und warf damit nach ihr, es prallte an ihrer Brust ab und fiel zu Boden. «Sie haben Glück, dass ich nach Hause will.»

Mit schmerzenden Gelenken bückte sich Frau Moon, um das Buch aufzuheben. Plötzlich kam ihr das Porträt am Eingang in Erinnerung.

«Sind Sie je dem Großen Führer begegnet, Inspektor?» Steif richtete sie sich auf. «Ich war einmal in seiner Gegenwart. Es war, als würde man in die Sonne sehen.» Inspektor Kim schaute sie unsicher an. Ohne den Blick von ihm zu lassen, sagte sie: «An dem Morgen, als er unsere Kooperative besuchte, sind die Arbeiter meilenweit gelaufen, um ihn zu sehen. Wie Kinder haben wir auf dem Feld gesessen, zu Hunderten. Und als er sprach, war es, als würde er nur zu mir sprechen. Er strahlte große …» Sie atmete ein und wählte das Wort. «… Würde aus.» Ihr Ton wurde härter. «Also denken Sie daran, wen Sie vertreten.»

Misstrauen glimmte in seinen Augen auf. Es war nicht klug, ein Loblied auf Kim Il-sung zu unterbrechen.

«Wissen Sie, was meine Lehrer in der Schule gesagt haben?» Frau Moons Lächeln überzog ihr ganzes Gesicht mit kleinen Falten. «Niemand in der Geschichte ist größer als Kim Il-sung. Weder Buddha mit seiner Güte noch Christus mit seiner Liebe noch Konfuzius mit seiner Tugendhaftigkeit …» Bei diesen Worten bewegten sich ihre Hände langsam auf den Geldgürtel vor ihrer Schürze zu. «Inspektor, meinen Sie nicht, dass ein solch großes Herz wie das seine die Dummheit einer jungen Frau vergeben könnte?» Vorsichtig begann sie die Geldtasche aufzuziehen. Er schien ihre Handbewegungen wie hypnotisiert zu verfolgen. «Sie wollen doch nicht behaupten, dass ihre albernen Verwirrungen unserer Revolution schaden …»

«Was machen Sie da, Großmutter?»

«Ich zeige Ihnen, wie leid Locke ihr Fehler tut. Jeden Tag denken wir daran, dass der Große Führer immer bei uns ist. In seiner Gnade … würde er ihr nicht vergeben?»

Sie streckte den Arm aus und öffnete die Faust. Zusammengerollte Geldscheine fielen auf den Tisch, rote Hundert-Yuan-Scheine, von einem Gummiband zusammengehalten. Maos rotes Auge und die Kinnwarze wackelten leicht, als die Geldrolle zum Liegen kam. Es war, als hätte man Inspektor Kim ein Licht ins Gesicht gehalten – plötzlich war sein Blick hell und aufmerksam. Er stand auf, warf fast den Stuhl um, stürmte die fünf Schritte an Frau Moon vorbei zur Tür und brüllte in den Flur hinaus. «Holt den diensthabenden Wachtmeister!» Er wandte sich an sie. «Sie hätten verschwinden sollen, als Sie noch die Möglichkeit hatten, alte Frau. Jetzt haben Sie …»

Der Ausdruck, der plötzlich auf seinem Gesicht lag, ließ ihn dumm, fast einfältig wirken. Sie hatte es doch mit einem Menschen zu tun.

Auf dem Tisch lag eine zweite, gleich dicke Geldrolle, zu der sie eine dritte legte und dann eine vierte. Schließlich zog sie einen großen durchsichtigen Plastikbeutel mit weißem Kristallpulver hervor – Hunderte Gramm *bingdu*, genauso viel wert wie das Bargeld – und legte ihn daneben. Der Blick des Inspektors huschte von einem zum anderen. Sein Gesicht wurde schlaff, als könnte er nicht begreifen, was da geschah und wer sie war. Langsam schob er die Tür zu und schloss ab, kehrte zu seinem Stuhl zurück, setzte sich, knetete die dicken Finger auf dem Tisch und starrte das Bestechungsgeld an. Nach einer gefühlt vollen Minute hob er den Kopf und erwiderte ihren Blick.

KAPITEL 21

O Street
Georgetown
Washington, D. C.

Jenna war erst spät aus New York zurückgekehrt, stand aber am Tag vor Thanksgiving dennoch früh auf, um joggen zu gehen. Während sie sich im morgendlichen Grau auf dem Treidelpfad warm lief, versuchte sie verbissen, jeden Gedanken an Oberst Cho Sang-ho, den Ersten Sekretär Ma und den ganzen verdammten Abend aus ihren Gedanken zu verdrängen.

Wenn sie einfach auf ihr Bauchgefühl gehört hätte, wäre ihr klar gewesen, dass Mrs. Ishido die Wahrheit erzählt hatte und dass das, was Oberst Cho gesagt hatte, nicht stimmte. Cho war Funktionär, ein Gesicht wie von einem Propagandaplakat, ein Lakai des Regimes. Seine Arroganz war nervtötend, dabei war er wahrscheinlich gar nicht in der Position, irgendetwas über Soomin zu wissen. Jenna bemühte sich so sehr, ihn zu vergessen, dass sie nur noch an ihn dachte. Als ihr das klarwurde, setzte sie zu einem Sprint an. Sie genoss die Kraft und Ausdauer, die das Training ihr gebracht hatte. Noch nie hatte sie sich so fit gefühlt. Sie mobilisierte alle Reserven und rannte im Höchsttempo, als ihr Handy klingelte. Sie wurde langsamer, blieb stehen und löste keuchend das Handy aus der Halterung am Arm. Als sie stirnrunzelnd auf das Display sah, überkam sie eine Vorahnung. Die Nummer hatte die Vorwahl +82. Südkorea.

Sie brauchte einen Moment, um zu begreifen, wovon die ferne Stimme am anderen Ende der Leitung redete. Ein Mann sagte ihr, er wäre vom südkoreanischen Geheimdienst in Seoul. Er riefe wegen ihres Antrags an, in dem sie das Justizministerium um die Genehmigung für eine Unterredung mit dem unter besonderen Haftbedingungen gehaltenen Gefangenen Sin Gwangsu ersucht hatte, der im Pohang-Hochsicherheitsgefängnis untergebracht war.

Jenna atmete nicht mehr. Den Antrag hatte sie komplett vergessen. Sie hatte ihn vor über einem Monat gestellt, kurz nach ihrem Gespräch mit Mrs. Ishido in Genf.

Der Mann sagte: «Ist Ihnen bewusst, um wen es sich bei dem Gefangenen handelt?»

Um einen aufgeflogenen nordkoreanischen Agenten in Einzelhaft. «Ja, das ist mir bewusst.»

Langes Schweigen am anderen Ende. Sie überlegte, wie spät es dort drüben sein mochte. Später Abend. «Leider können wir eine solche Genehmigung nicht ohne außerordentlich bedeutsame Gründe erteilen … Darf ich fragen, warum Sie sich für den Gefangenen interessieren?»

Jenna wandte sich dem Kanal zu und schaute auf das dunkle Wasser, in dem sich die Gestalt von Soo-min spiegelte.

«Ich glaube, dass er meine Schwester entführt hat.»

Der Anruf endete damit, dass der Mann versprach, die Sache nach oben weiterzuleiten. Er klang zweifelnd und unverbindlich. Sie setzte sich auf eine Bank und legte das Gesicht in die Hände. Das war ein Schlag, den sie heute nicht gebraucht hätte.

Als Jenna an dem Abend ins Bett ging, herrschte mildes, klares Herbstwetter. Am nächsten Morgen war der Winter gekommen. Die Blätter des Ahornbaumes im Hof waren von Raureif überzogen, der Boden war hart und glitzerte. Cat saß auf der Hofmauer, beobachtete sie durch das Küchenfenster und zeigte mit weitem Gähnen seine spitzen Zähne. Die Stimmen im Radio zwitscherten und staunten über die Kaltfront, die Virginia überrollt hatte. Schnee kündigte sich an.

Jenna machte Kaffee, stellte den Laptop an und entdeckte ganz oben in ihrem E-Mail-Postfach eine Mail der südkoreanischen Strafvollzugsbehörde. Ihr Herz begann zu rasen.

Ihr Anruf im Pohang-Hochsicherheitsgefängnis war für 13:00 Uhr am folgenden Tag angesetzt. Er würde nach fünfzehn Minuten automatisch enden, bei Verletzung einer der unten angegebenen Regeln sofort. Es folgte eine Liste von Themen, über die sie mit einem Hochsicherheitsgefangenen nicht sprechen durfte, darunter Sprengstoff und alles, was irgendwie unzüchtig oder explizit sexuell war.

Morgen 13:00 Uhr in Südkorea … *das ist Mitternacht in D. C. heute.*

Plötzlich packte sie bei dem Gedanken, mit wem sie da reden würde, furchtbare Angst. Reglos saß Jenna da und musste sich minutenlang zwingen, langsam und konzentriert zu atmen.

Sie hatte ohnehin Bauchschmerzen wegen Thanksgiving. Nach den Wochen in der geschlossenen Welt der Farm war der Stress einer Familienzusammenkunft fast zu viel für sie. Jetzt kam ihr das Ganze wie eine schwere Prüfung vor. Sie sah Cat an, der sie immer noch von der Hofmauer aus beobachtete. Wie sollte sie den Tag überstehen?

In der kleinen Wohnung duftete es nach geröstetem Truthahn. Über den Jubel und das Dröhnen der Macy's Parade im Fernsehen im Nebenzimmer hinweg war das hohe Lachen ihrer Mutter zu hören, gefolgt von der weichen Bassstimme ihres Onkels und dem Klirren von Gläsern beim Anstoßen.

Im Ofen zischte es leise. Jenna trocknete ihre Hände und las noch einmal das Rezept für die Soße durch. Die Essensvorbereitungen hatten sie beruhigt, und sie war froh über die Ablenkung durch den Besuch. Beim Stopfen und Begießen des Truthahns, beim Schnippeln und Stampfen hatte sie es im Laufe des Morgens geschafft, nicht mehr an das bevorstehende Telefonat zu denken, und die anfängliche Woge der Panik war zu einer tröpfelnden Furcht geworden.

Im Hof war das Geplauder von Jungs kurz nach dem Stimmbruch zu hören – ihre Cousins kamen vom städtischen Truthahnwettlauf zurück. Die beiden halbwüchsigen Söhne von Cedric und Maya brachten einen Schwung kalter Luft und den Geruch von Männerschweiß mit herein. Ihre krausen, schwarzen Haare dampften. «Yo, Tante Han.» Heizplatten wurden auf den Tisch gestellt. Onkel Cedric öffnete den Wein, die Jungs setzten sich und redeten über das Surren des Tranchiermessers hinweg. «Ein Typ war als Colonel Sanders verkleidet. Unter dem Arm hatte er ein Gummihuhn ...»

«Sind alle da?», fragte Han auf Koreanisch und spähte aus dem Fenster. «Ich dachte, ich hätte ein Auto gehört.» Sie war beim Friseur gewesen, trug eine neue rote Bluse und passenden Lippenstift und war mit Gold- und Perlenschmuck behängt wie ein Weihnachtsbaum. Es war auf peinliche Weise offensichtlich, dass sie gehofft hatte, Jenna hätte alle eingeladen, um sie mit einem neuen Mann zu überraschen.

«Wir sind alle da, *omma*, und heute wird englisch geredet.»

Nachdem Han das Tischgebet gesprochen hatte, wünschten sich alle ein frohes Thanksgiving. Onkel Cedric fragte Jenna, was es Neues in ihrem Leben gäbe – die Tarnung, wie sie vermutete, für die *Männer*-Frage. Tanta Maya fragte nach ihrem neuen Job.

«Ich … arbeite für die Regierung.»

«Klingt geheimnisvoll und aufregend.»

Es ist aufregend. Einen Moment lang lächelte Jenna. Ihr Bericht über das Geheimlabor hatte es in den täglichen Bericht an den Präsidenten geschafft, den dieser jeden Morgen beim Kaffee las. Dann dachte sie an die Begegnung mit dem Ersten Sekretär Ma, dessen Schicksal sie aller Wahrscheinlichkeit nach besiegelt hatte, und an das anstrengende Leben auf der Farm, und ihr Lächeln verflog.

Die Jungs aßen den Nachtisch vor dem Fernseher, und Jenna bestand darauf, alleine abzuräumen. Als sie die Spülmaschine einräumte, hörte sie in ihrem Rücken die Küchentür zugehen. Han lehnte sich dagegen und sah sie an.

«Was ist los?», fragte sie. Ihr Schmuck glitzerte, das Gesicht lag halb im Schatten, was sie sehr melodramatisch aussehen ließ.

«Nichts ist los.» Jenna begann, die Arbeitsflächen abzuwischen. «Es war ein sehr schöner Tag.»

«Du hast den Wein in dich reingeschüttet, was dir ganz und gar nicht ähnlich sieht, und du bist völlig abwesend. Man hat das Gefühl, mit jemandem zu reden, der gar nicht da ist.»

«Ich bin bloß ein bisschen müde», sagte Jenna verärgert. Hans siebter Sinn wurde mit dem Alter immer schärfer.

Ihre Mutter schüttelte kurz und entschieden den Kopf. «Es hat etwas mit Soo-min zu tun.»

«Hat es nicht.» Jenna versuchte, nicht den Blick abzuwenden, doch ihre Miene verriet sie, und der Ausdruck im Gesicht ihrer Mutter zeigte, dass sie es bemerkt hatte.

«Ich habe recht.» Han verharrte reglos. «Warum kannst du die Seele deiner Schwester nicht in Frieden ruhen lassen?», grollte sie.

«*Omma*», sagte Jenna und wusste, dass sie grausam war. «Wir haben die Geschichte vom Ertrinken alle geglaubt, aber jetzt komme ich der Wahrheit endlich näher.»

Hans Augen loderten wütend auf und füllten sich dann mit Tränen.

«Hier, nimm.» Jenna riss ein Stück Küchenpapier ab, trocknete die Wangen ihrer Mutter und hielt ihre rundliche Gestalt fest, ihre *omma*, deren Tränen nach Freesien und Schmetterlingsingwer rochen. «Es tut mir leid.» Und sie begann ebenfalls zu weinen.

Später, als draußen große, stille Schneeflocken fielen, es in der Wohnung ruhig und dunkel geworden war und Cat sich in irgendeinen Schatten verzogen hatte, saß Jenna reglos auf dem Sofa und starrte das auf dem Couchtisch liegende Telefon an.

Die Zeiger der Wohnzimmeruhr schoben sich erbarmungslos tickend auf Mitternacht zu. Mitternacht in D.C. 13:00 Uhr am nächsten Tag in Südkorea. Noch eine Minute. Das Licht war aus, doch das Wohnzimmer wurde durch das schwache Schimmern der vom Schnee reflektierten Straßenbeleuchtung erhellt. Die wirbelnden Flocken bildeten im Hof eine kleine Wehe, die Jennas Angst zu dämpfen schien, ihre Gefühle erkalten ließ und ihr etwas einhauchte, das Hass sehr ähnlich war.

Der Minutenzeiger erreichte die Zwölf. Fast roboterhaft griff sie nach dem Telefon. Sie hatte die Nummer aufgeschrieben und wollte sie gerade wählen, als sie von einem langen Klingeln aufgeschreckt wurde. Es kam aus dem hinter ihr stehenden Laptop. Sie sprang auf und starrte ihn an, als würde sich auf ihrem Schreibtisch eine übernatürliche Erscheinung manifestieren.

Ein Skype-Anruf?

In dem Moment fiel ihr ein, dass sie damals beim Ausfüllen

des Antrags an die Südkoreaner ihren Skypenamen angegeben hatte.

Es klingelte zweimal, dreimal. Sie setzte sich an den Schreibtisch und nahm an.

Eine Kakophonie aus Krach und Statik und Männerstimmen, dann erschien ein Gesicht, zu dicht vor der Kamera. Der kahlrasierte Schädel wirkte im gräulich gelben Licht brutal. Eine Sekunde später stellte ihre eigene Kamera die Verbindung her, und ihre Blicke trafen sich. In den Augen des Mannes lag grimmige Direktheit. Der Mund verzog sich, entblößte Eckzähne. Hinter ihm sah sie einen Gefängniswärter sitzen und mit einem anderen sprechen, der nicht im Bild war.

«Wer ist da?», fragte das Gesicht, zu nah, der Mund füllte den Bildschirm. Eine Aura von Gewalt schien ihn zu umgeben. «Was wollen Sie von mir?» Er sprach mit starkem nordkoreanischem Dialekt.

Jennas Kehle war ausgetrocknet. Sie öffnete den Mund, aber die Worte waren weg.

«Sie müssen sich nicht verstecken», sagte er. «Machen Sie da drüben ein Licht an.»

Langsam streckte Jenna die Hand aus, knipste die Schreibtischlampe an und drehte sie so, dass der helle Schein auf ihr Gesicht fiel.

Sie sah, dass er blinzelte, dann breitete sich Verwirrung auf seinem Gesicht aus, als wäre ein bizarrer Fehler passiert, und in seinen Augen flackerte Erkennen auf.

Jenna nickte und spürte, dass ihre Fingernägel Kerben in das Polster der Armlehne gruben.

«Sehen Sie mich jetzt?»

KAPITEL 22

Bahnhof Hyesan
Provinz Ryanggang
Nordkorea

Einer von Kyus *kotchebi* kam mit den Anemonen, die Frau Moon bestellt hatte. Sie arrangierte sie in einer Bierflasche, stellte sie mitten auf einen der von Kunden umringten Tische und trat zurück, um sie zu bewundern. Hellrosa mit flammend orangefarbenen Stängeln, ein echter Farbenrausch.

Kyu, der ihr von seinem Posten auf den Reissäcken aus zusah, legte den Kopf in den Nacken und blies entspannt eine weiße Rauchwolke aus. In einem weiter entfernten Tal ließ eine Lokomotive ihr Totenschiffpfeifen ertönen. Erst Nachmittag, und es war bereits dunkel.

Die Bestechung der Bowibu hatte die Kooperative mittellos gemacht. Die Frauen hatten kaum noch Geld übrig, was das Leben eine Zeitlang noch unwägbarer machen würde, trotzdem herrschte unter ihnen eine ausgelassene Stimmung. Sie erzählten einander Geschichten, bei denen sich alle vor Lachen bogen. Sie machten über ihre Ehemänner Witze, wie es nur Frauen können. Und später würde Kyu Sun-i aus dem Versteck in der Abfüllanlage holen. Locke kehrte heute Abend zu ihnen zurück. Die Blumen waren für sie.

Locke wurde im Bowibu-Gefängnis bei Hyesan festgehalten. Als Frau Moon Kyu davon erzählte, hatte sich seine Miene verdüstert.

«Da sperren sie die ein, die nach China davonlaufen wollen», sagte er. «Eine Woche dadrin … und man läuft nirgendwo mehr hin.»

Als sich die Nachricht von Lockes bevorstehender Entlassung verbreitete, begannen die Menschen, Frau Moon mit deutlichem Respekt zu grüßen. Gerüchte machten die Runde. Einem zufolge hatte eine Marktfrau bei mächtigen Männern in Pjöngjang einen Gefallen eingefordert, ein anderes besagte, dass diese Marktfrau reiche Verwandte in Japan oder Verbindungen zu den sogar von der Bowibu gefürchteten chinesischen Triaden hätte. Erstaunt stellte Frau Moon fest, dass die Gerüchte sich um sie drehten.

Den Rest des Tages ging es in Moons Koreanischem Grill so hektisch zu, dass sie nur ans Kochen und Servieren denken konnte. Die Arbeit hielt sie davon ab, jede Minute auf die Bahnhofsuhr zu sehen und nach Lockes Gesicht Ausschau zu halten. Ein beißender Ostwind fegte aus dem Changbai-Gebirge herunter. Ihre Knie waren entzündet, die Finger steif, doch auch jetzt lehnte sie Kyus *bingdu*-Pfeife ab.

Als Großmutter Whiskey, deren Gesicht wie eine gelbe Knospe aus den Schals herauslugte, warnte, dass das Gas zu Ende ginge, schnallte sich Frau Moon das Tragegestell auf den Rücken und sagte Kyu, sie würde in der Stadt Nachschub besorgen.

«Wenn Locke kommt, setzt sie an den Grill und gebt ihr zu essen.»

Als sie den Markt verließ, warf sie erneut einen Blick auf die Bahnhofsuhr.

KAPITEL 23

O Street
Georgetown
Washington, D. C.

Jenna sah, wie sich die Verwirrung im Gesicht des Mannes in Fassungslosigkeit verwandelte. Er warf den beiden Wärtern hinter ihm einen schnellen Blick über die Schulter zu, setzte dann hastig die Kopfhörer auf und stöpselte sie ein.

Er sagte: «Aber ... Sie rufen aus Amerika an.»

«Ja.»

«Wieso?»

Sie sammelte alle Kräfte, um eine ruhige Miene zur Schau zu stellen. An ihrem Hals puckerte der Puls.

«Darüber kann ich nicht reden. Das verstehen Sie sicherlich.»

Er schloss die Augen und nickte. «Ich verstehe.»

Seine Arroganz war verflogen, und Jenna bemerkte, dass er älter war, als es zuerst den Anschein gehabt hatte. Die Härte in seinen Gesichtszügen hatte darüber hinweggetäuscht, dass er mindestens sechzig sein musste.

Das Gespräch stockte. Jenna fühlte wieder Panik aufsteigen, sie musste etwas sagen, ohne sich zu verraten. Er beobachtete sie aus schmalen Augen, und sie erinnerte sich an einen Journalistentrick. *Sag nichts. Lass ihn die Stille füllen.*

«Verzeihen Sie», sagte er mit einem gezwungenen, nervösen Lächeln. «Ich bin ein ruppiger Kerl. Ich dachte, Sie wären wieder so eine Reporterin, die rumschnüffelt …» Die Leitung war für ein, zwei Sekunden unterbrochen. «… wenn ich gewusst hätte, dass Sie das sind …» Er beugte den Kopf, sie sah den Scheitel seines Koboldschädels. Ihre Gedanken rasten, doch sie schwieg. Sie hatte keine Ahnung, wohin das führen würde. Er legte die Faust an seine Brust. «Ich bin loyal bis in den Tod …» Wieder wurde die Leitung unterbrochen, auf dem Bildschirm fror seine trotzige Miene ein. «… das müssen Sie mir glauben. Die Scheißkerle hier haben mir einen Deal angeboten», sagte er laut und drehte den Kopf, sodass die Wärter hinter ihm es hören konnten. «Ich habe ihnen *nichts* gegeben.»

Jenna schüttelte den Kopf, langsam wuchs sie in ihre Rolle hinein. «Wenn Sie irgendetwas verraten haben … Glauben Sie nicht, dass Sie im Gefängnis sicher wären.» Verletzter Stolz flackerte in seinen Augen auf. Dieser Mann, das sah Jenna, hatte keine Angst vor dem Tod. Sie improvisierte. «Ich war schon lange neugierig auf Sie, Sin Gwang-su.»

«Auf mich?»

Die Leitung brach zusammen. Wieder fror sein Gesicht ein, er sah überrascht aus. Diesmal dauerte es länger, bis das Signal wieder da war, vier oder fünf Sekunden, während der Jennas Herz einen rasenden Takt klopfte.

Sie sagte: «Ich schulde Ihnen Dank. Dafür, dass Sie mich damals von dem Strand weggeholt haben. Ihretwegen habe ich ein Ziel im Leben, ich kann stolz sein.» Sie sagte die Worte mit Nachdruck, um ihnen eine Bedeutung zu geben, die sie nicht hatten. «Sie wirken überrascht.»

Er schüttelte voller Bewunderung den Kopf. «Sie … haben sich unseren Lehren so heftig widersetzt. Nie wollten Sie Befehle befolgen. Ich … verzeihen Sie mir. Bitte verzeihen Sie mir. Ich weiß, wir hatten unsere Differenzen.» Er senkte respektvoll den

Kopf. «Ich bin bloß so beeindruckt. Es ist nicht immer einfach, jemanden zur Wahrheit zu bekehren.»

Jenna spürte das Adrenalin durch ihren Körper strömen. Sie wusste, dass sich eine Tür öffnete. «Sie … waren also nicht informiert, dass ich die … Einrichtung verlassen habe?»

«Ich wusste, dass Sie in Sektion 915 versetzt wurden.»

Die Rezeptoren in ihrem Gehirn sprühten Funken. Es war irrsinnig anstrengend, ihre Aufregung nicht zu zeigen. Sie schaffte es, sanft den Kopf zu schütteln, als würde sie in Erinnerungen schwelgen. «Sektion 915 …»

Er lachte nervös. «… das Samenkornprogramm ist kein Projekt, das jemand wie ich je zu Gesicht bekommen würde, wie Sie wissen …»

«Wir 915er-Frauen sind eine exklusive Gruppe …»

«Sie verdienen Ihre Privilegien.»

Wieder brach die Verbindung ab und fror zwei, drei Sekunden lang die Ehrfurcht in Sin Gwang-sus Gesicht ein. Dann stand die Leitung wieder. «… er hat Ihnen große Ehre erwiesen», murmelte er feierlich. Jenna spürte, dass sie zitterte, und wusste, dass sie die Fassung nicht länger bewahren konnte. Er sagte: «Er hat sie zu einer der …»

Die Leitung brach zusammen, der Bildschirm wurde schwarz. Sie wartete eine Minute lang, schwitzte wie nach einem langen Dauerlauf, aber die Verbindung kam nicht zurück.

Jenna klappte den Laptop zu. Dann sprang sie vom Schreibtischstuhl auf, die Hände an die Schläfen gepresst, in dem die Gedanken rasten. Sie riss die Terrassentür auf und rannte nach draußen, hoffte, die kalte Luft würde das Feuer in ihrem Hirn löschen. Sie hob das Gesicht zum Himmel und atmete ein. Eisige Schneeflocken schmolzen auf ihren Wangen. Wie war es überhaupt möglich, mehrere solcher extremen Gefühle gleichzeitig zu empfinden? Nie zuvor hatte sie solches Grauen und solche Aufregung, solche Hoffnung und Verzweiflung verspürt.

Was um alles in der Welt ist das Samenkornprogramm?

In der Wohnung begann das Telefon zu klingeln. Sie ignorierte es. Doch als es nach einer Pause erneut klingelte, nahm sie ab.

Fisk sagte: «Ich hole Sie morgen früh um sieben ab.»

«Warum?»

«Der CIA-Direktor will uns sehen.»

KAPITEL 24

★

Flughafen Hyesan
Provinz Ryanggang
Nordkorea

Frau Moon erreichte das Depot am anderen Ende der Stadt am späten Nachmittag. Normalerweise rollte ihr Kontaktmann den Gasbehälter heraus, sobald sein Chef nicht hinsah, und sie steckte ihm Geld zu, aber aus unerfindlichen Gründen war heute niemand zu sehen. Dann bemerkte sie hinter dem Depot Flutlicht, das über die Wolken am Himmel strich. Der Flughafen.

Als sie ein fernes Rauschen hörte, dachte sie zunächst an den Fluss, so klang es, wenn in den Bergen Regen gefallen war. Doch dann fiel ihr ein, dass die Berge weit weg waren. Sie sah sich um, spähte in die Dunkelheit und begriff, dass, was sie für Rauschen gehalten hatte, das Gemurmel und Flüstern einer Menschenmasse war, das abebbte und wieder anschwoll. Dann sah sie sie – schattenhafte Gestalten, eskortiert von Soldaten. Sie kamen näher, und bald konnte Frau Moon unterschiedliche Gruppen ausmachen: Fabrikarbeiter in blauen Overalls, Bauarbeiterbrigaden mit Schutzhelmen, Stadtfunktionäre in ihren Mao-Anzügen, die Sozialistische Jugend in Uniform. Magere, verdreckte *kotchebi* flitzten herum und huschten durch die Menge. Frau Moon zog ihren Geldgürtel stramm und stellte sicher, dass er verschlossen und vor Blicken verborgen war.

Was war hier los? Minutenlang marschierte die Menge an ihr vorbei. Mütter mit Kindern, Marktverkäufer, Eisenbahnarbeiter.

Dann entdeckte sie mittendrin Frau Lee und Großmutter Whiskey – und Kyu! Wer passte auf die Kantine auf?

Eine Gruppe eleganter Frauen in langen *chima-jeogori*-Kleidern schritt vorbei, Hostessen aus irgendeinem im Besitz eines Parteikaders befindlichen Restaurant, die gepuderten Gesichter steif wie Masken.

Im nächsten Moment leuchtete ihr ein Soldat mit einer Taschenlampe ins Gesicht und bedeutete ihr ungeduldig, sich einzureihen. Schon wurde sie mit allen anderen weitergedrängt, von der immer dichter werdenden Menge vorwärtsgeschoben, auf den Flughafen zu. Gemurmel war zu hören, leises Fluchen und Schimpfen. Es war, als hätten die Soldaten alle, die sie auf den Straßen fanden, zusammengetrieben und auch die Leute aus den Fabriken und Läden und Büros geholt.

Ein junger Soldat winkte sie mit dem Gewehrkolben voran. «Was ist denn los?», fragte sie.

«Volksgericht.»

Ein paar hundert Meter vor sich sah sie zwischen den Köpfen der Menschen hindurch das eingeschossige Flughafengebäude mit dem gedrungenen Turm und einem Porträt des lächelnden Großen Führers, daneben die Startbahn, an der alte Propellerflugzeuge parkten. Dort stand ein dunkelgrüner Geländewagen, auf den zwei hohe Scheinwerfer montiert waren. Die Masse wurde langsamer und verwandelte sich in ein einziges Gedränge, als Polizisten die Menschen aufforderten, sich entlang der Startbahn zu verteilen. Immer noch kamen Tausende nach, bis mehrere Dutzend Reihen hintereinanderstanden. Ganz Hyesan war zusammengetrieben worden, schien es. Die kleinsten Kinder – Jungpioniere mit roten Halstüchern und zerlumpte *kotchebi* – drängelten sich nach vorne durch, um die besten Plätze zu ergattern.

Dunkelheit senkte sich herab wie eine Aschewolke. Licht kam nur noch von den beiden Scheinwerfern auf dem Geländewagen und einer kleinen Lampe über dem Porträt des Großen Führers. Eine seltsame, unheimliche Spannung verbreitete sich. Nervosität und Angst mischten sich mit dem Nervenkitzel bevorstehender Schrecken. Dann leuchteten rechts am anderen Ende der Startbahn zwei gelbe Scheinwerfer auf. Der Lastwagen musste dort schon gewartet haben, jetzt näherte er sich langsam im ersten Gang. Es war hell genug, um die Soldaten mit Helmen und Maschinenpistolen darauf zu erkennen, aber zu dunkel, um durch die Gitterstäbe hindurch die Gefangenen zu sehen. Als der Wagen durch ein Schlagloch fuhr, war von innen das Klirren von Ketten zu hören. Er kam in dem vereinten Lichtstrahl der beiden Flutlichter zum Stehen.

Die Ladeklappe wurde geöffnet, die Soldaten sprangen herab und liefen hinter das Flughafengebäude. Als sie zurückkamen, zogen sie ein langes, schweres Podest auf Rädern hinter sich her. Die Menge keuchte geschlossen auf, es klang wie der Atem eines mächtigen Tieres. Aus dem Podest ragten acht gleichmäßig verteilte, mannshohe Pfähle empor. Die Wachposten manövrierten es auf der Startbahn in einen rechten Winkel, sodass es links von der Menschenmenge und dem Lastwagen gegenüberstand.

Der erste Gefangene wurde herausgeführt, ein Junge, fünfzehn, sechzehn Jahre alt, der sich in die Hose gemacht hatte. Seine Fußgelenke lagen in Ketten, ein dreckiger Stofffetzen war vor seine Augen gebunden. Er wimmerte leise. Ein paar Leute johlten, aber der Großteil der Menge blieb stumm, und viele wandten den Blick ab. Dem Jungen folgte eine Frau in Frau Moons Alter, vielleicht eine Fabrikarbeiterin, dann ein junger Mann und eine junge Frau in guter Kleidung, vermutlich ein

Ehepaar. Die Wangen des Mannes waren tränenüberströmt, das Gesicht der Frau, soweit Frau Moon es erkennen konnte, blau vor Angst. Aus irgendeinem Grund erschreckte es sie, dass die beiden ihre eigene Kleidung trugen, keine Gefängniskluft. Ihnen folgten eine schlanke junge Frau mit einem Kopftuch und ein junger Soldat, von dessen Uniform die Rangabzeichen abgerissen worden waren.

In einer Reihe wurden sie zu dem Holzpodest geführt, die Ketten schleiften über den Asphalt. Die letzten beiden Gefangenen waren junge Männer, deren Kleider in Fetzen hingen und deren Gesichter, trotz der Augenbinden erkennbar, von Schlägen blau und verquollen waren. Einer der beiden stolperte und fiel, er wurde von zwei Soldaten hochgezerrt und vorangeschleppt. Die Ketten und die Fußspitzen des Mannes schleiften über den Boden.

Auf dem Podest wurden die Gefangenen an Kopf, Brust und Taille an die Pfähle gebunden. Dann fesselte man Hände und Füße. Das Ganze ging mit geübten Handgriffen vor sich. Die Soldaten stellten sich vor die Gefangenen und drückten ihnen etwas ins Gesicht: eine Art Metallspange, die im Mund aufsprang und ihn aufriss, sodass sie kein Wort mehr von sich geben konnten. Jetzt schwenkten die Flutlichter auf das Podest und zeigten den ganzen Horror der Szenerie. Acht Verdammte, wie Kadaver an Holzpfähle gebunden, die Münder groteske Löcher in den Gesichtern.

Im grellen Licht leuchtete das Kopftuch der jungen Frau auf wie eine Sonnenblume, und Frau Moons Eingeweide wurden zu Eis.

Ohne nachzudenken, rannte sie los, mitten durch die Menge hindurch, schob, schubste, drängte sich nach vorne. Sie hatte nur einen einzigen Gedanken – dass es einen schrecklichen Irrtum gegeben hatte, den sie richtigstellen musste, bevor es zu spät war. Als sie die erste Reihe erreichte, versperrten ihr zwei Soldaten den Weg, ihre Rücken eine undurchdringliche Mauer aus Khaki und Leder. Mit einem heftigen Stoß drückte Frau Moon eine Schulter zwischen den beiden hindurch, sodass sie gegen ihre rechts und links stehenden Kameraden stießen. Verwünschungen wurden laut. «Pass doch auf, du blöde Kuh.» Jemand packte sie am Ellbogen, doch sie riss sich los. Schließlich hatte sie den Rand der Startbahn erreicht, wo die im Schneidersitz hockenden Pioniere und *kotchebi* sich angesichts der Unruhe, die unter den Leuten entstanden war, nach ihr umdrehten. Einer stand genau vor ihr auf und hielt sie mit beiden Händen fest. Es war Kyu. Seine Schamanenaugen starrten grimmig in ihre. «Wir können nichts tun», zischte er.

Frau Moon schaute entsetzt zum Podest hinüber. «Oh, Sun-i ...», flüsterte sie.

Lockes Gesicht war ausdruckslos, die Haut cremeweiß, auf der Wange leuchtete ein roter Striemen. Die hinter den Gefangenen stehenden Wärter zogen ihnen gleichzeitig die Augenbinden herunter, als hätten sie es geprobt. Die Gefangenen blinzelten, vom Licht geblendet. Dann ging – und Frau Moon wusste, dass es so inszeniert war – das kleine Licht über dem Porträt des Großen Führers aus, und die Masse stöhnte auf. Das Gesicht Gottes war verhüllt, hinter den Flutlichtern herrschte völlige Dunkelheit.

Frau Moon war so abgelenkt gewesen, dass sie die Richter in den schwarzen Roben, die vor der Menge Position bezogen hatten, gar nicht bemerkt hatte. Jemand stellte ein Mikrophon auf, ein Parteiredner in einer einfachen braunen Uniform trat davor. Er blieb so lange regungslos stehen, bis das Gemurmel erstarb und die Menge schwieg. Langsam begann er die Namen

242

der Verurteilten vorzulesen, seine Stimme schepperte blechern aus der auf den Geländewagen montierten Verstärkeranlage.

«… Die Männer und Frauen, die hier vor euch stehen, sind der Verschwörung und Bildung einer antisozialistischen kriminellen Vereinigung angeklagt, außerdem wegen Verbreitung von staatsgefährdender Literatur und Hochverrat. Sie haben ihre Verbrechen in vollem Umfang gestanden …» Er zeigte auf das Podest, doch sein Blick blieb auf die Menge gerichtet. Ein kleiner, hart wirkender Mann mit einem schmalen Mundschlitz und kratzender Stimme. «Diese korrupten und im Geiste kranken Verbrecher wollten durch die Ausübung ihrer schändlichen Religion unsere Revolution untergraben …»

Ein, zwei Unmutsäußerungen wurden laut.

«Sie haben sich zusammengerottet, um ihr Gift unter euch zu verspritzen, dem glorreichen und reinen Volk Kim Il-sungs …»

Die Augen des Jungen auf dem Podest rollten nach hinten. Speichel lief ihm aus dem aufgerissenen Mund, als hätte er einen Anfall.

«Sie haben sich gegen seine Lehren gewandt und gegen seine Liebe …» Der Redner schüttelte betrübt den Kopf. «Sie haben sich der Selbstsucht hingegeben, sie sind undankbar …»

Die rohe Energie in seiner Stimme wirkte hypnotisch auf die Menge, die inzwischen zu atmen schien wie ein einziger Organismus.

«Sie sind von dieser ausländischen Krankheit dermaßen befallen …» Die Stimme des Redners wurde immer lauter. «… von einem Glauben, der unserer Lebensart so fremd ist, dass keiner von ihnen – nicht ein Einziger! – diesem Krebsgeschwür abgeschworen hat, als ihnen die mildtätige Gnade Kim Il-sungs angeboten wurde.»

Ein düsteres Murmeln ging durch die Reihen, die Wut der

Menge war beinahe greifbar. Jemand brüllte von hinten: «Knallt sie ab wie Hunde!»

«Diese Männer und Frauen können nicht mehr umerzogen werden. Sie können nicht erlöst werden.» Der Redner breitete die Arme aus. «Genossen! Brüder und Schwestern! Wenn wir ein Krebsgeschwür in einem Körper entdecken, schneiden wir es dann nicht heraus?»

Das Gemurmel schwoll an, die vorne sitzenden Kinder brachen in Applaus aus.

«Handeln wir nicht entschlossen und ohne Zögern – bevor es sich ausbreiten kann?»

«Ja, ja, ja!», wurde gerufen.

«Tun wir nicht, was wir tun müssen, nach koreanischer Sitte, mit koreanischer Entschiedenheit?»

«Erschießt sie! Erschießt sie!»

Der Redner hob die Hände, seine Miene drückte feierliches Pflichtgefühl aus. «Ich höre, dass ihr, das Volk, Gerechtigkeit verlangt. Die Partei gehorcht dem Willen der Massen, denn die Partei und die Massen sind eins.»

Applaus brandete auf.

«Im Namen der Partei, das Urteil lautet: Tod durch Erschießen!»

Der Jubel war ohrenbetäubend. Frau Moon wurde übel. Die Menge war ekstatisch vor Rachedurst. Und hinterher, das wusste sie, würde niemand sich an die heulenden Wölfe, zu denen sie vorübergehend geworden waren, erinnern wollen.

Ein Exekutionskommando aus drei Soldaten baute sich vor dem ersten Gefangenen auf und hob die Gewehre. Ein gurgelndes Geräusch kam aus dem Loch im Gesicht des Jungen. Er suchte die Menge ab, in seinem Blick nackte, animalische Angst.

Drei Schüsse – *peng-peng-peng* – hallten vom Flughafengebäude wider, gefolgt von Applaus. Der Körper des Jungen zuckte und zappelte.

Irgendwo weinte ein Kind. Andere versteckten sich in den Falten der Kleidung ihrer Eltern. Doch die Gesichter der auf dem Boden sitzenden *kotchebi* waren begierig, fasziniert, sie nahmen jede Einzelheit auf.

Kyu sagte: «Komm, *ajumma*, gehen wir.»

Aber Frau Moon regte sich nicht. Sie sah sich weder die nächste Exekution an noch die übernächste. Nur aus dem Augenwinkel verfolgte sie nach jeder Erschießung, wie die Flutlichter zum nächsten Gefangenen schwenkten. Doch als Locke an der Reihe war, zwang sie sich, den Kopf zu heben, sah sie direkt an, sandte ihr einen Strahl der Liebe zu. Und zu ihrem Erstaunen waren Lockes Augen im hellen Licht ganz ruhig und ohne Angst. Trotz der obszönen Vorrichtung in ihrem Mund blieb ihr Atem, der in der kalten Luft weiße Dampfwolken bildete, gleichmäßig.

Hinterher wusste Frau Moon, dass sie es sich nur eingebildet hatte. Doch wäre es möglich, in den Augen eines anderen Menschen Worte zu lesen, dann war dies geschehen. Und obgleich sie seit Jahrzehnten nicht mehr an diese Worte gedacht hatte, waren sie ihr immer noch vertraut.

Und ob ich schon wanderte im finsteren Tal, fürchte ich kein Unglück …

Das Exekutionskommando stellte sich vor Locke auf und machte sich bereit. Die Augen der jungen Frau strahlten tiefen Frieden aus.

… Du bereitest vor mir einen Tisch im Angesicht meiner Feinde. Du salbest mein Haupt mit Öl und schenkest mir voll ein.

Locke sah die Soldaten an, sah ihnen direkt in die Augen.

Gutes und Barmherzigkeit werden mir folgen mein Leben lang …

Ein Befehl ertönte, die Waffen wurden angelegt.

… und ich werde bleiben im Hause des Herrn immer …

Schüsse hallten durch die klare Luft, und Frau Moons Knie trugen sie nicht länger.

KAPITEL 25

Die «Verbotene Stadt»,
Anlage der Elite der Arbeiterpartei
Stadtbezirk Jung-gu
Pjöngjang
Nordkorea

Am frühen Abend des 25. November traf Cho wieder zu Hause ein. Es kam ihm vor, als wäre er viel länger weg gewesen als nur fünf Tage. Er schloss die Tür auf und fand die Wohnung unbeleuchtet und still vor. *Seltsam*, dachte er, während er die Schuhe auszog und das Gepäck in den Flur trug. In seinen Ohren dröhnte immer noch das «Lied des Generals Kim Jong-il», das die Kapelle am Fuß der Flugzeugtreppe gespielt hatte. Auf Bitten des Willkommenskomitees hin hatte er ein paar Worte gesagt, die ihm durch den Führer Aller Sozialistischer Völker zuteilgewordene Inspiration gepriesen und für Fotos posiert. Trotz des Heldenempfangs wurde er die alte Angst nicht los, die er immer empfand, wenn er nach Hause kam und die Wohnung leer vorfand. Als er ins Wohnzimmer ging, fiel ihm auf, dass es nach Essen roch. Dann hörte er ein Rascheln in der Dunkelheit und schlug mit der Hand auf den Lichtschalter.

Mit dem Licht kam lauter Applaus.

Seine Frau, sein Sohn und seine Eltern standen vor der Schrankwand. Einige Hofnachbarn hatten sich ebenfalls eingefunden – zwei Mitglieder des Zentralkomitees mit ihren Frauen. Alle freuten sich wie die Kinder über ihren Streich und klatschten in die Hände. An der Schrankwand hing ein Banner, auf dem in der kindlichen Schrift seines Sohnes WILLKOMMEN ZU HAUSE, *APPA!* stand. Puzzle trat zackig vor und hob den Arm zum Pioniergruß. Cho kniete sich hin, um ihn an sich zu drücken, und konnte einen Moment lang sein Gesicht in der Umarmung seines Sohnes vergraben und alles andere verdrängen. Seine Frau und seine Mutter standen zu beiden Seiten neben ihm, ihre Gesichter strahlten vor Stolz, sie versuchten gleichzeitig, ihn zu umarmen und auszufragen.

«*Appa*, wie haben die ausgesehen?», wollte Puzzle wissen.

«Die Yankees?» Cho nahm seine Offiziersmütze ab und setzte sie dem Jungen auf. «Genau wie in den Filmen.»

«Stinken sie?»

Chos weißhaariger Vater kam angeschlurft. «Wie hast du dich da drüben bloß sicher gefühlt? Wir haben uns Sorgen gemacht, das kann ich dir sagen.»

Chos Herz lief über vor Emotionen. An Schlaf, auch nur an Ruhe, war auf dem langen Rückflug von New York nicht zu denken gewesen. Dreizehn Stunden lang hatte ein trostloser Gedanke den nächsten gejagt. Auf dem letzten Reiseabschnitt, von Peking nach Pjöngjang, in einer verrosteten Tupolew, die nach Toilette und Flugbenzin roch, hatten die Jungdiplomaten und Politoffiziere in Vorbereitung auf den bevorstehenden Empfang damit begonnen, sich frisch zu machen und die Haare zu kämmen, er dagegen hatte den Kopf an das Fenster gelehnt und auf die weißen Gebirgsketten hinabgestarrt, gezackt wie Zähne, und auf die schwarzen Schluchten. Von dem Bericht in den *New York Daily News* hatte er niemandem etwas gesagt. Der Erste Sekretär Ma würde nach Pjöngjang und zu seinem Schicksal zurückbeordert werden, wahrscheinlich morgen. Er war schon jetzt zur Unperson geworden.

Cho hielt die zittrigen Hände seiner Eltern, lächelte abwesend und verbeugte sich vor seiner Frau. Sein Vater hatte die Veteranenorden angelegt. Die Gesichter der Frauen waren geschminkt und gepudert, sie hatten die langen, bunten *chima-jeogori*-Kleider angezogen, die normalerweise dem Geburtstag des Führers vorbehalten waren. Seine Frau schien etwas in seinem Blick zu bemerken, ihr Lächeln schwankte. «Sang-ho», sagte sie sanft und nahm seinen Arm. «Komm, schau dir die Geschenke an.» Sie führte ihn nach nebenan, weg von den anderen.

Auf dem Tisch im Esszimmer standen sechs oder sieben Blumensträuße, ein Korb mit Früchten, darunter auch eine Ananas und Bananen, ein Karton mit Dosenfleisch, ein chinesischer Flachbildfernseher in seiner Verpackung und zwei Holzkisten, eine mit Bordeaux-Weinen aus Frankreich, die andere mit Hennessy Black Cognac, den er liebte. Das auffälligste Bouquet bestand gänzlich aus blutroten Kimjongilia. Cho öffnete die beiliegende Karte.

Für den ehrenwerten Genossen Cho Sang-ho,
der im wahren Geist des Sozialismus und der
Revolution für unser Land gesprochen hat.
Von seinen dankbaren Kollegen im Außenministerium

Seine Frau sagte: «Der Wein kommt vom Zentralkomitee der Partei …»

«Und der Fernseher ist vom Politbüro», rief Puzzle, der ihnen hinterhergehüpft war, und zupfte an Chos Ärmel. «Können wir ihn auspacken?»

«Wartet, das Beste kommt noch», dröhnte eine Stimme vom Flur herein. Unter dem Jubel der anderen betrat Yong-ho in Mütze und Armeemantel das Esszimmer. Sein Gesicht verzog sich beim Anblick seines Bruders zu einem riesigen Lächeln. Er trat vor, um Cho zu umarmen, dessen Arme schlaff herunterhingen wie die einer Puppe. «Jüngerer Bruder, mach dich auf was gefasst», sagte Yong-ho und drückte Chos Schultern.

Cho sah ihn nicht an, doch Yong-ho schien es nicht zu bemerken. Er schob Cho ans Fenster, zog die Vorhänge auf und winkte jemandem zu.

Unten gingen Lichter an. Mitten zwischen den Ginkgo-Bäumen im Hof stand eine silberne Mercedes-Benz-Limousine. Die Polster waren noch mit Plastik bedeckt. Ein uniformierter Fahrer zeigte mit einer Taschenlampe auf das Kennzeichen: 2★16.

Cho sah genauer hin. Es gab nur wenige Wagen mit diesem besonderen Kennzeichen. 16. Februar, der Tag des Hellen Sterns, der Geburtstag des Geliebten Führers.

«Von …»

«… dem großen Mann höchstpersönlich!», rief Yong-ho und klopfte Cho kräftig auf die Schulter. «Kein Kontrollposten wird es wagen, dieses Auto anzuhalten! Die Verkehrsmädels werden die Straßen absperren, um dich durchzulassen.»

Familie und Nachbarn waren Yong-ho ins Esszimmer gefolgt und begannen wieder zu applaudieren und zu lachen, sie freuten sich für Cho. Er lächelte abwesend und kratzte sich im Nacken, spürte die Last neuer Erwartungen wie ein bleiernes Joch.

Während die Frauen die Geschenke vom Tisch räumten und die *banchan*-Schalen und Gläser für das Abendessen hinstellten, verteilte Yong-ho Zigarettenschachteln an die Männer – amerikanische Marlboros. Auch die Nachbarn waren noch geblieben, zwei ZK-Männer mittleren Alters in braunen Uniformen, und ein Mann, den Cho jetzt erst bemerkte, ein Ausländer, der sich abseitshielt – ein Männlein in einem Leinenanzug für tropisches Klima. Er hatte rundere Augen und hellbraune Haut. Das Haar war weiß und so kurz geschnitten, dass der unebene, von Leberflecken bedeckte Schädel sichtbar war. Cho begegnete seinem Blick, und er verbeugte sich mit einem Lächeln.

Yong-ho schlug sich vor die Stirn. «Ich vergesse meine Manieren. Jüngerer Bruder, hoffentlich macht es dir nichts aus, dass ich einen Geschäftspartner eingeladen habe. Herr Thein ist ein Industrieberater aus Burma. Er wird einige Monate lang im Hof unser Nachbar sein.»

Ein Ausländer in der Verbotenen Stadt?

Als Cho die Hand des Mannes schüttelte, erhaschte er einen kurzen Blick auf eine sich um das Handgelenk herumwindende tätowierte Schlange, deren Kopf unter dem Manschettenknopf hervorlugte. «Meinen Glückwunsch zu Ihrem Erfolg», sagte der Mann auf Englisch mit Akzent.

Yong-ho schenkte jedem Mann ein kleines Glas *soju* ein. «Mein kleiner Bruder, der Held der Revolution», sagte er und hob sein Glas. «*Man-sae!*»

«*Man-sae!*», riefen alle und prosteten ihm zu.

Cho kippte den Schnaps herunter und hielt Yong-ho das Glas hin. Alle lächelten ihn erwartungsvoll an, waren gespannt auf seine Erlebnisse. Er kippte das zweite Glas, wollte sich Mut antrinken, doch sein Verstand blieb erbarmungslos nüchtern. Er zwang sein Gesicht zu einem Lächeln und rief die Frauen zurück ins Zimmer.

Die nächste halbe Stunde lang erzählte er zum Vergnügen seiner Gäste von seinem Abend in Manhattan und dem Yankee-Plan, ihn in den 21 Club zu entführen. Er übertrieb die unschickliche Bekleidung und die hundeähnlichen Tischsitten seiner Gastgeber auf groteske Weise, ließ sich über das würdelose Verhalten des ehemaligen Präsidenten und Chris O'Briens jämmerliche, feige Kapitulation aus. Dann beschrieb er dessen sandfarben-rosa Aussehen und machte nach, wie der Amerikaner sich immer wieder nervös über das Haar gefahren war und gleichzeitig mit erstickter Stimme Protest eingelegt hatte. Alle brachen in Gelächter aus.

«Sandfarbene Haare!», rief Puzzle belustigt.

«Aber es lag alles nur an unserem einzigartigen Führer.» Cho erntete das bewundernde Nicken seines Publikums. «Er war es, der wusste, wie man mit diesen Yankees umgehen muss. Ich war bloß sein Bote.»

Als er sprach, fiel ihm auf, dass der kleine Burmese, Herr Thein, sich interessiert umsah; während die anderen Gäste Chos Geschichte kommentierten und lachten, ging sein gelbes Lächeln an und aus wie ein Leuchtturm.

Am Ende prosteten sie ihm erneut zu, und Cho merkte, dass er eine Person in der Amerika-Geschichte ausgelassen hatte. Die Frau, deren Gesicht ihm in der violetten Morgendämmerung durch das Flugzeugfenster immer wieder in den Sinn gekommen war. *Wie gefällt Ihnen New York, Colonel?*

Zum Abendessen servierten die Frauen Forellensuppe und gedämpfte *mandu*. Die geschminkten Gattinnen der beiden ZK-Männer lächelten sittsam, sagten wenig und aßen wenig – wie kaiserliche *gisaeng*-Frauen, dachte Cho, der das *soju*-geschwängerte Gerede der Männer und die stinkenden Zigarettenrauchschwaden, die über dem Tisch schwebten, kaum noch ertrug. Seine Frau führte Puzzle um den Tisch, damit er allen gute Nacht sagte. Als der Junge sich vor seinem Großvater verbeugte, war der alte Mann so von einer Frage abgelenkt, die er Yong-ho gerade gestellt hatte, dass er das Kind nicht beachtete. Cho wusste sofort, dass etwas nicht stimmte.

In den Augen seines Vaters unter den weißen, buschigen Brauen lag Angst.

Yong-hos Kragen war geöffnet, sein Gesicht gerötet und schweißglänzend. Er war ziemlich betrunken.

«Nein», sagte er laut und klopfte seine Zigarettenasche in einer *banchan*-Schale ab, in der noch Gemüse war. «Aber sie werden es in Kürze verkünden. Erst sind noch ein paar verdammte Formalitäten zu klären. Im Moment liegt es noch bei den Kotzbrocken von der AOF auf dem Schreibtisch …»

Cho starrte ihn entsetzt an. Die heftige, unausgesprochene Abneigung, die er seinem Bruder gegenüber empfand, verdichtete sich plötzlich zu einem einzigen Angstklumpen. Yong-hos Ernennung war immer noch nicht bekanntgegeben worden? *Die Untersuchung seiner wahren Abstammung ist noch nicht abgeschlossen?* Er hatte die Sache fast vergessen. Und warum war sie an die Abteilung für Organisation und Führung weitergeleitet worden? Ein kalter Schweißtropfen rollte von seiner Achsel zu seiner Hüfte herunter. Die Bowibu war, wie jedes andere Staatsorgan auch, der Abteilung für Organisation und Führung gegenüber rechenschaftspflichtig, jenem schattenhaften Gremium, durch das der Geliebte Führer seine Macht ausübte. Wenn die Sache dorthin weitergereicht worden war, dann hatte sich etwas ergeben, dessen Beurteilung nicht in der Macht der Bowibu stand … Cho beobachtete Yong-ho, der über irgendeine Bemerkung, die ihm einer der beiden vom Zentralkomitee ins Ohr flüsterte, verschwörerisch kicherte.

Die Erkenntnis traf ihn wie ein Schlag in den Nacken.

Es gibt *ein Problem mit unserer Abstammung.*

Das Blut wich aus seinem Gesicht. *Die Sache ist an die AOF weitergeleitet worden, weil Yong-ho einer der Anerkannten ist und nur mit Zustimmung von ganz oben belangt werden kann.*

253

Cho betrachtete seine Hände. Sie waren so kalt und schwach geworden, als wären die Sehnen durchtrennt. Er konnte kaum die Essstäbchen halten und empfand das Entsetzen eines Mannes, der wegen einer Magenverstimmung zum Arzt gegangen war und informiert wird, dass er Darmkrebs hat. Die Anerkannten waren die Elite der Elite – nur wer sich mit dem Führer auf dessen Einladung hin im Privaten getroffen und mindestens zwanzig Minuten hinter verschlossenen Türen mit ihm gesprochen hatte, kam überhaupt für diesen Kreis der Gesalbten in Frage. Die Bowibu hätte die Angelegenheit niemals an den Führer persönlich weitergeleitet, wenn sie nicht ein extrem ernstes Problem aufgedeckt hätte und sich ihrer Sache sehr, sehr sicher wäre …

Ein Mund öffnete und schloss sich, auf der Zunge lagen ölige Fischklümpchen. Cho brauchte einen Moment, um zu begreifen, dass einer der beiden ZK-Männer auf ihn einredete. Mit größter Mühe zwang er sich, interessiert und zugewandt zu wirken. Doch dann spitzte er tatsächlich die Ohren. Der Mann erzählte ihm, dass die Wohnung unter Chos geleert worden war, der Funktionär, der dort gewohnt hatte, war zu sechs Monaten Umerziehung durch Arbeit in den Bergen verurteilt worden, mitsamt seiner Familie. Jetzt wohnte dort übergangsweise Herr Thein – das war Yong-hos Idee gewesen. Der ZK-Mann wischte sich mit dem Handrücken den Mund ab und rülpste leise.

Den Rest des Abendessens über sagte Cho wenig und schob Fischstückchen und *kimchi* in seiner Schüssel hin und her. Er war vor Nervosität und Anspannung wie gelähmt, musste aber die ganze Zeit über lächelnd so tun, als würde er seinen Erfolg genießen. Nur seine Frau merkte, dass etwas nicht stimmte. Als alle gegessen hatten, verkündete sie, ihr Mann sei nach dem langen Flug erschöpft und müsse sich vor der morgigen Nachbesprechung ausruhen. Die Gäste bedankten sich und brachen auf. Seine Eltern umarmten und beglückwünschten ihn noch einmal, ihnen folgten die beiden Männer vom Zentralkomitee und deren Ehefrauen.

Doch bevor Yong-hos seltsamer Gast sich verabschieden konnte, sagte Cho auf Englisch: «Es würde mich interessieren, in welchem Industriebereich Sie tätig sind, Mr. Thein.»

Wieder ging das Lächeln an. Der Mann sah aus, als hätte man ihm eine schwierige, aber interessante Frage gestellt. «Ich berate Ihre Regierung bei synthetischen Konsumgütern, könnte man sagen.»

«Gehört zu diesen Konsumgütern vielleicht zufällig Methamphetamin?» Cho wandte sich an Yong-ho. «Hier sagt man *bingdu* dazu, nicht wahr?»

Alle Wärme wich aus Herrn Theins Gesicht. Die Fassade war gefallen.

Yong-ho trat zu ihnen, seine Stimme war leise und wütend. «Was zum Teufel ist in dich gefahren?»

«Bring ihn hier weg», sagte Cho ruhig. «Wir beide müssen reden.»

KAPITEL 26

CIA Hauptquartier
1000 Colonial Farm Road
Langley, Virginia

Fisk holte Jenna noch vor dem Morgengrauen ab und fuhr mit ihr durch die stillen Straßen nach Langley. Einem unwissenden Betrachter mochte er so gelassen und ausgeglichen wie immer erscheinen, aber Jenna kannte ihn inzwischen gut genug, um seine Anspannung zu bemerken. Seine Bewegungen waren fahriger. Beim Rasieren hatte er sich geschnitten. Der Direktor hatte ihn am Tag nach Thanksgiving um acht Uhr morgens zu einer Unterredung einbestellt, also war Fisk in Schwierigkeiten.

In der Tiefgarage des Hauptquartiers wurden sie von einem Mitglied der Sicherheitsabteilung des Direktors erwartet. Schweigend fuhren sie im Aufzug in den siebten Stock und wurden durch den menschenleeren Eingangsbereich geführt. Über den Bäumen ging gerade die Sonne auf und warf goldene Lichtstrahlen auf den Teppich.

Der Direktor saß in Hemdsärmeln in seinem gläsernen Büro am Ende des Flurs und arbeitete bereits.

«Wie soll ich das dem Kongress erklären, Charles?», rief er, als er sie kommen sah, stand auf und trat vor seinen Schreibtisch. Er sah Fisk unter dicken Augenbrauen und über die große Nase hinweg finster an. «Der irre Kim startet einen Angriff auf Südkorea, einen unserer engsten Verbündeten, was nichts als ein leicht durchschaubarer Trick ist, um Hilfeleistungen von uns zu erpressen …» Jetzt brüllte er fast. «… und kommt damit durch?» Er warf die Hände in die Luft und begann, im Kreis um den Tisch herumzumarschieren. Je wütender er wird, dachte Jenna, desto italienischer wirkt er. Sie mochte den Mann. «Und das alles nur Wochen nach einem Raketentest, von dem wir auch keine Ahnung hatten.» Er nahm einen Bericht vom Tisch und schlug mit der flachen Hand darauf. «Gab es denn vor dem Angriff überhaupt kein Gerede da draußen?»

«Nein, Sir», sagte Fisk. «Nichts.»

«Nicht mal ein Murmeln? Ein Flüstern?»

Fisk senkte den Kopf wie ein Schuljunge.

«Die haben mal wieder gepennt, wird es heißen, und besitzen die Frechheit, ein Budget zu beantragen, das größer als das der NASA ist.» Der Direktor hielt einen Moment inne, wandte ihnen den Rücken zu und betrachtete durch das bruchsichere Glasfenster den blaugoldenen Himmel. «Als Zeichen der Stärke entsendet der Präsident die USS *George Washington* ins Gelbe Meer, aber er will, dass die Aktion von einer Art Friedensmission begleitet wird. Zuckerbrot und Peitsche. Außerdem will er frische Ideen, wie man mit Kim fertigwerden soll, und die erwartet er nicht vom Außenministerium.» Der Direktor wandte sich um und schmiss den Bericht auf den Tisch. «Er will sie von uns.»

Fisk hob zu sprechen an. «Sir, wir werden uns darum …»

«Um genau zu sein, er will sie von Ihnen, Dr. Williams.»

«Von mir?»

«Unser Präsident ist ein nachdenklicher Mann und eifriger Leser. Ihr Bericht über das Geheimlabor in Nordkorea hat ihn anscheinend beeindruckt. Glückwunsch. Ich erwarte Ihren Entwurf bis heute Abend.»

Simms ließ Jenna sein Büro benutzen, dessen eine Wand aus einem riesigen White Board voller mit farbigen Strichen verbundener Fotos und Screenshots bestand.

Ihre Finger schwebten über der Tastatur. Sie zitterte vor lauter Nervosität.

Frische Ideen, hat er gesagt ...

Sie wusste, dass ihr Vorschlag radikal war. Er würde jahrzehntelang befolgte Grundsätze über den Haufen werfen. Auf eine Eingebung hin schrieb sie:

Genau wie viele Diäten zur Gewichtsverringerung auf lange Sicht den gegenteiligen Effekt haben, so kann auch die Ausgrenzung und Bestrafung eines aggressiven Tyrannen sein Verhalten verschlimmern. Wir können nicht darauf hoffen, dass ein Regime sich ändert, wenn wir es ausgrenzen ...

Sie argumentierte in klaren, verständlichen Worten und bezog sich auf ihre jahrelangen Recherchen über Nordkorea. Sie arbeitete den ganzen Tag lang und machte nur kurze Pausen, um sich aus dem Automaten etwas zu essen zu holen. So vertieft war sie, dass es ihr sogar gelang, das nächtliche Skype-Gespräch mit dem Entführer ihrer Schwester zu verdrängen, auch wenn es zu ihrer Aufgekratztheit insgesamt sicherlich beitrug.

Sie schloss mit einer Reihe von Empfehlungen, bei denen sich Augenbrauen hochziehen würden, das war ihr klar. Mittels einer speziellen CIA-Verschlüsselungssoftware, die Dateien der höchsten Geheimhaltungsstufe vorbehalten war, schickte sie schließlich dem Direktor ihren Bericht, ihm allein. Wahrscheinlich würde er ihn sofort schreddern.

Noch etwas anderes hatte den Tag über in ihrem Hinterkopf herumgespukt. Als sie am Abend das leere Gebäude verließ, kam es ihr wieder in den Sinn: Der Direktor hatte eine Friedensmission erwähnt.

KAPITEL 27

Die «Verbotene Stadt»,
Anlage der Elite der Arbeiterpartei
Stadtbezirk Jung-gu
Pjöngjang
Nordkorea

Cho schloss die Tür hinter dem letzten Gast und drehte sich zu seinem Bruder um. Yong-hos Gesicht war rot vor Zorn, auf seiner Stirn standen Tropfen, als würde er reinen Alkohol ausschwitzen.

«Herr Thein war unser *Gast*», zischte er kaum beherrscht und schien Mühe zu haben, nicht zu brüllen. «Hast du dir jetzt Yankee-Manieren angewöhnt? Spricht man so mit einem …»

«Wir sind erledigt. Stimmt's?»

Yong-ho sagte nichts mehr. Wie ein Fisch auf dem Trockenen öffnete und schloss er den Mund. Die Ruhe in Chos Tonfall schien ihn völlig aus der Bahn zu werfen. Die Wut in seinem Gesicht war Erschöpfung gewichen. Nach einer langen Pause sagte er: «Wovon redest du?»

Cho schenkte ihnen beiden *soju* ein. Obwohl es fast Mitternacht war, fühlte er sich aufgedreht und wach. Sein Körper tickte noch nach New Yorker Zeit. In der Wohnung war es still, bis auf ein Tickern im langsam abkühlenden Boden, und obgleich er leise sprach, war jedes Wort erschreckend klar.

«Was für ein Verbrechen sie auch in unserer wahren Familie gefunden haben, wir tragen die Schuld in unserem Blut in uns.

Es ist nur eine Frage der Zeit, wann sie handeln. Unser Rang wird uns nicht schützen. Das weißt du auch.»

Der Blick seines Bruders wurde leer. «Du ziehst vorschnelle Schlüsse.»

Cho schüttelte den Kopf und gab Yong-ho das gefüllte Glas. «Wahrscheinlich wird es keine Verhandlung geben. Sie werden uns einfach verschwinden lassen.»

Er brach ein Tabu und blieb merkwürdig gelassen dabei. Niemand redete über die Wirklichkeit hinter der Staatsfassade. Um zu bestehen, musste man im Geiste zwei Realitäten nebeneinander aufrechterhalten, eine öffentliche, eine geheime – und man musste die Fähigkeit entwickeln, gleichzeitig zu wissen und nicht zu wissen. Cho hatte das sein Leben lang getan. Es war die einzige Möglichkeit, die alltäglichen Widersprüche zwischen der Propaganda und dem, was man mit eigenen Augen sah, in Einklang zu bringen, zwischen dem Glauben an den Führer und jenen Gedanken, durch die man im Lager landen würde, spräche man sie laut aus. Die geheime Realität wurde niemals erwähnt, denn es gab kein Gefühl und keine Idee, keinen Lebensbereich, der nicht unter die Autorität des Staates fiel. Eine illoyale Bemerkung genügte der Bowibu für eine Verhaftung. Manchmal reichte schon ein Blick.

Cho trat ans Fenster und betrachtete den Mercedes im Hof – sein Geschenk von Kim Jong-il –, der jetzt grau wirkte. «Ich glaube nicht, dass sie meine Frau verhaften», sagte er gegen die Scheibe. «Als Tochter einer Heldenhaften Familie ist sie geschützt. *Omma* und *appa* sind sicher, weil sie nicht unsere richtigen Eltern sind.» Er kippte den *soju* herunter und zuckte zusammen. «Aber du und ich, älterer Bruder ...» Er spürte seine Brust eng werden. «... und mein Sohn ... Wir sind in echter Gefahr.»

«Du vergisst etwas.» Yong-ho wischte sich mit einer Papierserviette über das schweißnasse Gesicht. «Loyalität. Der Führer hat mir persönlich für meine Arbeit gedankt. Er hat mich *umarmt.*» Er legte die Hand aufs Herz. «Weißt du, wozu mich das macht?» Seine Stimme zitterte, aber ob aus verletztem Stolz oder aus Angst, konnte Cho nicht sagen. «Zu einem seiner engen Vertrauten, zu einem seiner Getreuen. Loyalität geht ihm über alles. Er wird uns nicht fallenlassen, bloß wegen irgendeines Fehltritts, der vor … weiß der Teufel …» Er fuhr mit dem Arm durch die Luft. «… vor *Generationen* begangen wurde.» Yong-ho sackte gegen die Wand.

Cho saß mit verschränkten Armen auf dem niedrigen Fensterbrett. Hinter ihm legte der Halbmond einen silbrigen Schleier über die Stadt. «Je näher ein Kader der Spitze ist, desto brutaler wird sein Ende sein. So funktioniert es. Und was die Arbeit angeht, die du für ihn gemacht hast …» Er schüttelte leicht den Kopf. Seltsam, wie er seine Vorwürfe gegen Yong-ho fast vergessen hatte. Die gefälschten Geldscheine. Die Drogen im Diplomatengepäck. Es war nicht mehr wichtig. «Die bedeutet, dass wir vielleicht in noch größerer Gefahr sind, als wir uns überhaupt vorstellen können. Du weißt, was *appa* über unseren Geliebten Führer sagt. *Entferne dich zu weit von ihm, und du erfrierst, komm ihm zu nah, und du verbrennst.* Ich glaube, du bist ihm viel zu nah gekommen, älterer Bruder.»

Schweigen hing zwischen ihnen, bis auf dem Boden das Glas zersplitterte, das Yong-ho aus der Hand geglitten war. Wie in der Mitte zusammengefaltet, rutschte er an der Wand entlang zu Boden. Dort blieb er gekrümmt liegen, die spitzen Knie berührten sein Gesicht, er wirkte verletzt, geschrumpft – ein erlegtes Tier. Glassplitter lagen um ihn herum, und Cho hörte einen Laut, der wie das Brüllen eines verwundeten Ochsen klang.

Zum ersten Mal in seinem Leben sah er seinen Bruder weinen. Er kauerte sich neben ihn auf den Boden und versuchte, ihn in den Arm zu nehmen, ihn zu beruhigen, das Weinen wurde zu einem klagenden Schluchzen, unterbrochen von gelegentlichem krampfartigen Luftholen. Yong-hos lebenslange Schutzmauern brachen ein. Cho drückte den Kopf seines Bruders gegen seinen eigenen. Nach *soju* riechende Tränen liefen über Yong-hos Wangen. «Ich bin immer loyal gewesen», flüsterte er. Wieder bebten seine Schultern, sein Schluchzen wurde so laut, dass es drohte, die Nachbarn zu wecken.

Cho legte sich Yong-hos Arm über die Schultern und zog ihn vom Boden hoch. «Gehen wir an die frische Luft.»

Sie saßen unter den Kiefern des Moranbong-Parks im Mercedes. Alle fünfzehn Minuten fuhr eine Polizeipatrouille an ihnen vorbei, aber das Kennzeichen des Wagens erwies sich als wirksamer Schutz. Die Luft war klar und mandschurisch kalt. Im Licht des Halbmonds lag Pjöngjang unter ihnen ausgebreitet wie eine Totenstadt, dunkel und ohne Strom, bis auf die rote Glasflamme des Juche-Turms auf der anderen Seite des Flusses und auf dem Mansudae die hell erleuchtete Statue Kim Il-sungs, dessen Bronzearm in die Finsternis wies, auf das Schicksal der Nation. Die Sterne reichten bis an den Horizont. Yong-ho öffnete zum Rauchen das Schiebedach ein Stück, und Cho blickte auf. Hell erstreckte sich die Milchstraße gen Westen zum Gelben Meer, die Äste der Kiefern hoben sich schwarz und wie ausgeschnitten dagegen ab.

«Weißt du noch, wie wir immer hergekommen sind, um nach Mädchen zu gucken?» Cho nahm einen Schluck aus der *soju*-Flasche und reichte sie Yong-ho. In ihrer Zeit bei der Sozialistischen Jugend waren sie im Sommer oft mit einem Kassettengerät hierhergekommen und hatten sich zwischen die picknickenden Familien gesetzt.

Ein Lächeln breitete sich auf Yong-hos Gesicht aus. «Du hast immer mit der Hübschesten getanzt, und ich musste abwechselnd die Mutter und die Großmutter übernehmen.»

Sie zündeten sich Zigaretten an, dabei rauchte Cho nur selten. Er umklammerte die Hand seines Bruders. Es war, als würden sie sich seit jenen fernen Tagen zum ersten Mal wiederbegegnen. Cho starrte die glühende Spitze seiner Zigarette an. Es war so still, dass man beim Ziehen das Papier knistern hören konnte.

«Warum hast du mich mit einer Diplomatentasche voller Drogen und falscher Dollar nach New York reisen lassen?»

Yong-ho schlug die Hände vors Gesicht. «Jüngerer Bruder …» Ein Stöhnen entfuhr ihm. Doch sein Geständnis, einmal begonnen, schien ihn zu entlasten, und die geheimen Details seiner Arbeit strömten schneller aus ihm heraus, als Cho sie verarbeiten konnte, eine Enthüllung übertraf die vorherige.

Schockiert erfuhr Cho, dass sein Bruder Erster Stellvertreter Direktor des Büro 39 der Partei war – also faktisch der geheimsten Organisation im Lande vorstand und damit einer der höchsten Kader war. Diese Position hatte er seit vier Jahren inne und war allein Kim Jong-il gegenüber rechenschaftspflichtig. Yong-ho warf einen Seitenblick auf Cho, wartete, ob sein Bruder etwas sagen würde, aber dem stand der Mund offen.

Büro 39, so erklärte Yong-ho, war in den Siebzigern eingerichtet worden, um Kim Jong-ils persönliches Vermögen zu verwalten und ihm eine geheime Machtbasis zu verschaffen, unabhängig von seinem Vater. Der Große Führer war damals auf dem Höhepunkt seiner Macht, genoss die Großzügigkeit seiner Förderer, der Sowjetunion und des maoistischen China, und sonnte sich in dem Personenkult, den sein ehrgeiziger Sohn für ihn erschuf. Büro 39 bekam die Aufgabe, die für den Kult erforderlichen Geldmittel zu beschaffen – also die Standbilder aus Bronze und Gold, die zahllosen Porträts und die in Granit und Marmor gemeißelten Losungen zu finanzieren. Aber das Geld wurde auch gebraucht zur Errichtung privater Paläste für Kim Jong-il sowie für die Luxusautos und Uhren, die er verteilte, um sich die Ergebenheit seines engsten Kreises zu sichern.

Yong-ho legte den Kopf zurück und blies durch das Schiebedach eine Rauchwolke nach draußen.

«Als der Große Führer vierundneunzig starb, dachte die Welt, wir würden den Weg des alten kommunistischen Blocks einschlagen, den historischen Weg – Liberalisierung, Modernisierung, Öffnung nach Westen –, aber der Sohn hatte ganz andere Absichten. Er nahm den Titel Geliebter Führer an, und dann ging der Wahnsinn richtig los. Die Vergötterung seines Vaters war ausschweifender als bei der orthodoxen Kirche, und die mageren Ressourcen unseres Landes wurden samt und sonders für das Militär ausgegeben.» Yong-ho schüttelte den Kopf, in seiner Stimme lag Bitterkeit. «Unsere Bauern pflügten die Äcker mit Ochsen, auf den Straßen verhungerten die Kinder, aber das war egal. Schließlich hatten wir ja Atomwaffen und ein Raumfahrtprogramm.» Er rieb sich die Augen. «Die Welt hörte auf, mit uns zu reden. Unser Land fror in der Zeit ein. Die Welt belegte uns mit mehr Embargos als jede andere Nation. Durch normalen Handel kam kein Geld mehr herein. Aber irgendwie mussten wir die millionenstarke Armee und die Materialien für hochtechnisierte Waffensysteme bezahlen.

Also dehnte Büro 39 seine Operationen umfangreich aus. Wir fingen an, kriminelle Organisationen nach Pjöngjang einzuladen – die Yakuza aus Tokio, die Mafia aus Taiwan, thailändische Heroinspezialisten –, um von ihrer Expertise bei der Herstellung von Drogen und Falschgeld zu profitieren. Wir gestatteten ihnen, Fabriken und Labore bei uns aufzubauen. Stell dir das nur mal vor: Ich habe in der Großen Halle des Volkes Bankette für diese Drecksäcke abgehalten. Heroin spielte anfangs eine große Rolle, aber zur Regenzeit ging immer wieder die Mohnernte kaputt. Eine synthetische Droge wie Crystal Meth – *bingdu* – erwies sich als weitaus einfacher und lukrativer. Wir boten Schutz, die Gangs produzierten dafür in hoher Qualität. Den Profit teilten sie mit uns, und wir hielten uns aus ihren Revierkämpfen raus. Schon bald waren die Junkies von ganz Asien süchtig nach unserem *bingdu*, und Büro 39 managte den größten Industriezweig des Landes, der jedes Jahr Milliarden Dollar einbrachte.»

Cho war fassungslos. Der wichtigste Industriezweig seines Landes war Kriminalität?

Plötzlich füllte sich das Wageninnere mit Licht. Von hinten näherten sich die Scheinwerfer eines Geländewagens der Polizei. Cho war so mitgenommen, dass er es kaum bemerkte, doch Yong-ho blickte wachsam in den Seitenspiegel. Der Wagen blendete wie zur Entschuldigung ab, setzte zurück und fuhr weg.

Yong-ho drückte die Zigarette im Aschenbecher aus. «Natürlich haben wir von den Gangs gelernt und damit begonnen, selbst zu produzieren, nicht nur Drogen. Wir haben gefälschte Markenzigaretten exportiert, nachgemachte Medikamente, Viagra, alles Mögliche. Dann sind wir zu Geldwäsche übergegangen, haben in Dutzenden von Ländern Deckfirmen benutzt …» In seiner Stimme schwang jetzt Zufriedenheit mit. «Unser Führer war stolz auf uns. *Warum sollte eine reine Rasse an die Vorschriften einer unreinen Welt gebunden sein? Das waren seine Worte. Was immer unseren Feinden schadet, ist gerechtfertigt.*

Aber es war nicht einfach, die Waren in Umlauf zu bringen. Unsere Diplomaten wurden zu wichtigen Schlüsselfiguren. Da ihr Gepäck nicht durchsucht wurde, konnten sie leicht schmuggeln … und unser Führer brauchte dafür Diplomaten neuen Typs. *Skrupellos wie Partisanen*, sagte er. Unsere Botschaften wurden in Firmen umgewandelt und hatten den Auftrag, an die jeweils ansässige Mafia Drogen und Markenfälschungen zu verkaufen … und natürlich in großen Mengen Hundert-Dollar-Superscheine auszugeben. Ah …» Yong-ho seufzte wehmütig und trank einen weiteren Schluck *soju*. «Auf die bin ich wirklich stolz. Von Nutten bis hin zu Raketenteilen – damit haben wir wirklich alles bezahlt.»

Mit seinem Lachen atmete er eine *soju*-Wolke ins Auto, und auch Cho begann über die Absurdität des Ganzen zu lachen. Seine Verlegenheit über den Zwischenfall vor dem Restaurant in Manhattan kam ihm jetzt lächerlich vor.

«Weißt du, wie ich im Büro 39 angefangen habe? Ich habe von einem schicken Büro in Macau aus eine Operation geleitet, bei der ich den größten Versicherungsgesellschaften in London, New York und Tokio Policen abgekauft habe und ihnen so hohe Prämien versprach, dass die gierigen Bastarde nicht nein sagen konnten. Sehr bald habe ich dann Millionen von Dollar eingeheimst für angebliche Fabrikunfälle, Hubschrauberabstürze, Fährenuntergänge, Minenexplosionen – die alle nicht verifiziert werden konnten, weil wir ihre Ermittler nicht ins Land gelassen haben.» Yong-ho lächelte reuig. «Natürlich sind sie uns auf die Schliche gekommen. Aber solange alles lief … Vor fünf Jahren habe ich dann eines Nachts in jenem Büro fünfundzwanzig Millionen US-Dollar in bar in Seesäcke gestopft. Am nächsten Morgen wurden sie nach Pjöngjang ausgeflogen, als Geburtstagsgeschenk für unseren Führer.»

Cho erinnerte sich. «Es kam ein Dankesbrief, den er eigenhändig unterschrieben hatte …» Die ganze Familie hatte sich versammelt, um ihn zu lesen, vor Stolz geglüht und Yong-ho auf die Schulter geklopft. «Und dazu eine Kiste Orangen …»

«… und ein DVD-Gerät und eine warme Decke.»

Cho begann leise zu lachen. «Du hast ihm fünfundzwanzig Millionen Dollar besorgt, und er hat dir *das* gegeben?»

Yong-ho nickte.

«In bar?»

Auch Yong-ho begann zu kichern. Plötzlich lachten beide so heftig, dass der Wagen bebte. Sie lachten, bis ihnen Tränen über die Wangen liefen und ihre Bäuche weh taten.

Danach zog sich jeder in seine eigenen Gedanken zurück, während die Stadt sich langsam zu regen begann. Der Himmel hellte sich zu einem dunklen Violett auf, dann fingen die Wolken am Horizont Feuer. Ein heller, kalter Tag brach an.

Cho war vor Erstaunen und Widerwillen wie benommen. Ihm ging auf, dass er lächelte: Ein Ist-denn-das-zu-glauben-Lächeln angesichts dessen, dass er einem aberwitzigen Betrug aufgesessen war. Kim Jong-il betrieb einen Verbrecherring und benutzte das Raketenprogramm, um die Welt zu erpressen. Er, Cho, gehörte zu einer kleinen Elite, die mit Plunder bei der Stange gehalten wurde, während der Rest der Bevölkerung, von dem er, wie ihm jetzt aufging, kaum etwas wusste, im Verborgenen schuftete … Wer waren die Massen? Nicht die rotwangigen Arbeiter und Bauern im Staatsfernsehen. Er hatte plötzlich den Eindruck, dass eine riesige Leinwand mit einer aufgemalten Szenerie aufriss und sich dahinter Millionen gequälter Seelen wanden. Er hatte sie gesehen – aus dem Autofenster, wenn er Pjöngjang gelegentlich verlassen musste. Ausgemergelte Gestalten, die auf Feldern Steine klopften oder gebückt Reistriebe setzten. Alte Großmütterchen auf dreckigen Märkten am Straßenrand. Kinder mit großen Köpfen und geschwollenen Bäuchen.

Sein Mund füllte sich mit Speichel.

Yong-ho sah ihn an und wandte sich dann ab, als hätte er seine Gedanken gelesen. Er schien zu grübeln, zögerte. «Was ich dir jetzt sage, jüngerer Bruder, wissen nur sehr wenige ...»

Cho hatte eine plötzliche Vorahnung. *Die Entführungen.*

Yong-ho schnippte den Stummel seiner zweiten Zigarette aus dem Fenster und sah den orangefarbenen Funken nach. «Unser Führer sagte, wenn wir unseren Feind kennen wollen, müssen wir in sein Gehirn eindringen. Er nannte das ‹Anpassung›. Die meisten Opfer, wie du weißt, wurden in Japan und Südkorea entführt. Nun, das Programm war ein Misserfolg. Wir haben aus ihnen ein paar nützliche Informationen herausbekommen – wie unsere Feinde reden, ihre Umgangssprache, ihre kapitalistischen Sitten und solche Dinge, aber es war der Mühe nicht wert. Von den Hunderten, die wir hergeholt haben, sind nur sehr wenige erfolgreich rekonditioniert worden.»

«Erfolgreich *was*?»

«Zu Spionen gemacht und in ihre Heimatländer zurückgeschickt. Selbst die Jüngsten hatten so lebhafte Erinnerungen an ihr Leben zu Hause, dass fast alle uns widerstanden haben. Was sollten wir mit denen machen? Wir konnten sie ja nicht einfach gehen lassen. Also wurde entschieden, sie verschwinden zu lassen – ein paar durch Unfälle, andere in Lagern.»

«Aber ...» Cho war entsetzt. «Der Führer hat die Entführungen eingeräumt. Ich war dabei, als er sich beim japanischen Premierminister entschuldigt hat. Die Opfer sind nach Hause zurückgekehrt.»

«Fünf von ihnen.» Yong-ho sah Cho bedeutungsvoll an. «Fünf. Die Japaner haben nie herausgefunden, wie viele wir hergeholt haben. Die Familien der meisten haben gar nicht vermutet, dass sie bei uns sind.»

Der Speichel in Chos Mund schmeckte nach Galle, seine Zunge wie etwas Aufgeblähtes und Verrottendes. Er wollte das Thema wechseln. «Das Programm ist beendet.»

Yong-ho schüttelte den Kopf. «Die Entführungen wurden eingestellt … aber nicht das Anpassungsprogramm. Im Gegenteil, es wurde ehrgeiziger.» Er warf Cho einen prüfenden Blick zu, der besagte: *Bist du sicher, dass du mehr wissen willst?* «Wir begannen, weibliche Spione ins Ausland zu schicken, um Männer anderer, nichtkoreanischer, Rassen zu ködern.»

Cho kapierte nicht. «Ködern?»

«Von ihnen schwanger zu werden und die Kinder hier in Pjöngjang zur Welt zu bringen. Gleichzeitig haben wir nichtkoreanische Männer hergelockt – Männer mit weißer, schwarzer oder brauner Haut, die bestimmte nordkoreanische Frauen schwängern sollten.»

«Was?»

«Das war die Antwort unseres Führers auf das Scheitern des Anpassungsprogramms, das er kurzerhand in Samenkornprogramm umbenannte. Wir erschaffen Spione und Attentäter, die ausländisch aussehen – manche haben blaue Augen und blondes Haar –, aber hier mit den Juche-Lehren des Großen Führers Kim Il-sung und des Geliebten Führers Kim Jong-il aufgewachsen sind.»

Chos Keuchen war ein halbes Lachen, ihm war, als wollte ihm jemand weismachen, die Sonne würde sich um die Erde drehen, nicht umgekehrt, oder dass die Wirklichkeit nur das Traumbild eines Schimpansen wäre. «Aber ich habe nie jemanden einer anderen Rasse hier geseh…» Cho brach ab. Sein Gehirn stellte die Verbindung her zwischen dem, was Yong-ho ihm da erzählte, und … Ihm stieg die Galle hoch.

«Man sieht sie nicht», sagte Yong-ho schlicht. «Sie leben auf einem geheimen Gelände, das sie nie verlassen, unweit von Pjöngjang. Um ihre Ausbildung und alles, was sie brauchen, kümmert sich Sektion 915 der Abteilung für Organisation und Führung. Die Ältesten sind jetzt fast zwanzig und bald bereit für den Dienst im Ausland. Der Führer besucht sie oft. Man hat ihnen beigebracht, ihn als ihren Vater zu betrachten. Er bringt ihnen Spielsachen und Geschenke mit …»

Der Druck in Chos Magen nahm zu. Er ließ das Fenster herunter und versuchte, tief zu atmen. Schließlich riss er die Tür auf, stolperte auf die nächste Kiefer zu und übergab sich in qualvollen Krämpfen.

Nach einer Weile richtete er sich auf, lehnte die Stirn an die raue Rinde, sah einen Schleimfaden aus seinem Mund hängen, der im Mondlicht glitzerte, und fragte sich, ob er vor seinen Augen gefrieren würde. Die Luft roch nach Kiefernnadeln, und seine Gedanken waren jetzt seltsam klar. Er blickte zum Auto zurück. Eine Flamme leuchtete auf, als sich Yong-ho eine weitere Zigarette anzündete, und Chos Kopf stellte die Verbindung her.

Sie wurde verschleppt. Vor zwölf Jahren. Von einem Strand in Südkorea aus.

Die Stimme seines Bruders war gedämpft. «Komm zurück, bevor du erfrierst.»

Cho stieg wieder ein und schloss die Tür. «Was ist mit Frauen anderer Rassen?»

«Hm?»

«Du hast gesagt, Männer anderer Rassen wären hergelockt worden, für dieses … Samenkornprogramm. Was ist mit Frauen anderer Rassen?»

Yong-ho zuckte abwesend die Achseln. «Gut möglich …» Mit dem letzten Rest *soju* war auch sein Humor zur Neige gegangen, und seine Miene war verzweifelt. «Was sollen wir tun, kleiner Bruder?» Er atmete aus und lehnte den Kopf gegen das Seitenfenster. «Vermutlich bleibt mir nur der Soldatentod.» Er steckte sich zwei Finger in den Mund und machte mit der Zunge ein klickendes Geräusch.

Cho ließ mehrere Minuten verstreichen. Die erste Straßenbahn war auf dem Weg zur Chilsongmun-Straße, aus der Oberleitung sprühten Funken. Auf dem Fluss durchfurchte ein Kohlenschiff das träge fließende Wasser, das im zunehmenden Licht perlmuttfarben schimmerte. Am anderen Ende der Stadt pustete das Kraftwerk Nummer 1 eine rosa Rauchsäule in den Himmel, und dahinter erschien im Dunst die erste Hügelreihe, danach die zweite und dann sehr schwach die äußerste.

«Nein, älterer Bruder», sagte Cho und drehte den Schlüssel im Zündschloss um. Sanft sprang der starke Motor an. «Wir werden fliehen.»

KAPITEL 28

Bahnhof Hyesan
Provinz Ryanggang
Nordkorea

Bedrückt legten die Frauen ihre Waren aus. Wahrscheinlich hatten sie genau wie Frau Moon kein Auge zugetan. Auf dem Markt herrschte Totenstille. Nicht einmal Wind regte sich. Der ganze Bahnhof schien zu trauern, und in den Straßen herrschte Angst. Frau Yang, Frau Kwon und Großmutter Whiskey lenkten sich damit ab, dass sie einen Plan für Sun-i schmiedeten: Das Mädchen sollte im Schutz der Dunkelheit über den Fluss gebracht werden und in Changbai bei entfernten Verwandten von Frau Yang unterkommen.

Frau Moon saß auf ihren Reissäcken, starrte vor sich hin und war gefangen im Niemandsland zwischen Albtraum und Geisterreich. Was immer ihr unter die Augen kam – ein Zaunpfahl, ein Kopftuch, eine Uniform – verwandelte sich auf grässliche Weise in ein Detail der gestrigen Szenerie, und sie sah Lockes an den Pfahl gefesselten Körper.

Tae-hyon hatte sie angefleht, ein paar Tage zu Hause zu bleiben und sich von Hyesan fernzuhalten. Aber sich verstecken brachte auch nichts. Indem sie versucht hatte, Locke, eine verurteilte Verbrecherin, zu retten, hatte sie die Bowibu auf sich aufmerksam gemacht. Sie stand jetzt auf der schwarzen Liste.

Kyu setzte den Tisch zusammen. Sie sollte mit dem Kochen anfangen, war aber nicht einmal zu den einfachsten Tätigkeiten in der Lage. Wachtmeister Jang kam, um nach *bindgu* zu fragen. Sie gab ihm fünf Gramm, ohne auch nur zu versuchen, dafür etwas einzufordern.

Eine Gruppe Jugendlicher von der Brigade zur Aufrechterhaltung der Sozialen Ordnung verscheuchte die Bettler vom Bahnsteig. Frau Moon sah sie eine alte Frau treten, die sich mit steifen Gliedern aufrappelte. Sie traten erneut zu, damit sie wegging. Als sie ihren Blechbecher stehen ließ, traten sie auch danach, sodass er scheppernd über den Bahnsteig rollte. Frau Moon hatte solche Szenen schon häufig miterlebt, doch diesmal konnte sie die Augen nicht von der Frau abwenden, die mühsam humpelte und deren Haar verfilzt und schmutzig war, und auch nicht von den Jugendlichen mit den versteinerten Mienen und den roten Armbinden. Sie spürte, wie sich tief in ihr Wut entzündete, aufflammte, einen Moment lang hell loderte und dann erlosch. Sie lebte in einer Welt, die auf dem Kopf stand, wo gut böse war und böse gut.

Ein Lämmlein geht und trägt die Schuld …

Als zwei Polizisten kamen und ihr mitteilten, dass sie sich um siebzehn Uhr auf dem örtlichen Polizeirevier einzufinden habe, reagierte sie kaum. Im Zusammenhang mit den Exekutionen war eine Gruppe von Bowibu-Ermittlern in der Stadt eingetroffen, um Staatsfeinde und subversive Elemente auszumerzen.

Ihr Name stand auf einer Liste.

Moons Koreanischer Grill blieb an diesem Tag geschlossen. Mit Kyus Hilfe verkaufte sie den Gasbrenner und all ihre Vorräte. Mit dem Geld erstand sie einen neuen chinesischen Kühlschrank, den sie dem Chef der Ermittlungsgruppe anbieten würde, damit ihr Name von der Liste gestrichen würde. Er konnte annehmen oder sie erschießen. Es war ihr gleichgültig. Sie hatte nichts mehr zu verlieren.

KAPITEL 29

★

Die «Verbotene Stadt»
Anlage der Elite der Arbeiterpartei
Stadtbezirk Jung-gu
Pjöngjang
Nordkorea

Nur Minuten bevor seine Frau und Puzzle aufwachten, traf Cho wieder zu Hause ein. Er hatte seit zwei Tagen nicht geschlafen und kaum etwas gegessen, aber Zorn und Panik mischten sich in seinen Adern wie Brennstoff und Oxidans in einem Raketentriebwerk.

Der Fluchtplan, den er und Yong-ho im Wagen zu schmieden begonnen hatten, ließ sein Hirn sprühen. Sie hatten verabredet, am Abend weiterzureden.

Er duschte und zog ein sauberes weißes Hemd an, das er mit zitternden Händen zuknöpfte.

Wie sollte er es durch den heutigen Tag schaffen? Um zehn stand die Nachbesprechung mit dem Ersten Stellvertretenden Minister an, und auch danach würde er den ganzen Tag damit zubringen, von den Gesprächen mit den Yankees zu berichten.

Der Fluchtplan hing zu großen Teilen von Yong-ho ab: Er würde am Morgen einen Eilantrag auf Ausstellung zweier chinesischer Pässe für sich selbst und Cho stellen, mit gefälschten Visastempeln für Taiwan und Macau. Das würde keinen Verdacht erregen – Büro 39 besorgte sich regelmäßig gefälschte Reisedokumente. Und dann würden sie einfach die Hundert-Dollar-

Superscheine als Bargeld mitnehmen. Sollten die Fälschungen aus irgendeinem Grund auffliegen und sie könnten die Blüten in China nicht verwenden, dann – Cho standen die Haare zu Berge – würde Yong-ho die geheimen Konten der Kim-Familie bei der Banco Delta Asia in Macau anzapfen, wo er häufig im Namen des Führers Einzahlungen und Abbuchungen vornahm.

Wie viel Zeit blieb ihnen? Das war schwer zu sagen, aber während Chos Gedanken rasten, begriff er, dass das Schicksal ihnen vielleicht eine kleine Chance verschafft hatte. Der Führer reiste heute mit dem Zug zu einem offiziellen Staatsbesuch in Peking ab – Cho selbst hatte die Logistik mit der Leibwache geregelt. Erst in achtundvierzig Stunden würde er nach Pjöngjang zurückkehren, und Chos Bauchgefühl sagte ihm, dass er einen Urteilsspruch in einem solch heiklen Fall bis nach der Heimreise verschieben würde.

Also blieben ihnen achtundvierzig Stunden, um das Land zu verlassen.

Yong-ho reiste regelmäßig im Auftrag von Büro 39. Mit etwas Glück war es ihm möglich, Pjöngjang morgen mit dem Flugzeug zu verlassen, aber Cho konnte nicht einfach um ein Flugticket bitten. Er würde sich irgendwie alleine nach Norden durchschlagen und den Fluss Yalu nach China überqueren müssen. Dort konnte er den falschen Pass benutzen, um sich mit Yong-ho in Taiwan zu treffen. Und dann würden sie im Westen Asyl beantragen. Südkorea als Ziel hatte Yong-ho ausgeschlossen. Zu viele Bowibu-Spitzel und Attentäter hätten den Süden infiltriert, sagte er. Ohne ständige Bewachung würde man sie innerhalb kürzester Zeit aufspüren und ermorden.

Doch seine eigene Flucht nach Norden zur chinesischen Grenze war noch Chos geringste Sorge. Wie sollte er seine Frau und seinen Sohn mitnehmen? Mit welchen Dokumenten?

Wie sollte er es ihnen überhaupt sagen?

Es war unmöglich, ihnen allen Pässe zu besorgen, ohne sich zu verraten. Und er war noch nie an der Grenze gewesen. Die Berge dort kannte er nur aus Legenden, als «Weiße Hölle», wo der Große Führer die Japaner besiegt hatte. Selbst wenn er es mit dem Zug dorthin schaffte, wobei eine Reise auf den maroden Bahnstrecken Tage dauern konnte, so hatte er keine Ahnung, wie er seine Familie über den Fluss bringen sollte. Er wusste, dass manche Leute im Schutz der Nacht hinüberwechselten, aber er verfügte dort über keinerlei Kontakte, kannte keine Mittelsmänner, die ihm helfen konnten.

Seine Beine waren wie aus Papier. Er kam sich vor wie ein Mann, der in einem Albtraum vor einem Monster flieht. Jedes Szenario, das er sich ausmalte, endete in der Katastrophe. Verzweifelt musste er einsehen, dass er seine Frau nur retten konnte, indem er sie zurückließ. Sie konnte behaupten, von einem Kriminellen getäuscht worden zu sein, und man würde ihr glauben. Ihr Status als Tochter einer Heldenhaften Familie würde sie schützen.

Aber mein Sohn …

Er schüttelte die Anspannung aus seinem Gesicht, legte seine Uniformjacke an und ging mit breitem Lächeln in die Küche.

«Guten Morgen», sagte seine Frau und warf ihm beim Decken des Frühstückstisches einen Seitenblick zu. «Du bist bleich wie ein Fisch.»

Cho konnte den Mund nicht öffnen. Er hatte das Gefühl, beim ersten Wort würde er auseinanderfallen. Er setzte sich, nahm seinen Tee und sah das Zittern seiner Hand in der Oberfläche. Er stand wieder auf und entschuldigte sich. Dann schloss er sich im Badezimmer ein und versuchte krampfhaft zu denken, eine Lösung zu finden. Aber ihm wollte nichts einfallen. Er lehnte die Stirn an den kühlen Spiegel und begann leise zu murmeln, durch seinen Atem lief die Oberfläche an, er murmelte vor sich hin, wusste nicht, an wen er sich richtete, aber falls die Geister seiner Ahnen ihm helfen konnten, dann sollten sie das jetzt tun.

In dem Moment hörte er in der Küche Puzzles Stimme, der sein *kimchi* nicht essen wollte, weil es im Hals brennen würde. Cho drückte das Ohr an die Badezimmertür. Seine Frau sagte etwas von geschwollenen Mandeln und leichtem Fieber. Und dann: «Ich glaube, du gehst heute besser nicht zur Schule.»

Cho wischte sich über das Gesicht, beruhigte seinen Atem und kehrte in die Küche zurück. So beiläufig wie möglich sagte er: «Ich bringe ihn zum Arzt, nur zur Sicherheit.»

Fünf Minuten später hatte er Puzzle in den Beifahrersitz des neuen Mercedes geschnallt und war auf dem Weg zum Universitätskrankenhaus in Tonghung-dong. Er ging davon aus, dass das Personal dort weniger gut bezahlt wurde als in der Spezialklinik für Kaderfamilien. Es war noch früh am Morgen – ihm blieb genug Zeit, um alles einzufädeln.

Sie wurden in ein dunkles Wartezimmer geschickt, das nach Chlor stank, und setzten sich auf Plastikstühle. Puzzle zog ein Bilderrätsel hervor und lehnte den Kopf an Chos Schulter. Schließlich rief eine junge Krankenschwester mit weißem Kopftuch sie in ein Untersuchungszimmer. Cho hielt Puzzles Hand, in der anderen trug er seine schwere Aktentasche. Der Raum war eng. Auf dem Boden standen ein halbes Dutzend Petroleumlampen für Stromausfälle bereit. Die Krankenschwester setzte Puzzle auf eine Liege, fragte ihn nach seinem Namen, steckte ihm ein Thermometer in den Mund, tastete den Hals ab.

«Es wird ihm bald besser gehen.» Sie lächelte Cho an. «Eine leichte Infektion.»

Chos Worte waren gesetzt und kalt. «Ich möchte den obersten Chefarzt sprechen.»

«Das ist sicher nicht nötig», sagte sie überrascht. «Er wird sich bald besser …»

«Tun Sie, was ich sage …» Er gab sich das Auftreten eines hohen Parteifunktionärs, der sich provoziert fühlt. «… oder Sie wischen demnächst in der Station für Durchfallerkrankungen den Boden auf.»

Sie lief hochrot an und ging.

Puzzle sah ihn mit großen Augen an. «Habe ich was Schlimmes?»

«Nein, nein.» Cho drückte seine Hand und bemühte sich um einen ruhigen Tonfall. Wieder Panik. *Kämpf dagegen an.*

Kurz darauf kam ein großer, grauhaariger Mann in einem sauberen weißen Kittel herein. Sein Gesicht war von tiefen Falten durchzogen, in seinen Augen lag abgeklärter Pragmatismus. «Ich bin Dr. Baek», sagte er mürrisch.

Cho erhob sich. «Ich mache mir Sorgen um die Schwellung im Hals meines Sohnes.»

Der Arzt hörte Puzzles Herzschlag mit dem Stethoskop ab, sah ihm in den Mund und tastete ebenfalls den Hals ab. Dann sagte Cho zu dem Jungen: «Warte am Auto.»

Zwanzig Minuten später ließ sich Cho auf den Fahrersitz fallen und legte den Gurt an. In seiner Aktentasche steckte ein Brief auf offiziellem Krankenhauspapier, in dem Dr. Baek dringend eine Untersuchung in der Spezialabteilung der Frauen- und Kinderklinik in Dandong empfahl, wo in diesem Augenblick für morgen ein Termin gemacht wurde. Das hatte Cho tausend Euro und zwei Flaschen Hennessy Black Cognac gekostet.

Sein Gehirn arbeitete auf Hochtouren. Wenn er auch nur einen Moment lang innehielte, so fürchtete er, würde er die

Nerven verlieren und zusammenklappen. Und dann wäre er allein wie ein Gefangener in der Zelle und mit einer Frage konfrontiert, die er nicht beantworten konnte.

Wie kann ich meine Frau im Stich lassen?

Er sah auf den Tacho und verringerte das Tempo, wieder stieg Panik in ihm auf. An jeder Kreuzung waren Verkehrspolizisten postiert.

Er hatte die Sache in gerade mal fünfundvierzig Minuten geregelt.

Aber wenn ich so unseren Sohn retten kann …

Er konnte seiner Frau nicht in die Augen sehen, als er es ihr sagte. Ihre Augenbrauen schossen in die Höhe. «Eine Behandlung in *China*?» Er zeigte ihr den Arztbrief und bemühte sich, sie zu beruhigen – dass es wahrscheinlich falscher Alarm wäre, aber es könne ja nicht schaden, sicherzugehen, und in Pjöngjang gab es die Spezialinstrumente nicht. Sein Schweiß verriet ihn. Sein schlechtes Gewissen stand ihm ins Gesicht geschrieben. Er wusste, dass sie ihm nicht glaubte, aber sie sagte nichts und stellte sich ans Fenster. Sie hatte Angst.

Nachher würde er mit Dr. Baeks Brief die für die Grenzregion erforderlichen Reisegenehmigungen besorgen, und wenn er noch einmal jemanden bestechen musste, damit sie sofort ausgestellt wurden, dann würde er das eben tun.

Seine Frau sagte: «Der Wagen des Ministeriums ist da. Das ist nicht dein Fahrer, oder?»

Er trat ans Fenster. Ein grobschlächtiger Mann, den Cho nicht kannte, stand neben dem Wagen im Hof, schaute nach oben, suchte nach Chos Wohnung und sprach in ein Funkgerät.

Chos Magen wurde zu Stein. Aber dann überkam ihn wieder diese seltsame Ruhe, Resignation, fast Akzeptanz. Es war, als würde das alles einem anderen widerfahren.

Er atmete leise aus und lächelte beinahe. Die Ginkgo-Bäume waren flammend gelb.

Es passiert. Da kann man nichts machen.

Seine Frau mochte verwirrt sein wegen der langen Umarmung, mit der er sie festhielt, und des Kusses, den er ihr auf den Hals drückte, und der Art, wie er ihre Hand hielt und sie nicht loslassen wollte, aber er wandte sich ab, bevor sie die Verzweiflung in seinem Gesicht bemerkte. Puzzle hatte sich wieder ins Bett gelegt, und Cho betrachtete eine Minute lang sein unschuldiges, friedvolles Gesicht und lauschte den leicht verschnupft klingenden Atemzügen. Er schlief in aller Seelenruhe, denn seine liebenden Eltern waren in der Nähe und passten auf ihn auf.

«Jung-gil ist heute nicht da?», fragte Cho, als er auf dem Rücksitz Platz nahm.

«Er ist abbeordert worden, Herr Oberst.»

Der Wagen glitt auf das Tor der Verbotenen Stadt zu, die Schranke hob sich. Als er das Koryo Hotel passierte, drehte sich Cho nach hinten um und entdeckte einen glänzend schwarzen SUV mit dunklen Fenstern, der ihnen im Abstand von etwa dreißig Metern folgte, in dem spärlichen Verkehr auf breiten Straße war er nicht zu übersehen. Sein Kennzeichen war weiß, die Ziffern begannen mit 55 – ein Wagen der Armee.

Chos Fahrer bog nicht rechts zum Kim-Il-sung-Platz ab, die übliche Route zum Ministerium, sondern fuhr weiter auf der Sungri-Straße.

«Wo fahren wir hin?», fragte Cho ruhig.

Der Fahrer erwiderte einen kurzen Moment lang seinen Blick im Rückspiegel, sagte aber nichts. Eine Straßenbahn fuhr ein Stück neben ihnen her, hinter den Fenstern müde Gesichter und leere Augen, wie Fische in einem Aquarium.

Cho betrachtete seine Hände. Jetzt, da sein Schicksal besiegelt war, zitterten sie nicht mehr. Um sich selbst hatte er keine Angst. Er dachte an Puzzle, der so friedlich schlief. Wann würden sie wohl kommen, die Männer, die ihn holen mussten? Es war besser, dass der Junge zu Hause war und sie ihn nicht vor der ganzen Klasse aus der Schule abholten. Und seine Frau, wie würde sie reagieren? Schreien, sie anflehen, sich auf den Boden werfen und an ihre Stiefel klammern oder versuchen, ihren Sohn aus ihrem Griff zu befreien? Oder wäre sie zu geschockt und fassungslos, um sich auch nur zu rühren? Er dachte an Yong-ho – wie nah er sich ihm letzte Nacht im Auto im Moranbong-Park gefühlt hatte – und fragte sich, ob sein Bruder es zum Flughafen geschafft hatte.

Der Wagen bog scharf links auf eine schmale Betonrampe ab und fuhr in das Gewölbe einer Tiefgarage ein. Cho war zu sehr in Gedanken gewesen, um zu bemerken, welches Gebäude es war. Der schwarze SUV war jetzt direkt hinter ihnen. Als Chos Wagen anhielt, stoppte auch der SUV und stellte die Scheinwerfer auf volle Kraft. Der Motor brummte, die weißen Auspuffgase ließen das Auto wie einen dämonischen Panzer aussehen. Die Türen wurden geöffnet, vier Männer stiegen mit tief ins Gesicht gezogenen Kappen aus. Im matten Neonlicht konnte Cho ihre Gesichter nicht sehen, auch nicht, ob einer vielleicht Handschellen dabeihatte. Er schloss die Augen, genoss fünf einsame Sekunden, bevor sein Leben vorbei sein würde. Er atmete aus, öffnete die Autotür und stieg mit bleischweren Beinen aus, wie ein Mann, der aufs Schafott steigt.

Die vier Offiziere nahmen mit einer synchronisierten Bewegung Haltung an. Hinter ihnen fiel ein Lichtkeil auf den Betonboden, als sich eine Tür öffnete und zwei Frauen heraustraten. Sie waren jung und hübsch und trugen die mit einem Stern versehene Mütze und Uniform der Roten Garde, dazu glänzend schwarze Stiefel.

Sie salutierten akkurat. Eine sagte: «Ehrenwerter Genosse Oberst Cho, es ist uns eine Ehre, Sie zu begleiten.»

Cho konnte vor Verwirrung keinen klaren Gedanken fassen. Sekunden später stand er mit den Frauen in einem holzgetäfelten Aufzug mit glänzenden Messingknöpfen. Eine lächelte ihn auf der Fahrt nach oben schüchtern an und senkte dann den Kopf. Er warf einen Seitenblick auf die beleuchteten Etagenknöpfe. Er war in einem der großen Staatsgebäude. Die Tür öffnete sich zu einer imposanten säulengerahmten Halle, die durch eine Decke aus farbigem Glas in buntes Licht getaucht wurde. Die Oberste Volksversammlung.

Weitere Rotgardisten warteten vor zwei hohen Türflügeln aus Rosenholz, mit in Gold eingelegten Lotusblüten. Als sie sie aufzogen, erklang ein Dröhnen, als würde der Ozean an die Küste donnern.

Cho betrat die große Halle und erblickte Hunderte von Abgeordneten der Obersten Volksversammlung, die sich erhoben hatten, ihn anschauten und kraftvoll applaudierten. Das Geräusch kam in donnernden Wellen. Cho dröhnte der Kopf. Kameras blitzten vor seinen Augen auf. Plötzlich tauchte hinter ihm ein Fernsehteam auf, das ihm folgte, als die Rotgardisten ihn zum Podium führten, wo ihn der hochgewachsene, glatzköpfige Vorsitzende des Präsidiums mit ausgestreckter Hand willkommen hieß. Hinter ihm stand, in rosablaues Licht getaucht, eine große Steinstatue von Kim Il-sung, flankiert von Ehrengardisten mit versilberten Kalaschnikows. Cho wurde zu einem Stuhl auf dem Podium geführt und setzte sich, von hier aus überblickte er die gesamte Versammlung.

Eine Glocke ertönte. Sofort erstarb der Applaus, die Abgeordneten nahmen Platz. Der Vorsitzende ergriff mit feierlicher Stimme das Wort.

«Abgeordnete, wir eröffnen die heutige Sitzung mit der Ehrung eines Helden des Juche-Ideals, Cho Sang-ho. Viele von Ihnen werden wissen, dass er den imperialistischen Schakalen wie ein wahrer Krieger-Diplomat entgegengetreten ist, ganz im Sinne des Partisanengeists, zu dem unser Geliebter Führer Kim Jong-il uns alle anhält …»

Wieder brandete Applaus auf. Cho warf einen verstohlenen Blick auf die Statue zu seiner Rechten. Unter dem steinernen Mao-Anzug wölbte sich ein Bauch. Das Gesicht war streng.

«Die Yankees haben in Oberst Cho ihren Meister gefunden. Ich bin befugt, Ihnen mitzuteilen, dass sie uns heute zu weiteren Friedensgesprächen gebeten haben, beginnend hier, in der Hauptstadt der Revolution, in drei Wochen …»

Überraschte und triumphale Ausrufe wurden laut, die Abgeordneten applaudierten erneut. Der Präsident drehte sich um, und Cho stand auf.

«Genosse Oberst Cho Sang-ho, für Mut vor dem Feind und außergewöhnliche Verdienste verleihe ich Ihnen den Heldenorden Erster Klasse.»

Wieder blitzten Kameras. Der Präsident wandte der Versammlung den Rücken zu, während er Cho den Orden an die Brust heftete. Cho betrachtete seine scharfen, wächsernen Gesichtszüge. Der Blick des Mannes sprühte reines Gift in seine Augen. Und Cho verstand sofort, unmissverständlich und ohne Zweifel.

Sie brauchen mich, um mit den Amerikanern fertigzuwerden.

Mit dem Orden an der Brust stand Cho vor der Versammlung, die Abgeordneten erhoben sich erneut von den Sitzen und klatschten ihm zu. Er versuchte, stolz zu wirken, doch sein Mund fühlte sich an wie aus Eisen geschmiedet.

Er hatte einen Aufschub bekommen. Noch drei Wochen, dann würde das Beil fallen.

Das ist Macht, dachte er. Das Fernsehteam hatte sich vor das Podium begeben. Die Kameras waren auf ihn gerichtet, grelles Licht beleuchtete ihn. *Sie verleihen mir die höchste Ehre des Staates, ziehen mich dann in den Dreck, töten mich und löschen jede Erinnerung an mich aus.* Er blickte in die Gesichter der Abgeordneten in der ersten Reihe, selbstgefällig saßen sie da, mit ihren Epauletten und Ranginsignien. *So impft dich der Führer für immer gegen jedes Machtgelüst. So lehrt er dich die einzige Wahrheit von Bedeutung. Reinheit wird belohnt. Unreinheit bringt den Tod.*

Als er unter immer noch donnerndem Applaus die Stufen hinabstieg, fiel ihm etwas Merkwürdiges auf. Einige Reihen weiter hinten stand ein silberhaariger Mann um die fünfzig, der weder applaudierte noch die beige Abgeordnetenuniform trug, sondern eine schlichte schwarze Uniformjacke, zugeknöpft bis zum Kinn. Sein Gesicht war streng und voller Falten, aber nicht unfreundlich. In dem Moment, als ihre Blicke sich trafen, schien eine unmissverständliche Botschaft übertragen zu werden, ein weiser Ratschlag von jemandem, der auf Cho achtgab und ihn gut kannte. Es war höchst unheimlich. Die Rotgardistinnen führten Cho aus der Versammlungshalle. Als er noch einmal zurückblickte, war der Mann hinter den klatschenden Abgeordneten verborgen.

Cho wusste jetzt, dass er auf Schritt und Tritt überwacht, dass jedes Telefonat abgehört, jede Notiz gelesen wurde. Bowibu-Schatten und Spitzel würden ihm überallhin folgen. Sie würden seine Nachbarn und Kollegen zwingen, zur Überwachung beizutragen. Die Flucht mit Puzzle nach China konnte er vergessen. Er musste die Hoffnung auf ein Entkommen fahrenlassen. Er war schon jetzt ein Gefangener. Heute Abend würde er seine Frau um die Scheidung bitten, in der vagen Hoffnung, dass damit ihr Sohn der Bestrafung als Abkömmling eines verbrecherischen Elements entrinnen würde.

Als er in seinem Büro im Ministerium ankam, wechselte ein Mann in dem Overall eines Elektrikers gerade die Glühbirne über dem Schreibtisch aus. Ein Bowibu-Agent, das war sonnenklar. Er schob den Mann nach draußen, schloss die Tür und rief Yong-hos Mobiltelefon an. Eine tiefe, ihm unbekannte Stimme antwortete.

«Wer ist da?», fragte Cho. «Wo ist mein Bruder?»

Eine Pause und Geräusche im Hintergrund, als würde der Anruf auf Lautsprecher gestellt werden. «Ich bin ein Freund Ihres Bruders», sagte die Stimme.

Cho legte auf.

Sie hatten Yong-ho verhaftet.

TEIL 2

*Für einen Mann mit starkem Willen
ist nichts unmöglich. Das Wort «unmöglich»
existiert in der koreanischen Sprache nicht.*

KIM JONG-IL

★

KAPITEL 30

Luftraum über dem Ochotskischen Meer
Drei Wochen später
17. Dezember 2010

Jenna schlug die Augen auf. Arktisches Licht flutete die Kabine. Der Blick aus dem Fenster blendete sie. Gefrorene See, in Sechsecke geborsten, makellos wie Zuckerguss. Unter schwarzem Rauch zog ein Eisbrecher eine wässrige Spur durch unberührten Schnee. Ihre Augen fühlten sich sandig an. Sie waren früh aufgebrochen von der Elmendorf Air Foce Base in Anchorage.

Die Atmosphäre in der Kabine war gedämpft; ein paar Laptops waren aufgeklappt, der weißhaarige Schopf des Gouverneurs war im Schlaf nach vorn gesunken.

Jennas Mund war ausgedörrt. Sie sah sich nach einer Stewardess um. Dann fiel ihr ein, dass es an Bord keinen Service gab.

«Keine Telefonate mehr, ehe wir in feindlichen Luftraum eindringen?»

Sie drehte sich um und entdeckte hinter sich den sportlichen blonden Typen, der ihr beim Einsteigen zugezwinkert hatte. Wieder hatte sie das unbestimmte Gefühl, ihn zu kennen. Sie dachte, er würde arbeiten, doch dann kam von seinem Laptop der alberne Ton eines Computerspiels.

«Chad Stevens.» Er klappte den Bildschirm zu und streckte die Hand aus. «Asienkorrespondent, *NBC News*. Sie sind vermutlich Marianne Lee.»

Sie gab ihm zögernd die Hand, zu groggy für Smalltalk.

«Also … eine Friedensmission ohne offiziellen Fahrplan, ohne diplomatischen Schutz, ohne Security und dabei null Kommunikation zur Außenwelt. Da könnte alles Mögliche passieren.» Sein lauter Tenor zerrte an ihren Nerven. Intuitiv senkte Jenna ihre eigene Stimme.

«Vermutlich.»

«Durst?» Er hielt ihr eine Flasche Coca-Cola hin.

«Oh.» Jenna strich sich die Haare aus dem Gesicht und lächelte. «Danke.» Sie schraubte die Flasche auf, trank einen Schluck und hätte fast durch die halbe Kabine gespuckt. Die Flüssigkeit bestand mindestens zur Hälfte aus Whiskey.

Er stieß ein hohes, gackerndes Lachen aus und schlug gegen ihre Rückenlehne. «Mut antrinken.»

Auf der anderen Seite des Gangs hob die persönliche Referentin des Gouverneurs, eine wohlfrisierte Dame mit Perlenschmuck und Lesebrille, den Blick von ihrer *USA Today*. «Sind Sie auch drauf reingefallen?»

Jenna gab ihm die Flasche zurück. «Das ist mir ein bisschen zu früh.»

«Die Drinks heute Abend gehen auf mich. Vielleicht erzählen Sie mir ja auch ein bisschen was …»

«Ich fürchte, das Nachtleben in Pjöngjang ist sehr eingeschränkt, Mr. Stevens. Und Ihre Chancen auf ein persönliches Gespräch mit mir auch.»

«Da wäre immer noch mein Zimmer.»

Sie lachte freudlos. «Das verwanzen die als Erstes.» Sie drehte sich wieder nach vorn.

«Auweia! Sie haben recht.»

Jetzt wusste sie, wer er war. Sie kannte seine übertrieben getragenen Livebeiträge. Normalerweise schaltete sie um, wenn sie ihn sah. Seine Analysen über Nordkorea verrieten weder Originalität noch Einblick.

Er saß immer noch aufdringlich vorgebeugt. «Wissen Sie was? Einer unserer Spione hat mir erzählt, in unserem Hotel gäbe es keinen fünften Stock. Im Lift kommt nach der Vier sofort die Sechs. Weil im fünften Stock die Abhörstation untergebracht ist. Die gibt es in allen Hotels für Ausländer …»

Jenna schloss die Augen. *Kapier's endlich, Kollege.*

Sie blendete ihn aus, lauschte dem Dröhnen der Motoren, stellte sich vor, wie unter dem Eis die Wale dahinglitten, dachte an das Ozon, das in der dünnen Luft verwirbelte, doch sie schlief nicht wieder ein. Die Erwähnung des feindlichen Luftraums hatte ihre Gedanken unausweichlich zu Soo-min gelenkt. In ihr zog sich wieder alles angstvoll zusammen. Die unwissentliche Enthüllung des Entführers ihrer Schwester bei der Skype-Sitzung hatte Jenna elektrisiert. Sie hatte nun den konkreten Beweis dafür, dass Soo-min entführt worden war. Doch als ihre Euphorie abgeklungen war, wurde ihr die Hoffnungslosigkeit der Situation klar. Als hätte sie im Lotto gewonnen und der Preis wäre eine schwerbewachte Insel, die man nicht betreten durfte. Mehr, als daran vorbeizusegeln, war nicht möglich. Unwillkürlich fragte sie sich, was aus ihrem «Frische Ideen»-Bericht an den Direktor der CIA geworden war.

Der Himmel vor dem Fenster hatte sich bewölkt und das Packeis taubengrau gefärbt.

Oberst Cho würde bei den Gesprächen heute anwesend sein. Sie hatte keine Ahnung, wie sie es zustande bringen sollte, aber es musste ihr unbedingt gelingen, einen Augenblick mit ihm allein zu sein. Das würde nicht leicht werden. Sie würden alle unter ständiger Beobachtung stehen und immer in Begleitung sein.

Und was, wenn er ihr nicht half ...?

Dann würde sie eben an die Öffentlichkeit gehen. Sie würde den ganzen riesengroßen Skandal publik machen. Der Welt erzählen, dass ihre Zwillingsschwester entführt und in ... *Sektion 915 ... das Samenkornprogramm* ... gezwungen worden war. Sie konnte sich nichts darunter vorstellen, auch wenn ihr Bauchgefühl ihr sagte, dass etwas Furchtbares, Finsteres dahinersteckte ... etwas, das mit Blumenzucht rein gar nichts zu tun hatte. Doch noch ehe sie den Gedanken zu Ende gedacht hatte, schwand ihre Entschlossenheit. Der Gang an die Öffentlichkeit wäre extrem riskant. Das nordkoreanische Regime würde alles leugnen, was mit ihrer Schwester zu tun hatte. Die Rollläden würden heruntergelassen, und die eine, winzige Hoffnung, die Jenna hatte, wäre im Keim erstickt.

Mit knarzender Hydraulik wurde das Fahrwerk ausgefahren. Draußen glitt braune, nackte Landschaft vorbei, hob sich ihr entgegen. Nirgendwo ein Baum. Die Räder berührten den Asphalt und holperten über eine Landebahn voll nachlässig gestopfter Schlaglöcher. Die Erdhügel da drüben, waren das Panzergräben? Ringsum Stacheldrahtzäune. Kein Licht, null Flughafen-Geschäftigkeit. Das Flugzeug bremste ab und rollte an zwei verrosteten Tupolews mit Air-Koryo-Bemalung vorbei.

Die Maschine wendete langsam. Ein Abfertigungsgebäude kam ins Blickfeld, und Jenna spürte ein nervöses Flattern. Auf dem Dach des Gebäudes thronte ein übergroßes Porträt des lächelnden Kim Il-sung. Es sah aus wie ein Werbeplakat für Seniorenzahnpflege.

Han würde einen Herzinfarkt kriegen, wenn sie wüsste, wo ich bin.

Jenna hatte dem Studium dieses Landes Jahre gewidmet,

trotzdem war dies ihr erster Besuch in Nordkorea. Nur wenige Amerikaner setzten je einen Fuß in das Land, mit dem sie sich genau genommen im Krieg befanden. Jenna sah sich neugierig um, sog gierig sämtliche Details auf.

Vor dem Gebäude stand eine Reihe grimmiger Männer zur Begrüßung aufgereiht. Außenministerium und Innere Sicherheit, wie es aussah; im Wind knatternde Militärmäntel, unbewegte Mienen. Ihr Blick suchte nach Oberst Cho, doch er war nicht unter ihnen.

«Das nenne ich Gastfreundschaft», sagte Chad Stevens. Jenna registrierte, dass die Colaflasche leer war, sein Blick war fröhlich.

Die Friedensmission machte sich zum Aussteigen bereit, allen voran der Gouverneur. Während sie, einer nach dem anderen, das Flugzeug verließen, hakten zwei CIA-Männer in Pilotenjacken ihre Namen auf der Passagierliste ab.

«Sie kommen doch mit uns, oder?», sagte Jenna.

«Wir verschwinden von hier, Ma'am. Zu viel sensible Kommunikationsausrüstung an Bord, um alles über Nacht allein zu lassen. Wir sind morgen um sechs Uhr früh zurück.»

Mit einem Schaudern ging Jenna weiter.

Es war früh am Morgen und schneidend kalt. Die Sonne schien auf den Beton, und Jennas Atem bildete Muster aus weißem Nebel. Irgendetwas hier war anders als alles, das sie kannte. An der Luft lag es nicht; sie war frisch und unverschmutzt, mit dem melancholischen Duft von Kohlenfeuer; auch an den sanften Hügelketten nicht, die sichtbar wurden, eine nach der anderen. Es war die Stille. Kein Verkehr, keine Flugzeuge, kein Vogelzwitschern.

Die weißen Haarsträhnen des Gouverneurs wehten im Wind, als er jemandem aus dem Empfangskomitee kräftig die Hand schüttelte.

Bereits im Pensionsalter und nur noch zwei Jahre Dienst in der Hauptstadt eines der nordwestlichen Bundesstaaten vor sich, war der Gouverneur als angesehener ehemaliger UN-Botschafter der USA mit langjähriger Nordkoreaerfahrung der naheliegende Kandidat zur Leitung dieser Friedensmission gewesen. Sein Ziel lautete, die Spannungen nach dem Angriff auf Yeonpyeong zu entschärfen und im Gegenzug für echte Zugeständnisse weitere Hilfen anzubieten. Der Präsident hatte eine Luftwaffenmaschine des Weißen Hauses zur Verfügung gestellt. Offiziell war Jenna als Übersetzerin dabei. Über ihre echte, heiklere Rolle hatte Fisk sie ins Bild gesetzt, sichtlich angeschlagen vom Versagen des Geheimdienstes in Sachen Yeonpyeong. Entschlossen, sich nicht noch einmal das Heft aus der Hand nehmen zu lassen, hatte er darauf bestanden, dass sie ausschließlich mit einer bekannten Instanz verhandelten: Oberst Cho.

Die tägliche Spionagesatellitenüberwachung hatte ergeben, dass der Laborkomplex in Lager 22 offenbar kurz vor der Fertigstellung stand. Die Geschwindigkeit der unter massivem Einsatz von Zwangsarbeitern erfolgten Bauarbeiten war erstaunlich gewesen. Da man überzeugt war, dass die Anlage mit dem Raketenprogramm zusammenhing, hatte Fisks Nervosität sich im gesamten Verteidigungsapparat verbreitet. Jennas geheime Order lautete, alle weiteren Hilfsangebote an die Bedingung zu knüpfen, den Laborkomplex für Inspektoren zugänglich zu machen. Dies war schnell zum primären, nicht offiziellen Ziel der Mission geworden und hatte Jenna auf ernüchternde Weise gezwungen, sich auf dieses eine Thema zu konzentrieren. Sie war sicher, dass das Regime diese Forderung ablehnen würde und sie keinerlei Spielraum hätte.

Hinter dem Gouverneur folgten die Teilnehmer der Mission: Eine für ihre beißenden Kommentare zur Außenpolitik des

Präsidenten bekannte Journalistin des *Wall Street Journal*, die persönliche Referentin des Gouverneurs, mit seinem Insulin in ihrer Handtasche, zwei Ostasien-Strategieexperten des Außenministeriums, beides asiatisch-amerikanische Männer in den Vierzigern mit identischen Tom-Ford-Sonnenbrillen, und ein Kameramann der *NBC*, der zu Chad Stevens gehörte. Bis jetzt war nur Stevens nett zu ihr gewesen, und den würde sie nicht mal ihre Eiswaffel halten lassen.

Sie wurden durch das verwaiste Ankunftsgebäude geführt und zu einer oberflächlichen Zollkontrolle gebeten, deren Ziel es war, ihnen die Mobiltelefone und sämtliche Kommunikationsgeräte abzunehmen.

Durchs Fenster warf sie einen Blick auf die glänzende Gulfstream IV der US Air Force. Die Tür war wieder geschlossen, und die Triebwerke fingen an, sich zu drehen. Ohne den Blick von dem Flugzeug zu nehmen, sagte sie: «Ich glaube, wir sollten zusammenbleiben …»

«Gute Idee.» Sie hatte nicht bemerkt, dass Stevens neben ihr stand. «Ich hasse es, allein zu reisen.»

«*Gipiesch.*»

Ein uniformierter Zöllner stieß mit dem Zeigefinger den Computer in Stevens geöffnetem Aktenkoffer an.

«*Gipiesch!*»

«Er denkt, der Computer hat GPS», sagte Jenna.

«Sagen Sie ihm, das ist nur ein Scheißlaptop, und ich brauche den für meine Arbeit.»

Vor dem Gebäude wartete eine Fahrzeugkolonne, vorneweg ein alter schwarzer Lincoln mit US-amerikanischen Wimpeln und dem Emblem der DVRNK auf der Motorhaube. Der Gouverneur wurde zu der Limousine geführt. Mit schwarzen Lederjacken bekleidete Mitglieder der Inneren Sicherheit, höchstwahrscheinlich Angehörige der Bowibu, standen neben den Fahrzeugen, auf die man sie verteilte. Sie sah, wie Chad Stevens in den Wagen hinter ihr gescheucht wurde und die anderen in das Fahrzeug hinter seinem.

Sie fand sich allein auf dem Rücksitz eines Nissan Maxima wieder, auf den Vordersitzen ein Fahrer und ein Sicherheitsagent. Die Kolonne setzte sich in Schritttempo in Bewegung.

Ich bin allein und schutzlos in einem feindlichen Land.

Sie warf einen Blick durch die Heckscheibe und sah in dem Fahrzeug hinter sich Chad Stevens' großen Schädel. Er winkte. Unglaublich; jetzt hätte sie einen Schluck aus seiner Flasche brauchen können.

Jenna fragte ihre zwei Begleiter, ob sie Radio hören könne.

Die beiden wechselten Blicke. Der Sicherheitsagent drückte auf den Knopf. Eine überschwängliche Frauenstimme flutete den Wagen. *«... wurde gestern in den Kangsong-Stahlfabriken verkündet, wo die Arbeiter selbst die Fackel des neuen, revolutionären Aufschwungs entzündeten, ein Aufschwung, der die gesamte Nation erfasst ...»*

Die Straße war nicht breiter als ein Feldweg. Die Kolonne passierte ein Dorf aus weiß getünchten Hütten mit Satteldächern, die von fern malerisch gewirkt hatten, jetzt aber elend aussahen, als würden die Bewohner mit ihrem Vieh unter einem Dach leben. Am Dorfeingang war eine riesige Stele mit dem Porträt der Kims errichtet, Vater und Sohn, in einem Mosaik aus bunten Steinen. Das gleiche Porträt hatte in der Ankunftshalle gehangen. Sie befand sich erst seit einer halben Stunde auf nordkoreanischem Boden und hatte jetzt schon das Gefühl, den beiden nicht entkommen zu können.

Als sie die Randbezirke der Stadt erreichten, nahm die Kolonne Fahrt auf. Sie bewegten sich über eine schnurgerade Allee, die sich zwischen endlosen, eintönigen Wohntürmen dahinzog. Es sah aus wie in einer von Kim Jong-ils Filmkulissen oder wie eine Zukunftsvision aus der Kosmonautenära. Strombetriebene Oberleitungsbusse sirrten vorbei; hier und da kam ein von einem Militärchauffeur gefahrener Mercedes ins Bild, mit getönten Scheiben und dreistelligem Nummernschild.

Zu beiden Seiten des Boulevards versammelten sich auf dem Gehsteig vor jedem Wohnturm große Menschengruppen. Hunderte Einwohner in uniformer Kleidung bildeten Fünfer- oder Sechserreihen, setzten sich in der Morgensonne in Bewegung und marschierten hinter Anführern mit roten Flaggen im Gleichschritt zur Arbeit.

Gleichzeitig geschah mit der Stimme aus dem Radio etwas Seltsames. Sie klang plötzlich atmosphärisch verstärkt, wie ein Echo, das aus dem Auto hinaushallte, in die eisige Luft zwischen den Gebäuden. Jenna brauchte einen Augenblick, um zu begreifen, dass dieselbe Stimme auch draußen aus den Lautsprechern schallte, die im Abstand von etwa hundert Metern an Laternenmasten befestigt waren.

«… ein neuer Hochleistungskampf für die Produktion, Kameraden! Erweisen wir den Helden der Kangsong-Stahlfabriken unsere Solidarität, indem auch wir Überstunden leisten wie sie …»

Sie ließ den Kopf gegen die Lehne fallen.

Willkommen in Pjöngjang.

KAPITEL 31

Bahnhof Hyesan
Provinz Ryanggang
Nordkorea

Irgendetwas lag in der Luft. Frau Moon konnte nicht sagen, was. Ein Stromausfall hatte den Lautsprecher zum Schweigen gebracht, was die allgemeine Anspannung noch erhöhte. Sie spürte es in ihren Gelenken, so wie Menschen mit Rheuma spüren, dass es Sturm geben wird. Der Morgenhimmel war bedeckt. Dünne Wolkenschleier verhüllten die Sonne und verliehen dem Himmel einen schwefelgelben Anstrich. Die Stimmung am Bahnhof war gedämpft, es war, als würden alle auf Zehenspitzen gehen.

In ihrer Nickelschüssel lagen zwanzig Reiskuchen angerichtet. Ihr Hinterteil war taub vom Sitzen auf dem Boden. Sie fing wieder ganz von vorne an, bei null, aber sie würde es irgendwie schaffen. Die Ermittler von der Bowibu hatten den Kühlschrank akzeptiert und ihren Namen von der Liste gestrichen, aber sie wusste, dass es nur eine Galgenfrist war. Sie würden wiederkommen. Mit etwas Glück hatte sie in ein bis zwei Jahren ihre Kantine zurück und konnte sich die Bowibu weiter mit Bestechung vom Leib halten. Diese Gedanken flackerten in ihrem Hirn wie eine kaputte Glühbirne und beunruhigten sie. Vielleicht war es aber auch die seltsame Anspannung um sie herum. Sie wünschte, es würde was passieren, damit das endlich nachließ.

Kyu saß gegenüber auf einer Kiste und hielt sich ein Plastikfeuerzeug unter die Pfeife. Er legte den Kopf schief wie ein Hund, der ein fernes Bellen hörte.

«Spürst du das?», fragte er.

KAPITEL 32

Außenministerium
Kim-Il-sung-Platz
Pjöngjang
Nordkorea

Cho saß in einem Sessel im Büro des Ersten Stellvertretenden Ministers, bis oben zugeknöpft in einer neuen Uniform, den Orden an die Brust geheftet. Er kam sich vor wie ein schlechter Schauspieler in einem Kriegsfilm, hinter sich als Statisten die Führungsriege des Ministers in ihren besten Anzügen, mit polierten Schuhen und glitzernden Abzeichen.

Der Erste Stellvertretende Minister schritt im Zimmer auf und ab, in der Hand eine Tasse Tee. «Unsere Gelegenheit kommt heute Abend bei dem Festbankett nach ein paar Trinksprüchen mit *soju*.» Hämisches Gelächter. «Dann servieren wir unseren Yankees eine kleine Vorspeise aus Drohungen, zum Hauptgang ein paar saftige Fehlinformationen und als Nachspeise süße Versprechungen. Wir schicken den Alten in dem Glauben nach Hause, er hätte den Frieden in der Tasche ...»

Soweit Cho das beurteilen konnte, lautete die Aufgabe nicht etwa, die Anspannungen aufzulösen, sondern hübsch die Fäden in der Hand zu behalten. Nicht dass das für ihn irgendeine Rolle spielte. Die Yankees waren für vierundzwanzig Stunden im Land. Er bezweifelte, dass die Bowibu solange warten würden. Wahrscheinlich würden sie ihn heute Abend nach dem Bankett verhaften, sobald seine Aufgabe erledigt war.

Der Erste Stellvertreter verstummte, nippte an seinem Tee und blickte durch dicke Brillengläser eulenhaft durch die großen Fenster hinaus auf den Kim-Il-sung-Platz.

«Wir müssen den Feind in Nebel hüllen, um unsere Pläne zu verschleiern …»

Nebel, Lügen.

Wie ein Kompass sich nach Norden ausrichtet, schweiften Chos Gedanken zu seiner Familie. Er hatte seiner Frau alles erzählt, und der Schmerz brannte immer noch nach. Sie führten das privilegierte Leben der Elite. Sie war noch nie in Ungnade gefallen. Sie kannte Cho nur als pflichtbewussten Ehemann und als hingebungsvollen Vater. Jetzt musste er damit leben, dass sie die Wahrheit kannte: Seine Abstammung war unrein. In seinen Adern floss ein derart schweres Verbrechen, dass man ihn aus der Gesellschaft eliminieren würde, auch wenn er keine Ahnung hatte, worin dieses Verbrechen bestand. Sie hatte mit Fassungslosigkeit reagiert, dann mit Schock und schließlich im Schlafzimmer endlose Tränen vergossen. War er sich sicher?, hatte sie ihn immer wieder gefragt, und er war sich absolut sicher, auch wenn er ihr dafür keine Beweise hätte liefern können. Wieder und wieder sagte er ihr, wie sehr es ihm leidtat, aber trösten konnte er sie nicht. Schon am nächsten Tag hatte er gespürt, wie sie sich zurückzog, wie das Band zwischen ihnen sich löste. Am Tag darauf war sie ihm gegenüber eiskalt gewesen. Auf ihrem Gesicht spiegelten sich Abscheu und Reue. Sie sah ihn mit neuen Augen, als jemand völlig anderen. Er ertrug es nicht, sie anzusehen. Sein Stigma wurde auf den Sohn übertragen, den sie geboren hatte! Cho bat sie, Puzzle auf die Datscha ihrer Eltern in Wonsan an der Ostküste zu bringen, während er die Scheidung einreichte. Und als ihr dämmerte, in welch akuter Gefahr Puzzle schwebte, trachtete sie verzweifelt danach, die Ehe aufzulösen, bedrängte Cho wütend, sagte, ihre Familie würde jede Bestechung bezahlen, die nötig war, um die Sache zu beschleunigen. Sie klammerten sich beide an diese Hoffnung: dass eine Scheidung und der Einfluss ihrer Familie ihr Kind retten würden.

Cho hatte sich persönlich um die Reisegenehmigungen gekümmert. Das war der schlimmste Moment gewesen: Puzzle zum letzten Mal zu sehen, sich auf dem Bahnsteig des Bahnhofs von Pjöngjang von ihm zu verabschieden, als würde er in ein paar Tagen zum Winterurlaub nachkommen. Puzzle hatte ihn gebeten, ihm sein Rätselheft mitzubringen, und Cho musste sich abwenden, um seine Emotionen zu verbergen.

Sein Leben war vorbei, und er staunte darüber, wie leicht er es nahm. Er untersuchte das Gefühl genauer, diese Leichtigkeit im Angesicht des Todes, wollte seine Quelle ergründen. Vielleicht hatte er tief in seinem Herzen immer gewusst, dass es irgendwann so kommen würde. Und dass es nun so weit war, erleichterte ihn und verlieh ihm unverhofften Mut. Und zusammen mit diesem Mut stieg dunkler Rauch in ihm auf: der Wunsch, Rache zu üben.

Er brütete bereits seit einigen Tagen darüber nach, und als sich unerwartet eine Gelegenheit ergab, zögerte er nicht. Er war es der Wahrheit schuldig, der Zukunft. Er war es Marianne Lee schuldig.

Gestern Morgen waren Chos Kollegen zu einer außerplanmäßigen Besprechung in die oberste Etage bestellt worden. Ihn hatte man nicht dazugebeten. Sobald sie weg waren, steckte er den Kopf zur Bürotür hinaus und spähte in den Gang. Von den Bowibu-Agenten, die, als Putzdienst, Schreiber und Hausmeister verkleidet, ein Auge auf ihn hatten, war keiner zu sehen. Ihm blieb vielleicht eine Minute. Höchstens zwei. Das Nachbarbüro gehörte Hauptmann Hyong. Cho schlüpfte hinein und schloss die Tür. Sein Herz pochte wie wild gegen die Rippen, und er versuchte, seinen Atem zu beruhigen.

Sektion 915, hat Yong-ho gesagt. Das Samenkornprogramm.

Er nahm den Hörer von Hyongs Tischapparat und war automatisch mit der Vermittlung des Ministeriums verbunden. Sein Mund wurde trocken. «Verbinden Sie mich mit Abteilung für Organisation und Führung, Sektion 915.»

Sein Anruf wurde umgehend entgegengenommen, der Mann am anderen Ende der Leitung nannte Namen und Rang.

«Leutnant, hier spricht Hauptmann Hyong vom Außenministerium.» Cho bemühte sich um einen gelassenen, souveränen Tonfall. «Wir fordern Informationen über eine Frau namens Lee Soo-min an, Amerikanerin koreanischer Abstammung, 1998 ins Land gebracht.»

In der Leitung herrschte kühles Schweigen. «Wir geben keine Informationen über geheime Programme an andere Ministerien heraus, außer …»

«Die Informationen könnten uns in den morgigen Verhandlungen mit den Yankees einen entscheidenden Vorteil verschaffen. Muss ich damit wirklich bis zum Geliebten Führer persönlich gehen?»

Wieder eine Pause am anderen Ende. Dann: «Einen Augenblick.» Im Hintergrund war eine gedämpfte Diskussion zu hören. Dann war der Leutnant wieder am Telefon. «Eine *Amerikanerin*, sagten Sie?»

«Richtig. Mischling. Halb afroamerikanisch, halb koreanisch.»

Cho hörte das Klappern einer Tastatur.

Beeil dich!

Den Hörer in der Hand, spähte er hinaus auf den Flur und entdeckte am anderen Ende zwei seiner Aufpasser. Die Männer berieten sich. Offensichtlich hatten sie gemerkt, dass er nicht mit den anderen in der Besprechung war. Der eine drehte sich um und kam näher.

Bitte, mach schon.

In diesem Augenblick erregte ein Dokument ganz oben in Hauptmann Hyongs Eingangskorb seine Aufmerksamkeit. Es listete die Delegierten der amerikanischen Friedensmission auf und dazu jeweils ein paar Informationen zu den einzelnen Teilnehmern. Sein Blick fiel sofort auf Marianne Lee. Er las … *mit hoher Wahrscheinlichkeit ehemalige Wissenschaftlerin der Georgetown University, Washington, D.C., Name Dr. Jenna Williams …*

Der Leutnant war wieder am Apparat. «Ich habe eine *Williams* Soo-min gefunden, der einzige Name, auf den das Rassenprofil passt … Name geändert in Ree Mae-ok. Gelangte am 23. Juni 1998 per U-Boot über den Marinestützpunkt Mayang-do ins Land, gemeinsam mit einem Südkoreaner, männlich, neunzehn Jahre alt, …»

Cho schwirrte der Kopf. *Dann ist es also wahr …* «Bitte schnell: Wo hält sie sich auf?»

«Auf dem Anwesen Paekhwawon, im Norden der Stadt. Zutritt nur auf Einladung …»

Cho wollte schon auflegen, als der Leutnant fragte: «Sollen wir die Akte rüberschicken?»

Vor den Augen seiner Aufpasser verließ Cho ohne Eile das Büro von Hauptmann Hyong. In seiner Hand hielt er den Tacker von Hyongs Schreibtisch, als wäre er nur deswegen kurz in dessen Büro gewesen.

Am selben Abend hatte er zu Hause lange allein im Dunkeln gesessen und sich vorgestellt, wie die achtzehn Jahre alte Soo-min in seinem Land angekommen war, desorientiert und verängstigt. Sie musste geglaubt haben, in einem Albtraum gelandet zu sein. Auf welchem Weg sollte er Marianne Lee, echter Name Dr. Jenna Williams, diese Informationen zukommen lassen? *Jenna.* Es war eine Frage des Timings, der richtigen Gelegenheit … Und wäre das alles, was er tun würde? Ihr erzählen, was er herausgefunden hatte? Ihm brach der Schweiß aus. *Cho Sang-ho, du bist kein Feigling. Du kannst sicher …*

«Noch Fragen?»

Mit einem Ruck kam Cho zurück in die Gegenwart.

Der Erste Stellvertretende Minister beendete das Briefing seiner Männer. An Cho blieb sein Blick hängen.

«Cho, nach den Verhandlungen warten Sie im Yanggakdo Hotel auf die Yankees und bringen sie zum Bankett. Und denken Sie daran» – er sprach jetzt an alle gewandt – «wenn ein Yankee wissen will, was es mit den verstärkten Sicherheitsmaßnahmen in der Stadt auf sich hat, lautet Ihre Antwort, es handelt sich um die jährliche Routineübung.»

Was für verstärkte Sicherheitsmaßnahmen?

Cho kehrte an seinen Schreibtisch zurück, um seine Rede zu holen. Das war der beschämendste Teil überhaupt: er als Bauchredner der Partei. Er bog in den Flur ab und ging an einem seiner Aufpasser vorbei, der so tat, als würde er eine Glastür polieren. Aus irgendeinem Grund eilten einige Leute in die entgegengesetzte Richtung.

Plötzlich rempelte ein Jungdiplomat ihn an, und die Unterlagen des Mannes verteilten sich auf dem Fußboden.

«Immer langsam, Genosse», sagte Cho.

«Verzeihung, Herr Oberst.»

Alle waren nervös. Waren sie so unruhig, weil die Yankees kamen? Das war ihm in der Besprechung bereits aufgefallen.

Ständig hatte der Erste Stellvertretende Minister nervös hinaus auf den Platz gesehen.

Er setzte sich an seinen Schreibtisch und ging ein letztes Mal die Rede durch, wurde aber von lauten Rufen auf dem Gang unterbrochen. Als er nachsehen ging, was los war, kam ein Beamter der Polizeigarnison Pjöngjang auf ihn zu, gefolgt von zwei Untergebenen mit Schachteln auf dem Arm.

«Alle Laptops, Mobiltelefone und USB-Sticks!»

Kollegen warfen ihre Telefone in die Schachteln.

Vor Chos Tür machten sie halt. «Alle Laptops, Mobiltelefone und USB-Sticks.»

Cho gab sein Telefon ab. «Was ist passiert?»

«Sämtliche Kommunikationsgeräte werden von der Bowibu registriert. Teil der verstärkten Sicherheitsmaßnahmen», sagte der Beamte und versah Chos Telefon mit einem Aufkleber, auf dem sein Name stand. «Die Rückgabe erfolgt morgen.»

Verwundert ging Cho nach vorne in den Empfangsbereich des Stockwerks, wo sich ein Zeitschriftenständer befand. Er überflog die Seiten der *Rodong Sinmun*. Verstärkte Sicherheitsmaßnahmen waren nirgends erwähnt. Das Einzige, was ihm auffiel, war eine seltsam neutral gehaltene Meldung über «notwendige Wirtschaftsmaßnahmen», die gegen Mittag verkündet würden.

Er lauschte. Im Gebäude herrschte unheimliche Stille. Kein Telefon klingelte. Cho machte kehrt, um in sein Büro zurückzugehen, dann blieb er stehen. Am anderen Ende des Flurs stand ein Mann und beobachtete ihn. Er hatte silbergraue Haare und trug eine schlichte schwarze Uniformjacke. Cho erkannte den Mann sofort wieder. Er hatte sich unter den Abgeordneten in der Obersten Volksversammlung befunden. Instinktiv ging Cho auf ihn zu, doch der Mann drehte sich um und verschwand nach links. Cho überlegte, ob er ihm nachgehen sollte, wurde jedoch im selben Augenblick vom nächsten Tumult abgelenkt.

Alle Sirenen der Stadt fingen gleichzeitig an zu heulen, ein Auf- und Abschwellen von Bezirk zu Bezirk. Auf den Gesichtern seiner Kollegen spiegelten sich Angst und Sorge. Sämtliche Blicke gingen zu den Fenstern. Bis jetzt war Cho ruhig geblieben, aber der Mann in Schwarz hatte ihn verunsichert. Plötzlich gab es draußen ein Geräusch, und alle strömten gleichzeitig zu den Fenstern. Bewaffnete Truppen und Polizisten eilten im Laufschritt quer über den riesigen Kim-Il-sung-Platz. Plötzlich teilten sie sich und strebten zu den Rändern hin wie zwei Schwärme Möwen. In der Mitte entstand eine Gasse, und dann kam von links langsam ein langes, dunkelgrünes Rohr in Sicht, gefolgt vom lauten Rasseln der Gleisketten. Wie betäubt sah Cho zu, wie ein T-62 Kampfpanzer sich mitten auf dem Platz in Stellung brachte.

Er griff zum Hörer des nächstgelegenen Schreibtisches. Tot.

Hinter ihm waren eilige Schritte zu hören. Er wandte sich um und sah den Ersten Stellvertretenden Minister auf dem Flur vorübereilen, hinter ihm Diplomaten der Verhandlungsgruppe. Er winkte Cho ungeduldig zu.

«Die Yankees sind da.»

KAPITEL 33

Außenministerium
Kim-Il-sung-Platz
Pjöngjang
Nordkorea

Übernächtigt und desorientiert wurden die Delegierten der amerikanischen Friedensmission im Gänsemarsch an den Kameras des nordkoreanischen Staatsfernsehens vorbeigeführt, die vor einem großen, mit Säulen verzierten Bauwerk am Ufer des Taedong auf sie warteten. Es wirkte eher wie ein Nebenzugang als wie die Hauptzufahrt zum Kim-Il-sung-Platz. Eine gezielte Demütigung, dachte Jenna.

Stevens ging direkt hinter ihr. «Wie auf dem Weg zum Pranger, oder?»

Jenna konnte seine Schnapsfahne riechen.

Sie wurden durch zwei lange Flure in einen großen, mit Teppich ausgelegten Raum geführt und gebeten, auf einer Seite des langen Mahagonitisches Platz zu nehmen. An der linken Wand befand sich ein riesiges Gemälde. Es zeigte das Meer. Blaugrüne Wellen türmten sich auf und krachten gischtsprühend gegen Felsen. Jenna reckte den Hals, um es zu betrachten. Das Gemälde nahm die gesamte Wand ein. Sie beschloss, dass es die Standhaftigkeit des Regimes in stürmischen Zeiten symbolisierte.

Weder der Gouverneur noch irgendwer aus seiner Delegation hatte eine Ahnung, was sie erwartete. Die Nordkoreaner hatten die absolute Kontrolle über den Besuch. Die Journalistin vom *Wall Street Journal* zog die Puderdose aus der Tasche und überprüfte mit einer Grimasse ihren Lippenstift. Chad Stevens' Kameramann popelte mit einem Kugelschreiber in der Nase. Nur das Fingertrommeln des Gouverneurs und das entfernte Heulen der Sirenen durchbrachen die Stille.

Ohne Vorwarnung flogen plötzlich die Doppeltüren am Ende des Saals auf. Eine große Delegation marschierte im Gleichschritt herein. Der Gouverneur erhob sich und ging um den Tisch herum, um Hände zu schütteln, doch die Männer schritten, ohne ihre Reihe aufzulösen, direkt auf ihre Stühle zu, nahmen wie auf Kommando gleichzeitig Platz, und weitere Delegierte blieben dahinter stehen. Brüskiert ließ der Gouverneur die Hand sinken und kehrte, von sämtlichen Augenpaaren im Raum verfolgt, an seinen Platz zurück. Direkt vis-à-vis saß in weißem Uniformrock und mit khakifarbener Kappe Oberst Cho. Er trug einen Orden in Form eines Sterns. Jenna versuchte, seinen Blick einzufangen, doch er hielt die Augen starr vor sich gerichtet. Die hohen Wangenknochen traten scharf hervor, und unter seinen Augen lagen dunkle Ringe.

Die Amerikaner sahen sich einem Panorama eisiger Blicke gegenüber. Es gab keine Begrüßung in irgendeiner Form, kein einziges Lächeln. Das Schweigen fing an zu schwären. Der Mund des Gouverneurs öffnete sich irritiert. Er hatte offensichtlich zumindest mit einem Wort des Willkommens gerechnet.

Direkt neben ihr raunte Stevens: «Die Gespräche mit den Sowjets im Kalten Krieg? Gegen das hier fröhliche Swingerpartys.»

Vermeintlich unbeeindruckt setzte der Gouverneur ein herzliches Lächeln auf, holte seine Rede hervor und setzte die Brille auf. Er war Publikum gewohnt, das erst warmwerden musste. Gleichzeitig legte Oberst Cho seine eigene Rede auf den Tisch. Mit eindringlicher Stimme begann er vorzulesen. Noch seltsamer war der Umstand, dass er die Rede aus der Zeitung ablas. Es handelte sich offensichtlich um den Leitartikel der *Rodong Sinmun*.

Jenna beugte sich zum Gouverneur und übersetzte ihm die einschüchternde Prosa ins Ohr. *Ungerechtfertigte Blockade Koreas durch die Yankees behindert den Frieden! Der einzige Weg für kriecherische Landesverräter führt in die Zerstörung!* Der Gouverneur schürzte die Lippen und nickte, hörte die ersten fünf Minuten lang verständnisvoll zu, holte den Füller hervor und machte sich die ein oder andere Notiz, während sein Gesichtsausdruck zunehmende Fassungslosigkeit widerspiegelte, als Cho umblätterte und seine Stimme noch eine Spur lauter wurde, um die Bestechlichkeit der Yankees und ihren Mangel an Moral anzuprangern. Dann, als etwa zwanzig Minuten vergangen waren und die Rede eindeutig weder einem Höhepunkt noch einem sichtbaren Ende zustrebte, hob der Gouverneur die Hand und winkte erschöpft ab, um Cho zum Schweigen zu bringen.

Cho hob den Kopf.

«Sir! Ich bin ein alter Mann. Ich fürchte, mir fehlt die Zeit dafür. Vielleicht bin ich gestorben, ehe Sie mit Ihren Ausführungen zum Ende gekommen sind.»

Jenna übersetzte. Eisiges Schweigen. Sämtliche Blicke richteten sich von ihr zum Gouverneur.

Dann eine Reaktion von dem Mann zu Chos Rechter. Er trug eine dicke Brille mit Metallfassung, die ihm Fischaugen verlieh, und eine schlichte braune Uniformjacke ohne Rangabzeichen. Er stieß ein tiefes, bellendes Lachen aus, und Jenna wurde klar, was an dem Szenario so missverständlich gewesen war. Die Dynamik stimmte nicht. Cho fungierte lediglich als Sprachrohr. Die Macht im Saal hatte der lachende Mann. Die anderen reagierten wie aufs Stichwort und fingen ebenfalls an zu lachen. Männergelächter flutete den Raum. Nur Oberst Cho blieb ernst. Einen winzigen Moment lang sahen sie einander an. Dann senkte er den Blick und betrachtete sein Spiegelbild in der glänzenden Tischplatte. Die Heiterkeit der Koreaner nahm zu, wurde immer polternder, und Jenna hörte die darunter verborgene Grausamkeit heraus; so als sei der Gouverneur, dieser alte Mann mit dem feinen Haar, die Verkörperung ihres Feindes.

Später wurden der Gouverneur und seine Referentin zu ihrer Unterkunft in einem Staatsgästehaus begleitet – «da sind wir leichter abzuhören», murmelte er –, die anderen Mitglieder der Delegation bekamen Zimmer im einunddreißigsten Stockwerk des Yanggakdo Hotels für Ausländer zugewiesen, mit Blick über den Taedong und weiter in die Stadt. Das Hotel befand sich auf einer Insel im Fluss, mit einer bewachten Brücke als einziger Zufahrt. Von hier konnte man sich weder unbemerkt noch unbegleitet entfernen. Aufpasser und Führer würden an ihrer Seite sein, sobald sie durch die Tür ins Freie traten, und Informanten beim Hotelpersonal und bei den Fahrern würden jeden einzelnen ihrer Schritte überwachen. Privatsphäre gab es nur innerhalb des Hotelzimmers, und auch da war Jenna sich nicht sicher. Sie legte die Türkette vor.

Lange stand sie am Fenster, lauschte dem Tuckern eines rostigen Kahns, der das Flussbett ausbaggerte, und dem Auf und Ab der Sirenen. Es klang, als würde die Stadt sich auf einen Angriff vorbereiten. Eine Skyline aus dunklen Häusertürmen erstreckte sich bis zu den geisterhaften Hügeln am Horizont. Nirgendwo Farben oder Leuchtreklamen; kein Summen, kein Schwirren, kein geschäftiges Treiben, nur nackte Glühbirnen in vorhanglosen Wohnungen, ein Wald aus Beton.

Der Verzweiflungsakt des Gouverneurs bei dem Treffen hatte in einem winzigen Sieg für die Amerikaner gemündet. Der Mann, der angefangen hatte zu lachen, hatte sich als Erster Stellvertretender Minister entpuppt. Er hatte Oberst Cho bedeutet, die Rede wegzustecken. Eine halbe Stunde lang ähnelte der Austausch über den Tisch fast einer normalen Diskussion, bis der Gouverneur die Unterlagen zur Hand nahm, die Jenna für ihn verfasst hatte, ein gestochen scharfes Satellitenfoto präsentierte und die gravierenden Bedenken angesichts des geheimen Laborkomplexes zur Sprache brachte. Der Erste Stellvertretende Minister gab sich überrascht, ein Untergebener flüsterte ihm etwas ins Ohr, und schlagartig veränderte sich die Atmosphäre im Raum. *Keiner spricht über die Lager,* dachte Jenna, während die Gesichter vor ihr wieder zu Eis gefroren. Es war, als hätten sie eine unsichtbare Linie überschritten. *Sehr schade.* Sie würde dafür sorgen, dass das Thema bei dem Bankett noch einmal auf den Tisch kam.

Die Sirenen heulten immer noch und begannen an Jennas Nerven zu zerren. Sie schaltete den uralten Toshiba-Fernseher an, um das Geräusch auszublenden. Stark geschminkte Vorschulkinder zogen fröhliche Grimassen und vollführten einen kleinen Tanz, hoben die Hände in die Luft und sangen: *«Lasst uns reiche Bohnenernte pflücken …»*

Cho hatte während des restlichen Meetings geschwiegen. Etwas war seit New York mit ihm passiert. Er hatte sie nur eine Sekunde angesehen, und in seinen Augen hatte keine Arroganz gelegen, sondern etwas Unerwartetes. Sie hatte Qual darin entdeckt, Scham und Bedauern. Jenna war sich ganz sicher. Verstärkt wurde ihre Vermutung durch seine Weigerung, in das Gelächter der Genossen mit einzustimmen. Ein Wort mit ihm unter vier Augen war unmöglich gewesen. Damit blieb nur noch das Bankett heute Abend …

Sie hängte ihre Sachen auf und legte sich aufs Bett. Sie war ausgelaugt. Innerhalb von Minuten war sie zum Gesang der Kinder eingeschlafen und driftete in einen unruhigen, wirren Traum ab, in dem der Fernseher sie beobachtete, der Türknauf zu ihrem Zimmer sich drehte und die Türkette rasselte.

KAPITEL 34

Bahnhof
Hyesan
Provinz Ryanggang
Nordkorea

Auf der Bahnhofsuhr war es genau zwölf. Frau Kwon hörte es als Erste. Dann hoben alle Frauen die Blicke von den Matten. Das Kreischen kam vom anderen Ende der Stadt. Es klang, als hätte ein Sturm sich in den Giebeln der Häuser verfangen, oder wie das Heulen böser Geister in den Bergen. Als das Geräusch näher kam, erkannten sie den Klang unzähliger Pfeifen.

Der Markt hielt inne, um zu lauschen.

Plötzlich sahen sie Schaufelgesicht durch den Gang auf sich zu rennen, aber ohne Wachtmeister Jang. Er hielt den Schirm seiner Mütze fest. Sein Gesicht war dunkelrot. Er winkte sie alle zu sich.

«Falls eine von euch ein illegales Telefon hat, lasst es sofort verschwinden. Und das habt ihr nicht von mir.»

Dann ertönten die Pfeifen wieder, es waren viele, dazu dröhnte jetzt auch das Heulen der Sirenen. Mit Schrecken in den Augen drehten die Frauen sich in Richtung des Lärms.

«Was ist los?», fragte Frau Yang, aber Schaufelgesicht war schon weitergerannt.

«Wir haben Krieg», keuchte Frau Kim und schlug sich die Handschuhe vor den Mund.

Frau Moon blieb lauschend auf ihrer Matte sitzen. Das also

hatte sich den ganzen Morgen über aufgebaut, hatte die Atmosphäre gespannt wie das Fell einer Trommel. Der Strom war immer noch weg. Ohne den Lärm aus den Lautsprechern der Züge, die normalerweise alles übertönten, schwoll das Gellen der Trillerpfeifen gespenstisch an und ab.

Ein Knirschen lenkte ihre Aufmerksamkeit auf den Platz vor dem Bahnhof. Sie spähte durch den Zaun, und langsam kam etwas Langes, Rotes in ihr Blickfeld. Eine Gruppe des sozialistischen Jugendverbandes schob ein riesiges, auf Räder montiertes Plakat heran und brachte es vor dem Parteibüro in Stellung. Darauf stand in meterhohen Lettern: VERTEIDIGEN WIR DEN GENOSSEN KIM JONG-IL MIT UNSEREM LEBEN!

Von der gegenüberliegenden Seite des Platzes kam Motorenlärm – ein Militärlaster näherte sich mit hoher Geschwindigkeit, kam mit quietschenden Bremsen ruckelnd zum Stehen, und Soldaten sprangen von der Ladefläche. Der Offizier brüllte Befehle und zeigte auf diverse Positionen rund um den Platz, wo die Plakate befestigt werden sollten.

Dann gellten wieder die Trillerpfeifen, wie Schreie, und inzwischen noch näher. Hohes, schrilles Pfeifen hinter dem gewaltsamen Hämmern, mit dem Nägel in Hauswände getrieben wurden.

Das erste Plakat hing, und das kalte Grauen ergriff Frau Moon. Die Buchstaben waren hastig mit weißer Farbe hingeschmiert. TOD DUCH ERSCHIESSUNG JEDEM, DER GERÜCHTE STREUT!

Hämmern erfüllte die Luft. Die Kunden in den beiden Kantinen hatten aufgehört zu essen und glotzten, als würden sie zusehen, wie jemand zu Tode geprügelt wird. Dann hing ein zweites Plakat, ein drittes, dann ein viertes.

TOD DURCH ERSCHIESSUNG JEDEM, DER FREMDE KULTUR VERBREITET!

TOD DURCH ERSCHIESSUNG JEDEM, DER ILLEGALE VERSAMMLUNGEN ORGANISIERT!

TOD DURCH ERSCHIESSUNG JEDEM, DER DEN SOZIALISMUS ABLEHNT!

Ohne ein Wort sammelten die Frauen ringsum ihre Sachen ein und packten zusammen. Frau Moon sah sich suchend nach Kyu um. Mit ihm würde sie sich sicherer fühlen, und er würde wissen, was los war. Der Besitzer des Devisen-Stands direkt gegenüber dem Parteigebäude scheuchte seine Stammkunden weg; der staatliche Schönheitssalon hatte sich bereits geleert; die Apotheke war geschlossen.

«Sämtliche Einwohner haben zwei Tage Zeit, um die alten Banknoten gegen neue umzutauschen, bis zu einer Summe von maximal einhunderttausend Won», dröhnte es plötzlich blechern aus den Lautsprechern. Die Lautstärke war ohrenbetäubend. Der Strom war wieder da. Die Bahnhofslichter gingen an. Die Stadt taumelte, wusste nicht mehr, ob Tag war oder Nacht.

«Schulen und Universitäten bleiben bis auf weiteres geschlossen; alle Mobiltelefone und Speicherkarten sind umgehend den Vertretern des Ministeriums für Staatssicherheit auszuhändigen.»

Mit schreckverzerrten Gesichtern warteten die Frauen darauf, dass die Ansage wieder von vorne anfing. *«Es wird eine neue Währung mit höherem Wert eingeführt. Ein neuer Won entspricht eintausend alten Won.*

Sämtliche Einwohner haben zwei Tage Zeit, um die alten Banknoten gegen neue umzutauschen, bis zu einer Summe von maximal einhunderttausend Won.»

Die nun folgende Stille war so absolut wie nach einer Explosion. Als der Rauch sich verzog, starrte ihnen die nackte Zerstörung ins Gesicht.

Der Staat vernichtete, was von ihren Ersparnissen geblieben war.

Frau Kwon hockte sich wie eine Bäuerin auf die Fersen, schlug die Hände vors Gesicht und fing an zu weinen; die anderen lauschten weiter hochkonzentriert, warteten wie betäubt auf die Wiederholung, als hätten sie sich verhört oder als hofften sie, der Text würde sich verändern.

All ihr Handeln und Feilschen, all die vielen Überstunden, all die harte Arbeit.

Minutenlang sagte keine ein Wort. Dann zeigte Frau Lee wütend auf den Lautsprecher. «Alles, was mir geblieben ist, sind Won», rief sie, und die Bestürzung verwandelte sich langsam in Wut, wie feuchtes Holz, das qualmend Feuer fängt. Allmählich wurde ihnen das Ausmaß dieser Katastrophe bewusst. Einen Moment später redeten alle durcheinander. Wie viel in Won hatten sie gespart? Wie viel in sicherer, harter Währung – in Yuan, in Dollar, in Euro?

«Warum tun die das?», kreischte Frau Yang.

Sie hatte das Fraglose in Frage gestellt, doch niemand wirkte schockiert. Ihre Worte schürten die Wut, die sich über den Markt verbreitete, nur weiter.

Weil Handel treiben bedeutet, frei zu sein, dachte Frau Moon und blickte auf ihre Hände. Wieder gellten die Trillerpfeifen. Inzwischen waren sie nur noch der Geräuschteppich für den Tumult wütender Stimmen.

Ein junger Mann mit einem Baby auf dem Arm kam durch den Gang gehetzt. Er näherte sich den Kleidungsständen; alle schüttelten den Kopf. Er erreichte die Frauen ganz hinten, neben der Brücke und flehte sie an. «Bitte! Ich habe gespart, um meinem Sohn eine Jacke zu kaufen.» Mit der freien Hand streckte er ihnen ein Bündel bald wertloser Won entgegen.

Kaum hatte er es ausgesprochen, schlug die Stimmung um. Panik folgte dem Mann durch den Gang und ergriff Frau Moon und ihre Nachbarinnen, und auch auf die Kunden ging die Panik über. In Sekundenschnelle war der Markt in Aufruhr. Alle versuchten, mit ihren Won zu kaufen, was sich irgendwie weiterverkaufen ließe.

«Ein Unglückstag, *ajumma*.» Kyu war neben ihr aufgetaucht.

Ohne zu zögern, drückte sie ihm ein zerfleddertes Bündel Won in die Hände – es war alles, was sie hatte. «Kauf alles, was sich wieder verkaufen lässt», sagte sie. «Los. Beeil dich.»

Frau Moon sackte auf einem Stapel Reissäcke zusammen und ließ den Kopf in die Hand sinken. Sie achtete nicht auf das Geschrei und die Streitereien, die um sie herum ausbrachen. Sie hatte das Gefühl, am Ufer eines dunklen Gewässers zu hocken, das sich schwarz und kalt bis in die Unendlichkeit erstreckte. Sie hatte sich lange, lange davon abgelenkt, Jahre vielleicht. Jetzt sah sie der Wahrheit direkt ins Gesicht. Die Finsternis würde für immer da sein. *Es gibt keine Zukunft*, dachte sie. Durch eine Luke, die sich weit in die Vergangenheit geöffnet hatte, driftete die Melodie, an die sie sich vage erinnerte, und ihr Blick wurde verschwommen.

Ein Lämmlein geht und trägt die Schuld
Der Welt und ihrer Kinder.

Die Melodie trug das Bild einer jungen Frau in einem wunderschönen *hanbok* zu ihr, die inmitten von Blütenblättern im gesprenkelten Schatten eines Kirschbaums saß. Ihr Gesang war zärtlich und lieblich und voller Hoffnung. Ihre Mutter, schon lange tot. Frau Moon zog zwei Reissäcke zu sich heran, drückte sie an ihre Brust und bettete den Kopf darauf. Ihre beiden kleinen Söhne, im Abstand von nur dreizehn Monaten zur Welt gekommen. Ihr Weinen, ihr Glucksen, so gesund waren sie gewesen, so lebendig. Auch sie waren verloren, wie alles andere.

Als Kyu zurückkam, färbte der Himmel sich bereits golden, und die Wolken hinter den Gipfeln waren feuerrot. Er ließ einen schweren Stoffbeutel zu Boden fallen. Kyu war schmutzig, seine Augen waren verschmiert, und seine Jacke hatte einen Riss. Ohne ein Wort setzte er sich neben sie auf die Matte, holte ein Briefchen *bingdu* und seine Pfeife hervor und vollzog mit dünnen Fingern sein Ritual. Er musste nichts sagen. Der Schlachtenlärm hatte rund um sie getobt. Die Menschen hatten sich geprügelt und bekämpft, um alles in die Finger zu bekommen, was irgendwie von Wert sein würde. Mit einem Finger lupfte sie den Rand des Beutels. Er hatte einen Plüschbären ergattert, einen getragenen Pullover und einen Schweinskopf. Er hatte zweitausend Won für Dinge ausgegeben, die noch heute früh ein paar hundert gekostet hatten. Die drei Scheine, die er noch übrig hatte, gab er ihr zurück.

Er stieß eisweißen Rauch aus und hielt ihr die Pfeife hin.

Sie schimmerte in seiner schmalen Hand wie ein heiliger Gegenstand. Frau Moon betrachtete sie, und schließlich führte sie die Pfeife feierlich an die Lippen und inhalierte. Weder brannte der Stoff ihr in der Kehle, noch brachte er sie zum Husten. Es fühlte sich weich und sauber an, eher wie Nebel als Rauch. Ihre Stirn glättete sich, und wenige Augenblicke später war ihr alles noch gleichgültiger als sowieso schon. Sie drehte sich zu Kyu um und legte den Arm um ihn. Seine Rauchglasaugen betrachteten sie wissend, dann lehnte er den Kopf an ihre Schulter.

«Wie heißt du mit Familiennamen?» Sie war nie auf die Idee gekommen, ihn danach zu fragen.

«Kann mich nicht erinnern.»

«Du kannst doch nicht einfach nur Kyu heißen.» Das war nicht in Ordnung. Jeder hatte einen Familiennamen. Ein Mensch war nichts ohne Familie. «Nimm meinen», sagte sie.

Er lächelte scheu, als hätte er ein kostbares, seltenes Geschenk erhalten. «Moon», sagte er.

Die Pfiffe und Sirenen waren nur noch Hintergrundmusik. Sie hatten nicht mehr die Macht, ihr Angst zu machen. Sie zog noch einmal an der Pfeife. Kyu hatte recht. Es nahm den Schmerz. Es nahm die Angst und die Sorgen.

Sie sah Menschen auf dem Platz vor dem Bahnhof zusammenströmen, sich zu Gruppen versammeln, direkt vor dem Parteigebäude, sie sprachen miteinander, ohne auf die Sirenen zu achten. Die Stimme aus dem Lautsprecher setzte ihr eintöniges, martialisches Geblöke fort.

«*Auf Anweisung des Ministeriums für Staatssicherheit beginnt mit Sonnenuntergang eine stadtweite Ausgangssperre. Alle Bewohner, die sich nach Sonnenuntergang noch auf den Straßen befinden, müssen mit ihrer Verhaftung rechnen ...*»

Die letzten Sonnenstrahlen tauchten die Unterseiten der Wolken in tiefes Purpurrot, aber die Menschen auf dem Platz schienen sich zu verdoppeln und verdreifachen.

Das *bingdu* ließ sie Dinge sehen, die nicht da waren. Eine wachsende Menschenmenge, ohne Furcht. Dann sah sie Kyus Gesicht. Auch er war von dem Anblick gebannt, und die anderen Frauen verließen den Markt und steuerten wie von einer unsichtbaren Schnur gezogen auf den Platz zu.

An Kyus Hand betrat Frau Moon den Platz. Hier und da sah sie bekannte Gesichter – Händler und Kunden –, doch zu ihnen gesellte sich eine wachsende Anzahl anderer Leute. Die ganze Stadt schien sich zu versammeln, Menschen, aus ihren Fabriken und Wohnungen hergelockt, angezogen von der Macht des Unerhörten. Die Anspannung heute Morgen hatte sich für Frau Moon wie elektrostatische Ladung angefühlt, aber das hier war stärker. Das hier war wie Gravitation. Jemand schleppte das *yontan*-Kohlebecken vom Markt auf den Platz, stellte es direkt vor dem Parteigebäude auf, und die Leute scharten sich darum und bliesen sich in die Hände.

Als ein Konvoi von vier oder fünf Militärlastwagen mit grell aufgeblendeten gelben Scheinwerfern vorfuhr, sahen die Menschen schweigend zu. Anstatt sich zu zerstreuen, wuchs die Menge immer noch weiter an. Die Leute ließen alle Vorsicht fahren; in den Gesichtern lag gespannte Erwartung. Soldaten sprangen aus den Lastern, Dutzende, doch angesichts der unerwarteten und sehr großen Menschenmenge verstummten ihre Trillerpfeifen. Das Patt währte einige Augenblicke, dann teilten sich die Soldaten zu einem Spalier und machten einem Hauptmann Platz. Er ging bis zu dem Kohlebecken, warf unterwegs Blicke nach links und rechts und stieß die Leute zur Seite.

Alle Augen ruhten auf ihm.

«Was geht hier vor sich?», rief er. «Habt ihr keinen Respekt vor unserem Parteibüro? Gleich beginnt die Ausgangssperre, und ihr treibt euch hier herum wie Lumpenpack?» Niemand regte sich. «Das passiert, wenn sich das Gift des Kapitalismus verbreitet. Unordnung. Ungehorsam. Selbstsucht. Und weil ich hier jede Menge Kapitalisten sehe …» Er tippte sich sarkastisch an die Schirmmütze und sah Großmutter Whiskey an. «… könnt ihr es ebenso gut gleich erfahren: Ab morgen früh ist der Bahnhofsmarkt täglich nur noch für drei Stunden geöffnet, von acht bis elf …»

«Warum?», ertönte eine Stimme.

Der Hauptmann wandte sich vom Feuer ab. Seine Hand ging zum Pistolenhalfter. Auf seinem Gesicht lag blanke Fassungslosigkeit.

«Wer wagt es, mir ins Wort zu fallen?»

Frau Moon drängte sich durch die Menschenmenge in den Feuerschein und stellte sich auf der anderen Seite des Kohlebeckens breitbeinig vor ihn hin.

«Was fällt Ihnen ein …» Er starrte sie keuchend an. «Sie fragen mich, warum? Ich will Ihnen sagen, warum!» Er hob den Blick, verkündete: «Ab sofort werden die Preise für Lebensmittel, Brennstoff und Kleidung von der Regierung …»

Aus der Menge erschollen wütende Rufe. «Die Regierung hat keine Ahnung, was zum Teufel sie tut.» Die Stimme klang wie die von Frau Lee. «Ach, ab morgen funktioniert die Rationierung also wieder?» Dieser zynische Satz kam von Frau Kwon. «Was sollen wir mit unseren wertlosen Won anfangen?» Frau Yang schob sich nach vorne durch und zeigte ihr Gesicht. Es war im Feuerschein hart wie Kupfer. «Einheizen?»

«Beträge über einhunderttausend Won sind bei der Staatsbank zu deponieren», rief der Hauptmann.

Spottgelächter ertönte. Der Hauptmann zog die Pistole, reckte den Arm und schoss in die Luft. Die Leute gingen in Deckung. Der Schuss hallte von den Gebäuden rund um den Platz wider und ließ die Menge abrupt verstummen.

«Märkte sind Brutstätten für unsozialistische Umtriebe aller Art», schrie er. «Die Partei stärkt die Volkswirtschaft …»

«Wir sind das Volk.» Frau Moon war nicht laut geworden. Sie sprach in ihrem üblichen Tonfall. Sie machte noch einen Schritt auf den Feuerschein zu. «Sagte Genosse Kim Jong-il nicht selbst, das Volk ist der Herr über die Wirtschaft? Wir sind das Volk.» Die Menge fing an zu murmeln und zu wispern. Frau Moon verspürte keine Angst, nur ein wachsendes Hochgefühl, das in ihr aufstieg. Was sie als Nächstes sagte, war so einfach und natürlich, als würde sie ein kleines Kind vor die Wahl stellen: «Entweder er gibt uns Reis, oder er lässt uns Handel treiben.»

Sie zerrte ihre letzten drei Geldscheine aus der Gürteltasche. Sie sahen lächerlich aus, und einer flatterte zu Boden. Sie zerknüllte die zwei verbliebenen, streckte den Arm aus und ließ sie in das Kohlebecken fallen.

Die Menge verstummte. Diese Banknoten trugen das Konterfei des Großen Führers, das jetzt flackernd auf den Kohlen verbrannte. Schock spiegelte sich in den Gesichtern. Sie hatte eine Tat begangen, von der es kein Zurück gab, die unverzeihlich war. Von den Bergen senkte sich die Dunkelheit herab. Die Gesichter leuchteten wie Bernstein und Gold im Feuerschein, die Augen waren schwarz und glühend. Der Hauptmann öffnete den Mund, doch es kam kein Ton heraus. Frau Moon sah, dass sich rechts und links von ihr etwas regte. Frau Lee und Frau Yang traten ans Feuer. Nacheinander streckten sie einen Arm nach vorn und ließen ihr wertlos gewordenes Bündel Scheine in das Becken fallen. Die Soldaten unternahmen nichts. Alle wirkten zu überrascht, um sich zu rühren, als würde sich vor ihren Augen ein Weltgesetz verändern. Jetzt warf auch Frau Kwon ihr Geld ins Feuer. Dann Frau Kim. Dann Großmutter Whiskey. Hunderttausende von Won landeten im Feuer. Die Druckerschwärze produzierte grazile Flammen in Blau und Gelb und Fuchsiarot. Dann ging das Papier selbst in Flammen auf und schickte orange Funken in die Luft.

Die Menschenmenge gab ein unheilvolles Geräusch von sich, eine Herde, die man aufgeweckt und gereizt hatte.

«Geht auseinander! Alle!», brüllte der Hauptmann. «Geht auseinander, oder ihr werdet verhaftet!»

Von irgendwo weiter hinten erschallte eine Frauenstimme: «Gebt uns Reis, oder lasst uns handeln.» Dann eine zweite Stimme, jünger und weiter vorn: «Gebt uns Reis, oder lasst uns handeln!»

Der Hauptmann gab den Soldaten ein Handzeichen und blies in seine Trillerpfeife. Zwei Sekunden lang geschah nichts. Die Truppen erlebten ihren ersten Aufstand. Dann, plötzlich, warfen sich die Männer in die wütende Menge, stießen Leute beiseite, traten zu, hieben auf sie ein, stießen sie mit Gewehrkolben zu Boden. Die plötzlich entfesselte Gewalt war brutal. Doch der Schlachtengesang hatte um sich gegriffen, und befeuert von jedem Einzelnen, verbreitete er sich wie ein Flächenbrand.

Gebt uns Reis, oder lasst uns handeln!

Gebt uns Reis, oder lasst uns handeln!

Jeder Bürger auf dem Platz stimmte in den Ruf mit ein, die Faust in den Himmel gereckt. Diesen Chor konnte keine Trillerpfeife übertönen. Ein Stein flog durch die Luft, traf einen Militärlaster, dann der nächste. In einem oberen Stockwerk des Parteigebäudes ging eine Fensterscheibe zu Bruch. Jetzt rief der ganze Platz mit einer Stimme.

So etwas hatte Frau Moon noch nie erlebt. Die Welt stand Kopf. Eisen schmolz, Steine zerbarsten. Alles schien möglich.

Plötzlich, wie die Druckwelle einer Explosion, ging ein Keuchen durch die Menge. So schnell wie er begonnen hatte, ebbte der Aufruhr ab. Der Sprechchor verstummte. Die Menschen starrten fassungslos nach vorne. Das kleine Kohlebecken warf sein schwaches Licht auf die dunklen Säulen des Parteibüros. Das Licht reichte aus, um zu erkennen, dass das lange, rote Plakat, das man am Morgen dort aufgehängt hatte, verunstaltet worden war. Die Menge versuchte, das Undenkbare zu begreifen.

In hastigen schwarzen Buchstaben waren zwei Worte über den Namen des Geliebten Führers geschmiert worden.

**Nieder mit
~~KIM~~ JONG-IL**

Der einzige Kopf, der sich der Schmach nicht zugewandt hatte, sondern in die entgegengesetzte Richtung starrte, war der des Hauptmanns. Einen Augenblick lang lag sein Gesicht im Schatten, dann offenbarte der Feuerschein seine Mimik. Seine Augen waren wild und traten aus dem Schädel. Wie mit einem Laser suchte er die Menge nach Frau Moon ab.

Frau Moon ging zentimeterweise rückwärts – langsam, ein Schritt nach dem anderen –, um seine Aufmerksamkeit nicht zu erregen. Dann sah er sie. Augenblicklich setzte er sich in Bewegung, rempelte die Leute beiseite. Er hob die Pistole, hielt sie am Lauf gepackt, bereit, mit dem Kolben zuzuschlagen.

Sie hob schützend die Arme vors Gesicht.

Aus dem Nichts rammte ein kleiner, schwarzer Schatten die Beine des Hauptmanns und warf ihn um. Seine Mütze segelte durch die Luft. Hart und schwer landete er auf der Seite, knallte mit dem Ohr auf den Asphalt. Er jaulte auf vor Schmerz. Ehe er erkennen konnte, wer ihn angegriffen hatte, war Kyu in der Menge verschwunden. Der Hauptmann rappelte sich hoch und griff sich ans Ohr. An seinen Fingern klebte Blut.

Frau Moon drehte sich um und tat etwas, das sie seit Jahren nicht versucht hatte. Sie rannte. Das *bingdu* hatte Steifheit und Schmerzen aus ihren Knien vertrieben. Das Herz schlug ruhig; der Kopf war klar. Das änderte natürlich nichts an der Tatsache, dass sie sechzig Jahre alt war und Arthritis hatte. Sie hatte es bis zu den Gleisen geschafft, als der Schlag von hinten kam, sie mitten in den Rücken traf, ihr den Atem aus den Lungen trieb. Rollsplitt krachte in ihr Gesicht.

Im Hintergrund hörte sie das Rattern eines Maschinengewehrs. Als ihr Kopf in den schmierigen, mit Kot verschmutzten Schotter zwischen den Schwellen gepresst wurde und sich die Handschellen auf ihrem Rücken um die Handgelenke schlossen, dachte Frau Moon, wie froh sie war, dass sie Kyu einen Namen gegeben hatte.

KAPITEL 35

Einunddreißigster Stock
Yanggakdo International Hotel
Pjöngjang
Nordkorea

Als Jenna aufwachte, war die Stadt in orangefarbenen Dunst gehüllt. Die Sirenen waren verstummt und hatten eine unheimliche Stille hinterlassen. Die Straßen waren menschenleer und ohne Verkehr. Sie sah auf die Uhr. Viel Zeit hatte sie nicht mehr.

Die Wasserrohre gaben ein gespenstisches Stöhnen von sich, ehe siedend heißes Wasser aus dem Duschkopf spritzte. Eilig wusch und föhnte sie sich die Haare, schlüpfte in das schwarze Givenchy-Kleid und trug nach einem kühlen, abschätzenden Blick in den Spiegel ein wenig Make-up auf. Dann legte sie die Saphirohrringe an. Sie nahm Soo-mins Kette aus der Handtasche, befestigte sie sorgfältig um ihren Hals und berührte mit der Fingerspitze den Anhänger. Die Dame auf einem Renaissancegemälde, ein Schmuckstück berührend.

Es war verlockend, Chad Stevens verschlafen zu lassen, aber sie hatten vereinbart, dass sie ihn abholen würde, und sie machte sich auf die Suche nach seinem Zimmer. Die Lichter im Gang surrten und flackerten und gingen dann ganz aus. Sie stand im Dunkeln. Nur die trüben Notausgangszeichen leuchteten. Dieses Hotel machte ihr langsam Angst. Sie hoffte, dass die Aufzüge funktionierten. Das ganze Gebäude atmete eine tiefe Stille, so als wäre ihr Stockwerk das einzig bewohnte.

Sie klopfte an Stevens' Tür. Keine Antwort. Sie klopfte wieder, dann drehte sie langsam den Knauf und öffnete die Tür. Stevens hockte mit dem Rücken zu ihr, über seinen Laptop gekauert auf dem Teppich. Er trug Kopfhörer. Neben ihm standen sein geöffneter Koffer und eine halbvolle Flasche Bourbon. Vom Computer schlängelte sich ein Kabel zu einer flachen, ausgeklappten Satellitenantenne auf dem Fensterbrett. Auf dem Bildschirm war ein Studio von *BBC World News* zu sehen.

«Stevens! Was zum Teufel …»

Er klappte den Laptop zu und sprang auf, als hätte sie ihn mit einem Porno erwischt.

«Gott, haben Sie mich erschreckt!»

Jenna starrte ihn entgeistert an. «Was machen Sie da?»

Er streckte ihr die Handflächen entgegen. «Kommen Sie runter, ja? Ganz ruhig, okay? Da ist was Großes im Gange …»

«Glauben Sie, das hier ist ein Spiel? Wir sind in Nordkorea, Chad. Haben Sie eine Ahnung, in was für eine Gefahr Sie uns alle bringen, indem Sie dieses …»

«Tut mir leid, okay? Das merkt doch keiner …»

Sie sah sich im Zimmer um und registrierte die vielen Verstecke, wo sich gut eine Wanze verbergen ließ, mit der just in diesem Moment vielleicht jemand belauschte, wie dieser Wichser sich mit seinem großen Maul verriet.

Er deutete auf den Computer. «Ich sage Ihnen, da ist eine Riesengeschichte im Busch …»

Sie verschränkte seufzend die Arme vor der Brust wie eine Lehrerin, die sich eine faule Ausrede anhören muss.

Er goss einen Fingerbreit Bourbon in eine Kaffeetasse und reichte sie ihr. Sein Gesicht hatte den dumpfen Idiotenausdruck verloren. Seine Augen waren klar, sein Verstand arbeitete auf Hochtouren. Sie nahm die Tasse. Er setzte sich wieder auf den Fußboden, klappte den Bildschirm auf und zeigte ihr ein leicht verzerrtes Stop-Motion-Bild. TUNESISCHER STRASSENHÄNDLER ENTFACHT AUFSTAND, verkündete der Nachrichtenticker am unteren Bildrand. Ein wütender Mob marschierte durch einen Basar und stieß arabische Sprechchöre aus. Ein in Flammen stehendes umgestürztes Auto beleuchtete die Menge. Hunderte Fäuste waren in die Luft gereckt. Das Bild blieb immer wieder hängen. Er stellte den Ton ab. Dann kam das Passfoto eines jungen Mannes mit kleinen Locken und großen, traurigen braunen Augen.

«Dieser Straßenverkäufer hat sich selbst angezündet, aus Protest gegen … alles. Das ist der Beginn einer Scheißrevolution! In Kairo sind bereits Menschenmengen auf den Straßen. Das könnte sich zu einem Flächenbrand entwickeln …»

Jenna betrachtete eine unscharfe, verwackelte, aus einem Hubschrauber gefilmte Luftaufnahme. Tränengas zog weißen Rauch hinter sich her und erzeugte ein plötzliches kreisrundes Loch inmitten der Menschenmenge, wie eine sich weitende Iris. Jetzt meldeten sich ohne Ton Experten zu Wort, aus London, Istanbul, Kairo.

«Wetten, dass heute Nacht jeder verdammte arabische Diktator eine Ausgangssperre verhängt? Die sind total in Alarmbereitschaft …»

«Umso mehr Grund, das auszumachen. *Jetzt*! Himmel! Stevens, denken Sie dran, wo Sie sind.»

Ihre Worte brachten ihn offenbar zur Vernunft. Er schloss den Computer und klappte die Antenne zusammen. «Sie haben recht.» Dann schenkte er ihr sein Vertreterlächeln. «Trotzdem spannend.» Er kippte den Bourbon hinunter.

«Sie sind noch nicht mal umgezogen.»

«Gehen Sie ruhig schon runter. Ich komme gleich nach.» Sie

war schon zur Tür hinaus, als er sagte: «Sie sehen übrigens heiß aus.»

Ihr Augenrollen sah er nicht.

Auf dem Absatz des einunddreißigsten Stocks warteten die anderen Delegationsmitglieder auf einen Aufzug. Die beiden Ostasien-Strategieexperten trugen Smoking. Jenna war sich nicht sicher, ob das den richtigen Ton treffen würde; die Reporterin des *Wall Street Journal* hatte sich aufgetakelt wie eine Präsidentschaftskandidatin, mit Betonfrisur und Schulterpolstern. Stevens' Kameramann trug das Jeansoutfit, in dem er gekommen war.

Einer der vier Aufzüge öffnete sich; er war mit einer Gruppe extrem großgewachsener Asiaten besetzt. Sie trugen Sweatshirts mit der Aufschrift MONGOLIAN FRIENDSHIP BASKET-BALL TOUR. Es war noch etwas Platz in der Kabine.

«Fahrt schon vor», sagte Jenna.

Die anderen stiegen ein, und die Türen schlossen sich. Wieder fingen die Lichter an zu flackern, wurden schwächer, erloschen. Sie fragte sich, ob der Aufzug betroffen war, doch die Anzeige über der Tür bezeugte die reibungslose Fahrt nach unten in die Lobby. Im Dunkeln entdeckte sie den schwachen Schein dunkelroter Lämpchen. Er war direkt auf sie gerichtet; eine Überwachungskamera. Sie trat aus dem Radius, ging ans Fenster und blickte hinaus über den mit Wohnblocks bebauten Osten der Stadt. Weite Teile lagen in völliger Dunkelheit. Die einzigen Lichtquellen waren die Porträts von Vater und Sohn. Sie wirkten wie Ikonen in einer Höhle und ließen die Dunkelheit einzigartig juwelengeschmückt wirken. Es war auf finstere Weise schön.

Jenna dachte an die Bilder zurück, die sie eben gesehen hatte. Ein Menschenmob, der durch einen tunesischen Basar tobte, der eiserne Griff eines Diktators, der unter dem Blick der Weltöffentlichkeit von Minute zu Minute schwächer wurde.

Welche Angst das bei dem hiesigen Regime auslösen muss …

Die Erkenntnis traf sie mit der Wucht einer Offenbarung. Kim Jong-il war nur so mächtig wie seine Fähigkeit, die Medien zu kontrollieren. Wenn die Ereignisse in Arabien bis in dieses Land durchsickerten, wenn sich Gerüchte über eine Revolution verbreiteten, selbst der kleinste Funke … der kleinste Funke …

Die Sirenen. Die leeren Straßen. Die Truppen überall. Jenna fasste sich an die Stirn. *Die Stadt war abgeriegelt.*

Hinter ihr ertönte ein Pling.

Die Türen zu einem Fahrstuhl öffneten sich. Er war leer. Wo zum Teufel blieb Stevens?

Sie betrat den Lift. Die Türen schlossen sich. Sie sah den absteigenden Ziffern zu, und ihr fiel wieder ein, was Stevens ihr im Flugzeug erzählt hatte. Tatsächlich, das Bedienfeld neben ihr besaß für jedes Stockwerk vom fünfunddreißigsten bis hinunter in die Lobby einen Knopf, nur der fünfte Stock fehlte.

Sie zog den Gürtel ihres Mantels enger. Im Aufzug war es eiskalt. Sie sah in den Spiegel und prüfte Frisur und Make-up. Der Aufzug stoppte, und mit einem Pling öffneten sich die Türen.

Im Spiegelbild hinter sich sah Jenna nicht die Lobby, sondern völlige Dunkelheit.

Verwirrt warf sie einen Blick auf die Ziffer an der Anzeige über der Tür. Das Stockwerk war mit Fünf beziffert.

Ein eisiger Windhauch wehte ihr entgegen und trug eine Welle von absolutem Nichts zu ihr in den Lift. Sie starrte in einen langen, düsteren Korridor wie in den Lauf eines Gewehrs. Das Licht in der Kabine flackerte und ging aus.

Ehe sie schreien konnte, griffen zwei Hände nach ihr.

KAPITEL 36

Fünfter Stock
Yanggakdo International Hotel
Pjöngjang
Nordkorea

Eine Hand hatte sich ihr mit eisernem Griff über Mund und Nase gelegt und erstickte ihren Schrei. Jenna wand und krümmte sich, doch dann zischte ihr jemand ins Ohr.

«Still, wenn Sie Ihre Schwester sehen wollen.»

Jenna erstarrte, die Augen weit aufgerissen. Für das, was sie empfand, war der Begriff Überraschung zu schwach.

Langsam löste Cho seinen Griff. Er war unsicher, wusste nicht, wie sie reagieren würde. Als ihre Augen sich an die Dunkelheit gewöhnten, erkannte sie einen mit Türen gesäumten Flur und Wände aus Rauchglas. Ein tiefes Brummen lag in der Luft, begleitet von dem typischen Kabelgeruch großer Computerserver.

Sie hielt den Atem an, ihr Herz eine eiserne Faust in ihrer Brust.

Seine Stimme war ein winziger Atemhauch, leiser als ein Flüstern: «Wir haben wenig Zeit. Das Bankett beginnt in fünfunddreißig Minuten. Sind Sie bereit, zu tun, was ich sage?»

«Ja.»

«Ich habe einen Preis. Ich will Asyl in den Vereinigten Staaten. Ich verlasse das Land mit Ihrem Flug um sechs Uhr früh.»

Er läuft über? Jennas Gedanken überschlugen sich. Sie besaß nicht die Befugnis zu einer solchen Entscheidung, und das musste ihm klar sein. Dann ahnte sie das Ausmaß der Konsequenzen. Die Nordkoreaner, die überliefen, waren arm und hungrig. Jemand von seinem Rang – *ein Insider aus dem Regime* – lief nur einmal alle zehn Jahre über …

Sie sagte: «Sie werden nicht mal in die Nähe der Maschine gelangen …»

«Doch. Mit Ihrer Hilfe.»

Jenna geriet in Panik. Er hatte sie losgelassen, aber sie hielt sich an seinen Händen fest und drehte sich im Dunkeln zu ihm um, war ganz nah an seinem Gesicht, in vollem Bewusstsein der verstreichenden Zeit.

Seine Stimme war angespannt vor Verzweiflung. «Sind wir im Geschäft?»

Sie würde alles sagen, nur um ihre Schwester zu sehen, absolut alles, und auch das musste ihm klar sein. «Ja.»

Er schwieg einen Moment, abschätzend, wollte ihr so dringend glauben.

Aus Angst, er könnte es sich anders überlegen, küsste Jenna ihn plötzlich auf die Wange.

Sie spürte, wie seine Augen im Dunkeln ihren Blick suchten.

«Gehen Sie ans Ende des Flurs. Schnell. Sehen Sie nicht nach rechts oder links. Warten Sie auf der anderen Seite der Tür auf mich. Machen Sie sich bereit, zu rennen.»

Jenna wurde schwindlig vor Angst und Euphorie. Ihre Beine zitterten. Sie ging los. Unfähig, zu widerstehen, warf sie einen verstohlenen Blick zur Seite. Hinter einer Rauchglaswand sah sie uniformierte Männer sitzen, mit dem Rücken zu ihr. Sie trugen Kopfhörer und beobachteten Reihen von Überwachungsmonitoren. Sie erhaschte einen Blick auf Menschen, die auf ihren Betten lagen, Leute, die auf den Aufzug warteten, und auf einem Bildschirm eine Frau unter der Dusche. *Ach, Stevens, du Idiot! Die haben alles gesehen.*

Aber war sie nicht genauso dumm? Welches irrsinnige Risiko ging sie hier gerade ein?

Als sie die Brandschutztür erreicht hatte, sah sie sich um und erkannte undeutlich, wie Cho in den Lift griff und einen Knopf drückte. Kurz bevor sich die Türen schlossen, sprang er zurück. Er drosch mit dem Ellbogen gegen eine kleine Bedientafel an der Wand und zertrümmerte das Schutzglas.

Der Feueralarm ertönte, ohrenbetäubend schrill, und sie legte sich schützend die Hände auf die Ohren. Cho kam auf sie zu gerannt. In der Glaswand öffnete sich eine Tür. Dann die nächste. Männer traten auf den Gang.

Jenna schlüpfte durch die Tür, ehe die Männer sie sahen, und hörte Cho noch «Feuer!» brüllen. Dann, näher: «Feuer! Evakuiert das Gebäude!»

Er packte ihren Ellbogen. Sie rannten über die von Notausgangsschildern schwach beleuchtete Treppe nach unten in den vierten Stock, dann weiter in den dritten. Inzwischen schlossen sich ihnen immer mehr Menschen an. Zimmermädchen, Wachmänner und ausländische Gäste kamen ins Treppenhaus gelaufen. Jeder konzentrierte sich allein darauf, dem gellenden Lärm zu entkommen. Von Jenna und Cho nahm dabei keiner Notiz. Als sie den ersten Stock erreicht hatten und sich in die Schlange aus Kellnerinnen, Karaokehostessen, Croupiers, Bowlingbahnhelfern, Barmännern, Köchen und immer noch mehr Hotelgästen einreihten, hatte sich ihre Flucht zum Schneckentempo verlangsamt.

Mit gesenkten Köpfen folgten sie der Menge durch eine weitere Brandschutztür, hinaus in die eisige Nachtluft. Zu ihrer Linken tauchte das Heck einer neuen silberfarbenen Mercedes-

Limousine mit dem Kennzeichen 2★16 auf. Der Wagen stand direkt vor dem Notausgang geparkt.

«Einsteigen!», raunte Cho und entriegelte mit dem Sender die Türen. Sie sprangen hinein; Cho knallte die Tür zu und ließ mit einem Blick in den Rückspiegel den Motor an.

Keine drei Meter hinter ihnen, direkt hinter der Fluchttür, leuchteten die Scheinwerfer eines wartenden Fahrzeugs auf. Doch die Menschenmenge schob sich zwischen die beiden Wagen. Personal und Gäste glitten an den Scheinwerfern vorbei wie ein nicht enden wollender Strichcode. Cho ließ den Motor aufheulen, löste die Handbremse und trat aufs Gas. Mit quietschenden Reifen schossen sie los, während das andere Fahrzeug in wütendem Stakkato hupte. Doch es steckte hinter der Menschenmenge fest, und das Hupen ging in dem gellenden Feueralarm unter.

Jenna drehte sich zu Cho um. Sie ritt auf einer Welle aus purem Adrenalin. Dann übernahm ihr Training das Kommando. *Ruhe bewahren. Konzentrieren. Hellwach bleiben.* Chos Blick war auf die dunkle Straße geheftet, seine Hände umklammerten das Lenkrad wie einen Rettungsring. *Konzentriere dich mit ihm.* Als sie den Kontrollpunkt an der Yanggak-Brücke erreichten, die in die Stadt führte, ging Cho vom Gas. Wachmänner beleuchteten mit Taschenlampen den Wagen. Zu Jennas Erstaunen nahmen sie Haltung an und salutierten. Die Schranke wurde geöffnet, ohne dass Cho anhalten musste. Kurz darauf hatten sie den Taedong überquert und fuhren in hoher Geschwindigkeit über leere Prachtstraßen, am Pjöngjang-Stadion vorbei und weiter, vorbei am Koryo Hotel.

Es war ein seltsames, gespenstisches Gefühl, die düsteren Umrisse von Türmen und Nationalmonumenten unbeleuchtet an sich vorüberziehen zu sehen. Eine Stadt aus einem Albtraum oder eine Stadt im Belagerungszustand. Ein gigantischer Sternenhimmel verstärkte den surrealen Eindruck. Nur die Porträts von Vater und Sohn waren beleuchtet. Der Strom für diese Scheinwerfer fiel niemals aus. Es gab keinen Verkehr und keine Ampeln, und Cho schoss über die Kreuzungen, ohne nach rechts oder links zu sehen. Jenna spürte die nächste Welle Adrenalin durch sich hindurchrauschen.

Soweit sie das beurteilen konnte, fuhren sie in Richtung Nordwesten, weg von den Bauwerken und vom Fluss. Sie überquerten eine breite Überführung, und sie konnte direkt in von Petroleumlampen trüb beleuchtete Wohnungen sehen.

Nach ein paar Minuten Fahrt bei hoher Geschwindigkeit ließen sie die Wohntürme hinter sich und durchquerten armselige Barackenviertel; diese Gegend bekamen Besucher der Hauptstadt nicht zu sehen. In den kargen Außenbezirken verschlechterte sich auch der Straßenzustand, und Cho musste plötzlich bremsen, um einem mit Wasser gefüllten Krater mitten auf der Straße auszuweichen. Als die Stadt Hügeln und Ackerland wich, brach Cho das Schweigen. Er sprach koreanisch.

«In der Hauptstadt herrscht Ausgangssperre. Ich weiß nicht, warum. Das Telefonnetz ist abgeschaltet. Wenigstens heißt das, unser Verfolgungsfahrzeug kann nicht sofort Alarm schlagen.»

«In was für Schwierigkeiten stecken Sie?»

«Die für Ihre Delegation zuständigen Aufpasser werden denken, Sie stecken im Fahrstuhl fest. Uns bleiben …» Er warf einen Blick auf die Uhr im Auto, «… dreiundzwanzig Minuten bis zum Beginn des Banketts, also bis man Verdacht schöpft.»

«Verraten Sie mir, wohin wir fahren?»

«Ich kann nicht versprechen, dass Sie sie sehen werden.» Er starrte gedankenversunken auf die Straße. «Auf dem Rückweg in die Stadt werde ich Ihnen sagen, was Sie tun müssen, um mich an Bord zu kriegen.»

Eine akute, haarsträubende Ahnung von Gefahr überschwemmte Jenna, mit starken Unterströmungen von Schuldgefühl. Sie hatte keine Ahnung, wie sie ihm helfen sollte, selbst wenn es möglich wäre, ohne die anderen in Gefahr zu bringen. Es gab keine Möglichkeit, Langley zu kontaktieren und um Anweisungen zu bitten. Es sei denn … *Stevens' Satellitenantenne.*

Er sagte: «Wann genau landet das Flugzeug?»

«Vermutlich … vermutlich erst ein paar Minuten vor unserem Abflug um sechs Uhr. Wir werden sofort starten. Es handelt sich um einen Jet des Weißen Hauses. Der bleibt keine Sekunde länger hier als nötig.»

Cho versank wieder in Schweigen, und sie fragte sich, ob er einen Plan hatte oder ob er angesichts der unerwarteten Abriegelung einfach die Gelegenheit beim Schopf gepackt hatte.

Sie befanden sich inzwischen gänzlich außerhalb der Stadt, und als sie über einen Hügel fuhren, glaubte Jenna, in der Ferne das Meer zu sehen. Wieder ging Cho vom Gas. Sie fuhren jetzt an einer hohen Mauer entlang, die ein gewaltiges, bewachtes Areal umgab.

«Verstecken Sie sich im Fußraum.» Sie näherten sich einem Tor mit Schranke. Rechts und links der Schranke standen zwei gedrungene Pförtnerhäuschen aus verstärktem Beton, flankiert von großen Rollen Stacheldraht.

Jenna kauerte sich zusammen und spürte, wie eine Decke über sie geworfen wurde.

Der Wagen hielt. Schritte näherten sich, Stiefel auf Kies. Wieder hörte sie, wie man zurücktrat und stampfend salutierte. Vielleicht hatte Cho seinen Ausweis gezeigt, aber er hatte nicht einmal das Fenster geöffnet. Etwas an dem Fahrzeug selbst – *das*

Nummernschild? – öffnete alle Schranken, setzte sämtliche Formalitäten außer Kraft.

«Nicht bewegen», sagte er. Einen Augenblick später erreichten sie eine zweite Absperrung. Wieder Salut, dann fuhr der Wagen weiter. «Kommen Sie rauf.»

Sie glitten über eine asphaltierte, von koreanischem Ahorn gesäumte Straße. Jeder einzelne Baum war von einem in den gepflegten Rasen eingelassenen Scheinwerfer beleuchtet. Zu ihrer Linken befand sich ein künstlicher See mit einer strahlend hell erleuchteten Wasserfontäne in der Mitte. Das Wasser sah aus wie in weiße Funken verwandelt. Die Silhouette eines prächtigen Pfaus war zu sehen und das von Flutlicht beleuchtete Grün eines Golfplatzes. Die Veränderung war schockierend; als hätten sie die Grenze von Mogadishu nach Beverly Hills überquert.

Vor ihnen, auf der Kuppe eines kleinen Hügels, thronte eine zweistöckige Villa mit rot gedecktem Dach, beleuchtet von dezenten, in gepflasterte Wege eingelassenen Scheinwerfern. Hohe Zypressen verliehen dem Anwesen toskanisches Flair, und durch die Fenster fielen schmale Streifen goldenen Lichts über den leicht abschüssigen Rasen. Sie umrundeten einen Tennisplatz und passierten einen überdachten Bereich mit westlichen Luxussportwagen und Suzuki-Motorrädern. Die Fahrzeuge wirkten neu und unbenutzt. Cho wollte gerade anhalten, als sich ein Überwachungsscheinwerfer einschaltete und sie in grelles Licht tauchte. Er fuhr noch etwas weiter, bis zu einer Stelle, tief im Schatten einer dichten Buchenhecke.

«Wo sind wir hier?», fragte Jenna.

«Nur ein paar Sekunden», flüsterte er. «Dann fahren wir zurück. Haben Sie das verstanden?»

Jenna saugte sämtliche Einzelheiten in sich auf. Sie sah eine

Art Schießstand mit Zielen, die aussahen wie Soldaten. Sie fragte sich, ob sie diesen Ort von den Aufnahmen der Spionagesatelliten kannte.

«Haben Sie gehört?»

«Ja.»

Sie stiegen aus und gingen dicht an der Hecke entlang. Es war so eisig, dass die Luft ihr in der Nase brannte. Sie stolperte immer wieder auf dem unebenen Boden und streckte den Arm aus, und Cho stützte sie.

Als sie sich dem Ende der Hecke näherten, verlangsamte er seine Schritte und gab ihr ein Zeichen, im Schatten zu blieben. Von der auf den See hinausgehenden Hausseite wehten leise Musik und Gelächter und der Klang vieler Stimmen – Kinderstimmen – zu ihnen heraus. Cho hielt Jenna an der Schulter gepackt, und sie spähten gemeinsam um die Ecke der Buchenhecke herum.

Im Haus fand ein Kinderfest statt. Die Jüngsten waren etwa acht oder neun, aber es gab auch Teenager von vielleicht dreizehn oder vierzehn Jahren. Sie saßen an langen, niedrigen Tischen, die zu einem Rechteck arrangiert waren, auf dem Fußboden. Die Musik, die sich anhörte wie ein patriotisches Sowjetlied, kam von einer vierköpfigen Kindergruppe mit Akkordeons. Alle Kinder waren westlich gekleidet – Jeans, Turnschuhe, Sweatshirts –, trotzdem hatten sie etwas ausnehmend *Un*westliches an sich. Ihnen haftete etwas eigentümlich Beherrschtes, Respektvolles an, doch daran lag es nicht. Jenna brauchte einen Moment, um zu erkennen, was es war. Manche Kinder waren blond; andere hatten dunkle Haut und dunkle Haare. Manche hatten blaue Augen; andere dunkelbraune oder bernsteinfarbene. Was ihnen jedoch allen gemeinsam war, war der Schnitt ihrer Augen. Jedes dieser Kinder war ein koreanischer Mischling.

Lächelnde Frauen in *chima-jeogori*-Kleidern servierten ihnen etwas zu essen und unterhielten sich voll sichtlicher Zuneigung mit ihnen. Dann passierte es. Nach einem kurzen Moment sah Jenna, dass die Frau, die da in einem langen, fließenden traditionellen koreanischen Seidenkleid am Kopfende eines Tisches saß, sie selbst war.

An dem traditionell dem Oberhaupt der Familie vorbehaltenen Platz saß ihre Doppelgängerin. Sie hielt einen Seidenfächer in der Hand, und ihre Haare waren im konservativen nordkoreanischen Stil der Fünfzigerjahre frisiert, so wie die der anderen anwesenden Frauen auch. Mit geneigtem Kopf lauschte sie einem der älteren Jungen – ein Teenager mit ostasiatischen Zügen und beeindruckenden, kornblonden Haaren –, der ihr etwas ins Ohr flüsterte. Sie lachte betont fröhlich und zerzauste ihm die Haare.

Soo-min. Klar und deutlich und so hell wie der Tag. Nur ein paar Meter entfernt.

Jenna stockte der Atem. Sie wusste nicht, ob sie ihren Augen trauen durfte. Es war, als hätte sie ein Fabelwesen vor sich, eine Figur aus einem Märchen. Unwillkürlich machte sie einen Schritt nach vorn, doch Cho packte sie am Arm und riss sie zurück.

Auch das Essen war ungewöhnlich – keine koreanische Kost, sondern Pizza und Coca-Cola und Salat. Dinge, die kein normaler Nordkoreaner je zu Gesicht bekommen würde, ganz zu schweigen davon, sie zu kosten.

Jemand stellte Soo-min einen Teller hin, doch sie winkte mit bedauerndem Kopfschütteln ab. Dann stand sie auf, und Musik und Gespräche verstummten. Die Kinder erhoben sich. Sie zog eine Grimasse und sagte etwas, das alle zum Lachen brachte. Dann verbeugten die Kinder sich tief.

Jenna stürzte mit ausgestreckten Armen auf das Fenster zu,

doch Cho hielt sie fest umklammert. Sie wehrte sich, versuchte ihn wegzustoßen.

«Wir fahren», zischte er. «Jetzt!»

Jenna vergaß zu flüstern. Sie vergaß alles andere auf der Welt. «Ich gehe nicht ohne sie!»

KAPITEL 37

Anlage Paekhwawon
13 Kilometer nordwestlich von Pjöngjang
Nordkorea

Auf seinem Gesicht lag ein Flehen. *Still!*, sagte der zitternde Finger an seinen Lippen zu ihr.

Wir haben eine Abmachung. Er umklammerte ihren Arm, ihm war bewusst, dass er ihr weh tat.

In dem Lichtschein, der durch die Fenster fiel, sah Cho eine unglaubliche Kraft in Jennas Augen flackern, Emotionen, die zu mächtig waren, um gebändigt zu werden, und schon gar nicht von ihm. Er war für sie belanglos geworden. Mit einer brutalen Bewegung riss sie sich von ihm los. Ehe er sie abhalten konnte, war sie dicht an das Fenster getreten.

Ihr Körper schien weich zu werden, sich zu verflüssigen, es wirkte, als würde sie schmelzen angesichts dessen, was sie dort sah.

Soo-min redete immer noch. Ihr rosarotes *hanbok*-Kleid schimmerte im goldenen Licht. Die Kinder hatten sich wieder hingesetzt. Sie war ihnen zugewandt, als würde sie ihnen eine Geschichte erzählen. Die Kinder lauschten andächtig.

Langsam hob Jenna die Hand wie zum Gruß. Ein kleines Mädchen sah sie als Erste und schrie überrascht auf. Dann drehten sich alle Kinderköpfe gleichzeitig zum Fenster.

Und für eine drei Sekunden während Ewigkeit begegneten sich die Blicke der zwei Schwestern.

Soo-mins Gesicht war ausdruckslos, dann öffnete es sich wie eine Blumenknospe zu einer Blüte aus Furcht und Fassungslosigkeit, aus Schock, Staunen und purer Freude, und Cho bildete sich ein, Zeuge der Vereinigung einer unglaublichen Kraft zu werden, eines Lichtbogens aus purer Energie, der sich zwischen den zwei Schwestern spannte.

Dann berührte Jenna mit den Fingerspitzen die Glasscheibe, und die Hölle brach los.

Aus allen Richtungen sprangen grellweiße, blendende Scheinwerfer an, und ein ohrenbetäubender Alarm schallte mit langen, elektronischen Intervallen durch die Luft. Die Kinder sprangen auf und rannten aus dem Zimmer. Nur die Blicke der Schwestern wankten nicht. Cho sah den Ausdruck allergrößter Angst, der sich auf Soo-mins Gesicht ausbreitete.

Ein Hund bellte, ziemlich nah.

Knapp zwanzig Meter entfernt schoss ein dunkler Schatten um die Ecke ins Licht.

Jenna drehte sich um und entdeckte den Hund – angriffsbereit und knurrend stand er vor ihr. Dann sprang er sie mit schockierender Geschwindigkeit und gefletschten Zähnen an. Ehe Cho reagieren konnte, hatte Jenna einen Schritt auf den Hund zugemacht und ihm die ausgestreckte Hand direkt gegen die Schnauze gerammt. Dann ein zweiter Schritt, und sie versetzte ihm einen Tritt. Jaulend rannte der Hund davon.

Als Jenna sich wieder zum Fenster umdrehte, war das Zimmer leer. Soo-min war verschwunden.

Vom See her kamen Männerstimmen, und schwere Stiefelschritte näherten sich schnell über einen Pflasterweg. Jenna rüttelte vergebens an dem Schiebefenster, versuchte mit Gewalt, den Riegel zu lösen.

«*Capsida!* – Los jetzt!», schrie Cho.

Plötzlich wich sie zurück. Zwei bewaffnete Wachmänner hatten den Raum betreten und suchten forschend die Fenster ab. Cho ergriff die Gelegenheit. Er riss Jenna von den Füßen und trug sie im Laufschritt um die Ecke. Zu seiner Überraschung wehrte sie sich nicht, und er spürte ihren sanft keuchenden Atem an seiner Wange. Glänzend stand der silberne Mercedes im Licht der Flutscheinwerfer. Im Laufen entriegelte er per Fernbedienung die Türen und musste Jenna auf den Sitz legen. Sie war völlig schlaff geworden, wie jemand, der unter Schock steht oder schwer betrunken ist. Er legte krachend den Rückwärtsgang ein und löste die Handbremse. Der Wagen fuhr aufheulend rückwärts über den Kies, zurück zu dem überdachten Areal mit den Autos und Motorrädern. Er spürte, wie die Stoßstange mit metallischem Knirschen die äußerste Maschine touchierte. Das Motorrad kippte gegen das nächste, und die Maschinen fielen um wie Dominosteine. Er riss das Lenkrad herum und wendete den Wagen. Kies spritzte auf und traf die geparkten Autos. Cho gab Gas und raste durch die baumbestandene Allee am See entlang auf die Ausfahrt zu.

Es gab jetzt keinen Grund mehr, Jenna zu verstecken. Im Gegenteil, ihr Gesicht war die beste Chance, hier wieder rauszukommen.

Die innere Schranke kam in Sicht. Taschenlampen leuchteten durch die getönte Windschutzscheibe. Diesmal würden sie ihn nicht durchwinken.

Ein junger Offizier gab ihm das Zeichen, rechts ranzufahren. Cho ließ das Fenster herunter. Auch in der Wachstube gellte der Alarm.

«Tut mir leid, geehrter Herr. Niemand verlässt das Gelände, ehe wir grünes Licht bekommen haben.»

Chos Gesicht versteinerte. Er hielt einen Ausweis mit dem

goldenen Emblem der Arbeiterpartei hoch, der ihn als Mitglied der Partei-Elite auswies. Wenn er eines wirklich beherrschte, dann Pjöngjangs spießiges Spiel der Hierarchien.

«Hast du eine Ahnung, mit wem du sprichst, du Scheißer?»

«Aber …»

Cho nickte konspirativ mit dem Kopf zum Beifahrersitz hinüber, und der Wachhabende duckte sich ins Auto und warf einen Blick auf Jenna. Er sah nur ihr Profil. Ihr Blick war starr nach vorn gerichtet, ohne etwas zu sehen. Sie wirkte ruhig, beinahe apathisch, wie jemand, der gerade eine Vision gehabt hatte.

Ein Ausdruck der Verwirrung erschien auf dem Gesicht des Wachmannes.

«Öffnen Sie die Schranke!», befahl Cho.

Der Mann griff in die Tasche nach seinem Mobiltelefon, doch dann fiel ihm ein, dass sämtliche Telefone konfisziert worden waren und das Telefonnetz abgeschaltet.

«Ich habe Befehl …»

«Mein Passagier muss in wenigen Minuten in der Stadt sein. Zwingen Sie mich nicht, Ihnen zu sagen, bei wem sie erwartet wird. Glauben Sie mir, Sie wollen nicht dafür verantwortlich sein, ihm seinen Abend zu ruinieren!»

Der Wachhabende erstarrte und warf unentschlossen einen Blick zu seinen Männern, die die Schranke bewachten. Erst jetzt bemerkte Cho, dass der Mann die besondere Uniform der Leibgarde trug. Dies war kein normaler Wachtrupp.

In der Wachstube ertönte das altmodische Klingeln eines Telefons. Offensichtlich besaß das Gelände ein internes Kommunikationssystem.

«Ihre Entscheidung, Soldat», sagte Cho eisig und zog sein Notizbuch aus der Jackentasche. «Name?»

Angst legte sich auf das Gesicht des jungen Mannes. Nach einer quälend langen Pause, während das Telefon weiterklingelte, gab er den beiden Männern am Tor ein Zeichen.

Cho trat aufs Gas, noch ehe die Schranke ganz hochgezogen war. Er warf Jenna einen kurzen Blick zu, doch ihr Gesicht war regungslos wie das einer Statue. Die Ahornbäume am Straßenrand wichen Hängebirken, die im Lichtkegel der Autoscheinwerfer schwarz und weiß aufblitzten. Sie näherten sich der Hauptzufahrt. Er hörte die Sirenen schrillen, bevor die beiden Betonhäuschen in Sicht kamen, die hohe Mauer und das Haupttor nach draußen. Er war sicher, dass inzwischen telefonisch eine Meldung eingegangen war. Ein Scheinwerfer ging an und beleuchtete vier Soldaten in Kampfmontur, die mit Maschinengewehren im Anschlag die Straße blockierten. Cho bremste den Wagen auf Schrittgeschwindigkeit ab. Die Soldaten, die damit rechneten, dass er stehen bleiben würde, machten Platz und stellten sich seitlich, um nach den Wagentüren zu greifen. Doch Cho gab Gas. Die Räder drehten durch. Einer der Soldaten machte einen Hechtsprung zur Seite. Der Seitenspiegel erwischte den zweiten Mann und warf ihn rückwärts um. Jemand schrie. Mit aufheulendem Motor steuerte der Mercedes direkt auf das Tor zu.

Der Aufprall war immens. Unter Funkenschlag flogen die Eisenflügel weit auf.

Der Zusammenstoß riss Jenna aus ihrer Trance. Sie wandte sich ihm zu. «Halten Sie an. Ich fahre.»

«Jetzt nicht.»

Der Wagen schwenkte nach links und beschleunigte, tauchte in beinahe absolute Dunkelheit. Ein nebliger Wolkenschleier hatte die Sterne ausgelöscht, und der Mond leuchtete blass und seiden wie der Kokon einer Motte. Das Licht reichte nicht aus, um die Landschaft zu erkennen. Die Scheinwerfer tasteten in schwarze Leere, und die plötzlichen Kurven in der Straße enthüllten sich erst in letzter Sekunde.

Chos Venen pumpten pures Adrenalin. Er sah auf die Uhr. In diesen Minuten begann das Festbankett zu Ehren der Amerikaner. Die vom Ersten Stellvertretenden Minister verfasste Rede steckte in seiner Tasche. Er drückte das Gaspedal hinunter und umklammerte mit aller Kraft das Lenkrad. Die Schlaglöcher auf der Straße waren gewaltig.

«Ich sage denen alles!», schrie Jenna, die Stimme durch das Gerüttel beinahe zur Unverständlichkeit verzerrt. «Ich sage denen, dass ich sie gesehen habe! Sie kommt morgen mit!»

«Wollen Sie, dass sie getötet wird?», rief Cho. «Nur ein Wort, und Ihre Schwester ist in höchster Gefahr. Die werden alles abstreiten, und sie ist in Lebensgefahr. Sie haben keine Ahnung. Vertrauen Sie mir.»

«Ihnen *vertrauen*?», kreischte sie. «Als wir uns das letzte Mal trafen, waren Sie selbst einer von denen!»

Jenna sprühte vor Zorn. Sie sahen einander an, und Cho spürte einen gewissen Funken überspringen. Er hoffte, dass es tatsächlich Vertrauen war. *Du bist schön*, dachte er. Sie war die erste Westlerin, mit der er je allein gewesen war, und sie saßen zu zweit im Dunkeln, nur ein paar Zentimeter voneinander entfernt.

Er sagte: «Morgen, wenn das Flugzeug …»

Etwas im Rückspiegel lenkte ihn ab. Hatte er eben ein Licht gesehen? Jenna drehte sich nach hinten um. Da war es wieder – zwei Lichter, gelb wie Glühwürmchen, die hinter ihnen den Hügel erklommen.

Dann hörte er es … das wütende Dröhnen zweier sich nähernder Motorräder. Cho schaltete zur besseren Kontrolle einen Gang herunter und gab Gas.

«Achtung!», schrie sie und hob schützend die Unterarme vors

Gesicht. Der Wagen traf das gewaltige Schlagloch, an dem sie vorher vorbeigekommen waren. Eine Fontäne Schmutzwasser spritzte hoch. Die Vorderreifen prallten mit heftigem Schlag auf, Cho hielt mit aller Kraft das Lenkrad fest; das Heck schlingerte über den nassen Asphalt.

Die Straße wurde flacher und gerader. Die Wolken teilten sich und enthüllten eine trübe Sicht auf Pjöngjang, schwarz und weit wie eine seltsame, riesige geologische Formation.

Die beiden Motorräder holten auf. Dann sah Cho bei einer der Maschinen etwas aufblitzen. Die Heckscheibe verwandelte sich in ein Spinnennetz aus Rissen. Die Karosserie vibrierte. Cho senkte den Kopf und trat das Gaspedal durch, als die Pistole hinter ihm ein zweites Mal aufblitzte. Ein zweiter Schlag, die Kugel traf, und das Heckfenster zerbarst in einem Splitterhagel. Der Wagen ruckte, die Lichter gingen aus, doch sie fuhren noch etwas schneller.

Über den Lärm des Fahrtwindes hinweg schrie Jenna: «Sie holen uns ein!»

«Wir müssen es nur schaffen bis …» Cho biss die Zähne zusammen, und der Motor heulte auf. Sie rasten ohne Licht ein steiles Gefälle hinunter. Im fahlen Mondschein schossen die Umrisse von Pappeln vorbei. «… *dahin*!» Er nickte nach vorn in die Dunkelheit. Vor ihnen gingen vier oder fünf Taschenlampen an, zu beiden Seiten der Straße kam je ein Wachhäuschen in Sicht. Wieder warf Cho einen Blick in den Rückspiegel. Die Motorräder hatten die Geschwindigkeit gedrosselt.

Jenna drehte sich um. «Sie sind stehen geblieben!»

«Das ist die Stadtgrenze von Pjöngjang. Die Leibgarde hat hier keine Genehmigung. Dies ist Hoheitsgebiet der Polizeigarnison Pjöngjang.» Er ging vom Gas. «Wir können nur hoffen, dass die Kommunikation immer noch stillgelegt ist.»

Der Mercedes wurde so langsam, dass die Wachen das Nummernschild erkennen konnten. Dutzende Taschenlampenstrahlen beleuchteten den Innenraum der ramponierten Limousine, die ohne Licht fuhr, streiften über die Gesichter des Fahrers und einer weiblichen Westlerin, die ohne die beiden gesetzlich vorgeschriebenen Begleiter unterwegs waren. Der Impuls der Wachmänner, den Wagen zu stoppen und die Insassen zu verhaften, musste gewaltig sein, doch ein mächtiger Zauber hielt sie im Zaum. Den Fahrer eines Wagens mit einem Kennzeichen ★16 in Frage zu stellen, hieß, den Geliebten Führer selbst in Frage zu stellen. Die Männer traten beiseite, und der Wagen passierte die Stadtgrenze.

KAPITEL 38

Internationales Haus der Kulturen
Zentraldistrikt
Pjöngjang
Nordkorea

In der Marmorpracht des Saales revanchierte sich das diplomatische Corps des nordkoreanischen Außenministeriums für den guten Willen der Amerikaner mit einem Festbankett von kaiserlichen Ausmaßen. Der Gastgeber selbst war lediglich in Form eines gewaltigen dramatischen Ölgemäldes anwesend, auf dem seine pummelige Gestalt ausgerechnet auf dem Dach eines Geländewagens abgebildet war, wie er seine Armee durch einen Schneesturm führte.

Alle Anwesenden drehten sich um, als Jenna den Saal betrat, gehörig zu spät, doch noch ehe sie ein Wort der Entschuldigung murmeln konnte, waren bereits zwei nachrangige Diplomaten des Ministeriums bei ihr und baten höchst übertrieben für den überaus unpassenden Zeitpunkt der Brandschutzübung im Yanggakdo Hotel um Verzeihung. Cho hatte sie zum Hotel zurückgebracht, wo ihre verzweifelten Aufpasser inzwischen hektisch jedes Stockwerk nach ihr abgesucht hatten.

Die Nordkoreaner, uniformiert und ordensbewehrt, präsentierten sich als makellose Front. Die Amerikaner sahen aus wie Statisten, die versehentlich aufs falsche Filmset geraten waren. Chad Stevens grinste ihr wollüstig zu. Die persönliche Referentin des Gouverneurs musterte finster ihr Kleid. Mit zitternden

Beinen nahm Jenna Platz. Sie strich sich eine Strähne hinters Ohr und fühlte ein paar Krümel Sicherheitsglas herausrieseln.

Drei Frauen mit gepuderten Gesichtern betraten mit *gayageums*, zitherartigen Saiteninstrumenten, den Raum und fingen an, eine sanfte Melodie zu zupfen.

Der Erste Stellvertretende Minister nickte Cho zu, der lächelnd und mit erhobenem Glas dastand, um die Anwesenden auf Englisch zu begrüßen. Jenna staunte über seine Fähigkeit, die Fassung zu wahren. Nichts an ihm deutete darauf hin, dass sie sich gerade noch in Lebensgefahr befunden hatten. Aber schließlich war er von Geburt an darauf konditioniert worden, seine Gedanken und Gefühle zu verbergen, dachte sie. Aus dem tobenden Stimmengewirr in seinem Kopf hatte er den Tonfall eines wohlwollenden, edelmütigen Seeräubers gewählt, der soeben das Schatzschiff der Amerikaner geplündert hatte und nun gerne bereit war, seine Opfer mit einem Fest zu versöhnen und die Vergangenheit Vergangenheit sein zu lassen. Die Amerikaner erhoben die Gläser auf die labile neue «Verständigung», wenn schon nicht in Freundschaft, dann doch wenigstens im Geiste eines zeitweiligen Waffenstillstands.

Jennas Glas zitterte, so wütend war sie.

Während des Essens bekam sie keinen Bissen hinunter. Sie saß mit den Geiselnehmern ihrer Schwester am Tisch! Wie konnte sie? Und hinter ihrer gespielten Gastfreundschaft lachten diese Erpresser und Kidnapper den alten Gouverneur aus, lachten sie alle aus. Eigentlich hatte sie den Auftrag, für den alten Mann, der neben ihr platziert worden war, zu übersetzen, doch schon die Gedanken hier im Raum zu halten, erforderte übermenschliche Kräfte – sie hatte nur ein einziges Bild vor Augen – die Szene in der Villa. Soo-min höchstpersönlich, Soo-min in Fleisch und Blut und quicklebendig!

Sie war ihr so nahe gewesen, in Hörweite! Sie hatte nicht vor, ihre Schwester zurück in die Finsternis gleiten zu lassen. *Jetzt* hatte sie die Chance, es wiedergutzumachen, *jetzt* hatte sie die Chance, diesen Schrecken endlich ein Ende zu bereiten.

Jenna setzte das Glas ab. Ihre Hände schwitzten. Sie schwitzte am ganzen Körper, als käme sie gerade aus dem Dampfbad. Ihre Wut übernahm die Führung. Verdammt noch mal, aber ja! Denen würde sie jetzt eine Szene machen. *Wie konnten die es wagen, ihre Schwester zu verleugnen!* Jenna holte tief Luft und schob den Stuhl zurück, um aufzustehen.

In der Millisekunde, während der sich ihre Blicke kreuzten, übermittelte Cho ihr eine Warnung, und ihr Mut ging in schrecklicher Angst unter.

Wollen Sie, dass sie getötet wird …?

Wollte sie das tatsächlich riskieren? Was, wenn er recht hatte? Außerdem durfte sie nicht vergessen, dass Fisk auf sie zählte. Sie hatte keine Ahnung, was sie tun sollte. Irgendwann, während diese Gedanken in ihrem Kopf tobten, wurde Jenna sich bewusst, dass der Erste Stellvertretende Minister sie durch seine metallgefasste Brille neugierig musterte. Sie aß nicht, und sie unterhielt sich nicht. Sie konnte die Gefühle, die ihr mit Sicherheit offen ins Gesicht geschrieben standen, kaum kontrollieren; kochendes Wasser hinter Glas.

Sie sah erneut zu Cho hinüber. Wozu? Zur Bestärkung?

Er unterhielt sich angeregt mit Mats Foyer, dem einzigen nicht amerikanischen Westler am Tisch. Weil die USA zu Pjöngjang keine diplomatischen Beziehungen pflegten, diente der schwedische Botschafter der amerikanischen Mission als Schutzmacht. Foyer, großgewachsen und kantig, mit dem Gesicht eines Chorknaben und einem charmanten Lächeln, fand sein Glas immer wieder aufs Neue von Cho großzügig nachgefüllt. War er Teil von Chos Fluchtplan? Der schwedische Botschafter? Cho hatte ihr nicht gesagt, wie er zum Flughafen kommen wollte, ehe die Maschine bei Morgengrauen abhob, nur dass sie unbedingt versuchen sollte, den Start bis zum letzten Augenblick hinauszuzögern, falls sie ihn dort nicht sah.

Plötzlich drehten sich alle Köpfe zum Fenster. Über die klirrenden Zitherklänge hallten die Sirenen der Stadt, untermalt vom Stampfen marschierender Füße.

«Da draußen ist ja die Hölle los ...», sagte der Gouverneur.

«Eine jährliche stadtweite Übung», antwortete der Übersetzer des Ersten Stellvertretenden Ministers.

Die großen Flügeltüren öffneten sich, und ein Bote eilte über den Marmorboden, um dem Ersten Stellvertretenden Minister eine Nachricht auszuhändigen. Der sah den Boten grimmig an und öffnete den Brief.

Die Amerikaner beobachteten, wie seine Miene sich verfinsterte. Er versuchte, seinen Mund hinter seiner Serviette zu verbergen, aber Jenna wusste Bescheid. Für Cho war das Spiel aus. Er wurde sehr still, und auch seine Kollegen schienen zu spüren, dass es ernst war. Die Stimmung am Tisch kühlte merklich ab, als wäre kalter Nebel vom Meer an Land gekrochen.

Der Erste Stellvertretende Minister erhob sich und gab den Musikerinnen ein Zeichen, aufzuhören. Jetzt blieb nur noch der Hall der Sirenen, der sich in dem riesigen Saal auf unheimliche Weise verstärkte.

«Wir ...» Der Mund des Mannes öffnete sich und klappte wieder zu. Er fand offenbar keine Worte, bis die Dringlichkeit ihn zwang, sämtliche Höflichkeiten beiseitezulassen. «Verehrte Gäste, ich bedauere, Ihnen mitteilen zu müssen, dass unsere Pläne sich geändert haben. Ihr Flugzeug wurde herbeordert und erwartet Sie zur unverzüglichen Abreise. Wir haben uns die

Freiheit erlaubt, Ihr Gepäck bereits in die Fahrzeuge zu verbringen, die Sie draußen erwarten. Sie werden unverzüglich zum Flughafen gebracht.»

Irgendetwas war schrecklich schiefgelaufen. Die Angst auf den Gesichtern der Nordkoreaner war ansteckend. Jenna hatte plötzlich den tunesischen Straßenhändler vor Augen, von dessen brennendem Körper sich Flammen über einen ganzen Kontinent ausbreiteten.

Die Amerikaner sahen sich bestürzt an.

«Was geht hier vor sich?», fragte der Gouverneur.

Das Gesicht des Ersten Stellvertretenden Ministers gefror zu einem steifen Lächeln. Einer nach dem anderen erhoben die Amerikaner sich. Die großen Türen wurden von außen geöffnet.

Stevens fragte: «Werden wir rausgeschmissen? Schade. Der Fraß schmeckt mir!» Er schnappte sich eine Handvoll *mandu* von einem Teller und stopfte sich die Teigtaschen ins Sakko.

Die Nordkoreaner begleiteten die Delegation bis hinaus auf den Treppenabsatz. Der Erste Stellvertretende Minister, bleich ob des Gesichtsverlustes, murmelte etwas und streckte dem Gouverneur die Hand hin. Der Gouverneur nickte ihm knapp zu und ging über die große Freitreppe voran nach unten. Die Delegation eilte hinter ihm her.

Jenna ging als Letzte. Am Fuß der Treppe drehte sie sich noch einmal zu ihren Gastgebern um. Cho lächelte ihr zum Abschied leise zu. Er wirkte unermesslich traurig, dem Tode geweiht. Er hatte ein unglaubliches persönliches Risiko auf sich genommen, um sie zu Soo-min zu bringen, und ihr Herz quoll über. Vielleicht hatte er gewusst, dass er nie eine Chance hatte.

Der Haupteingang schwang auf, noch ehe sie ihn erreicht hatte. Aus der Kälte drang das Rasseln von Stahl und das Trampeln marschierender Stiefel zu ihnen. Zwei Abteilungen bewaffneter Soldaten betraten das Gebäude, liefen rechts und links im Laufschritt an ihnen vorbei die Treppe hinauf, Maschinenpistolen mit aufgepflanzten Bajonetten im Anschlag. Im letzten Sekundenbruchteil, ehe Cho hinter einem Getümmel aus Uniformen und Waffen endgültig verschwand, glaubte Jenna ihn ihren Namen brüllen zu hören.

KAPITEL 39

Geheimes Gästehaus Maram
Distrikt Yongsung
Pjöngjang
Nordkorea

Wachsoldaten stiegen rechts und links zu Cho auf den Rücksitz eines Militär-SUV und schlossen die Türen. Sie griffen nach seinen Händen, legten ihm Handschellen an und fesselten ihn an zwei Metallbügel seitlich des Sitzes.

Seine Verhaftung hatte etwas Surreales, wie eine Szene aus einem Traum. Oben auf der Treppe vor dem Bankettsaal war die ganze Gruppe umringt worden – er, der Erste Stellvertretende Minister, seine Kollegen. Die Soldaten teilten sich und machten einem Hauptmann der Bowibu Platz, der ihn ohne Titel ansprach: «Cho Sang-ho, ich habe einen Haftbefehl gegen Sie.» Er hielt das Formular hoch, und Cho hörte seine Kollegen scharf Luft holen. Das Dokument trug die Unterschrift von Kim Jong-il. Er wagte es nicht, sie anzusehen, konnte den Ausdruck von Schock und Ekel auf ihren Gesichtern nicht ertragen. In diesem Augenblick, umringt von einem Kranz aus glänzenden Bajonetten, kam er sich vor wie eine Gestalt auf einem historischen Gemälde. Die große Entlarvung des Verräters.

Die Verbrechen seiner Vorfahren hatten ihn am Ende doch eingeholt. Wenigstens würde er jetzt erfahren, wie sie lauteten. Und nach der Eskapade heute Abend konnte er nicht behaupten, dass seine Verhaftung grundlos war – es sei denn, er war nicht aufgeflogen, was im Chaos der Abriegelung der Stadt durchaus möglich war.

Mit nüchterner Neugierde überlegte er, ob man ihn noch heute Nacht erschießen oder bis zur Morgendämmerung warten würde. In einem Verließ, durch Nackenschuss? Oder an einen Pfahl gekettet, per Erschießungskommando? Oder planten sie etwas ganz anderes, eine öffentliche Hinrichtung? Das würde dann ein paar Tage dauern. Es war ihm egal, solange seiner Frau und seinem Sohn nichts geschah … Cho klammerte sich mit seinem ganzen Herzen an die Hoffnung, dass er genug getan hatte, um sie von sich zu distanzieren. Er wünschte, er könnte Puzzle alles erklären, ihm sagen, wie sehr er ihn liebte. Er wünschte, er könnte Yong-ho trösten und ihm sagen, dass er nicht schuld war. Das Bedürfnis, zu erfahren, wo sie waren, ob sie in Sicherheit waren, fraß ihn fast auf, und ihm kam ein erschreckender Gedanke: Man würde ihm das Schicksal seiner Familie nicht verraten, und die Qual der Unwissenheit würde ihm die letzten Stunden zur Hölle machen.

Der Uniformierte auf dem Beifahrersitz streckte an jedem Wachposten, den sie passierten, die Hand aus dem Fenster, und Cho sah, dass an jedem Checkpoint Polizisten auf Motorrädern stationiert waren. Galt das alles ihm? Falls er ihnen wieder entwischte? Der Gedanke verlieh ihm ein schwaches Gefühl der Befriedigung.

Das Fahrzeug bog im Osten der Stadt auf den Innenhof eines von Kiefern umstandenen Komplexes aus grauen, zweistöckigen Gebäuden ein. Es sah nicht nach einem Gefängnis aus, eher wie eine Kaserne. Die Handschellen wurden ihm abgenommen, und Cho erhielt den Befehl, auszusteigen. Auf den Stufen zum Haupteingang stand im Schein einer Lampe der Mann mit dem silbergrauen Haar und der schlichten schwarzen Uniformjacke.

«Willkommen im Gästehaus Maram», sagte er und reichte Cho zu dessen Überraschung die Hand. «Mein Name ist Ryu Kyong. Ich freue mich, Sie kennenzulernen.» Er hatte einen festen Händegriff und ein onkelhaftes, freundliches Gesicht – um die Augen herum verwittert und mit zwei tiefen Falten zu beiden Seiten seines Mundes. Mit einem Nicken entließ er den Wagen. «Kommen Sie bitte.»

Statt einer förmlichen Anrede hatte er eine Tonlage benutzt, wie man sie Kindern gegenüber anschlug, doch in seiner Stimme schwang so viel Autorität, dass er dabei nicht im Geringsten unhöflich wirkte. Im Gegenteil, Cho fühlte sich in seiner Gegenwart wie ein Kind oder ein Schüler, und er fragte sich, ob dieser Mann womöglich tatsächlich ein Teil seiner frühen Kindheit gewesen war.

Zu beiden Seiten flankiert von je zwei Soldaten, führte Ryu Kyong Cho durch ein Treppenhaus hinauf und durch zwei Flure bis zu einem kleinen Zimmer. Es war sauber und spärlich möbliert; ein Bett, eine Lampe, ein Holztisch mit Stuhl und darüber die Porträts von Vater und Sohn. In einer Ecke hing ein Waschbecken. Die Ziegelwände waren blassgrün gestrichen wie in einem Sanatorium, und dieser Anblick stellte in Chos Gedächtnis eine Verbindung her. Das Gästehaus Maram … Hier wurden die eliminierten Mitglieder der Elite gefangen gehalten. Der Boden bestand aus dunklen, polierten Holzdielen, die angenehme Wärme ausstrahlten. Auf dem Tisch lag ein ordentlicher Stapel weißer Blätter und daneben eine Auswahl stumpfe Bleistifte. Am Fußende des Bettes lag zusammengefaltet ein blauer Overall für ihn bereit. Man wollte, dass er sich umzog. Die Wachsoldaten nahmen ihm den Gürtel ab, seine Schnürsenkel und den Orden. Cho fühlte kein Bedauern.

«Haben Sie vielleicht Hunger?», fragte Ryu Kyong.

Cho kam gerade von einem Festbankett. «Nein.»

«Machen Sie es sich bequem. Schlafen Sie ein wenig, und wenn Sie bereit sind, dann schreiben Sie alles auf, von Anfang an und so detailliert, wie es Ihnen möglich ist. Nehmen Sie sich so viel Zeit, wie Sie brauchen.»

«Was aufschreiben?»

«Ihr Geständnis.» Ryu Kyong lächelte ihn väterlich an. Er sah ihm tief in die Augen, forschend und wissend, und Cho las in seinem Blick Mitgefühl und Intelligenz. «Gestehen Sie das Verbrechen, das Sie hierhergeführt hat.»

Ehe Cho auch nur eine der Fragen formulieren konnte, die in seinem Kopf herumschwirrten, verließ Ryu Kyong den Raum und schloss mit einem Klicken die Tür hinter sich ab.

KAPITEL 40

★

Luftraum über dem Japanischen Meer

In der Kabine herrschte eine bedrückte Atmosphäre. Die Mission hatte den Gouverneur in tiefe Verlegenheit gebracht, und Chad Stevens war immer noch damit beschäftigt, seine Demütigung während des Banketts zu schildern. Zwischen großen Schlucken Bourbon tippte er auf seinem Laptop vor sich hin, und der schwache Widerschein des Bildschirms beleuchtete sein grinsendes Gesicht. Jenna wusste, dass alle sich fragten, wie zum Teufel sie diese Geschichte morgen in Washington drehen sollten. Und anstatt zu helfen, saß sie da und spulte im Schnellvorlauf immer wieder die Ereignisse der letzten Stunden vor ihrem inneren Auge ab.

Der Anblick ihrer Zwillingsschwester, der Blick in ihre Augen, der unfassbare Schmerz in ihrer Brust und die unbeschreibliche Freude brannten in ihr nach. Schließlich bat sie Stevens um einen Schluck Bourbon, um ihre flatternden Nerven zu beruhigen. Ihr war klar, dass Stevens überglücklich wäre, das Geschehene mit ihr bei einem Drink durchzuhecheln, aber sie traute sich selbst nicht über den Weg. Ein Stichwort, ein Impuls, und die ganze Soo-min-Geschichte würde aus ihr herausplatzen. Sie steckte im Zwiespalt zwischen dem Drang, sich zu erleichtern, und Angst – Angst vor den Konsequenzen für ihre Schwester, wenn die Sache ans Licht kam. Noch nie hatte sie etwas erlebt, das einer übersinnlichen Erfahrung so nahe kam wie vorhin. Sie war der tiefen Überzeugung, dass ihre Zukunft und die von Soo-min machtvoll aufs Neue verbunden worden waren. In gewisser Weise würde alles, was sie tat, ab jetzt unweigerlich auch Soo-min betreffen.

Sie drehte sich zum Fenster und sah in einem wolkenlosen Himmel den strahlenden Dreiviertelmond und weit, weit unten die dämmrigen, schneebedeckten Schafsweiden von Hokkaido.

Soo-min hatte gesund gewirkt und nicht unglücklich, aber wer konnte schon wissen, welche Masken sie trug, um dort zu überleben? Die Erinnerung an die Flucht von dem Villengelände war verschwommen.

Ihr kam ein Gedanke, der den Bourbon in ihrem Magen in Galle verwandelte.

Hatten die Schweine in Pjöngjang womöglich selbst einen Zusammenhang zwischen ihr und der heimlichen Gefangenen in ihrem Luxusgefängnis hergestellt? … Falls sie davon wussten, falls sie nur die leiseste Andeutung machten, dass sie es herausgefunden hatten … Jenna schloss die Augen. Dann wäre sie verbrannt, ein wandelndes Sicherheitsleck. Sie würde Fisk vollständig Bericht erstatten müssen und augenblicklich ihren Posten räumen. Sie durfte auf keinen Fall erpressbar sein oder sich für dieses widerliche Regime zum Druckmittel gegen Washington machen lassen.

Sie wünschte, sie käme endlich aus diesem Abendkleid raus und könnte sich etwas Bequemeres anziehen, doch ihr Gepäck war bei dem überstürzten Aufbruch irgendwo in den Frachtraum gepfeffert worden. Sie kramte in ihrer Handtasche nach irgendetwas, womit sie sich das Make-up aus dem Gesicht wischen konnte, und erstarrte.

In ihrer Handtasche lag eine mit Gummiband zusammengehaltene Rolle Papier. Ihr fiel ein, dass Cho ihr noch die Handtasche gereicht hatte, als er sie am Hotel absetzte und zu dem Bankett raste. Wahrscheinlich hatte er schon gewusst, dass die Chancen, an Bord der Maschine zu kommen und mit ihr zu fliehen, kleiner als null waren.

Sie zog das Gummiband ab und entrollte die Dokumente. Die Seiten waren leicht zerknittert, als wären sie um einen Unterarm oder um eine Wade herumgewickelt versteckt gewesen, von Schweiß durchweicht und wieder getrocknet. Es handelte sich um Fotokopien von derart schlechter Qualität, dass auf dem geschwärzten Hintergrund kaum etwas zu erkennen war. Auf der ersten Seite befand sich das Emblem der Partei der Arbeit und darunter eine Art Briefkopf.

ABTEILUNG FÜR ORGANISATION
UND FÜHRUNG
Bericht der Sektion 915 des Strategiekommandos
der Partei über ANPASSUNG und das
SAMENKORNPROGRAMM
Im Juche-Jahr 98
STRENG GEHEIM

Jenna begann zu lesen. Anfangs verwirrt, blätterte sie mit wachsendem Erstaunen die Seiten um. Ganz hinten stieß sie auf eine Art Anhang mit den Passbildern Dutzender Kinder. Obwohl die Kopien so dunkel waren, dass sie die Gesichter kaum erkennen konnte, wusste sie – *sie wusste es* –, dass dies die halbkoreanischen Kinder waren, die sie in der Villa gesehen hatte. Jedes Bild war mit einer Nummer versehen, einem Geburtsdatum und dem Namen eines Landes. Deutschland, Russland, Iran, Pakistan, doch die meisten, mindestens zwei Drittel, waren den Vereinigten Staaten zugeordnet.

Jenna trank einen Schluck Bourbon, ließ den Kopf in die Sitzlehne sinken, öffnete den Mund und atmete tief.

Oh mein Gott …

Ihr Hirn stand in Flammen. Sie hatte keine Ahnung, wie sie den Neunstundenflug nach Anchorage durchhalten sollte, von neun weiteren Stunden nach D. C. ganz zu schweigen.

Sie musterte den zarten weißen Haarschopf des Gouverneurs, der den Kopf niedergeschlagen gegen das Fenster gelehnt hatte. Sie hoffte, irgendwie Gelegenheit zu bekommen, ihn wissenzulassen, dass die Mission kein Fehlschlag gewesen war. Ganz im Gegenteil. Sie waren auf pures Gold gestoßen.

Es gab in dem Bündel Papiere noch eine allerletzte Seite, so dunkel, dass sie fast nicht zu entziffern war. Darauf waren drei düstere Passfotos zu sehen. Sie zeigten drei Erwachsene in Uniform mit ernsten Gesichtern, zwei Männer und eine Frau. Sie trugen die Titel *Direktor, Erster Stellvertretender Direktor und Zweite Stellvertretende Direktorin der Einrichtung Paekhwawon.* Die Zweite Stellvertretende Direktorin trug den Namen Ree Mae-ok. Jenna blieb das Herz stehen.

Das Passfoto zeigte Soo-min.

KAPITEL 41

Geheimes Gästehaus Maram
Distrikt Yongsung
Pjöngjang
Nordkorea

Cho erwachte vor dem Morgengrauen. Das vergitterte Fenster seines Zimmers ging auf einen Innenhof hinaus. In der Mitte stand ein Wacholderbaum, der im Frühling sicher bezaubernd anzusehen war. Jetzt aber verlieh er dem Ort etwas Tristes. Über Nacht war eine dünne Schicht Schnee gefallen, der im Kegel der Überwachungslampen gelblich leuchtete, doch die Sterne am Himmel glänzten eisig, als Cho den Kopf hob.

Er legte sich zurück auf sein Bett, das weich und warm war, lauschte dem Rhythmus seines Atems und spürte eine Klarheit des Geistes, wie er sie seit Jahren nicht erlebt hatte. Es kam ihm vor, als stünde er an einem kalten, klaren Morgen auf einem Berggipfel und schaute in seine Vergangenheit wie in ein langes, bewaldetes Tal. Er stand auf, spritzte sich kaltes Wasser ins Gesicht, und nachdem er ein paar Mal in seinem Zimmer hin- und hergegangen war – sechs Schritte von der Tür zum Fenster, vier Schritte von Wand zu Wand –, setzte er sich an den Tisch und begann zu schreiben. Zuerst war seine Schrift verkrampft und stockend, doch schon bald begannen die Worte zu fließen, nahmen Fahrt auf, seine Sätze flossen durch jenes Tal. Als sein Magen zu knurren begann und ein Wächter ein Tablett mit einer Schale Nudeln, einem hartgekochten Ei und einer Tasse Tee ins

Zimmer trug, legte er nur widerstrebend den Stift nieder. Er schlang die Mahlzeit herunter und schrieb weiter.

Irgendetwas an Ryu Kyongs gütiger Art hatte Cho ermutigt. Er fühlte sich zu dem Mann hingezogen, nicht nur, weil der Kontrast zwischen seinem zivilisierten Auftreten und der Funktion als Kerkermeister für Staatsfeinde verwirrend war, sondern weil Cho glaubte, in diesem verwitterten menschlichen Gesicht Verständnis erkannt zu haben, eine tiefe Einsicht in ihn. Es war das Gesicht eines Onkels, dem er sich anvertrauen konnte.

Während die Seiten sich füllten, wurde Cho von einem überwältigenden Gedanken beherrscht: Jedes Wort, das er schrieb, war die Wahrheit. Er hatte sein Leben dem Großen Führer und dem Geliebten Führer verschrieben. Er hatte hart gearbeitet, motiviert durch ihre Lehren. Aus ihm hatte die höchste aller Tugenden geleuchtet: Loyalität. Sogar jene revolutionäre Tugend, über die nie gesprochen wurde, die aber ebenso bedeutend war, hatte er entwickelt: Selbstbetrug. Was hatte er zu gestehen? Seine Karriere war makellos, sein Leben unbescholten. Er würde mit Sicherheit entlastet werden, und Yong-ho ebenso. Ryu Kyong würde das irgendwie erkennen. Man konnte Cho ebenso wenig die Verbrechen eines unbekannten Vorfahren zur Last legen wie die Form seiner Ohren.

Er hielt inne. Welches Verbrechen hatte sein Leben ruiniert, so viele Jahrzehnte nach der Tat? Er hatte keine Ahnung, aber höchstwahrscheinlich war es vor seiner Geburt geschehen. Er versuchte herauszufinden, ob es in seinen allererersten Erinnerungen irgendwelche Hinweise gab.

Er erinnerte sich an die liebevolle Ausstrahlung der Kinderschwester, die sich im Waisenhaus von Nampo um ihn gekümmert hatte, eine große Villa, die vor der Revolution einem reichen Reeder gehört hatte. Er erinnerte sich, aus vollem Herzen

«Wir sind glücklich» gesungen zu haben. Die ersten Worte, die er zu schreiben gelernt hatte, waren: *Danke für meine Speisen, Großer Führer Kim Il-sung.* Er hatte sich vor dem Porträt des großen Mannes verbeugt, fast ehe er laufen konnte. Er war im Leuchten dieses Lächelns aufgewachsen. Und so tief seine Liebe zum Führer war, so tief war auch der Hass auf den Todfeind seines Landes: Amerika. Dafür hatten die Lehrer gesorgt.

Während er schrieb, erinnerte er sich lebhaft an den Tag, der sein Leben für immer verändert hatte, der Tag, als die Kinder sich an den Fenstern gedrängt hatten, um zuzusehen, wie ein glänzender schwarzer Wolga einen Mann und eine Frau aus Pjöngjang zu ihnen brachte. Er war vier Jahre alt. Er und Yong-ho wurden aus dem Unterricht gerufen und eingeladen, im Büro des Direktors ein Gedicht für die Besucher aufzusagen. Das Paar hatte entzückt gelacht und sie mit großer Zuneigung behandelt, ihnen Süßigkeiten und Saft aus einem Devisen-Supermarkt geschenkt, und der Direktor war vor ihm und seinem Bruder in die Hocke gegangen und hatte ihnen erzählt, sie seien mit großem Glück gesegnet: «Dieser Herr und diese Dame sind eure Eltern. Sie sind gekommen, um euch nach Hause zu holen.» Cho erinnerte sich an seine Verwirrung und Freude. Von dem Tag an führte er ein Leben in Geborgenheit. Sein neues Heim war ein großes Haus am Mansudae in Pjöngjang, wo er und Yong-ho jeder ein eigenes Zimmer hatten. Ihr Vater, Professor für Sprachen an der Kim-Il-jung-Universität, und ihre Mutter, Ausbilderin für politische Ideologie bei der Luftwaffe, waren dem Aufruf des Großen Führers gefolgt, Waisenkinder zu adoptieren. Doch sie waren auch großzügige, fürsorgliche Menschen ohne eigene Kinder und behandelten Cho und Yong-ho wie ihre Söhne.

Langsam waren seine Erinnerungen an das Waisenhaus verblasst, und irgendwann hatte er sogar vergessen, dass er je dort gewesen war. Nur ab und zu, während seltsamer Augenblicke des Erwachsenwerdens, als seine Neugierde auf die Welt sich herausbildete, fiel es ihm wieder ein. Ein einziges Mal fragte er seine Mutter nach seiner Herkunft, und sie verwandelte sich in eine Fremde. «Die Vergangenheit ist vorbei!», hatte sie in einem Tonfall gesagt, den er an ihr nicht kannte. «Frag das nie wieder!»

Mit elf Jahren wurde ihm der Kopf geschoren, und er wurde an der Revolutionseliteschule Mangyongdae eingeschrieben. Er glänzte im Fußball, in Mandarin und Englisch, ermutigt von seinem Vater; Yong-ho glänzte in Basketball, Physik und Mathematik. An der Universität studierte Cho hart – fleißig zu lernen war ein Akt der Hingabe an den Führer –, und er genoss den Wehrdienst, der seinem Sinn für Hierarchie und Disziplin entgegenkam. Der stolzeste Tag seines Lebens war der, als er in das Corps der Jungdiplomaten aufgenommen wurde, wo er sich bald als begabter Vermittler hervortat – mit Fingerspitzengefühl und klaren Worten verschaffte er seinem Land wertvolle Handelsverträge und sich selbst eine Reihe Beförderungen in schneller Folge.

Cho schrieb bis zur Erschöpfung und merkte nicht, wie die Zeit verging.

Sein Abendessen blieb unberührt und wurde kalt. Er hatte nicht einmal gemerkt, dass der Wächter ihm das Tablett gebracht hatte. Vor dem Fenster ging die Sonne unter, und als auf dem Hof die Scheinwerfer angingen, füllte sich das Zimmer mit orangefarbenem Licht.

Er beschrieb, wie er bei einer Massentanzveranstaltung im Stadion Erster Mai seiner zukünftigen Frau begegnet war. Sie hatte ihm die Blume aus ihrem Haar geschenkt und ihre Freundinnen damit entsetzt. Ihre Familie besaß einen starken revolutionären Hintergrund, und ihre Schönheit hatte ihn verzaubert. Eine politisch vorteilhafte Verbindung war Glück; sich auch noch zu verlieben war ein außergewöhnlicher Segen. An ihren Gefühlen füreinander änderte sich nichts, bis nach zwei Jahren vergeblicher Versuche ihr Sohn zur Welt kam. Es war, als hätten sie all ihre Liebe auf das Neugeborene übertragen. Seine Frau kümmerte sich um Puzzles ideologische Erziehung, und etwas an dieser Aufgabe hatte sie hart gemacht und kalt.

Chos Handgelenk schmerzte. Er legte eine Pause ein und streckte sich. Auf dem Hof patrouillierte ein einsamer Wachmann mit Gewehr, immer hin und her, ohne jemals aus dem Tritt zu kommen, und als Cho weiterschrieb, verfiel er in den Rhythmus der Schritte im Hof. Er näherte sich dem Ende seiner Aussage, beendete sie mit seinem Triumph in New York. Wie hätte er diese Mission erfolgreich beenden können, wenn er nicht an seinen lebenslangen Hass auf die Amerikaner hätte anknüpfen können? An die unerschöpfliche Liebe zu seinem Land?

Mehr zu schreiben, wagte er nicht. Die tiefgreifende Ernüchterung, die in New York ihren Anfang genommen hatte, vermochte er nicht in Worte zu fassen, die Gefühle für Jenna, die er nicht einmal sich selbst eingestand, die Geheimnisse, die er an sie verraten hatte, und doch … er schloss nicht aus, auch darüber mit Ryu Kyong zu sprechen.

Als ihm ein Wächter am zweiten Morgen das Frühstück brachte, teilte Cho ihm mit, dass er fertig war. Kurz darauf erschien Ryu Kyong.

«Ich hoffe, Sie haben sich erholt», sagte er.

«Ja.» Cho erhob sich und stand kerzengerade wie ein Zögling in Gegenwart eines weisen Abts.

«Gut. Wir haben viele Stunden Arbeit vor uns.»

Wieder sah er Cho ins Gesicht, und zwischen ihnen war etwas Vertrautes. Du bist in guten Händen, schienen diese Augen zu sagen.

Mit einer tiefen Verbeugung reichte Cho ihm die beschriebenen Blätter.

Ein Tag verging, dann noch einer, und langsam verlor Cho sein Zeitgefühl. Er schlief viel, träumte von seiner Frau und von Puzzle, saß mit ihnen unter den Bäumen im Moranbong-Park beim Picknick im Sonnenschein. Er bekam täglich drei gute Mahlzeiten und merkte, dass er zunahm. Jeden Tag wurde er für eine halbe Stunde Gymnastik in den Innenhof geführt und musterte dabei neugierig die anderen beiden Insassen, bis ein Wächter ihm bellend befahl, die Augen gesenkt zu halten.

Nach drei, vielleicht vier Tagen wurde Cho von einem Wächter wach gerüttelt. Die tiefe Stille sagte ihm, dass es mitten in der Nacht war. Er wurde durch ein Treppenhaus nach unten geführt, dann durch ein nächstes, einen langen Korridor in einem Betonkeller entlang, mit Stahltüren zu beiden Seiten. Am Ende des Flurs wurde er in einen Raum geführt, der so dunkel war, dass es ihm nicht gelang, die Dimensionen abzuschätzen. Zwei Lichtkegel enthüllten einen Holzstuhl, auf den er sich setzen sollte, und einen Tisch mit einer Lampe. Die feuchten Betonwände und verrostetes Eisen verströmten eine klamme Kälte. Cho fröstelte. Er war verschlafen und brauchte einen Augenblick, ehe er bemerkte, dass Ryu Kyong am Tisch saß und las. Cho erkannte seine eigene Handschrift. Eine gefühlte Ewigkeit saßen beide da und schwiegen, während Ryu Kyong in dem kleinen Lichtkegel die Seiten umblätterte und hin und wieder nickte. Als er zum Ende gekommen war, verschränkte er die Finger auf dem Tisch und richtete sich auf, sodass Schatten über sein Gesicht fielen. Seine Stimme hallte durch das verliesartige Dunkel.

«Cho, um der Sache auf den Grund zu kommen, benötige ich Ihre Hilfe. Ohne Sie kann ich das nicht. Sind Sie bereit, mit mir zusammenzuarbeiten?»

«Selbstverständlich», sagte Cho. Ihn beschlich eine unheilvolle Ahnung.

«Ich habe Sie in den letzten Wochen beobachtet. Ich wollte Sie kennenlernen.» Er verschränkte die Arme und lehnte sich zurück. Sein Gesicht lag jetzt vollständig im Dunkeln. «Ihr Fall ist äußerst schwerwiegend. Eine vom Führer höchstpersönlich ausgewählte, zwanzigköpfige Spezialeinheit wurde auf die Durchleuchtung Ihres wahren familiären Hintergrunds angesetzt, und ich gehöre dazu. So ernst nehmen wir diese Angelegenheit, Cho, doch es war die Mühe wert. Sie waren die Mühe wert. Wir mussten ziemlich tief graben, doch am Ende ist es uns gelungen, die Wahrheit ans Licht zu bringen.»

«Die Wahrheit?» Chos Stimme war kraftlos.

«Wissen Sie, nichts von dem, was Sie hier geschrieben haben, erklärt, wie Sie und Ihr Bruder, Enkelsöhne eines exekutierten amerikanischen Spions …»

Was?

«… sich derart vertrauensvolle Positionen erschleichen und erlügen konnten.»

Ryu Kyong erhob sich und setzte sich mit dem Gesicht zu Cho auf die Tischplatte.

Cho hatte es die Sprache verschlagen. Verzweifelt versuchte er, sich an das zu erinnern, was Yong-ho über ihre echte Familie erfahren hatte. Als er seine Stimme wiederfand, krächzte er: «Ich … ich kannte weder meinen echten Vater noch meinen Großvater.»

Ryu Kyoung lächelte traurig und senkte den Blick, fast als schäme er sich für Cho. «Ihre Herkunftsnachweise zeichnen Sie als Abkömmlinge eines Heldenstammbaums aus, als Enkelsöhne eines hochdekorierten Kriegsveteranen. Sie wären damit sogar davongekommen, hätten wir nicht die Familie dieses Veteranen kontaktiert, um ein kleines Familientreffen für Sie zu arrangieren. Seine Enkelkinder leugnen, Sie zu kennen. Daraufhin haben wir begonnen, ernsthaft nachzuforschen. Natürlich sind Ihre Herkunftsnachweise gefälscht.»

Cho wurde angst und bange. Die Hoffnung, die er in sein Geständnis gelegt hatte, brach in sich zusammen.

«Wir spürten den Standesbeamten auf, der den Nachweis gefälscht hatte. Es ist uns schnell gelungen, die Wahrheit aus ihm herauszukitzeln. Offenbar war er großzügig bestochen worden, und zwar von Ihrer leiblichen Mutter. Es sollte so aussehen, als hätte sie ihre beiden Söhne unehelich geboren und der Vater wäre von erstklassiger Abstammung. Tja, weshalb tat sie das wohl? Zu allem Überfluss wurde sie vor dreißig Jahren bei dem Versuch gefasst, die Dokumente Ihres leiblichen Vaters zu fälschen. Es sollte aussehen, als wäre er bei einem Arbeitsunfall ums Leben gekommen. Sie wurde zu Strafarbeit auf unbegrenzte Zeit verurteilt. Eine tapfere Frau, Ihre Mutter. Zwei Mal nahm sie ein großes Risiko auf sich, um Ihnen einen sauberen Start ins Leben zu ermöglichen. Doch was wollte sie vertuschen?

Die Akte der Bowibu über Ihre Mutter führte uns schließlich zu der Ihres Vaters. Ihr leiblicher Vater …» Ryu Kyong beugte sich zur Seite, entnahm der Aktentasche neben dem Tisch einen Ordner und setzte sich die Lesebrille auf. «… hieß Ahn Chun-hyok. Im Oktober 1977 bei dem Versuch gefasst, per Motorboot aus dem Land zu fliehen. Von einem Volksgericht verurteilt. An seinem Arbeitsplatz, der Chollima Schiffswerft in Nampo, vor den Augen der Belegschaft im November 1977 exekutiert – einen Monat vor Ihrer Geburt. Dies unterließ Ihre Mutter zu erwähnen, als sie Ihren Bruder und Sie ins Waisenhaus brachte.»

Chos Verstand war in Aufruhr. Er fasste sich an den Kopf.

Leise sagte Ryu Kyong: «Hatten wir vereinbart, dass Sie sich bewegen dürfen?»

Cho senkte überrascht die Hand.

«Oh, Cho, es wird noch besser … Die Akte Ihres Vaters führte uns auf die Spur Ihres Großvaters, Ahn Yun-chol.» Er verschränkte die Arme, stand auf und begann, um den Tisch herumzugehen. «Ein außerordentlich prächtiges Exemplar von Abschaum. Eine Art fahrender Wunderheiler und widerlicher Kapitalist, der während des Krieges seine Zauberdienste entlang des achtunddreißigsten Breitengrades anbot. Die Amerikaner heuerten ihn an, um ihren Vorauskommandos bei Pjöngjang Botschaften zukommen zu lassen, wahrscheinlich gegen Geld. Nach unserem Sieg über die Yankees kam sein Verrat ans Licht. Er wurde 1954 als Spion hingerichtet.

Also, Cho; Großvater und Vater exekutierte Verräter. Ein beeindruckender Stammbaum. Dies ist einer der gravierendsten Fälle, die mir je vor Augen gekommen sind. Ich kann Ihnen sagen, dass der Führer persönlich sehr ungehalten war. Er hat angeordnet, dass sich Ihre Abteilung im Außenministerium unverzüglich einem dreiwöchigen revolutionären Prozess unterzieht, zur Säuberung von Ihrem Einfluss. Ihre ehemaligen Kollegen wurden degradiert.» Er wedelte mit der Hand, als wären sie kaum der Erwähnung wert. «Uns interessiert die Frage, wie Sie und Ihr Bruder so lange damit durchkommen konnten.»

Ryu Kyong legte die Hände auf die Stuhllehne. Er musterte Cho konzentriert, beobachtete den inneren Aufruhr, der sich auf seinem Gesicht widerspiegelte, gab ihm Zeit, auszupacken. Doch alles, was Cho sagen konnte, war: «Ich bin unschuldig. Ich habe bis jetzt noch nie von diesen Männern gehört.»

Der Vernehmer schüttelte vage den Kopf, als sei Cho ein Kind, das beim Stehlen erwischt wurde und mitleiderregend schlecht log, um es zu leugnen.

«Wir haben Ihren Verräterstammbaum zweifelsfrei nachgewiesen. Was wir aber wissen müssen: Wie wurde der Spionageauftrag Ihres Großvaters an Sie weitergegeben, und wie lauteten seine Instruktionen?»

Cho starrte Ryu Kyong an. «Das kann unmöglich Ihr Ernst sein …»

«Wie hat Ihr Großvater, der amerikanische Spion, seinen Auftrag an Ihren Vater und Sie weitergegeben? Gab es schriftliche Instruktionen?»

Verzweiflung und Fassungslosigkeit befielen Cho wie ein Virus. «Das ist Blödsinn!»

Ryu Kyong lächelte verhalten und seufzte. Er warf einen schnellen Blick in die Finsternis hinter Cho, und erst jetzt merkte Cho, dass im Raum außer ihnen noch jemand anwesend war. Ein Stuhl wurde zurückgeschoben. Leder knarzte. Er wurde an den Armen gepackt und seine Hände unsanft mit Handschellen hinter der Stuhllehne gefesselt.

Der Vernehmer betätigte einen Schalter. Ein paar trübe Strahler beleuchteten eine schmutzige Betonwand, an der von einem Eisengestell rostige Handschellen und Haken hingen.

Ryu Kyong nahm seinen Platz wieder ein, die Hände vor sich auf dem Tisch verschränkt. Mit einem Tonfall unendlicher Geduld sagte er: «Wie hat Ihr Großvater, der amerikanische Spion, seinen Auftrag an Ihren Vater und Sie weitergegeben? Wie lauteten seine Instruktionen?»

Cho fühlte sich in einer absolut sinnfreien Dimension gefangen. Wahrheit, Logik, Vernunft waren umgekrempelt und auf den Kopf gestellt worden. Konnten die tatsächlich glauben, er hätte auf Anweisung eines ihm unbekannten Großvaters und Vaters gehandelt, die beide vor seiner Geburt gestorben waren?

«Niemand hat mir Instruktionen erteilt. Ich habe nichts zu sagen. Ich kannte meine leibliche Fami…»

Der Schlag traf sein rechtes Ohr. Ihm wurde schwarz vor Augen, und in seinem Kopf schrillte ein hohes, blechernes Klingeln. Er krümmte sich vor Schmerzen, versuchte den Kopf zwischen die Knie zu klemmen. Noch nie in seinem Leben hatte er einen derart sengenden, explosiven, grell leuchtenden Schmerz erlebt. Er winselte durch zusammengebissene Zähne, der Ohnmacht nahe. Sein Gehirn war gelähmt. Als er schwer atmend aufsah, tränten ihm die Augen.

Ryu Kyong saß nicht mehr am Tisch. Ein Streichholz flammte auf und beleuchtete kurz eine dunkle Ecke des Raumes, als der Vernehmer sich eine Zigarette anzündete.

«Falls Sie mich davon überzeugen wollen, dass Sie kein amerikanischer Spion sind, sparen Sie sich den Atem.» Seine Haltung war entspannt. Er hatte nichts Aggressives an sich, und doch war er zu einem Herrn mit Kettenhund geworden, übte absolute, tödliche Kontrolle aus. Nach dem Schlag gegen Chos Ohr klangen seine Worte wie das Surren winziger Insekten.

Ryu Kyong nahm die Blätter mit Chos Aussage mit spitzen Fingern vom Tisch und setzte sie mit einem Feuerzeug in Brand. Er warf die brennenden Seiten in eine Mülltonne aus Metall, und die flackernden Flammen beleuchteten kurz eine große, mit genieteten Trennwänden abgeteilte Kammer.

«Letzten Monat wurde während Ihres Aufenthalts in New York einer unserer Diplomaten, Erster Sekretär Ma, bei der

Ausübung wichtiger Regierungsgeschäfte von den Yankees verhaftet. Haben Sie ihn verraten?»

«Nein!» Chos Augen wurden weit. Ryu Kyong tat, als registriere er seine Empörung nicht.

«Vor vier Tagen, unmittelbar vor Beginn des Staatsbanketts für die Yankee-Schakale, verbrachten Sie vierzig Minuten allein in der Gesellschaft einer Yankee-Frau. Sind Sie sicher, dass Sie ihr nichts gezeigt oder erzählt haben?»

Cho spürte, wie sein Gesicht brannte. Dazu konnte er nichts sagen.

«Nun denn. Nehmen wir also an, Sie sind ein amerikanischer Spion und ein Verräter. Bleibt immer noch Ihr Geständnis.»

Cho überkam ein Gefühl der Hilflosigkeit, eine tiefschürfende Müdigkeit. Er war in einem Albtraum gefangen, der sich seinem Sinn für Realität nicht erschloss, zugleich aber eine irrsinnige, transzendente Logik in sich barg.

Ryu Kyong drückte die Zigarette aus und sah Cho an wie einen Sohn, der nach Jahren schlechten Benehmens endlich die harte, liebende Hand zu spüren bekam, die er schon immer gebraucht hatte. «Etwas Wasser?»

Cho nickte.

Ryu Kyong ließ die Handschellen abnehmen, und Cho bekam eine Blechtasse mit Wasser in die zitternde Hand gedrückt. Er trank sie in einem Zug leer, und die Tasse wurde wieder entfernt.

«Wir sprechen uns noch», sagte Ryu Kyong. «Denken Sie gut über Ihr Geständnis nach.»

Er verließ den Raum, und Cho hörte andere hereinkommen, vielleicht vier oder fünf Paar Stiefel, und sich hinter ihm versammeln. Die Männer blieben außer Sichtweite. Er hatte zu viel Angst, um sich umzudrehen.

Die Kapuze wurde ihm so plötzlich über den Kopf gezogen,

dass er nicht einmal schreien konnte. Er wurde vom Stuhl gestoßen. Die Tritte kamen von allen Seiten. In den Bauch, gegen die Beine, die Rippen, den Kopf. Ihm stockte der Atem, und er bekam in der groben Stoffkapuze keine Luft. Er rollte sich über den Boden, versuchte vergeblich, sich zu schützen, versuchte, Tritten und Schlägen auszuweichen, die er nicht kommen sah. Die Tritte prasselten mit monströser Brutalität auf ihn nieder, in seinen Rücken, die Hoden, die Hüftknochen, die Knöchel. Er flehte sie an, aufzuhören, alles, wenn sie nur endlich aufhörten. Ein dumpfer, donnernder Tritt gegen die Schläfe ließ ihn orangefarbene Diamanten sehen. Dann verlor er das Bewusstsein.

Als Cho zu sich kam, lag er auf dem Betonboden einer winzigen Zelle, beleuchtet von einer flackernden Glühbirne hinter Maschendraht. Die Zelle war nur eins fünfzig lang und fünfzig Zentimeter breit, und er konnte sich weder ausgestreckt hinlegen noch aufstehen. Vor seinen Füßen stand eine Schale mit dünner, salziger Suppe, auf der ein paar einzelne Maiskörner schwammen. Sie war längst kalt. Er hatte keine Ahnung, wie lange er bewusstlos gewesen war oder ob es draußen Tag oder Nacht war. Beinahe sofort fing er in der eisigen Kälte am ganzen Körper unkontrolliert an zu zittern, doch er konnte noch nicht einmal den Arm heben, um sich zu wärmen. Sein Körper war ein Flammenmeer aus Schmerzen, vom Kopf bis hinunter zu den Fußsohlen.

Der Türspion bewegte sich, und ein Auge blickte auf ihn. Er hörte einen Wachmann etwas zu einem anderen sagen; die Tür ging auf, und zwei Männer packten ihn an den Fußgelenken und schleiften ihn heraus. Cho wurde klar, dass sein Martyrium lediglich eine Aufwärmübung gewesen war, ein kleines Vorspiel.

Der richtige Albtraum begann jetzt.

KAPITEL 42

O Street
Georgetown
Washington, D. C.
Heiligabend

Jenna trug die Geschenke zum Auto und rief ihre Mutter an, um zu sagen, dass sie auf dem Weg war. Weihnachten war immer eine schwierige Zeit für sie beide, die freudlose Erinnerung daran, dass sie eine halbe Familie waren, und es verstärkte Jennas schlechte Laune nur noch mehr.

Als die Teilnehmer der Mission in der Vorwoche aus Pjöngjang zurückgekehrt waren, hatte Fisk bereits an der Andrews Air Force Base auf sie gewartet. Es war nach Mitternacht, und sie war dankbar gewesen, dass er sie abholte. Doch nachdem sie zu ihm in den Wagen gestiegen war und es laut ausgesprochen hatte – «ich habe meine Schwester gesehen» –, war er so überrascht gewesen, dass sie, anstatt zu fahren, noch stundenlang auf dem verlassenen Parkplatz gestanden hatten. Sie hatte ihm von dem Drama mit Cho erzählt, von den halbkoreanischen Kindern, die sie in der Villa gesehen hatte, und von dem Dossier, das Cho ihr zugesteckt hatte. «Das ist eine Bedrohung der inneren Sicherheit.»

Fisk starrte Löcher in die Luft und versuchte zu begreifen. Dann drehte er den Zündschlüssel um. Schließlich murmelte er: «Ich hätte ehrlich gesagt nie gedacht, dass Ihre Schwester noch am Leben ist.»

Jenna lehnte den Kopf gegen das kühle Glas und schloss die Augen. Sie war erschöpft und wollte nur noch ins Bett. Der Wagen jagte von Laternenkegel zu Laternenkegel über den verlassenen Expressway in Richtung Georgetown.

Er sagte: «Ist es möglich, dass Spione aus diesem ... diesem Samenkornprogramm bereits aktiv sind?»

«Dem Dossier nach sind die ältesten inzwischen neunzehn.»

«Wunderbar. Sie könnten also schon hier sein, mitten auf unseren Campussen.»

«Möglicherweise.»

Er stieß ein ungläubiges Schnauben aus. «Grundgütiger! Langstreckenraketentests, geheime Waffenlabore, indoktrinierte Kinder, die wie Ausländer aussehen ...»

Die Kombination aus Jetlag, Erschöpfung und Hunger machte Jenna ungehalten. Was hatte er erwartet? Kim Jong-ils Nordkorea war ein Spukhaus. *Wer es betritt, stößt in jedem Raum auf neue Schrecken, vom Keller bis zum Speicher ...*

Er bog in die O Street ein. Etwas sanfter sagte er: «Was wollen Sie wegen Soo-min unternehmen?»

Jenna starrte niedergeschlagen hinaus auf die verlassene Straße. Wie bei allem, was mit Nordkorea zusammenhing, gab es nur schlechte Optionen. «Ich weiß es nicht.»

Als sie ausstieg, sagte er: «Es tut mir sehr leid, aber alles, was mit der Villa und diesem Programm zu tun hat, unterliegt strengster Geheimhaltung.»

Erst als sie allein zurück in ihrer Wohnung war, wurde Jenna klar, was das bedeutete – sie konnte ihrer Mutter nichts davon erzählen. Das einzige Weihnachtsgeschenk, das sie ihr wirklich machen wollte, konnte sie ihr nicht geben: Das Wissen, dass sie, Jenna, Soo-min mit eigenen Augen gesehen hatte. Das Wissen, dass Hans Tochter am Leben war.

Am nächsten Tag hatte sie in Langley ihren Abschlussbericht abgegeben und sich an die Übersetzung des Dossiers gemacht.

Sie hatte fertig gepackt und wollte sich gerade auf den Weg ins elf Meilen entfernte Annandale machen, als sie beim Zusperren der Haustür das Telefon klingeln hörte. Normalerweise ignorierte sie den Festnetzanschluss, doch diesmal zögerte sie. Die jüngsten Ereignisse waren so bizarr, dass selbst die banalsten Vorkommnisse plötzlich mit Bedeutung aufgeladen erschienen. Jenna sperrte wieder auf, rannte zurück in die Wohnung und erwischte den Hörer gerade noch, ehe der Anrufbeantworter ansprang.

Eine Mitarbeiterin des Weißen Hauses bat sie mit sanfter Stimme, ein Ferngespräch entgegenzunehmen.

Das Weiße Haus?

Jenna hörte es in der Leitung klicken, als der Anruf durchgestellt wurde, dann folgte eine lange Pause. Und plötzlich hatte sie die Vorahnung eines folgenschweren, bedeutsamen und völlig surrealen Augenblicks.

«Ma'am?» Diesmal war ein männlicher Mitarbeiter in der Leitung, und Jenna wusste, was kam: «Der Präsident der Vereinigten Staaten für Sie.»

Trotz Vorahnung hätte sie um ein Haar vor Schreck das Telefon aufs Sofa geworfen. Ehe Jenna wusste, wie ihr geschah, ertönte der vertraute Bariton, sprach mit ihr, mit Jenna Williams, hier in ihrer eigenen Wohnung.

«Dr. Williams, ich habe gerade Ihren Bericht gelesen …»

Ihr Mund klappte auf. Ihre Gedanken stolperten durcheinander, hektisches Chaos, der Versuch, sich zu erinnern. *Welcher Bericht?* Der Schweiß lief in Strömen, sie stand wie angewurzelt in Mantel und Schal.

«… das muss ich Ihnen lassen: Es gibt nicht viele Vorschläge, die mich aufhorchen lassen. Ihrer gehört dazu.»

Ihre Stimme war ein Flüstern. «Danke, Sir.»

Er spricht von … Ihr Verstand ratterte, konfigurierte, vernetzte. *… den «frischen Ideen», Kim zu Fall zu bringen.* Der Bericht, den sie letzten Monat auf Wunsch des CIA-Direktors verfasst hatte.

«Sagen Sie – stammen diese Ideen von Ihnen?»

«Ja, Sir.»

«Ihre Schlussfolgerung fasziniert mich. Sie ist … kontraintuitiv.»

«Na ja, die Ideen sind ein wenig unorthodox, fürchte ich.»

Er lachte, und sie fing kurz die Melodie seines mitreißenden Charismas ein. «Ich würde sie radikal nennen. Na ja, hören Sie. Kann gut sein, dass nichts dabei herauskommt, weil ich den Kongress niemals werde überzeugen können, aber ich möchte der Sache trotzdem nachgehen. Ich leite Ihren Bericht ans Außenministerium weiter. Man wird sich bei Ihnen melden. Verbringen Sie Weihnachten mit der Familie?»

«Mit meiner Mutter.»

«Ich wünsche Ihnen beiden frohe Weihnachten.»

Das Gespräch hatte nur wenige Minuten gedauert. Einen Moment lang starrte Jenna wie in Trance den Hörer an und spürte Freude in sich aufsteigen wie Kohlensäure. Sie stieß einen Jubelschrei aus. Jetzt konnte sie ihrer Mutter doch etwas erzählen.

Später, bei Han zu Hause in Annandale, sah sie ihn im Fernsehen, und ihr wurde klar, dass er sie aus dem Urlaub auf Hawaii angerufen hatte.

Als sie drei Tage nach Weihnachten zum Training auf die Farm zurückkehrte, wurde sie plötzlich von leitenden Agency-Leuten in der Cafeteria gegrüßt, man suchte ihren Blick, trat beiseite, um sie vorbeizulassen, als umgäbe sie eine Aura aus Licht. Wie sie schon bald merken sollte, machten ihre Ideen in Washington und darüber hinaus bereits die Runde und schlugen im ruhigen Gewässer der Meinungen erste Wellen.

KAPITEL 43

Geheimes Gästehaus Maram
Distrikt Yongsung
Pjöngjang
Nordkorea

In dem abgedunkelten Verhörraum begegnete Cho ein neues Gesicht, ein Offizier, jünger als er, der in gestärkter Uniform stocksteif und kerzengerade vor ihm saß. Der Ledergurt, der von seiner Schulter zum Halfter führte, knarzte bei jeder Bewegung. Sein glänzender, glattrasierter Schädel war rund und fahl wie der Vollmond. Seine Augen blickten Cho ungerührt an. Die Uniformmütze mit dem glänzenden schwarzen Schirm lag neben ihm auf dem Tisch.

«Wie hat Ihr Großvater, der amerikanische Spion, seinen Auftrag an Ihren Vater und Sie weitergegeben? Wie lauteten seine Instruktionen?»

Cho war überwältigt von Schwäche und Hunger. Er schüttelte kaum merklich den Kopf. «Ich kannte weder meinen Großvater noch meinen Vater …»

«Wie hat Ihr Großvater, der amerikanische Spion, seinen Auftrag an Ihren Vater und Sie weitergegeben? Wie lauteten seine Instruktionen?»

Cho ließ den Kopf auf die Brust sinken und schwieg. Hinter ihm machte jemand einen Schritt auf ihn zu, und aus den Augenwinkeln sah er kurz etwas in den Lichtkegel hineinschwingen wie der Greifschwanz eines Affen. Ein abgewickeltes Stromkabel.

Mal schlugen sie ihn mit Kabeln, mal mit Knüppeln. Er krümmte sich in Pfützen aus Blut und Urin, heulend wie ein Tier. Verlor er das Bewusstsein, wurde er mit Wasser wieder zu sich gebracht. Beim ersten Mal erwachte er in durchnässter, eiskalter Kleidung, den Mund voll mit Blut und den Fragmenten ausgeschlagener Zähne. Grobe Hände zerrten ihn zurück auf den Stuhl, um die Befragung fortzusetzen. Ein andermal war er mit einem Lederriemen geschlagen worden, während Arme und Beine so eng an den Stuhl gegurtet waren, dass er keinen Muskel rühren konnte, um sich zu schützen.

Ab und zu glaubte er, in der Finsternis hinter sich die Stimme von Ryu Kyong zu hören, der den Schlägen Einhalt gebot, doch die Befragung des jungen Offiziers war unbarmherzig, und die Frage blieb immer dieselbe. Ein- oder zweimal verlor er die Geduld und schlug Cho mit den Händen ins Gesicht, traf dabei das verletzte Ohr und löste in Chos Kopf ein hohes, metallisches Sirren aus.

Allmählich wurde Chos Körper taub, und in den Pausen, wenn man ihm einen Augenblick vergönnte, um den Schmerz ganz in sich aufzunehmen und darin zu baden, verwirrte ihn die Erkenntnis, dass man ihn im Grunde nie zu den vierzig Minuten befragte, die er im Vorfeld des Banketts mit Jenna allein gewesen war. Für seine Peiniger war das schlicht der Beweis seiner Schuld. Für sie war der entscheidende Impuls, der die Befragung vorantrieb, allein der Wunsch zu erfahren, wie seine verräterische Abstammung hatte verborgen bleiben können. Wie er sich seinen Weg in eine Position hatte erschleichen können, die so vertrauensvoll war, dass er in der Lage gewesen war, seinen Yankee-Zahlmeistern Botschaften von Angesicht zu Angesicht zuzustecken, und wie es seinem Bruder gelungen war, sich Zugang zu den intimen Angelegenheiten des Geliebten Führers persönlich zu verschaffen.

Allmählich, zwischen den Folterungen, fing Cho an zu begreifen. Bei einem Betrug dieses Ausmaßes genügte es nicht, ihn zu töten. Ehe er erschossen wurde, war ein aufrichtiges Geständnis aus tiefstem Herzen notwendig, ein Flehen um Vergebung, die Beteuerung der Reue und Buße und seiner Liebe zum Führer. Davon hing alles ab. Danach war sein Tod selbst nur noch ein administratives Detail.

Er wusste nicht, wie oft er misshandelt worden war, als sie begannen, ihn mit dem Schicksal seiner Familie zu foltern. «Dein Sohn wurde in ein Dorf in den Bergen im Norden verbannt – deinetwegen, Cho. Deine Frau hat sich entschieden, ihn zu begleiten.» Als Cho das hörte, starb etwas in ihm. *Seine Familie, Ausgestoßene in einem rauen Bergdorf?* Der Vernehmer sah ihm ein paar Minuten lang beim Schluchzen zu. «Gestehe», sagte er sanft. «Und deine Familie kann nach Pjöngjang zurückkehren. Dein Sohn kann wieder zur Schule gehen.» Doch Cho kannte das System gut genug, um zu wissen, dass der Vernehmer log. Das *Gegenteil* war richtig. Puzzle wäre zu einem noch viel schlimmeren Schicksal verdammt, Arbeitslager, Zone ohne Wiederkehr, wenn er gestand.

Sohn eines geständigen amerikanischen Spions.

Und je klarer Cho dies wurde und je länger und brutaler die Verhöre wurden, desto stärker wurde sein Wille, nicht zu gestehen. Er entwickelte eine beinahe übernatürliche Entschlossenheit. Dies war das Juwel, das er niemals hergeben würde, der Schatz, den er nie opfern würde. Er würde sowieso bald hier sterben. Aber es würde ihnen nicht gelingen, ihm vorher seinen Schatz zu entreißen.

Dies war seine einzige Waffe, die einzige Chance, Frau und Sohn zu beschützen.

Die Befragung wurde Tag und Nacht fortgesetzt. Manchmal war es der junge Offizier mit dem kahlrasierten Schädel. Manchmal andere, alle jung. Nur ab und zu nahm auch Ryu Kyong an den Verhören teil, aber Cho war sich sicher, dass er oft im Hintergrund anwesend war und ihn beobachtete. Zweimal, viermal, sechsmal, er wusste es nicht, wurden die Prügel plötzlich unterbrochen, jemand trug den Tisch zu seinem Stuhl, und er wurde mit dem Stapel weißer Blätter und dem Bleistift konfrontiert. Jedes Mal, und jedes Mal fehlerhafter, schrieb Cho, was er bereits geschrieben hatte oder eine Variante davon. Dann las der Vernehmer, was er geschrieben hatte, suchte zwischen den Worten nach dem Riss, nach der Lücke, durch die hindurch er ihn brechen konnte. Dann wurden die Seiten vor seinen Augen zerrissen. Jedes Mal spürte Cho Hass in sich lodern wie die Flamme eines Lötkolbens.

Bald fing er vor Schlafentzug an zu phantasieren. Die Stimmen der Vernehmer klangen wie unter Wasser. Er verlor den Faden, murmelte «Ich verstehe nicht» und wurde noch heftiger geohrfeigt und geschlagen.

Abgesehen von dem vagen Gefühl, dass Tage sich zu Wochen dehnten, hatte Cho keine Ahnung, wie lange er sich schon in der Folterkammer von Maram befand. Einmal musste er in seiner winzigen Zelle bleiben und bekam den Befehl, den ganzen Tag im Schneidersitz und mit gebeugtem Kopf sitzen zu bleiben. Wenn er auch nur den kleinen Finger rührte, rissen die Wärter die Zellentür auf und schlugen ihn mit Birkenruten. Sie marschierten vor den Zellen auf und ab, auf der Lauer nach dem kleinsten Verstoß. Cho dachte oft an Selbstmord, doch das war unmöglich. Nach zehn Stunden in dieser Position konnte er nicht mehr laufen.

Am nächsten Tag wurde er an den Armen in den Verhörraum geschleift. Ryu Kyong erwartete ihn. Regungslos saß er am Tisch und musterte Cho mit diesem gütigen meditativen Gesicht des ehrwürdigen Gelehrten.

Ehe er das Wort ergriff, holte er tief Luft. Seine Enttäuschung war greifbar. «Weshalb tun Sie sich das an, Cho? Hoffen Sie, sich zu retten?»

Cho war alarmiert. Mit rasendem Herzen lauschte er auf Bewegungen hinter sich im Dunkeln, doch sie waren offensichtlich allein.

«Sie tun mir das an.»

«Das alles kann in einer Minute vorbei sein. Sie müssen nur wollen, und ich kann dabei helfen.» Die weißen Blätter lagen auf dem Tisch. Ryu Kyong hielt einen Bleistift hoch. «Sich selbst werden Sie nicht retten, aber Sie retten Ihren Sohn, der an Ihrem Verbrechen unschuldig ist. Also. Weshalb schreiben wir es nicht gemeinsam auf?»

Das Wort *Lügensau* vernebelte Chos Verstand wie Giftgas. Nach einer endlos langen Pause, in der Cho eisern zu Boden starrte, verließ Ryu Kyong den Raum.

An dem Tag wurde er mit den Händen an der Eisenstange aufgehängt. Seine Zehen berührten kaum den Boden, die Metallschellen schnitten ihm tief ins Fleisch, und seine Hüfte fühlte sich an, als würde sie ihm vom Leib gezogen. Wärter schlugen ihm so oft und heftig gegen die Beine, dass sie anschwollen wie Baumstämme. Dabei hatte er das Schlimmste immer noch nicht erlebt. Sie schleiften ihn in eine Zelle, die so klein war, dass er sich zusammenkrümmen musste, bis zum Bauch in eiskaltes Wasser getaucht. Dort ließen sie ihn zwei Tage lang. Als er das Bewusstsein verlor, zerrten sie ihn heraus, und er kam zu sich vor Bleistift und weißem Papier. Die Wasserzelle war schlimmer als die Bambusspäne, die sie ihm unter die Fingernägel trieben, ehe sie einen nach dem anderen ausrissen, während sie versuchten, ihn zu einem Geständnis zu zwingen, mal schmeichelnd, mal unflätig direkt in sein Ohr brüllend, immer wieder, im Wechsel mit seinen eigenen Schreien.

Cho gestand nicht.

Eines Nachts wurde er zum ersten Mal seit Wochen nach draußen geführt, und er atmete die kalte, saubere Luft ein. Er musste sich im Innenhof auf den festgestampften Schnee knien und durfte sich nicht rühren. Schneeflocken fielen ihm sanft auf Haare und Gesicht. Stundenlang kniete er dort wie eine steinerne Statue. Nach der ersten Stunde etwa ebbte das heftige Zittern ab, Cho wurde taub und seltsam heiter, während Wachen, in dicke, mit Kaninchenfell gefütterte Jacken gehüllt, kamen und gingen. Als sie ihm befahlen, aufzustehen, konnte er es nicht und musste ins Haus geschleift werden.

Allmählich wurden die Folterungen unregelmäßig. Manchmal ließen sie ihn in seiner Zelle hungern oder gaben ihm nur Salzsuppe ohne etwas zu trinken. Dann wurde sein Durst unerträglich, und die Zunge schwoll an. Nach Tagen ohne Nahrung waren seine Oberarme so dünn wie seine Handgelenke und seine Beine so angeschwollen, dass er kaum sitzen konnte. Als sie ihn das nächste Mal aus seiner Zelle holten, fand er sich zu seiner Überraschung in der warmen Gefängniskantine wieder. Er wurde in eine Ecke gesetzt und musste zusehen, wie sie Reis und dampfenden Schweineeintopf mit Pilzen aus einem großen Steintopf aßen. Sein Magen schmerzte schrill, und die Wachen lachten über den Ausdruck auf seinem Gesicht. Bleistift und weiße Blätter erschienen und dazu eine Schale Reis mit Eintopf, gerade außer Reichweite. Daneben legte jemand einen Kanten frisches Brot.

Cho sah weg. Tränen rannen ihm über die Wangen.

Stunden später betrat ein Mann in einem verschmutzten,

weißen Kittel seine Zelle, fühlte seinen Puls, tastete seine Knochen ab und rieb kühlende Wundsalbe auf die infizierten, eitrigen Verletzungen. Er befahl Cho, den völlig verdreckten Overall auszuziehen, der nur noch aus stinkenden, verfilzten Lumpen bestand, und reinigte seinen geschundenen Körper mit antiseptischen Tüchern. Er versorgte ihn mit frischer Kleidung, zog eine Spritze auf und verpasste ihm eine Injektion, die ein unglaubliches Glücksgefühl durch seinen Körper jagte, ehe er in erschöpften, narkotischen Schlaf fiel.

Als er erwachte, blickte er in Ryu Kyongs Gesicht. Er hatte den Arm um Cho gelegt und hielt ihn wie ein geliebtes, im Sterben liegendes Kind. Er sprach sanft zu ihm und sehr vertraut. Sie befanden sich in einem hellen, sonnendurchfluteten Zimmer mit weißen Wänden. Das Licht blendete Cho. Wie lange war er schon hier? Die Bäume vor dem Fenster trugen zarte grüne Knospen. Weiße Wolken zogen vorbei wie Luftschiffe.

«Der Geliebte Führer ist das Gehirn unserer großartigen Bewegung», sagte Ryu Kyong. «Sein Geist ist es, der uns unfehlbar auf den Gleisen der Geschichte hält. Er ist allwissend und ohne Fehl. Würden Sie dem zustimmen, Cho?»

Ein warmes Glücksgefühl breitete sich in ihm aus. Welche Weisheit, welche Güte und Toleranz aus Ryu Kyongs Augen strahlte! «Ja», sagte er und spürte, wie sich ein leises Lächeln auf seinem Gesicht ausbreitete.

«Und wenn der Führer das Gehirn ist, dann ist die Partei das lebendige, kräftige Herz und die Armee der Muskelapparat. Richtig?»

Cho nickte; ein kleiner Junge, der in die Grundrechenarten eingeführt wird.

«Die Massen – Arbeiter, Bauern, Bauarbeiter – sind die Organe und das Nervensystem. Sie sind die Zellen der Bewegung, ihr

Herzblut. Sie sind befreit von der Bürde des selbständigen Denkens, weil das Gehirn diese ungeheure Verantwortung auf sich nimmt.» Schmerz trat in Ryu Kyongs Augen, und sein Gesicht war voller Mitgefühl. «Wenn man aber merkt, dass einige Zellen dieses Körpers krank geworden sind, wenn man einen Tumor entdeckt, auch wenn dieser über drei Generationen verborgen blieb, darf der auf keinen Fall im Körper verbleiben, er darf nicht weiterwachsen. Das verstehst du doch, Cho, nicht wahr? Verrat muss aus dem Körper herausgeschnitten werden, damit der Körper unsterblich bleibt und niemals vergeht.»

Cho schloss die Augen. Er wollte die Schönheit von Ryu Kyongs Logik nicht verderben.

«Wenn wir den Verrat nicht bei der Wurzel packen und ausrotten, begehen wir ein Verbrechen gegen unsere eigene Zukunft. Ich weiß, dass du das verstehst. Tu es jetzt und erspar dir selbst noch mehr sinnloses Leiden. Tu es aus Liebe zu unserem Volk. Schreib dein Geständnis, und der Führer wird dir vergeben. Stirb in Frieden, Cho, mit seiner Dankbarkeit in deinem Herzen und dem Wissen, dass dein Sohn in Sicherheit ist …» Sanft ließ Ryu Kyong ihn zurück auf die bequeme Matte sinken. Er wog nichts. Sein Körper war nur noch Haut und Knochen. Auf einem Tablett wurde eine Schale dampfender Bohnenpastenbrühe hereingebracht, und Cho schlang sie hinunter wie ein ausgehungerter Hund, während Ryu Kyong ihm dabei zusah. Irgendwie, ohne dass Cho es bemerkt hatte, waren Papier und Stift wieder erschienen, lagen ordentlich auf dem Fußboden neben der Matte bereit.

Cho sagte: «Was habt ihr mit Yong-ho gemacht?»

«Er hat gestanden. Schnell und vollständig. Er ist mit reinem Gewissen gestorben.»

Ryu Kyong ging und schloss die Tür hinter sich.

Cho sah zu, wie die weißen Wolken vorüberzogen, und lauschte dem Gesang eines Vogels in der Dachtraufe. Er sah die Schatten auf dem Hof länger werden, während die Sonne westwärts wanderte. Er sah, dass der Wacholderbaum im Hof zu blühen begann und von unzähligen weißen Mücken umschwärmt wurde. Die Luft roch nach Frühling.

Als Ryu Kyong viele Stunden später zurückkam, saß Cho mit gekreuzten Beinen da, den Rücken gegen die Wand gelehnt.

Die weißen Blätter waren leer und unberührt.

Er sah seinem Folterknecht ins Gesicht, erwiderte den Ausdruck von tiefem Verständnis und registrierte mit Interesse die Reaktion in Ryu Kyongs Blick; kein Zorn, keine Enttäuschung … sondern Angst.

Cho verbrachte zwei Tage in einer normalen Zelle mit einem Fenster und einer Decke und bekam Kohlsuppe und Maisbrei. Die Wächter ließen ihn in Ruhe. Er verfiel in tiefen Stumpfsinn und verirrte sich zwischen Tagtraum und Schlaf. Er dachte oft an Puzzle. Einmal fuhr er kerzengerade auf, weil sein Sohn direkt vor ihm gebeugt auf dem Fußboden saß, klar wie das Tageslicht, mit seinem roten Pionierhalstuch, und ihm aus seinem Schulbuch vorlas. «In einer Schlacht des Großen Vaterländischen Befreiungskrieges vernichteten drei tapfere Onkel der Koreanischen Volksarmee dreißig amerikanische Imperialistenschweine. Wie hoch ist die Erfolgsquote der Kämpfer?» Puzzle sah zu ihm auf und lächelte sein niedliches Lächeln. Cho ließ seinen Tränen freien Lauf, doch als seine Augen wieder klar wurden, war niemand mehr da. Manchmal dachte er an den Geliebten Führer, der bis in die frühen Morgenstunden an seinem Schreibtisch saß, Haftbefehle unterzeichnete, eingehüllt in Zigarettenrauch am Telefon Befehle erteilte, bis ins intimste Detail das Privatleben seines innersten Kreises lenkte. Er erinnerte sich an die paar wenigen persönlichen Begegnungen mit Kim Jong-il. An seine launische und gleichzeitig pedantische Art. An den seltsam ironischen Blick, mit dem er einen ansah.

Am dritten Tag kamen sie ihn holen, und er war bereit. Er fühlte keinen Zorn mehr. Er war mit sich im Frieden. Er wurde an Hand- und Fußgelenken mit Ketten gefesselt. Doch im Hof sah er weder einen Pfahl noch ein Erschießungskommando, sondern einen grünen russischen Militärlaster mit Plane. Er musste auf die Ladefläche steigen, und die Wachen stiegen zu ihm. Ehe er fragen konnte, wohin sie fuhren, sah er den Gewehrkolben auf sich niedersausen. Cho verlor das Bewusstsein.

Er hatte keine Ahnung, wo er war. Der Lastwagen war stundenlang gefahren. Er war der einzige Gefangene. Es war stockdunkel, die Morgendämmerung war noch Stunden entfernt. Er bekam Befehl, auszusteigen und niederzuknien. Vor ihm erstreckte sich im trüben gelben Scheinwerferlicht ein gedrungener grauer Gefängniskomplex. Hunde bellten. Grelle Suchscheinwerfer auf hohen Wachtürmen tasteten den Außenbereich ab. Die Mauern waren mit Stacheldraht bewehrt. Er befand sich im Ankunftsbereich eines Strafarbeitslagers.

Damit hatte er nicht gerechnet. Der einzige Grund, weshalb er hier war, der einzige Grund, weshalb er nicht mit einer Kugel im Herzen verscharrt wurde, war, dass er nicht gestanden hatte.

Die Größe des Lagers hinter den gleißenden Scheinwerfern ließ sich unmöglich abschätzen, doch er hatte das Gefühl, ein fremdes Universum zu betreten, in dem andere Naturgesetze herrschten.

«Augen zu Boden!», brüllte einer der Wachmänner.

Erschrocken beugte Cho den Kopf. Er hörte jemanden näher

kommen, begleitet von einem bellenden Hund. Dem Ehrentitel nach, mit dem die Wachen ihn ansprachen, vermutete Cho, dass es sich um einen hochrangigen Lagerfunktionär handelte, vielleicht sogar um den Ersten Stellvertretenden Direktor persönlich. Man reichte dem Mann ein Formular zur Unterschrift, und er kicherte, als hätte er eine Überraschung geschenkt bekommen.

«Ein amerikanischer Spion?» Der Schatten seines Kopfes neigte sich in spöttischem Respekt vor Cho. «Willkommen in Lager 22.»

Cho hätte angesichts der Ironie beinahe laut gelacht. Das Lager, dessen Existenz er bei dem Abendessen in New York gegenüber Jenna so vehement bestritten hatte – wie fern und unwirklich diese Welt inzwischen wirkte –, saugte ihn jetzt mitten hinein in sein schwarzes Herz.

Die Ketten an seinen Handgelenken und Füßen wurden gelöst. Als er durch das Haupttor geführt wurde, gab es irgendwo rechts von ihm in der Ferne ein Grollen, einen tiefen Bass, es klang wie schweres Artilleriefeuer. Er dachte zuerst, es wäre Donner, bis er eine grellorangefarbene Fackel zum Himmel schießen sah. Sie zog eine dichte Rauchwolke hinter sich her, machte die Nacht zum Tag, und Cho wurde klar, dass er Zeuge eines Raketentests war. Die Wachen blieben stehen, um zuzusehen.

Er wurde in eine Arrestzelle für Neuankömmlinge gesperrt, wo aus dem Nebenzimmer die Stimmen der Wachen beim Essen herüberdrangen. Sie sprachen den rauen Dialekt der Provinz Nord-Hamgyong. Kurze Zeit später bekam er einen Teller mit Resten und den Befehl, die Lageruniform anzuziehen. Das grobe blaue Kunstfasermaterial stank nach getrocknetem Eiter und Verwesung. Dann betrat der Funktionär von vorhin den

Raum, betrachtete ihn, als wolle er sich sein Gesicht einprägen, ehe es für immer entstellt wäre, und schlug eine Akte auf. Dann sagte er zu den Wachen: «Familiensektor, Dorf 40, Hütte 21.»

Chos Herz zog sich zusammen, und er bekam weiche Knie.

Meine Familie ist hier? Meine Frau, mein Sohn?

In dieser schrecklichen Hölle? Mit welchem Hass würden sie ihn überschütten, dafür, dass er ihnen das angetan und ihr Leben zerstört hatte? Er wäre vor Schmerz und Verzweiflung beinahe in Ohnmacht gefallen. *Er hätte die ganze Zeit gestehen können!* Damit hätte er ihnen wenigstens die Genugtuung schenken können, dass er tot war.

Nichts und niemand entkam dem Staat.

Er hörte das Geräusch, ehe er wusste, was es war. Tief aus seinem Innern erhob sich ein wahnsinniges Heulen. Er fing an, sich selbst ins Gesicht zu boxen.

«Was zum Teufel ist denn mit dem los?», fragte der Wachmann und trat Cho heftig in die Kniekehle, sodass er zu Boden ging.

Dann saß er auf der Ladefläche des nächsten Lasters und weinte bittere Tränen. Er war fest entschlossen, seinem Leben bei der ersten Gelegenheit ein Ende zu setzen. Ihm war alles egal. Dieser Entschluss machte ihn ein bisschen ruhiger, und er dachte über die bevorstehende Begegnung nach. Dachte an die Vorwürfe und den Zorn seiner Frau. An das Nichtbegreifen, die Traumatisierung seines Sohnes. In welcher körperlichen Verfassung würden sie sein? Seine Frau war schön. Sie wäre der Gnade der Wachen ausgeliefert, die mit ihr machen konnten, was immer sie wollten.

Der Gedanke, noch eine einzige Stunde am Leben zu sein, war unerträglich.

Mindestens dreißig Minuten lang fuhren sie über holprige,

ausgefahrene Pisten, lange genug, um die unglaubliche Größe dieses Lagers zu erahnen. Irgendwann befahl man ihm auszusteigen. Im Licht der Laterne des Wachmanns erblickte er eine Reihe schäbiger Baracken, die aus krümelnden Schlammziegeln und Strohdächern gebaut waren. Der Gestank nach Exkrementen verpestete die Luft. Hier gab es keine Handschellen und Ketten mehr. Die waren in diesem neuen Universum unnötig. Er wurde zu einer halbverfallenen, notdürftig mit Maisstängeln ausgebesserten Hütte geführt. An der Mauer prangte die Zahl 21. Das einzige Fenster bestand anstatt aus Glas aus grauer Plastikplane, die im eisigen Wind flatterte. Einer der Wachmänner stieß ihn unsanft auf sein neues Heim zu, und Cho öffnete mit bleischwerem Herzen die Tür.

Eine einsame Kerze in einem Krug warf ihr flackerndes Licht über einen Boden aus gestampfter Erde. In dem Raum war es überraschend warm. In einer Ecke lag ein Haufen Lumpen, der zu Chos Erstaunen den Kopf hob. Die Frau war etwa sechzig Jahre alt, hatte graue Haare und musterte ihn mit harten, misstrauischen Augen. Im trüben Kerzenschein erblickte er ein Gefängnisgesicht, tief gefurcht und voller Schatten.

Cho war zu verwirrt, um zu sprechen.

Der Wachmann stieß ihn in den Raum. «Was ist denn mit dir los? Freust du dich nicht, deine Mutter zu sehen?»

KAPITEL 44

Lager 22
Provinz Nord-Hamgyong
Nordkorea
August 2011

«Bewegung, ihr Schlampen! Los, los, Beeilung, sonst setzt es was!»

In der Küche herrschte ohrenbetäubender Lärm. Wachen bellten Befehle, das Radio wiederholte in Endlosschleife die immergleiche Rede, und aus den sauren, ätzenden Dampfwolken tönte der konstante Krach aus Metallkellen, Pfannen und Kochgeschirr.

Die Mädchen arbeiteten im höllischen Tempo des Lagers. Drückebergerei gab es nicht, sonst war man diesen gemütlichen Posten schneller wieder los, als man sich auf den Boden werfen und die Wachen anflehen konnte. Im Universum des Lagers war ein Job in der Küche begehrt wie sonst keiner. Man konnte Körner vom Boden stehlen und Futterbrei aus dem Schweinestall, man brach sich nicht auf dem Feld oder in der Mine das Kreuz, es gab sogar Maisblätter, um sich den Hintern zu wischen. Doch die Mädchen hatten alle ihren Preis bezahlt. Manche hatten die Position als Lohn für Spitzelei bekommen. Oder schlimmer, sie standen unter dem Schutz eines Wachmanns, der mit ihnen machen konnte, was er wollte, im Lagerraum, hinter dem Schweinestall, im Wald. Mädchen, die schwanger wurden, wurden fortgeschafft und nie wieder gesehen.

Frau Moon vermied jeden Blickkontakt mit ihnen. Sie hatte die Arbeit gekriegt, weil in ihrer Polizeiakte als Beruf Köchin vermerkt war. Sie kochte für die Wachen, nicht für die Gefangenen, bekam deshalb Seife und warmes Wasser zum Waschen und trug keine verlausten, moderigen Lumpen wie die Mädchen. Sie bekam die Reste aus der Wachkantine zu essen und konnte sogar etwas für ihren Sohn hinausschmuggeln, um ihn bei Kräften zu halten.

Mein Sohn.

Dreißig Jahre lang hatte sie in ihren Träumen nach ihren Söhnen gerufen. Manchmal, in dem Augenblick zwischen Schlaf und Wachsein – in der Morgendämmerung, wenn der Kanal zur Geisterwelt deutlich spürbar war –, fühlte sie die Gegenwart der beiden so klar, dass sie, wenn sie die Augen geschlossen hielt, die Arme ausstrecken und ihre Hände halten konnte. Nie hätte sie zu hoffen gewagt, ihre Söhne in dieser Welt noch einmal wiederzusehen.

Aber was für eine grausame Laune des Schicksals, einen von ihnen ausgerechnet hier zu ihr zurückzubringen, an diesen Ort.

Als sie ihn in der Nacht seiner Ankunft in der Tür ihrer Hütte stehen sah, hatte sich ihre Verständnislosigkeit binnen Sekunden in glasklares Erkennen verwandelt. Sie hatte im Kerzenschein in seinem Gesicht ihr eigenes erkannt. Da hatte sie gewusst, wer er war, und den größten Schock ihres Lebens erlitten. Sie starrten einander an wie über die Weite von Jahrzehnten hinweg. Schließlich sagte sie: «Ich bin Moon Song-ae. Ich bin deine Mutter.»

Er war stumm vor Schreck, doch während ihm die Wahrheit dämmerte, spiegelten sich widerstreitende Emotionen auf seinem Gesicht. Sie stand auf und wollte ihn umarmen, doch er wandte sich ab. Der Schmerz, der ihr Herz umklammerte, hätte sie fast umgebracht.

Tagelang sprach er kein Wort, obwohl sie sich eine einzige Decke teilen mussten. Sie widerte ihn an, und er machte keinen Hehl daraus. Ihre Angst vor ihm wurde nur von ihren Schuldgefühlen übertroffen. Die Schuldgefühle fraßen sie auf. Sie war der Grund, weshalb er hier war. Es gab keine andere Erklärung. Sie hatte versagt, seine Abstammung zu vertuschen. Sie hatte ihn im Stich gelassen. Sie musste ihm wie ein böses Omen erscheinen, eine Fremde aus der Vergangenheit, die ihn der Verdammnis anheimgab. Aber sie waren nun einmal verwandt und mussten eine Hütte teilen. Die Tatsache, dass sie einander völlig fremd waren, interessierte den Staat nicht.

Also schonte sie ihn, ihren wildfremden Sohn. Sie vermied es, ihn zu beschämen, indem sie ihn nicht ansprach. Sie wusste nicht einmal, wie er hieß. Wenn er, bedeckt mit Kohlenstaub, in die Hütte zurückkam, zitternd vor Hunger und Müdigkeit, drehte sie sich um und tat, als würde sie schlafen, während in der Stahlpfanne das Essen für ihn bereitstand. Sie musterten einander verstohlen, wenn der andere nicht hinsah. Sie spürte seine Blicke auf sich. Sie hatte sofort erkannt, dass er schwere Arbeit nicht gewohnt war, und machte sich von Anfang an große Sorgen um ihn. Wie sollte er die Arbeit in winzigen Minentunneln überleben, wie sollte er die schweren Loren ziehen, die Grausamkeit der Wächter aushalten? Wie lange würde es dauern, bis er es über sich brachte, Ratten und Schlangen und Maden zu essen, um am Leben zu bleiben? Darüber sorgte sie sich noch viel mehr als um Tae-hyong, der jetzt zu Hause versuchen musste, ohne sie auszukommen. Männer waren nutzlos ohne ihre Frauen.

Sie fing an, für ihren Sohn Risiken auf sich zu nehmen. Kohlblätter und Kartoffelschalen ließen sich in den Falten ihrer Kleidung leicht aus der Küche schmuggeln. Fleisch war gefährlich, weil die Wachhunde es wittern konnten, doch es gelang ihr, knorpelige Stückchen Schwein mitzunehmen, aus denen sie eine Brühe kochte, die sie ihm hinstellte, ehe sie sich schlafen legte.

Etwa eine Woche nach seiner Ankunft wurde sie frühmorgens von seinem Jammern geweckt. Es war Frühsommer, und draußen war es bereits hell. Er lag auf der Seite und hatte ihr den Rücken zugewandt. Sie beugte sich über ihn und sah, dass seine Augen rot und verquollen waren und sein Körper übel zerschunden und zerschnitten. Auf diese Weise brachen die Wächter den Willen aller Neuankömmlinge. Ohne ein Wort fachte sie den Ofen an, setzte Wasser auf und legte den Arm um ihren Sohn. Er schob sie nicht weg. Sie fing an, seine Wunden zu säubern, und wusch ihn mit dem Saum ihrer Schürze. Als er mit dem Kopf in ihrem Schoß wieder einschlief, tropften ihre Tränen auf sein Haar.

Am Morgen sah er ihr zum ersten Mal ins Gesicht, und sie entdeckte in seinen Augen einen Schimmer von Annahme, wenn auch noch keine Verbundenheit.

Ein paar Tage darauf wurde er wieder verprügelt, und sie pflegte ihn wieder und verband, so gut sie konnte, seine Wunden. Sie gab ihm ihre eigene Essensration mit der Behauptung, sie hätte keinen Hunger. Als sie sich an diesem Abend zum Schlafen niederlegte, versuchte er, etwas zu sagen, verschluckte sich aber an dem Wort *omma*. Sie hörte ihn leise weinen. Sie würde ihm Zeit geben. Sie musste sich gedulden.

In der nächsten Nacht sprach er sie zum ersten Mal an. Sehr steif sagte er: «Sei so freundlich und erzähle mir von meiner Herkunft.»

Und so fing sie im Laufe der nächsten Abende an zu erzählen.

Er erfuhr, dass er im Westhafen von Nampo zu Welt gekommen war. Sein Vater war Schiffsbauer, seine Mutter Köchin. Sein Geburtsname lautete Ahn Sang-ho.

«Dein Vater war ein freundlicher Mann», sagte sie. «Und gutaussehend. Du siehst ihm sehr ähnlich. Er hatte ein Händchen für Boote und hielt die Fischereiflotte in Nampo instand. Bald nach unserer Hochzeit wurde er zum Modellarbeiter ernannt. Die Schiffswerft hielt eine Zeremonie für ihn ab. Kurz darauf wurde dein Bruder geboren, und unsere Zukunft sah sicher und glücklich aus. Modellarbeiter wurden dazu gedrängt, der Partei beizutreten, und so stellte dein Vater den Antrag.» Frau Moons Augen wanderten zum Ofen. «Dann kam die Überprüfung der Klassenherkunft. Die Untersuchung dauerte Monate. Dein Vater wurde im Krieg geboren, damals gingen viele Geburtsurkunden verloren. Als sie seine endlich aufgespürt hatten, war der Schock gewaltig. Er war während des Krieges von seiner Familie getrennt worden. Er hatte kaum eine Erinnerung an seinen Vater. Ein amerikanischer Spion? Wer konnte schon wissen, ob das stimmte. Doch es stand in dem Bericht, also war es so. Schlimmer hätte es nicht kommen können. Dein Vater wurde sofort entlassen. Über Nacht stürzten wir in die niedrigste Kaste ab. Wir hatten keine Zukunft mehr. Ihm war klar, dass er für den Rest seines Lebens ein Ausgestoßener sein würde und zu niedersten Tätigkeiten verdammt. Er würde Tag und Nacht unter Beobachtung stehen. Also beschloss er, ein Motorboot zu stehlen und mit uns in den Süden zu fliehen. Es war Oktober. Wir warteten auf einen Tag mit dichtem Morgennebel, so ein Nebel, der den ganzen Tag lang anhält, damit wir an den Seepatrouillen vorbeikamen. Wir hatten für die achtzig Kilometer Reise keinen Kompass, aber dein Vater war ein guter Seemann. Als der Morgen kam, war der Nebel dick wie Brühe. Es war perfekt. Im Hafen herrschte Totenstille. Er ging zuerst. Ich bin alleine hinterher, mit deinem Bruder auf dem Arm, um keinen Verdacht zu erregen ...» Sie seufzte und verlor sich kurz in der Erinnerung. «Als ich im Hafen ankam, sah ich fünf Männer aus dem Nebel auf ihn zurennen. Sie verhafteten ihn direkt neben dem Boot. Sie hatten ihn die ganze Zeit beschattet. Er hatte keine Chance. Wäre ich nur ein paar Sekunden früher dran gewesen, hätten sie mich auch erwischt. Einen Monat später kam er vor ein Volksgericht und wurde im Angesicht derselben Menschenmenge aufgeknüpft, die ihn zuvor als Modellarbeiter gefeiert hatte. Ich war im achten Monat schwanger mit dir, und sie zwangen mich, in der ersten Reihe zuzusehen. Um uns zu beschützen, hatte ich der Bowibu erzählt, mein Ehemann hätte mich über seinen Klassenhintergrund belogen und mich nicht in seinen Fluchtplan eingeweiht ...» Sie schnaubte verächtlich. «Solche Erklärungen glauben die immer gerne. Doch von dem Tag an lebte ich unter einer drohenden Wolke und war vor eine fürchterliche Entscheidung gestellt. Wenn ich dich und deinen Bruder behielt, stünde euch ein Leben in der untersten Kaste bevor, ohne jede Aussicht auf Glück, eine gute Ehe oder einträgliche Arbeit. Außerdem kam ich kaum über die Runden. Also ließ ich deine Geburtsurkunde fälschen. Ich bestach einen Standesbeamten in Nampo und ließ es so aussehen, als stamme euer leiblicher Vater aus einer örtlichen Heldenfamilie, der Familie eines Kriegsveteranen, den wir vor der Verurteilung deines Vaters gut gekannt hatten. Dann brachte ich dich und deinen Bruder ins Waisenhaus von Nampo.» Tränen liefen ihr über das Gesicht. «Es war der schwerste Gang, den ich in meinem Leben getan habe ...» Cho legte ihr den Arm um die Schultern, ihr, seiner Mutter, und fing ihr zartes Beben auf. «... aber eure Zukunft hing davon ab. Um doppelt sicherzugehen, wartete ich vier Jahre, ehe ich versuchte, die Todesursache eures Vaters in «Unfall» abändern und die tödlichen Details löschen zu lassen. Ich dachte, wenn ihr erst junge Männer wärt und jemand eine Überprüfung machte, wäre das lange vergessen. Doch diesmal denunzierte mich der Standesbeamte, und ich wurde ins nördliche Gebirge verbannt, in eine Strafkooperative in der Region Paegam. Dort lebte ich achtundzwanzig Jahre lang.» Sie weinten zusammen, die Gesichter glänzend vor Tränen, und hielten sich an den Händen.

Eine Weile machte das Wunder, ihren Sohn zurückzuhaben, das Leben in Lager 22 für Frau Moon erträglich. Wenn die meisten Familien sich nach der Arbeit erschöpft und völlig ohne Hoffnung in ihre Hütten zurückschleppten, lagen Cho und sie noch Stunden wach. Sie erfuhr von ihrer Schwiegertochter und ihrem Enkelsohn. Sie staunte, dass er in Amerika gewesen war. Cho erfuhr, dass er einen Stiefvater hatte, Tae-hyon, einen Grubenarbeiter, den sie in Paegam kennengelernt und geheiratet hatte.

Sie erzählte ihm, dass ihre Eltern kurz nach ihrer Verbannung gestorben waren. Sie vermutete, dass ihre Eltern Christen gewesen waren und sich heimlich mit anderen Gläubigen getroffen hatten – eine Erinnerung, die sie Jahrzehnte verdrängt hatte. «Hier gibt es auch Christen», flüsterte sie. «Ihnen ist verboten, zum Himmel hinaufzublicken. Sie müssen immer die Augen gesenkt halten.»

«Und du, *omma?*», fragte Cho. «Blickst du zum Himmel?»

Frau Moon starrte die Wand an. Auf diese Frage hatte sie keine Antwort.

Sehr schnell gab Cho ihr das Gefühl zurück, ein Mensch zu sein, und sich in Lager 22 als Mensch zu fühlen, konnte tödlich sein. Es machte einen Gefangenen verletzlich. Sie hatte schon früh gelernt, dass man vergessen musste, jemals ein Mensch gewesen zu sein, wenn man an diesem Ort überleben wollte. Man musste zum Tier werden. Jetzt aber waren ihre Gefühle in dieser Hölle nicht mehr betäubt, ihr Gewissen erwachte wieder, und als der Juli zum August wurde, verfiel Frau Moon in eine tiefe Depression. Am Anfang verbarg sie ihren Zustand vor ihrem Sohn und machte ein fröhliches Gesicht, doch schon bald fehlte ihr dazu die Kraft, und sie gab ihm ernsthaften Grund zur Sorge. Im Schlaf redete sie von ihrem Wunsch zu sterben, ihrem Leben ein Ende zu machen. Sie verstand nicht, weshalb ihr Körper gegen ihren Willen weiterlebte. «Gib die Hoffnung nicht auf», sagte er zu ihr. «Wir werden überleben. Wir haben uns. Was soll aus mir werden, wenn du stirbst?» Das brach ihr fast das Herz.

Doch es waren weder die Entbehrungen noch der Schmutz oder die Brutalität, die Frau Moon so zusetzten.

Sie rührte die Kohlblätter um, bildete sich ein, in dem blubbernden Kochwasser eine Teufelsfratze zu sehen, und schüttete behutsam das Wasser ab. Um sie herum wuselten hektisch die Küchenmädchen.

Wie alle anderen hier hatte auch Frau Moon für die Arbeit in der Küche einen Preis bezahlt. Und ihre Aufgabe war schlimmer als jede Spitzelei.

Ehe Cho gekommen war, hatte der Überlebenswille sämtliche Gefühle verbannt. Doch jetzt streckte aus den Schatten das blanke Grauen seine Hände nach ihr aus, verfolgte sie, wisperte ihren Namen, strich über ihren Nacken und verschwand, sobald sie über die Schulter sah.

Von einem bewaffneten Wächter begleitet, trug sie den Topf mit gedünstetem Kohl aus der Küche. Der Wächter war jedes Mal ein anderer. Sie hatte gehört, die Männer würden für die Aufgabe in der Kantine Strohhalme ziehen.

Sie ging über den kurzen Pfad durch den Obstgarten hinüber, zu dem neuen Laborkomplex, der sich im Herzen des Tals versteckte. Zu ihrer Rechten wuchsen in geraden Reihen Apfelbäume und Pflaumen zu ihrer Linken, doch sie vermied es, hinzusehen, obwohl sie blühten und der Duft die Luft erfüllte. Unter den Bäumen lagen die flachen Gräber exekutierter Gefangener, und die Erde, solcherart gedüngt, brachte berühmte Früchte hervor. Äpfel, so groß und süß, dass sie in Peking hohe Preise erzielten. Pflaumen, so zart und aromatisch, dass sie nach Japan exportiert wurden.

Hinter einem Tor führte eine kurze Betonpiste hinauf zum Haupteingang des Laborkomplexes. Der Wächter tippte eine Zahlenkombination in das Tastenfeld neben der Tür, die sich automatisch öffnete, und sie betraten eine andere Welt. Saubere Oberflächen aus gebürstetem Stahl, glänzend weiße Fußböden, helle Deckenstrahler, gefilterte Luft. Wissenschaftler mit Atemmasken und blauen Overalls kamen auf dem Flur an ihnen vorbei.

Sie betraten den Empfangsbereich des riesigen Laboratoriums, das durch die dicke Glasscheibe und die vakuumversiegelte Tür zu sehen war. Vor der Tür befand sich eine Schleuse, durch die jeder Besucher treten musste, damit alle Kontaminierung von der Kleidung geblasen werden konnte. Der Wächter fragte am Empfang nach dem leitenden Wissenschaftsbeauftragten Chung. Nach ein paar Minuten erschien Dr. Chung, ein barscher Mann mit schütterem Haar und weichem Gesicht und vollen Lippen. Er trug eine Atemmaske um den Hals. «Ich benötige Ihre Gefangene», sagte er mit hoher, fast weiblicher Stimme. «Warten Sie hier?»

Der Wächter zögerte. «Ja, Herr.»

Frau Moon hielt den Topf mit beiden Armen gerade von sich gestreckt und blickte zu Boden. Er nahm ihr den Topf ab.

«Wie ist dein Name, Großmutter?» Das fragte er sie jedes Mal.

Frau Moon hob den Blick. «Moon, Herr.»

Der Blick, den er ihr zuwarf, hatte nichts mit dem Blick zwischen zwei menschlichen Wesen zu tun. «Gehen wir, Gefangene Moon.»

KAPITEL 45

Chilmark
Martha's Vineyard
Massachusetts
August 2011

Die Männer vom Geheimdienst vor den Fenstern trugen dunkle Poloshirts und Ray-Ban-Sonnenbrillen wie Trainer in einem elitären Fitnessclub. Ein durchtrainierter junger Mann mit Stöpsel im Ohr streckte den Kopf zur Tür herein. «Evergreen hat soeben das Clubhaus verlassen, Ma'am. Wir erwarten die Kolonne in wenigen Minuten.»

Evergreen. Wer dachte sich diese Namen aus?

Jennas Hände lagen untätig im Schoß. Man hatte ihr gesagt, diese Zeit des Tages sei der Entspannung gewidmet, und sie hatte den Wink begriffen und war ohne Unterlagen oder Laptop erschienen.

Sie sah sich in dem von Bücherregalen gesäumten Arbeitszimmer um. Bis auf das gemächliche Ticken einer Schiffsuhr aus Messing herrschte Stille. In den Regalen standen Titel über Alte Geschichte und Philosophie. Eine griechische Büste. Das Haus war für den Sommer gemietet und gehörte einem Technik-Tycoon, der kaum älter war als sie. Hinter den Terrassentüren lagen Sonnenflecken auf einem mit Kiefern bestandenen Rasen. Am anderen Ende war ein privater Anlegesteg zu sehen, ein Streifen Sandstrand und das dunkelblaue, glitzernde Wasser des Nantucket Sound. Möwen stießen schreiend herab.

Das Knistern von Funkgeräten draußen verkündete das Nahen einer kleinen Fahrzeugkolonne. Sie lauschte, während die bleiverstärkten, bombensicheren Limousinen den kiesbedeckten Vorplatz umrundeten, Fahrzeugtüren sich öffneten, eine tiefe Frauenstimme jemanden begrüßte, ein Hund bellte.

Jenna erhob sich, den Blick zur Tür gerichtet, und strich sich das Kleid glatt. Ein kleiner, biskuitfarbener Hund kam ins Zimmer getapst, sprang zu Begrüßung an ihr hoch und fing dann geschäftig an, durch den Raum zu schnüffeln. Er hatte ein Fell aus dichten Kringellocken wie eine Perücke aus einer Restaurationskomödie.

Die tiefe Frauenstimme war nun direkt vor der Tür, in der Eingangshalle.

«Viel zu heiß für den Golfplatz heute!»

«Ja, Ma'am.»

Die Außenministerin betrat den Raum, richtete ihr übergroßes Lächeln direkt auf Jenna und kam mit ausgestreckter Hand auf sie zu.

«Es tut mir sehr leid, dass Sie warten mussten, Dr. Williams. Mein Mann spielt mit dem Präsidenten Golf. Wir *Gattinnen* haben beim Abschlag zugesehen», sagte sie, aus welchem Grund auch immer einen Südstaatendialekt nachahmend.

Jenna lächelte höflich.

«Nun dann.» Die Frau schloss die Tür und verharrte einen Augenblick, um aus ihrem wohlgeordneten Verstand die Agenda hervorzuholen. Sie trug ein fließendes, hellgrünes Hängekleid aus Leinen, als käme sie soeben von der Staffelei oder von der Töpferscheibe. «Wie schön, dass unser Freund in Pjöngjang den vierten Juli feierlich begangen hat. Wenn auch mit einem Mittelstreckenraketentest …» Sie schlüpfte aus den Schuhen und machte es sich im Sessel gegenüber bequem. «Was Ihren Bericht wieder auf meinen Schreibtisch brachte.» Sie lachte säuerlich in sich hinein. Es reichte, um Jenna klarzumachen, dass in den höchsten Kreisen hinsichtlich ihrer Ideen Uneinigkeit herrschte. «Wie es scheint, haben Sie inzwischen einigen Einfluss. Und ich hab's ja auch verstanden. Sanktionen funktionieren nicht. Wenn Kim den Gürtel enger schnallen muss, sind Raketen und Atombomben trotzdem das Letzte, woran er spart, richtig?» Sie schnipste mit den Fingern nach dem Hund, der ihr sofort auf den Schoß sprang.

Ein Hausmädchen betrat mit einem Krug Eistee und zwei Gläsern auf einem Tablett den Raum. Jenna wartete, bis sie wieder gegangen war.

«Es ist nicht nur so, dass sie nicht funktionieren, Ma'am», sagte sie. «Sanktionen spielen Kim geradezu in die Hände. Die Isolation, die sie bewirken, verleiht ihm nicht weniger, sondern noch mehr Macht und versammelt sein Volk in einer Art Defensivnationalismus hinter ihm. Je tiefer wir ihn in die Isolation treiben, desto gefährlicher wird er.»

Die Außenministerin setzte eine frustrierte Miene auf. «Gut und schön, aber Ihre Vorschläge bedeuten die völlige Umkehr einer seit Jahrzehnten praktizierten Strategie. Haben Sie mal darüber nachgedacht, wie ich das verkaufen soll?» Sie hielt die Vorderpfoten des Hundes hoch und ließ sie wackeln wie Puppenärmchen, während sie sprach. «Komplette Aufhebung sämtlicher Restriktionen bezüglich Handel, Reisen und Bankverkehr für Nordkorea? Die Aufnahme diplomatischer Beziehungen? Einer grausamen, totalitären Tyrannei wie einem ganz normalen Land begegnen … wie *Kanada*?»

Jenna sagte: «Bei allem Respekt, alles andere hat nicht funktioniert. Ich glaube, der einzige Weg, dieses Regime zu verändern, ist, es aus der Isolation zu holen. In Dialog zu treten.

Beim Aufbau der Wirtschaft zu helfen. All die kleinen Händler zu ermächtigen und sie in Stützen des Wohlstands zu verwandeln.»

«Das könnte Jahrzehnte dauern.»

In diesem Augenblick wurde Jenna klar wie nur irgendetwas, dass diese Frau ein höheres Amt im Blick hatte.

«Am Ende wird der Wohlstand diesen Diktator von seinem Thron fegen, Ma'am. Nicht die Isolation.»

Die Außenministerin setzte den Hund auf den Boden, trank einen Schluck Eistee und musterte Jenna über den Rand ihres Glases. «Als wir uns das letzte Mal begegneten», sagte sie mit süßlicher Stimme, «lautete Ihr Vorschlag, ihn umzubringen.»

Jenna hielt ihrem Blick stand. «Wenn Sie das nicht tun, ist dies die zweitbeste Option.»

Die Frau drehte sich zum Fenster. Auf ihrem Gesicht spiegelten sich Gedanken in schneller Folge, und Jenna war klar, dass sie über die Zwänge der Macht nachdachte: der Beschuss, unter den sie im Kongress geraten würde; die Reaktion der Medien; der Reputationsverlust; der Kuhhandel, den sie mit der UN würde eingehen müssen; der schiere psychologische Druck, den ein solches Vorgehen mit sich brachte, und einen einzigen Gänsehautmoment lang, während sie den Geruch der Bücher einatmete, während das Ticken der Uhr die verstreichende Zeit markierte, hatte Jenna das Gefühl, sich an der Grenze einer mächtigen Ley-Linie zu befinden, welche die Zukunft verändern konnte.

Die Außenministerin gab ein leises Schnauben von sich. Dann straffte sie sich, lächelte Jenna förmlich an. «Ich habe gehört, Sie stehen kurz vor dem Abschluss. Fühlen Sie sich bereit für den Einsatz?»

Jennas Ausbildung auf der Farm ging dem Ende zu. Ihr graute vor den Nachtsprüngen mit dem Fallschirm.

«Ich habe um Versetzung an die CIA-Schnittstelle bei der Homeland Security gebeten. Ich bleibe in Washington.»

Die Außenministerin sah sie fragend an, doch nichts an Jennas Blick verriet das Bild, das ungebeten vor ihrem inneren Auge an Schärfe gewann, wie ein Fotoabzug in der Dunkelkammer. Das Bild von Soo-min, umgeben von einer Schulklasse halbkoreanischer Kinder.

KAPITEL 46

★

Lager 22
Provinz Nord-Hamgyong
Nordkorea
Erste Dezemberwoche 2011

Der Tag in Stollen Nummer 6 hatte schlecht angefangen. Nächtlicher Schneefall hatte dafür gesorgt, dass einige Männer dazu abgestellt werden mussten, die Lorenspuren zu säubern, und die Arbeitseinheit war knapp an Leuten. Während Cho die Männer im Gänsemarsch durch die Geröllhügel führte, musste er daran denken, dass sich nächste Woche seine Inhaftierung jährte. Er erinnerte sich an den Schock des ersten Tages in der Mine, als er sich in einem Albtraum wiederfand, der weit über sein Vorstellungsvermögen hinausgegangen war. Von Kohlenstaub geschwärzte Gerippe und Krüppel mit schwärenden Eiterwunden. Ein tiefes, sonnenloses Tal mit Grubenschächten, aus denen der Dampf aufstieg. Krähen, die am Himmel ihre Kreise zogen. «Nicht denken», hatten sie ihm gesagt. «Nur machen. Irgendwann wird es leichter.»

Als sie den Tunnel betraten, fingen die Männer an, ihre Gebete zu flüstern. Zu wem sie flüsterten – den Ahnen ihrer Vorfahren, zum Großen Führer, zu Gott –, hatte Cho sie nie gefragt. Jedem war bewusst, dass er das Ende des Tages vielleicht nicht erlebte.

Stollen Nummer 6 lag hoch oben am Hang. Er schnitt sich eher horizontal in die Flanke des Berges hinein als in die Tiefe und folgte der mageren Kohleschicht durch einen langen, ungesicherten Gang, der an einem vertikalen Schacht endete; dieser verband den Stollen mit dem nächsten, und so ging es in einer Reihe flacher Abwärtsstufen weiter, immer tiefer in den Berg hinein. So eine Mine, dachte Cho, konnte nur an einem Ort gebaut werden, wo ein Menschenleben nichts wert war. Die natürliche Gesteinsbewegung machte die langen Stollen höchst instabil. Er hatte aufgehört zu zählen, wie oft er mit bloßen Händen nach einem plötzlichen Einsturz die Leichen ausgegraben hatte oder wie oft die Männer sich den Weg zurück hatten freischaufeln müssen, nachdem sie in der Falle saßen.

Er wartete am Fuß des ersten Schachtes, während die Männer die Leiter hinunterkletterten. Er hatte sie in Mannschaften eingeteilt, Graber, Flaschenzugführer und Lorenschieber. Nach der Mittagspause würden sie rotieren. Abgestandene, übelriechende Stollenluft schlug ihnen entgegen. Cho registrierte es kaum noch. Das war der leichteste Teil seines Arbeitstages. Ihm kam der Gedanke, dass die pausenlose harte Arbeit, der Kampf, die Befehle zu befolgen, Schlägen zu entgehen und der Hunger ihn gerettet hatten. Hätte er die Muße gehabt, sich mit seinem Zustand auseinanderzusetzen, wäre er längst tot.

Aber wem machte er eigentlich etwas vor?

Seine Mutter hatte ihn gerettet. Seine leibliche Mutter. Ohne sie wäre er schon in der ersten Woche gestorben. Sie war die größte Überraschung seines Lebens gewesen. Vorher hatte er nicht an Wunder geglaubt.

Sie war erst drei Monate vor ihm in Lager 22 eingetroffen, doch die vielen Jahre Arbeit in einer Strafkooperative hatten sie gut vorbereitet. Sie hatte sich schneller akklimatisiert als die meisten. Von ihr hatte er gelernt, wie das Lager funktionierte, wie Mannschaften rotierten, welche Schwierigkeiten die Wächter bekamen, wenn sie die Quoten nicht erfüllten. Er lernte das Kontrollsystem auszunutzen, in dem manche Insassen als Hilfswächter fungierten. Er entwickelte einen sechsten Sinn für Spitzel. Er hatte gelernt, welche Hebel er bedienen musste, um zu überleben. Und je mehr er lernte, desto weniger ohnmächtig fühlte er sich. Er hatte sein Schicksal angenommen und eine Art Frieden damit geschlossen. Viele Insassen überlebten die ersten Wochen nicht, die wesentliche Übergangsphase, weil der Schock zu groß war. Er hatte ihretwegen überlebt. Weil er ihretwegen nicht mehr sterben wollte.

Cho hatte immer geglaubt, seine Adoptivmutter hätte ihn geliebt. Inzwischen war er sich nicht mehr sicher. Sie war eine zurückhaltende, förmliche Frau gewesen, der Partei treu ergeben. Hätte sie sich auch jetzt ohne Zögern um ihn gekümmert, so übelriechend und zerschunden, wie er war? Er wusste es nicht. Ganz anders diese Frau, Moon Song-ae, seine leibliche Mutter: Was auch immer sie für ihn empfand, er spürte, dass es rein war und bedingungslos. Sie liebte ihn, obwohl sie ihn kaum kannte.

Plötzliche Sorge durchzuckte ihn. Er hatte in letzter Zeit das Gefühl, als hätte sich ihr Überlebenswille erfolgreich auf ihn übertragen und ihr sei nichts geblieben als tiefe Todessehnsucht. Nichts, was er sagte, konnte sie aus diesem Loch holen. Er hatte ihr sogar angeboten, mit ihr zu beten. Sie trug an einer schweren Bürde, über die sie nicht sprechen wollte. Trotz all der Dinge, die sie einander anvertraut hatten, spürte er, dass sie etwas vor ihm verheimlichte, etwas, dass sie von innen auffraß.

Stirb mir jetzt nicht weg, omma, *nicht nach alldem.*

Am Fuße des dritten Schachts erreichten sie den Tunnel, den sie die ganze Woche gegraben hatten. Er war niedrig und schmal und etwa dreißig Meter lang. Weil sie kein Holz hatten, um die Decke abzustützen, wagten sie es nicht, ihn zu breit zu graben. Als Cho den Tunnel betrat, ließ etwas ihn innehalten. Er hielt die Laterne hoch und schnüffelte. Die anderen schienen es ebenfalls zu bemerken. Über Nacht hatte die Luft sich verändert. Sie war viel kälter geworden … und feucht. Cho strich mit der Hand über die Wand. Sie glänzte, war nass und verströmte den schwachen Petroleumgeruch von Anthrazit.

«Das ist nicht gut», sagte ein Mann namens Hyun, dem Cho vertraute.

«Wahrscheinlich durchsickerndes Quellwasser», erwiderte Cho.

Die Männer sahen einander an. Cho teilte ihr ungutes Gefühl, aber es war jetzt zu spät, um die Leute noch umzusetzen.

«Feuchte Kohle wiegt mehr», sagte einer. «Dann schaffen wir die Quote schneller.»

Cho schuftete den ganzen Morgen wie ein Tier, hackte auf die glänzende Anthrazitkohle ein und schaufelte sie mit bloßen Händen hinter sich. Die Männer schwitzten heftig in der kalten Luft. Hinter sich hörte er das ununterbrochene Klirren von Hacken auf Fels und das Husten aus verstopften Lungen. Teerschwarze Männer, glänzend wie Regenwürmer. In Bewegung zu bleiben, war lebenswichtig. Eine beladene Lore musste am Schachtfuß bereitstehen, sobald eine leere nach unten kam, sonst brach das ganze System zusammen. Brach das System zusammen, erfüllten sie die Quote nicht. Erfüllten sie die Quote nicht, wurde die Essensration gekürzt.

Sie machten eine Viertelstunde Mittagspause, um eine Handvoll gekochten Weizen runterzuschlingen. Hyung hatte im Tunnel eine weiße Schlange gefunden, und die Männer hatten sie aufgeschlitzt und untereinander geteilt. Jetzt zerrten sie mit

413

den Zähnen an dem schleimigen, zähen Fleisch, fraßen wie Besessene.

Dann nahmen sie die Arbeit wieder auf, gruben sich mit ihren Hacken immer tiefer in die Ader vor, doch je weiter sie kamen, desto nasser wurde es. Das Wasser tropfte inzwischen von den Wänden und sammelte sich in Pfützen. Cho spürte die Angst der Männer und beschloss, den Tunnel aufzugeben. Er wollte gerade Befehl zum Zusammenpacken geben, als etwas seine Aufmerksamkeit erregte. Zu seinen Füßen wand sich im Licht der Laternen silberweiß ein kleiner, dünner Fisch.

Er vernahm einen Schrei. Cho drängte sich an den anderen vorbei zum Fuß des Schachtes. Das jüngste Mitglied der Einheit, ein neunzehnjähriger Junge, hatte nicht schnell genug beladen. Zwei leere Loren waren aus dem Gang über ihnen heruntergekommen, und eine hatte ihm die Hand zertrümmert.

Cho versuchte, die volle Lore anzuheben und am Haken zu befestigen, doch die nasse Kohle war schwer, und er war inzwischen schwach und müde. Seine Beine zitterten. «Ich brauche Hilfe.»

Dann hörte er plötzlich aus dem Tunnel das Geräusch von herabstürzendem Wasser und die Rufe der Männer.

Augenblicklich veränderte sich der Luftdruck. Cho drehte sich um, wollte die anderen warnen. Doch noch ehe er einen Ton von sich geben konnte, löste der Tunnel sich in donnerndes, dröhnendes Getöse auf, das die Schreie der Männer erstickte. Gewaltige Wassermassen wurden unter hohem Druck den Schacht heraufgetrieben, rissen Cho von den Füßen und schleuderten ihn mit der Schulter gegen die Wand. Die Laterne erlosch. Einer der Kohlebehälter traf ihn hart am Unterarm. Irgendwie hatte Cho das Seil des Flaschenzuges in die Finger bekommen, schaffte es aber nicht, sich mit einer Hand hochzuziehen. Die

Strömung stieg schnell bis über seinen Kopf, Wassermassen um-
schlossen ihn, und die Welt wurde schwarz und still. In völliger
Dunkelheit strampelte er wie wild mit den Beinen und klammerte sich an das Seil. Aus seinem Mund stiegen Luftblasen auf.

Nach ungefähr einer Minute hatte er das Gefühl, schnell
emporzusteigen. Sein Körper schabte an der Schachtwand entlang. Plötzlich bekam er wieder Luft; eine Stimme schrie seinen
Namen, und der Flaschenzugführer im oberen Tunnel zog ihn
zu sich herauf. Jemand packte ihn und legte ihn auf den Boden.
Er schnappte in gierigen Atemzügen nach Luft, dann wurde er
ohnmächtig.

Als er wieder zu sich kam, war ihm eiskalt, und seine Zähne
klapperten. Er wollte husten, konnte sich aber nicht rühren. Er
war so schwach und taub, dass er nicht genau sagen konnte, was
ihm fehlte. Jedenfalls fühlte seine Schulter sich nicht gut an, und
sein Unterarm stand in unnatürlichem Winkel ab. Er schloss die
Augen und stöhnte. Neben ihm in der Dunkelheit ertönte ein
vertrautes Wimmern. Der Junge war gerettet.

«Wo sind die anderen?», krächzte Cho.

«Nur ich», antwortete Hyun. «Die fünf im Tunnel haben es
nicht geschafft.» Er hockte sich auf die Fersen und schlug die
Hände vors Gesicht. «Wir haben unter einem Scheißsee gegraben!»

Cho schloss die Augen und konzentrierte sich auf seinen
Atem. *Was für eine Ironie.* Die Männer hatten oft Witze gemacht,
sie würden so lange graben, bis sie am anderen Ende rauskamen.

Draußen im Freien legten die verbliebenen Männer seiner Einheit Cho in den Schnee. Er hatte sich die Schulter ausgerenkt.
Das konnte behoben werden, aber nicht der gebrochene Unterarm, es sei denn, ein Lagerinsasse mit Medizinkenntnissen

konnte ihn auf der Krankenstation verbinden, die, wie alle im Lager wussten, der Warteraum des Todes war. Wäre er gesund und kräftig gewesen, hätte er unerträgliche Schmerzen gehabt, so aber fühlte er sich lediglich taub und unwohl. Nicht einmal die Kälte störte ihn. Wahrscheinlich würde er an Ort und Stelle erschossen werden. Er war als Bergmann nicht mehr zu gebrauchen. Verzagt blickte Cho zu dem Jungen mit dem tränenverschmierten Gesicht hinüber und zwinkerte ihm zu, als wolle er sagen, *mach dir nichts draus.*

Zwei Wachmänner stapften auf sie zu, und Cho sank der Mut. Der Größere, ein Schwein von Mann mit Peitsche im Gürtel, war der Vorgesetzte. Der zweite war einer der älteren Wachmänner. Die Älteren, hatte Cho herausgefunden, waren weicher und weniger streng, was die Regeln betraf. Hyun nahm die Mütze ab, fiel auf die Knie und erklärte mit gesenktem Blick, was geschehen war, doch zur Überraschung der Männer sagte der Wachmann: «Ist der da gesund?» Er zeigte auf den Jungen.

Cho sagte: «Ja, Herr.»

Sie packten den Jungen am Arm und zerrten ihn zu einem offenen Geländewagen, der weiter unten direkt neben der Lorenspur parkte, die sich zwischen den schwarzen Halden dahinzog. Erst jetzt sah Cho, dass auf dem Rücksitz vier weitere Gefangene saßen. Neben dem Wagen standen zwei Männer in blauen Overalls. Um ihre Hälse hingen Atemmasken und Schutzbrillen.

Der ältere Wachmann beugte sich über Chos Gesicht. «Tja, das ist wohl dein Glückstag heute!»

Auf der Krankenstation wurde Cho die Schulter eingerenkt und der Arm bandagiert und mit einer provisorischen Schiene versehen. Innerhalb weniger Stunden wurde ihm leichtere Arbeit zugeteilt, bei einem Bauprojekt, zwei Täler von der Mine entfernt. Er hätte fast gelächelt, als ihm klarwurde, dass er lediglich einen mit Baumaterial beladenen flachen Karren schieben musste. Mit etwas Glück schaffte er das mit einem Arm.

Nach der Schufterei in der Mine war das der reinste Urlaub. Es war später Nachmittag. Zum ersten Mal seit Monaten spürte Cho die Sonne auf dem Gesicht. An der Zufahrt zur Baustelle war ein vorbeifahrender Karren in ein Schlagloch geraten und hatte Radieschen über die Straße verstreut. Sofort kamen die Arbeiter angerannt, schossen hin und her, packten die kleinen Rüben und verschlangen sie trotz der Schreie und Tritte der Wächter an Ort und Stelle. Cho hatte Radieschen nie sonderlich gemocht. Jetzt waren sie das Himmlischste, was er je gekostet hatte.

Bei dem Bauprojekt, das am Talschluss und am Ende der Bahnstrecke lag, die sich durch das gesamte Lager zog, handelte es sich, wie Cho erfuhr, um das Nebengebäude eines neuen Laborkomplexes. Seine Kameraden waren sauberer und in besserer Verfassung als die Bergmänner. Er vermutete, dass sie noch nicht so lange hier waren. Er wurde einer Einheit von fünfzig Insassen zugeteilt, die in Mannschaften zu je zehn arbeiteten. Die Aufgabe bestand darin, die Güterzüge zu entladen, die zwei Mal täglich mit Waren vom Hafen Chongjin kamen, und die LKWs aus dem Norden, aus China. Cho beobachtete die Entladung riesiger Edelstahlzentrifugen, auf einem anderen Lastwagen waren Computer, in weiße Schachteln verpackt, auf denen ein Apfel-Logo zu sehen war. Welchem Zweck auch immer dieses Labor dienen mochte, das Budget war enorm.

Gegen Ende seines ersten Tages auf dem Bau wurde die Arbeit durch lautes Pfeifen unterbrochen.

«In die Reihe, Köpfe hoch, Abschaum!», brüllte ein Aufseher. Ein Hund mit Maulkorb bellte. Die Gefangenen reihten sich vor den Lastwagen auf, den Blick gesenkt, die Hände hinter dem Rücken.

«Eine Reihe, habe ich gesagt!» Der Aufseher versetzte einem älteren Mann, der zu langsam reagierte, einen Tritt. Das dürre Gerippe des Mannes wankte gegen die Seitenwand des Lastwagens wie ein Bündel Stroh.

«Das ist unnötig, Hauptmann», ertönte eine hohe Stimme.

Gefolgt von einem Aufseher, schritt ein Mann die Reihe ab. Er war ganz in einen weißen Anzug gehüllt, die Kapuze straff ums Gesicht gebunden. Um seinen Hals baumelten eine durchsichtige Schutzbrille und eine Atemmaske. Auch die Gummihandschuhe waren weiß. «Ich bin der leitende Wissenschaftsbeauftragte Chung», sagte er und lächelte milde. «Ich suche drei gesunde Männer zur Arbeit bei mir im Labor. Dort ist es warm, es gibt zu essen, und im Gegenzug dafür brauchen wir von euch ab und zu eine Blutprobe ...» Der Arzt schritt die Männer ab und musterte jeden von oben bis unten wie auf dem Viehmarkt. «Du», sprach er einen großen jungen Mann an. «Wie alt bist du?»

«Sechsundzwanzig, Herr.»

Der Arzt hob mit der Spitze eines Gummifingers das Augenlid des Mannes an und sah ihm in den Mund. Er nickte dem Aufseher zu, und der Mann wurde aus der Reihe gezerrt.

«Sanft, bitte», sagte Dr. Chung und lachte tadelnd.

Cho streckte die Brust raus und richtete sich zu seiner vollen Größe auf, wünschte, er könnte sich Schnee ins Gesicht reiben, ein bisschen Farbe auf Wangen und Lippen bringen.

Direkt vor dem Mann zu seiner Rechten blieb der Arzt stehen. «Wie alt bist du, Vater?»

«Vierunddreißig, Herr.»

Der Wissenschaftler ging einen Schritt weiter und stand

vor Cho. Prüfend glitt sein Blick über Chos Gesicht, der sich plötzlich mit den Augen seines Gegenübers sah. Er hatte seit einem Jahr sein Spiegelbild nicht mehr erblickt, trotzdem hatte er deutlich das gelbe, hohlwangige ausgemergelte Gespenst vor Augen, das er geworden war. Ein menschliches Wrack mit dem typischen starken Geruch des Langzeitgefangenen. Dem muffig-süßlichen Gestank des Lagers.

Der Mann ging weiter.

Der Nächste wurde ausgewählt. Ein junger Kerl, der höchstens ein paar Wochen im Lager sein konnte.

Dann ertönte wieder die Pfeife, und der Rest des Trupps ging zurück an die Arbeit.

Später, während sie das Abendessen kochte, erzählte Cho seiner Mutter von den Ereignissen des Tages. Er dachte, sie würde sich freuen, weil er leichtere Arbeit bekommen hatte, doch sie hatte ihm den Rücken zugewandt und sagte nichts, und er schrieb das Schweigen ihrer Depression zu.

Sie aßen stumm. Das Abendessen bestand aus kaum drei Mundvoll Reis. Dann blies sie die Kerze aus und schlüpfte unter die Decke.

Cho war schon fast eingeschlafen, als sie zu reden begann. Ihre Stimme klang im Dunkeln seltsam ruhig.

«Wenn der Arzt wiederkommt, versteck dich. Wenn du dich nicht verstecken kannst, dann huste. Dann denken die Wächter, du hast dir in der Mine eine Staublunge geholt, und du wirst nicht ausgesucht.»

«Aber warum denn?» Cho drehte sich zu ihr um und sah sie an, doch sie war wieder in Schweigen versunken.

KAPITEL 47

Lager 22
Provinz Nord-Hamgyong
Nordkorea

Nach einer Woche Arbeit an der frischen Luft und im Sonnenlicht hörte Chos Haut auf zu nässen. Er kam zu Kräften. Anstatt in ewiger Dunkelheit zu verrinnen, teilte sein Leben sich wieder in Tag und Nacht. Er befand sich nicht mehr in dem immerwährenden Delirium der Erschöpfung. Die provisorische Schiene unterstützte die Heilung seines Arms, auch wenn der Knochen schief zusammenwuchs. Er musste alles mit dem rechten Arm heben und tragen.

Ein stoischer Mann Mitte dreißig hatte Cho in die Arbeitsabläufe der Baustelle eingeführt, ihm geholfen, sich zu orientieren, ihn vor den Aufsehern gewarnt, die Bestien waren, und ihm jene gezeigt, die ein Auge zudrückten. Mit Erstaunen nahm Cho zur Kenntnis, dass selbst an einem Ort wie diesem menschliche Güte zu finden war. Der Mann hieß Jun. Sein Rücken war stark verkrümmt, und er musste den Kopf nach oben recken, wenn er Cho ansehen wollte. Seine Haut war ledrig und straff über die Knochen gespannt wie bei allen hier, doch zu Chos Überraschung waren seine Augen blau. Er sei der Enkel eines amerikanischen Kriegsgefangenen aus dem Koreakrieg, sagte er. Er war im Lager zur Welt gekommen und hatte es noch nie verlassen.

Nach der Mine brachte die Kälte an der Oberfläche Cho

fast um. Der beißende Wind, der durch das schmale Tal fegte, ließ den Schweiß auf seinen Augenbrauen zu Eis gefrieren. Die nackte Haut seiner Finger blieb beim Schieben an dem eiskalten Metall des Karrens kleben. Seine Tage wurden zum ständigen Kampf, sich warm zu halten. Wieder kam Jun ihm zu Hilfe, zeigte ihm, wie man leere Jutesäcke stahl, wenn die Aufseher nicht hinsahen, und sie sich unter der dünnen Sträflingskleidung um den Leib wickelte.

Wieder konnte Cho sein Glück nicht fassen: Das Gebäude musste in derart halsbrecherischer Geschwindigkeit fertiggestellt werden, dass die Gefangenen jeden Tag zwei Rationen bekamen, eine Schale gemischtes Getreide und eine Schale gekochten Mais – das Doppelte dessen, was Cho in der Mine erhalten hatte. Leider fanden sich wegen der Kälte weder Raupen noch Ratten zur Eiweißversorgung.

In die Minenschächte hatten sich die Aufseher nie hinuntergewagt, doch hier waren sie ständig in der Nähe, mit geschulterten Gewehren, die Kaninchenfellmützen tief über die Ohren gezogen. Cho wurde langsam zu einem Insassen mit Erfahrung, merkte er. Er sah den Wärtern nie direkt ins Gesicht und wusste trotzdem instinktiv, wenn sie ihn ansahen. Er hielt ständig Ohren und Augen offen, immer auf der Suche nach dem noch so winzigen Detail, das ihm einen Vorteil verschaffen konnte und ihm das Überleben sicherte.

Während sie gemeinsam Zementsäcke von einem Güterzug luden, flüsterte er Jun zu: «Warum betreten die Aufseher nie die Laboranlagen?»

Jun antwortete, ohne die Lippen zu bewegen. «Sie haben Angst.» Ein Spitzel kam in Hörweite vorbei, und er verstummte. Jun lud einen Sack auf Chos Handkarren, beugte sich nah an dessen Gesicht und sagte beinahe lautlos: «Bis vor einem

Jahr war dort alles schwer bewacht. Dann bekam die Frau eines Wachmanns ein Kind ohne Arme und Beine. Noch eins wurde blind geboren.» Jun warf Cho einen warnenden Blick zu. Klatsch war im Lager gefährliche Ware.

Obwohl Sonntag war und trotz des heftigen Schneefalls trafen ständig Güterzüge ein und fuhren mit Kohle beladen wieder davon; Lastwagen warteten darauf, entladen zu werden. Die Gefangenen schufteten unter dem Trommelfeuer von Flüchen, Schlägen, Tritten. «Bewegung, ihr Verräter, ihr Hurensöhne!»

Sie waren seit sechs Uhr früh auf den Beinen, und Cho hatte zum Frühstück nur eine Handvoll Reis gegessen und ein paar Kohlblätter, die seine Mutter in ihrer Schürze aus der Küche geschmuggelt hatte. Er sah, wie Jun einen schweren Sack Zement von dem Güterwaggon hob und sich auf den Rücken hievte, als wäre es ein Daunenkissen. Cho, den Arm noch immer geschient, schob mit einer Hand den Karren.

Plötzlich rutschten ihm auf dem gefrorenen schwarzen Schlamm die Füße in den Holzpantinen weg, und er landete mit seinem gebrochenen Arm auf dem Eis. Ehe er wusste, wie ihm geschah, krachte ein Gewehrkolben gegen seine Schulter. Der Schmerz schoss durch sein Rückgrat wie ein Blitzschlag.

«Was soll das? Sabotage? STEH AUF!»

Schmerzverzerrt rappelte Cho sich hoch. Als er sich gerade wieder aufgerichtet hatte, traf ihn ein Stiefeltritt ins Kreuz. Für einen Augenblick raubte der rasende Schmerz ihm die Sicht. Tränen schossen ihm in die Augen. Er hatte den ganzen Tag gefroren, doch jetzt spürte er Hitze in sich aufwallen. Sogar die Finger auf dem eiskalten Eisengriff des Handkarrens waren plötzlich schweißnass. Mühevoll machte er ein paar Schritte.

Der eisige Wind wuchs zu einem heftigen Schneesturm an. Spitze Nadeln trafen Cho ins Gesicht und in die Augen. Er konnte kaum zwei Meter weit sehen. Einer hinter dem anderen, schleppten die Gefangenen ihre Last. Vor sich sah er gerade eben den gekrümmten Rücken von Jun, der seinen schweren Zementsack schleppte. Sie näherten sich dem Eingang zum Anbau.

Plötzlich befanden sie sich im Auge des Sturms. Keinerlei Sicht, um sie herum nur weiße Leere. Dann hörte Cho einen schrillen Schrei und sah durch eine Lücke in den wirbelnden Flocken vor ihm, wie Jun das Gleichgewicht verlor. Der Sack rutschte ihm vom Rücken, fiel zu Boden und riss auf. Blassgrauer Zement lag auf dem Weg verstreut wie die Überreste einer Einäscherung. Jun fiel auf die Knie, riss sich die Mütze vom Kopf und erstarrte. Mit gesenktem Kopf ergab er sich seinem Schicksal.

Drei Aufseher kamen angerannt, umringten ihn und betrachteten den verschütteten Zement. Die Gefangenen blieben stehen.

«Du Sohn imperialistischen Abschaums, wie lange bist du hier?»

Jun zitterte am ganzen Körper. «Seit zweiunddreißig Jahren, Herr. Mein ganzes Leben. Bitte.»

Der Aufseher wandte sich den anderen beiden zu. «Zweiunddreißig Jahre in Lager 22 sind genug. Was sagt ihr dazu?» Er zog die Pistole und schoss Jun mit einem aufgesetzten Schuss in den Kopf.

Der Schuss hallte in dem schmalen Tal wider. Der schmächtige Körper kippte um wie ein Kinderspielzeug. Die Gefangenen erstarrten, und in Cho ging etwas zu Bruch.

Es geschah wie in Zeitlupe. Er hörte eine brüllende Stimme. Es war seine. Er sprang den Aufseher an, den gesunden Arm wie einen Speer erhoben. Er nahm den überraschten Gesichtsausdruck des Mannes wahr. Die anderen beiden griffen zu ihren Holstern. Cho packte den Mann am Handgelenk, obwohl der immer noch die Pistole hielt. Doch ein hungriger, ausgemergelter Gefangener war kein Gegner für drei gutgenährte, durchtrainierte Killer.

Cho spürte, wie er gewaltsam nach hinten gerissen wurde. Es zog ihm die Beine weg. Dann kam der grauweiße Himmel ins Blickfeld und die Gesichter der drei Aufseher. Ein mit Schnee und Schlamm bedeckter Stiefel drückte gegen seine Luftröhre, und eine Pistole zielte direkt auf sein Gesicht.

Cho schloss die Augen. Einen wirren Moment lang sah er seine Frau und seinen Sohn, in strahlendes Licht getaucht, irgendwo weit weg und glücklich. Er sah seine Mutter als junge Frau. Er sah Jenna, ihm gegenüber an einem kerzengeschmückten Tisch. Sie schenkte ihm ihr strahlendes Lächeln.

Die Pistole wurde entsichert. Ein Finger krümmte sich.

«Ho, ho, langsam, langsam», ertönte eine hohe Stimme. Im Laufschritt näherten sich Gummisohlen. «Nicht so eilig, Genossen. Der Kerl ist doch kampffähig, oder nicht?»

Am Rand von Chos Blickfeld erschienen ein blauer Laboroverall und eine weiße Gummihand. Die Hand streckte sich ihm entgegen.

«Kommen Sie. Ich helfe Ihnen auf.»

KAPITEL 48

Department of Homeland Security
Nebraska Avenue Complex
Washington, D. C.

Jennas Durchbruch war reiner Zufall.

Ihre Zeit bei der CIA-Schnittstelle zur Homeland Security war abgelaufen. Sie hatte in drei Monaten keinen einzigen Hinweis gefunden – nichts, was einen jungen Immigranten mit den Kindern aus dem Samenkornprogramm in Verbindung gebracht hätte, mit der Villa in Pjöngjang. Fisk sagte ihr, die Agency hätte andere Prioritäten. «Morgen packen Sie dort zusammen. Wir müssen uns über Ihren nächsten Einsatz unterhalten.» Einzeln nahm sie die Passfotos und Visumkopien von der Pinnwand. Sie stammten alle von halbasiatischen jungen Erwachsenen, die von der Einwanderungsbehörde kurzfristig festgesetzt worden waren, weil mit ihrem Hintergrund oder ihren Papieren etwas nicht stimmte. Alle hatten schließlich die Einreiseerlaubnis in die USA erhalten. Sie hatte jeden Einzelnen rot durchgestrichen.

Der Gedanke, dass sie ihre Zeit vergeudet hatte, war furchtbar, und jetzt aufzugeben, kostete Jenna Überwindung.

«Na? Machen Sie die Fliege?» Der übergewichtige junge Typ von dem Arbeitsplatz neben ihr war damit beschäftigt, aus Büroklammern eine Kette zu basteln. Am Anfang hatte Jenna seinen muffigen Geruch mangelnder Körperhygiene zugeschrieben, war aber bald auf den Gedanken gekommen, dass es der Geruch schlechter Moral war. Der ganze Ort schien davon durchdrungen.

Sie schob die Passkopien zu einem ordentlichen Stapel zusammen und starrte nachdenklich vor sich hin. Falls eines der Kinder aus der Villa tatsächlich in die USA eingeschleust worden war, dann mit einem Pass, der die wahre Herkunft verschleierte, und auf alle Fälle über ein Drittland. Das war ihr klar. Außerdem musste dieses Drittland sich auf der äußerst kurzen Liste von Nordkoreas Freunden in der Welt befinden, Länder, deren Geheimdienste einander Gefallen erwiesen. Kuba schloss sie aus – von da kam so gut wie niemand über offizielle Einwanderungskanäle ins Land. China? Ebenfalls sehr unwahrscheinlich. Peking würde sich nicht in Kims verdeckte Operationen verwickeln lassen wollen. Blieben Syrien, der Iran, Pakistan, Malaysia, Russland und Vietnam. Einreisende aus den ersten vier dieser Länder wurden von der Antiterrorzentrale des CIA gründlich auf Verbindungen zu al-Qaida oder zur Hisbollah überprüft, und sie war mehrmals mit CIA-Beamten zu den Flughäfen Dulles, Logan und JFK gefahren, um hinter einer Spiegelwand dem Verhör eines schwitzenden Studenten mit erschrockenen Augen durch Beamte der Homeland Security beizuwohnen.

Sie hatte ursprünglich angenommen, Nordkorea würde gefälschte Pässe verwenden, schließlich wurde in Nordkorea alles gefälscht, vom Hundertdollarschein bis zu Potenzmitteln. Sie hatte langwierige, institutionsübergreifende Crosschecks über jeden jungen Erwachsenen angestellt, der mit einem gefälschten Pass aus einem der Länder auf ihrer Liste hatte einreisen wollen. Doch nach drei Monaten ohne einen einzigen Hinweis beschlich Jenna der Verdacht, dass die Kids womöglich mit betrügerisch ausgestellten *echten* Pässen ins Land kamen. Das machte ihre Aufgabe unlösbar. Mit einem gültigen Pass aus

Syrien, Russland oder Vietnam ausgestattet, hielt nichts einen jungen Erwachsenen davon ab, auf legalem Weg ein Arbeits-, Touristen- oder Studienvisum zu beantragen. Sie würden nicht auffallen. Hintergrundüberprüfung, biometrische Daten, Profiling, nichts würde etwas über sie zutage fördern. Hier alleine weiterkommen zu wollen, erschien ihr jetzt absurd. Diese Aufgabe verlangte eine intensive Zusammenarbeit mit den CIA-Verbindungsleuten in all diesen Ländern, und Jenna wusste, dass die Führung in Langley große Zweifel bezüglich der Existenz des Samenkornprogramms hatte. *Indoktrinierte junge Erwachsene mit ausländischen Wurzeln? Mit einer Ausbildung zum Spion oder Attentäter?* Es hatte Tage gegeben, da hatte Jenna resigniert und war nach Langley gefahren, um den Spionagesatellitenverkehr zu überwachen. Simms zeigte ihr die jüngsten, beunruhigenden Aufnahmen des Geheimlabors in Lager 22, das offensichtlich immer weiter wuchs. Inzwischen befand sich ein zweites Gebäude im Bau.

Ihr Telefon klingelte, und ihr sank der Mut, als sie sah, wer anrief: Hank aus der Antiterrorzentrale, ein mürrischer, geschiedener Kerl, dessen Einladung zum Abendessen sie schon zwei Mal ausgeschlagen hatte. Sie hatte ihn etwa ein halbes Dutzend Mal zum Flughafen begleitet.

«Wir haben wieder eine, in Dulles, falls es Sie interessiert? Angekommen aus Malaysia.»

Sie warf einen frustrierten Blick auf den Stapel Passfotos, die auf ihrem Schreibtisch auf den Schredder warteten, und hörte sich sagen: «Klar, Hank. Warum nicht?»

Am Washington Dulles International Airport wurden sie von einer jungen Grenzbeamtin begrüßt, der Jenna noch nicht begegnet war. Sie erzählte, sie sei selbst malaysisch-amerikanischer Abstammung.

«So was hatte ich noch nie», sagte sie. «Dieses Mädchen kommt mir vor ... sie kommt mir vor wie ein Gespenst.»

Vielleicht lag es an dem erschrockenen Gesicht der Beamtin, jedenfalls lief es Jenna plötzlich eiskalt den Rücken herunter.

In einem Vernehmungsraum saß hinter einer Spiegelwand eine junge Frau von eindeutig gemischter Herkunft, und zwar zur Hälfte ostasiatisch. Ihre Augen waren mandelförmig und hell, ihre Haut sanft getönt; das glänzende schwarze Haar war zu einem langen Zopf geflochten. Die Festgesetzten, die sie bisher in diesem Raum beobachtet hatte, fingen irgendwann unausweichlich an zu schwitzen oder zu zappeln. Hier bekam man die ganze Palette nervöser Symptome zu Gesicht. Diese Frau aber saß kerzengerade da, gelassen und gefasst und mit völlig ausdruckslosem Gesicht. Die Kleidung war eigenartig nichtssagend: nagelneues Kapuzen-Sweatshirt, nagelneue GAP-Baseballkappe, nagelneue weiße Turnschuhe – die Art Look, von der eine ältere Generation annahm, Teenager würden sich so kleiden.

«Der Name lautet Mabel Louise Yeo», sagte die Grenzbeamtin. «Achtzehn Jahre alt; spricht perfektes amerikanisches Englisch; gültiger malaysischer Pass; echtes Studentenvisum. Seit September an der George Washington zum Studium angewandter Physik eingeschrieben. Behauptet, sie wäre aus familiären Gründen ein paar Tage zu Hause gewesen. Gibt eine Heimatadresse in Kuala Lumpur an. Passt alles. Trotzdem ... mit der stimmt was nicht.»

«Die Körpersprache», sagte Jenna.

«Nein, die Sprache selbst. Sie spricht kein Wort Malaysisch. Ich habe ihr hallo gesagt und erzählt, ich würde ihre Gegend kennen.» Die Beamtin strich sich über das Gesicht. «Keine Reaktion. Also befragte ich sie auf Englisch. Mir kommt es vor, als würde sie sich strikt an ein Drehbuch halten. In dem Augenblick, wo wir vom Skript abweichen, macht sie dicht. Wo immer die Kleine auch herkommt … Malaysia ist es nicht.»

«Darf ich mit ihr sprechen?», fragte Jenna.

«Gespensterkind», sagte Hank, der neben ihr stand. «Gefällt mir.»

Jenna öffnete die Tür. Als die junge Frau sie sah, stieß sie einen Schrei aus und sprang auf. Ehe irgendwer reagieren konnte, war sie Jenna um den Hals gefallen.

Völlig perplex drückte Jenna das Mädchen an sich und streichelte ihr übers Haar wie einem kleinen Kind.

In nordkoreanischem Dialekt flüsterte Jenna: «Du musst müde sein nach dieser langen Reise.»

KAPITEL 49

Lager 22
Provinz Nord-Hamgyong
Nordkorea

Frau Moon ging mit dem Topf gedünstetem Kohl durch den Obstgarten, auf dem Weg zum Laborkomplex. Der Wachmann hinter ihr spielte mit seinem Feuerzeug. Zu ihrer Linken hackte eine Arbeitseinheit den Boden auf, schwarz hoben sich die Körper gegen den unberührten Schnee ab. Die nächste Grube unter Bäumen. *Denen geht noch der Platz aus*, dachte sie und stellte sich nicht zum ersten Mal die Gesichter der weit entfernten Konsumenten dieser Früchte vor, ihre Reaktion, wenn man ihnen sagte, was diesen Äpfeln und Pflaumen ihr außerordentlich köstliches Aroma verlieh. Und darauf folgte jedes Mal derselbe Gedanke: *Das Geheimnis ist sicher. Niemand entkommt dem Lager 22, nicht mal als Leiche.*

Im Gebäude wartete sie, während die Kohlblätter fortgetragen und behandelt wurden. Sie würde schon bald selbst hier arbeiten, hatte der leitende Wissenschaftsmitarbeiter Chung ihr versichert. Der neue, fast fertiggestellte Anbau würde einen Speisesaal mit Küchenbereich für die Laborarbeiter beherbergen. Und sie würde zur Leiterin des Küchenblocks ernannt, würde einen Gutschein für Seife und einen Satz neue Kleidung bekommen. Diese Nachricht, die bedeutete, dass sie noch einen Winter überleben würde und genug zu essen hätte, trieb sie noch tiefer in ihre sowieso schon abgrundtiefe Depression hinein.

Dr. Chung war bester Laune. Frau Moon konnte sehen, dass die Bedeutung seiner Arbeit und seiner Einrichtung anwuchs. Pjöngjang schickte jede Woche Inspektoren. Ein Politagitationskommando war zu Besuch gewesen und hatte das Labor und die Gänge mit langen roten Bannern geschmückt. LASST UNS UNSER LAND ZUR FESTUNG MACHEN! DIE WISSENSCHAFT IST DER MOTOR DES SOZIALISTISCHEN BAUWESENS!

Eine halbe Stunde später brachte ihr ein Wissenschaftler in weißem Ganzkörperanzug mit Schutzbrille und Atemmaske in einer OP-Schale den Kohl zurück. Sie wich den Dämpfen aus und blieb hinter Dr. Chung vor der Schleuse zur Laborkammer stehen, während er sich mit einer Rede an die Gefangenen wandte. Weil es im Labor selbst keine Wachen gab, wurde mit einer List für Ordnung gesorgt.

«Im Namen der Verwaltung dieser Einrichtung heiße ich Sie willkommen. So wie wir Wissenschaftler daran arbeiten, unser Land gegen seine Feinde zu verteidigen, so bekommen Sie jetzt die Möglichkeit, Ihre Taten zu sühnen, indem Sie uns helfen, das Wohlergehen eines noch stärkeren Korea zu sichern. Wir werden Ihnen zu essen geben und uns um Ihre Gesundheit kümmern, und im Gegenzug werden Sie uns bei der Erprobung neuer Impfstoffe unterstützen. Ehe wir die ersten Blutproben nehmen, bitte ich Sie, diesen Kohl zu essen und zu verdauen. Die Blätter wurden mit Vitaminen, Eisen und Glukose versetzt. Falls jemand von Ihnen Diabetiker ist und keinen Zucker essen darf, bitten wir um einen Hinweis …»

Frau Moon betrat den Raum mit der OP-Schale voll gedünsteter Kohlblätter. «Lächeln, Frau!», raunte Dr. Chung ihr zu und zog sich mit den Fingern die Mundwinkel hoch.

Frau Moon brachte es nicht über sich, die Gefangenen anzusehen. Nackt saßen sie in einer rot gefliesten Kammer um eine Rinne im Fußboden herum, von Sicherheitskameras beobachtet. Nicht alle ließen sich täuschen, das wusste sie.

Hungrige, misstrauische Augen wandten sich ihr zu. Sie ging von einem zum anderen und legte ihnen mit einer Gabel ein großes Kohlblatt in die hohle Hand. Der Geruch war Warnung genug. Heute waren es elf Gefangene, ausnahmslos männlich. Sie saßen auf der gefliesten Bank und hielten sich die Hände vor den Schoß, um ihre Scham zu verbergen.

Dann fiel ihr Blick auf einen geschienten Unterarm, und sie hob den Kopf. Sie sah direkt in die Augen ihres Sohnes.

Frau Moon war wie gelähmt. Die Überwachungskamera in der Ecke der Zimmerdecke war direkt auf sie gerichtet. Plötzlich rutschte ihr das Gefäß aus den Händen und fiel scheppernd zu Boden. Sie murmelte eine Entschuldigung und hob die Schale wieder auf, nahm sich einen Moment Zeit, um sich aufzurichten, dann gab sie auch Cho ein Blatt in die Hand. Sie zwang sich, zum nächsten Mann weiterzugehen. Sie musste all ihre Kraft aufwenden, um Cho nicht anzusehen.

Als der letzte Gefangene versorgt war, eilte sie hinaus. Hinter ihr wurde die Tür verriegelt.

Cho sah zu, wie die ausgemergelten Männer binnen Sekunden ihr Blatt verschlangen. Diese Körper waren nur noch abgemagerte Gerippe, Dreck und Haarbüschel, und dabei waren das noch die gesünderen Exemplare. Falls sie Verdacht schöpften, war der Hunger zu groß, um sich darum zu kümmern. In dem Augenblick, als seine Mutter den Raum verließ, schloss sich zischend die Tür, und ein Belüftungssystem fing an zu summen. Er starrte das Blatt in seiner Hand an und stopfte es sich in den Mund. Es war frisch und knackig und schmeckte sauer. Roh und makellos, heimlich aus der Schürze seiner Mutter gezogen, als sie die Schale fallen ließ. Er kaute und beobachtete, und dunkle Vorahnung erfüllte seine Brust. Er dachte, wie verletzbar Nacktheit doch den Menschen machte.

Es begann wie ein Erdbeben. Der Gefangene, der als Erster sein Kohlblatt gegessen hatte, ein kleiner Mann Mitte dreißig ohne Zähne, fing heftig an zu zittern. Der Anfall wurde so schlimm, dass er zu Boden stürzte. Er krümmte und wand sich und schrie wie ein Tier. Aus Mund und Nase trat blutiger Schaum. Dann fing es bei dem Mann daneben an. Im nächsten Moment gingen vier von ihnen mit Blutblasen auf den Gesichtern und rotem Schaum vor dem Mund zu Boden. Sie schrien wie abgestochenes Vieh.

Cho war starr vor Schreck. Er konnte nur zusehen. Zuckende, ausschlagende Gliedmaßen in einem stinkenden Bad aus Blut und Exkrementen. Der Tod fraß sich eilig von einem zum nächsten, sie zuckten und waren dann still. Es dauerte gerade einmal zehn, vielleicht zwölf Sekunden, dann waren sie tot.

Cho starrte einen Moment lang auf das grausige Bild, allein auf der Bank, dann übergab er sich.

Kurz darauf öffnete sich zischend die Tür. Zwei Wissenschaftler in weißen Schutzanzügen und Atemmasken betraten den Raum. Der eine hielt eine Art Timer mit Digitalanzeige in der Hand.

Er sagte: «Du … Iss den Kohl!»

Cho keuchte. Seine Stimme war heiser. «Ich habe ihn gegessen.»

Die Wissenschaftler stiegen über die Leichen. Die weißen Gummistiefel wurden blutig. «Mund auf!»

Cho öffnete den Mund und zeigte die grünen Faserreste auf seiner Zunge.

Sie packten ihn an den Armen, zerrten ihn aus der Kammer und schlossen die Tür. Cho fand sich in einem blendend weißen Vorraum wieder. Einer der beiden Männer ging weg und rief laut: «Holt den leitenden Wissenschaftsbeauftragten Chung.»

Cho merkte plötzlich, dass er direkt neben seiner Mutter stand. Vielleicht war es seine Blöße, vielleicht das unerträgliche Schamgefühl, jedenfalls fing er an zu weinen.

Neben ihm erklang flüsternd die Stimme seiner Mutter: «Du bist stark, Sang-ho. Du bist gut. Du musst einen Weg finden, von hier zu fliehen. Finde einen Weg. Tu es für mich.»

Cho schluchzte, wie er nicht mehr geschluchzt hatte, seit er ein kleines Kind gewesen war. «Ich will nicht ohne dich sein», sagte er.

Als sich die Überwachungskamera in der Ecke in ihre Richtung drehte, bewegte sie den Kopf zur Seite. «Mein Leben ist vorbei. Ich habe zu viele hier umgebracht. Ich würde mir selbst nicht erlauben, weiterzuleben. Aber du … erzähle der Welt, was du gesehen hast. Erzähle der Welt, was hier geschieht.» Sanft berührten ihre Finger die seinen. Hinter ihrem Rücken nahm sie seine Hand und drückte sie, vor den Kameras verborgen. Es war ihr Abschied, wurde ihm klar. Er musste all seine Kraft zusammennehmen, um sich ihr nicht zuzuwenden. Dann schloss sie seine Finger zur Faust, und er spürte ein hartes, kugelrundes Ding in seiner Hand, etwa so groß wie eine Kastanie.

«Nimm das zur Bestechung.» Ihre Stimme war nur ein Lufthauch. Er konnte sie über das Gebläse hinweg kaum verstehen. «Es ist mindestens fünftausend Yuan wert.»

Dr. Chung kam mit wütendem Schritt auf sie zu und blieb stehen, um zu hören, was der ausführende Wissenschaftler zu sagen hatte. Der Arzt war so außer sich, dass er nicht einmal die Maske abgenommen hatte. Cho hörte undeutlich die Worte *Möglichkeit natürlicher Immunität.*

Dr. Chung schubste den Wissenschaftler beiseite. «Natürliche Immunität gegen *Scytodotoxin X*?», rief er. Ein *Mikrogramm* genügt. Die alte Hexe muss ihm geholfen haben!»

Chos Kopf fiel auf die Brust.

«Na ja.» Dr. Chung fletschte die Zähne. «Und was machen wir jetzt mit diesem Betrüger?»

Hätten Aufseher die Szene bezeugt, sie wären beide an Ort und Stelle zu Tode geprügelt worden.

Cho fiel auf die Knie und fing an zu jammern, die Hände flehend vor der Brust gefaltet. «Alles, nur nicht zurück in die Mine, Herr. Bitte. Ich tue alles, wirklich alles. Ich leere die Latrinen. Ich entsorge die Leichen. Alles. Nur nicht in die Mine.»

Ein Ausdruck draufgängerischer Fröhlichkeit erhellte Dr. Chungs Miene. Er machte eine ausladende Geste. «Schickt einen Wachmann!», säuselte er. «Zurück in die Mine mit dem Abschaum!»

Am nächsten Morgen war Cho wieder zurück in Stollen Nummer 6. Hyun starrte seinen geschienten Arm an. Cho wusste, was er dachte. Mit einem unverheilten Bruch würde er in der Mine keine Woche überleben. Hyun klopfte ihm auf die Schulter und gab ihm eine Laterne.

Der Marsch zur neuen Kohleschicht dauerte etwa eine halbe Stunde. Sie befand sich unten im dritten Tunnel und verlief scharf nach rechts, weg von dem Schacht, der zu dem überfluteten vierten Tunnel führte, dem nassen Grab seiner fünf Mannschaftskameraden. Cho ließ sich humpelnd zurückfallen, bis er der Letzte in der Reihe war. Er hoffte, dass sein Vorhaben wie Selbstmord aussehen würde. War es ja auch. Sogar wenn seine

Vermutung zutraf, waren seine Überlebenschancen verschwindend gering. Wenn er sich irrte, war er tot.

Er wartete, bis die Mannschaft um eine Kurve gebogen war, und schlüpfte davon. Schnell lief er zurück zu dem überfluteten Schacht. Mit erhobener Laterne beugte er sich vor und spähte hinunter. Die Leiter war noch da. Sie verschwand im Wasser. Unter ihm glänzte es wie schwarzer Marmor. Wo kam es her, dieses Wasser? Wäre er sich nur sicher! Selbst wenn er tatsächlich durchkam, landete er vielleicht in einer Höhle ohne Ausweg. Cho hörte seinen eigenen Atem, flach und abgehackt, und das Pochen seines Herzens in den Schläfen. Hinter ihm näherten sich eilige Schritte. Jemand war zurückgelaufen, um ihn zu suchen. Er stellte die Laterne ab und spürte das Adrenalin in seinem Brustkorb rauschen.

Er füllte die Lungen mit Luft und schloss die Augen.

Zögere nicht. Tu es. Jetzt.

Cho sprang.

Die Zeit verlangsamte sich. In seinen Ohren rauschte eiskalte Luft. Wie ein Pfeil tauchte er ins Wasser. Eine Schockwelle aus Kälte durchfuhr ihn. Wasser strömte an seinem Gesicht entlang, während er schnell sank, tief nach unten in den Schacht. Als der Sturz sich verlangsamte, packte er die Leiter und zog sich an den Sprossen nach unten auf den Grund. Seine Lungen waren jetzt schon kurz vor dem Platzen. Unten gab es nichts mehr zum Festhalten, um weiterzufinden, blieb ihm nur noch sein Tastsinn. Cho schwebte in tiefschwarzem Nichts. Er tastete die Wände am Boden des Schachts ab, versuchte den Tunneleingang zu finden. *Hier muss es doch sein.* Mit wedelnden Armen versuchte er, die steigende Panik abzuwehren. Er streckte die Hand aus, so weit er nur konnte, tastete mit den Fingerspitzen … und berührte das glatte Gesicht einer Leiche.

Er schrie auf, verlor große Blasen wertvoller Luft und spürte eine Woge schrecklicher Angst in sich aufbranden. Er stieß den Toten aus dem Weg.

Ein scharfer, greller Schmerz, als er sich an einem Stein den Kopf stieß.

War das der Tunnel? Während seine Lunge krampfend zu rebellieren begann, krallte er sich an der Tunnelwand fest, versuchte, die Decke zu ertasten. Sie war intakt. Der Einbruch musste weiter vorn passiert sein. Wie weit? Zwanzig Meter? Mehr? Er zerrte sich mit den Fingernägeln am Fels entlang, zog sich in dem schmalen Gang Stück für Stück vorwärts, riss sich die Hände wund. Wasser drang in sein Innenohr und veränderte auf unheimliche Weise die Akustik. Er konnte jede Luftblase hören, jeden Wasserwirbel. Dann streiften die im Wasser schwebenden Haare eines Menschenkopfes sein Gesicht, und wieder durchzuckte ihn schreckliche Panik.

Die Leiche blockierte den Weg. Sie fühlte sich aufgebläht an. Verzweifelt boxte Cho auf den aufgedunsenen Toten ein, versuchte, ihn nach unten wegzuschieben. Cho spürte, dass sein Körper anfing, ihm den Dienst zu versagen. Seine Lunge streikte. Sie würde sich jeden Moment dem Wasser ergeben.

Das war's, Cho Sang-ho, sagte eine Stimme in seinem Kopf. *Es ist vorbei.*

Mit einem letzten, verzweifelten Ruck stieß er die Wasserleiche an den Schultern nach unten. Eine Mischung aus Willen und Todesangst verlieh ihm eine Stärke jenseits aller physischen Möglichkeiten. Plötzlich spürte er anstelle rauer Kohle glatten, glitschigen Stein unter seinen Händen, große Brocken, die von oben heruntergefallen waren. In seinem Innenohr hörte er Wasser rauschen, fließendes Wasser. Seine Füße hatten wieder Halt, oben auf dem Geröllhaufen. Er stieß sich ab, und dann stieg er aufwärts. Er glaubte, keinen Augenblick länger die Luft anhalten zu können.

Eine Sekunde, zwei …

Cho schoss an die Oberfläche empor, Luft und Geräusche schlugen über ihm zusammen. In gierigen Zügen atmete er ein, und der frische Sauerstoff machte ihn so schwindelig, dass er kurz davor war, das Bewusstsein zu verlieren.

Um ihn herum war es immer noch stockdunkel. Das Echo des tropfenden Wassers sagte ihm, dass er tatsächlich in einer kleinen Höhle gelandet war, wie er es befürchtet hatte. Doch die Wasserströmung bewegte sich schnell. Sie trug ihn sanft mit sich, während er keuchend versuchte, zu Atem zu kommen, doch bald schon schwamm er aktiv mit, paddelnd wie ein Hund. Die Höhle wurde schmaler und die Strömung stärker. Vor ihm gurgelte es laut. Er nahm allen Mut zusammen und ließ sich vom Wasser mit den Füßen voraus in ein laut rauschendes Strudelloch ziehen. Er knirschte vor Angst mit den Zähnen, als er merkte, dass er feststeckte, während das Wasser an ihm vorbeibrauste. Sich verzweifelt windend, versuchte er freizukommen und glitt schließlich durch eine Öffnung, die so schmal war, dass nur ein Skelett wie er hindurchpasste.

Wieder tauchte er hustend und japsend in einer Höhle auf, spürte jedoch sofort einen frischen Luftzug auf seinem Gesicht. Er glaubte, seinen Augen nicht zu trauen, als er vor sich einen schwachen Schimmer Tageslicht erblickte. Er stand auf und watete darauf zu. Er war erschöpft und kraftlos, am ganzen Körper zerschnitten, blutig und zerschunden. Aber er war am Leben.

Oh ja, er war am Leben.

Torkelnd bahnte er sich einen Weg durch eine mit totem Farn überwucherte Öffnung. Er blinzelte. Das Tageslicht war ebenso überwältigend wie die Kälte. Eine große Fichte war quer vor den Höhleneingang gestürzt, und er musste darüberklettern. Das Wasser aus dem Berg speiste über einen kleinen Wasserfall einen schäumenden Wildwasserfluss, der zwischen großen Felsen dahintoste.

Keuchend kletterte Cho über die Steine neben dem Wasserfall und brach auf einem Flecken totem Gras zusammen, hustend und weinend. Unmittelbar darauf fing er so heftig an zu zittern, dass er sich kaum aufrichten konnte.

Er befand sich in einem tiefen, schattigen Tal, einem der vielen, die auf das große Tal zuliefen, in dem das Lager lag. Der Himmel war arktisch weiß. Weit oben kreisten Krähen, doch nichts deutete auf das Lager hin. Er war direkt durch den Berg gelangt, bis hinüber auf die andere Seite. Er sah weder einen Wachturm noch irgendwo einen Elektrozaun.

Er war draußen.

KAPITEL 50

Provinz Nord-Hamgyong
Nordkorea

Cho biss die klappernden Zähne zusammen und ließ die schwache Wärme der Sonne sein Gesicht berühren. Der Fluss rauschte schäumend durch eine schmale Rille, trotzdem vernahm er durch das Tosen Vogelgesang, zum ersten Mal seit mehr als einem Jahr. Das Hochgefühl hielt nur wenige Sekunden an. Eine innere Uhr hatte zu ticken begonnen. Er war durchnässt und fror. Er hatte keinen Unterschlupf und nichts zu essen. Er hatte sich so darauf konzentriert, es durch die Mine zu schaffen, dass er keinen Gedanken auf das Danach verschwendet hatte, doch ihm war klar, dass er nicht viel Zeit hatte.

Er trat in den Wald und kämpfte sich durch totes Unterholz einen steilen, steinigen Abhang hinauf. Sein Körper war derart geschwächt, dass er alle paar Schritte stehen bleiben musste. Der Bergrücken über dem schmalen Tal schien unerreichbar hoch und war mit scharfen Felsen bezahnt. Aber Cho hatte keine Wahl. Er musste sich orientieren und herausfinden, in welche Richtung er gehen sollte. Er kannte diese wilde Gegend nur aus Märchen und Legenden.

Er hörte ein Kratzen und hielt inne, lauschte über seinen pfeifenden Atem hinweg und merkte, dass das Geräusch aus einer bemoosten Spalte zu seiner Linken kam. Er spähte in den Riss im Felsen, und ein glänzendes schwarzes Auge starrte zurück. Ein Kaninchen, offenbar abgestürzt und in der Falle. Cho packte das Tier an den Ohren und zerrte es heraus. Er drehte ihm den Hals um, zog das Fell ab, schlug die Zähne in das rohe Fleisch und verschlang es gierig und ohne zu kauen. Es schmeckte süß wie Honig. Innerhalb von Minuten waren nur noch Fell und Knochen übrig. Cho wischte sich das Blut vom Mund und rastete einen Augenblick lang. Sofort spürte er den Unterschied. Nahrung wandelte sich in seinem Körper in Energie.

Er machte sich wieder an den Aufstieg und versuchte nachzudenken. Hyun würde ihn erst zum Ende der Schicht gegen dreiundzwanzig Uhr vermisst melden, wenn die Arbeitseinheit zum Nachtappell nach oben zurückkehrte. Tödliche Unfälle waren in den Minen alltäglich, und viele Leichen wurden nie gefunden. Selbstmord war an der Tagesordnung. Würden die Aufseher annehmen, dass er in den gefluteten Schacht gefallen oder gesprungen war, und es dabei bewenden lassen? Nein, würden sie nicht … Dazu war sein Rang zu bedeutend gewesen. Sie würden kein Risiko eingehen. Dazu hatte er ganz oben zu viel Wirbel verursacht. Pjöngjang würde eine Bestätigung für seinen Tod verlangen.

Man wird die sofortige Suche nach der Leiche anordnen.

Mit heftigen Gewissensbissen wurde ihm klar, dass man Hyun und seine Männer ins Wasser schicken würde, um nach ihm zu suchen. Er hatte ihr Leben aufs Spiel gesetzt.

Cho rechnete nach. Ihm blieben höchstens vierundzwanzig Stunden. Vierundzwanzig Stunden, ehe das Lager einen Fahndungsaufruf herausgab und sämtliche Kontrollstellen und Grenzbehörden alarmiert wurden. Er konnte sich nirgendwo verstecken, um wieder zu Kräften zu kommen. Er musste es an die Grenze schaffen, so schnell er konnte.

Doch selbst wenn er bis dorthin kam, was dann?

Ein Schritt nach dem anderen.

Am späten Vormittag näherte er sich dem Gipfel. Der Himmel hatte sich bewölkt. Trotz der Kälte und seiner nassen Sachen lief ihm der Schweiß in die Augen, sein Körper stand vor Anstrengung in Flammen. Mit einem allerletzten, riesigen Ausfallschritt erreichte er den gezackten Grat.

Zuerst war um ihn herum nur wirbelnder grauer Dunst, doch dann teilten sich die Wolken, und Cho erblickte tief unter sich das Lager 22. Ein Sklavenreich, so weit und groß, dass er die Grenzen nur erahnen konnte. Aus den Minenschächten stiegen Dampfwolken auf. Auf endlosen Äckern sah er Hunderte Arbeitseinheiten schuften. Aus den Kleiderfabriken tönte fern das Hämmern der Maschinen. Er wandte den Blick südwärts, wo die Barackendörfer der Gefangenen lagen. Auch sie erstreckten sich, so weit das Auge reichte. Beim Gedanken an seine Mutter zog sich schmerzhaft seine Brust zusammen. Er entdeckte einen Hinrichtungsplatz und sah den schwarzen Rauch des Krematoriums. Am Horizont zuckte ein Blitz auf, gefolgt von fernem Donner, und eine Rakete erhob sich über dem Ostmeer in den Himmel.

Cho betrachtete seine Hände und sah, dass sie zu Fäusten geballt waren. Er bebte. Gute, loyale Menschen litten und starben in dieser Hölle. Wie verblendet er doch gewesen war, sein ganzes Leben lang. Seine Augen füllten sich mit Tränen. Dies war die Wahrheit hinter dem Schein. Dies war das schwarze Herz der Sache, der er sein Leben lang gedient hatte.

Über ihm kreiste kreischend eine Krähe, ein Vorbote schlechten Omens. Doch Cho fühlte sich nicht verflucht. Einen Augenblick lang fiel Sonne durch die aufgewühlten Wolken und sandte einen goldenen Strahl. Erlösung legte sich wie ein Tuch auf seine Schultern. Vor ihm lag nackt und unverhüllt der Sinn seines Lebens.

Ich werde Zeuge sein. Ich werde überleben und der Welt Zeugnis ablegen.

Er hielt sich im Schutz der Bäume, als er auf der anderen Seite des Gipfels, in Richtung Nordwesten, ins nächste Tal hinunterschlitterte. Zweimal musste er offenes Weideland überqueren, wo er im tiefen Schnee unübersehbare Spuren zog. Weiter unten sah er einzelne Bauernhäuser und Scheunen. Es hatte in großen, wirbelnden Flocken begonnen zu schneien. Wenn es nur reichte, seine Spuren zuzudecken …

Die am nächsten gelegene Scheune stand auf einem Acker, hinter dem ein dicht bewaldeter Abhang zu einer Bahnstrecke führte. Cho blieb stehen, lauschte – Totenstille – und ging um das Gebäude herum. Er hatte Glück. Außen an der Tür hing an einem Haken ein zerschlissener, mit Flicken übersäter Arbeitsoverall, im Freien gelassen, um die Läuse zu töten. Cho nahm ihn vom Haken und öffnete die Tür. Im Inneren roch es intensiv nach Dung und fauligem Stroh. Ein alter brauner Ochse lag im Heu, drehte ihm gleichgültig den riesigen Schädel zu und schnaubte. Cho schlüpfte hinein und zog sich um. Sogar ein Paar Gummistiefel fand er. Ehe er die blaue Gefängniskluft tief unter einem Berg Stroh versteckte, riss er die mit einem Stückchen Schnur notdürftig zugenähte Tasche auf und holte die harte Zellophankugel heraus, die seine Mutter ihm in die Hand gedrückt hatte. Er hielt sie hoch und musterte sie. Das helle Schneelicht, das von draußen durch die Ritzen im Holz fiel, wurde von winzigen weißen Kristallen in der Folie reflektiert.

Bingdu. Ungefähr vierzig Gramm, schätzte er.

Er sah sich nach einer Unterlage um und fand auf dem Boden ein herausgebrochenes Stück Fensterglas. Er wischte es ab, nahm es auf den Schoß und setzte sich damit auf einen Heuballen. Behutsam begann er, die Folie abzuwickeln und in Streifen zu reißen.

Wie lange hatte seine Mutter das vor ihm verborgen? Wieso hatte sie es gestern im Labor bei sich gehabt …?

Cho erstarrte und blickte ins Leere.

Um sich damit das Leben zu nehmen. Zu einem von ihr selbst gewählten Zeitpunkt. Dazu brauchte sie nicht mehr als eine Überdosis. Die ganze Ladung auf einmal schlucken. Ihr Herz wäre stehen geblieben. Seine Augen wurden feucht. Er brachte es erst nach einigen Minuten über sich, weiterzumachen.

Behutsam teilte er mit dem Fingernagel das weiße Pulver in kleine Portionen, die er in Folienstreifen wickelte, bis er zehn schimmernd weiße Perlen hatte und den übrigen Rest in einer Kugel.

Der modernde Heuhaufen strahlte einen Hauch Wärme ab. Cho schob die *bingdu*-Perlen in eine Tasche seines Arbeitsanzugs, und ehe er sich's versah, hatte er sich bereits mit Heu zugedeckt und war eingeschlafen.

Er wurde von Männerstimmen geweckt.

Er hatte keine Ahnung, wie lange er geschlafen hatte. Das Licht, das durch die Ritzen fiel, hatte sich in bleiches Blau verwandelt, und der Hunger war mit Gewalt zurückgekehrt. Sein Gesicht war taub und kaltgefroren.

Die Stimmen drangen von draußen in den Schuppen. Zwei Leute sprachen über den verschwundenen Anzug. Quietschend ging die Tür auf, und Cho drückte sich tiefer ins Heu. Eine Kerosinlampe tauchte die Scheune in trübes Licht. Ein Mann und ein halbwüchsiger Junge kamen herein. Sie waren von oben bis unten weiß bepudert. Cho betete zu seinen Ahnen, dass es genug geschneit hatte, um seine Spuren zu bedecken.

«*Appa*, niemand versteckt sich im Mist!», sagte der Junge mit dem starkem Dialekt der Gegend. «Der Dieb ist weg.»

Der Vater zögerte, bemerkte offensichtlich das Stück Fensterglas, das Cho benutzt hatte, um das *bingdu* zu portionieren. Langsam machten sie kehrt und schlossen die Tür.

Cho blieb regungslos liegen, die Nerven zum Zerreißen gespannt. Er wartete mehrere Minuten und stand dann, so leise er konnte, auf. Vorsichtig öffnete er die Tür und sah sich um. Es schneite heftig. Die Spuren des Bauern und seines Sohnes führten nach links. Von der Scheune zu dem Fichtenwäldchen rechterhand waren es etwa dreißig Meter über das offene Feld. Er trat hinaus in den tiefen Neuschnee. Seine Beine sanken bis zu den Knien ein. Er kam nur vorwärts, wenn er Riesenschritte machte. Ein Hofhund bellte und bekam aus dem Tal ein Dutzend Antworten.

Cho fing an zu rennen, pflügte sich durch den frischen Schnee und bis in den Wald hinein.

Unter den Fichten, wo der Schnee nicht hingekommen war, war es dunkler. Er blieb in Bewegung, schob Äste beiseite, torkelte zwischen den Bäumen hügelabwärts auf die Bahngleise zu.

Über diese Strecke wurde die Kohle aus Lager 22 abtransportiert, er vermutete, nach Hoeryong, etwa zehn Kilometer weiter nördlich. Er hatte die kleine Stadt vom Berg aus gesehen, direkt am Ufer des Tumen gelegen, des Grenzflusses zu China. Wenn er Glück hatte, schaffte er es bis zum Abend dorthin. Wie lange hatte er geschlafen? Dem Tageslicht nach war es später Nachmittag. Es dämmerte schon. Wie dumm von ihm! Der Bauer oder sein Hund würden seine Spuren finden und die Bowibu alarmieren, ehe er auch nur zwei Kilometer geschafft hatte. Sein Fluchtfenster hatte sich dramatisch verkleinert.

Hinter sich hörte Cho von fern Hunde bellen und spürte das Adrenalin durch seinen Körper jagen. Wieder setzte er sich in Bewegung, rannte, stolperte über Unterholz und tote Äste, strauchelte, rannte weiter.

Bis auf ein paar einzelne Lichter an den Statuen und Monumenten lag Hoeryong im Dunkeln. Cho war sicher, dass es in einer Stadt dieser Größe einen Schwarzmarkt gab, wo er kaufen konnte, was er brauchte. Und tatsächlich, neben dem Bahnsteig am Bahnhof sah er mehrere Dutzend alter Frauen im blauen Schein schmaler Taschenlampen ihre Ware zusammenpacken. Eine Kohlenpfanne verströmte mehr Rauch als Wärme. Er näherte sich einer Frau, deren Kopf mit Lumpen umwickelt war. Sie räumte gerade kleine Flaschen mit selbstgebranntem Maisschnaps und chinesische Zigaretten weg, Stangen der Marke Double Happiness.

Als er das Geschäft abwickelte, sagte Cho so wenig wie möglich. In dieser Gegend war ein Akzent aus Pjöngjang wie ein blinkendes Neonschild. Sie warf ihm nur einen ganz kurzen Blick zu, doch er genügte, um ihre Habgier und ihr Misstrauen darin zu erkennen. Als sie im fahlen Schein ihrer Taschenlampe die weiße Perle *bingdu* auswickelte, zog sich ihm der Magen zusammen. Mit einer Schlüsselspitze nahm sie ein winziges bisschen Pulver und sog es mit der Nase ein. Einen Augenblick später ging er mit einer Flasche Maisschnaps und zehn Päckchen Zigaretten in einer Plastiktüte davon.

In einer provisorischen Kantine an der Straße vor dem Bahnhof saß eine Gruppe Bahnarbeiter vor Schalen heißer Brühe, die Gesichter von einer kleinen hellen Flamme in einem Krug erhellt – eine Rapsöllampe. Der Koch nahm drei Zigaretten als Bezahlung für eine Schale, und Cho setzte sich zu den Männern an den Tisch. Sein Vorhaben war, das Essen hinunterzuschlingen und wieder von hier zu verschwinden. Die beste Chance, über den Fluss zu fliehen, war *heute Nacht.* Doch als er die Brühe kostete, in der frische Nudeln und marinierte Streifen Schweinefleisch schwammen, war er überwältigt. Dies war seit über einem Jahr die erste richtige Mahlzeit, die er zwischen die Lippen bekam, und die Wirkung war unmittelbar. Sie gab ihm sein Menschsein zurück. Sein tiergleiches Sklavenleben erschien ihm jetzt schon unwirklich, wie ein Albtraum. Er hob den Blick und sah in die Gesichter der Bahnarbeiter. Sie waren schwarz von Öl und Kohlenstaub, doch in Chos Lageraugen wirkten sie wie das blühende Leben, und er wurde daran erinnert, dass er sein eigenes Spiegelbild seit einer Ewigkeit nicht gesehen hatte. Er reckte den Hals und spähte verstohlen in die dunkle Scheibe eines Fensters im Bahnhof hinter sich. Der Anblick war selbst in dem trüben Licht so erschreckend, dass Cho der Atem stockte, und ihn überkam tiefes Selbstmitleid für seinen zerschundenen Körper. Sein Kopf war eine graue skeletthafte Knolle, die Haare waren ihm ausgefallen. Narben von Schlägen zogen sich kreuz und quer über den Schädel. Sein Gesicht war übersät mit Wunden und Beulen von Unterernährung und Lichtmangel, die Haut sah aus wie ein uralter, über Knochen straffgezogener Lumpen, und seine Augen wirkten riesig und dunkel. Es war sein Gesicht, daran bestand kein Zweifel, und es hatte sich beinahe so sehr verändert, wie er selbst sich im Inneren verändert hatte.

«Wo kommst du her, Bürger?»

Das Gesicht des Arbeiters war eine grimmige schwarze Maske. Die anderen hatten aufgehört zu essen und musterten ihn. Plötzlich wurde Cho sich bewusst, wie übel der Arbeitsoverall stank.

«Aus Chongjin», nuschelte er, sich seines Akzents bewusst. «Ich … ich war schwer krank. Ich bin nach Norden gekommen, um Medizin zu kaufen.»

Der Blick des Mannes wurde weicher, und Cho spürte, dass er mit seiner Antwort einen Test bestanden hatte. Die Menschen hier waren an Besucher gewöhnt, die versuchten, nach China zu gelangen, um Dinge zu kaufen, an die man zu Hause unmöglich kam.

«Hast du Tabak?», fragte der Mann.

Cho zog ein Päckchen Zigaretten heraus und reichte sie herum.

«Double Happiness», sagte der Arbeiter anerkennend. Er steckte sich die Zigarette hinters Ohr und wandte sich wieder der Brühe zu. Cho dachte, damit sei das Gespräch beendet, doch dann sagte der Mann: «Hier ist der Fluss zu breit, und das Eis ist dünn. Nimm die Musan-Straße nach Westen, bis der Fluss schmaler wird und das Eis trägt. Etwa sechs Wachtürme von hier gibt es eine ruhige Stelle.»

«Wenn ein Wachmann dich aufhält, biete ihm Kräcker und Zigaretten an», sagte einer seiner Kameraden.

«Und versprich ihm für den Rückweg ein Geschenk», sagte ein anderer und lächelte. «Gerne eine Flasche Maotai oder chinesisches Geld. Sag ihm, du bleibst nur ein oder zwei Tage und frag ihn nach seinen Dienstzeiten.»

Cho konnte sein Glück nicht fassen. Er verbeugte sich und dankte ihnen und schenkte jedem ein ganzes Päckchen Zigaretten, das sie, Elfenbeinlächeln im kohlschwarzen Gesicht, annahmen. Er stand auf, verbeugte sich noch einmal und wurde durch eine Bewegung in seinem Rücken abgelenkt. Er drehte sich um, und ihm wäre fast das Herz stehen geblieben.

Jemand ging mit Eimer und Pinsel in der Hand an ihm vor-

bei. In demselben Fenster, in dem Cho eben noch sein Spiegelbild betrachtet hatte, starrte ihn jetzt von einem Schwarz-Weiß-
Plakat sein Gesicht an.

GESUCHT WEGEN MORDES
CHO SANG HO

Und unter seinem Konterfei:

GEFÄHRLICH!
Jegliche Sichtung ist unverzüglich dem Ministerium
für Staatssicherheit zu melden

Mord? Chos Beine verwandelten sich in Gummi. Eine Sekunde
lang war er zu panisch, um sich wieder zu den Männern umzudrehen.

Jetzt schon? Die Bowibu jagte ihn jetzt schon? Hyun musste sein Verschwinden sofort gemeldet haben. Cho machte ihm
keinen Vorwurf, da es ihm wohl eine Extraschale Reisbrei
eingebracht hatte. Er war hypnotisiert von dem Foto. Er fühlte
sich seltsam abgetrennt von diesem Mann. Das Gesicht seines
früheren Lebens. Glattrasiert, die Haare mit Gel zurückfrisiert,
selbstgefällig, arrogant, privilegiert. Das Bild stammte aus seiner
Parteiakte. An den Rändern waren angeschnitten seine Schulterklappen zu sehen.

«Danke, Bürger.» Er wünschte den Männern eine gute Nacht.
Sie hoben zum Gruß die Zigaretten.

Sobald Cho außer Sichtweite war, fing er an zu rennen. *Gesucht wegen Mordes? Oh, ihr Ahnen!* Er erinnerte sich an diesen
Trick: Hochrangigen Kadern unterstellte man, wenn sie abtrün-
nig wurden, ein Kapitalverbrechen und informierte die chinesi-

schen Behörden. Eins war klar: Sie waren fest entschlossen, ihn zu fassen, und diese Erkenntnis entfachte in ihm eine ebenso feste Entschlossenheit: Sie würden ihn nicht kriegen.

Als er dann, gestärkt von Nahrung und Ruhe, eine verlassene Straße Richtung Westen entlanghastete, mahnte er sich zur Ruhe. Er war mit eigenen Augen Zeuge seiner Verwandlung geworden. Es war nicht möglich, dass irgendwer dieses Foto mit seinem Gesicht zusammenbrachte.

An einer Bushaltestelle am westlichen Stadtrand starrte ihm sein Gesicht von jedem Laternenmast entgegen. Er fand den nächsten Schwarzmarkt und tauschte ein paar *bingdu*-Perlen gegen chinesische Yuan, Reiskräcker, eine Wollmütze und noch mehr Zigaretten. Von einem Händler, der auf einer ausgebreiteten Matte Elektroartikel anbot, kaufte er ein illegales, nicht registriertes Nokia-Handy und eine chinesische SIM-Karte im Wert von fünfzig Yuan. Der Händler erklärte ihm, wie die Karte zu benutzen war, und fügte hinzu: «Vorausgesetzt, du findest irgendwo einen Ort, wo du das Telefon laden kannst.»

Jemanden, der ein Küchenmesser oder sonst eine Waffe verkaufte, konnte er nicht finden. Er hätte sich besser gefühlt mit etwas zu seiner Verteidigung. Von dem übrigen Bargeld kaufte er sich eine kleine Taschenlampe, eine Rasierklinge und ein Päckchen Zigarettenpapier. Mit enormer Mühe bewahrte er die Ruhe und sprach bloß das Nötigste. Niemand schien ihm auch nur einen zweiten Blick zuzuwerfen. Er war ein Vagabund, ein Niemand, und er stank wie ein ranziger Ziegenbock.

Auf der Straße stadtauswärts kam er an einem Industriegelände mit verrosteten Schornsteinen und stillgelegten Fabrikhallen vorbei. Er hielt kurz inne, um sicherzugehen, dass er nicht beobachtet wurde, schlüpfte in die Schatten eines Güterhofs und stieß auf eine Werkstatt. Er hockte sich auf den ölverschmierten Betonboden, knipste die Taschenlampe an und holte vorsichtig die verbliebene Kugel *bingdu* hervor. Er war auf die Idee gekommen, zumindest das Rauschgift in eine Art Waffe zu verwandeln. Mit ruhiger Hand nahm er die Rasierklinge, schlitzte eine Double Happiness der Länge nach auf und verteilte die Kristalle gleichmäßig auf dem Tabak. Mit Hilfe des Zigarettenpapiers verschloss er die Zigarette wieder und betrachtete sein Werk. Mit bloßem Auge war kaum sichtbar, dass die Zigarette manipuliert worden war. Wer immer sie von ihm annahm und rauchte, würde eine Überdosis abbekommen und einen Herzstillstand erleiden. Der Tod würde als euphorischer Lufthauch über ihn kommen. Vorsichtig schob Cho die Zigarette zurück in das Päckchen, mit dem Filter nach unten, um eine Verwechslung auszuschließen.

Bald hatte er die Stadt hinter sich gelassen und folgte einem gewundenen, ungepflasterten Pfad, am Ufer des Tumen entlang, der Grenze. Hier war es entschieden kälter. Der Fluss zu seiner Rechten war eine Straße aus Eis, blass und durchscheinend, als würde er das Licht der Sterne absorbieren. Es war zu dunkel, um das chinesische Ufer zu erkennen. Alle paar Meter stand ein Schild. GRENZGEBIET! HALT! Doch was ihn mehr erschreckte, war die Abwesenheit von Bäumen zur Deckung und die Tatsache, dass immer dort, wo der Fluss schmaler wurde, ein wuchtiger Wachturm aus Beton stand, wo hinter geschlitzten Fenstern die Helme patrouillierender Wachen zu sehen waren.

Cho spürte Furcht in sich aufsteigen.

Geh jetzt rüber!, sagte eine Stimme in seinem Kopf. *Jetzt! Ehe du einer Patrouille in die Arme läufst.* Es war dunkel genug, um ungesehen ans andere Ufer zu huschen. Wieso nicht hier, direkt vor einem Wachturm, wo sie es am wenigsten erwarteten?

Unerträgliche Unruhe erfasste ihn, und er merkte, dass seine Beine ihn wie von selbst auf die Eisfläche zutrugen. Panik hatte die Herrschaft über seinen Willen übernommen. Das andere Ufer war an dieser Stelle nicht mehr als vierzig Meter entfernt. In weniger als einer Minute wäre er drüben. Er betrat das Ufer. Sein rechter Fuß berührte das Eis, das Blut rauschte ihm in den Ohren.

«Halt!»

Die Stimme kam aus dem Nirgendwo. Cho erstarrte.

«Hände hoch! Umdrehen!»

Langsam hob er die Hände und drehte sich um. Vor ihm stand ein einzelner Soldat, dem Klang seiner Stimme nach blutjung, und richtete sein AK-74 auf ihn. Der Junge war kaum dem sozialistischen Jugendverband entwachsen.

«Was treibst du da? Das ist Sperrgebiet.»

«Genosse, ich …»

«Hast du was zu essen?»

Überrascht deutete Cho auf die Plastiktüte in seiner Hand und ließ den Arm sinken. Langsam reichte er dem Soldaten eine Packung Reiskräcker. Der Junge entriss ihm das Päckchen und ließ es in seiner Manteltasche verschwinden. Cho gab ihm ein ungeöffnetes Päckchen Zigaretten und die kleine Flasche Maisschnaps. Alles verschwand in den Manteltaschen. Der Soldat trug einen Tarnhelm und ein Paar riesengroße Zelttuchstiefel.

«Zeig mir deinen Ausweis.»

Cho streckte die Handflächen nach vorn. «Genosse, ich bin nur ein einfacher Bürger, der da drüben ein paar Verwandte besuchen will und auf dringend benötigte Medizin hofft. Morgen Abend um die gleiche Zeit bin ich zurück, mit einem Geschenk für dich, Reis und eine Flasche Maotai.»

Es entstand ein kurze Pause. Der Junge überlegte.

«Bist du aus Pjöngjang …?»

«Ja.» Das Wort war heraus, ehe Cho es sich versah.

Der Junge griff in die Innentasche seines Mantels und zog ein Flugblatt heraus. Der Taschenlampenstrahl wanderte in Chos verwüstetes Gesicht und wieder zurück auf das Flugblatt. Dann das Gleiche noch mal. Cho blinzelte in den grellen Lichtstrahl.

«Wie heißt du?» Die Stimme klang jetzt lauter, aufgeregt.

Cho hatte nie über einen Tarnnamen nachgedacht. Er zögerte, und die Trillerpfeife des Jungen ertönte, ehe er irgendetwas sagen konnte.

Zu seiner großen Überraschung ging überall um ihn das Licht an, am Ufer, auf dem Dach des Wachturms, Scheinwerfer suchten und fanden ihn, versammelten ihre Lichtkegel auf ihm, als wäre er ein Schauspieler auf einer Bühne.

Cho drehte sich um und rannte los, rannte um sein Leben, rutschte auf dem Eis aus, stürzte. Rappelte sich hoch und rannte weiter. Er hörte seinen Atem durch die Nase schnauben wie bei einem wütenden Stier.

Hinter ihm waren laute Rufe zu hören, und von dem Wachturm ertönte eine Sirene. Er wusste, dass die Grenzgarnison nicht aufs chinesische Ufer schießen durfte.

«Stehen bleiben, oder wir schießen!»

Je weiter er kam, desto sicherer wäre er … Sekunde für Sekunde, Meter für Meter kam er dem rettenden Ufer näher, sah China vor sich in der Finsternis Form annehmen. Bäume und Hügel und Felder.

Etwas pfiff an seinem Ohr vorbei. Eissplitter flogen ihm wie Glas in die Augen, als die erste Kugel, begleitet vom Peitschenknall des Schusses, auf die gefrorene Oberfläche traf.

Die nächste Kugel schlug in einem Baumstamm vor ihm ein.

Er war nur noch ein kurzes Stück vom chinesischen Ufer entfernt, als ein wuchtiger Schlag sein linkes Bein traf, begleitet vom Knall eines weiteren Schusses. Er stürzte, schlitterte auf dem Gesicht über das blanke Eis.

Eine oder zwei Sekunden lang spürte Cho gar nichts, obwohl er wusste, dass er getroffen worden war. Dann schoss sengender Schmerz durch ihn hindurch wie ein Blitzschlag und raubte ihm die Sicht. Er schrie auf. Er konnte kaum atmen. Als die nächste Kugel sein Ohr so knapp verfehlte, dass er den Luftzug spürte, trieb eine fast übermenschliche Kraft ihn weiter. Er rappelte sich hoch, hüpfte auf einem Bein voran, spürte das Adrenalin. Dann griff er nach Wurzeln und Ästen und zog sich ans Ufer, weg vom Eis.

Die Suchscheinwerfer von der koreanischen Seite fanden ihn nicht mehr, die Lichtkegel schwenkten von rechts nach links und zurück, versuchten, den dunklen Wald zu durchdringen, warfen lange Schatten, wo sie auf Baumstämme trafen. Cho kroch vorwärts, ohne anzuhalten. Er pflügte sich durch tiefen Schnee, eine Blutspur hinter sich herziehend, und schützte mit dem Arm das Gesicht vor niedrighängenden Zweigen. Sein Körper wurde schwerer, sank immer tiefer in den weichen Pulverschnee. Er fiel auf die Brust und versuchte, zu Atem zu kommen. Eine Gesichtshälfte war von dem Sturz aufs Eis aufgeschürft und brannte. Seine Wade stand in Flammen. Er konnte spüren, wo die heiße Kugel ihn versengt hatte. Das Hosenbein war schwarz vor Blut. Die Suchscheinwerfer erloschen, und einen Augenblick war er in schwarzer Finsternis, doch ihm war klar, dass die Soldaten auf dem Wachturm bereits Funkkontakt zu den chinesischen Grenzschützern aufgenommen hatten. *Achtung! Notfall! Ein Mörder ist geflohen* … Sie würden um Genehmigung bitten, die Bowibu zu entsenden, um ihn einzufangen wie ein entflohenes Zootier. Die Tüte mit den Reiskräckern und den Vorräten hatte er verloren. Wenigstens hatte er noch das Päckchen mit der manipulierten Zigarette in einer und das Telefon mit dem Ladekabel in der anderen Tasche.

Er blinzelte den Schweiß aus den Augen und drehte sich in dem weichen Schnee auf den Rücken. Dann riss er einen Streifen Stoff vom Hosenbein und band sich provisorisch die Wade ab. Mit zusammengebissenen Zähnen verknotete er den Stoff und rieb sich keuchend Schnee in die Wunde. Wie schlimm es wohl war? *Schlimm.* Zerfetztes Gewebe, zerrissene Nerven, bloßliegende Muskeln. Ein klaffendes Loch im Bein, verursacht von schwerer Militärmunition. Sein Fuß war taub und hing schlaff herunter, nur den Knochen hatte die Kugel knapp verfehlt. Eine Blutspur im Schnee! Hätte er es ihnen noch leichter machen können? Ein plötzlicher Anfall von Euphorie wallte in ihm auf, wahrscheinlich ein hormoneller Effekt des Schocks. Cho griff nach einem abgebrochenen Ast, hievte sich hoch und humpelte, auf die Krücke gestützt, weiter.

Ein Stück vor ihm standen die Bäume spärlicher, und Cho sah eine von hohen Schneewällen gesäumte Straße. Auf der anderen Seite, nur etwa einen halben Kilometer entfernt, leuchteten die Lichter eines Bauernhauses, und dahinter konnte er im Mondlicht vage die blauen Umrisse einer nackten Hügelkette erkennen. Er schleppte sich über den Wall aus zusammengeschobenem Schnee und wollte gerade auf der anderen Seite zur Straße hinunterrutschen, grelle Sterne vor den Augen, als er Motorengeräusch hörte. Er beschloss, den Wagen anzuhalten und um Hilfe zu bitten. Sich seinem Schicksal anzuvertrauen, statt hier draußen zu sterben. Bis zu dem Bauernhaus würde er es nicht schaffen.

Er sah die Lichter, und ihm stockte der Atem. Das protzige

Saphirblau und Rubinrot eines Streifenwagens. Er rollte sich auf den Rücken und blieb regungslos liegen. Zur Flucht war es zu spät. Der Wagen näherte sich in Schrittgeschwindigkeit. Hinter den geschlossenen Fenstern war Polizeifunk zu hören. Dann fuhr der Wagen an ihm vorbei, und Cho atmete auf.

Als er den Hof erreicht hatte, ging sein Atem in Stößen, und er hatte so viel Blut verloren, dass er Mühe hatte, nicht das Bewusstsein zu verlieren. Er klopfte an die Tür. Es stank nach Schweinestall. Innen knurrte ein Hund. Schritte waren zu hören, die Tür ging auf und warf einen Kegel gelbes Licht über den Schnee. Cho sah den Umriss eines Männerkopfes.

«Wer sind Sie? Was wollen Sie?»

Cho hatte Mühe, klar zu sehen. Die Umrisse des Mannes waren unscharf und verschwommen. Er konnte das Gesicht nicht erkennen. Plötzlich wurde ihm übel.

«Wenn Sie von der anderen Seite kommen, kann ich Ihnen nicht helfen.»

In Cho drehte sich alles. Die Tür kam auf ihn zu, dann der schneebedeckte Boden. Er verlor das Bewusstsein.

Als Cho wieder zu sich kam, schnüffelte etwas an seinem Ohr, und eine feuchte Nase berührte sein Gesicht. Seine pochende Wade fühlte sich taub an. Ein grobes, wettergegerbtes Gesicht starrte auf ihn herunter. Der Mann war um die fünfzig und beäugte ihn mit dem typischen Misstrauen eines Landbewohners. Cho stieg der chemische Geruch von Desinfektionsmittel in die Nase. Er versuchte sich umzusehen. Er lag auf einem gefliesten Küchenboden auf dem Rücken, vor einem offenen Ofen, der rötlichen Schimmer verströmte. Der Raum war schlicht und ärmlich, über der Spüle hingen nur ein paar zerbeulte Metalltöpfe. Ein Hund schnüffelte geschäftig um ihn herum, sog den Geruch von Blut und Dreck in sich auf.

«Was ist mit Ihrem Bein passiert?», fragte der Bauer im Singsang eines Koreachinesen.

Cho hörte jemanden neben seinem Fuß scharf Luft holen und merkte, dass sein linkes Bein über einer dampfenden Schüssel lag. Eine große Frau mit roten Unterarmen versuchte, die Wunde mit Desinfektionsmittel zu säubern. Jede Berührung ließ ihn zusammenzucken.

«Ein Unfall … als ich den Fluss überquerte», sagte Cho kraftlos. Es hatte keinen Sinn zu leugnen, woher er gekommen war. «Danke, dass Sie mir helfen.»

«In was für Schwierigkeiten sind Sie geraten?»

Cho kniff die Augen zusammen. «Haben Sie Schmerzmittel?», stöhnte er.

Der Bauer trottete davon und kam mit einer Flasche brauner Flüssigkeit zurück.

«Hab ich selbst gebrannt.» Er führte Cho die Flasche an die Lippen. Der Schnaps brannte sich seinen Weg in den Magen wie Lava. Cho hustete, und als er sprach, war seine Stimme nicht mehr als ein Hauch. Das Ehepaar stand über ihn gebeugt.

«Bitte, kann ich mein Telefon laden …?» Mühsam zog Cho Telefon und Ladekabel aus der Seitentasche seines Overalls.

Die beiden tauschten Blicke. Widerstrebend nahm der Bauer ihm das Telefon ab. «Die Steckdose ist nebenan.»

«Ich verschwinde von hier, so schnell ich kann, und werde Ihnen keine Schwierigkeiten machen.»

«Ruhen Sie sich aus», sagte der Bauer. «Wir reden später.»

Die Frau tupfte seinen Unterschenkel trocken und legte ein Handtuch unter, und der Bauer gönnte ihm noch einen großzügigen Schluck.

Sämtliche Kraft hatte ihn verlassen. Immer wieder verlor er das Bewusstsein. Er hatte keinerlei Zeitgefühl. Er träumte von Stimmen, die flüsternd im Nebenzimmer stritten. Als er erwachte, war das Feuer im Ofen fast niedergebrannt, und seine Stirn glänzte vor Schweiß und Fieber. Der steife Rücken schmerzte auf dem harten Boden. Er hob den Kopf und sah auf einer Matte in der Ecke einen Hund, der ihn beobachtete. Nebenan redete der Bauer auf Mandarin, dann öffnete sich die Küchentür einen Spalt, und der Mann sah nach ihm.

«Bitte», sagte Cho. «Mein Telefon …»

«Schlaf, schlaf», flüsterte der Bauer.

Cho hob die Stimme. «Geben Sie mir mein Telefon!», rief er.

Der Bauer kam in die Küche und sah ihn finster an. Er reichte Cho das Telefon. Das Gehäuse war warm vom Laden. Cho schaltete es ein. Mit zitternden Händen tippte er die Kombination der Karte ein, um das Fünfzig-Yuan-Guthaben zu aktivieren. Er hatte keine Ahnung, ob es ausreichen würde. Dann wählte er die Nummer, die er vor über einem Jahr auswendig gelernt hatte. Er schaffte es nicht, auszurechnen, wie spät es in Washington war.

Jennas Stimme klang Welten entfernt, wie aus einem anderen Universum. Er hatte keine Sekunde zu verlieren. Ohne eine Begrüßung sagte er ihr, wo er war, und begann schmerzhaft keuchend – auf Englisch, damit der Bauer ihn nicht verstand – zu umreißen, was er über das Menschenversuchsprogramm in Lager 22 wusste.

«Ich war dort gefangen. Ich habe es gesehen.»

«Das ist eine ungeschützte Leitung …», sagte sie.

Das war eine Warnung an ihn. Die chinesischen Sicherheitskräfte belauschten sämtliche Mobiltelefonate, die an eine Nummer im Ausland gingen, und dieser würde sofort die rote Flagge hissen. Ein Anrufer in einem abgelegenen Grenzgebiet, der mit jemandem in Langley, Virginia, telefonierte. Aber das spielte jetzt keine Rolle.

«Hören Sie zu. Ich bin in ein paar Minuten sowieso tot. Ihr Freund Fisk hatte recht. Kim Jong-ils Atomszenario ist ein Bluff, eine Nebelkerze für etwas viel, viel Schlimmeres … Ziel der Langstreckenraketentests ist, die USA in Reichweite eines Nervengiftes Namens Scytodotoxin X zu bringen, eine Chemiewaffe, um Nahrungs- und Wasserressourcen zu vergiften und Millionen zu töten. Das ist die Ladung, die die Sprengköpfe transportieren sollen. Ich habe gesehen, was nur ein Mikrogramm dieses Stoffes in zehn Sekunden mit dem menschlichen Körper machen kann. Es ist unvorstellbar.»

Das Misstrauen auf dem Gesicht des Bauern wandelte sich in offene Feindseligkeit, als er Cho Englisch sprechen hörte. «Sind Sie ein Spion?», fragte er.

Cho sagte: «Es hat gutgetan, Ihre Stimme zu hören.»

«Moment!» Plötzlich klang Jenna panisch. «Wie lautet Ihre exakte Position?»

Draußen vor dem Fenster bog ein Auto in den Hof ein, und die Küchendecke verwandelte sich in ein blau-rotes Kaleidoskop aus blitzenden Lichtern.

«Es hat keinen Sinn. Leben Sie wohl, Jenna.»

«He!» Der Bauer versuchte, Cho das Handy zu entreißen, doch Cho wollte nur eines, sie Lebwohl sagen hören.

In der Leitung knisterte es, und im weit entfernten Langley klingelten die Telefone. Jennas Stimme klang nüchtern und kontrolliert. «Reichen Sie das Telefon an die Person weiter, die mit Ihnen im Zimmer ist. Sagen Sie dem Mann, ich muss mit ihm sprechen.»

KAPITEL 51

CIA Hauptquartier
1000 Colonial Farm Road
Langley
Virginia

«Ist die Information nicht wichtiger als der Informant?» Fisk verzog das Gesicht zu jener schuldbewussten Grimasse, die immer dann zum Vorschein kam, wenn er seine Prinzipien über Bord warf. «Im Ernst? Ein Einsatz auf chinesischem Boden?»

«Er ist die wichtigste Quelle, die wir im Norden je hatten.» Jenna bemühte sich, nicht laut zu werden. «Er hat uns wertvolle Informationen verschafft, und zwar nicht nur über eine ...»

«Okay, okay.»

«... sondern gleich *zwei* geheime Operationen der Nordkoreaner. Und ich lasse ihn jetzt in China ganz bestimmt nicht im Stich.»

«Aber das *Risiko* ...»

Nach langen Diskussionen gab Fisk schließlich nach.

«Ich brauche ein Safe House in Yanji, eine Kontaktperson vor Ort und eine Waffe», sagte Jenna.

Mit einem resignierten Seufzen ließ Fisk den Kopf gegen die Sessellehne sinken.

Nachdem auf allen Ebenen, bis hin zum Nationalen Sicherheitsberater, die erforderlichen Genehmigungen eingeholt worden waren, lief die Operation, Cho mittels eines falschen US-Passes in die USA auszuschleusen, schon wenige Stunden später

an. Bei seiner Ankunft würde er dann wie alle nordkoreanischen
Überläufer Asyl erhalten.

«Wir haben keine Zeit, dir offiziellen diplomatischen Schutz
zu besorgen», sagte Fisk und rieb sich das Gesicht. «Die Chinesen würden riechen, dass da was faul ist. Du arbeitest als NOC.»
Er quittierte ihr Zusammenzucken mit einem Nicken. «Bist du
sicher, dass er das wert ist?»

Nonofficial cover, das Arbeiten unter nichtoffizieller Tarnung,
war der für im Ausland tätige CIA-Agenten gefährlichste Status.
Sollte Jenna auffliegen, wäre sie den chinesischen Sicherheits-
kräften ausgeliefert. Sie besäße keinerlei diplomatischen Schutz
oder Immunität. Und müsste jegliche Verbindung zu ihrer Regierung leugnen.

«Wenn das schiefgeht, Jenna», Fisk war sichtlich wütend auf
sie, «bist du allein.»

KAPITEL 52

★

Yanji
Provinz Jilin
China
Samstag, 17. Dezember 2011

Als Amy Miller durch die Glastüren des Flughafens Yanji ins Freie trat, nahm ihr die mandschurische Kälte fast den Atem. Zum Glück brauchte sie nicht lange zu warten. Ein Fahrer hielt ein Schild mit ihrem Namen hoch und brachte sie auf direktem Weg ins Hotel, das in einem Geschäftsbezirk voller Neonlichter und glitzernder Bürotürme aus smaragdgrünem Glas lag.

Sie strahlte den Rezeptionisten an, der ihre Passnummer notierte, gab auf dem Anmeldeformular als Beruf Reiseveranstalterin sowie eine Adresse in den Arlington Heights in Milwaukee an und erkundigte sich auf Englisch, ob noch andere Teilnehmer der Nordchinesischen Tourismusmesse im Hotel nächtigen würden. Erst nachdem sie dem Hotelportier ein Trinkgeld gegeben, die Tür abgeschlossen hatte und unter die dampfend heiße Dusche gestiegen war, begann sich Amy Miller wieder wie Jenna Williams zu fühlen.

Das in der Provinz Jilin im Nordosten Chinas gelegene Yanji war eine kleine Stadt, keine fünfzig Kilometer von der Grenze zu Nordkorea entfernt. Die Bevölkerung bestand überwiegend aus ethnischen Koreanern, für die Mandarin die Zweitsprache war. Jenna hatte den Ort in ihrer Unizeit mehrmals besucht, um hier den nordkoreanischen Dialekt zu lernen, und immer das Gefühl gehabt, dass in dieser Grenzstadt alles möglich war. Sie schien zu vibrieren, aber nicht auf gute Art. Getarnte Bowibu-Agenten konnten hier ungehindert geflüchtete Nordkoreaner verfolgen, minderjährige Mädchen wurden an zwielichtige Massagesalons verkauft und nie wiedergesehen, und der durch Crystal Meth angehäufte Reichtum führte dazu, dass brutale Drogengangs die städtischen Behörden in der Tasche hatten.

Der CIA-Chef in Shenyang hatte ihr ein Safe House besorgt, das nur fünf Minuten Fußweg vom Hotel entfernt lag, doch ihr war bewusst, dass «safe» ein sehr relativer Begriff war. Ihre Anwesenheit in der Stadt war der chinesischen Staatssicherheit bestimmt aufgefallen, die Wahrscheinlichkeit, dass sie bereits beobachtet wurde, hoch. Sie würde mit äußerster Vorsicht vorgehen müssen.

Das Safe House war eine Wohnung im achten Stock eines verwahrlosten Wohnblocks, in dessen Fluren es nach geronnenem Schweinefett roch. Als sie nach langen Umwegen, um eventuelle Verfolger abzuschütteln, dort ankam, fand sie Cho auf einer Schlafmatte unter einer Decke liegend vor. Unter den besorgten Blicken Lims, eines bebrillten Informanten aus Shengyang, der als Softwareprogrammierer für die Bewaffnete Volkspolizei tätig war, und eines Chirurgen, der die gerötete und geschwollene Schusswunde an Chos linker Wade behandeln sollte, trieb Cho zwischen Bewusstsein und Ohnmacht hin und her. Lim hielt ihn mit Oxycodon betäubt, weil der Chirurg, den Jenna verdächtigte, für die lokalen Drogenbosse zu arbeiten, erst zu operieren bereit war, wenn er eine nicht unbeträchtliche Summe Bargeld erhalten hatte, die Jenna ihm in die Hand drückte, noch bevor sie den Mantel auszog. Lim gab ihr einen dicken gepolsterten Umschlag mit einer kompakten Beretta 8000 – die von ihr gewünschte Handwaffe – und ein geladenes zweireihiges Stangenmagazin.

Der Schweinebauer hatte sich genau an die Anweisungen gehalten: Als er der chinesischen Grenzpolizei die Tür öffnete, hielt er Chos Telefon noch in der Hand. Jenna hatte jedes seiner chinesisch eingefärbten koreanischen Worte verstanden: «Er war vor etwa zwei Stunden hier und hat um Hilfe gebeten. Ich habe ihm gesagt, er soll sich stellen. Warum habt ihr so lange gebraucht? Jetzt ist er über alle Berge.»

Jenna hatte Wort gehalten, einen Tag später fand der Schweinebauer ein kleines Vermögen auf seinem Bankkonto vor, nachdem Cho in den frühen Morgenstunden von einem Wagen abgeholt und nach Yanji gebracht worden war.

Sie wusste, dass sein spurloses Verschwinden in China nicht mehr nur Sache der chinesischen Grenzpolizei war, sondern inzwischen bereits die Staatssicherheit beschäftigte, wahrscheinlich auf Druck aus Pjöngjang hin. Die Zeit war knapp. Ihr blieben zwölf Stunden, um ihn aus dem Land zu bringen. Den amerikanischen Pass hatte sie dabei. Der CIA-Chef bereitete mit medizinischen Versicherungsdokumenten seinen Abflug aus Shenyang vor – acht Stunden Fahrt entfernt.

Der Chirurg, ein kleiner, zäh wirkender Han-Chinese, hockte vor Cho und arbeitete schweigend. Jenna sah zu, wie er die Wunde reinigte und kleinste Teile der Patronenhülse mit einer Pinzette herauszupfte, die Ein- und Austrittslöcher vernähte und einen sauberen Verband um die Wade wickelte. Auch den schmutzstarrenden Lumpen um Chos Unterarm schnitt er ab, betastete sanft den verheilenden Knochen und verband ihn neu. Dann legte er zwei Ampullen mit einem starken Beruhigungsmittel und ein Paket Einwegspritzen auf den Tisch. «Sein Blutdruck muss niedrig gehalten werden. Geben Sie ihm vor der Fahrt nach Shenyang eine Spritze. Und noch eine für den Flug.»

Lim brachte den Chirurgen hinaus und machte sich dann auf, um Kleidung und Lebensmittel zu besorgen. Cho hatte nichts anzuziehen und würde für die Reise nach Shenyang Stärkung benötigen. Erst jetzt begann sich Jenna um diesen Teil des Plans Sorgen zu machen: Die Polizeiposten entlang der Straße verlangten routinemäßig die Ausweispapiere der Reisenden zu sehen.

Auf einer winzigen Heizplatte in der Küche kochte sie Wasser, goss eine Tasse grünen Tee auf und hockte sich damit auf den Boden. Draußen schneite es wieder wirbelnde Flocken, die Welt verwandelte sich in einen weißen, leeren Raum. Es war zwei Uhr am Nachmittag. Sobald Lim mit den Einkäufen zurück war, würde sie Cho wecken und prüfen, ob er reisetauglich war.

Während sie zusah, wie seine Brust sich bei jedem Atemzug hob und senkte, verfiel sie in eine Art meditativen Zustand. Die Wanduhr tickte. Der beheizte Boden gab den Geruch von chemischem Wald ab. Auf dem Tisch, dem einzigen Möbelstück im Raum, lag Chos gesamter irdischer Besitz: eine Schachtel Double Happiness mit zwei Zigaretten darin, ein paar zerknitterte Yuan-Scheine und einige kleine, in Plastikfolie eingewickelte Bällchen, die irgendein geheimnisvolles weißes Puder enthielten. Das war alles. Das Handy musste er weggeworfen haben.

Er könnte jeder sein, dachte sie, als sie die Zigarettenpackung in die Hand nahm und hin und her drehte. Ein Niemand. Ein Jedermann. Sein Körper bestand nur aus Knochen und Sehnen, sein ausgezehrtes Gesicht ließ ihn seltsamerweise wie einen Jungen aussehen, ruhig und gelassen. Sie zog die Decke bis an sein Kinn hoch und verspürte das merkwürdige Bedürfnis, ihm über die Wange zu streicheln. Die Arroganz, die sie in New York so an ihm gestört hatte, war verschwunden.

Jenna war nicht religiös, aber es schien ihr, als wäre eine Last von ihm abgefallen, als wäre seine Seele jetzt so demütig und leicht, dass sie durch die Schneewolken schweben könnte. Hatte nicht Solschenizyn gesagt, dass man nur so lange Macht über Menschen hat, solange man ihnen nicht alles nimmt? Hat man jemandem alles genommen, hat man keine Gewalt mehr über ihn, er ist frei.

Bei ihrer Begegnung in Pjöngjang war Cho bereits in großen Schwierigkeiten gewesen. Aber diese Geschichte jetzt: *In Lager 22 interniert, einer Zone ohne Wiederkehr ... und geflohen?* Sie schüttelte still den Kopf. Sein Vergehen gegen das Regime musste schwerwiegend gewesen sein. Sie überlegte, was er verbrochen haben könnte, aber in Nordkorea galt eigentlich nur ein Gesetz, und dessen Übertretung wurde aufs Schwerste bestraft: die absolute Treue zur Kim-Dynastie.

«Fassen Sie die nicht an.»

Sie schreckte aus ihren Grübeleien auf. Chos Augen waren schmale Schlitze.

Sie hob die Zigarettenschachtel hoch. «Ich ... ich rauche nicht. Ich rühre sie nicht an.»

«Schmeißen Sie sie weg. Eine davon habe ich mit Crystal Meth gefüllt ... falls ... ich jemanden mit einer Überdosis töten müsste.»

Sie nickte stumm und steckte die Schachtel in ihre Westentasche. Sie würde sie draußen auf der Straße in einen Mülleimer werfen.

Seine Stimme war kaum mehr als ein Flüstern. «Sie ... haben mich gerettet. Warum?»

Er lag auf die Seite gedreht, beobachtete sie, das Gesicht halb im Kissen verborgen. Sie spürte, dass es seinen Stolz verletzte, so von ihr gesehen zu werden.

«Sie haben mir meine Schwester gezeigt. Ich habe Sie rausgeholt. War das nicht der Deal?»

Es war so still in der Wohnung, dass sie sich atmen hören konnten.

Sie fragte: «Warum Lager 22?»

Er sah sie lange an. Dann lächelte er leicht, legte sich zurück und starrte an die Decke. «Man könnte sagen, es war mein Schicksal … Es stand in den Sternen, noch bevor ich geboren wurde.»

«Sie haben überlebt», flüsterte sie.

Er nickte kaum merklich. «Durch die Liebe meiner Mutter.»

Bevor sie fragen konnte, was er damit meinte, ließ sie das Geräusch der aufgehenden Fahrstuhltür draußen im Gang aufhorchen. Bestimmt kam nur Lim mit den Einkäufen zurück, trotzdem war Jenna auf der Hut. Sie verließ das Zimmer, schloss die Tür hinter sich und zog und entsicherte für alle Fälle ihre Beretta. Am Morgen hatte sie das Magazin überprüft und Rohr und Bolzen gereinigt. Fünfzehn Schuss standen ihr zur Verfügung. Sie wartete auf das vereinbarte Zeichen: zwei doppelte Klopfer an der Tür. Das Zeichen kam. Sie nahm die Türkette ab und öffnete einen Spalt. Plötzlich wurde die Tür aufgestoßen und traf sie fast ins Gesicht. Sie hob die Beretta, zielte mit beiden Händen.

Vor ihr stand Lim. Seine Lippen zitterten. Er formte lautlos ein Wort: *Sorry.*

Der Mann, der ihm eine Glock 17 an den Kopf hielt, war kahlgeschoren und trug eine billige schwarze Lederjacke. Hinter ihm standen vier Polizisten der chinesischen Staatssicherheit. Der Mann in der Lederjacke sagte in ruhigem Ton auf Koreanisch: «Legen Sie die Waffe weg.»

Langsam legte Jenna die Waffe auf den Boden.

«Jetzt treten Sie vor.»

Schneller, als sie reagieren konnte, wurde ihr eine kratzige Kapuze über den Kopf gezogen. Um Cho zu warnen, schrie sie laut, bis eine Hand ihr den Mund zuhielt. Jemand packte ihre Arme und legte ihr kalte Handschellen aus Stahl an.

Lederjacke sagte: «Wenn Sie ruhig bleiben, machen wir das auf die nette Art.»

Im Aufzug nahm man ihr die Kapuze ab. Ihre Knie zitterten. Sie hatten ihre Tarnung durchschaut wie ein Faschingskostüm. Jenna war überrascht, wie schnell sie sie gefunden hatten.

Die Tür schloss sich, der Aufzug setzte ruckelnd zu seiner Abwärtsfahrt an. Jenna dachte an ihre Mutter, wie sollte sie ihr das erklären? Sie dachte an Soo-min und an Fisk und seine Enttäuschung. Welch elendes Karriereende.

Lederjacke drehte ihr den Rücken zu. Zwei der chinesischen Polizisten standen hinter ihr. Die anderen beiden waren vermutlich in die Wohnung gegangen, um Cho und Lim wegzubringen.

«Wo wollen wir hin?»

Lederjacke sagte nichts.

Vor dem Haus wurde sie zu einem schwarzen Volkswagen Bora geführt. Die beiden Polizisten nahmen sie auf dem Rücksitz in ihre Mitte. Lederjacke stieg neben dem wartenden Fahrer vorne ein.

Der Wagen blinkte und fädelte sich in den Verkehr ein, die Scheibenwischer vermischten Schnee und Neon zu Matsch. Ohne ihren Mantel begann Jenna zu zittern. Sie trug nur Jeans, ihre Laufschuhe, ein dünnes Sweatshirt und die schwarze Steppweste.

Sie versuchte, ihre Gedanken zu ordnen. Vermutlich würde man sie nach Shenyang bringen, die nächste große Stadt. Im besten Fall würde man ihr vorwerfen, mit gefälschten Papieren illegal ins Land eingereist zu sein, und sie dann als Faustpfand benutzen, nachdem Peking in Washington diplomatischen Protest eingereicht hatte. Im schlimmsten Fall würde sie in Ketten gelegt in einem geheimen Gefängnis enden, wo man sie aufknacken würde wie eine Walnuss. Cho wäre kein solches Glück beschieden. Was immer sie mit ihm vorhatten, es war nichts Gutes, und Jenna merkte, dass nicht ihr eigenes Schicksal ihr am meisten Sorgen machte, sondern seines.

In der Krise stellte sich bei ihr eine merkwürdige Ruhe ein. Wenn andere panisch werden, fangen Geheimagenten an zu kalkulieren. Vielleicht könnte sie mit den Informationen, die Cho bereits geliefert hatte, seine Freilassung verhandeln … Die Chinesen waren über die todbringenden Errungenschaften des Kim-Regimes genauso beunruhigt wie Washington. Sie musste ihren Trumpf richtig ausspielen.

Der Wagen kroch durch den frühabendlichen Berufsverkehr von Yanji, bis die Straßen nach etwa einer halben Stunde leerer wurden. Da sie an jeder Autobahnauffahrt vorbeifuhren, war schnell klar, dass nicht Shenyang das Ziel war. Jenna schätzte, dass sie nach Süden fuhren. Nur noch vereinzelt waren Wohnblocks zu sehen, die Vorstädte dünnten aus, bald hatten sie die Stadtgrenze hinter sich gelassen und rasten südwärts an Industrieparks und kahlen Äckern vorbei, die in der einsetzenden Wintertrübheit kaum noch zu erkennen waren.

Jennas Ruhe verflog, sie bekam Angst. Südlich von Yanji lag nur die nordkoreanische Grenze. Ihr Atem wurde flacher, sie spürte Feuchtigkeit unter den Achseln.

«Mein Herr», sagte sie zu Lederjacke, «können wir nicht reden?» Er rührte sich nicht. «Ich bin befugt, Ihnen allen ein höchst einträgliches Angebot zu machen.» Sie warf den beiden

Polizisten einen Blick zu. «Halten Sie einfach kurz an, damit wir reden können.»

Der Wagen beschleunigte.

Hinter hoch aufgetürmten Schneewolken ging die rote Sonne unter, vor ihnen streckte sich die Straße in dichtes Flockengestöber hinein.

Oh Gott, nein.

Die beiden chinesischen Polizisten betrachteten Cho, der auf der Schlafmatte lag, die Arme unter der Decke verborgen. Ein Kragenmikrophon knisterte.

«Steh auf. Zieh dich an», sagte einer der beiden auf Mandarin. Er machte das Deckenlicht an und sah sich nach Chos Kleidung um, fand aber nichts.

Cho beobachtete sie. Ihr Erscheinen in seinem Zimmer hatte ihn nicht gänzlich überrascht. Jennas Schreie hatten ihn gewarnt. Sie waren beide jung, gerade zwanzig. Schlichte Gesichter. Stumpfe Augen. Hatten sie überhaupt ihre Ausbildung schon beendet? Die Wachmänner, an die er gewöhnt war, waren erfahrene Mörder gewesen, niemals war ihm größere Grausamkeit begegnet. Doch die chinesische Staatssicherheit hatte zwei Kinder geschickt, um ihn zu verhaften. Ihn, Cho, der aus Lager 22 geflohen war. Er lächelte schwach. In seinem früheren Leben wäre er geradezu beleidigt gewesen. Er würde seinen letzten Yuan darauf verwetten, dass die beiden mit ihren Dienstrevolvern noch nie einen Schuss abgegeben hatten.

«Komm schon, steh auf», sagte der eine wieder. Er sprach den Dialekt eines Landeis.

«Ich kann mich nicht bewegen», erwiderte Cho auf Mandarin. «Ich habe eine schwere Rückenverletzung. Wenn Sie mich hier rausbringen wollen, dann nur auf einer Trage.»

«Wovon redest du? Das will ich sehen.»

Der Polizist zog die Handschuhe aus und hob die Decke an. Chos Hände lagen unter ihm, als würde er seinen Rücken stützen. Der Polizist versuchte, Cho umzudrehen, ließ aber davon ab, als der einen lauten Schmerzensschrei ausstieß.

Die Polizisten sahen einander an.

Das Kragenmikro knisterte laut auf. «Kommen, Wang. Klappt alles? Ende.»

Der, der vor Cho kniete, sagte zu dem anderen: «Hol die Trage aus dem Wagen.»

Die Landschaft wurde immer kahler, verwandelte sich in eine endlose, leicht gewellte, felsige Brache, so weit das Auge reichte. Hier und da glitzerten weiße Schneeverwehungen. Jenna konnte kein Anzeichen von menschlichem Leben entdecken.

Nach einer Weile verlief die Straße parallel zu einem Bahngleis. Die Sonne war jetzt beinahe verschwunden. Irgendein meteorologischer Lichttrick ließ die Wolken aprikosen- und mandarinenfarbig aufleuchten. Der Wagen drosselte das Tempo und hielt mitten im Nirgendwo. Bis auf die Straße und das Bahngleis war hier nichts. Jenna war allein, in Handschellen, auf feindlichem Gebiet. Ihre Angst begann, sich in reines Grauen zu verwandeln.

Ein geheimer Mord. Sie hatten sich den richtigen Ort ausgesucht.

Sie schaffte es nicht, dass Zittern in ihrer Stimme zu verbergen. «Mein Herr, was immer Sie brauchen, ich kann es Ihnen mit einem Anruf beschaffen ...»

Lederjacke gluckste. «Maul halten.»

Sie versuchte nachzudenken, sich eine Strategie zurechtzulegen, aber ihre Hände waren gefesselt, zum Treten war kein

Platz, und die vier waren bewaffnet. Plötzlich empfand sie große Trauer. Um sich. Um ihr ungelebtes Leben. Um die Zukunft, die sie nie haben würde. Während sie vor sich hinstarrte, steckte Lederjacke sich eine Zigarette an und ließ das Fenster herunter. Der Fahrer stellte das Radio an ... Peng Liyuan sang eine patriotische Ballade, im Hintergrund ein Männerchor. Der Fahrer trommelte mit den Fingern auf dem Lenkrad. Lederjacke schaute aus dem Fenster.

Irgendwie schien diesem Mord alle Bösartigkeit und Brutalität abzugehen. Aber was kümmerte sie das? Man würde sie töten. Warum sonst hätte man hier rausfahren sollen? Vielleicht warteten sie auf den Scharfrichter.

Der Polizist zu ihrer Rechten murmelte den anderen etwas auf Mandarin zu und hielt sein Handy hoch: kein Signal. Lederjacke zuckte zusammen und schnippte die Zigarette aus dem Fenster.

Ungefähr eine Meile weiter nördlich tauchte am Horizont ein Zug auf, der sich wie ein dunkelgrüner Igel langsam auf sie zu bewegte.

Lederjacke nahm etwas aus dem Handschuhfach, stieg eilig aus dem Wagen und kletterte die Schlackeböschung des Bahngleises hinauf. Er stellte sich breitbeinig mitten auf die Schienen und hielt in der einen Hand eine orange Flagge, in der anderen eine Taschenlampe, mit der er dem Richtung Nordkorea fahrenden Zug ein Lichtzeichen gab ... wo kam er her? Peking?

Jenna war wie gebannt. Die Scheinwerfer der Lok leuchteten auf, der Zugführer hatte das Signal gesehen und drosselte bereits das Tempo.

Minuten später kam der Zug mit einem langen Zischen, scheppernden Kupplungen und quietschenden Bremsen neben ihnen zum Stehen. Durch das offene Autofenster drang der Gestank von heißem Metall herein.

Der Zug war riesig, viel höher als normale Züge. Die Lokomotive war vorne mit einem großen weißen Stern zwischen zwei roten Flaggen geschmückt. Die Waggons waren dunkelgrün gestrichen. Einige hatten gar keine Fenster, andere geschwärzte Glasscheiben. Auf zweien waren Flugabwehrmaschinengewehre montiert, eins ganz vorne, das andere am Ende des Zugs. An der Lok standen in glänzenden Messingbuchstaben die koreanischen Worte STERN DES NORDENS.

Türen gingen auf, Dutzende behelmter Soldaten sprangen auf die Gleise.

Lederjacke öffnete die hintere Wagentür. Jenna wurde herausgezogen und von den beiden chinesischen Polizisten an den Armen in Richtung Zug gezerrt.

Die Soldaten bezogen den ganzen Zug entlang Stellung und hielten ihre Kalaschnikows im Anschlag. Einen Moment lang passierte nichts. Ein paar Schneeflocken rieselten herab. Eisiger Wind brachte die langen Mäntel zum Flattern. Schließlich erschien in einer der Waggontüren ein Offizier und gab Lederjacke ein Zeichen.

Der nahm Jenna die Handschellen ab und führte sie fast zuvorkommend am Arm die Böschung hinauf. Der Offizier streckte die Hand aus und half ihr die drei Stufen zum Waggon hoch. Mit einem lauten Knall schlug die schwere Tür hinter ihr zu.

Cho beobachtete das vom schimmernden Handydisplay schwach erhellte Gesicht des Polizisten, der mit der einen Hand durch seine Nachrichten scrollte, mit einem Finger der anderen in der Nase bohrte. Draußen dämmerte der Abend. Sie hörten den Aufzug. Sein Kollege kam zurück.

«Im Wagen ist keine Trage», sagte er.

Der mit dem Handy sah Cho an. «Also gut. Dann tragen wir dich eben.»

Wieder sprach Cho ruhig und gelassen. «Und was macht das für einen Eindruck, wenn ich vom Hals ab gelähmt nach Nordkorea zurückkehre? Wie soll Ihr Hauptmann das erklären?» Er lächelte ihnen zu. «Sie sollten lieber eine Trage besorgen.»

Der eine fluchte und sagte zum anderen, «Funk die Jungs im Stützpunkt Onsong an. Frag, ob die eine Trage haben.»

Im schalldichten Inneren des Zuges hörte Jenna ihren flachen Atem und leise traditionelle koreanische Flötenmusik. Der Offizier zeigte nach vorne und schob Jenna sanft durch mehrere Waggons – ein Konferenzraum mit langem glänzendem Holztisch, eine Lounge mit verzierten Sofas und einer Spiegelbar, eine Kommunikationszentrale mit Flachbildschirmen, vor denen Soldaten saßen und in Funkgeräte sprachen. Einer hielt sie an, scannte sie mit einem tragbaren Metalldetektor von Kopf bis Fuß und nahm ihr die Schlüssel und ihr Telefon ab.

Im Vorraum des nächsten Waggons musste sie warten. Sie trat beiseite, als etwa ein Dutzend Frauen in langen *hanbok*-Seidenkleidern aus dem Abteil vor ihr strömten. Weiß gepuderte Gesichter drehten sich kurz in ihre Richtung, in einer süßlichen Duftwolke raschelten die Frauen vorbei. Sie hielten Musikinstrumente in den Händen – Zithern und Flöten. Der Offizier kam zurück und schob Jenna weiter. Sie fand sich in einem Abteil wieder, das anscheinend als großer Speisesaal gedacht, aber leer war bis auf zwei Soldaten, die an der gegenüberliegenden Tür Wache standen, und einen kleinen alten Mann in Beige, der allein am Tisch saß und aß. Hinter ihr schloss sich die Tür. Der Duft der Frauen hing noch in der Luft.

«Dr. Williams?» Der alte Mann tupfte sich mit einer Serviette den Mund ab. «Vielen Dank für Ihr Kommen.» Er stand mit Mühe auf und lächelte ihr zu. «Bitte setzen Sie sich zu mir.»

Jenna war sprachlos. Der Mann war Kim Jong-il.

KAPITEL 53

Vierzig Kilometer südlich von Yanji
Provinz Jilin
China

Irgendwie bewegte sie ihren Körper vorwärts. Ihre Gliedmaßen waren auf Autopilot, denn ihr Gehirn hatte im Schock den Betrieb eingestellt. Sie konnte den Blick nicht von ihm abwenden. Er setzte sich. Seine Aufmerksamkeit war bereits wieder auf das Essen gerichtet.

Auf dem Tisch standen etwa ein Dutzend kleiner Schüsseln. Aus einer davon pickte er mit silbernen Essstäbchen ein winziges Häppchen und kaute bedächtig.

Für sie war ein Gedeck mit einem Kristallkelch aufgelegt worden.

«Bitte», sagte er und deutete mit den Stäbchen darauf.

Das heruntergelassene Rollo am Fenster neben ihm sperrte das Dämmerlicht aus, die Lampen im Abteil wurden durch orangefarbene Glasschirme gedimmt, trotzdem war seine Gebrechlichkeit nicht zu übersehen.

Jenna setzte sich.

Vor ihr saß gebeugt auf einem Stuhl der Leitstern des zwanzigsten Jahrhunderts, der Geliebte Führer, ein Mann, dessen Bild in Marmor gemeißelt, in Bronze gegossen, in Öl gemalt, als Siebdruck massenproduziert, zu riesigen Glasmosaiken zusammengesetzt, von Hunderten Schulkindern mit nach oben gestreckten Farbkarten gebildet und an die Wolken im Himmel

476

projiziert worden war. Sein Name war in sechs Meter hohen Buchstaben auf der Felswand des Paektusan eingraviert, er wurde von quäkenden Stimmen aus Lautsprechern verkündet, von Armeechören gesungen, von Kleinkindern geplappert, wenn sie für das Essen auf dem Tisch dankten, von Rednern auf Massenversammlungen gepriesen. Dieser Name stand als Autor auf Hunderten von Büchern zu allen denkbaren Themen, von Salpeterdünger bis zur Kunst des Kinos; zahllose Schulen, Universitäten, Fabriken, Panzer und Raketenwerfer trugen ihn. Dieser Name wurde von Kadern in verzweifelter Loyalität gebrüllt, wenn sie vor dem Erschießungskommando standen, er suchte die Überläufer in ihren Träumen heim, egal, wohin sie geflohen waren.

Doch die absolute Macht hatte den körperlichen Verfall nicht aufhalten können. Das berühmte hochtoupierte Haar war trocken und dünn, die Kopfhaut schimmerte hindurch. Tiefe Falten umrahmten seinen Mund und ließen seine Wangen beim Kauen schlaff herunterhängen, die Haut war bräunlich grau und mit Altersflecken übersät. Das, zusammen mit der überdimensionierten Brille auf der kleinen, femininen Nase, ließ ihn fast wie einen Homunkulus erscheinen, den nur rohe Macht am Leben erhielt.

«Ich habe auf Reisen immer solchen Appetit gehabt», sagte er leise. «Jetzt schmeckt das Essen nicht mehr.» Er zeigte mit den Stäbchen auf eine Schüssel. «Gekühlter blühender Farn reinigt den Gaumen. Wachteleigelee passt gut zu dem gegrillten Fasan aus meinem eigenen Jagdrevier. Das hier ist gebratener Tintenfisch mit Ginkgo-Nüssen, von meinem Sushi-Koch zubereitet. Aber wissen Sie, welches das beste Essen auf diesem Tisch ist?» Er sah sie amüsiert an. «Das Brot! Heute Morgen für mich aus Chabarowsk eingeflogen.»

Seine Stimme war dünn und brüchig und von einem leichten Stottern gehemmt. Der linke Arm zitterte, die eine Hälfte seines Körpers wirkte eingesunken, wie nach einem Schlaganfall.

Dieser Mann hat keine fünf Jahre mehr zu leben, dachte Jenna.

«Ich … habe keinen Hunger.»

Ein adretter junger Mann in weißem Jackett tauchte neben ihr auf, verbeugte sich mit der Hand auf dem Herzen vor ihr und schenkte aus einer goldenen Flasche eine Spirituose ein. Die Flasche ließ er auf dem Tisch stehen.

«*Baedansul*», sagte Kim Jong-il und drehte ihr das Etikett zu. «Im Institut für wissenschaftliche Grundlagen für mich destilliert. Achtzigprozentig, darf wegen der Ärzte das Zeug nicht mehr anrühren. Ärzte, pah …» Er schnaubte. «Wenn sie mich untersuchen, zittern ihnen die Hände. Aber wenn sie nicht zittern würden … dann müsste ich mir wirklich Sorgen machen.»

In seinem Glas war etwas, das nach mit Wasser verdünntem Rotwein aussah. Er hob es, um mit Jenna anzustoßen, doch sie rührte sich nicht.

«Warum bin ich hergebracht worden?»

Er hörte auf zu kauen, sein Gesichtsausdruck veränderte sich ein winziges bisschen, wurde weniger gutwillig.

Er bedeutete dem jungen Kellner, die Schüsseln abzuräumen, hob dann die Hand und befahl den hinter ihm postierten Soldaten mit einem Schnippen, den Raum zu verlassen.

Sie zögerten. «Großer General, wir …»

«Lasst uns allein.» Er schloss die Augen. Die Stimme zu erheben, hatte ihn geschwächt. Die Soldaten zogen sich durch die hintere Tür zurück.

«Das Symbol Amerikas ist der Adler, nicht wahr?», sagte er,

der Blick aus den kleinen Augen wie Nadelstiche. «Ein Vogel, der aufsteigt. Und der Stolz Koreas sind die Berge, die den Himmel berühren. Wir könnten jedes Hindernis überwinden, wenn wir uns zusammentun.»

Jenna fiel keine Antwort auf diese Bemerkung ein.

«Wenn man mich mit Diplomatie behandelt», fuhr er fort, «bin auch ich Diplomat, und ich möchte mit Diplomatie behandelt werden, Dr. Williams.» Er schwenkte das Glas und trank einen Schluck. «Mein Vater kämpfte jahrelang gegen die japanischen Besatzer von Korea. Ganze Winter verbrachte er eingegraben in den Bergen der Provinz Ryanggang, zusammen mit meiner Mutter und einer ihm treu ergebenen Rebellentruppe. Bei Tag überlisteten sie die Imperialisten, bei Nacht sangen sie im Schnee am Lagerfeuer Lieder. Ein einfaches, heroisches Leben. Dann kam achtundvierzig die Revolution, und mein Vater war nicht länger nur der Anführer einer kleinen Rebellentruppe, sondern eines Landes mit achtzehn Millionen Menschen. Unsere neue Nation war also die Erweiterung des Lebens, das er bis dahin gekannt hatte. Wir sind eine Guerillanation, die sich mit der Welt im Krieg befindet. Das ist der Staat, den ich geerbt habe. Das sind wir. Und ich kann nichts daran ändern, ohne dass er auseinanderbrechen würde.» Er stieß einen Seufzer aus, als wäre er vom Leben gebeutelt, und setzte das Glas ab. «Wir sind uns nicht unähnlich, Sie und ich», sagte er mit einem schmalen Lächeln. «Ihr Leben, wie das meine, wurde vor langer Zeit durch Unglücke und Ereignisse geformt, die wir nicht kontrollieren konnten. Keiner von uns hat gewählt, der zu werden, der er geworden ist.»

Jennas Ohren glühten, sie hatte die vage Ahnung, dass sie erpresst werden sollte.

«Sie kennen mich nicht», sagte sie. Ihr war übel.

Kim Jong-il schob das Rollo ein Stück hoch und spähte hinaus. Der schwarze Volkswagen Bora wartete immer noch auf der Straße neben dem Zug. Lederjacke stand daneben und trotzte der Kälte, um zu rauchen. Der behelmte Soldat unter dem Fenster war so reglos wie eine Statue. Am Lauf seiner Kalaschnikow klebte Schnee. Das letzte Tageslicht hatte sich in einer Palette aus Rot- und Violetttönen an den Horizont zurückgezogen. Zwischen den Wolken flackerten ein paar Sterne auf.

Er sagte: «Vor einem Jahr haben Sie für CIA-Direktor Panetta einen geheimen Bericht verfasst, in dem Sie zu einer radikalen Änderung der amerikanischen Haltung mir gegenüber drängten. Sie schlugen die Einstellung aller Sanktionen und Embargos gegen mein Land vor und die Aufhebung aller Reise-, Bank- und Handelsbeschränkungen. Sie wollten nicht weniger als eine völlige Umkehr der amerikanischen Politik. Ein kühner, wagemutiger Vorschlag. Die Außenministerin war dagegen, doch wohl auf Druck des Weißen Hauses hin hat sie Ihre Vorschläge mit den Chinesen und Südkoreanern und später mit den Russen besprochen. Und war höchst überrascht, wie in ihren E-Mails zu lesen ist, dass die Reaktionen nicht negativ ausfielen. Letzte Woche schrieb sie in einer Mail an Ihren Präsidenten, dass Ihre Empfehlungen sie überzeugt haben. Sie ist bereit, damit an die Öffentlichkeit zu gehen und bei den Vereinten Nationen dafür zu werben ...»

Jenna sah ihn kalt an. *Jetzt kommt's.*

«... und wenn sie das tut, wird der Präsident ihr seine vollste Unterstützung aussprechen.»

Damit wandte er sich wieder ihr zu. Das ersterbende Licht spiegelte sich in seiner Brille, sodass sie seine Augen nicht erkennen konnte, doch seine Stimme war hart.

«Sie werden der Außenministerin mitteilen, dass Sie Ihren

Bericht noch einmal überdacht haben. Dass Ihnen ernsthafte Zweifel gekommen sind. Sie sind der fachkundigen Meinung, dass alle Sanktionen und Embargos gegen mein Land weiterhin bestehen bleiben müssen.»

Nach einer langen Pause sagte Jenna kühl: «Ihr Land lebt wegen der Sanktionen in Armut und Isolation.»

«Denken Sie, ich weiß nicht, was Sie vorhaben?» Zorn hatte sich in seine Stimme gemischt, doch er zwang sich zu einer versöhnlichen Miene, und sie spürte die Tragweite seiner Worte. «Mein Volk besteht aus unschuldigen Kindern. Sie den Stürmen der globalen Wirtschaft und damit den schädlichen Einflüssen der modernen Welt preiszugeben, würde bedeuten … sie einem Stress auszusetzen, dem sie nicht gewachsen wären.»

Jenna murmelte leise: «Und solange sie hungrig und arm sind und im Dunkeln gehalten werden, können sie sich nicht gegen Sie erheben.» Sie empfand nichts als Verachtung für diesen Mann. «Wieso glauben Sie, ich würde so etwas tun?»

«Ich hätte gedacht, das wäre offensichtlich.» Er drückte auf einen seitlich am Tisch angebrachten Knopf.

Hinter ihm ging die Abteiltür auf, und eine Frau in einem hellblauen *hanbok*-Seidenkleid trat ein.

Jenna sprang auf.

Das schwarze Haar ihrer Schwester war nach hinten gebunden, die karamellfarbene Haut ihres Gesichts weiß gepudert. Ihre Miene war ausdruckslos, eine groteske Puppe mit leeren, glasigen Augen.

Ohne Jenna aus den Augen zu lassen, hob Kim Jong-il einen Finger und winkte sie zu sich.

Jenna sah entsetzt, wie Soo-min wie ein Vampir heranglitt. Sie begann zu zittern und merkte, dass sie weinte.

Eine Trage war aufgetrieben worden. Beide Polizisten waren jetzt gründlich schlecht gelaunt. Derjenige, der die Trage geholt hatte, war in Schweiß gebadet und fluchte, doch Cho blieb ungerührt, starrte von seiner Matte aus die Decke an und bewegte keinen Muskel. Sie legten die Trage neben ihm auf den Boden.

«Vorsicht», sagte er. «Ich schlage vor, jeder stellt sich auf eine Seite, dann heben Sie mich ganz langsam an, und einer sollte meinen Kopf stützen.»

Sie hockten sich zu beiden Seiten neben die Matte und schoben die Hände unter ihn, um ihn hochzuheben.

«Genau so», sagte Cho mit einer Schmerzensgrimasse. «Langsam, langsam.»

«Soo-min ... ich bin es.» Jennas Gesicht war tränenüberströmt. Sie streckte die Arme aus. «Ich bin's, Jee-min.»

Soo-min blieb neben dem Diktator stehen. Sie hielt den Kopf gesenkt, wich Jennas Blick aus, aber Jenna spürte die Emotionen, die hinter der Fassade loderten wie Flammen hinter Glas. Kim Jong-il streckte zittrig den Arm aus, nahm Soo-mins Hand und drückte sie gegen seine Schulter. Die Innigkeit der Geste verursachte Jenna Übelkeit.

«Ich freue mich, derjenige zu sein, der euch wieder zusammenführt», sagte er.

Jenna stürmte vor und schlang die Arme um Soo-min, doch ihre Schwester blieb starr und reglos, als wäre sie eine völlig Fremde.

«Bitte, umarmt euch.» Kim Jong-il wedelte mit der Hand. «Wir gehören ja alle zur Familie.»

Langsam, einer Marionette gleich, hob Soo-min die Arme und legte sie auf Jennas Schultern. Jenna spürte das Herz ihrer

Schwester hektisch schlagen. Ihre Wangen berührten sich. Soo-mins Haut war heiß.

«Meine liebe Schwester.» Soo-mins Stimme klang, als wäre sie von ihrem Körper getrennt, wie eine Tonaufnahme. «Ich heiße dich mit sozialistischen Grüßen willkommen und wünsche dir bei deinen Bemühungen für mein Volk alles Gute.»

Die Müdigkeit war aus Kim Jong-ils Gesicht gewichen und von einem Ausdruck listiger Verschlagenheit ersetzt worden.

Soo-min ließ Jenna los, verbeugte sich tief vor Kim Jong-il, flüsterte: «Großer General», und bewegte sich dann in einer steten Verbeugung rückwärts auf die Tür zu.

Jenna wollte ihr folgen, doch da hob Soo-min den Blick und sandte ihr eine klare, deutliche Warnung. Dann hatte sie den Raum verlassen.

Jennas Mund war ausgetrocknet. Sie griff nach dem Kristallglas und trank einen Schluck von der klaren Flüssigkeit, bevor ihr einfiel, dass es achtzigprozentiger Alkohol war. Sie hustete und hatte das Gefühl, ihr Gesicht hätte Feuer gefangen. Ihr eines Bein zitterte. Um nicht zusammenzubrechen, ließ sie sich schnell auf einen Stuhl sinken.

Kim Jong-il kicherte leise. «Ich wünschte, ich könnte mit Ihnen anstoßen … aber, ach …» Er klopfte auf sein Herz. Seine Finger sahen aus wie weiße Maden. «Ich hoffe, wir haben uns verstanden? Ich werde persönlich die Sicherheit Ihrer Schwester garantieren.» Sein Blick wurde hart. «Leider gilt das nicht für den Verräter Cho Sang-ho. Er wird heute Abend in unsere Obhut zurückgebracht werden.»

Der Alkohol stieg Jenna zu Kopf. Unerträgliche Unruhe befiel ihren Körper. Sie wusste nicht, wohin mit ihren Händen, steckte sie in die Taschen ihrer Weste und berührte die Ecke der Zigarettenschachtel.

Chos Zigaretten.

In dem Moment überkam sie das merkwürdige Gefühl, mit einem Schlag eine simple Lösung für eine unmögliche Gleichung gefunden zu haben.

«Ich fürchte, wir haben Sie schockiert, Dr. Williams. Sie zittern. Trinken Sie einen Schluck.»

«Verzeihung … eine Zigarette würde mir guttun, wenn Sie erlauben.»

«Natürlich.»

Sie zog das Päckchen aus der Tasche.

«Double Happiness», sagte er mit leichtem Bedauern. «Chinas beste Marke. Noch ein Vergnügen, das mir vorenthalten ist.»

Er drückte auf den Knopf am Tisch.

Sie öffnete die Schachtel und steckte sich mit zitternden Händen eine Zigarette in den Mund. Welche Cho mit Crystal Meth präpariert hatte, wusste sie nicht. Ihr blieb keine Wahl, als russisches Roulette zu spielen. Der Kellner kam mit einem schweren Glasaschenbecher und einem Tischfeuerzeug aus Chrom, das ihm Kim Jong-il abnahm.

«Eine schöne Frau sollte sich die Zigarette nicht selbst anzünden müssen.» Er hielt die Flamme an das Ende ihrer Zigarette.

Sie nahm einen winzigen Zug, die Spitze glühte rosafarben auf. Der Geschmack von Tabak war eindeutig, und sie spürte, wie das Zittern nachließ.

Dann setzte sie ihren Plan in die Tat um.

Sie bot ihm die zweite Zigarette an.

Das Verlangen war ihm deutlich anzusehen, doch er widerstand der Versuchung.

«Leider nein. Ärztliche Anordnung.»

«Schade», sagte Jenna, legte den Kopf zurück und blies den Rauch aus. «Ich hätte meinen zukünftigen Enkelkindern zu gern erzählt, wie ich mit dem mächtigsten Mann Asiens eine Zigarette geraucht habe.»

Die Freude auf seinem Gesicht war fast kindlich, als hätte ihre Bemerkung ihm die Erlaubnis gegeben. «Wenn das so ist, will ich kein Spielverderber sein.» Er klopfte die Zigarette aus der Packung und steckte sie in den Mund.

In dem Bewusstsein, einen schicksalhaften Moment zu erleben, gab sie ihm mit dem schweren Feuerzeug Feuer. Dabei fiel ihr eine Gravur auf.

IN FREUNDSCHAFT, VON W. W. PUTIN, 2001

Er nahm einen tiefen Zug und schloss genussvoll die Augen. «Verraten Sie mir», Rauch drang aus seinem Mund, «wessen Idee es war, Cho von diesem verdammten Flussufer zu retten. Ihre?»

«Ja.»

«Sie sind brillant.» Wieder kicherte er. «Ihre CIA war so schnell, die Chinesen wurden im Schlaf überrascht …»

Ohne ihn aus den Augen zu lassen, nahm sie einen weiteren, diesmal längeren Zug. Seit Jahren hatte sie nicht mehr geraucht und hatte die Leichtigkeit im Kopf ganz vergessen. Es war zugleich beruhigend und anregend. Sie beobachtete ihn, suchte nach Anzeichen, dass das Crystal Meth seine Wirkung tat. Eine Überdosis, hatte Cho gesagt. Ausreichend, um jemanden zu töten.

«Ich liebe Rettungsgeschichten», fuhr er fort und nahm den nächsten Zug. «Vor allem in Filmen. Geschichten, die das Publikum ergreifen.»

«Nur dass diese Rettung mit Chos Tod und der fortgesetzten Inhaftierung meiner Schwester endet.»

Er schien sie nicht zu hören und wandte sich plötzlich wieder nachdenklich dem Fenster zu. «Das könnte wirklich einen Film ergeben.» Er hielt die Zigarette mit abgeknicktem Handgelenk neben sein Gesicht, wie eine Filmdiva. «Ein Film über Pflichterfüllung und die Güte der koreanischen Seele …»

Nervös nahm Jenna einen weiteren Zug. Der Rauch brannte nicht so in der Kehle, wie sie es in Erinnerung hatte. Und was sie ausblies, sah eher wie eine Art Dunst aus …

Sie legte einen Finger auf ihr Handgelenk.

Ihr Puls raste. Auf ihrer Stirn stand leichter Schweiß. Die Übelkeit, die sie empfand, seit sie das Abteil betreten hatte, nahm zu, darunter mischte sich schwach, aber unverwechselbar Euphorie.

Oh, Scheiße.

Hektisch drückte sie die Zigarette aus.

Kim Jong-il sprach noch immer und sah aus dem Fenster. Ihr Gesicht wurde heiß und rot. Wie viel hatte sie geraucht? Drei, vier Züge …

«Aus Liebe zu Ihrer Schwester haben Sie überall auf der Welt nach ihr gesucht und dabei Ihre wahre Bestimmung gefunden – dem Volk zu dienen. *Das* wird die Handlung sein. Natürlich waren Ihnen die Vorteile Ihrer Schwester verwehrt, Sie haben nie den Reichtum des Sozialismus erfahren, die Freiheit durch unsere Ideologie, die mitreißende Begeisterung einer Massenbewegung …»

Jetzt zeigte die Droge ihre verborgene Macht. Jenna atmete tief ein und wusste, dass ihre Pupillen vergrößert waren.

«… aber es ist das Koreanische in Ihnen, das über die niedere Rasse in ihrem Blut obsiegt …»

Irgendwo oberhalb ihres Zwerchfells bahnte sich ein kribbelndes Gefühl der Erleichterung an und drohte ihren ganzen Körper zu fluten.

«Ich werde meinen Drehbuchautoren genaue Anweisungen

für dieses Skript geben.» Er wandte sich wieder ihr zu – «ich werde den Schnitt ...» – und erstarrte angesichts ihrer Verwandlung. Ihre Augen glänzten groß und hell, die Schultern hoben und senkten sich wie die eines mächtigen Tieres. Sie hatte das Gefühl, vor seinen Augen zu wachsen. Die Übelkeit verflog, was blieb, war eine berauschende Klarheit im Denken und eine Art Hyperscharfsinn – ihre Sinne nahmen noch das kleinste Detail auf. Fast konnte sie das mühsame Schlagen seines schwachen Herzens sehen. Sie hörte die Soldaten in ihrem Wachraum hinter der Tür reden.

Mit leiser Stimme sagte sie: «Sie wollten wissen, ob wir uns verstanden haben.» Langsam erhob sie sich von ihrem Stuhl. «Haben wir nicht.» Ihre Augen bohrten sich in seine. «Es gibt keine Brücke, die ich nicht niederreißen würde ... kein Stück Land, das ich nicht abfackeln würde ... um meine Schwester zurückzubekommen.»

Sie richtete sich zu ihrer vollen Größe auf, in Kim Jong-ils Blick lag Wachsamkeit, Angst. Seine Finger umklammerten die halbgerauchte Zigarette. Plötzlich bewegte sich seine linke Hand unter den Tisch. Er drückte den Alarmknopf.

Die Tür am Abteilende flog auf, die beiden Leibwächter eilten mit ihren AK-74 im Anschlag ihrem Führer zu Hilfe. Drei Sekunden lang war Jenna für sie unsichtbar, denn nur Kim Jong-ils Bedürfnisse zählten. Die Leibwächter waren groß und kräftig gebaut wie Hundertmeterläufer, aber das machte Jenna keine Sorgen.

Gemäß den Newton'schen Gesetzen der Physik steigt die Kraft eines Schlags exponentiell zur Geschwindigkeit des Schlags, aber nur linear zur Masse des schlagenden Objekts.

Kim Jong-il zeigte auf Jenna. Die Leibwächter wandten sich ihr zu.

Mit anderen Worten ...

Der Nächststehende wollte sie packen. Sie drehte ihren Körper um neunzig Grad und versetzte ihm einen vernichtenden Seitentritt gegen die Wange. Unter ihrer Ferse knackte leise ein Knochen.

... Geschwindigkeit erzeugt mehr Kraft als Größe.

Er fiel um wie ein Baum und krachte auf den Stuhl neben Kim Jong-il. Der zweite Soldat krümmte den Finger am Abzug. Mit einer blitzschnellen Bewegung riss Jenna das schwere Chromfeuerzeug vom Tisch und schleuderte es mit der ganzen Kraft ihres Armes. Es traf ihn am Auge – mit solcher Wucht, dass es zerbrach und das Benzin auf den Tisch und die Gardine spritzte.

Einen Moment lang waren nur Jennas Atemzüge und das Stöhnen des Soldaten zu hören, dessen Auge sie zertrümmert hatte. Der andere war bewusstlos.

Sie spürte, wie sich ein Mantel der Macht um ihre Schultern legte. Sie war unbesiegbar.

Bei den Sturmgewehren handelte es sich eigentlich um AK-SUs, wie sie sah, als sie dem bewusstlosen Leibwächter seins abnahm – die kurze Version des AK-74, für das Schießen auf kurze Entfernung entworfen. Es lag gut in der Hand, das Gewicht gefiel ihr. Sie schob den Sicherheitsriegel zurück.

Kim Jong-il hustete. Einen irrealen Moment lang hatte sie ihn fast vergessen. Er klopfte mit den Knöcheln an die Fensterscheibe, versuchte den draußen postierten Soldaten, dessen Helm gerade eben zu sehen war, auf sich aufmerksam zu machen. Doch das Glas war schalldicht und explosionssicher und schloss jedes Geräusch ein.

Wieder hustete Kim Jong-il, heftig und abgehackt, und nestelte am Kragen seiner Jacke. Blind tastete er nach seinem Glas. Jenna nahm den Kristallkelch mit dem für sie gedachten *baedansul*, achtzigprozentig, reichte es ihm und sah gebannt zu, wie er den Alkohol herunterstürzte. Sein Husten wurde zu einer Art heiserem Würgen, sein Gesicht nahm die Farbe einer reifen Pflaume an.

Jenna schüttelte den Kopf. Sie ließ sich ablenken. *Ich muss Soo-min finden.*

Sie wollte gerade in die Richtung laufen, in die Soo-min verschwunden war, als sich hinter ihr die Tür öffnete. Zwei Soldaten glotzten fassungslos ins Abteil und griffen zu ihren Waffen.

Jenna legte das AKSU an. Vollautomatische Schüsse ratterten los. Schusswunden erblühten in den Oberkörpern der beiden Soldaten wie Mohnblumen, sie brachen zusammen. Ein weiterer Soldat erschien. Ein Feuerstoß, und sie hatte auch ihn umgemäht.

Euphorie durchlief sie von den Füßen bis zur Schädeldecke. Sie war Diana die Jägerin, eine Göttin, die silberne Pfeile abschoss. Sie drehte die rauchende Mündung des AKSU in die andere Richtung, zum anderen Ende des Abteils.

Ein Funkknopf war zu Boden gefallen und gab hektisches Geflüster von sich.

Jeder Soldat im Zug würde in Kürze in dieses Abteil gestürmt kommen, es sei denn, sie sorgte für Ablenkung. Die brennende Zigarette des Diktators war zu Boden gefallen. Sie hob sie auf und warf sie in das ausgelaufene Feuerzeugbenzin, das vom Tisch tropfte.

Mit einem lauten *Krrrmmpf* fraß eine reine, weiße Flamme die Flüssigkeit auf. Sekunden später standen die Gardinen am Fenster in Brand und gaben bitteren weißen Rauch ab.

Sofort ertönte im ganzen Zug eine Sirene, die jedes andere Geräusch übertönte. Die Soldaten draußen vor dem Zug verließen ihre Posten.

Warum sie einen letzten Blick auf Kim Jong-il warf, wusste sie nicht. Vielleicht war ihr bewusst, welch schicksalhaften Moment sie teilten, oder es war nur Neugier. Sein verzweifeltes Husten war wegen der Sirene nicht mehr zu hören. Er bekam kaum noch Luft, er war am Ersticken, ein Mann in einem Vakuum, seine Augen quollen hervor. Wie wenig hatte es gebraucht, um das Leben aus seinem kranken Herzen zu pressen. Eine winzige, tödliche Mischung aus Alkohol, Nikotin und Panik. Seine Brille war auf den Tisch gefallen. Einen Augenblick lang begegneten sich ihre Blicke, er schien sie anzuflehen. *Stirb*, dachte sie, während sein Körper hustend zuckte. Der große Kopf ruckte nach hinten und sackte dann mit einem letzten Atemstoß auf seine Brust.

Die beiden Polizisten knieten auf beiden Seiten neben Cho. Sie hatten Handschuhe, Mützen und Jacken ausgezogen und konzentrierten sich darauf, ihn auf die Trage zu heben.

«Gut», flüsterte Cho mit zusammengebissenen Zähnen. «Weiter so.»

Sie waren schweißüberströmt. Er sah den Puls in ihren Hälsen schlagen.

Plötzlich bewegte sich die Decke. Schnell wie eine Echse hob Cho die dünnen Arme, die Fäuste zurückgezogen.

Einer der Polizisten drehte sich ihm zu, die Augen ungläubig aufgerissen. Der andere fiel nach vorne und landete auf allen vieren. Ein blubberndes Geräusch kam aus seiner Kehle.

Jeder der beiden hatte eine Spritze im Hals stecken.

Einer zerrte an Chos Faust und zog die Nadel heraus. Die Spritze war leer. Er hatte die volle Dosis abbekommen.

Jenna rannte zur Abteiltür, das AKSU hielt sie seitlich am Körper. Ihre Energie war unerschöpflich, sie hatte nur einen Gedanken: Soo-min zu finden.

Sie kam in einen kleinen, verlassenen Wachraum. Links von ihr stand die Zugtür offen und ließ den eiskalten Wind herein. Ein behelmter Soldat kletterte gerade hindurch. Mit zwei scharfen Bewegungen rammte sie ihm den Gewehrkolben ins Gesicht und verpasste ihm einen Tritt gegen den Oberkörper, dass er nach hinten umkippte. Die massive Tür bestand aus dickem, schusssicherem Stahl. Sie zog sie mit beiden Händen zu und verriegelte sie.

Ein kleiner Gang führte an einer Toilette vorbei. Der beengte Raum verstärkte die Sirene. Vorsichtig öffnete Jenna die nächste Tür und schloss sie hinter sich ab.

Was sie sah, hätte sie fassungslos gemacht, doch aufgrund ihres durch die Droge veränderten Bewusstseinszustands breitete sich nur ein strahlendes Lächeln auf ihrem Gesicht aus.

Soo-min saß inmitten einer Kinderschar. Sieben oder acht Jungen und Mädchen, die ihre Gesichter in der blauen Seide ihres *hanbok*-Kleids oder unter ihren Armen versteckten. Einige hielten sich wegen des Lärms die Ohren zu. Die Rollos im Waggon waren heruntergelassen. Licht kam nur aus einem an der Wand hängenden Flachbildfernseher, auf dem ein Zeichentrickfilm lief. Der Raum war mit Sofas und Sesseln eingerichtet wie ein gemütliches Wohnzimmer.

Jenna erkannte, dass dies die halbkoreanischen Kinder aus der Villa waren. Einer der Jungen drehte sich um und schaute sie an. Er sah ostasiatisch aus, hatte aber kastanienbraune Haare – und plötzlich nahm sie sich selbst durch seine Augen wahr: eine durchgedrehte Amerikanerin auf Drogen, die Jeans trug, aber genauso aussah wie die Frau, die ihn beschützte.

In der rechten Hand hielt sie immer noch das gesenkte AKSU, die linke streckte sie aus und winkte ihre Schwester über den Sirenenlärm hinweg zu sich. «Soo-min, komm!»

Ein dröhnender Schlag traf die Tür hinter ihr – jemand trat mit dem Stiefel dagegen. Die Kinder begannen zu weinen und zu schreien.

Soo-mins Augen funkelten panisch. Sie half den Kindern auf die Beine und schob sie an das entgegengesetzte Ende des Abteils, weg von Jenna. Sie klammerten sich an sie.

Hinter der verschlossenen Tür waren das Gebrüll von Soldaten und laute Schritte zu hören.

Jenna folgte ihrer Schwester, doch als Soo-min das letzte Kind durch die hintere Tür geschoben hatte, schloss sie sie und stellte sich schützend davor.

Jenna wechselte ins Englische. «Susie, lass uns gehen.»

Die Tür, die Soo-min eben geschlossen hatte, war der einzige Weg nach draußen.

Wieder traf ein Schlag die Tür, durch die Jenna hereingekommen war.

Ihre Schwester war wie erstarrt, ihre Miene schwer zu deuten. Angst lag darin und Verwirrung und noch etwas anderes, etwas, das Jenna beunruhigte, doch in dem Moment lenkte eine plötzliche Bewegung unter ihren Füßen sie ab. Der Zug setzte sich in Bewegung.

Cho stützte sich langsam auf die Ellbogen auf. Seine Bewacher wanden sich keuchend auf dem Boden, allmählich erstarben ihre Bewegungen. Das Beruhigungsmittel musste stark gewesen sein. Entweder das, oder sie gerieten in eine Art Schockzustand, was angesichts ihrer Jugend möglich war. Erst jetzt merkte Cho, dass er völlig nackt unter der Decke lag. Er richtete sich auf, stellte sich aufrecht auf die Matte und gab versuchsweise etwas Gewicht auf die dick verbundene Wade. Er fühlte sich eigentlich ziemlich gut, was vermutlich an dem Oxycodon lag, das Lim ihm gegen den Schmerz verabreicht hatte. Was war wohl mit Lim geschehen?

Ein gurgelndes Geräusch lenkte ihn ab. Einer der Polizisten wollte nach seiner Waffe greifen, doch bevor er sie ziehen konnte, warf sich Cho auf ihn, zog ihm den Schlagstock aus dem Gürtel und schlug ohne jegliches Mitgefühl auf seinen Kopf ein. Knock-out. Der andere hatte sich bereits auf die Seite gerollt. Cho wartete einen Moment mit erhobenem Schlagstock ab, dann hörte er leises Schnarchen. Ohne Zeit zu verlieren, begann Cho, den bewusstlosen Polizisten auszuziehen. Er hatte etwa seine Größe, auch wenn Chos ausgemergelter Lagerkörper mit den Schultern und Armen des Mannes nicht mithalten konnte.

Kurze Zeit später fuhr ein dünner Mann in der dunkelblauen Uniform der chinesischen Staatssicherheitspolizei mit dem Fahrstuhl zum Ausgang hinunter, zertrümmerte mit einem harten Schlagstockhieb die Aufzugknöpfe und trat auf den mit Schneematsch bedeckten Gehweg hinaus. Die Straße schimmerte im Licht der roten Neonschilder, wie in nasses Blut getaucht. Er klopfte die Jackentaschen ab, fand ein Handy, das er in den Müll warf, und einen Autoschlüssel. Als er auf «Unlock» drückte, blinkten etwa zehn Meter weiter inmitten einer Reihe geparkter Wagen die Lichter eines neuen BMW-Minivan auf.

«Oh, ja», murmelte Cho.

Die Abteiltür flog auf, und drei, vier Soldaten stürmten mit Halbautomatikgewehren im Anschlag herein. Jenna zögerte keine Millisekunde. Sie hob das AKSU und feuerte, bis das Magazin leer war. Aus dem brennenden Speiseabteil drang dichter, grauer Rauch herüber.

Einer der Soldaten lag schreiend mit einem Bauchschuss auf dem Boden. Sie nahm ihm sein Magazin ab und lud nach. Zwischen den einzelnen Sirenentönen hörte sie Männer keuchen und husten – vermutlich stand der Speisewaggon jetzt in Flammen, sodass keine Verstärkung mehr durchkommen konnte.

Sie legte das AKSU an, drückte den Abzug und feuerte in den Rauch im Gang hinein, wo sie schattenhafte Umrisse zweier Gestalten im orangefarbenen Schein der Flammen ausmachen konnte.

Dann rannte sie zurück, packte Soo-min am Arm und zog sie durch die eingetretene Abteiltür auf die schwere Außentür im Wachraum zu, die Waffe immer im Anschlag.

Die Tür ließ sich nicht öffnen, solange der Zug sich bewegte. Jenna schob Soo-min hinter sich und feuerte drei Schüsse auf die Glasscheibe ab, die mit einem ohrenbetäubenden Knall in Tausende glitzernde Scherben zersplitterte. Als die Tür endlich aufging, nahm ihr der dröhnende, eiskalte Wind den Atem. Der Zug fuhr immer schneller.

Sie umklammerte Soo-mins Hand und schrie: «Komm mit mir.»

«Wohin?»

«Nach Hause.»

Ihre Blicken trafen sich. In dieser kurzen Sekunde, während sich der Stern und die Flammen dieses Höllenzuges in Soo-mins Augen spiegelten, wusste Jenna, dass sie ihre Schwester nicht verloren hatte.

Sie fuhren gerade an einer großen, pudrigen Schneewehe vorbei … und sprangen. Der Zug setzte seinen Weg gen Süden fort.

Cho legte den Sicherheitsgurt an und startete den Wagen. Der kräftige Motor sprang leise an, das Armaturenbrett leuchtete auf. Der Tank war voll. Wieder knisterte das Kragenmikro.

«Wang, hören Sie mich? Antworten Sie. Over.»

Cho zögerte. Das Landei-Mandarin war nicht so schwer. Er drückte auf den Knopf. «He, Wang hier. Wir brauchen noch 'ne Weile. Der Gefangene liegt verletzt auf einer Trage, und der Aufzug is kaputt. Over.»

«Verstanden. Wir schicken Verstärkung. Over.»

«Äh, nee, nee, wir schaffen das schon. Wir, äh, brauchen die Bewegung. Wenn ich mich nicht melde, dann weil ich den Kerl gerade schleppe.»

Er riss das Mikro vom Kragen, öffnete die Wagentür und warf es in den Rinnstein. Als er sich vorbeugte, um im Handschuhfach nach einer Karte zu suchen, fiel ihm ein schimmerndes Display am Armaturenbrett ins Auge. Chinesische Schriftzeichen forderten ihn auf, den ZIELORT einzugeben. Verwundert berührte er den Bildschirm und tippte dann versuchsweise: S – H – E – N – Y – A – N – G

Das Display veränderte sich und zeigte eine Route über die G1212-Jilin-Shenyang-Autobahn an sowie einen roten Pfeil.

ENTFERNUNG: 717 KM.

DAUER: 7 H 44 MIN.

Er schüttelte den Kopf. *Unglaublich.* Es war wie Zauberei. Dann ließ ihn eine weiche, weibliche chinesische Stimme fast aus dem Sitz fahren.

«In vier-hun-dert Me-tern», befahl die Stimme, *«fah-ren Sie links auf die Auto-bahn G-1212».*

Jenna lockte die Männer aus dem Volkswagen Bora, indem sie um Hilfe schrie. Sie kamen mit Taschenlampen in den Händen auf sie zu – Lederjacke, die beiden chinesischen Polizisten und der Fahrer. Jenna stützte die stolpernde, zitternde Soo-min, die nichts als das Seidenkleid trug, in dessen Stofffalten verborgen Jenna das AKSU hielt. Sobald sie im Halbdunkel die Gesichter der Männer erkennen konnte, zog sie die Waffe hervor und feuerte einen Schuss ab. Die Männer erstarrten. Jenna wollte nur noch in den Wagen. Ihre Zähne klapperten. Und wie es sich anhörte, Soo-mins auch.

«Lasst die Waffen fallen», schrie sie in den eisigen Wind.

Keiner von ihnen regte sich, und sie überlegte, ob sie überhaupt Koreanisch verstanden. Sie feuerte einen weiteren Schuss in den Boden vor ihren Füßen ab, Dreck spritzte auf. Die Männer hoben die Hände.

«Lasst die Waffen fallen, sonst geht der nächste Schuss in irgendein Knie, und der danach zerfetzt eine Lunge!»

Langsam zogen sie ihre Waffen und ließen sie fallen.

«Legt euch auf den Boden. Das Gesicht nach unten.»

Sie gingen auf die Knie.

«Geliebte Schwester», flüsterte Jenna, ohne das AKSU zu senken. «Bitte sammele ihre Waffen ein.»

Die Männer mussten denken, sie wären in einem seltsamen Traum. Eine nordkoreanische Dame aus dem Privatzug des Geliebten Führers schwebte wie eine Märchenfee auf sie zu und nahm ihnen die Waffen ab, während der in Flammen stehende Zug auf den Horizont zu ratterte.

Eine Minute später saßen Jenna und Soo-min im Bora und fuhren durch die wilde Einöde in Richtung Yanji.

Der Rausch, der Jenna im Zug befeuert hatte, ließ nach. Die Wirkung des Crystal Meth verebbte. Sie war wieder die harte, rationale CIA-Agentin, die alle Wahrscheinlichkeiten und möglichen Gefahren vorausberechnete.

Die Fragen, die sie Soo-min stellen wollte, stauten sich immer zahlreicher in ihr auf, aber Fragen konnten warten, bis sie in Shenyang waren. Einstweilen reichte es, ihre Schwester immer wieder von der Seite anzusehen. Sie konnte das Wunder kaum glauben – ihre Schwester saß neben ihr. Soo-min, Susie. Es gab so vieles, das sie ihr sagen wollte, und jetzt hatte sie alle Zeit der Welt dafür. Soo-min starrte nur mit hellen, glasigen Augen auf die Straße, sagte nichts, atmete in kurzen, flachen Zügen. Jenna erkannte die Symptome eines Schocks.

Kurz vor Yanji warf sie das AKSU und die Handfeuerwaffen auf irgendeinen Acker und trat, sobald sie die Autobahnauffahrt erreicht hatten, aufs Gas. Wenn erst Alarm ausgelöst war, würde die Polizei den Wagen sicher verfolgen. Also ließ Jenna ihn um 23:15 Uhr am Busbahnhof in Changchun stehen und nahm für eine großzügige Summe ein Taxi, mit dem sie den Rest der Reise nach Shenyang zurücklegten.

KAPITEL 54

★

Die G1212-Jilin-Shenyang-Autobahn
Neunzig Kilometer östlich von Meihekou
Provinz Jilin
China

Cho war seit ungefähr zwei Stunden unterwegs. Er fühlte sich ausgeruht und wach, wenn auch ein wenig hungrig. Im Minivan war nichts Essbares zu finden gewesen, und er traute sich nicht, eine Tankstelle anzusteuern. Seine größte Sorge war, an einer Mautstelle anhalten zu müssen – hier konnte die Polizei ihm leicht eine Falle stellen und ihn festnehmen. Ganz sicher war in Yanji inzwischen Alarm ausgelöst worden. Aber es gab auf der Autobahn keine Mautstellen, nur gelbe Schilder mit der Aufschrift *Elektronische Mauterfassung*. Obwohl er das Navigationsgerät abgestellt hatte, wurde er das Gefühl nicht los, verfolgt zu werden. In Leutnant Wangs Geldbörse befand sich ein bisschen Bargeld. Cho hatte bereits beschlossen, den Wagen in der nächsten Stadt, Meihekou, wo er in etwa einer Stunde eintreffen müsste, stehen zu lassen und den Rest des Weges nach Shenyang mit dem Bus zurückzulegen. Und er musste irgendwie andere Kleidung auftreiben. Nach einer Polizeiuniform würde man suchen.

Zerbrich dir darüber später den Kopf.

Er fuhr westwärts durch die Ausläufer des Changbai-Gebirges. Die Autobahn schlängelte sich durch die Landschaft und überquerte hin und wieder eine Hängebrücke über einem der tiefen Täler. Was für eine kahle Provinz Jilin im Winter war. Ein diesiger orangefarbener Schimmer hinter den Berggipfeln, mehr war vom Tageslicht nicht übrig. Auf den Hängen lag eine dicke Schneedecke, die in der Trübnis grau schimmerte. Rechts von sich sah Cho die Lichter und Flammen einer gewaltigen Schieferölraffinerie und roch deren giftige Dämpfe.

Die Straße streckte sich in der Dunkelheit ins Unendliche. Sie war mit Sand und Salz gestreut worden, an den Rändern aber immer noch vereist. Er packte das Steuerrad fester. Zwar war nur wenig Verkehr, doch der strömte schnell. Ein riesiger Lastwagen überholte, der Fahrtwind schüttelte den Minivan durch und besprizte ihn mit braunem Schneematsch. Cho wagte nicht, schneller zu fahren, um der Autobahnpolizei keinen Anlass zu geben, ihn anzuhalten.

Er stellte das Radio an. Musik würde ihn beruhigen. Eine chinesische Mädchenkapelle, die etwas staatlich Genehmigtes auf Zithern und *xiaos*, Bambusflöten, spielte. Seine verbundene Wade begann wieder schmerzhaft zu puckern. Er holte eine Oxycodon-Tablette aus der Hemdtasche, schluckte sie ohne Wasser herunter und lenkte sich mit Gedanken an seinen Sohn ab.

In den ganzen Monaten in Lager 22 hatte es keine Stunde gegeben, in der er nicht an seinen Jungen gedacht hatte. Puzzle, sein einziges Kind, sein kleiner Mann. Was war noch mal der Grund für den Spitznamen gewesen? Könnte er sich nur daran erinnern. Er stellte sich das nach oben gewandte Gesicht mit dem niedlichen Grinsen vor. Das Rätselbuch, das er immer in der Hand zu haben schien. Ein unschuldiges Kind, das Tiere liebte. Im Rückspiegel sah Cho sich verschwommen lächeln, in seinen Augen standen Tränen. Er würde alles dafür geben, zu wissen, was mit Puzzle geschehen war. Das Lächeln erstarb. Er würde es niemals herausfinden. Der Gedanke, er könnte tot sein, verfolgte ihn bis in seine Träume. Andererseits glaubte er nicht wirklich, dass sein Sohn nicht mehr lebte. Doch ganz sicher hatte man ihn nicht nach Pjöngjang zurückkehren lassen. Hatte man ihm gesagt, er solle seinen Vater als Verräter verachten und hassen? Bestimmt. Würde er ihnen glauben? Hoffentlich nicht. Cho hoffte, dass sein Sohn die Wahrheit in einem Winkel seines Herzens bewahren würde, unentdeckt von der Partei. Er war sicher, dass Puzzle ein kindliches Gespür für seinen Vater hatte. Was die Mutter des Jungen anging, machte er sich weniger Illusionen – sie hatten sie sicherlich schnell umgedreht. Im Grunde hatte er sie schon lange vorher verloren und war überrascht, das jetzt erst zu begreifen. Wie sie ihn verachten musste. Wie sie den Tag verfluchen musste, an dem sie ihm begegnet war.

Merkwürdig. Immer wenn er sich sie drei als die Familie vorstellte, die sie hätten sein können, glücklich, vielleicht gemeinsam im Sommer am Strand von Wonsan oder in einem anderen Leben an einem anderen Ort – in New York, wo hinter ihnen die Freiheitsstatue aufragte –, sah er neben sich nicht das Gesicht seiner Frau, sondern das von Jenna.

Jenna, die die halbe Welt durchquert hatte, um ihn zu retten, einen jämmerlichen Niemand, der alles verloren hatte. Die Hülle eines Mannes. Sie wusste nicht, dass er ihren richtigen Namen kannte.

Er schüttelte sanft den Kopf. Frei zu sein, eine solche Frau zu lieben … er wagte nicht, es sich vorzustellen.

Wo sie jetzt wohl sein mochte? Die Sorge versetzte ihm einen Stich. Hoffentlich war sie unversehrt. Die Chinesen besaßen geheime Gefängnisse, verborgene Einrichtungen, für den Westen unsichtbar, und dort waren bei der Befragung von Gefangenen alle Mittel erlaubt. Doch sie war Amerikanerin. Das allein war wie ein magischer Schutzschild. Sie kam aus einer Welt, die von Gesetzen und Menschenrechten geordnet wurde. Niemand durfte sie misshandeln, so wie ihn. Irgendwie würde sie schon durchkommen.

Cho blickte wieder in den Rückspiegel. In einiger Entfernung hinter ihm waren die Scheinwerfer eines Wagens zu sehen, der mit gleichbleibender Geschwindigkeit fuhr. Wurde er verfolgt? Der Wagen war schon ziemlich lange da.

Zwischen Fetzen schnell dahintreibender Schneewolken sah er winzige Sterne, Nadelstiche am Himmel. Ein heller Halbmond ging auf, dessen Licht den Schnee bläulich färbte. Das Firmament zog gleichgültig über ihm seine Kreise, und bei diesem Gedanken kam er sich plötzlich sehr klein vor, seine Probleme wurden bedeutungslos. Sein Bruder war tot. Seine Mutter, die nie aufgehört hatte, ihn zu lieben und an ihn zu glauben, war höchstwahrscheinlich ebenfalls tot. Was war er denn, doch bloß eine vorübergehende Ansammlung von Atomen, flüchtig wie alles andere. Er würde den Weg aller Dinge nehmen. Die Welt würde sich ohne ihn weiterdrehen. Niemand würde sich an ihn erinnern.

Er hatte nicht mitbekommen, seit wann ihm auf der anderen Seite der Mittelplanke kein Verkehr mehr entgegenkam. Alle Fahrbahnen aus der anderen Richtung waren leer. Ein Unfall irgendwo weiter vorne?

Dann blitzte etwas in seinem Spiegel auf, und er sah Licht, etwa zwei Kilometer hinter sich.

Zuerst wusste er nicht, was das war. Eine breite Front vielfarbiger Lichter, die zunächst auf Distanz blieben, aber allmählich näher rückten, bis er erkannte, dass sich zu dem einen Auto, das ihn verfolgte, drei weitere gesellt hatten, eins auf jeder Fahrbahn, und dass dahinter weitere fuhren, alle mit grellen Scheinwerfern und blitzenden Warnblinkern und Blaulicht, ein stiller Lichtschwarm.

Cho verspürte weder Überraschung noch Furcht.

Er stellte das Radio aus. Nun waren nur noch das Summen des Motors, das Heulen des Windes und die weiter entfernten Rotorengeräusche eines Hubschraubers zu hören, die langsam näher kamen, bis er den Drehrhythmus der Blätter ausmachen konnte. Er warf einen Blick durch das Schiebedach, sah aber nichts.

Die wenigen Autos auf der Straße vor ihm fuhren auf den Seitenstreifen.

Im nächsten Moment wurde er geblendet. Ein harter, weißer Lichtkegel traf ihn von oben, folgte ihm und erhellte das Innere des Minivans wie der Sonnenstrahl durch ein Vergrößerungsglas, der eine Ameise zum Tode verdammt. Cho hatte das Gefühl, in einem schwebenden Pool aus Licht zu treiben. Er versuchte, den Blick auf die Straße zu richten.

Ein schwaches Lächeln lag auf seinen Lippen. Sie gingen wirklich kein Risiko ein. Schließlich hatte er zwei Polizisten außer Gefecht gesetzt und Wangs Gürtel und Halfter mit der Dienstwaffe gestohlen. Er galt als bewaffneter Krimineller auf der Flucht. Cho blieb bemerkenswert ruhig. Sein Atem ging gleichmäßig.

Die Autobahn führte über einen kleinen Hügel. Er trat aufs Gaspedal. Die Polizeiwagen hinter ihm beschleunigten.

Auf der anderen Seite des Hügels sah er die Falle. Dutzende von Polizeiwagen mit Blaulicht blockierten am Ende einer langen Brücke die Straße. Wegen des gleißenden Lichts konnte er nicht erkennen, wie tief das Tal unter der Brücke war. Er nahm den Fuß vom Gaspedal.

Mitten auf der Brücke hielt er an, stellte den Motor ab und

saß einen Moment lang ruhig da. Das Knattern des Hubschraubers direkt über ihm war ohrenbetäubend laut. Die Brücke war in blauweißes Licht getaucht und sah aus wie ein Filmset. Die Phalanx der Polizeiwagen hinter ihm hatte in sicherem Abstand ebenfalls angehalten.

Von oben schnarrte eine metallische Stimme herab: *«Hier spricht die bewaffnete Volkspolizei. Steigen Sie mit erhobenen Händen aus dem Wagen.»*

Die Lautsprecherstimme warf kein Echo. Sie wurde von der Dunkelheit verschluckt, und Cho ahnte, dass das Tal unter der Brücke sehr tief war.

Langsam atmete er aus. Noch nie hatte er sich so lebendig, so gegenwärtig gefühlt. So … im Reinen.

In den letzten Monaten war er dem Tod oft nahe gewesen. Doch er spürte, dass dieses Ende das richtige war. Es war sein Schicksal. Und wahrscheinlich hätte er nichts tun können, um es zu ändern. Zufälle gab es nicht.

Er stieg langsam aus dem Wagen, stellte sich auf die Straße und hob zögernd die Hände. Von oben, von hinten und von vorne waren Scheinwerfer auf ihn gerichtet. Er sah die Silhouetten von behelmten Polizisten auf sich zu kommen.

«Bleiben Sie stehen», kam donnernd die Stimme vom Himmel.

Er drehte sich um, auch von hinten kamen sie.

Sein Atem schwebte als weiße Dampfwolke in der eiskalten Luft.

Er hob den Kopf, wollte ein letztes Mal die Sterne sehen, doch das Licht des Hubschraubers blendete ihn, der Abwind zerrte an seiner Kleidung und seinen Haaren.

Ich bin bereit, dachte er. Ich bin schon seit langem bereit. Er ließ die Arme sinken.

«*Halten Sie die Hände oben!*»

Mit vier langen Sprüngen hatte er das Brückengeländer erreicht.

«*Bleiben Sie stehen!*»

Mit zwei steifen Bewegungen war er über das Geländer geklettert.

«*Halt! Keine Bewegung!*»

Er hielt sich am Geländer fest und lehnte sich über den dunklen Abgrund hinaus. Der Nachtwind heulte durch das Tal, riss an seinem Gesicht, betäubte die Ohren, gefror die Tränen in seinen Augen. Unter ihm nur Leere. Oh, es war wirklich tief genug.

Es war Zeit, loszulassen.

Als er fiel und der Wind ihm durch die Haare fuhr, ließ er jedes Bedürfnis, zu verstehen, zu wissen, los. Und verstand alles.

KAPITEL 55

Konsulat der Vereinigten Staaten
Shenyang
Provinz Liaoning
China

Die Gästezimmer des US-Konsulats – ein weitläufiger, brutalistischer Betonblock – erinnerten Jenna an ein Billighotel in Ostdeutschland, aber harte Betten machten ihr nichts aus. Soo-min war so angespannt und erschöpft, dass sie seit ihrer Ankunft vor zwölf Stunden, um drei Uhr am Morgen, fast nur geschlafen hatte.

Es hatte Jenna gequält, dem CIA-Chef vom Misslingen der Mission berichten zu müssen, dass sie Cho Sang-ho verloren hatte, den wichtigsten nordkoreanischen Informanten, der je zu ihnen hatte überlaufen wollen. Ohne ihn wäre die Wahrheit über das Raketenprogramm vielleicht nie ans Licht gekommen. Doch als sie die Ereignisse in Kim Jong-ils Zug in einem Eilbericht schilderte, der via JWICS, *Joint Worldwide Intelligence Communications System*, dem CIA-eigenen Internet für die verschlüsselte Übermittlung höchstgeheimer Informationen, an Charles Fisk ging, war sie von der Reaktion aus Langley überrascht.

Sie hatte erwartet, für das von ihr verursachte Blutbad zur Rechenschaft gezogen zu werden, hatte mit einer formellen Verwarnung, einer einstweiligen Suspendierung vom Dienst gerechnet, doch Fisk zeigte sich beeindruckt. «Du hast dich nicht erpressen lassen und deine Schwester befreit, eine entführte US-Bürgerin.» Der CIA-Direktor wurde umgehend informiert und war erfreut gewesen, dem Präsidenten Kims Tod melden zu können, bevor jemand anders davon erfahren hatte. Tatsächlich hatte Nordkorea vierundzwanzig Stunden später seinen Tod immer noch nicht bekanntgegeben. «Um Cho tut es mir wirklich leid», sagte Fisk. «Aber unsere unmittelbare Priorität ist jetzt, Soo-min zu befragen, sobald ihr zurück seid.»

Was?!

Vielleicht war Jenna blind gewesen, was ihre Schwester anging, denn das hatte sie wirklich nicht kommen sehen.

«Du hast gesagt, sie hat vielleicht schon seit Jahren zu Kims Entourage gehört», sagte Fisk. «Dann ist sie für uns eine wahre Goldmine, und sie weiß alles über das Samenkornprogramm. Sie kennt jedes einzelne dieser Kinder. Mit ihrer Hilfe finden wir sie.»

Und was macht ihr mit ihnen?

Jenna wollte Soo-min sofort mit allen Mitteln schützen. Ihre Zwillingsschwester hatte auf der Fahrt nach Shenyang kaum ein Wort gesprochen, und das beunruhigte sie. Nicht einmal nach ihren Eltern hatte sie gefragt, und Jenna hatte beschlossen, ihr noch nichts von Douglas' Tod zu sagen. Nur einmal hatte Soo-min eine Reaktion gezeigt: Beim Anblick der Polizeiwachen vor dem Tor des Konsulats war sie zusammengesunken und hatte versucht, ihr Gesicht zu verbergen. Jenna hatte ihre Hand genommen und geküsst. «Du brauchst keine Angst zu haben. Du bist kein Flüchtling. Du bist amerikanische Bürgerin.» Soo-min hatte da noch immer kein einziges Wort auf Englisch gesagt.

«Ich befürchte, dass meine Schwester unter einem schweren Trauma leidet», sagte Jenna jetzt. «Eine Befragung könnte zu viel für sie sein.»

«Wir haben Leute in Langley, die auf die Befragung von Informanten mit PTBS spezialisiert sind», sagte Fisk und schaltete ab. Ende des Gesprächs.

Später, im Gästezimmer, beobachtete sie Soo-min, die im Schlaf leise atmete. Ihr Gesicht war weich und entspannt und sah aus wie in Jennas Erinnerungen. Doch sie wusste, sobald ihre Schwester aufwachte, würde sich wieder die Maske darüberlegen, sie wäre wieder auf der Hut, auf alles gefasst, distanziert. Ein Rätsel. Sie schien eine Dunkelheit in sich zu tragen wie ein Geschwür. Jenna hatte die Halskette mit dem kleinen Silbertiger angelegt und wartete darauf, dass Soo-min aufwachen, die Kette sehen und darauf reagieren würde.

«Wer ist Ha-jun?», fragte sie leise auf Koreanisch. Soo-min rührte sich nicht. «Du hast den Namen im Schlaf geflüstert.»

Soo-min öffnete die Augen und setzte sich auf. Das Haar fiel ihr übers Gesicht, doch sie sah Jenna unverwandt an. Mit einer Stimme, die kaum mehr als ein Flüstern war, sagte sie: «Mein Sohn.»

Du hast einen Sohn? Jenna spürte, wie in ihrem Herzen etwas nachgab. «War er einer der Kinder in der Villa?»

Soo-min nickte kaum merklich, ihr Gesicht blieb ausdruckslos.

«Ist er noch dort?»

Nach einer Pause, so lang, dass Jenna schon fürchtete, ihre Schwester würde für immer schweigen, sagte Soo-min: «Er wurde mir weggenommen ... als er acht war.»

«Warum?»

«Aus vielen Gründen.»

Jenna bekam eine ungute Ahnung von den vielen Themen und Schwierigkeiten, die vor ihnen lagen wie neue Kontinente, die aus dem Nebel auftauchen.

Nach und nach, zögerlich, wie in einer fremden Sprache, begann Soo-min, Jennas Fragen zu beantworten. Es war, als würde sie im Dunkeln nach Werkzeugen tasten, die sie vor langer Zeit beiseitegelegt hatte, und Jenna wusste, dass das erst der Anfang von allem war. Soo-mins Rückkehr in die Welt würde Zeit brauchen, Monate, vielleicht Jahre.

Bestürzenderweise sprach sie den starken koreanischen Dialekt des Nordens. Über ein Jahr lang, so erzählte sie, waren sie und Jae-hoon, der Junge vom Strand, in einer bewachten Wohnanlage festgehalten worden, zusammen mit vier japanischen Paaren, die viele Jahre vorher entführt worden waren. «Unsere Bewacher drängten uns zu heiraten. Jae-hoon ist der Vater meines Sohnes.» Sin Gwang-su, der Entführer, tauchte oft in der Anlage auf, eine finstere, bösartige Erscheinung. Doch nach der Geburt des Sohnes wurden Mutter und Kind in die Villa in Paekhwawon gebracht und sahen Jae-hoon aus Gründen, die Jenna nicht verstand, nie wieder. Soo-min behauptete, nichts über sein Schicksal zu wissen. Es war, als könnte sie bis zu ihrer Ankunft in der Villa alles beschreiben, und wenn sich ihre Blicke begegneten, spürte Jenna, dass sich die Enden des Bands zwischen ihnen ausstreckten, die Verbindung suchten. Doch sobald Soo-min mit ihren Erzählungen bei der Villa ankam, war alles ein einziges Mysterium. Was ihre Rolle dort gewesen war, wollte sie nicht sagen, das Geheimnis war hinter zu vielen Türen verschlossen, doch Jenna hatte mit eigenen Augen gesehen, welch enge Beziehung Soo-min zu den Kindern gehabt hatte. Es konnte nicht leicht gewesen sein, sie zurückzulassen.

Dann fragte Jenna: «Warum warst du mit in Kims Zug?», und in Soo-mins Augen erlosch das Licht. Sie senkte den Kopf und sagte kein Wort mehr.

Es ist verboten, über den General zu sprechen.

Sie ließ nicht erkennen, ob sie die Silberkette bemerkt hatte.

Beim Abendessen sagte der Konsul: «Sie haben Freunde auf höchster Ebene. Ich habe eben eine E-Mail von der Außenministerin persönlich bekommen. Wir stellen Ihrer Schwester einen vorläufigen US-Pass aus. Morgen sind Sie beide hier raus.»

Danach rief Jenna ihre Mutter an, bestellte sie für den kommenden Tag zum Washington Dulles International Airport und gab ihr die Flugdaten durch.

«Seit wann muss ich dich vom Flieger abholen?», fragte Han.

Damit war der Moment gekommen, den Jenna sich oft ausgemalt hatte, seit langem hatte sie Han diese Nachricht überbringen wollen. Jetzt war sie so nervös, als würde sie ein zerbrechliches Geschenk überreichen, das in der Hand ihrer Mutter kaputtgehen könnte.

«Soo-min ist bei mir.»

In der Leitung herrschte Schweigen. Jenna spürte den Schock wie bei einer Explosion unter Wasser.

Han wollte etwas sagen, doch als sie den Namen ihrer Tochter aussprach, brach ihr die Stimme, und dann weinten sie und Jenna still, heiße Tränen liefen ihnen über die Wangen, Tausende von Meilen voneinander entfernt.

«Lass mich mit ihr sprechen», bat Han.

«Sie ist noch nicht wieder sie selbst, *omma*. Warte lieber, bis du sie siehst.»

An dem Abend dachte Jenna auch viel an Cho. Wenn sie ehrlich war, dann bedeutete sein Verlust viel mehr als nur professionelles Versagen. Wenn sie sich erinnerte, wie er in dem Zimmer im Safe House gelegen, sie schüchtern unter der Decke hervor beobachtet hatte, wie er aus Würde und Scham nicht wollte, dass sie seinen Körper sah, dann regten sich in ihrem Herzen … Gefühle von Verlust, Zuneigung, Bedauern. Noch nie war sie jemandem begegnet, der so viel hatte ertragen müssen wie er. Ihre Geschichtskenntnisse reichten aus, um zu wissen, dass extreme Bedingungen – Krieg, Hungersnöte, Konzentrationslager – meistens das Schlimmste im Menschen hervorbrachten und nur in wenigen und besonderen Menschen das Gute. Cho war nicht zum Tier oder Monster verkommen. Menschlichkeit hatte ihn durchdrungen. Er hatte sich selbst gefunden.

KAPITEL 56

Beijing Capital International Airport
Peking
China
Montag, 19. Dezember 2011

Die Zwillinge saßen nebeneinander in der Transferlounge und tranken Kaffee. Sie trugen die gleichen Wildlederschuhe, engen Jeans, Benetton-T-Shirts und Steppjacken. Früher, als Mädchen, hatten sie sich nie gleich gekleidet. Warum Jenna jetzt identische Outfits gekauft hatte, wusste sie selbst nicht genau, es hatte wohl mit dem Verlangen zu tun, das Band zu Soo-min neu zu knüpfen, und mit der beunruhigenden Erkenntnis, dass das nicht von selbst geschehen war. Soo-min war an Jeans nicht mehr gewöhnt und kratzte sich an den Beinen. Sie sprach nur sehr wenig, verriet aber immerhin, dass sie seit Jahren nichts als *hanbok*-Kleider getragen hatte.

Jenna sagte sich, dass Soo-min mit ein wenig Unterstützung irgendwann wieder die Alte sein würde, auch wenn sie sich vielleicht nur mit Mühe an den Stress der freien Welt gewöhnen und sicherlich unter dem Verlust des Sohnes leiden würde. Jenna war entschlossen, ihr Fels in der Brandung und ihre helfende Hand zu sein. Sie würde alles tun, damit ihre Schwester wieder ein normales und glückliches Leben führte.

Als sie gerade zu ihrem Gate gehen wollten, zog einer der Flachbildschirme an den Wänden ihre Aufmerksamkeit auf sich. Die *China Central Television News* übertrugen live aus

Nordkorea, mit Untertiteln in Mandarin. Zwei Tage nach dem Ereignis wurde die Nachricht endlich bekanntgegeben. Die nordkoreanische Nachrichtensprecherin trug ein schwarzes *hanbok*-Kleid. Ihre Augen waren rot vom Weinen, das Gesicht totenbleich.

Jenna sah ungerührt zu. «Jetzt kommt's.»

«*Unser großer Genosse ... unser Geliebter Führer ... Generalsekretär der Arbeiterpartei, Vorsitzender der Verteidigungskommission, Höchster Befehlshaber der koreanischen Volksarmee ...*» Die Frau trug es mit erstickter Stimme vor.

Jenna sagte: «Unser Flug wurde aufgerufen. Wir müssen gehen.»

«*... KIM JONG-IL ...*»

Soo-min betrachtete den Bildschirm mit einem seltsam verzückten Ausdruck im Gesicht.

«*... Genie der Genies, Leitstern des einundzwanzigsten Jahrhunderts, Vater der Nation, Führer aller sozialistischen Völker, Helle Sonne der Juche-Ideologie, Freund der Kinder ...*»

Soo-min schien unfähig zu sein, sich vom Bildschirm zu lösen. Jenna zog sie sanft auf die Beine und führte sie in Richtung Gate.

Auf dem langen Rollsteig versuchte sie, Soo-min dadurch abzulenken, dass sie ihr von Hans desaströsen Verkupplungsversuchen mit aberwitzig ungeeigneten Männern erzählte, doch ihre Schwester schien sie nicht zu hören. Auf jedem Bildschirm, an dem sie vorbeikamen, liefen dieselben Nachrichten.

«*... erlitt im Zug einen Herzinfarkt, verursacht durch die übermäßige mentale und physische Belastung, die sein lebenslanger Einsatz für das Wohl des Volkes dargestellt hat ...*»

Auch im Wartebereich vor dem Gate blieb Soo-min auf den Fernseher fixiert. Eine Haarsträhne hatte sich gelöst, Jenna strich sie ihr hinter das Ohr, doch sie merkte es nicht einmal. Sie war wie in Trance.

«… im ganzen Land kommt es zu spontanen Bezeugungen unendlicher Trauer, die Arbeiter laufen fassungslos aus den Fabriken und Büros. Sie haben nur einen Gedanken: sich den öffentlichen Massentrauerbekundungen anzuschließen …»

Der Bericht schnitt zu in Tränen aufgelösten und wehklagenden Menschen in den Straßen von Pjöngjang. Manche brachen zusammen und schlugen sich mit den Fäusten ins Gesicht, andere schluchzten und streckten flehend die Hände gen Himmel.

Die Szene schien Soo-min zu elektrisieren. Sie schlug plötzlich die Hände vor den Mund, um einen Aufschrei zu unterdrücken. Die anderen Passagiere drehten sich um und starrten sie an. Bevor Jenna etwas sagen konnte, war Soo-min aus dem Sitz aufgesprungen und lief los.

Jenna ging ihr nach. Einen surrealen Moment lang dachte sie, ihre Zwillingsschwester würde vor ihr fliehen, doch dann sah sie sie in einen Toilettenraum laufen.

Das Flugzeug nach Washington war jetzt zum Einsteigen bereit. Jenna ging auf die Toilette zu, doch als ihr klarwurde, dass Soo-min ein paar Minuten für sich brauchte, hielt sie inne. Als ihre Schwester endlich erschien, war das Boarding fast beendet. Ihre Augen waren verquollen und rot, aber der innere Aufruhr, den sie erlebt hatte, war unter Kontrolle gebracht und erloschen. Sie hatte sich gesammelt und wirkte kühl, distanziert, ruhig. Als sie Jenna sah, brachte sie sogar ein Lächeln zustande.

Jenna nahm ihre Hand. «Alles in Ordnung?»

Sie nickte.

Das Flugzeug hob durch grauen Nieselregen ab und stieß zur Sonne hindurch. Soo-min lehnte ihr Gesicht ans Fenster und betrachtete die weißen Baumwollwölkchen. Jenna begriff langsam, dass ihre Schwester sich an einem viel seltsameren Ort befand, als sie sich vorstellen konnte, und dass es nicht einfach sein würde, zu ihr durchzudringen. Das Flugzeug nahm Kurs auf den Pazifik, Morgenlicht flutete die Kabine. Sie betrachtete Soo-mins Profil und erinnerte sich daran, dass auch sie, Jenna, durch die Hölle gegangen war, weil sie ihre Zwillingsschwester verloren hatte. Die Zeit hatte sie geheilt und stärker gemacht. Sie würde dasselbe bei Soo-min bewirken.

«In dreizehn Stunden sind wir zu Hause.» Jenna fasste Soo-mins Hand.

Das ließ Soo-min aufschrecken, sie sah Jenna an. Für den Bruchteil einer Sekunde, einen winzigen Moment lang, fiel die Maske, und Jenna erkannte Angst, Verwirrung ... und etwas anderes: Härte, Entschlossenheit.

Auf eine plötzliche Eingebung hin fragte sie: «Warum bist du mit mir aus dem Zug gesprungen?»

Soo-min drehte sich im Sitz um, sah Jenna an und nahm ihre Hände. Zum ersten Mal sprach sie englisch.

«Weil mein Sohn in Amerika ist.»

KAPITEL 57

Lager 22
Provinz Nord-Hamgyong
Nordkorea
Donnerstag, 16. Februar 2012

Die Zelle war ein Betonquadrat, das kaum genug Platz zum Liegen bot. Zwei dünne Decken und ein Eimer waren die einzigen Gegenstände darin. Frau Moon vermutete, dass sie seit etwa zwei Monaten im Lagergefängnis eingesperrt war, aber es ließ sich schwer sagen. Ein Fenster gab es in der Zelle nicht. Jeder Tag war genau wie der andere, und die Zeit schien ihren Wert verloren zu haben. Minuten konnten sich wie Stunden ausdehnen, doch die Wochen flogen vorbei. Zu den Morgen- und Abendappellen, die auf einem riesigen Platz neben der Hauptverwaltung des Lagers stattfanden, wurde sie nach draußen geholt, daher wusste sie, wann Tag und wann Nacht war, und hatte eine ungefähre Vorstellung von den Monaten. Sie hatte sogar Anzeichen bemerkt – den Geruch frischer Erde in der Luft, einen Schwarm Sterntaucher mit grauen Flügeln, die gen Norden zogen –, dass der Frühling kam. Diese winzigen Details retteten ihr den Verstand.

Der Morgenappell war ohne besondere Vorkommnisse abgelaufen. Sie war gerade erst zurück in ihrer Zelle, als die Tür schon wieder entriegelt wurde und ein Wachmann sie nach draußen beorderte. Es hatte Zeiten gegeben, in denen sie das Schlimmste befürchtet hätte – Sonderbehandlung bedeutete

515

nie etwas Gutes –, jetzt war sie einfach nur neugierig. Sie hatte schon lange das Interesse am Leben verloren. Sie bewohnte eine zustandslose Zone, die weder wirklich Leben noch im eigentlichen Sinne der Tod war. Zu ihrer Überraschung brachte der Wachmann sie in das Gebäude der Hauptverwaltung, in einen Empfangsbereich, in dem sie noch nie gewesen war. Alles glänzte, es roch nach Bohnerwachs. Hinter dem Empfangstisch hing ein Porträtfoto eines dicklichen jungen Mannes an der Wand, den sie nicht erkannte.

Etwa zwanzig Gefangene waren versammelt, Männer und Frauen, zerlumpt und dreckig. Sie wurden auf drei Seiten von etwa einem Dutzend Wachen umstellt, die sich entlang der Wände postiert hatten, als wäre dies eine Art Festakt. Fünf oder sechs Gefangene sahen noch älter als Frau Moon selbst aus. Weißhaarige Skelette und gebeugte Krüppel.

Man würde sie also wohl nicht zu Tode prügeln. Dafür hätte man sie woanders hingebracht.

Ein Offizier in hohen, glänzenden Stiefeln trat aus der Bürotür. Die Wachen nahmen Haltung an. Die Gefangenen verbeugten sich in einem Neunzig-Grad-Winkel.

«Gefangene …» Der Mann mit den Stiefeln hielt inne und wartete, dass sie sich aufrichteten. Dann las er mit leiser und klarer Stimme einen Text vor. «Heute, an diesem sechzehnten Tag des Februar, dem Tag des Hellen Sterns, an dem unsere Nation des selbstlosen und wundersamen Lebens unseres Geliebten Führers Kim Jong-il gedenkt, dessen Tod für immer unsere Herzen schmerzen wird und dessen Geist auf ewig fortlebt, hat mich das Zentralkomitee autorisiert, Ihnen Folgendes zu sagen …»

Die Gefangenen wagten nicht zu atmen.

«Zu Ehren seines verstorbenen Vaters hat unser neuer Führer, der Große Nachfolger Kim Jong-un» – der Offizier zog die Vokale wohlklingend in die Länge – «in seiner endlosen Güte zehn Gefangene begnadigt, deren Bittschriften ihn bewegt haben, außerdem alle Gefangenen im Lager, die über sechzig Jahre alt sind.»

Frau Moon riss die Augen auf. Ein paar der anderen neben ihr schrien auf und fingen an zu weinen. Frau Moon sah sich ungläubig um. Die Wachen wirkten genauso überrascht wie die Gefangenen. Bevor sie ganz begriffen hatte, was das bedeutete, fiel ein Gefangener nach dem anderen auf die Knie.

Mühsam und unter Schmerzen kniete sie sich ebenfalls hin. Einer der älteren Gefangenen verlor das Gleichgewicht und kippte vornüber. Niemand half ihm auf.

Der Mann mit den glänzenden Stiefeln rief: «Lang lebe der Große Nachfolger!»

Sie riefen: «Lange lebe der Große Nachfolger!»

Ziegenscheiße und Hühnerkacke! Ich überlebe das hier?

«Lang lebe der Große Nachfolger!»

Ich habe kein Recht zu leben.

Man gab ihr ein Bündel mit einer zusammengeklaubten und zu großen Fabrikuniform. Da nie jemand aus Lager 22 entlassen worden war, hatte die Verwaltung die Besitztümer der Gefangenen nicht aufbewahrt. Dann reichte man ihr ein Formular.

«Lesen Sie das sorgfältig und unterschreiben Sie», sagte der Wachmann. Dort stand, dass sie niemandem von Lager 22 berichten dürfe, weder mündlich noch schriftlich. «Wenn Sie den Mund aufmachen, landen Sie schneller wieder hier drin, als Sie Mais scheißen können.»

Es war ein buntes Häuflein, das da auf das Haupttor des Lagers zu schlurfte. Wie Schiffbrüchige, dachte Frau Moon. Ein paar waren eindeutig zu alt und gebrochen, um ihre Freiheit lange genießen zu können. Ihre Körper würden sich nicht erholen, und die Schrecken würden sie in ihren Träumen heimsuchen. Sie hoppelte in der schlotternden Uniform hinter ihnen her, unter den Blicken von Dutzenden Wachmännern, die sich das Spektakel nicht entgehen lassen wollten, in den Gesichtern eine Mischung aus Verwunderung und Misstrauen. Was sie da sahen, widersprach all ihren Instinkten, ihren Impulsen und ihrer Ausbildung.

Es war mitten am Vormittag. Der Himmel strahlte in kühlem Kornblumenblau, im gelben Gras flatterten und zwitscherten die Spatzen. Frau Moon verspürte keine Leichtigkeit im Herzen. Wohin wurde sie entlassen? Doch nur in ein größeres Gefängnis, so groß wie ein ganzes Land. Warum war sie nicht gestorben, in einem selbstgewählten Moment, und vergessen worden, eine Leiche, die einen Obstbaum düngt?

Vor dem Lagertor wartete eine kleine Menschenmenge. Einige winkten und weinten, wenn sie ein Gesicht in der Gruppe erkannten. Ein Kind rannte in die Arme seines Vaters. Ein Sohn umarmte seine Mutter und brach in Tränen aus. Das Lager musste die Familien vorab benachrichtigt haben, damit auch alle abgeholt wurden und niemand als Landstreicher endete.

Etwas abseits der anderen sah Frau Moon einen dünnen, gebückten Mann stehen, und in ihr schmolz etwas. Sein Gesicht leuchtete bei ihrem Anblick auf wie das eines Jungen. Tae-hyons Kleidung war fadenscheinig und mit Flicken übersät. Der Mantel hing ihm wie ein Vorhang von den mageren Schultern, und er hatte so viel Haar verloren, dass er kahl wie eine Niete war. Er sah jämmerlich aus! Wie war er zurechtgekommen? In Frau Moons Augen war es ein Wunder, wenn ein Mann ohne seine Frau überlebte.

«Du bist also am Leben geblieben», sagte sie.

Er streckte ihr einen grünen Apfel entgegen. Und er hatte noch etwas für sie, das er verstohlen aus der Jacke zog und ihr in die Hand drückte, sobald sie außer Sichtweite des Lagers waren.

Sie betrachtete ihre Hand, und ihr Gesicht überzog sich mit Lachfältchen. Es war seit langer Zeit das erste Lächeln.

Gesegnet seien meine Vorfahren. Ein Schokokeks.

«Aus einem Ballon», flüsterte er. «Gestern Morgen im Wald.»

Hand in Hand schritten sie den Schotterweg entlang. Es hatte die ganze Woche nicht geregnet, die Spatzen gönnten sich flatternd ein Staubbad am Straßenrand. Je weiter sie sich vom Lager entfernten, desto süßer und sauberer wurde die Luft. Frau Moon hob das Gesicht in die schwache Wärme der Sonne und atmete ein. Der Frühling würde bald kommen.

EPILOG

★

Die nebelverhangene Morgenluft legte sich feucht auf das Haar des Jungen, der den Pfad hinaufkletterte. Unter seinen nackten Füßen lag ein Teppich aus Kiefernnadeln. Das Morgenlicht fiel in schrägen Strahlen durch die Bäume und löste nach und nach die kleinen weißen Wolken auf, die oben an den Hängen des Tals hingen. Im Westen färbten sich die Kalksteinfelsen golden.

Der Junge stand einen Moment lang still da und lauschte. Er konnte das Rufen von Eichelhähern und Spatzen unterscheiden. Er kannte auch die fünf hier wachsenden Kiefernarten, wusste den Namen des Nebenflusses, der durch das Tal zum Fluss Yalu strömte, und konnte die geologischen Schichten in den Felsen aufzählen. Er wusste, dass es mehr Arten von Käfern gab als von jeder anderen Spezies auf der Erde. Nachts konnte er auf die hellsten Sterne in den Sternbildern zeigen, kannte ihre jeweiligen Entfernungen in Lichtjahren und konnte sein eigenes Gewicht in der Schwerkraft der Planeten berechnen. All das behielt er für sich. Die Dorfbewohner hatten ihn wegen seines Dialekts verspottet, ihm die Schuhe gestohlen, ihn mit Ausdrücken beschimpft, die er nicht kannte, und ihn mit Stöcken verprügelt. Aber im Handumdrehen, so schien es, war er genauso dreckig und zerlumpt wie sie geworden, redete genauso grob und war so hungrig, dass er lebendige Raupen herunterschluckte und Libellen die Köpfe abbiss.

Er stellte den Sack mit Feuerholz ab und kniete sich auf den Boden, um seine Falle zu begutachten – ein flacher Stein, der von einem Ast hochgehalten wurde. Mit Glück hatte er ein Kaninchen oder ein Eichhörnchen erlegt, aber bisher waren seine Fallen an diesem Morgen alle leer gewesen.

Plötzlich landete ein frisch getöteter großer brauner Hase neben ihm. Er sprang auf und griff nach seinem Messer. Auf dem Stein mit der verwitterten chinesischen Inschrift saß eine alte Frau.

«Wie es scheint, bin ich früher aufgestanden als du», sagte sie.

Ihr silbriges Haar war im alten koreanischen Stil zurückgebunden, mit einer Nadel durch den Knoten, und sie trug eine ausgeblichene chinesische Steppjacke. Ihre schmalen Augen funkelten, ihr knöchernes Gesicht verriet, dass ihr Leben hart gewesen war.

«Bist du der junge Mann, den man Woo-jin nennt?»

Der Junge starrte sie schweigend an.

«Man hat mir gesagt, dass ich dich hier auf diesem Pfad finden würde.» Sie hob ein großes Bündel von ihrem Rücken, band es auf und zog einen kleinen Bambuskorb hervor, den sie ihm gab. Er nahm ihn ohne Verbeugung, riss den Deckel herunter und fand vier Gemüseteigtaschen, die er sich ausgehungert in den Mund stopfte.

«Ich wandere seit Monaten durch diese Provinz», sagte sie und sah ihm beim Essen zu. «Auf der Suche nach dir.»

Der Junge aß, ohne sie aus den Augen zu lassen, sein Gesicht blieb ausdruckslos.

«Der dumme Blick kann mich nicht täuschen, junger Mann. Ich weiß, dass du die in den Stein gemeißelte Inschrift lesen kannst. Und ich sehe das Gesicht deines Vaters in deinem.»

Der Junge hörte auf zu kauen und bekam vor Überraschung große Augen.

«Sie kannten meinen Vater?»

«Ho, er spricht!» Als die Alte lächelte, überzog sich ihr Gesicht mit Falten. «Wie lange ist es her, seit dich jemand Puzzle genannt hat?»

Im Wald war es still, nur das Zwitschern der Spatzen und das ferne Rauschen des Gebirgsbachs waren zu hören.

«Wer sind Sie?», fragte er.

«Mein Name ist Moon. Ich bin deine Großmutter.»

ANMERKUNGEN DES AUTORS

Die Idee zu diesem Buch kam mir 2012 bei einem Besuch in Nordkorea, als meine kleine Reisegruppe dazu angehalten wurde, an einigen der täglichen Rituale des Kim-Kults teilzunehmen. Jeden Tag mussten wir uns vor einer der zahllosen Statuen von Kim Il-sung, dem Gründer des Landes und selbsterklärten Großen Führer, aufstellen und zum Zeichen des Respekts verbeugen. Eine Weigerung hätte unsere beiden Reiseführer in Schwierigkeiten gebracht, einen freundlichen Mann und eine nette Frau, zu denen wir eine echte Beziehung aufgebaut hatten.

Für Außenstehende wie mich kann die Fremdartigkeit des Lebens in Nordkorea auch alltäglichen Ereignissen eine besondere Qualität verleihen. Nach meiner Reise war ich wild entschlossen, mehr über das Land zu erfahren. Bei meinen Nachforschungen stellte sich heraus, dass die Erfahrungen während meines Besuches kaum die Oberfläche hatten ankratzen können und dass die Wahrheit über Nordkorea noch viel merkwürdiger war, als ich mir hatte vorstellen können. Im Folgenden finden sich Fakten und Informationen, die zum Verständnis der im Roman beschriebenen Ereignisse wesentlich sind.

DAS ENTFÜHRUNGSPROGRAMM

In den siebziger und achtziger Jahren des letzten Jahrhunderts entführte Nordkorea immer wieder Zivilisten von japanischen und südkoreanischen Stränden. Es handelte sich dabei nicht um wichtige militärische oder politische Zielpersonen, sondern einfach um irgendwelche Leute – ein junges Paar, das sich den Sonnenuntergang anschaute, ein geschiedener Mann, der mit dem Hund spazieren ging, ein Friseur aus dem Ort und so weiter. Der Grund für diese bizarren Verbrechen ist nie ganz klargeworden. Einige der Opfer mussten Spionen und Attentätern, die nach Japan und Südkorea geschickt werden sollten, Umgangssprache und Gebräuche beibringen. Anderen wurde die Identität gestohlen, sehr wenige wurden einer Gehirnwäsche unterzogen und als Spione wieder nach Hause geschickt, doch die allermeisten waren von keinerlei Nutzen für Nordkorea. Sie wurden jahrzehntelang in isolierten Wohnanlagen untergebracht und hatten nur sehr beschränkten Kontakt zur nordkoreanischen Bevölkerung. Manche kamen auch unter rätselhaften Umständen ums Leben. Die Entführungen wurden in Japan jahrelang eher als moderner Mythos und Stoff von Verschwörungstheorien betrachtet, doch als der japanische Premierminister Junichiro Koizumi 2002 Pjöngjang besuchte, entschuldigte sich zu seinem großen Erstaunen Kim Jong-il für die Entführung von dreizehn Japanern bei ihm. (Die wahre Zahl geht mit großer Wahrscheinlichkeit in die Hunderte.) Es war die einzige Entschuldigung, die Kim jemals öffentlich aussprach. Er hoffte, dass Japan im Gegenzug Milliarden von Yen an Reparationszahlungen lockermachen würde, doch dieser Schuss ging spektakulär nach hinten los, denn die japanische Öffentlichkeit reagierte erzürnt und verlangte die Freilassung der Entführten.

Zusätzlich zu den Entführten aus Japan und Südkorea geht man von Opfern aus mindestens zwölf anderen Ländern aus, davon acht europäische. Die detailreichsten Nachforschungen zu den Entführungen finden sich in Robert S. Boyntons hervorragendem Bericht *The Invitation-Only Zone* (Farrar, Straus and Giroux).

DAS SAMENKORNPROGRAMM

Vielleicht weil er nie sicher sein konnte, dass seine Entführungsopfer erfolgreich indoktriniert und ihm treu ergeben waren, stellte Kim Jong-il allem Anschein nach das Entführungsprogramm zugunsten des Samenkornprogramms ein, von dem die Welt erst 2014 durch die Veröffentlichung von Jang Jin-sungs außergewöhnlicher Autobiographie *Dear Leader* (Rider) erfuhr. In einem Bericht, der eher an eine Folge von *Twilight Zone* (dt. «Unglaubliche Geschichten») erinnert, beschreibt Jang, ein ehemaliger Parteipropagandist, wie Nordkorea attraktive Agentinnen ins Ausland entsandte, um sich dort von Männern anderer Ethnien schwängern zu lassen. Gleichzeitig wurden Frauen anderer ethnischer Herkunft entführt und nach Pjöngjang gebracht und nordkoreanischen Agenten zugeführt. Ihre halbkoreanischen Kinder kamen in Pjöngjang zur Welt und sahen ausländisch aus. Ziel war es, loyale Spione heranzuziehen, die in Nordkorea geboren und ausgebildet und gründlich indoktriniert wurden. Diese Kinder leben strikt vom Rest der Bevölkerung getrennt. Um ihre Bedürfnisse kümmert sich die Sektion 915 der Abteilung für Organisation und Führung, jene schattenhafte Einrichtung, mit der der jeweils herrschende Kim seine Macht ausübt.

Als es in den siebziger Jahren für die nordkoreanische Regierung zunehmend schwieriger wurde, ihre Botschaften im Ausland zu finanzieren, bekamen diese den Auftrag, für Eigenfinanzierung zu sorgen. Daraufhin schmuggelten nordkoreanische Botschaftsangehörige im Diplomatengepäck, das vom Zoll nicht durchsucht werden durfte, Gold, illegales Elfenbein, gefälschte Dollar und Medikamente sowie harte Drogen, made in North Korea, ins Ausland, um sie dort an kriminelle Organisationen zu verkaufen. Grenzpolizei und Suchhunde haben diese diplomatische Schmuggelware häufig entdeckt. Einige Botschaften waren außerdem an den Entführungen ausländischer Bürger beteiligt, andere lenkten Geld in die Töpfe des Büros 39 um, in die geheimen Fonds, mit denen die Kims ihren luxuriösen Lebensstil aufrechterhielten und sich die Treue ihrer Genossen erkauften. Der beste Bericht über Nordkoreas schwarze Ökonomie findet sich in dem Buch *North Korea Confidential* von Daniel Tudor und James Pearson (Tuttle Publishing). Es bietet außerdem die überzeugendste Erklärung, warum Kim Jong-un seinen Onkel Jang Song-teak, das Gehirn von Büro 39, im Jahr 2013 hinrichten ließ.

CHRISTEN

Religionsfreiheit existiert in Nordkorea nicht, es wird allein die Kim-Dynastie angebetet. Den Berichten einiger Überläufer nach soll es in den Städten geheime christliche Hauskirchen geben. Das sind winzige Gemeinschaften, die aus Angst vor Entdeckung ständig ihre Treffpunkte ändern, ähnlich wie die frühen christlichen Gemeinden. Sie lesen Bibelverse, die handschriftlich auf kleine Zettel geschrieben wurden. Wer im Besitz einer richtigen Bibel ist, muss mit Hinrichtung oder Verbannung ins Lager rechnen. Ausländischen Besuchern werden in Pjöngjang manchmal zwei große Kirchen gezeigt, mitsamt hymnensingenden Glaubensgemeinschaften, doch Jang Jin-sungs Autobiographie *Dear Leader* hat bestätigt, was viele vermuteten: dass diese Kirchen nichts als eine zynische Fassade sind, um Ausländer zu täuschen und internationale Hilfslieferungen zu bekommen. Die Kirchen werden geleitet von der Einheitsfrontabteilung der Arbeiterpartei, die Gemeindemitglieder sind Agenten dieser Abteilung.

DAS LAGERSYSTEM

Allgemein gesagt gibt es in Nordkorea zwei Arten von Arbeitslagern. Zur ersten Kategorie gehören Lager für diejenigen, die zu «revolutionärer Umerziehung durch Arbeit» verurteilt wurden. Diese können, wenn sie überleben, wieder in die Gesellschaft entlassen werden, um allerdings für den Rest ihres Lebens auf Schritt und Tritt überwacht zu werden. Bei der zweiten Kategorie handelt es sich um vom Ministerium für Staatssicherheit, der Bowibu, betriebene «Zonen unter totaler Kontrolle», Lager für politische Gefangene, die dort unter extremen Bedingungen gehalten werden. Die Gefangenen haben kaum Hoffnung auf Entlassung und werden gezwungen, sich als Sklaven auf Farmen, in Fabriken und im Bergbau buchstäblich zu Tode zu schuften. Nach Schätzungen sind gegenwärtig 80 000 bis 120 000 politische Gefangene in solchen Lagern unter totaler Kontrolle eingesperrt, wie Daniel Tudor und James Pearson in ihrem Buch berichten.

In beiden Lagerkategorien sind die Lebensbedingungen lebensbedrohlich und unhygienisch. Folter, Schläge, Vergewaltigungen, Kindstötungen und öffentliche und geheime Hinrichtungen sind an der Tagesordnung, ebenso die extrem gefährliche Arbeit ohne Schutzausrüstung oder Sicherheitsmaßnahmen. Die meisten Gefangenen sterben jedoch an Krankheiten oder Unterernährung, denn die Essensrationen sind winzig, sodass viele sich zusätzlich von Nagetieren, Schlangen und Insekten ernähren, um zu überleben. Das tägliche Leben in den Lagern ist von Überläufern in mehreren erstaunlichen Erinnerungsberichten beschrieben worden, zu den beeindruckendsten gehören *The Aquariums of Pyongyang* von Kang Chol Hwan (Basic Books) und *Lasst mich Eure Stimme sein! Sechs Jahre in Nordkoreas Arbeitslagern* von Soon ok Lee (übersetzt von Dr. Friedemann Lux, Brunnen Verlag), die beide nach ihrer Entlassung aus Nordkorea fliehen konnten. Soon ok Lee bezeugt dabei auch die brutale Behandlung von Christen in den Lagern. Die Beschreibung von Chos Folterung in Kapitel 43 basiert auf ihrem Bericht der Misshandlungen, die sie im Gefängnis erleiden musste.

Ganz selten wird ein Gefangener begnadigt oder frühzeitig entlassen, und wenn, dann geschieht das zu besonderen Anlässen, beispielsweise dem Geburtstag des Führers, aber immer, wie auch im Fall von Frau Moons Entlassung am Ende des Buches, völlig willkürlich. Es ist den Gefangenen gestattet, dem Führer Gnadengesuche zu schicken. Diese Briefe gehen durch die Hände der Abteilung für Organisation und Führung, und gelegentlich wird dann irgendein Glückspilz tatsächlich entlassen. Wie es heißt, schickte Kim Jong-il einmal einem Gefangenen, dessen Bittbrief ihn gerührt hatte, eine goldene Uhr, ordnete aber nicht dessen Entlassung an.

Manche Beobachter fragen sich nach dem Zweck dieser Arbeitslager. Verhungernde, ausgezehrte Gefangene sind nicht halb so produktiv wie gut genährte Arbeiter. Unter wirtschaftlichem Aspekt ergeben die Lager keinen Sinn. Sie fungieren allein als Machtinstrument. So wie es in funktionierenden Demokratien Wahlen geben muss, so muss eine totalitäre Diktatur Konzentrationslager betreiben, um durch Terror ihre Macht aufrechtzuerhalten.

SCHULD DURCH ASSOZIATION

Sehr häufig müssen drei Generationen der Familie eines Verurteilten, darunter auch Kinder und Ältere, die Strafe gemeinsam mit dem Gefangenen ertragen. Im Lager teilt sich die Familie eine Hütte. Dort geborene Kinder – wie Shin Dong-hyuk, dessen erstaunliche Geschichte von Blaine Harden in *Flucht aus Lager 14* (übersetzt von Udo Rennert, DVA) aufgezeichnet wurde – übernehmen die Schuld ihrer Eltern und sehen dem Schicksal entgegen, in den Lagern aufzuwachsen, zu arbeiten und zu sterben.

Unter dem *songbun*-System tragen Nordkoreaner außerdem indirekt die Schuld ihrer Vorfahren. Hyeonseo Lee beschreibt in ihren Erinnerungen *Schwarze Magnolie: Wie ich aus Nordkorea entkam. Ein Bericht aus der Hölle* (übersetzt von E. Schmalen / M. Taeger / K. Uhlig, Heyne), wie dieses nur in Nordkorea existierende Kastensystem die Bevölkerung in drei Klassen einteilt: in die loyalen, die unzuverlässigen und die feindseligen Bürger, und zwar abhängig davon, was die Vorfahren des Vaters vor, während und nach der Gründung des Staates im Jahr 1948 taten. Wenn die Vorfahren Arbeiter und Bauern waren, die im Koreakrieg auf der richtigen Seite standen, wird die Familie als loyal eingestuft. Waren unter den Vorfahren jedoch Landbesitzer, Händler, Christen, Prostituierte, Kollaborateure mit den Japanern während der Kolonialherrschaft oder solche, die im Koreakrieg in den Süden geflohen waren, dann wird die Familie als feindselig klassifiziert. Die feindselige Klasse, zu der etwa vierzig Prozent der Bevölkerung gerechnet werden, muss in der Landwirtschaft und im Bergbau arbeiten und niedere Tätigkeiten verrichten. Nur die Loyalen dürfen in Pjöngjang wohnen, der Arbeiterpartei beitreten und ihren Beruf frei wählen.

Das Schicksal von Oberst Cho in meinem Roman basiert lose auf dem Lebensbericht von Kim Yong, der als Kind von einer loyalen Familie aus Pjöngjang im Waisenheim adoptiert wurde. Doch als man vor einer wichtigen Beförderung seine Geburtsurkunde überprüfte, erfuhr er, dass er der Sohn eines hingerichteten Verräters war, der im Koreakrieg für die Amerikaner spioniert hatte – die schlimmste aller Klassenabstammungen. Den Albtraum, den Cho durchlebt, hat Kim Yong tatsächlich erfahren. Er wurde in eine Zone unter totaler Kontrolle deportiert, erst in das Lager 14, wo er in den Minen arbeiten musste, später in das weniger brutale Lager 18, wo er mit seiner Familie wiedervereinigt wurde, nachdem seine ehemaligen Kollegen sich für ihn eingesetzt hatten. Die höchst spannende Geschichte seiner Flucht, beschrieben in *Long Road Home* (Columbia University Press), zählt zu den besten Überläuferberichten überhaupt.

LAGER 22 UND EXPERIMENTE AN MENSCHEN

Lager 22, auch unter dem Namen Hoeryong-Konzentrationslager bekannt, ist eine riesige entlegene Zone unter totaler Kontrolle im Nordosten des Landes, in der die Brutalität der Lebensbedingungen jede Vorstellungskraft übersteigt. Soweit mir bekannt ist, gibt es keine Berichte von dort Inhaftierten. Die Beschreibung des Lagers in Kapitel 14 basiert auf Satellitenbildern und den Aussagen ehemaliger Wachmänner.

Kwon Hyuk, früherer Sicherheitschef im Lager 22, der nach Südkorea floh, und Ahn Myong Chol, ehemaliger Wachmann, haben von Chemiewaffenexperimenten an Gefangenen berichtet, bei denen durch einen Schlauch Gas in eine versiegelte Kammer geleitet wird und Wissenschaftler den Vorgang durch Glasfenster beobachten. Bei jedem Versuch wurden drei bis vier Gefangene ermordet, oft ganze Familien. Soon ok Lee schreibt über ein Experiment im Kaechon-Konzentrationslager, bei dem fünfzig gesunden Frauen vergiftete Kohlblätter gegeben wurden. Alle fünfzig starben innerhalb von zwanzig Minuten an Erbrechen und inneren Blutungen. 2013 machte sie dazu eine Aussage vor der Menschenrechtskommission der Vereinten Nationen in New York.

DER ZUG DES GELIEBTEN FÜHRERS

Kim Jong-il hatte Angst vorm Fliegen – vielleicht weil er 1987, um mögliche Besucher der Olympischen Spiele 1988 in Seoul abzuschrecken, den Angriff auf Korean Air Flight 858 angeordnet hatte, bei dem einhundertfünfzehn Menschen ihr Leben verloren. Danach bestand immer die Möglichkeit eines Vergeltungsschlags gegen ihn. Die meisten Reisen unternahm er in einem gepanzerten Privatzug mit siebzehn Waggons, Luxusabteilen und einem Satellitenkommunikationszentrum. Um von amerikanischen Spionagesatelliten nicht entdeckt zu werden, reiste er vorzugsweise bei Nacht. 2001 begab er sich sogar auf eine 7200 Kilometer lange Zugfahrt von Pjöngjang nach St. Petersburg (das er hartnäckig Leningrad nannte). Sie dauerte einundzwanzig Tage. Begleitet von einem großen Gefolge, probierte Kim, der Gourmet, die lokalen Spezialitäten, ließ auf der Reise frischen Fisch und Wild und sogar Weine und Käse aus Frankreich einfliegen. Er war so gut gelaunt, dass er seine Höflinge und die russischen Gäste erfreute, indem er patriotische Sowjetlieder sang. Vielleicht war es daher nur passend, dass er – offiziellen Berichten der nordkoreanischen Staatsmedien zufolge – am 17. Dezember 2011 auf einer seiner Reisen an einem Herzinfarkt starb.

RAKETEN UND FERNLENKGESCHOSSE

Adleräugige Leser werden bemerkt haben, dass ich mir mit den Daten der nordkoreanischen Raketenstarts Freiheiten erlaubt habe. Bis zum heutigen Tag hat es fünf gegeben: 1998, 2009, zwei im Jahr 2012, einer 2016. Anscheinend wurde nur bei zweien das Ziel erfüllt, einen Satelliten in den Orbit zu setzen. Das Raketenprogramm dient jedoch eigentlich mit größter Sicherheit dem Austesten von waffenfähigen interkontinentalen Langstreckenraketen, mit denen die Vereinigten Staaten erreicht werden können. Solche Raketen müssen die Erdatmosphäre verlassen und wieder in sie eintreten, ohne dass ihre Ladung verbrennt. Nach mehreren Raketentests im Sommer 2017 und dem Abschuss der mächtigen Interkontinentalrakete Hwasong-15 im November 2017 ist klar, dass Nordkorea mittlerweile über diese Technologie verfügt oder zumindest unmittelbar davorsteht.

Ohne die Geschichten, Berichte und Erinnerungen von anderen Autoren hätte ich dieses Buch nicht schreiben können. Die Recherche war dabei genauso interessant wie das Schreiben, und viele der Bücher und Texte, in denen ich Informationen gefunden habe, waren von erstaunlicher Qualität. Einige habe ich bereits erwähnt, hier ist noch eine weitere kleine Auswahl. Ich weise darauf hin, dass alle Freiheiten, die ich mir mit der Wahrheit genommen habe, und alle historischen Ungenauigkeiten im Buch ganz allein in meiner Verantwortung liegen.

Barbara Demicks Buch *Im Land des Flüsterns* (übersetzt von Gabriele Gockel, Droemer) beschreibt auf sehr lesbare Weise, wie normale Bürger es schafften, die Hungersnot in den neunziger Jahren zu überleben, viele warfen dabei ihre jahrzehntelange Indoktrinierung über Bord und wurden Markthändler.

The Real North Korea (Oxford University Press) und *North of the DMZ* (McFarland) von Andrei Lankov, dessen Sinn für Ironie ich sehr schätze, sind zwei hervorragende Bücher zur Einführung in das Thema Nordkorea. Gleiches gilt für *The Impossible State* von Victor Cha (Bodley Head), ehemals politischer Berater von Präsident George W. Bush. Ich verdanke Dr. Cha die Szene, in der die nordkoreanischen Diplomaten in den 21 Club in Manhattan eingeladen werden, und die Beschreibung der Ankunft der amerikanischen Mission in Pjöngjang.

The Hidden People of North Korea von Ralph Hassig und Kongdan Oh (Rowman and Littlefield) enthält faszinierende Beschreibungen von Kim Jong-ils imperialem Lebensstil. Am anderen Ende der sozialen Skala beschreibt *Under the Same Sky* (Houghton Mifflin Harcourt) das Leben der *kotchebi*, der obdachlosen Straßenkinder von Nordkorea, aus erster Hand, geschrieben von einem Überläufer, der einer von ihnen war, Joseph Kim.

Und schließlich bieten noch *Blowing My Cover* von Lindsay Moran (Putnam) und *The Art of Intelligence* von Henry A. Crumpton (Penguin Press) detaillierte Einsichten in die alltägliche Arbeit von CIA Operations Officers.

Ich kann die Lektüre dieser Bücher unbedingt empfehlen.

GLOSSAR NORDKOREANISCHER WÖRTER IM BUCH

AJUMMA

Häufig als «Tante» übersetzt, generell ein Ausdruck für eine ältere, verheiratete Frau. In manchen Kontexten eine respektvolle Anrede, kann aber auch pejorativ verwendet werden. Oft benutzt, um eine matronenhafte, durchsetzungsstarke, hart arbeitende Frau mit Realitätssinn zu beschreiben.

APPA

Vater, Papa (informell)

BANCHAN

Kleine Beilagen, beispielsweise gebratener Fisch, geröstete Algen oder *kimchi*, die zu einer Hauptspeise gereicht werden.

BINGDU

Wörtlich «Eis». Ein nordkoreanisches Slangwort für Crystal Methamphetamin.

BOWIBU

Das Ministerium für Staatssicherheit *(Gugka Angeon Bowibu)* ist die in Nordkorea gefürchtete Geheimpolizei, welche auch die Konzentrationslager überwacht.

BULGOGI

Wörtlich «Feuerfleisch», ein beliebtes koreanisches Gericht. Dünne, marinierte Rinderfleischstreifen werden auf einer Grillplatte gebraten, oft mitten auf dem Restauranttisch, und, in ein frisches Salatblatt eingewickelt, gegessen.

CAPSIDA!

«Gehen wir!», «Auf geht's!»

CHIMA JEOGORI

Ein traditionelles koreanisches Kleid, bestehend aus einer kurzen Jacke – *chima* –, die über einem langen, hochgeschlossenen Kleid – *jeogori* – getragen wird. In Nordkorea die übliche Kleidung, in Südkorea nur zu besonderen Gelegenheiten getragen.

CHOLLIMA

Ein geflügeltes Pferd aus der Mythologie ostasiatischer Kulturen. In Nordkorea wurde so Maos Großer Sprung nach vorne genannt oder auch die sowjetische Stachanow-Bewegung, mit der die Arbeiterschaft zur Planübererfüllung angestachelt werden sollte.

DOBOK

Ein locker sitzender Anzug für das Training koreanischer Kampfkünste wie zum Beispiel Taekwondo. *Do* bedeutet Weg, *bok* Kleidung.

HANBOK

Wort für das kombinierte *chima-jeogori*-Kleid.

KISAENG

Eine Unterhaltungskünstlerin, Musikerin oder Kurtisane am koreanischen Königshof. Die Tradition starb Ende des 19. Jahrhunderts aus.

KOTCHEBI

Wörtlich «blühende Schwalben». In Nordkorea die Bezeichnung für obdachlose Straßenkinder, die, wie Schwalben, ständig auf der Suche nach Nahrung und Unterkunft sind. Während der Hungersnot in den neunziger Jahren vermehrten sich die *kotchebi* rapide, als die Kinder in die Städte zogen, nachdem ihre Eltern verhungert waren.

KWANGMYONGSONG

«Heller Stern», «strahlender Stern» oder «Leitstern». Kim Jong-il wird manchmal so genannt, *kwangmyongsong* ist aber auch der Name von Nordkoreas Satellitenprogramm.

MANDU

Eine mit Fleisch gefüllte Teigtasche, die heiß serviert wird. *Mandu-guk* ist eine Suppe aus *mandu* in einer Fleisch- oder Anchovisbrühe.

MAN-SAE

«Lang mögest du leben!» Wird in Nordkorea bei Massenversammlungen gerufen, ein Ausdruck des Sieges und Grußwort an den jeweils herrschenden Kim. Der Ausruf stammt ursprünglich aus China, um dem Kaiser zehntausend Lebensjahre zu wünschen.

NORAEBANG

Die koreanische Version von Karaoke. Freundesgruppen mieten einen abgetrennten, schallisolierten Raum und singen.

-NIM

Oder *seonsaeng-nim*, üblicherweise als «Lehrer» übersetzt. Eine respektvolle, ehrenvolle Anrede für eine ältere, kluge Person.

OMMA

Mutter, Mama (informell)

SASSAYO

«Kommt und kauft.» *Tteok sassayo*: «Kommt und kauft Reiskuchen.»

SOJU

Ein traditioneller koreanischer Schnaps aus Reis, Weizen, Gerste oder Kartoffeln, wird normalerweise pur getrunken.

SOONDAE

Blutwurst (aus Innereien vom Rind oder Schwein), gefüllt mit *kimchi*, Reis oder würziger Sojabohnenpaste.

RI

Koreanische Maßeinheit, entspricht etwa 400 Metern.

-YANG

Eine ehrenvolle Anrede für eine Frau bei einer formellen Gelegenheit.

YANGNYEOMJANG

Sojasauce mit Knoblauch, Paprika, Chiliflocken, Zwiebeln und Sesamkörnern.

YONTAN

Rundes Kohlebrikett, das überall in Nordkorea zum Heizen verwendet wird.

DANKSAGUNG

Ich schätze mich äußerst glücklich, von einem der besten Agenten überhaupt unterstützt und gefördert zu werden, nämlich Antony Topping bei Greene & Heaton, dessen Vertrauen diesen Roman von den ersten groben Entwürfen bis zur Fertigstellung getragen hat. Kate Rizzo, auch bei Greene & Heaton, und Daniel Lazar vom Writers House in New York haben sich ebenfalls unermüdlich für dieses Buch eingesetzt. Ich bewundere die beiden sehr.

Meine Lektoren, Jade Chandler bei Harvill Secker in London und Nate Roberson bei Crown Publishing in New York, sind einfach großartig gewesen. Ihre genaue Lektüre des Romans hat mir gezeigt, dass ich es mit einigen der klügsten Köpfe in der Branche zu tun habe.

Ein großes Danke geht an eine bemerkenswerte Familie, die ich seit Jahren kenne: Claudia, die meine – manchmal mehrfach – umgeschriebenen Kapitel liest; Giles, der mir die Grundlagen des Taekwondo gezeigt hat; Barret, dessen Kenntnisse tödlicher Neurotoxine einfach unübertrefflich sind; und Nadia, die mich zu sich nach Menorca einlud und mir die perfekte Umgebung zum Nachdenken und Schreiben bot.

Auch mein Elternhaus war mir viele Male ein Zufluchtsort, der es ermöglichte, London zu verlassen und manchmal wochenlang ohne Ablenkung zu schreiben. Ich habe mich im Leben immer auf die volle Unterstützung meiner Eltern verlassen können und empfinde das als großen Glücksfall.

Ich bin für dieses Buch viel gereist. Mein Dank gilt meinen Gastgebern in Washington, John Coates und Ed Perlman, die mich 2012 während Hurricane Sandy längere Zeit bei sich aufgenommen haben, sowie Dr. Josiah Osgood von der Georgetown University, der mir den Universitätscampus gezeigt hat.

Meinen Gastgebern in Seoul werde ich ewig dankbar sein: Frau Choi, Yoon-seo, und Yang Jong-hoon, Professor für Fotografie an der Sangmyung Universität, der diesem ungehobelten Besucher aus dem Westen koreanische Etikette und Kultur beigebracht und ihn gelehrt hat, Korea zu lieben.

Großer Dank gilt Kim Eun-tek, der mich mit der Überläufergemeinde in Seoul in Kontakt gebracht und es mit viel Taktgefühl möglich gemacht hat, mit Menschen zu sprechen, deren Geschichten nur schwer zu erzählen sind. Und dabei muss ich auch Keunhyun danken, der meine zahlreichen Onlinefragen Tag und Nacht mit wahrer Engelsgeduld beantwortet hat.

Vor allem möchte ich Seth Yeung danken, einem der wunderbarsten Menschen, die ich kenne, der so viel ertragen hat, während ich dieses Buch schrieb. Sein Leben hat meines auf unermessliche Weise zum Besseren verändert.

Zuletzt möchte ich der Menschenrechtsaktivistin Hyeonseo Lee dafür danken, mir ihre Geschichte erzählt zu haben. Sie ist die einzige Nordkoreanerin, die ich die Ehre und Freude habe, als Freundin zu bezeichnen. Ihr Mut, ihre Intelligenz und schiere Willenskraft haben viele Aspekte dieses Romans inspiriert.